W0187256

Jan Michalsky

Süd Salatonien
Band 1

DRESDNER BUCHVERLAG

Für meinen Vater

Impressum

1. Neuauflage: August 2010
Dresdner Buchverlag GbR, Bürgerstr. 20, 01127 Dresden •
www.dresdner-buchverlag.de

Urheberrecht am Text: Jan Michalsky

Lektorat/Korrektorat: „Verlags- & Autorenservice“ Peggy Salomo
Bürgerstr. 20, 01127 Dresden • www. lektorat-salomo.de

Coverbild: Malte Heckelen & Lars Michalsky
Layout: „ellegraph“ Dajana Mehner

ISBN: 978-3-941757-20-2

Preis: 24,90 EURO

Jan Michalsky

Süd Salatonien
Band 1

Lieber Leser, liebe Leserin,

herzlich willkommen auf einer Reise in die kuriose Welt Süd Salatoniens! Bevor Sie Ihr Abenteuer jedoch beginnen, lassen Sie mich Ihnen noch einen Hinweis mit auf den Weg geben:

Süd Salatonien verbirgt sich tief zwischen den literarischen Welten unzähliger Geschichten. Ein Weg dorthin führt über die des zerstreuten Wissenschaftlers Klammsing, die im Prolog dieses Buches erzählt wird. Es ist nicht nötig (oder möglich?), diesen Teil vollständig zu verstehen, um das Abenteuer Süd Salatonien antreten zu können.

Also nicht verzagen! Am Ende fügt sich alles so, wie es soll.

Viel Spaß mit den kuriosen Eigenarten dieser Fantasy-Parodie wünscht
Jan Michalsky

Der Autor betritt die Bühne. Eine Kerze flackert neben dem Rednerpult. Der Autor wartet auf die Stille nach dem Applaus.

Der Autor:

Prolog

Donnernd läutete die Kirchturmsglocke die Geburt eines weiteren Schweißtropfens ein. Dieser drückte sich mühsam aus einer Pore und rutschte voller Erwartung in geschwungenen Linien die Stirn hinunter. Geschwind zog er Narbe für Narbe die Konturen des kantigen Gesichtes nach und stockte, als er den schier unendlichen Abgrund bemerkte, der da auf ihn wartete. Hektisch griff er nach den kratzigen Bartstoppeln, fand aber keinen Halt. Um Hilfe schreiend hielt er sich noch einige Sekunden am unteren Ende des Kinns fest, bis die Schwerkraft ihn mit ihrer unerbittlichen Macht in die Tiefe zog. Plätschernd zerplatzte sein wässriger Körper auf dem staubigen Untergrund.

Mit einem unverkennbaren Ausdruck innerer Anspannung blickte sein Schöpfer dem Feind ins Angesicht. Das konnte doch nicht wahr sein! Er war Bartock, Herrscher des Fleischreißer-Clans, Wanderer der tausend Steppen, Eroberer und Befreier der Kernwelten, Bezwinger von Xantros dem Unbezwingbaren und unbesiegt in abertausend Schlachten! Der Umfang seiner Arme ließ jede noch so starke Rüstung bersten und der Hieb seiner Klinge vermochte Berge zu teilen! Wie konnte ER besiegt werden?! Nicht von einem der höheren Götter selbst oder einem General glorreicher Streitmächte … Nein – von diesem Würstchen!

Professor Klammsing erwiderte den Blick Bartocks mit einem Lächeln. Er war von einer Gestalt, die unscheinbarer nicht hätte sein können. Sein Hemd war als Reaktion auf die Hitze ein Stück aufgeknöpft und hatte gelbe Schweißränder unter den Armen, die er ungeschickt zu verbergen suchte. Die leicht eiförmigen Brillengläser ließen seine Augen noch größer wirken, als sie ohnehin schon waren, und der kreisrunde Haarausfall, der nur durch einen schmalen Ring aus drahtigen Haaren umschlossen wurde, komplettierte den Eindruck der Zerstreuung, den er unweigerlich beim Beobachter erweckte. Sein Körperbau war unscheinbar schmal und sein Gesicht hager und eingefallen. In seiner Heimat war diese Erscheinung nichts Ungewöhnliches – doch er war nicht in seiner Heimat. Er hätte sogar nicht weiter davon entfernt sein können. Stellte man sich das Universum wie zwei Seiten einer Medaille vor, wo alles auch ein genaues Gegenteil hätte, so wäre diese der Barbarei und Brutalität anheimgefallene Wüste garantiert die dunkle Unterseite gewesen. Auf der funkelnden Oberseite befand sich Taliandros, die Hochburg der Intellektuellen und Philosophen, Ruhepol der umliegenden Systeme – und ganz nebenbei Klammsings Heimat.

„Zwei rot, vier gelb und einen Raben", wiederholte der Professor und legte die Karten auf den Tisch.

Bartock grummelte. Ein Wissenschaftler. Keiner von der nützlichen Sorte, der Waffen entwickelte, Schmiedetechniken verbesserte oder Portale zwischen den Ebenen erbaute, nein, ein Geisteswissenschaftler. Noch schlimmer, ein Literaturwissenschaftler! Bartock war Krieger und traute grundsätzlich niemandem, der sich Idiot schimpfen ließ, ohne es sofort mit Blut zu vergelten, doch war er gebildet genug, um zwischen diesen Schwachblütern zu unterscheiden.

Der Professor duckte sich und entging so dem mächtigen Hieb des Barbarenzweihänders. Dies galt unter den Berserkern der Kargfelswüste, deren kulturelle Besonderheiten Klammsing zum Glück bestens bekannt waren, als Zeichen der Aufgabe.

„Gelb, zwei Äxte, zwei Mal weiß, eine Flussschildkröte und die Schlacht von Kamar'rr!", brüllte der Berserker und donnerte einen rechteckigen, in ein Stofftuch gewickelten Gegenstand auf den Tisch. Darauf legte er einen Sack voll Edelsteine und seinen Lieblingsdolch.

Weddige Klammsing beugte sich vor, nahm vier besonders feine Juwelen aus dem Beutel und schob diesen dann zusammen mit der Waffe zurück über den Tisch. Er war sich bewusst, dass Bartock dies gemäß dem „Kodex der vier und Frederick" als Zeichen der Schande und Respektlosigkeit deuten könnte – doch beide beschlossen, diese Kleinigkeit zu übersehen.

Während der Endzeitbarbar die Taverne verließ, zog sich der Professor mit dem Paket in eine dunkle Ecke des Raumes zurück und begann, penibelst Ecke für Ecke des Stofftuches umzuschlagen, bis dessen Inhalt in nostalgischer Schönheit vor ihm auf dem Tisch lag. Ein Buch. Klammsing strich über den Einband und fühlte sich an die Strapazen erinnert, die er das erste Mal hatte auf sich nehmen müssen, als er dieses Werk in seinen Händen hielt. Fünfzehn Jahre seines Lebens waren nötig gewesen, um die Expedition zu planen, und noch einmal zwei weitere, um alle notwendigen Vorbereitungen zu treffen: die Mannschaft organisieren, kompetente Gelehrte finden, die Umgebung einschätzen. Und dann hatte ihn seine eigene Mannschaft verraten! Am Ausgang der Narratori-Ruinen zeigten die vier Söldner der *Treacherous Inc.* ihr wahres Gesicht, töteten den Großteil seiner Crew, beschädigten jegliches Transportmittel außer dem eigenen und nahmen alle gefundenen Schätze an sich. Glück im Unglück: Die vier Männer hatten einen winzigen Haken in ihrem Plan übersehen ...

Die Menschheit hatte sich in den letzten Jahrhunderten weit ausgebreitet, ein gewaltiges Imperium errichtet, zahlreiche Welten bevölkert – dann kam die Wende. Man wusste nicht viel über die Wende. Nur ein paar taliandrische Gelehrte kannten die Geschichten und hatten geschworen, niemals darüber zu sprechen. Was auch immer geschehen war, es hatte dazu geführt, dass die Menschheit die Verbindung zueinander verlor. Welten wurden vergessen, Zivilisationen isoliert. Die Natur holte sich zurück, was ihr gehörte.

In dieser Zeit entwickelten sich die verschiedenen Stämme der Menschen recht unterschiedlich. Um die Ruinen der Narratori auf diesem Planeten hatten sich Stämme der Bujari angesiedelt, eine Kriegskultur, zu der auch sein Spielpartner Bartock gehörte, und ein Volk, das einige beeindruckende biologische Eigenschaften aufwies. Nur wenig davon war in den Bibliotheken von Taliandros erwähnt, noch weniger erklärbar. Ihre Wissenschaft beruhte noch immer auf den alten Naturgesetzen – und diese, so viel war bekannt, galten seit der Wende nur noch bedingt. Die Krieger der Bujari witterten Verrat. Nicht mit dem Gehör, dem Sehen oder dem Geruch. Sie hatten dafür einen zusätzlichen Sinn. Verräter waren in ihren Augen die schlimmsten Verbrecher und so zögerte Bartock keine Sekunde, ehe er mit den Mitgliedern der *Treacherous Inc.* den Canyon tapezierte.

Die Leidenschaft für das Glücksspiel hatte nun letztendlich dafür gesorgt, dass dieses wertvolle Relikt einer alten Zivilisation seinen Weg zurück in die Hände des Professors fand. Die Kultur der Bujari war ein zweischneidiges Schwert. Schon zwanzig Jahre nach der „Entdeckung der

Raumfahrt“ – wenn man die räuberische Aneignung einer Technologie denn als Entdeckung bezeichnen wollte – hatten sie zahlreiche Systeme mit brutaler Gewalt und ohne großen Widerstand unterworfen, doch jedes einzelne in den folgenden zwei Jahren beim Glücksspiel wieder verloren. Dies lag nicht zuletzt daran, dass sich die Bujari nur in einem einzigen Spiel fordern ließen: dem *Zwangsch Splingeln.*

Der Zwangsch war eine Art Kartenstapel mit verschiedenen Motiven, der nach scheinbar willkürlichen Regeln zusammengestellt und gemischt wurde. Auf den Karten konnten Farben, Zahlen, Tiere, Planeten, historische Ereignisse und Dinge, die mit Worten nicht beschreibbar waren, abgebildet sein. Jeder Spieler erhielt einen Zwangsch und der Spieler mit dem geringsten Oberarmumfang durfte mit dem Splingeln beginnen. Dabei zog er eine Karte und legte diese unaufgedeckt nach rechts auf einen Sonderstapel. Daraufhin zog der Gegenspieler drei Karten und legte sie nach links, vier Karten auf den Stapel rechts und halbierte den Stapel in der Mitte. Die oberste Karte des Stapels, der links von dem beginnenden Spieler lag, wurde gezogen und auf die Hand genommen. Dies ging so weit, bis jeder Spieler sieben Karten auf der Hand hatte und diese dem Gegner offenbarte. Nach insgesamt fünf Siegen galt das Spiel als gewonnen.

Die Regeln, nach denen die Punkte gezählt und die Sieger ermittelt wurden, verstand Klammsing nicht einmal im Ansatz. Ein Schamane der Bujari hatte sie so entwickelt, dass sie Kreaturen mit einem universell normierten Intelligenzquotienten von über 2.43 UI, was in etwa dem Intelligentesten der Bujari entsprach, nicht mehr zugänglich waren. Dem Professor, der stolz seine 4.78 UI auf die linke Brusttasche seines Hemdes gestickt hatte, entzogen sich die Regularien gänzlich. Das war jedoch nicht schlimm, denn aus irgendeinem Grund schien dieses Spiel sich gerade dann zum Nachteil zu wenden, wenn man versuchte, es zu berechnen. Und das versuchten die Bujari – und zwar immer.

Lange Rede kurzer Sinn: Bartock hatte verloren. Alles. Der Professor jedoch strahlte überglücklich, als er ES endlich wieder in den Händen hielt.

„Narratori“, murmelte Weddige und wie von Geisterhand tat sich in seinem Verstand die Erinnerung an die Kindheit auf und an die Stimme seiner Geschichtslehrerin, als sie dieses Wort ein weiteres Mal von den kuppelförmigen Wänden des Klassenraumes widerklingen ließ.

„Narratori. Wer kann mir sagen, was sich hinter diesem Begriff verbirgt?" Ein Seufzen. „Weddige?"

Der kleine, schmächtige Schulstreber nahm grinsend seine wild fuchtelnde Hand herunter und sprang rasant in die Senkrechte. Er gab so schnell Antwort, dass sich seine Zunge fast überschlug: „Die Narratori waren ein wanderndes Volk, das vor allem in Wäldern und Gebirgen gelebt hat und seit 1300 Jahren vor der Wende ausgestorben ist. Ihre Körper sind an das Leben in Höhlen, unterirdischen Gängen und sehr kleinen Hütten angepasst."

„Sehr gut. Und was unterscheidet die Narratori von anderen Völkern?"

Wieder schnellte Weddiges Hand in die Höhe und als seine Lehrerin frustriert feststellte, dass sich wohl keine andere zu ihr gesellen würde, kam er erneut an die Reihe.

„Aufzeichnungen belegen, dass die Narratori zwar ein primitives Leben führten, wissenschaftlich aber weit entwickelt waren. Sie dienen den Menschen als glänzendes Beispiel dafür, dass man wissenschaftlich hoch entwickelt sein und trotzdem in Einheit mit der Natur leben kann."

Die Lehrerin nickte erneut. Die nächste Frage hatte sich Klammsing noch prägnanter ins Gedächtnis gebrannt, denn diese sollte zu einem Leitfaden seiner wissenschaftlichen Laufbahn werden.

„Und wer kann mir sagen, wofür die Narratori dieses umfassende Wissen verwendet haben, wenn nicht für das tägliche Leben?

Weddige strich ein weiteres Mal mit gesteigerter Ehrfurcht den Titel *„Süd Salatonien"* auf dem Einband nach.

„Um ihre Geschichten und Erzählungen mit Leben zu füllen", sprach er laut im Duett mit seinem kindlichen Ich, zugleich in dem hellen Klassenraum an der Sonnenschein-Grundschule-West-Taliandros und in der dunklen Ecke der Bujari-Taverne mitten im Zentrum der Kargfelswüste.

Man hatte nur Ausschnitte aus theoretischen Berichten der Narratori gefunden oder Abschriften in den Bibliotheken der wenigen Völker, die einen seltenen, aber freundlichen Kontakt mit ihnen gepflegt hatten. Doch nie …

Der Professor schluckte trocken und nahm einen Schluck aus seinem Trinkschlauch. Warmes Wasser.

Doch nie – wirklich nie – hatte man ein vollständig erhaltenes Exemplar narratorischer Erzählkunst gefunden. Man konnte nur grübeln, welche der wundersamen Gerüchte und Hypothesen in ihm ihre Erfüllung fanden. Damals. Jetzt nicht mehr. Das Grübeln war vorbei. Die Zeit der Fakten war angebrochen und er, Weddige Garrelt Klammsing, würde ihr Wegbereiter sein!

Weddige ließ sich ein Glas kühles Wasser bringen, schluckte erneut und schlug mit zittrigen Fingern den Deckel zurück.

„Selige Erlösung!"

„Uah!" Der Professor erschrak halb zu Tode, purzelte mit seinem Stuhl rückwärts durch den Raum und blieb in der Ecke liegen. Hatte dieses Buch gerade mit ihm – gesprochen?

Weddige wartete, bis sich sein Herzschlag beruhigt hatte und die prüfenden Blicke der übrigen Gäste von ihm gewichen waren, ehe er sich aus seiner kauernden Stellung erhob, den Stuhl wieder auf seinen Platz stellte und vorsichtig mit dem Lesen fortfuhr.

„Welch ein Genuss, nach so vielen Jahren mal wieder ein paar warme Finger auf meinen zerknitterten Seiten zu spüren! Wenn Sie mir die Ehre erweisen würden, mich von Zeit zu Zeit einmal ein wenig durchzublättern, oh ja, wie fein wäre das!"

Klammsing löste den Blick von den seltsamen Schriftzeichen und versuchte, zu verarbeiten, was er gerade erlebt hatte. Wenn ihm nicht all seine Kenntnisse wissenschaftlicher Fakten das Gegenteil bewiesen hätten, so hätte er geglaubt, dass dieses Buch gerade leibhaftig mit ihm gesprochen hatte.

Als seine Augen sich jedoch wieder an die geschwungenen Linien hefteten, begann er langsam zu verstehen. Obwohl ihm die Schrift gänzlich unbekannt war, transportierten die Zeichen ihre Bedeutung wie von selbst in seinen Geist. Er konnte diese Schrift lesen, ohne sie zu beherrschen. Und noch viel mehr als das – denn es schwang mit den zahlreichen Schlaufen, Schleifen und Kurven eine seltsame Metaebene mit, als würden diese kryptischen Symbole auf eine mysteriöse, übersprachliche Art und Weise zugleich Bedeutungen, Betonungen, Gefühle und Bilder vermitteln.

Weddige versuchte, den Satz zuvor noch einmal zu lesen, doch verhinderte ein komisches Gefühl tief in ihm, die Geschichte zurückzudrehen und somit die Chronologie des Romans zu gefährden. Das Buch hatte ihn vollends in seinen Bann gezogen und nötigte ihn förmlich – nicht durch ein unangenehmes Gefühl des Zwanges, sondern durch einen Impuls unwiderstehlicher Faszination –, immer weiter zu lesen und den gespielten Dialog mit dem Schmöker einzugehen.

„Haha! Ja, ja, so reagieren sie am Anfang alle", schrieb das Buch. „Lange ist es her … Wenn ich mich recht erinnere … ja, genau … sage und schreibe 698 Jahre stand ich in der Staatsbibliothek von und zu Süd Salatonien und durfte mich mit einem alten Kochbuch für Zwiebelsuppen und einem Lexikon der Astronomie herumplagen."

Der Professor zog die Mundwinkel schwach zu einem Grinsen nach oben.

„Ja, Sie finden das vermutlich komisch, doch ich sage Ihnen, ein Zuckerschlecken ist das nicht. Wie bin ich eigentlich hierher gekommen? Und wo ist dieses *Hier*?"

Weddige zog eine Augenbraue hoch. Die Zeichen waren – erstarrt. Als ob das Buch auf irgendetwas wartete. Er kam sich schon ein wenig seltsam dabei vor, um es mit harmlosen Worten auszudrücken, doch schlussendlich hob er die Lektüre an, hielt sie empor und zeigte sie mit zum Raum gewandter Innenseite einmal durch die Runde. Tatsächlich fuhr es daraufhin fort. „Ah ja … immerhin keine Bibliothek. Vermutlich bin ich auch nur eine von zahlreichen Abschriften, doch ich freue mich, gerade in Ihren Händen gelandet zu sein. Meine persönliche Geschichte ist es jedoch nicht, die Sie interessiert, mein Herr, nicht wahr? Was stand noch gleich auf meinem Einband? *Süd Salatonien*, richtig? Oh, das ist eine meiner Lieblingsgeschichten! Wissen Sie, nicht viele von meiner Sorte schaffen es in eine zivilisierte Welt – welche auch immer das gerade sein mag. Andere meiner Art …"

Ein Seufzen. Oder auch nicht? Aus dem Buch? In seinem Kopf?

„Nein, ich mag gar nicht daran denken. Doch da Sie es wohl bis zu dieser Zeile geschafft haben, scheint Sie vermutlich mein Inhalt zu interessieren, oh, welch Freude! Ich bitte übrigens um Verzeihung, mich noch nicht vorgestellt zu haben. Namen … Was bedeutet ein Name, wenn man ein Buch ist? Meinen Titel kennen Sie und mein Autor, ja, mein Autor bin ich wohl selbst. Witzige Geschichte, doch ich schweife schon wieder ab. Wenn es Sie nach einem Namen für mich drängt, so ist dies wohl *X-19LI-RPA-7891, 3. Stock 2. Regal hinten rechts*. Aber wenn Sie möchten, so nennen Sie mich einfach Buch oder Schmöker oder vielleicht Herbert. Lassen Sie Ihrer Fantasie freien Lauf! Fantasie … Sehr wichtig für meinen Beruf und … Oh, Verzeihung! Jedenfalls – heute habe ich mir vorgenommen, Ihnen eine der bedeutendsten Geschichten Süd Salatoniens zu erzählen – eines sagenhaften Landes, das irgendwo fern der Vorstellung liegt. Süd

Salatonien … Es ist nicht ganz einfach, dorthin zu gelangen. Man muss um ein paar Ecken denken. Bevor ich Sie jedoch mit weiteren Details langweile, beginne ich lieber rasch mit unserem kleinen Abenteuer. Abenteuer – ein schönes Wort, nicht wahr? Die meisten Abenteuer sind ja gar nicht so abenteuerlich, aber ich denke, dieses wird Ihnen gefallen. Es stammt ursprünglich aus dem Altfranzösischen und bedeutet … Wie? Oh, wieder ein Absatz voller Geschwafel! Seite um Seite um Seite. Nun dann, beginnen wir! Halten Sie sich fest, jetzt wird's spannend!"

Akt I

Kapitel 1

„Wieselflink huscht eine unscheinbare Gestalt durch die fetzenartige Wolkendecke und flattert dabei wie verrückt mit den deutlich zu kurz geratenen Stummelflügeln. Der kugelrunde Körper ist mit einem dichten Federkleid bedeckt, aus dem nur der gelbe Schnabel und die riesigen runden Glubschaugen herausschauen. Bei genauerer Betrachtung erkennt man, dass es sich bei der sonderbaren Figur im Mittelpunkt unserer Geschichte um Schiel vom Volk der Kampfnickeulen handelt. Der Name vermag in die Irre zu führen, hat sie doch nur ansatzweise etwas mit einer Eule gemein. Ihr Körper ist mit dem Kopf zu einer Kugel verschmolzen, aus der die typischen Vogelbeine ragen. Dies macht sie zum Kämpfen zu dick und zum Nicken zu plump.

Der Kurs des aufgeweckten Wesens ist nicht klar zu erkennen, denn sie rast über den Schwanensee und die prächtigen Großreiche im Zentralland hinweg, gleitet über die kargen Ödlande und streift bei ihrer rasanten Reise über die Wüstenregion von Wasweißich knapp den Schnackerwald. Noch ehe sie die vom Krieg gebeutelten Appellien im Süden erreicht, stoppt Schiel mitten im Flug abrupt ab, harrt unabhängig von den Gesetzen der Schwerkraft in der Luft aus und schmettert dann im rechten Winkel zu ihrer Flugbahn Richtung Erdboden. Wie ein Stein saust das Federvieh immer schneller dem sicheren Tod entgegen und beginnt erst wenige Meter bevor sie als unbedeutender Fleck auf den Wiesen der Weiten Flur in diese Geschichte eingeht, wieder mit den Flügeln zu schlagen. Einem Flummi gleich prallt sie im saftigen Gras auf, verändert dabei kurzzeitig ihre Form zu einem platten Fladen, um wenige Momente später wieder nach oben zu federn. Mit jedem Aufschlag verringert sich ihre Sprunghöhe ein wenig, bis sie schlussendlich auf den kurzen Beinen zum Stehen kommt und nach einer raschen Phase des Ausvibrierens regungslos auf der Wiese steht.

‚Dann mal ratzfatz an die Arbeit!', befiehlt sich die merkwürdige Federkugel selbst und beginnt, sich mit hüpfenden Bewegungen grazil durch das Gras zu arbeiten. Nach ein paar Sprüngen bleibt sie auf der Stelle stehen, dreht ihren Kopf um 90 Grad in Richtung Boden und geht in die

Knie, um mit dem Schnabel in die Erde zu picken. Während es ein Huhn beim Aufpicken von Körnern wesentlich leichter hat, ist dies die kreative Anpassung der Kampfnickeulen an ihren benachteiligten Körperbau. Sicher kein Vorteil der Evolution, doch die Gesetze der natürlichen Entwicklung gelten nicht für Süd Salatonien. Nicht mehr ..."

Eine Tatsache, die Klammsing nur allzu bekannt vorkam.

„Nach diesem Muster durchkämmt Schiel systematisch die riesige Wiese um ihren Landeplatz. Plötzlich zeichnen sich Umrisse eines Schattens auf dem Boden ab, als sich eine seltsame Gestalt aus der gleichbleibend schleierartigen Wolkendecke wühlt und majestätisch näher an die beschäftigte Kampfnickeule herangleitet. Ein nerviges Krächzen stört die himmlische Ruhe und erweckt kurzzeitig die Aufmerksamkeit der Suchenden, ohne dass diese ihre Arbeit zu unterbrechen wagt. Ein etwa 1,20 Meter großer Vogel setzt direkt neben der wesentlich kleineren Eule auf und rückt mit dem Flügel den etwas zu groß geratenen Zylinder mit dem roten Streifen zurecht. Rotschleifen Schjchu Schjchus leben eigentlich vorwiegend im Nordosten, doch treiben sie Geschäftsreisen von Zeit zu Zeit in ferne Lande. Wie jeder seiner Art, so trägt auch er den wohlgepflegten schwarzen Frack mit weißem Hemd und einer schwarzen Fliege. Sein Gefieder ist königsblau, die Füße gelb und ebenso der Schnabel. Die gefiederten Giganten verteidigen seit Jahrhunderten in der Welt ihren Ruf als kompetente Hotelfachvögel und werden von allen Zivilisationen – na ja ... fast allen – vielerorts gelobt.

‚Suchen Sie etwas Bestimmtes? Ich wäre gerne bereit zu helfen', krächzt der Schjchu Schjchu und hüpft Schiel mit einer gewissen Anhänglichkeit hinterher.

Die Kampfnickeule schüttelt wortlos den Kopf und sucht mit äußerster Präzision weiter.

‚Sie sind eine dieser Kampfnickeulen, nicht wahr?' Die Betonung des Wortes „Kampfnickeule" geht dem Vogel so beschwerlich über den Schnabel, dass nicht zu erkennen ist, ob diesem der Begriff schlicht nicht geläufig ist oder das Betonen der einzelnen Silben tatsächlich eine gewisse Abfälligkeit in sich trägt.

‚Bin ich. Und beschäftigt bin ich auch', grummelt der kleine Federball genervt und versucht, mit zickzackartigen Hüpfbewegungen den Störenfried abzuwimmeln. Ungehindert pickt sie wieder und wieder mit dem Schnabel in den leicht feuchten Untergrund. Dabei versucht sie, dem Geschäftsvogel nicht in die Augen zu blicken, könnte man nach so einem Gespräch doch im Handumdrehen mit drei unbezahlbaren Immobilienverträgen dasitzen.

‚Ich sah Euch gerade und habe mich gefragt, ob es stimmt, was man über Euer Völkchen sagt …'

Keine Antwort folgt von der kleinen Gestalt. Ein Fehler – verleitet es doch den neugierigen Besucher zum Ausprobieren.

‚Zeigt doch mal!'

Schlagartig weiten sich panisch die Augen der Eule und mit unartikulierten Lauten versucht sie, das Schlimmste zu vermeiden. Zu spät! Mit seinem spitzen Schnabel pufft der blaue Vogel der überraschten Eule in die Seite. Ein Pusten, ein schrilles Pfeifen, aufs Dreifache bläht sich der pummelige Eulenkörper auf – dann ein Knall!

Eine peinliche Stille herrscht auf der Wiese, während ein laues Lüftchen über die zarten Halme hinwegstreicht. Im Umkreis von einigen Metern regnet es zahlreiche Eulenfedern und ein entblößter Körper bleibt zurück.

Verdutzt steht der Rotschleifen Schjchu Schjchu vor der kleinen Eule und schaut regungslos auf sein Werk. Schiels Ausdruck selbst ist wie versteinert und ihre Augen blicken mit einer Mischung aus Entsetzen, Scham, Wut und Depression in die Ferne.

‚Oh … äh … so spät schon? Wie die Zeit doch vergeht! Die Arbeit ruft! Lebt wohl und … viel Erfolg!' Schon erhebt sich der Hotelfachvogel mit wenigen Flügelschlägen in die Lüfte, um so schnell wie möglich außer Sichtweite seines Opfers zu gelangen.

In raschem Tempo versinkt auch die dritte Sonne Süd Salatoniens hinter dem Horizont und noch immer steht Schiel gleichgültig und völlig ohne Bewegung auf dem weiten Feld und harrt aus. Nach nicht einmal zehn Minuten ist das Federkleid der Kampfnickeule fast vollständig nachgewachsen – und als auch die letzte nackte Stelle bedeckt ist, beginnt sich das Knäuel wieder zu rühren und seine Suche fortzusetzen. Nicht, weil sie nicht früher gewollt hätte, sie konnte nicht. Noch ein klarer biologischer Nachteil.

Auf einmal ertönt ein gellender Schrei. ‚Bei den taufrischen Wiesen hinter den Spitzbergen, da ist ES!'

Enthusiastisch hüpft Schiel im Kreis, wobei sich aber der obere Teil ihres Kopfes, der Teil, der die Augen trägt, nicht rührt. Dadurch beginnt sich der Körper der Eule langsam wie ein nasses Handtuch aufzuzwirbeln. Nach mehreren Umdrehungen halten die Füße still und blitzartig dreht sich der Kopf in die Ausgangsposition zurück. Erneut sticht der kleine Schnabel Schiels in den Erdboden und kommt wenig später mit einem roten Faden wieder zum Vorschein. Freudig auf und ab hüpfend verfolgt sie die Schnur über die halbe Wiese, bis diese schlussendlich an einer Stelle im Erdboden verschwindet. Der Faden scheint hier an einer Art Eisenring befestigt zu sein. Flink schnappt sich der Schnabel der Kampfnickeule den Ring und beginnt mit aller Kraft, daran zu zerren, bis eine Art Stöpsel aus dem Boden herausrutscht. Der darunterliegende Gang ist nicht einmal so breit wie eine menschliche Faust und eigentlich viel zu dünn für den kugeligen Eulenkörper. Nichtsdestotrotz flattert Schiel ein Stück in die Höhe, hält die Luft an und saust in die schmale Öffnung hinein. Wild strampelnd beginnt sie sich durch den Tunnel zu zwängen und ihren flexiblen Körper nach allen Regeln der Kunst zu verformen.

Mit dem Geräusch eines frisch entkorkten Weines flutscht der sonderbare Vogel auf der anderen Seite in die geräumige Eingangshöhle eines größeren unterirdischen Komplexes. Als sich die Augen des in der Regel nachtaktiven Tieres an die Dunkelheit gewöhnen, taucht aus den Schatten der Unterwelt die Festung der Einsamkeit auf und erstreckt sich vor dem kleinen Federball in ihrer beeindruckenden Trostlosigkeit. Zu selten schaffte es ein Wesen, diesen verborgenen Ort zu finden. So selten, dass dies zu einer Einsamkeit führte, die nur einen von vielen guten Gründen für die Trauer und Depression der Bewohner dieses unterirdischen Reiches liefert. Schon jetzt dringen deutlich die wehklagenden Schreie und das jammernde Gewimmer der Potatori an die Ohren der Kampfnickeule.

Kaum zu glauben, wie ein ganzes Volk seine gesamte Existenz der Trauer verschreiben kann, denkt sich Schiel, als sie an tropfenden Stalaktiten vorbei durch die Unterwelt flattert.

Unweit des kleinen Loches, durch das sie gekommen ist, stehen zwei Potatori, deren Gestalt unweigerlich den Vergleich mit Kartoffeln anbietet und die, dies sei im Vertrauen gesagt, angeblich auch so schmecken, und blicken auf den immer schmaler werdenden Schein des Lichtes, der durch den sich schließenden Tunnel dringt. ‚Dieses Dasein! Diese Schmach! Erlöse mich, oh heiliger Schein! Erlöse mich!‘, schreit die eine vor Verzweiflung in die ewige Nacht hinaus und rennt auf den Lichtstrahl zu.

‚Nicht! Dich erwartet das Schicksal der Gebrannten!‘, ertönt der verzweifelte Versuch der zweiten, die Unglückliche aufzuhalten. Doch ihre Warnung bleibt unbeachtet, als sich die erste mit einem Satz in die glänzende Sonne wirft.

Schon zeigen sich die Konsequenzen ihres unüberlegten Handelns. Bei der Berührung mit den grellen Strahlen verpufft die Kartoffel – begleitet von einem gequälten Schrei – sofort zu einer stinkenden Aschewolke.

Die andere sinkt – wie der Rest der Anwesenden – in ihre kniende Ausgangsposition zu Boden zurück und widmet sich erneut ihrem Gejammer, mit dem sie in den Chor der Wehleidigen einstimmt. Unbeeindruckt, doch mit unbehaglichem Bauchgefühl passiert Schiel währenddessen die Tore der Festung.

Selbst die riesigen Pforten scheinen ein klagendes Gewimmer von sich zu geben, als sie Schiel den Weg in das Innere der finsteren Hallen eröffnen. Nur die Flügelschläge der Kampfnickeule erfüllen die gewundenen und verschachtelten Gänge, in denen sich kaum ein Wesen befindet und erst recht keines spricht oder gar singt. Schon die Architektur des Gebäudes scheint die Manifestation der Trauer selbst darzustellen. Klagende Seelen und Bilder trauernder Potatori zieren die solide verarbeiteten Wände und tränenförmige Gebilde aus Stein hängen von der Decke in die gähnende Leere hinab. Die Feuchtigkeit der weitverzweigten Tunnel sammelt sich an diesen und tropft von den Steinformationen herunter, sodass es beinahe den Anschein macht, die Festung selbst würde über ihr frustrierendes Dasein weinen.

Unbehagen erfüllt den kleinen Federball, dessen Größe hier noch unscheinbarer wirkt, und für einen Augenblick erwägt Schiel, doch noch den Rückzug anzutreten. Doch die Ereignisse drängen, denn Süd Salatonien sieht sich der größten Bedrohung aller Zeiten gegenüber und nur in den verborgenen Tiefen dieser Festung könnte noch Rat gefunden werden. So schluckt das puschelige Wesen mutig seine Ängste und Zweifel unter einem hörbaren Glucksen herunter und flattert wacker durch die Finsternis.

Die Gänge zeigen langsam, aber sicher ein Ziel an und zwischen zahlreichen Säulen zeichnet sich in der Ferne andeutungsweise ein schwacher Schimmer ab.

Zielstrebig saust Schiel durch die Stille dem Lichte nach. Zwar nimmt das zaghafte Scheinen mehr und mehr zu, doch lässt die Dunkelheit es von Weitem deutlich größer erscheinen, als es tatsächlich ist. Zweifelsfrei ist die Quelle dieses Schimmerns nur ein sehr schwaches Licht, dies wirkt aber im Vergleich zur absoluten Finsternis um es herum wie eine kleine Sonne.

Die finsteren Tunnel weiten sich und auf gähnende Leere folgt – weitere gähnende Leere. Den ausufernden Gängen folgend, schließt sich eine Halle scheinbarer, vielleicht auch tatsächlich unendlicher Größe an. Augenblicke lang hält Schiel inne und zeigt sich von dem ihr dargebotenen Phänomen so beeindruckt wie erschrocken. Die Luft ist so angereichert mit Feuchtigkeit, dass es unentwegt mitten im Saal regnet.

Während die Tunnel mit ihren hin und wieder herabfallenden Tropfen einen bedrückenden, vielleicht auch schwermütigen Eindruck hinterlassen haben, erfüllt einen diese Halle zweifelsohne mit reiner und tiefster Depression – nicht zuletzt in Anbetracht der Gewissheit, dass die tränengleichen Regengüsse niemals versiegen. Die Bilder von Leid und Elend, die die Gänge verunstaltet haben, setzen sich in erstaunlicher Vielfalt an den unzähligen Säulen um die Halle herum fort. Ebenso zeigen sie sich auf dem verzierten Untergrund. Jeglicher Zweifel in Schiels Gedanken ist verflogen. Nun scheint es eindeutig: Dies ist der *legendäre Trübsaal* in der Festung der Einsamkeit, Zentrum der Stadt der Trauer.

Inmitten dieses Ortes der Hoffnungslosigkeit jedoch befindet sich das winzige Licht, dessen Schein noch weit in die Gänge der Festung hineinreicht. Ein Licht, das beim Näherkommen nur von einer einzigen winzigen Kerze ausgeht, die auf einem flachen silbernen Teller mitten in der Halle steht.

Diese Kerze ist jedoch nicht der eigentliche Blickfang des Trübsaals, sondern ein riesiger, imposanter Spiegel, der so unantastbar und majestätisch inmitten des Saales thront, wie man es nur von Königen kennt. Doch nicht die Umgebung spiegelt sich in diesem wider, sondern farbenprächtige Bilder – Bilder aus der Vergangenheit, der Gegenwart und der Zukunft, begleitet von einer donnernden, gewaltigen Stimme …

Kapitel 2

‚Am Anfang war das Grün selbst und es erfreute sich an seiner unendlichen Grünheit. So tanzte es herum in der Unendlichkeit des Ur-Reinen und vollführte ein kosmisches Ballett. Noch ehe die Zeit begann, gebar es zwei Kinder: Blau und Gelb.

Als es seines Tanzes müde wurde, legte es sich zur Ruhe und aus ihm heraus trat das Rot in die unendliche Leere und es ward vollkommen. Grün und Rot gerieten jedoch in einen heftigen Streit und ein wilder Wust entstand, aus welchem das Grün erfolgreich hervorging. Das Rot nicht verstoßend, nannte es dieses ‚Sohn' und in der ur-reinen Versöhnung der Farben ward die Welt in ihrer Schönheit offenbar. Der Planet Erde war geboren und auf ihm zeigten sich die Farben in ihren tollsten Verbindungen. Das reine Grün selbst ging ein in die Halme des Grases und die Blätter der Bäume, um seine Präsenz in der Welt zu zeigen. Doch geschah in dieser Welt noch nichts, denn kein Leben regte sich auf Erden. Die weiten Meere wogten, die Pflanzen gediehen, doch die Stille war ungebrochen. Doch nicht für immer …'

‚Ähm, ist es wohl …'

‚Dies ist ein Monolog! Nimm dir einen Stuhl und warte, bis ich fertig bin!'

‚Mit der Zeit geschah es also, dass an einem einsamen Blatt zu grob vom rüpelhaften Wind gezerrt wurde und es vom sicheren Zweig herab in die unbekannte Tiefe gen Erdboden stürzte. Von den Wogen getragen glitt es nun hinfort, vom Schicksal des einen Grüns begleitet, und es kam einer weiten Wiese stetig näher – bis es in jenem bedeutsamen Augenblick mit einem von vielen Grashalmen zusammenstieß. Auf zauberhafte Weise verbanden sich die göttlichen Essenzen und in einem freudigen Lichterspiel formte sich eine göttliche Zitrone.

Äonen vergingen und die Welt blieb, wie sie war – bis zu jenem Tag, als die Zitrone sich sanft zu bewegen begann und ein zarter Riss einen Blick ins Innere gewährte. Mühsam wühlte sich eine kleine Schnauze aus der Haut seines ledrigen Gefängnisses, stieß in die unbekannte Außenwelt vor und wenige Augenblicke später wandelte der kleine Ur-Hamster Arthur, pelzig und naiv, als erstes Lebewesen auf Erden. Ur-Hamster Arthur war unerfahren, hatte er doch niemanden, der ihn lehren konnte, und so vernahm er die Warnung des Schicksals, das schon vor und über allem Leben existierte, nicht und aß die saftigen Klebstoffzylinder des Uhubaumes.

Merkwürdig grummelte der Bauch Arthurs und schwummerig begann sein Körper, wie ein Grashalm im Wind zu wiegen, bis ein ungewohntes Platschen über die Welt und noch weit ins Universum hallte. Von einem Moment auf den anderen zerfloss der Hamster und von nun an sollte Arthur als Urhamsterpfütze regungslos in die Geschichte eingehen. So verschwand das erste Leben genauso magisch, wie es entstanden war, von der Erde – und blieb fort.

Grübelnd schaute das Grün auf seine Schöpfung und dachte über das Leben nach, das sich so zufällig auf seiner Erde entwickelt hatte, und es gefiel ihm. Also befahl es einem anderen Blatt, sich vom Zweig zu lösen, und es bat den Wind, es auf dasselbe Feld hinauszutragen. Erneut vollzog sich der wunderliche Zauber und der Zyklus des Lebens begann ein weiteres Mal. Wieder verstrichen die Jahrhunderte und auch dieses Mal wühlte sich irgendwann ein kleiner Hamster aus der Schale seiner Zitrone. Doch nicht viel erfahrener als Arthur schlenderte der pelzige Norbert quer über die Wiese auf den Uhubaum zu.

Beinahe hätte sich der Lauf des Schicksals wiederholt, als Norberts Aufmerksamkeit abgelenkt wurde.

Vorsichtig näherte sich die Kreatur Arthur der Hamsterpfütze und schnüffelte neugierig daran. Mit einem kräftigen Schluck saugte der zweite Hamster den flüssigen Arthur in sich auf und ein gewaltiges Ploppen, gefolgt von einer Musik aus vielen vibrierenden Tönen, erschütterte die Existenz selbst, als Norbert unter einem noch viel wunderbareren Lichtspiel zu einer Wolke verpuffte.

Doch der Anfang allen Lebens war dieses Mal nicht verloren und das Grün wartete, was mit der Wolke geschah. Norbert, der zwar nicht mehr denken noch handeln konnte, aber die Essenz des Lebendigen in sich trug, schwebte ein Mal um den Planeten und nahm dabei Wasser aus allen Weltmeeren in sich auf. So geschah es eines Tages, als die Sterne sich günstig formten, die Ozeane sich aufbäumten und die zwölfhundert niederen Götter ihren Jubelgesang anstimmten, dass sich Norbert die Urhamsterwolke auf jenem Feld niederregnete, wo alles begann, und aus dem tiefsten Erdreich stieß an das Tageslicht ein Baum von alles überragenden Ausmaßen: der Weltenbaum!

In diesem Baum wohnte das Lebendige und jede Urform des Lebens ging aus ihm hervor. Nach den Zitronen wuchsen die Tomaten und aus ihnen schlüpften die ersten Menschen und nach dem Menschen kamen alle anderen Lebewesen auf die Welt. Aus Kürbissen wurden Löwen, aus Pflaumen wurden Ratten, aus Erdbeeren wurden Raben und alle anderen, vom Axolotl bis zum Zenker-Gleitbilch.

Als alles Leben geschaffen war, überließ der Weltenbaum, der so weise war wie das Grün selbst, die Welt ihrem eigenen Schicksal und verdorrte. Bevor er jedoch die Erde verließ, entsandte er eine Frucht jeder Art in die Weite hinaus und hier wuchsen sie ihm gleich wie Pflanzen und von nun an waren sie Nahrung für Menschen und Tiere. Der Mensch jedoch, als erstes Lebewesen entstanden, erhob sich zum Herrscher der Welt und unterwarf sich die Natur. So glaubte er sich als König der Tiere und hob sich selbst über die Bäume und Wiesen, in denen das Göttliche wohnte. Er errichtete große Städte und schadete der mühsam entstanden Welt auf gar schändliche Weise.‘

Schiel lauscht den Worten des Spiegels auf andächtige Art und wagt es nicht einmal, laut zu atmen. Menschen … Schiel hatte in den letzten Wochen mehr über diese Ära vor der Zerstoßung gehört als in all den Jahren ihrer Ausbildung zum Erzählerkauz. Jedes Wort des allwissenden Spiegels wird begleitet von bunten Bildern einer längst vergangenen Welt, die sich hinter seinem Glas abzeichnen.

Das Artefakt beginnt sich zu räuspern und das nächste Kapitel der Schöpfung auszuschmücken: ‚Doch das Grün war nicht zufrieden mit dem Gang, den das Leben ging. Während es zu Beginn der Dinge dachte, Lebendiges zu schaffen, würde seine Schöpfung vollenden, so war es nun von der Zerstörung der Natur enttäuscht und erwog, zu handeln.

Himmel war ein geduldiges Geschöpf, lag er doch Jahrhunderte über der Erde und schützte sie vor der sengenden Sonne. Alle 1337 Jahre allerdings, so hatten es die beiden verabredet, machte Zeit einen Tag Pause und lief nicht weiter. An diesem Tag, wo alles Leben und Licht stillstand, erhob sich Himmel vom Firmament und wagte einen Spaziergang. Zur hypothetischen Abendstunde erreichte er den Punkt, von dem aus er aufgebrochen war, und ließ sich wie gewohnt nieder.

Geduldig harrte das Grün aus und wartete, bis die nächsten 1337 Jahre vergangen waren und Zeit sich zur Ruhe bettete. Himmel erhob sich von seinem Platz und schritt vom Norden aus der Länge nach über die Weltenkugel, um dabei seinen Blick großzügig im Universum wandern zu lassen. Als er den Äquator erreicht hatte, tat das Grün seinen göttlichen

Fingerzeig und brachte ihn tosend zu Fall. In diesem Augenblick, als Zeit schlief und Himmel stürzte, begann die zweite Dämmerung des Lebens und die *große Zerstoßung* auf Erden.

In einem gewaltigen Getöse stürzte die umfassende Masse rot vor Scham auf die Welt herunter. Zeit erwachte und lief erneut, sodass Menschen und Tiere in ihren letzten Stunden die Gestalt des blutroten Himmels erblickten und die Feuergewalten der Sonne über die Erde hereinbrechen sahen. Es ertönte ein fürchterlicher Lärm und in wenigen Augenblicken war das Leben wieder von der Erde verschwunden …

… fast.

Als die magische Kraft des Himmels die Menschheit von der Erde fegte, zeigten einige wenige Tiere sich auf wundersame Weise immun gegen die rohe Gewalt. Manch einer glaubt heute noch, der eine oder andere niedere Gott hätte schützend seine Hand über seine Lieblingstiere gehalten.

Während sich diese wenigen Tierarten langsam wieder erholten und die Tage der Menschheit endgültig und unwiederbringlich gezählt waren, begann die Erde wieder mit der grünen Fülle überwuchert zu werden, in der sie einst aus der Geburt der Farben hervorgegangen war. Doch etwas war dieses Mal anders: Äpfel, Kürbisse, Pflaumen, Tomaten, all diese Dinge, die einst aus dem Weltenbaum hervorgegangen waren, existierten noch und breiteten sich an allen Orten der Welt aus, da sie keinem Wesen mehr als Nahrung dienten. So waren die Früchte der Welt frei von Konkurrenz und wie es ein biologisches Gesetz seit jeher ist, so kann sich jenes frei entfalten, das keine Feinde hat.

So vergingen einige Jahrhunderte, die wie die ersten Tage der Welt waren, bis der Zufall der göttlichen Bestimmung erneut eine Überraschung präsentierte. Beseelt von der Essenz des Lebens, die immer noch wie ein leises Flüstern in der Welt lag, begann ein Cucurbit, in zahlreichen Generationen aus einem Kürbis entstanden und Ismael genannt, eine eigene Intelligenz zu entwickeln und seine Augen zu öffnen. So löste er sich von seinem Busch und ging hinaus in die Freiheit. Das Grün beobachtete dies mit großem Entzücken und stellte fest, dass dieses Wesen so auf die umgebende Natur angewiesen war, dass es diese nicht so leichtfertig opfern würde wie der Mensch. Dem Leben eine weitere Chance gönnend, schickte das Grün ihren Odem über die Erde und erweckte Karotenen und Nabanen, Pluumen und Potatori, Gurkaner und Tomatolen und alle anderen Früchte zum Leben. Dies war der Tag des zweiten Weltenanfangs.‘

Gespannt blickt Schiel in die Welt hinter dem Spiegel und betrachtet die farbigen Bilder, die dieses unendlich weise Wesen ihr offenbart.

‚Die Cucurbiten waren von behäbiger Gestalt, aber mit hoher Intelligenz gesegnet. Die grünlich-länglichen Gurkaner erhielten die Gabe der Logik und einen unersättlichen Drang nach Wissenschaft. Als letztes Volk traten die Enkel der Pflaumen, die Pluumen, in die Welt und diese Tatsache prägt sie noch heute.'

Mit tiefer und beruhigender Stimme hallen dem geduldigen Gast schlussendlich ein paar freundliche Worte entgegen.

‚Willkommen, kleiner Freund! Das letzte Mal, dass ein Besucher in dieser Halle war, ist schon sehr, sehr lange her. Komm doch etwas näher und lass dich betrachten!'

Mit ihrem üblichen hoppelnden Gang, jedoch deutlich ehrfürchtiger, bewegt sich die in der riesigen Halle nahezu verschwindend klein erscheinende Kreatur den restlichen Weg bis in die Mitte des Saals und bekommt nun endlich die Gelegenheit, dieses Wesen uralter Zeit aus der Nähe zu betrachten. Eingelassen in einen prunkvoll verzierten Rahmen, dessen Herkunft und Material kein denkendes Wesen nur erahnen kann, thront ein imposanter Spiegel im Mittelpunkt des Trübsaals. Das Glas der Scheibe ist blind und wirkt wie ein Fenster in einen unbekannten, von Nebel verhüllten Raum jenseits der bekannten Welt. An sich ließe sich an diesem Spiegel nichts Lebendiges erkennen, würde nicht diese ruhige und klar artikulierte Stimme hinter dem Glas mit der kleinen Eule sprechen.

‚Ich bin der Spiegel der Wahrheit, Artefakt aus uralter Zeit. Ich war da, als die Welt entstand, und ich sah, wie sie wurde, bis mir das mächtige Götterbeben die Sicht für viele Jahrhunderte nahm und der Trübsaal meine neue Heimat wurde. Mit wem habe ich die Ehre, kleiner Freund?'

Schiel zögert mit ihrer Antwort, da sie in tiefster Ehrfurcht erstarrt ist. Erst nach und nach beginnt sich der Schnabel der Kampfnickeule zu lösen und die ersten Worte hervorzubringen: ‚Mein Name ist Schiel, Erzählerkauz vom Stamm der Kampfnickeulen. Ich habe eine lange Reise hinter mir und suche Euch, oh ehrwürdiges Wesen, auf, da Ihr nun die einzige Rettung für Süd Salatonien seid.'

Ein grübelndes Grummeln ertönt aus dem Nebel und lässt die Säulen des Trübsaals dumpf vibrieren.

‚Ja. Ich spüre große Dinge da draußen. Doch mein Blick ist getrübt. Ich kann alles zeigen, was war, ist und wird – doch ich sehe nichts. Ich bekomme hier, wie gesagt, nicht oft Besuch, also, was möchtest du wissen?'

Vorsichtig kommt der kleine Federball noch ein Stück näher an seinen imposanten Gesprächspartner heran und versucht, in den undurchdringlichen Nebel zu blicken.

‚Zuerst aus reiner Neugier – war das gerade die Entstehungsgeschichte Süd Salatoniens?'

‚Was? Nein. Vielleicht. Eine davon. Ein Schöpfungsmythos. Seit ich hier bin, habe ich neben der einen, die wahr ist, viele erfunden, die es nicht sind. Vielleicht war diese wahr, vielleicht eine andere. Ist das wichtig?'

Schiel schüttelt den Kopf. ‚Nein, eigentlich nicht.'

In den Wolken hinter dem Spiegelglas zeichnet sich schemenhaft ein gastfreundliches Lächeln ab und weicht schimmernd einer schleierhaften Hand, welche die Kampfnickeule mit einer darbietenden Geste bittet, näher zu kommen. ‚Sprich frei und sprich wahr, kleiner Freund! Du hast doch nicht den weiten Weg zu diesem unbekannten Ort auf dich genommen, um einen alternden Spiegel von der Vergangenheit schwafeln zu hören. Warum genau suchst du mich auf?'

Schiel, die über die fesselnden Ausführungen des Spiegels für eine Weile ihren Beweggrund und dessen Dringlichkeit aus den Augen verloren hat, wird spontan zurück in die Gegenwart gerissen und beginnt nach mehrfachem nervösem Räuspern eine kleine Rede. Diese hatte sie schon seit einem guten Dutzend Flugstunden für diesen Anlass vorbereitet.

‚Wertes Artefakt vergessener Jahrtausende! Mein Name ist Schiel, Erzählerkauz vom Volk der Kampfnickeulen und ich bin hier, um euch demütig darum zu bitten, mir den Blick in die Zukunft zu gewähren.'

Der Spiegel lacht auf und seufzt zugleich. Dann zeichnet sich erneut der Umriss eines Gesichtes im schleierhaften Nebel ab, das betrübt den Kopf schüttelt. ‚Es tut mir leid, kleiner Freund. Die Zukunft zu kennen, ist ebenso ein Segen wie ein Fluch. Wer die Zukunft kennt, der kann sie verändern – der wird sie verändern. Und es ist nicht im Sinne des Schicksals, dass die Sterblichen in seine Geschicke eingreifen.'

Nervös trippelt die Federkugel auf der Stelle herum und wartet nur darauf, dass das Artefakt endlich ausspricht. ‚Ich bitte erneut um Verzeihung', wirft sie mit angespannt zitternder Stimme ein. ‚Aber genau darum geht es. Ich muss die Zukunft verändern, um das Schicksal, die Götter und ganz Süd Salatonien zu retten.'

Der Spiegel zieht hinter dem Schleier eine imaginäre Augenbraue nach oben. ‚Die Geschichte deiner Reise führt darauf hinaus, dass nur dein Blick in die Zukunft die Welt retten kann?'

Schiel fühlt sich verstanden und nickt eifrig. Für einen Augenblick brummt der Spiegel mit einer Mischung aus Interesse und Nachdenklichkeit. ‚Ihr Erzählerkäuze seid meisterhafte Geschichtenerzähler, richtig?'

Die Kampfnickeule versteht nicht so recht die Bedeutung dieser Frage, nickt aber dennoch selbstbewusst.

‚Ich mache dir einen Vorschlag: Erzähl mir deine Geschichte vom Beginn deiner Reise bis zu deiner Ankunft. Wenn ich erkennen kann, dass deine Rolle in dieser Welt wirklich so bedeutsam ist, werde ich dir deinen Wunsch gewähren.'

Schiel verschränkt die Flügel und legt mit einem herausfordernden Knacken den Kopf schief. Noch zwei Tage … Das ist zu schaffen.

‚Wenn das so ist, wäre es mir eine Ehre.'

Kapitel 3

Geduldig wartet der Spiegel, während sich die wuselige Kampfnickeule auf eine scheinbar lange, aber nicht minder aufregende Geschichte vorbereitet. Flink zupft sich Schiel einige der schnell nachwachsenden Federn aus dem pummeligen Körper und häuft diese unter sich zu einem kleinen Hügel an. Dabei versucht sie – mehr oder weniger erfolgreich –, mit den Flügeln das selbst gebastelte Sitzkissen vor den Tränen des Trübsaals zu schützen. Diese unablässig herabfallenden Wassertropfen entfalten dabei für die kleine Eule einen ganz anderen frustrierenden Charakter. Nach einem Moment der Pause hüpft die kleine Schiel blitzschnell in den Federhaufen und mummelt sich in die weiche Unterlage mit Blick zum magischen Spiegel der Wahrheit. Tief atmet der professionelle Geschichtenerzähler mehrfach stoßartig ein und aus und legt dabei die nicht ganz klar zu erkennende Stirn in tiefe Denkfalten. Dann erhebt sie endlich das Wort und beginnt mit ihrer wunderlichen Geschichte.

‚Lasst mich Euch von der Welt da draußen berichten, wie ich sie kenne. Merkwürdige Dinge gehen dort vor sich. Dinge, an denen alle Völker von den Cucurbiten und Karotenen, über die Nabanen bis zu den Appelliaten, also alle Geschöpfe Süd Salatoniens beteiligt sind. Doch will ich mit meiner Geschichte dort anfangen, wo alles vor knapp 40 Tagen begann …

Schon als ich am Morgen dieses verhängnisvollen Sommertages auf meinem Baum erwachte, barg dieser mysteriöse Zeichen in sich. Es war erneut Blot Modin, der Tag, an dem alle drei Sonnen zur selben Zeit in der Mittagsstunde am Himmel standen. Gerüchte über die Ankunft des Propheten Nostradanuss an der Westgrenze des Mittelreiches in Gurkan verbreiteten sich wie ein Lauffeuer in den Zentralreichen, sodass ich mich, neugierig wie ich seit jeher bin, auf den Weg zum Hofe Kaiser Gottliebs III. machte. Die Karotenen führten in diesem Jahr den Vorsitz im Zentralrat der Vier.'

‚Ja, die Karotenen spielen seit jeher eine große Rolle im Machtgefüge der Nationen', warf der Spiegel seinen ergänzenden Kommentar in Schiels Geschichte ein. ‚Ähnlich den Nabanen, so gehörte auch das Volk der Karotenen in der Entstehung der Welt zu den ersten Nationen, die vom Leben beseelt auf das Antlitz der Erde traten. Der Erste unter ihnen war der berühmte und geliebte Kaiser Dietmar I. und ihm folgten viele Brüder und Schwestern. Als seine Zeit gekommen war, ernannte er seinen ältesten Sohn zum rechtmäßigen Thronfolger. Da das Gebiet der Karotenen reich an verschiedenen Landschaften und Bodenschätzen, jedoch schwer zu verwalten war, gab Kaiser Dietmar I. in seiner Güte jedem seiner liebsten Brüder ein Stück Land und ernannte sie zu Fürsten. Nach zahlreichen Generationen jedoch, als Sohn um Sohn in die Fußstapfen des ersten Kaisers getreten war, kam es dazu, dass die Thronfolge des ältesten Sohnes von Ferdinand IV. nicht anerkannt wurde, die Brüder und Schwestern sich zerstritten und das Reich in ein Splittergebiet aus zahlreichen Fürstentümern zerfiel. Kämpfen die Fürstentümer noch heute gegeneinander um die Vormacht im Reich? Zu welchem Fürstentum gehört dieser Kaiser Gottlieb III.?'

‚In den vielen Jahren, die so vergangen sind, waren die Fürstentümer geschwächt durch Krieg und Hunger – und kaum eines war noch stark genug, sich allein in der Welt zu behaupten', fügt die kleine Eule hinzu, während sie auf dem Federkissen hin und her rutscht, um die optimale Position für sich zu finden. ‚Aus der Asche dieses zerstörten Erbes Kaiser Dietmars I. erhob sich schließlich Gottlieb III., ein Nachfahre aus der direkten Saftlinie Dietmars I., und bestieg den Thron des Fürstentums Groß Bereling. Die Fürsten erkannten in seiner Güte die Seele des längst verstorbenen Kaisers und priesen ihn in Ehren. So vereinte er die Teilgebiete zu einem großen Karotenenreich und wurde der neue Kaiser dieses blühenden Volkes. Inzwischen jedoch ist der Herrscher in die Jahre gekommen – und das, ohne einen Sohn gezeugt zu haben. Die Karotenen bangen um ihr Reich und fürchten sich vor einem erneuten Zerfall in Fürstentümer – doch das sollte künftig kein Problem mehr darstellen.‘

Auf Schiels Schweigen hin zeichnet sich ein deutliches rotes Fragezeichen im Nebel des Spiegels ab.

‚Hierzu später mehr. Ich nehme sonst einen Großteil der Handlung vorweg.‘

Der Prophet schlägt sich mit der imaginären Hand vor die imaginäre Stirn. Manchmal strapazierten die irrationalen Eigenarten der salatonischen Kreaturen seine rationale Geduld doch sehr. Doch er will sich nach 5000 Jahren nicht als schlechter Zuhörer entpuppen und lässt das Federvieh geduldig gewähren.

‚Als ich mich gewaschen und geputzt hatte, dröhnten auch schon die Posaunen von den Wällen der kaiserlichen Festung über das Land und kündigten das Kommen des ungewöhnlichen Besuchers an. Die Anwesenheit einer Nuss in Süd Salatonien war schon immer ein sehr seltenes Ereignis und so ließ ich das Frühstück ausfallen und begab mich unverzüglich, über die prächtigen Getreidefelder von Bereling hinweggleitend, zum Thronsaal. Auf dem Marktplatz verschärften sich die Gerüchte der letzten Tage, Nostradanuss sei mit üblen Neuigkeiten gekommen und niemand außer dem Kriegsrat der vier Reiche sei zu seiner Ankunft im Thronsaal geladen. Doch was wäre ich für ein Geschichtenerzähler, wenn ich diesem Ereignis ferngeblieben wäre? Ein kleines Fenster, zur gering bewachten Seite der Mauer gewandt, war unachtsam offen gelassen worden – und so drang ich heimlich durch das schillernde Mosaik in die prachtvoll geschmückte Burg ein. In der Hektik des Augenblicks postierte ich mich unbemerkt auf einem schwach knarzenden Dachbalken über dem Thron, von dem aus ich gut sehen und noch besser hören konnte.

Bedrohlich quietschend schob sich das mächtige Burgtor in das Innere des Raumes vor und aus dem Schein der drei Sonnen trat der Prophet Nostradanuss in den schwach beleuchteten Thronsaal. In wallende weiße Gewänder gehüllt und durch einen langen grauen Bart gezeichnet, schlich der alte Mann vom Volk der Erdnüsse über den roten Teppich hinweg und verneigte sich ehrfürchtig vor Kaiser Gottlieb III., der ebenfalls von den Zeichen der Zeit angeschlagen, schwer atmend, aber mit seinem stets gutmütigen Lächeln bekleidet in seinem Thron saß. »Nostradanuss, mein alter Freund! Wie lang mag das her sein?«

»Zwanzig …« Nur röchelnd kam die Antwort aus dem Munde der Erdnuss, sodass diese sich erst ausgiebig räuspern musste. »Verzeihung! Zwanzig Jahre und vier Monate, mein Herr. Auf den Tag genau.«

In Erinnerungen schwelgend nickte der große Kaiser, kam aber schnell zum Ernst der Lage zurück und sprach mit bestimmtem Unterton: »Jedoch sind wir nicht hier, um alte Freundschaften zu pflegen. Die Boten berichteten, dass du Neuigkeiten von großer Wichtigkeit bringst. Was bedrückt dich, alter Freund?«

Langsam wandte Nostradanuss dem weisen Herrscher den Rücken zu und schritt auf seinen gewundenen Stab gestützt in die Mitte des Thronsaales. Eine Handlung, die gewiss nicht jedem im Reich gestattet war. Mit einem Ruck wandte er sich herum und ein heftiger Wind schmetterte durch den Raum, riss Wandteppiche und Banner aus ihren Verankerungen und ließ die langen Gewandungen des Propheten flattern. Den Stab hatte er weit von sich geschleudert und die Nuss bot einen verstörenden und beängstigenden Anblick, als sie sich in die Lüfte erhob. Eine von Donner und Blitzen begleitete Stimme, die selbst die mutigste Wache in Mark und Bein erschütterte, schmetterte durch die Halle:

»Törichte Sterbliche,
hört meine Worte!
Es droht das Ende aller Tage!

Geht und schickt die tapfersten Helden,
Antworten in der Höhle des Schicksals zu finden!
Mut und Tapferkeit – oder der Untergang droht!
Es ist unvermeidlich!«

‚Du hast die Weißsagung eines Nusspropheten gehört?!'

Ist es lediglich Überraschung in der Stimme des Spiegels? Nein – da ist mehr! Angst? Vielleicht sogar Panik?

‚Nur wenige können von sich behaupten, solche Worte vernommen zu haben. Die meisten ereilte zugleich ihr prophezeites Schicksal. Die Nüsse leben durch ihre eigene Entscheidung außerhalb der Zivilisation und wagen sich nur alle paar Jahrzehnte in die Zentralreiche, um wichtige Kunde aus ihren Visionen zu verbreiten. Von ihnen kamen nur wenige von den Ur-Büschen herab und da sie es pflegen, ihr Leben als Einsiedler zu verbringen, gibt es keine bekannten Dörfer, in denen sich die Generationen fortsetzen. Doch diejenigen unter den Nüssen, die das Leben in der Einsamkeit gewählt hatten, erlangten dabei zuweilen erstaunliche philosophische und prophetische Erkenntnisse. Manch einer behauptet, sie hätten ihre letzten Dörfer damals direkt an den Rissen erbaut, die der Himmel bei seinem Sturz auf die Welt hinterlassen hat, und sie hätten ihre Weisheit direkt aus der magischen Kraft der Himmelsreste gezogen. Einige von ihnen sind vielleicht heute noch in Eurer Welt bekannt, zum Beispiel Nussferatu, Nostradanuss oder Konfuzinuss. Das Grün gewährt diesen asketisch lebenden Bewohnern der höchsten Gipfel und tiefsten Täler von Zeit zu Zeit Einblicke in seine Pläne und so traf schon manche Prophezeiung der Nüsse zu, wenn auch zahlreiche von ihnen dem Wahnsinn verfielen.'

Schiel nickt halbherzig. Wahnsinn und Weisheit befanden sich bei den Nüssen so dicht beieinander, dass wohl beides stets Hand in Hand ging.

‚Als auch die letzte Silbe mit all ihrem Nachhall im Saal verklungen war, stürzte der Weise unsanft zu Boden. Sofort eilten zwei Wachen herbei, reichten ihm seinen stützenden Stab und halfen ihm wieder auf die Beine. Alle anderen standen entsetzt in der Halle, die von Totenstille erfüllt war. Niemand wagte es für einen Moment, auch nur ein einziges Wort über dieses ungeheuerliche Ereignis zu verlieren. Dann jedoch begann schlagartig panisches Diskutieren und ein wilder Streit zwischen den Gelehrten und Generälen der großen Reiche brach aus. Kaiser Gottlieb III. saß nachdenklich in seinem Thron und gab kein Wort von sich, bis er schlussendlich mit einem einzigen Ausruf Einhalt gebot.

»Sendet Nachricht aus!«, sprach der weise König, als wieder Ruhe im Raum eingekehrt war. »Berichtet den größten Helden aller Reiche von der Prophezeiung! Die Höhle muss gefunden und das Schicksal um Rat gefragt werden.«

Zustimmend untermalte der weise Nostradanuss den Befehl des Königs mit einem Nicken und öffnete eine unscheinbare, ebenfalls weiße Tasche, aus der er ein ganzes Bündel versiegelter Pergamente zog. »Ich hatte auf diese Entscheidung Ihrer Majestät gehofft und diese Botschaften verfasst. Sie können sofort an die Helden entsandt werden.«

»Dann sei es so!«, tönte Gottlieb III. zufrieden. »Es ist höchste Eile geboten! Bemannt die Eilpostgeschütze!«

Das letzte Wort war schon nicht mehr zu verstehen, als unverzüglich die

Weisen und Krieger aus der Halle des Karotenenherrschers strömten, um dessen Befehl nachzukommen.

Das war es! Der Beginn einer großen Geschichte – und ich hatte die freie Wahl. Alle Helden des Landes brachen zu derselben abenteuerlichen Mission auf und ich würde einen von ihnen begleiten. Doch wen? Süd Salatonien hatte lange keinen heldenverschleißenden großen Krieg mehr gesehen und so bot sich eine Menge an aussichtsreichen Teilnehmern für meine nächste Geschichte an.

Schlussendlich traf ich meine Wahl und machte mich auf den Weg zu einem der – meiner bescheidenen Meinung nach – vielversprechendsten Helden Süd Salatoniens: Tjal, der tollkühne Tomatole!

So flog ich gen Süden.'

,Sonderbar!', unterbrach der Spiegel. ,Vor dem Götterbeben, als mein Blick noch weit in die Welt gewandt war, lag Tomatolien noch im Norden der vier Zentralreiche. Ein interessantes Volk, wenn auch ihre Geschichte sehr schnell erzählt ist. Wie so viele der Ur-Völker des zweiten Lebens begannen die Tomatolen ihr Imperium mit einer Monarchie. Ein guter König von kräftigem Tomatenmark führte das Reich an und ließ es zu höchster Blüte gedeihen. Als er jedoch in sehr hohem Alter starb, entschied sich das Volk dazu, das Herrschaftssystem nach den Vorbildern eines großen Philosophen zu gestalten. Anders als die Nabanen beschlossen die Tomatolen, ein einheitliches Volk zu gründen und persönliches Eigentum abzuschaffen. Dieses Prinzip setzte sich interessanterweise ausgesprochen gut in der Gemeinschaft durch und nur wenige Tomatolen rebellierten und verließen schlussendlich das Land, um eine kleine Kolonie im Westen zu gründen. Ist es nicht so?', vergewissert sich der Spiegel, dem sein veraltetes Wissen inzwischen doch sehr am Ego kratzt.

,Aufs Wort!', klingt es prompt aus dem Schnabel des Federballs, der sich aus körperlicher Unausgeglichenheit im Laufe des Gesprächs auf den Kopf gestellt hat und darauf rotierend ein quietschendes Geräusch erzeugt. ,Und Tomatolien liegt noch immer im Norden. Tjal war stets bewusst, dass er zu Höherem bestimmt war, als sein Leben als einer von vielen zu fristen. So zog er sich, wie viele Exilanten seiner Art, nach Süden in die Weite Flur zurück.

Mit engagiertem Flatterflug erhob ich mich also über die unaufmerksame Masse von meinem Dachbalken und glitt federleicht durch das immer noch geöffnete Mosaikfenster in die Außenwelt zurück. Rege Panik herrschte auf dem Marktplatz Berelings. Wenn der Kriegsrat tagte und dieser nach der Ankunft eines Propheten in solche Hektik ausbrach, musste etwas Bedrohliches in der Luft liegen. Die einen schrien: »Die Tomatolen kommen! Seht in euren Kellern nach!« Doch dies war selbstverständlich unsinnig – oder zumindest sehr unwahrscheinlich, da Karotenen und Tomatolen seit Jahrzehnten oder länger in Frieden miteinander lebten. Ein anderer brüllte: »Schützt die Königin!« Wieder einer: »Das Ende ist nah! Außerweltliche erobern Süd Salatonien!« Darunter verkündete auch ein Marktschreier diese wirre Botschaft. Ich jedoch bahnte mir ungehindert meinen Weg über die Köpfe der Einwohner hinweg zum südlichen Verteidigungswall. Und noch bevor ich über die Zinnen der letzten Verteidigungslinie Karotoniens hinwegglitt, hörte ich das gewaltige Donnern der Eilpostkanonen.

In besonders dringenden Fällen wurden Pergamente in Kristallkugeln oder Metallzylinder verpackt und mit riesigen Geschützen mehr oder weniger präzise in die Briefkästen der Empfänger quer durch das Land geschossen. Dies war wahnsinnig teuer und brachte die Gefahr mit sich, dem einen oder anderen Adressaten das halbe Haus wegzureißen. Deshalb wurde es auch nur sehr selten praktiziert.

Ich erhob mich also über die Stadtmauern, die majestätische letzte Bastion gegen einen möglichen Ansturm aus den Appellien, hinweg und verließ das Großreich um Bereling in eiligem Flatterflug. Die Dörfer und Kleinstädte des glorreichen Karotoniens zogen an mir vorüber und recht ereignislos näherte ich mich ungehindert der Südgrenze des Landes.

Auf dem Weg dorthin überflog ich ein kleines Ritterheer, das scheinbar eine Burg belagerte. Ein etwas in die Jahre gekommener Karotener erhob vom obersten Dachfenster aus seine eiserne Faust und rief dem Gesandten wütend zu, dessen Herr möge ihn am Arsche lecken. Ansonsten blieb die Reise bis zu den hohen Hügelketten, welche die Grenze zu Nabanees markieren, einen erzähltechnischen Zeitsprung wert. Wie Ihr sicher wisst, weiser Spiegel, sind die Zentralreiche in vier Großgebiete aufgeteilt, von denen Karotonien im Osten liegt. Im Norden, wie Ihr bereits sagtet, grenzt das Reich Tomatolien an dieses und schließt gen Westen nach Gurkan ab. Südlich werden Gurkan und Karotonien von Nabanees begrenzt. In der Mitte dieser vier kreisförmig angelegten Reiche liegt der Welten- oder Zentralsee mit der Schwanenfestung und seinen ruhmreichen Verteidigern Süd Salatoniens. Dort versammeln sich die Völker zum Jahresende, um ihren persönlichen Göttern für das vergangene Jahr zu danken und um einen Segen für das nächste zu erbitten. Doch ich schweife ab.

Die Hügelkette ist nur eine gedachte Grenze. Karotenen und Nabanen sind trotz ihrer Gegensätzlichkeit starke Verbündete und gerade in den Grenzdörfern trifft man viele Hütten des jeweils anderen Reiches an. Kurz bevor ich den Wall passierte, bemerkte ich noch den Schrein der Begegnung, von dem ich schon so oft gehört hatte. Hier auf dem höchsten Hügel der Kette zwischen den Reichen treffen sich Karotenen und Nabanen unabhängig von den anderen Völkern, um ihre Freundschaften zu festigen und Hochzeiten zwischen den Reichen zu feiern. Gute alte Zeiten …"

‚Was?'

‚Nichts, nichts … Dann tauchte ich endlich in die Schönheit Nabanees ein. Zahlreiche putzige Dörfer, keines natürlich ohne eine Kirche, zierten meinen Weg nach Süden. Die Hauptstadt Nevark lag dabei leider nicht auf meinem Weg, doch diese – berühmt im *Salatonischen Reiseführer* aufgrund ihrer 125 Kathedralen – hatte ich bereits im vorigen Jahr besucht. Auf meinem weiteren Weg beobachtete ich noch ein lustiges Schauspiel: Auf einem Feld, einige Kilometer vor der nächsten Südgrenze, trafen Soldaten in verschiedenen Farben aufeinander und schlugen spaßeshalber mit harten Salamiwürsten und gefrorenen Forellen aufeinander ein. Dieses Spiel soll die Einwohner Nabanees immer wieder an den scheußlichen Bürgerkrieg erinnern, in dem sie ihre Freiheit erlangt hatten.

Schon von Weitem erblickte ich den riesigen Verteidigungswall, den die vereinten Völker der Zentralreiche nach dem großen Bärenkrieg errichtet hatten. Mehrere Meter ragt das gigantische Bollwerk am Horizont in den Himmel und trennt die Zentralreiche gegen den Rest Süd Salatoniens ab. Der imposante Eindruck, den der riesige Wall stets auf mich macht, ließ mich vor Unachtsamkeit beinahe an den gewaltigen Zinnen des Kriegsbauwerks zerplatzen. Nur knapp glitt ich über den Kopf eines Karotenensoldaten hinweg, der hier Wache hielt. Seit seiner Errichtung wurde der Wall von allen Völkern des inneren Reiches verteidigt, auch wenn es seit Jahrzehnten nicht mehr zu einem Angriff gekommen war.

Ab hier ging die Reise schneller voran. Vor fast einem Jahrhundert hatte ein engagiertes Reiseunternehmen von Grünschleifen Schjchu Schjchus in Süd Salatonien landesweite Windtunnel errichtet. Hierbei machten sich clevere Sturmarchitekten die verzwickten Windströmungen des salatonischen Himmels zunutze und lenkten diese mit gurkanischer Technologie in feste Transportrouten. Diese halfen nicht nur allen möglichen Schjchu Schjchus bei der Bewältigung ihrer Geschäftsreisen, sondern sie beschleunigten auch die Paketlieferung und als erfreuliches Nebenprodukt die Reisezeiten von allem, was sich glücklich schätzen konnte, über ein gesundes Paar Flügel zu verfügen. So hielt ich die Luft an und tauchte durch den wirbelnden Wolkenkanal, der mich rasant weiter in den Süden transportierte.

Mit etwas Aufmerksamkeit konnte man auch noch durch den Windtunnel hindurch das Land unter sich erkennen. Im Süden hinter dem Verteidigungswall zeigte sich die Welt wie üblich von ihrer schlechtesten Seite. Die Randgebiete, die einst zum Reich Nabanees gehörten, waren im großen Krieg größtenteils vernichtet und aufgegeben worden. Dort, wo einst ebenso blühendes Leben wie in den Zentralreichen herrschte, finden sich heutzutage nur noch Ruinen alter Dörfer und Städte, verfallene Kirchen, verdorrte Felder und die Reste der zahlreichen Gefallenen von Bären, Nabanen, Karotenen, Appelliaten und dem einen oder anderen Tomatolen. Hurtig beschleunigte ich meine Flügelschläge, um dieses verfluchte Land, in dem angeblich noch immer die Geister der in der Schlacht Verstorbenen hausen sollen, hinter mir zu lassen, und ich kam früher als erwartet an die Grenze der Ödlande.

Hier im Süden der Welt, hinter den verfluchten Randgebieten und noch vor dem Imperium der Bären, den ehemaligen Appellien, befindet sich die „Weite Flur" – ein Gebiet, reicher an Schönheit als die Zentralreiche und fernab jeglicher Technologie, Politik oder Religion. In der Weiten Flur leben die Einwohner Süd Salatoniens, die sich nicht so recht in die Gesellschaft einfügen wollen: Kolonien der Tomatolen, vereinzelte Nabanengilden, hin und wieder ein Karotenenstamm oder eingeborene Cucurbiten, die mit ihren Verwandten doch so rein gar nichts gemein haben.

Die Völker hier sind weder hoch entwickelt noch besonders wohlhabend, aber sie sind glücklich in ihrer Abgeschiedenheit – und so ist Süd Salatonien in seiner Gesamtheit zwar längst nicht perfekt, doch wer entschieden danach sucht, findet einen bestmöglichen Kompromiss für sich.

Hier – fernab der Eingliederung in die Gemeinschaft – konnte also der individuelle Geist sprießen und hier wurden auch die meisten Helden geboren: Astor, der heroische Stammesführer einer Karotenensippe, Qutzlko, der schamanische Geistliche eines Cucurbitenhaines, und auch Tjal, der tollkühne Tomatole. Letzterer war in meinen Augen stets der größte Held gewesen. Mit nicht einmal fünf Jahren hatte er sich in die Einsiedlerei zurückgezogen und hier mit zehn Jahren einen hundertköpfigen Stoßtrupp der Bären abgewehrt, der nach Nabanees zog. So sagt man auch, dass nicht der riesige Südwall, sondern Tjal der Grund war, aus dem die Bären ihren Jahrzehnte andauernden Invasionsversuchen ein Ende setzten. Im jungen Alter von zwölf Jahren machte er sich mit zwei Gefährten nach K'marr'Z'durr', die dritte Ebene der Hölle, auf und drängte die unbezwingbaren Feuer in den Rachen des Finsterwurmes zurück. Und als die Unbekannten aus den Spitzbergen an den Westgrenzen des Reiches gesehen wurden, führte Tjal einen tapferen Kreuzzug gegen die Schatten, trieb diese für zahlreiche Jahre zurück und verlor dabei selbstlos sein rechtes Auge. In den letzten Jahren ist es sehr ruhig um den Recken geworden, da Süd Salatonien die Bedrohungen ausgingen. Die Kriege der Moderne wurden auf dem Schlachtfeld von Politik und Bürokratie ausgetragen – und in beidem war das Schwert nicht mehr gefragt. Ohnehin hielt sich Tjal, soweit es für einen Helden möglich war, aus den Geschehnissen der Zentralreiche heraus. Zuletzt war es seiner Hand zu verdanken, dass die Cucurbiten beim Freudenfest der tausend Sommer – das einzige Ereignis, das sie leichtfertig aus ihrem Versteck lockte – nicht vollständig von den Schjchu Schjchus vernichtet wurden und nahezu unversehrt wieder in den Untergrund fliehen konnten.‘

Der Spiegel seufzt und deutet ein schleierhaftes Kopfschütteln an. ‚Wenn ich es einem Volk gewünscht hätte, dass sich ihr Schicksal in den vergangenen Jahrzehnten zum Besseren gewandt hätte, so wären dies die Cucurbiten gewesen. Das erste Lebewesen des großen zweiten Anfangs, das vom Odem des Grüns beseelt eigenes Leben entwickelte, war Ismael, der erste Kürbis. Die Cucurbiten waren die wohl intelligentesten Einwohner Süd Salatoniens, da sie einen Intellekt besaßen, der ganz verschieden von dem war, den das Grün seinen Kindern schenkte. Sie waren ein geselliges Volk und verschwendeten keinen Gedanken an Krieg und politische Verwirrungen. Ihre Leidenschaft galt der Mathematik und dem logischen Kalkül. Ihre Intelligenz bescherte ihnen ein besonderes Händchen für die finanziellen Verwicklungen der Reiche und so verhalfen sie nicht selten der einen oder anderen Nation zu plötzlichem Wohlstand.

Die Cucurbiten lebten weit verstreut in Salatonien. Die kugeligen Wesen nahmen sich ihren Beruf so sehr zu Herzen, dass sich ihre Erscheinung im Laufe der Generationen einem bestimmen Klischee annäherte. Sie trugen durchweg lange weiße Bärte, dicke Geldsäcke für die Geschäfte auf dem Rücken und schwarze Sakkos mit passenden Zylindern für die Optik. Nach Hunderten von Generationen war dieser Brauch ihnen so in die Gene übergegangen, dass jeder kleine Kürbis schon mit Bart, Zylinder und Geldsack auf die Welt kam und lieber sterben wollte, als eines von ihnen abzugeben.

Viele Jahrhunderte blieben die *neuen Völker* Süd Salatoniens unter sich. Sie gerieten, wie es der Lauf der Dinge nun einmal war, in den einen oder anderen Konflikt, jedoch nichts, was das Antlitz der Welt oder die Konstellation der Gemeinschaften nachhaltig beschädigte. So existierten sie Generation um Generation weitestgehend ruhig nebeneinander. Doch irgendwann im Laufe der zweiten Ära wurde den Salatoniern klar, dass sie nicht alleine auf der Welt waren. Wesen der alten Zeit hatten in geringen Zahlen in den Höhlen und Felsklüften auf abgeschiedenen Inseln außerhalb Süd Salatoniens überlebt und sich dort angesiedelt und weiterentwickelt. Da jegliche Konkurrenz bei der Vernichtung des ersten Lebens ausgelöscht wurde, konnten sich die wenigen Überlebenden frei entwickeln – und so brachten sie Kreaturen hervor, die so unglaublich waren, dass sie den Wesen der alten Welt kaum noch ähnelten. Und wenn ich dir nun von den Cucurbiten berichte, muss ich unweigerlich auch von denen sprechen, die als Erstes nach Süd Salatonien zurückkehrten.‘

Schiel lauscht aufmerksam, kennt sie diese Geschichte doch nur aus bruchstückhaften Erzählungen.

‚Eines Tages – zu Beginn der zweiten Ära nach der großen Zerstoßung – drangen Gerüchte über merkwürdige Kreaturen von den Einsiedlern im Nordosten her in das Zentralreich vor, in dem Karotenen, Nabanen, Tomatolen und Gurkaner sich die Herrschaft teilten. Die vier Mächte trafen sich in diplomatischer Mission und beschlossen, einen Abgesandten aus jedem Reich in die Berge des nördlichen Ostens zu schicken und über diese Wesen zu berichten. Und so rückte die Gemeinschaft der vier Diplomaten aus, um eine erstaunliche Entdeckung zu machen: Noch ehe sie die Randgebiete erreichten, trat ihnen ein Schwarm der geflügelten Neuankömmlinge in ebenso diplomatischer Mission entgegen, in welcher sie selbst gekommen waren. Die Rückkehrer stellten sich als Schjchu

Schjchus vor und waren etwa 1,20 Meter große Vögel mit blauem Gefieder. Gekleidet in einen langen schwarzen Frack mit weißem Hemd und schwarzer Fliege machten sie dabei einen äußerst intelligenten und zivilisierten Eindruck, der sich auch bestätigte, als sie sich, nicht ganz ohne vor Stolz geschwelltem Gefieder, als studierte Diplom-Hotelfachvögel auswiesen. Da sie von sich selbst behaupteten, friedlicher Absicht zu sein, hieß sie die Gesandtschaft der vier Völker im Reiche Salatoniens willkommen und innerhalb weniger Wochen boomte die Hotelkette der Schjchu Schjchus im gesamten Zentralreich.

Am ausgiebigsten machten die Citorras von den Unterkünften Gebrauch. Über ihren zum Teil bemerkenswerten technologischen Stand, der den Gurkanern sehr nahe kam, hatten diese nämlich jegliches handwerkliche Talent verlernt und waren zum Erbauen von Häusern nicht mehr in der Lage. Ironischerweise zählten Citorras zur bevorzugten Nahrungsquelle der großen Vögel, sodass diese einen unfair profitablen Deal herausschlugen und Unterschlupf suchenden Citorras Unterkunft und Fraßschutz gegen horrende Summen anboten.

Doch so glimpflich traf es leider nur die Citorras. Eine der wichtigsten Eigenarten der Schjchu Schjchus war nicht der Frack, das Hemd oder die Fliege, sondern der Zylinder. Dieser war mit einem bunten Band verziert, dessen Farbe das Erkennungszeichen der verschiedenen Familien darstellte. Jede Schjchu-Schjchu-Familie oder -Kaste hatte ihre eigenen speziellen Eigenschaften: Rotschleifen Schjchu Schjchus waren geschickte Immobilienvögel, Blauschleifen Schjchu Schjchus kannten sich gut im Verwalten von Finanzen aus, Grünschleifen Schjchu Schjchus waren hervorragend im Bereich der Logistik und Reiseplanung und so weiter.

An dieser Stelle jedoch gilt es, das komplizierte Geburtsritual der sonderbaren Zuwanderer zu erwähnen: Wenn ein Schjchu-Schjchu-Pärchen Nachwuchs bekommt, legt das Weibchen ein bereits 1,20 Meter großes Ei. In diesem befindet sich ein perfekt ausgewachsenes Schjchu-Schjchu-Küken mit Frack, Hemd und Fliege – jedoch ohne Zylinder! Ohne einen solchen sind die Schjchu Schjchus aber nicht lebensfähig und so hat das Männchen nach dem Legen des Eies noch eine gute halbe Stunde Zeit, einen frischen Zylinder zu besorgen.

Panisch flattert also solch ein werdender Vater durch das Zentralreich Süd Salatoniens, um sein Junges zu retten, und erblickt dabei zum Beispiel einen spazierenden Cucurbiten. Dieses Treffen führt unweigerlich zu einem kulturellen Konflikt: Da die Schjchu Schjchus sehr direkte Wesen und in Anbetracht der Situation recht forsch sind, deuten sie nur fuchtelnd auf den Zylinder und krächzen so etwas wie »Her damit!« oder »Gib mir das!«.

Diese Umgangsformen jedoch sind für die kultivierten Cucurbiten höchst abstoßend und so erwidern sie dies nur selten mit einem Einverständnis.

Auf diese Weise schrumpfte die Zahl der hoch entwickelten Cucurbiten beträchtlich, ohne dass es eines der anderen Völker wagte, gegen die Zuwanderer aufzubegehren. So waren die Bankiers und Steuerberater des Landes gezwungen, in den Untergrund zu fliehen und in Kellergewölben und Zwischenwänden zu hausen. Gleichsam reduzierte sich auch die Anzahl der Schjchu Schjchus, da sich die beiden Völker stets gegenseitig bedingten.'

'Ein ebenso tragisches wie absurdes Schicksal für ein so großes Volk.'

Ein zustimmendes Grummeln des Spiegels. Schiel traf den Nagel auf den Kopf. Der Besucher schüttelt sich die Feuchtigkeit des Saales notdürftig aus dem Gefieder, rückt das Kissen zurecht und fährt erneut mit seinem Teil der Geschichte fort: 'Nun gut … Nachdem weite Teile der vor Wundern strotzenden Weiten Flur hinter mir lagen, erspähte ich vor mir eine kleine Hütte, abseits der Dörfer, nur an einem alten Feldweg gelegen. Das Dach war frisch mit Stroh gedeckt worden und aus dem kleinen Schornstein stieg eine friedlich wogende Rauchschwade auf. Kurz vor der Türschwelle lag eine geöffnete Kristallkugel, die eine Furche in den Boden und den verzierten Briefkasten weggerissen hatte. Die Fenster des beschaulichen Hauses standen vom arglosen Helden offen gelassen und so konnte ich auf dem Sims landen und einen Blick in das Innere der Wohnung werfen. Zwei Tage waren bereits vergangen, seit ich aus Bereling aufgebrochen war, und die Eilbotschaft des Kaisers hatte den tollkühnen Tjal schon erreicht, sodass dieser bereits seinen Abmarsch vorbereitete.

Kapitel 4

Das Marschgepäck des heldenhaften Tomatolen war bereits gepackt und ein Rucksack mit Proviant sowie diverse Waffen vom Speer bis zur Armbrust standen neben der Tür. Dann trat Tjal, in seiner strahlenden Pracht aus dem Bad kommend, in das von Sonne durchflutete Wohnzimmer und ein seltsamer Schimmer schien von ihm selbst auszugehen. Sein Körper war von saftig roter Farbe und von Muskeln gestählt, das grüne Kraut sorgfältig zurecht gekämmt. Mit gelassenem Gang schritt er zu einem massiven Holzschrank hinüber. Mich bemerkte er dabei nicht, obwohl sich mein Schatten deutlich sichtbar auf dem sauberen Dielenfußboden abzeichnete. Wir Erzählerkäuze haben zugunsten unserer beruflichen Tätigkeit die Eigenart, überdurchschnittlich unauffällig zu sein und kaum Aufmerksamkeit auf uns zu ziehen. Die Türen des Schrankes flogen auf und offenbarten den Inhalt: Eine prächtige Rüstung, die dem Tomatolen als Geschenk des Fürsten Osrik auf den Leib geschmiedet wurde, hing sorgfältig über einem Kleiderbügel. Tjal nahm sie heraus, legte sie über einen hölzernen Schemel und stellte sich vor den Spiegel. Als er sich zu rüsten begann, erklang irgendwo in der Ferne ein episches Orchester und untermalte die Situation entsprechend.

Leise Streicher unterlegten den Augenblick, in dem Tjal in Kettenhose und Kettenhemd schlüpfte, lauter wurden die Kontrabässe, als er sich in die Stiefel zwängte, und mit jeweils einem Paukenschlag legte er seine Panzerhandschuhe an. Als er den Kürass festschnallte, kam das mysteriöse Orchester zu seinem Höhepunkt und klang nach einem gewaltigen Finale aus, als er seinen Helm aufsetzte und das Visier schloss. Die sichere Hand des Tomatolen ergriff das blitzende Langschwert und triumphierend posierte er in gefährlichen Kampfstellungen für den potenziell ständig anwesenden Zuschauer. Der weiseste Prophet hatte das Ende der Welt verkündet und der größte Held aller bekannten Reiche folgte dem Ruf zur Rettung. Süd Salatonien konnte sich in Sicherheit wiegen! Das ruhmreiche Abenteuer von Tjal dem tollkühnen Tomatolen begann!

Mit selbstsicherem Gang marschierte der Recke zur Tür, packte sein Reisegepäck und löschte die Kerzen, ehe er durch die schwere Eichentür hinausschritt. Ich flog vom Fenstersims auf das mit Stroh gedeckte Dach und blickte herab. Von einem feierlichen Chor aus Vogelgezwitscher begleitet, trottete der Held mit erhobenem Haupt den Weg zur Landstraße hinab und wandte sich nach Osten, um seine abenteuerliche Reise zu beginnen. Mit der hellsten der drei strahlenden Sonnen im Rücken machte die tollkühne Tomate den ersten Schritt und wurde von einer Postkutsche überfahren.

Tjal war tot. Sein zermatschter Körper lag über mehrere Meter verteilt die staubige Straße entlang.

»Bei den Göttern! Halt an!«, ertönte eine wohlklingende, aber panische Stimme vom Sitz der Kutsche und wiehernd bremsten die beiden Knogglgox genannten Hühnchen, die sie zogen. Die Räder wirbelten eine dichte Staubwolke auf. Mit einem kühnen Sprung wuchtete sich eine Sternfrucht vom Sitz herab und rannte zu dem überfahrenen Tomatenhelden.

»So ... jetzt reicht's ...«, stöhnte eine weitere Stimme vom Kutschsitz und ungeschickte stolperte eine genervte Ananas auf den Feldweg.

Pein Quebert Eppel war mürrisch, gereizt und gnadenlos übermüdet.

»Das ist jetzt das vierte Mal in dieser Woche und jedes Mal muss ich die verdammte Kutsche putzen! Ich kündige!«

Während sein Gefährte besorgt die Überreste des Verunglückten untersuchte, machte sich Pein daran, seine Postbotenmütze zu zertreten, die Briefsäcke von der Kutsche zu zerren und den Inhalt wild keifend über der Wiese zu verteilen.'

,Eine Ananas und eine Sternfrucht?', fragt der Spiegel skeptisch.

Schiel bestätigt ihre Geschichte mit einem selbstsicheren Kopfnicken.

,Ist das nicht sehr – ungewöhnlich? Beide Völker waren zu meiner Zeit nicht sehr bedeutend, aber in ihren Eigenschaften doch grundverschieden. Die Sternfrüchte waren immer sehr genügsam, richteten sich beschauliche Dörfer auf den Vorwiesen und in der Weiten Flur ein und führten ein schlichtes und doch heiteres Leben. Eine Ananas aber ... nun ja ... eine Ananas lebte in der Regel allein. Irgendwo, wo sie niemand so schnell stören konnte. Sie waren häufig schlecht gelaunt und vor allem unmotiviert.'

,Und bei Pein und Starvarius ist diese Kluft noch viel größer', ergänzt die Kampfnickeule. ,Eigentlich gibt es nur noch drei nennenswerte Dörfer der Sternfrüchte. Starvarius wuchs in einem kleinen Ort im Südwesten der Weiten Flur nahe den Appellien auf. Er war unter seinen Brüdern ein besonderes Exemplar. Sein Vater war die Durchschnittlichkeit seines Volkes leid und da die Tage, in denen er die Möglichkeit gehabt hätte, Großes zu leisten, bereits vergangen waren, übertrug er alle seine Wunschvorstellungen auf seinen Sohn.

Dieser hatte nun – mit großem Erfolg – die ehrenhaften Ideale eines typischen Helden von seinem Vater eingeprügelt bekommen. Und *eingeprügelt* bedeutet in diesem Fall, dass er während seiner Erziehung die Worte *Demut, Tugendhaftigkeit* oder *Tapferkeit* in ein Kantholz ritzte und ... Man denke sich den Rest. Tatsächlich hatte Starvarius sich diese Tugenden zu Herzen genommen und war ein Vorbild für Demut, Ehre, Disziplin, Tapferkeit und Güte. Da sein Vater allerdings kaum einen Helden persönlich kannte und er seine Vorstellungen hauptsächlich aus kitschigen Fantasiegeschichten und ausschmückenden Erzählungen zusammenbastelte, hatte Starvarius auch die typischen Nachteile dieses Klischees: Er war selbstzerstörerisch gütig, lebensbedrohlich tapfer und von einer naiven Gutherzigkeit, dass es ein Wunder war, dass er es jemals bis hierher geschafft hatte. Doch so sehr sein Vater sich auch bemühte, so wenig konnte er über die Tatsache hinwegsehen, dass Sternfrüchte nun einmal nicht zu großen Taten geboren waren. Ihr Volk war eben einfach durchschnittlich.

Dann kam jedoch eines Tages der Zeitpunkt, an dem Starvarius seine Habe zusammensammelte und in die Welt auszog, um sich einen Ruf zu machen. Und mit etwas Glück und einem Zwinkern des Schicksals wäre ihm dies auch vergönnt gewesen – wäre ER nicht dazwischengekommen: sein treuer Begleiter.

Pein Eppel war eine melancholische, chronisch depressive, zynisch-sarkastische, faule und vor allem cholerische und missmutige Ananas. Aus einem ihm selbst unbekannten Grund hasste er das Leben, allem voran sein eigenes. Er verbrachte den Großteil seiner Jugend und der darauffolgenden Jahre in einer abgeschiedenen Hütte im nördlichen Teil der Weiten Flur am Rande der Spitzgebirge und hoffte insgeheim darauf, dass ihn irgendwann die Unbekannten holten. Selbst seine Stelle als Postbote bewegte ihn nur selten zum Aufstehen. Er war antriebslos und faul und hätte vermutlich zu Lebzeiten keinen einzigen Schritt mehr vor die Tür gesetzt, wenn ihm nicht die sonderbaren Glaubensgrundsätze seines Volkes unentwegt Gewissensbisse bereitet hätten.

Um eine Ananas und was sie antreibt zu kennen, muss man sich mit ihrem Glauben vertraut machen. Im Gegensatz zu den üblichen Religionen Süd Salatoniens ist es für das Leben nach dem Tod bei einer Ananas völlig egal, wie man gelebt hat, entscheidend ist, wie man seinen Abgang inszeniert. In älteren Kriegerkulturen, etwa bei den Radieschen, fiel das Jenseits umso glückseliger aus, je tapferer sie vor ihrem Tod gekämpft hatten. Bei den Ananas jedoch ist Tapferkeit nicht der springende Punkt – sondern einzig das Spektakel. Je effektvoller und pompöser der Abgang einer Ananas, desto reicher das Leben danach. Dies reicht von der absoluten Erfüllung der ersten Stufe des Himmels bis zur untersten Ebene der Hölle: Kapschmuuk.

Pein Eppel lief bei dem Gedanken ein kalter Schauer den Rücken herunter und er schüttelte sich ängstlich. Hier lag Pein Eppels Problem. Er war gezwungen, auszuziehen und sich den Gefahren der Welt zu stellen, um in ihnen das Beste aller Enden zu finden. Das stand ihm schließlich – seiner Meinung nach – mehr als zu. Und hier kreuzten sich nun die Wege der beiden ungleichen Gefährten.

In einer kargen Felswüste am Rande der Spitzberge kämpfte die strahlende Sternfrucht selbstlos gegen eine angreifende Scharfsherde und rettete ihrem zukünftigen Schützling so zum ersten Mal das Leben. Selbstverständlich unwissend, dass sich die Ananas mutwillig in diese gefährliche Situation begeben hatte. Starvarius verwechselte die Tatsache, dass Pein sich ohne Gegenwehr auf die Scharfsherde stürzte, mit Wehrlosigkeit oder allenfalls Blödheit und wich dem Zyniker fortan nie mehr von der Seite.

Seine Motivation war simpel: Die Ananas war schwach und wer sich für einen Helden hielt, der beschützte die Schwachen. Also war es seine Aufgabe, ihn vor Gefahren zu bewahren, wo auch immer er konnte.

Während Pein anfangs noch jedes erdenkliche Mittel in Anspruch nahm, seinen lästigen Leibwächter wieder loszuwerden, erkannte er später, dass Starvarius für ihn viel mehr war als ein Held. Er war ein Todesmagnet! In seinem Tatendrang zog der abenteuerlustige Kämpfer mehr gefährliche Situationen an, als Pein sie sich jemals erträumt hätte. Während er in seiner einsamen Hütte keinen Fuß vor die Tür gekriegt hatte, zwang ihn sein neuer Begleiter nun förmlich von Abenteuer zu Abenteuer und von einer Gelegenheit, ein beeindruckendes Ende zu finden, in die andere. Bis zu dem Tag, als Pein Eppels Postkutsche den tollkühnen Tjal zerlegte, hatte Starvarius seinen Begleiter 45 Mal in lebensbedrohliche Situationen gebracht – und jedes Mal unbeschadet wieder daraus befreit. Dummerweise verstand die Sternfrucht ihr Handwerk zu gut, sodass Pein inzwischen die Hoffnung aufgab. Doch auch wenn Starvarius tapfer kämpfte – ein Held wurde er dadurch nie.

Während Starvarius in einem Anflug von Optimismus versuchte, den zermatschten Körper mit Wiederbelebungsversuchen zu retten, ließ sich

Pein Eppel auf einem Wiesenfindling nieder und starrte in die endlose Weite des Himmels nach Norden.

»Er ist tot! Wir haben ihn umgebracht!«, tönte Starvarius entsetzt.

Den Kopf desinteressiert auf die linke Faust gestützt, drehte die Ananas den Kopf zur Seite. »Hat er was Wertvolles dabei?«

Die heroische Sternfrucht konnte die Teilnahmslosigkeit ihres Begleiters nicht fassen, versuchte aber, aus den Überresten die Identität des Verstorbenen zu ermitteln.

Unter den Unterlagen, die Tjal in seinem Rucksack verstaut hatte, befand sich auch das Schreiben Kaiser Gottliebs III. Starvarius überflog es und die Tragik dieses Ereignisses völlig vergessend zogen sich seine Mundwinkel immer weiter zu einem strahlenden Lächeln nach oben. Konnte das wirklich sein? Bei all den Reisen mit seinem unmotivierten Gefährten begleitete die Sternfrucht insgeheim unentwegt der Wunsch nach … nach etwas Größerem … nach seiner Bestimmung. Hatte das Schicksal ihn endlich auserwählt?

Mit einem gespielt pathetischen Unterton, den ihm sein Vater ebenfalls beigebracht hatte – schließlich gehörte das ja bei einem Helden dazu –, las er die Botschaft laut vor:

»An die wackeren Recken Süd Salatoniens! Die Welt, die wir so sehr lieben, ist in Gefahr! Im Namen Kaiser Gottliebs III. fordere ich alle, die tapferen Gemüses sind, auf, sich auf die Suche nach der Höhle des Schicksals zu machen! Dort liegt nach der Prophezeiung die Lösung für unsere Rettung vor dem Ende! Ganz gleich aus welchem Volk ihr seid und was eure Beweggründe sind: Die Welt braucht euch!

Geht mit dem Segen der Götter,
Nostradanuss«

Starvarius faltete das Blatt sorgfältig zusammen und verstaute es in seiner Umhängetasche. Pein Eppel hatte weder zugehört noch sich von seinem Denkerfelsen erhoben. Die Sternfrucht half ihrem Begleiter wortlos strahlend auf und beugte sich erneut herab, um das glänzende Langschwert des gescheiterten Helden an sich zu nehmen. Eine gefährliche Reise lag nun vor ihnen! Das war sie – seine Stunde! Dies war das Abenteuer, auf das er so lange von seinem Vater vorbereitet worden war. Er, Starvarius, musste die Welt retten!

Die Ananas nahm mit zunehmender Beunruhigung das Funkeln in den

Augen ihres Beschützers wahr – und es gefiel ihr gar nicht. Er hatte doch wieder irgendwas Blödes vor, irgendwas Heldenhaftes.

»Wir suchen die Höhle des Schicksals! Wir retten die Welt!«, rief Starvarius motiviert in die Weite hinaus.

Die melancholische Ananas stöhnte frustriert und brach sich einen Finger.

Starvarius ignorierte die inzwischen selbstverständlich gewordene Geste seines Begleiters und rieb sich grübelnd das Kinn. Wo war eigentlich diese Höhle des Schicksals? Pein spielte mit dem locker hin und her wackelnden Finger und murmelte verzweifelte Flüche. Sein tapferer Begleiter indes lehnte sich an das Rad der Kutsche zurück und stützte sich auf das glänzende Langschwert, während er nachdachte.

»Vergiss nicht dein Versprechen!«, mahnte die Ananas vorwurfsvoll. »Wir müssen nach Norden zum Datteldorf! Jede Ananas, die etwas auf sich hält, wird dort sein!«

Starvarius schüttelte gelassen den Kopf. »Euer Treffen ist in zwei Monaten. Bis dahin haben wir die Welt vier Mal gerettet.«

Pein ließ den Kopf bedrückt hängen. Das klang nicht gut. Er hatte Wochen gebraucht, um Starvarius weiszumachen, dass es sich bei der Versammlung im Nordosten um eine traditionelle Feierlichkeit seines Volkes handelte und eben nicht um den rituellen Selbstmord, bei dem alle zwanzig Jahre die halbe Bevölkerung des Dattellandes von den Klingenklippen sprang. Nachdem die Sternfrucht sich mehr und mehr als zu kompetent herausstellte, um ihn in irgendeiner Schlacht sterben zu lassen, hatte er sich diesen Plan B zurechtgelegt. Zwar konnte man als Ananas noch wesentlich angenehmere Stufen des Himmels erreichen, doch er war schon mindestens 15 Jahre älter, als eine Ananas in der Regel wurde, und in seinem Alter konnte man einfach nicht mehr wählerisch sein.

Inzwischen hatte sich die Sternfrucht durch ihr Reisegepäck gewühlt und ein kleines Handbuch mit der Aufschrift *Die Lokalgelehrten Süd Salatoniens* herausgekramt, in dem sie nun neugierig blätterte. Skeptisch überflog Starvarius die zahlreichen Einträge. Wenn sich so viele Völker auf einem Fleck drängten, war es schon beeindruckend, wie sich die angeblichen Gelehrten und weisen Früchte in einem Landstrich sammelten. Sie mussten einen Kundigen der alten Mythen finden, einen Weisen, der ihnen den Weg zeigen konnte. »Wir hätten hier den weisen Wurm vom Süd Salatonischen Staatskomposthaufen hinter den östlichen Appellien – oder den kurios klugen Cucurbiten in den nördlichen Vorwiesen …«

Desinteressiert hob die Ananas engagiert den Kopf und blickte zu ihm. »Was ist denn am nächsten dran?«

Starvarius grinste motiviert, klappte ruckartig das Büchlein zu und hob begeistert die Faust in die Höhe. »Die Lichtung der Weisheit in den Tiefen des Schnackerwaldes! Wenn wir uns beeilen, sind wir in weniger als einer Woche dort! Auf geht's!« Dabei versetzte er seinem Gefährten einen gut gemeinten Ellbogenstoß in die Seite und lächelte ihn an.

Die nun völlig genervte Ananas verdrehte jedoch nur die Augen und stöhnte voller Unverständnis über den Tatendrang ihres ungewollten Begleiters. »Nicht schon wieder!«, keuchte sie und noch während die letzten Silben ihre Lippen verließen, hatte sich die strahlende Sternfrucht auf die Kutsche geschwungen, ihren depressiven Begleiter am Krautschopf gepackt und auf den Kutschsitz geworfen.

»Auf in den Schnackerwald!«, rief Starvarius majestätisch aus und schwang das blitzende Schwert. Pein Eppel griff sich, so rasch es seine Trägheit eben zuließ, die Zügel und scheuchte die beiden Knogglgox vor sich her. Je früher sie da waren, desto eher konnten sie weiter nach Norden – stets in der Hoffnung, dass Starvarius es dieses Mal nicht verhindern konnte, so wie die 45 Mal zuvor. Zumindest stimmte die Richtung.

All diese Einzelheiten erfuhr ich aus den meist sehr einseitigen, aber informativen Gesprächen der beiden ungleichen Reisenden, während ich es mir auf dem hinteren Teil der Kutsche gemütlich gemacht hatte. Obwohl wir Kampfnickeulen eher eine Seltenheit unter den Völkern Süd Salatoniens darstellen, nimmt man uns doch, wie gesagt, kaum war – gewisse riesige blaue Vögel ausgenommen.'

Schiel flucht etwas Leises in ihr Gefieder.

‚Ebenso schienen Pein Eppel und sein Begleiter mich entweder nicht wahrzunehmen oder nicht zu beachten – der eine, weil er auf sein heldenhaftes Ziel fixiert war, der andere, weil es ihm einfach völlig egal war. So freundete ich mich mit der Rolle des unbeteiligten Erzählers an und versuchte, mich während der übrigen Reise im Hintergrund zu halten. Obwohl es theoretisch meine Aufgabe gewesen wäre, einen der anderen Helden aufzusuchen, um dessen Weg zur Höhle des Schicksals zu beobachten, interessierte es mich aus irgendeinem Grund mehr, wie die Reise des depressiven Zynikers und seines selbst ernannten Leibwächters weitergehen mochte.

Später erfuhr ich, dass alle entsandten Helden auf ähnlich tragische und merkwürdige Weise wie Tjal ihr Ende entweder bereits gefunden hatten oder dies wenig später fanden. So sollte also das Schicksal der Welt tatsächlich in den Händen des unberechenbaren Pein Eppel und des naiven Idealisten Starvarius liegen …

Lustlos fraßen sich die Räder der alten Holzkutsche durch den staubigen Untergrund der abgelegenen Landstraße und ein weiteres Mal gab Starvarius seinem Schützling einen Stoß, damit dieser nicht während der Fahrt einschlief und aus dem Sitz plumpste. Ihre Reise führte sie durch die endlosen, zwar wunderschönen, aber stets gleichen Landschaften der Weiten Flur immer weiter nach Osten. Ein eindrucksvolles Beispiel dafür, dass selbst Schönheit ihre Wirksamkeit verliert, wenn man sie nicht in Maßen genießt …

Schon vor einigen Stunden hatten sie an einer Weggabelung den Pfad nach Osten eingeschlagen und nicht, wie zuvor geplant, in den Norden des Landes. An eben dieser Kreuzung hatte Pein Eppel, dem unweigerlich wieder seine missliche Lage bewusst wurde, in einem cholerischen Anfall aus heiterem Himmel zwei faustgroße Stücke aus dem Sitzkissen gebissen. Fortan zog die Kutsche eine Spur aus Federn hinter sich her.

Diese willkürlichen Anfälle waren die einzige Form von Aktivität, die die faule Ananas aus ihrem routinierten Trott herausbrachte und von einer seelenlosen Hülle mit Ananasfüllung unterschied.

Mittlerweile waren seit ihrem Aufbruch zwei Tage vergangen und die letzte Spur von Zivilisation lag etliche salatonische Kilometer zurück. Pein zog die Zügel der beiden Knogglgox an und brachte die Kutsche damit zum Stillstand.

»Hier ist Ende! Lass uns umdrehen!« Mit diesen Worten, in selbstverständlich desinteressiertem Ton, kommentierte Pein Eppel die Tatsache, dass die staubige Landstraße plötzlich in eine endlose Wiese mündete. Weit und breit war kein Anhaltspunkt zu erkennen, wo sie waren oder wohin der Weg sie führte. Fragen konnten sie auch niemanden. Seit gut vier Stunden waren sie keinem Wesen bis auf einem streifenden Schjchu-Schjchu-Staubsaugervertreter und zwei Zimtschnecken begegnet. Diese sinnierten in angeregter Konversation über die Nahtoderfahrung ihres Vetters nach der Begegnung mit einem herabfallenden Baumstamm.

Voller Tatendrang begann Starvarius, die Umgebung nach Wegweisern und Hinweisschildern abzusuchen, doch vergeblich, während Pein Eppel im Stehen ein Nickerchen hielt.

Stundenlang suchte die heldenhafte Sternfrucht so nach einem Anhaltspunkt. Die Bahnen der drei Sonnen halfen ihr nicht weiter und Fußspuren oder die Abdrücke von Hufen oder Wagenrädern suchte man hier vergebens. Der letzte Reisende musste vor Monaten, wenn nicht sogar Jahren diesen Weg genommen haben.

Pein Eppel war inzwischen in einen so tiefen Schlaf gefallen, dass er haltlos nach vorne kippte und mit dem Kopf auf etwas Hartem aufschlug. Bei genauerer Betrachtung stellte er fest, dass es sich um eine Art Kompass handelte. Allerdings ohne Nadel und somit ziemlich nutzlos. Achtlos holte er aus, um den Kompass, der in diesem Zustand nicht viel mehr als ein dekorativer Stein war, hinfortzuschleudern. In letzter Sekunde ergriff Starvarius jedoch seine Hand am Gelenk und hielt ihn auf. »Nicht doch! Das ist ein Vorschlagkompass!«

Stille. Ein fragender Blick.

»Ein was?«, entgegnete die Ananas mehr rhetorisch als wirklich an einer Antwort interessiert.

Starvarius machte sich nicht die Mühe, es seinem Begleiter zu erklären. Der würde eh nicht zuhören. Stattdessen nahm er den sonderbaren Fund mit beiden Händen und demonstrierte es anschaulich. Er öffnete den kleinen Kasten und sprach mit fester Stimme und heroischem Unterton: »Kompass, sprich: Welchen Weg schlägst du zum Schnackerwald vor?«

Ein Gesicht mit großen Glubschaugen und dicken, wulstigen Lippen formte sich aus der Oberfläche des Ziffernblattes und mit dumpfer Stimme, die von zahlreichen quietschenden Höhen verziert wurde, sprach der Kompass: »Ich würde vorschlagen, ihr meidet die Wasweißich-Wüste im Osten. Das ist zwar der kürzeste Weg, aber viiiieeel zu gefährlich! Nehmt lieber den Umweg über den Südosten. Das kostet euch maximal zwei Wochen. Man könnte natürlich auch direkt durch die Zentralreiche reisen.«

»Man könnte auch tanzen wie eine Schlange!«, zischte eine Kiwi-Kobra, die sich unbemerkt in die Szene geschlichen hatte und nun zwischen Starvarius und Pein Eppel einen kühnen Tanz vollführte.

Die Kiwi-Kobra ist eines der wenigen *einzigartigen Geschöpfe* Süd Salatoniens. Dies bedeutet: Es gibt keine ganze Rasse von ihnen, sondern nur ein einziges Exemplar. Ähnlich wie die anderen Spezies der neuen Welt, so hat auch sie sich durch Evolution herausgebildet, nur dass die Natur an dieser Stelle zu sagen schien: »Ähm – das lassen wir doch lieber.« Ihr Schlangenkörper lässt sich ein bisschen mit einer Perlenkette vergleichen, denn er ist aus mehreren faustgroßen Kugeln aufgebaut. Diese sind an die namensgebende Hauptnahrung der Kobra angepasst: Kiwis. Andere behaupten auch, der Name käme von ihrer auffällig quietschgrünen Hautfarbe. Inzwischen sind Kiwis nämlich weltweit ausgestorben, sodass man sie treffender als *Die Schlange, vormals bekannt als Kiwi-Kobra* hätte bezeichnen müssen.'

,Und von was ernährt sie sich denn nun?', klinkte sich der Spiegel ein.

,Kakadus.'

,Kakadus? Kakadu-Kobra – die Schlange vormals bekannt als Kiwi-Kobra?'

Schiel nickt verzweifelt grinsend.

,Wir … sollten bei Kiwi-Kobra bleiben.'

Gesagt, getan.

»Was willst du?«, fragte die Ananas und musterte das Geschöpf verächtlich.

»Ich …« Die Schlange beendete ihren Tanz und erhob stolz das Haupt. »Ich bin die Kiwi-Kobra und das da ist mein Kompass. Suche ihn schon seit Wochen. Krieg' ich ihn wieder?«

Pein Eppel nahm der Sternfrucht den Kompass aus der Hand und blickte ihn für eine Weile an. Dann zogen sich seine Lippen zum ersten Mal in dieser Geschichte zu einem breiten Lächeln zusammen und aus purer Gehässigkeit sprach er ein kühles, aber zufriedenes »Nein!«, wandte sich ab und schwang sich auf die Kutsche.

Die Kiwi-Kobra hakte ihren Unterkiefer aus, um ihn vor Staunen auf den Boden fallen zu lassen. Starvarius zuckte hilflos mit den Schultern, entschuldigte sich und folgte gemeinsam mit Pein Eppel den Anweisungen des Kompasses Richtung Osten. Der Heldenmut der Sternfrucht trieb ihn auf direktem Wege durch die gefährliche Wasweißich-Wüste, die Möglichkeit eines überraschenden Todes trieb Pein.

Die letzte Sonne ging unter und es wurde Nacht. Der Rand der Wüste rückte schon bald näher und keiner der beiden verstand, warum so ein Theater um diesen von außen so friedlich wirkenden Ort gemacht wurde. Bevor sie den ersten Schritt in die Wüste setzten, durchwühlte Starvarius ihr Reisegepäck und verstaute alles, was auf irgendeine Weise brauchbar sein konnte, in ihren Umhängetaschen. Pein Eppel harrte derweil vor dem strahlend weißen Sand aus und musterte diesen Ort skeptisch. Vorsichtig trat er als Erster einen Schritt vor – und genau in diesem Augenblick brach der fürchterlichste und verheerendste Sandsturm aus, den die Welt jemals gesehen hatte.

Entsetzt wich die Ananas einen Schritt zurück. »Was zum …?!«

Als sein Fuß den sandigen Grund wieder verließ, kehrte totale Windstille ein und es war, als wäre nichts gewesen.

»Ähm … ich geh außen rum!«, sprach der abgeschreckte Antiheld und wollte gerade gehen, als Starvarius ihn am Arm packte, in die Wüste stieß und tollkühn hinterherhechtete.

Man sah die Hand vor Augen nicht mehr, als der gewaltigste Sturm aller Zeiten erneut über das Land fegte. Glücklicherweise hatten sie den Vorschlagkompass dabei, auch wenn dessen Orientierungssinn im dichten Sandstrudel langsam zu wünschen übrig ließ.

Immer wieder erklang so die Stimme Starvarius': »Wo geht es nun lang?«

Darauf der Kompass: »Man könnte, glaube ich, ein Stück nach rechts gehen.«

Die Kiwi-Kobra: »Man könnte auch tanzen wie eine Schlange!«

Und zum Schluss der frustrierte Schrei einer Ananas.

Dieser sich ständig wiederholende Dialog setzte sich über die gesamte Reise hinweg fort, bis sich der Sturm im Herzen der Wüste scheinbar zu lichten begann.

Als Pein Eppel mit seinen mittlerweile zwei unfreiwilligen Begleitern auf die noch sandige, aber vom Sturm unerfasste Lichtung in der Was-weiß-ich-Wüste stieß, erblickte er eine merkwürdig entstellte Kreatur auf einem vertrockneten Baum. Eine Art Geier mit gerupftem Gefieder, unterschiedlich großen Augen und einem mehrfach verknoteten Hals hockte dort und schaute mit großer Verwunderung auf die drei Neuankömmlinge. Ohne Frage die ersten Wanderer, die seit Jahren diese undurchdringliche Wüste durchdrungen hatten.

Mit einem fidelen »Hallo, holde Helden! Gütige Grüße!« empfing er die drei Recken.

Am Rande eines Nervenzusammenbruchs schlug sich Pein Eppel die Hand vor die Stirn. Warum waren diese sonderbaren Kreaturen alle hier?!

Wie gerne würde er doch in einer langweilig normalen Welt voller depressiver und schweigsamer Wesen leben. Starvarius trat wie immer aus dem Hintergrund nach vorne und begann die Unterhaltung mit einer höflichen Verbeugung.

»Seid mir gegrüßt, sonderbarer Wächter der Wüste. Dies ist mein Herr, Pein Eppel, und ich bin sein Beschützer Starvarius. Dies hier ...« Die Sternfrucht blickte sich um, jedoch war die Kiwi-Kobra spurlos verschwunden. Achselzuckend beendete er seinen Satz. »Nun ... egal. Wie ist Euer werter Name?«

Die Flügel weit ausbreitend, plusterte sich der hässliche Vogel auf, spitzte den Schnabel und krächzte: »Adelbert, auch als Alliterations-Aasgeier angekündigt. Wüstenwächter wohl wahr. Woher, werte Wanderer?«

Irgendetwas war an der Sprechweise des Aasgeiers durchaus sonderbar. Auch Starvarius wunderte sich über die ungewöhnliche Wortwahl der Kreatur.

»Wir kommen aus der Weiten Flur und suchen den Weg nach Osten zum Schnackerwald. Unser Kompass macht jedoch leider nur Vorschläge«, setzte die Sternfrucht das Gespräch fort.

»Wohl wissend, wenn weiße Würste wilde Weidenstöcke wenden, wachsen wehende Windhosen widerlicher.«

Starvarius grübelte über diese Worte, um bald festzustellen, dass sie keine Bedeutung trugen.

»Was zur Hölle ist das?«, grummelte Pein Eppel mit zusammengebissenen Zähnen sichtlich genervt, blickte zu seinem Beschützer und deutete auf den Geier. »Wenn man Sprache in eine Form quetscht, ergibt sie keinen Sinn mehr!«

Starvarius versuchte, ihn mit einem brüderlichen Schulterklopfen zu beruhigen.

»Sagt uns doch bitte einfach den Weg«, hob er erneut an.

»Nun, neun nüchterne Nachtwächter necken nette Nonnen nicht nur Na...«

»Gargh!«, kreischte Pein Eppel in einem schrillen Ton und stürzte sich auf den Aasgeier der Alliteration. Er riss ihn von seinem Baum herunter und begann den verknoteten Hals des faselnden Taugenichts zu würgen.

»Nicht!« Die heldenhafte Sternfrucht packte ihren tobenden Gefährten und hob ihn über sich in die Luft, während dieser weiterhin den Hals des anderen umklammerte. Erst nachdem Starvarius die cholerische Ananas einige Minuten lang geschüttelt hatte, ließ diese von ihrem Opfer ab. Der Aasgeier taumelte mit verdrehten Augen und nach Luft schnappend über den sandigen Boden.

»War nett, Eure Bekanntschaft gemacht zu haben. Wir gehen nun lieber weiter«, sprach die Sternfrucht und entfernte sich dabei langsam rückwärts, wobei Pein Eppel immer noch vor Wut kochend um sich trat und heftige salatonische Flüche ausstieß. Diese möchte ich hier lieber nicht wiedergeben.

Mit der Zeit besserte sich die Lage. Pein hatte sich wieder beruhigt und schritt schweigend neben seinem Begleiter her. Der Vorschlagkompass hatte nun endgültig die Orientierung verloren und Starvarius stiefelte motiviert in die Richtung, die er für Osten hielt.

»Siehst du das?«, brüllte Pein Eppel gegen den Sturm an und deutete auf einen Schatten zwischen den Sandkörnern. »Ist das ein … Wegweiser?«

Und tatsächlich! Direkt vor ihnen erhob sich in der verlassenen Wüste an einer Stelle, die vielleicht vor Jahrhunderten einmal eine Kreuzung gewesen war, etwas, was zumindest aussah wie ein Wegweiser.

»Na toll! Ich geh wieder zurück!«

Wohl bewusst, gegen die Hartnäckigkeit seines Leibwächters nicht anzukommen, ließ er seinen Worten keine Taten folgen, blieb stehen und wandte sich seufzend der Kreuzung zu. Mitten auf der vielfältigen Gabelung befand sich ein Wegweiser mit über eintausend Pfeilen, von denen einige in verschiedenste Himmelsrichtungen zeigten, andere auf weit entfernte Planeten oder in andere Zeiten und Dimensionen. Die einzelnen Schilder waren absolut unlesbar und aus unterschiedlichem Material, scheinbar von den verschiedensten Kreaturen zu unterschiedlichen Zeiten dort angebracht.

»Und jetzt?«

Starvarius zuckte auf die Frage seines Begleiters hin optimistisch mit den Schultern. »Fragen wir doch mal!«

Hoch motiviert stiefelte die Sternfrucht auf die Kreuzung, blickte an dem wirren Wegweiser hinauf und rief nach einem kurzen Räuspern nach oben: »Ähm … Entschuldigung?!«

Knarrend begann der Wegweiser sich zu strecken und zwölf voneinander unabhängige Augenpaare zu öffnen, um aus fünf verschiedenen Mündern die Ankömmlinge zu begrüßen. »Oh, seid willkommen, Reisende!« Die fünf Münder sprachen gemeinsam, allerdings in unterschiedlicher

Tonlage und Lautstärke. Einer der Münder schien etwas langsamer zu sein und erzeugte ein zwanghaft komisch wirkendes Echo.

»Was kann ich für euch tun?!« – »... euch tun ...«

»Wo geht's denn hier nach Norden zum Datteldorf?«, unterbrach Pein Eppel entgeistert stöhnend und bekam unsanft den Ellbogen seines Begleiters zu spüren.

»Wir wollen zum Schnackerwald«, sprach dieser und wartete die Antwort ab, die auch prompt folgte.

»Das ist einfach. Die Weite Flur liegt im Nordwesten – dort entlang!« Der wirre Wegweiser deutete auf den Weg hinter den beiden Recken.

Fragend warfen sie sich skeptische Blicke zu und ausnahmsweise ergriff Pein Eppel das Wort. »Da kommen wir gerade her.«

»Oh, wirklich? Dann geht doch nach Süden zum Süd Salatonischen Komposthaufen!«

Starvarius versuchte, höflich zu bleiben, während es in Pein Eppel schon wieder grummelte. »Wo bitte geht es nach Osten, Herr Wegweiser? Zum Schnackerwald?«

Einen Augenblick lang brummte das Straßenschild mit dem Geräusch knarzenden Holzes und deutete dann auf einen weiteren Pfad. »Dann ist dies euer Weg. Nach Südwesten in die Appellien!«

Pein Eppel trat wütend vor. »Osten! Wir müssen nach Osten!«

»Oh ...«, entgegnete der planlose Schilderwald und fing urplötzlich an zu grinsen. »Dann weiß ich das wohl auch nicht mehr so genau.«

»Graarrrghhh!«

Pein Eppel hatten diesen Schrei in den letzten Monaten so häufig verwendet, dass Starvarius ihm riet, doch eine eigene Sprache daraus zu entwickeln. Die Ananas platzte nach dem letzten Satz vor Wut, zog Starvarius das Schwert aus dem Gürtel und stürmte voraus, um damit auf den Wegweiser einzuschlagen.

Glücklicherweise entwaffnete Starvarius seinen außer Kontrolle geratenen Begleiter geschwind, sodass dieser mit geschlossenen Augen und einem nur noch in seiner Vorstellung existierenden Schwert gegen den Pfeiler des Schildes säbelte.

»Was hat er denn ...? Ihr könntet auch diesen Weg dort nach Süden nehmen.«

»Ihr könntet auch tanzen wie eine Schlange!«

Wie aus dem Nichts stand die Kiwi-Kobra wieder auf dem Plan und begann mit ihren hypnotischen Bewegungen auf der Kreuzung zu tanzen. Pein Eppel wurde vor Stumpfsinn sofort ohnmächtig. Starvarius besann sich und versuchte, sich aus den falschen Anweisungen die richtigen Himmelsrichtungen zusammenzubasteln – und er vertraute seinem zögerlichen Urteil. Er bedankte sich noch einmal mit gedämpfter Freundlichkeit beim Wegweiser und zog mit dem benommenen, sabbernden Begleiter auf den Schultern nach Osten.

Während ihrer Bewusstlosigkeit driftete die Ananas in ihre Traumwelt ab. Wie in den Träumen zuvor befand sie sich in …‘

Der Spiegel unterbricht an dieser Stelle noch einmal die Geschichte der kleinen Eule. Diese hat sich mittlerweile so sehr in die Erzählung hineingesteigert, dass sie wild gestikulierend durch den Saal springt. So plötzlich aus ihrer Darstellung gerissen, verliert sie fast ihre Fassung – und jeder weiß, wie schwer man die im Dunkeln wiederfindet.

‚Zum Erraten von Gefühlen und Gedanken habe ich ja nichts gesagt, aber … wie kannst du in die Träume deiner Figuren schauen? Mal im Ernst, du bist eine Eule!‘

Schiel schaut verwundert über die Selbstverständlichkeit der Antwort in den Spiegel und entgegnet: ‚Empathie natürlich. Wir können nicht mehr genau sagen, ob wir diese Fähigkeit haben, weil wir gute Erzähler sind, oder ob wir gute Erzähler sind, weil wir diese Fähigkeit haben, aber jeder Erzählerkauz kann mit etwas Übung die Gedanken und Gefühle anderer Lebewesen kinderleicht … hm … es ist nicht direkt *sehen* … es ist mehr *fühlen*.‘

Das prophetische Artefakt grübelt für einen Augenblick, ob das tatsächlich möglich ist. Als es sich jedoch der Tatsache bewusst wird, dass seine pure Existenz gegen eine Handvoll universeller Gesetzmäßigkeiten verstößt, verwirft es die Frage. Geduldig signalisiert er dem kleinen Federball, dass dieser weiter berichten kann.

Aus dem Erzählrhythmus geworfen, setzt die Eule sich zurück in den Federhaufen, kramt eine kleine Pfeife aus ihrem Gefieder und zündet sich diese nachdenklich an, während sie nach dem roten Faden sucht. Einer liegt noch draußen auf der Wiese, aber das ist ein anderer …

‚Nun lag die benommene Ananas also auf den Schultern ihres Begleiters und sickerte in ihre Traumwelt. Als Pein die Augen öffnete, befand er sich in einem riesigen Käse und schwamm mit panikartigen Ruderbewegungen im Kreis. Ein riesiger Hammer zog ihn heraus und sprach: »Das würde ich aber nicht essen!« Er warf ihn in die Lüfte, ehe er in hundert Blumensträuße zerplatzte.

»Welch Freude es ist, zu tanzen!«, jubelte das feierlich geschmückte Lattenrost und jonglierte den aufgefangenen Pein Eppel durch die Gegend, bevor er auf einem Regenbogen aus Schokolade Halt fand und diesen bis in einen Topf mit Glück hinunterrutschte.

»Meins!«, keifte ein grünlich gekleideter Kobold und stahl den Behälter mitsamt der Ananas.

»Sieh nur, ich trage meine Hose – AUF DEM KOPF!« Bei den letzten Worten kicherte der bärtige Mann wie ein kleines Mädchen und sprang, sonst vollständig nackt, vom Dach.

74 Schmeißfliegen in Brautkleidern halfen der triefnassen Ananas aus ihrem hohlen Gefängnis und setzten sie auf eine pelzige Schlange, die mit ihm ohne Umwege in die Sonne ritt.

Mit einem lauten Schrei erwachte Pein Eppel und hielt diesen etwa eine halbe Stunde an, bevor er endlich verstummte. Starvarius kannte es nicht anders und versuchte sich in der Zwischenzeit auf die Umgebung zu konzentrieren. Der Boden an diesem Ort schien besonders nährstoffreich zu sein, denn viele unbeschreiblich schöne Pflanzen wuchsen in der näheren Umgebung. Unter anderem bemerkte die Sternfrucht am Wegesrand ein paar Kuscheleichen. Dies waren Bäume, die im Laufe ihres Lebens aufeinanderwuchsen und sich mit den Ästen umarmten, bis sogar ihre beiden Stämme in einen übergingen. Knick Knack Vögel und Beutelbienen huschten emsig durch die Lüfte und nicht allzu weit entfernt konnte man das versuchte Zirpen einiger Killmich-Grillmichs hören. Das Land im Osten der großen Wüste unterschied sich in wenigen, aber wesentlichen Merkmalen von der Weiten Flur. Die Bäume standen wesentlich dichter, Blumen blühten in reicher Zahl und schwatzten angeregt über die neueste Düngemittelfrühjahrskollektion aus Nabanees. Selbstverständlich sprachen nur jene Blumen, die des Sprechens mächtig waren, wie etwa Primeln, Tulpen oder Maiglöckchen.

Besonders auffällig an dieser Gegend war, dass hier nicht nur die gängigen Pflanzen Süd Salatoniens wuchsen, sondern auch solche, die man in der Regel nicht in seinem Garten haben wollte. Auch in den abgelegensten Gebieten der Weiten Flur leisteten die Landschaftslurche, deren Hauptaufgabe darin bestand, die schönen Pflanzen und das Unkraut zu trennen, in der Regel ganze Arbeit. Hier jedoch, weiter von den Zentralreichen entfernt, war dies anders. Schwärzliche Teerplärtzen trübten das Gesamtbild mit ihrem eklig tropfenden Äußeren, quietschfidele Trampolintulpen sprangen munter durch die Gegend, robuste Panzersprossen wucherten am Wegesrand und bunter Efeu kraxelte die zahlreichen Uhuulmen und Edeleichen hinauf.

Als der panische Schrei seines Begleiters endlich verstummt war, blieb Starvarius stehen und lud die Ananas wieder ab. Verwirrt blickte Pein sich um. Die Sternfrucht hatte tatsächlich den Weg aus der Wüste gefunden und nun befanden sich die beiden im östlichen Mandarinien auf einem befestigten Feldweg, der sie schnurstracks in Richtung Schnackerwald führen sollte.

Wieder führte sie ihr Weg einige Stunden nach Norden. Starvarius holte gerade tief Luft, um mit einem belanglosen Kommentar über das Wetter die Stille zu brechen, als ein riesiger Vogel ihren Pfad kreuzte und panisch gackernd vor etwas floh. Es war ein großer Strauß mit langem Hals und grauem Gefieder. An den Füßen trug er rosa Schuhe und auf dem sonst kahlen Kopf einen Brautschleier. Dicht hinter diesem merkwürdigen Wesen folgte eine ganze Gemeinschaft von Obst und Gemüse in festlicher Kleidung, mit Blumen und Kränzen behangen. Voraus liefen eine ganz in Weiß gekleidete Nabanenfrau und ein Citorramann in feschem Smoking. Als die Gruppe an ihnen vorbeieilte, griff sich Starvarius eine dicht an ihm vorüberrennende Mandarine aus der Menge heraus. »Was tut ihr da? Warum verfolgt ihr dieses Wesen?«

Völlig außer Atem, aber mit einem zufriedenen Lächeln auf den Lippen antwortete der Trauzeuge: »Das ist ein Brauch bei uns. Wer heiraten will, muss zuerst den Brautstrauß fangen. Ich muss dann mal weiter. Schöne Reise!«

Bei den letzten Worten war der Hochzeitsgast schon einige Meter entfernt und rannte der Gruppe hinterher.

Seltsame Rituale hat man in diesem Land, dachte sich die Sternfrucht und versuchte, Pein Eppel einzuholen, der mit zugehaltenen Ohren und verschlossenen Augen stur weitermarschiert war.

In Schlangenlinien zog sich die schier unendliche Straße durch die idyllische Landschaft Mandariniens. Die Reise durch die östlichen Ländereien nahm, ohne Kutsche und nachdem sie die Wasweißich-Wüste zu weit im Süden verlassen hatten, mindestens eine Woche in Anspruch. So zogen die beiden das Tempo an und setzten ihren Weg fort.'

Schiel unterbricht die Geschichte, benetzt die Schnabelspitze mit der Zunge und stellt fest, dass diese mittlerweile recht trocken geworden ist. ‚Kaffeepause?', fragt sie in selbstverständlichem Ton.

‚Für mich bitte Tee. Schwarz, mit viel Zucker', entgegnet der Spiegel und rasch eilt eine Kartoffel mit den gewünschten Getränken herbei.

Während der kurzen Pause geraten die beiden ungewöhnlichen Gesprächspartner in zeitschinderische Klatschgespräche und eine Zeit lang … eine Zeit lang verstricken sie sich in … verstricken sich in … Gespräche … und …"

Klammsing zog eine Augenbraue hoch, als die sonderbare Bewegung der Schriftzeichen im Schmöker der Narratori zum Erliegen kam. Passend zur Szene griff er nach seinem Wasserglas und stellte fasziniert fest, dass sich vor ihm weder ein Glas noch ein Tisch befand und er selbst in der dunklen Seitengasse neben der Taverne auf dem sandigen Untergrund hockte. Die Geschichte musste ihn so in ihren Bann gezogen haben, dass er nicht einmal mitbekam, wie die Bar geschlossen und der Tavernenbesitzer ihn gewaltsam vor die Tür gesetzt hatte.

Der Professor griff statt zum Wasserglas zum Trinkschlauch und nahm mit dem abgestandenen Nass darin vorlieb. Suchend wühlte seine rechte Hand in der Umhängetasche und zog eine Kopflampe hervor, wie sie Minenarbeiter in der Regel trugen, schaltete sie ein und stülpte sie über die leicht fettigen Haare. Zugleich schien das Buch von der Helligkeit der Lampe wieder zu erwachen.

„Oh … ich bitte vielmals um Verzeihung. Wenn der Handlungsstrang abflacht, werde ich immer ein wenig schläfrig. Ich hoffe, Sie nicht in Ihrem Lesefluss unterbrochen zu haben. Lassen Sie mich einen kurzen Blick in die Vergangenheit werfen. Hm … ja … gut. Ich hab den Faden wieder …

Die pummelige Eule schlürft gerade den letzten Schluck aus ihrer Tasse und stellt sie neben sich auf das Tablett, das von einem noch depressiver als normal dreinschauenden Potatoru in einem französischen Dienstmädchenkostüm gehalten wird. Durch mein kleines Nickerchen habe ich leider nicht mitbekommen, wie der Spiegel es geschafft hat, seine Tasse auszutrinken, denn interessanterweise ist diese tatsächlich leer.

‚Ein Glücksfall, dass Kaffee- und Kakaobohnen keine Lebewesen sind', wirft Schiel in den Raum und beide lachen beherzt über diese kleine Randbemerkung.

‚Ich bin froh, mal wieder unterhaltsame Gesellschaft zu haben', entgegnet der Spiegel und wirft der verschwindenden Dienstkartoffel einen zynischen Blick hinterher. ‚Nicht besonders unterhaltsam, diese Potatori. Sie leben, wie du weißt, nur in den tiefsten Tiefen der salatonischen Welt, weit unter der Oberfläche des Reiches verborgen in ihren unterirdischen Städten. Die größte von ihnen und die Hauptstadt der unterweltlichen Zivilisation liegt am dichtesten und als einzige für andere Wesen erreichbar unter der Oberfläche – und hier befinden wir uns auch. Die Potatori verbringen ihre Existenz allerdings keineswegs freiwillig unter der Erde, sondern sie wurden durch ihre Beschaffenheit dazu gezwungen. Anders als alle anderen Völker sind sie nicht am Weltenbaum gewachsen, sondern als Knollen unter der Erde entstanden. Ihre Körper sind trocken und sehr empfindlich und ein einziger Lichtstrahl genügt, um ihre trostlosen Leiber in Asche zu verwandeln.'

Schiel nickt und erinnert sich schwach an die Szene vor den Toren.

‚So mussten sie abseits der anderen Völker und vor allem fern der Sonne ihre unterirdischen Bauwerke errichten und durften niemals die Oberwelt betreten. Selbst das reflektierte Mondlicht reicht aus, um sie verpuffen zu lassen. Doch jedes Lebewesen braucht Licht, denn die Sonnenstrahlen sind für Salatonier notwendig, um das Glück freizusetzen. Glück, das ihnen ihren Lebenswillen gibt. Kein Wunder also, dass diese Wesen ein so trostloses Dasein fristen, sind sie doch gezwungen, im ewigen Unglück zu existieren. Da es in ihren Städten so unendlich dunkel ist, fast nie eine Geschichte über die Potatori zu den anderen Völkern dringt und nur ein winziger Eingang an die Oberfläche führt, wissen die meisten Bewohner Süd Salatoniens nicht einmal von ihrer Existenz. Und jene, die von ihnen wissen, würden sich nie in die ewige Schwärze der Stadt der Trauer begeben. Ihre einzige Hoffnung besteht darin, in unzähligen klagenden Gebeten die Sonne zu bitten, unter die Erde zu kommen und dort für sie zu scheinen. In ihrem Glauben ist es nämlich nicht das Licht, sondern ein böser Fluch der Oberfläche, der sie daran hindert, ihre Gruft zu verlassen. Ich brauche nicht zu erwähnen, dass diese Gebete hoffnungslos sind und ihre Religion die Kartoffeln noch tiefer in Trauer, Depression und Verzweiflung schickt.

Eines Tages, als sie für ihre wachsende Bevölkerung eine neue Stadt gruben, fanden sie mich. Ohne zu übertreiben, kann ich wohl behaupten, dass meine Fähigkeiten erstaunlich sind und für jedes Reich Salatoniens eine Bereicherung darstellen würden – mit Ausnahme der Potatori. Sie errichteten mir diesen Saal und kamen Tag für Tag mit derselben immer gleich klingenden Frage zu mir: *Oh weiser Spiegel, was wird die Zukunft für uns bringen?*

Und was konnte ich ihnen als Spiegel der Wahrheit anderes zeigen als eben die Wahrheit? Trauer, Langeweile, Depression, Verzweiflung, Alter, Krankheit und am Ende den Tod. So bin ich denn für ihr Volk mehr eine Last als ein Segen und dennoch halten sie mich hier als Mahnmal der Trostlosigkeit.‘

Deprimiert seufzend läuft Schiel im Kreis und schaut sich dabei im Raum um. Dieser ganze Saal – nur errichtet für etwas, was ihnen noch mehr Unglück brachte?

‚Doch nun fahre fort! Gewiss wird diese Geschichte noch eine Weile dauern.‘

Schiel nickt und lässt sich erneut in den in der Zwischenzeit neu aufgehäuften Federberg plumpsen. Mit einer untermalenden Flügelbewegung taucht sie wieder in die Geschichte ein.

‚Starvarius schritt voran und ließ dabei das glänzende Schwert des verstorbenen Helden in den Händen wiegen, während Pein Eppel maulend und trotzig, ohne ein Wort zu sprechen, hinter ihm her trottete. Vier Tage und sie hatten den Schnackerwald immer noch nicht erreicht. Ihre Reise führte sie noch eine Weile an den Randgebieten der großen Wasweißich-Wüste vorbei und ließ die Straße einige Male so weit nach Osten abschweifen, dass sie den grenzenlosen Ozean erblicken konnten. Sie waren die letzte Nacht durchmarschiert und hatten mittlerweile vermutlich etwas mehr als die Hälfte des Weges zurückgelegt.

Die Kreaturen in diesen Teilen des Reiches wurden immer merkwürdiger. In den stark besiedelten Gebieten trieben sich neben den Tieren der Vorzeit wie Hasen, Bibern und Schwalben hauptsächlich Knick Knack Vögel, Wollmäuse, Satinschnecken, Zweidechsen oder Wasserhähne herum. Doch hier kraxelte auch noch sonderbareres Getier durch die Gegend. Einige Stunden kreiste ein Schwarm duseliger Ahas über ihnen, bis die unerwünschten Beobachter von einem Wolkenwal allesamt verspeist wurden. Am Rande eines Teiches saß ein dicker, warziger Quaksalber und blähte seine Backen zur Balz auf, während aus dem Schlamm ein Halbigator kroch. Dieses Wesen hatte die Evolution nicht ganz fertig gekriegt, denn ihm fehlte der Kopf. Am matschigen Ufer tummelte sich die typische Fauna: Eine Drecksau suhlte sich im Schlamm, wobei ein Dreckspatz und ein Mistfink über ihr kreisten.

Süd Salatonien offenbarte an diesen Orten einen Großteil seiner Kreativität und lange Zeit marschierte die Sternfrucht staunend den ewigen Pfad entlang, als Pein Eppel ihr gelangweilt auf die Schulter tippte und dennoch fragend auf den Horizont deutete. Dort erhob sich in der Ferne ein riesiger weißer Kasten, der scheinbar am Rand der Straße stand. Der frustrierte Postbote ließ sich genervt von seinem Begleiter hinterherschleifen, der bei dieser Entdeckung natürlich erneut seine Schritte beschleunigte.

Das gigantische Bauwerk rückte immer näher und ließ keine Spur einer bekannten Architektur erkennen, selbst dann nicht, als sie direkt davor standen. Ich flog unbemerkt um dieses Ding herum und betrachtete es genau von allen Seiten, bis ich auf der Rückseite einen Schriftzug bemerkte. Die Zeichen waren veraltet und stammten aus der Zeit vor dem ersten Leben: *»Permatec Kühlschrank 2000 – Hält bis in alle Ewigkeit!«*‘

‚Ein Werbespruch, der sein Wort hält‘, unterbricht sie der Spiegel und beginnt beherzt zu lachen.

Schiel versteht die Randbemerkung des weisen Propheten nicht, bekommt aber sogleich eine Erklärung, ohne fragen zu müssen.

‚*Permatec* war eine zu Menschenzeiten gegründete Firma, die Haushaltsgeräte herstellte. Ihre Produkte haben tatsächlich die Jahrmillionen völlig unbeschadet überstanden.‘

Ein Moment der absoluten Stille. Nur das Plätschern der Tränentropfen hallt von den unendlich weit entfernt stehenden Wänden wider.

‚Leider haben die Menschen das damals noch nicht gewusst und die Firma ging pleite.‘

Ein kurzes Schweigen.

‚Doof‘, spricht die Eule, zuckt mit den Schultern und setzt ihre Geschichte fort: ‚Starvarius und Pein Eppel bemerkten diesen Schriftzug nicht und waren absolut ahnungslos, bis sich ein seltsames Wesen aus dem Gebüsch schlich. Wie bei der Kiwi-Kobra, so handelte es sich auch hierbei um eines der *einzigartigen Wesen* der Süd Salatonischen Schöpfungen. Die Kreatur sah aus wie eine Kreuzung aus Wiesel und Bär, besaß aber einen elefantenartigen Kopf. Sie war nicht sonderlich groß, überragte jedoch mit ihren 2 sm …"

Mit unleserlicher Handschrift ist eine Notiz am Rande des Schmökers hinterlassen worden. Die Schrift wirkte so kühl und ausdruckslos, dass sie unmöglich aus der Feder eines Narratori stammen konnte. Jemand musste diese Zeilen nach Fertigstellung des Werkes eingefügt haben: *[sm = salatonische Meter; entspricht 30 cm nach Universalstandard]*

„,… die beiden Ankömmlinge. An sich schien dieses Wesen in seiner Natur sehr freundlich zu sein, doch zeichneten sich in seinem Gesicht die Falten einer lange andauernden Missmutigkeit ab. Verzweifelt blickte sich die Ananas um, ob vielleicht noch mehr dieser Dinger aus den umliegenden Büschen krochen, die auf der weiten Wiese zu beiden Seiten des Feldweges verteilt waren. Dies schien jedoch das einzige mehr oder weniger intelligente Lebewesen hier zu sein.

»Sei gegrüßt! Ich bin Starvarius und dies hier ist mein Gefährte Pein Eppel. Wie nennt man euch?«, stürzte die Sternfrucht mal wieder optimistisch hervor.

»Hmpf«, entgegnete das seltsame Wesen schlecht gelaunt, überwand sich schließlich dennoch zu einigen Grußworten. »Vor euch steht das einzige lebende Kmek Kmek. Und das da ist …«

In diesem Moment öffnete sich auch schon die Tür des riesigen Kühlschrankes und ein ebenso seltsames Wesen schlängelte sich grazil die kalte Plastikisolierung hinunter. Es huschte durch das kniehohe Gras und blieb direkt vor Pein Eppel stehen, dem er mit seinem wippenden Kopf in die Augen starrte.

»… Flexdexe. Immer etwas einzigartiger als Kmek Kmek.«

Flexdexe hatte einen Echsenkörper mit Beinen, die gerade so kurz waren, dass der Bauch stets etwas über den Boden schleifte. Sowohl nach hinten als auch nach vorne ging sein Körper geradewegs in den einer Schlange über, wobei das Hinterteil einen geraden Schwanz darstellte, der vordere Teil aber wie eine Sprungfeder spiralförmig aufgedreht war. Dies sorgte für eine enorme, wenn auch meist unkontrollierte Flexibilität des Halses.

Murrend ignorierte Kmek Kmek die Bemerkung seines Widersachers und fauchte: »Endlich fertig?«

Flexdexe nickte, wobei sein Kopf mehrere Minuten nachschwang. »Sicher! Diesmal findest du ihn nicht!«

»Pff«, entgegnete das grummelige Wesen unbeeindruckt und verschwand in den eisigen Höhlen hinter der dicken Schranktür.

»Was genau …?«, wollte Starvarius in Erfahrung bringen, doch die Frage erwies sich als unnötig. Das echsenartige Schlangenwesen drängte ihnen seine Lebensgeschichte schon ganz von alleine auf. Schließlich kam selten jemand in diese abgelegene Gegend.

»Folgt mir und ich erzähle euch alles!«

Widerwillig schritt Pein Eppel den beiden hinterher, während Flexdexe sie hinter den Kühlschrank zum einzigen Baum in diesem Teil der weiten, grünen Landschaft führte. Er öffnete eine kleine Holztür und bat seine Gäste herein.

Das Innere der alten Trauerweide war häuslich eingerichtet und ein Teekessel pfiff auf dem Herd. Die beiden Früchte nahmen auf den zurechtgeschnitzten Baumstümpfen platz, während ihr Gastgeber einen köstlichen Trauerbeerentee servierte.

»Alles begann vor drei Jahren. Kmek Kmek und meine Wenigkeit sind schon viele Jahrzehnte Begleiter, auch wenn wir nicht immer – und das bedeutet so viel wie niemals und auch nicht, wenn die Welt vor den Abgründen des zweiten Götterbebens stünde – einer Meinung sind. Ein besonders heftiger Streit führte uns dann vor besagter Zeit zum Süd Salatonischen Staatskomposthaufen, um den wahnsinnig weisen Wurm um Rat zu fragen. Lange Rede, kurzer Sinn: Wir gerieten über dem Urteil des Wurms in eine handfeste Prügelei. Dabei rollte ich versehentlich über die Eigenheimhügel eines mächtigen Maulwurfmagiers, der schon vor unserem Streit genervt versucht hatte, einzugreifen. Beim Anblick seines zerstörten Hauses wurde er so zornig, dass er uns mit einem finsteren Fluch belegte. Jeder von uns leidet seit diesem Tage an einem schlimmen Gift, das jegliches Empfinden für Glück oder Zufriedenheit abtötet – bis man einen Schluck aus dem zauberhaften Heilmittel trinkt.«

»Und ihr habt dieses Heilmittel nicht«, mischte sich Pein Eppel mit überraschender Anteilnahme ein.

»Doch, doch. Er hat es uns gegeben.«

Die Ananas zuckte mit den Schultern und blickte fragend.

»Seitdem verbringen wir unsere Zeit damit, dieses Fläschchen im großen weißen Götterschrank voreinander zu verstecken.«

Pein Eppel entgegnete mit einem vorhersagbaren Egoismus: »Warum trinkst du es nicht einfach, wenn du es hast?«

Flexdexe schüttelte wild den Kopf. »Niemals! Kmek Kmek und ich sind doch Freunde. Das könnte ich ihm niemals antun.«

Daraufhin mischte sich Starvarius mit seiner heroischen, aber grenzenlos naiven Selbstlosigkeit ein. »Dann lass ihm doch einfach das Fläschchen.«

»Niemals!«, fauchte das Echsenwesen. »Dann hätte er ja gewonnen!«

Eine ausweglose Situation, über welche die tapfere Sternfrucht sofort zu grübeln begann. »Du sagtest *einen Schluck*? Würde die Flasche dann nicht für euch beide reichen.«

Verdutzt blickte Flexdexe Starvarius in die Augen. Dann jedoch verfinsterte sich sein Blick und außer sich vor Wut tobte er: »Darum geht es doch gar nicht! Es geht ums Prinzip! Und jetzt entschuldigt mich, ich habe einen Zaubertrank zu verstecken!« Flexdexe begleitete die beiden noch zur Tür und ohne sich zu verabschieden huschte er in Richtung Kühlschrank, wo Kmek Kmek bereits ungeduldig, mit dem dicken Fuß auf dem Erdboden trampelnd, wartete. Starvarius hing in Gedanken immer noch diesem Konflikt an, wurde jedoch seinerseits ausnahmsweise von Pein Eppel hinterhergezogen, der die Sache nun endlich zu einem Ende führen wollte.

Schlängelnd arbeitete sich der mal sandige, mal matschige Trampelpfad durch die endlosen Wiesen und Steppen, streifte einen Augenblick lang die Wasweißich-Wüste und machte dann wieder einen Schwenk in Richtung Ozean. Pein Eppel taumelte gedankenverloren den Weg entlang, als dieser den Rand der Wasweißich-Wüste erneut schnitt. Fast packte ihn der sich aufbauende Sturm, hätte er nicht rechtzeitig den Fuß wieder auf den sicheren Pfad gezogen.

Pein betrachtete seinen Fuß. Dann blickte er auf. Eine Idee! Ein breites Grinsen.

Mit einem geschwinden Blick vergewisserte sich das sadistische Stück Obst, dass Starvarius sich nicht nach ihm umsah. Dieser war allerdings so intensiv mit dem Blick nach vorne beschäftigt, dass er das Zurückbleiben seines auserkorenen Herrn nicht bemerkte.

Pein räusperte sich, legte eine Hand auf die Brust, hielt die andere gestikulierend in die Höhe und sprach triumphierend: »Man könnte sich einen Augenblick zur Ruhe legen.«

»Man könnte auch tanzen wie eine Schl...«

»Ha!« In dem Augenblick, als die Kiwi-Kobra wie auf Befehl zur Stelle war, packte die Ananas sie an der Gurgel, schleuderte sie einige Male herum, sodass sich ihre Augen verdrehten, und warf sie in die Luft. Kurz bevor sie wieder auf dem Boden landete, versetzte er ihr einen gewaltigen Tritt und schoss das Wesen in weitem Bogen in die Wasweißich-Wüste. Der Sturm ergriff sie sofort und mit einem sadistisch lächelnden *Auf-Nimmerwiedersehen*-Ausdruck auf den Lippen winkte Pein der kleiner werdenden Schlange hinterher.

»Was war das?«, fragte Starvarius und wandte sich zu seinem Gefährten um, der ihm schnell hinterhergespurtet war.

»Nichts«, antwortete er lächelnd und klopfte Starvarius im Vorbeigehen auf die Schulter. »Rein gar nichts.«

Ihre Reise ging voran. Hin und wieder kreuzte eine kleine Sippe Knogglgox ihren Weg, was Pein Eppel grummelnd an den Verlust ihrer Kutsche und die Blasen an seinen Füßen erinnerte. Dann passierten sie ein riesiges kichernd tratschendes Blumenmeer, das von stilsicheren, fleißigen Bummelhummeln bestäubt wurde, die ihren Honig in eleganten Handkrügen aus der Vorjahreskollektion transportierten.

Als ihre Reise sie erneut nahe an die Steilklippen des östlichen Ozeans führte, kamen sie in den seltenen Genuss, die letzte der drei Sonnen über dem Meer untergehen zu sehen. Mit einem prächtigen Farbenspiel auf der Wasseroberfläche verabschiedete sich der Tag und die salatonische Nacht brach über das Land herein. Die Bummelhummeln flogen in ihre Erdhöhlen zurück, Knick Knack Vögel verkrochen sich in ihren Nestern und Mozartzirpen ließen ihren einschläfernden Gesang erklingen, während die heulenden Hirsche, der *Guten-Abend-Chor* des Schnackerwaldes, mit ihrem Röhren die Nachtruhe einleiteten.

Der Weg war nicht mehr weit. Wenn man schon das Heulen hören konnte, müssten sie es innerhalb eines Tages bis zum Waldrand schaffen.

Aus der Stille der Nacht drang ein leises Rauschen an die Ohren der beiden Reisenden, das sich mit jedem Schritt bis hin zu ungeahnten Ausmaßen steigerte. Immer näher schmiegte sich der Pfad an die bedrohlich steilen Klippen und führte sie geradewegs an die Ufer des großen Ozeans, aus dem sich direkt vor ihnen eine riesige Welle erhob. Wassertropfen spritzten auf den Weg und verwandelten den Pfad in ein matschiges Hindernis. Im Inneren der Welle tobten die Massen – jedoch bewegte sie sich selbst keinen Zentimeter weiter. Ihr Kopf ragte teilweise bis ins Landesinnere hinein.

Mir wurde es schon etwas mulmig, als ich den beiden unter der gewaltigen Woge hindurch folgte, die jeden Moment aus einer Laune heraus über uns hereinbrechen konnte. Starvarius marschierte aus Heldenmut stolz voran, Pein Eppel aus Gleichgültigkeit unbeeindruckt hinterher – den Tod ein weiteres Mal mit offenen Armen willkommen heißend. Erschlagen von einer Götterwelle? Damit wäre ihm die dritte Stufe im Jenseits sicher gewesen.

Ich kramte in meinem Hinterstübchen für Volkssagen, ob mir für diese Erscheinung ein passender Mythos einfiel. Schließlich war es die Aufgabe eines Erzählerkauzes, die Geschichten der Welt zu kennen und diese an passender Stelle in seine Erzählungen einfließen zu lassen. Und tatsächlich erinnerte ich mich, wenn auch nur vage, an eine Geschichte, die mir mein Onkel damals erzählt hatte.

Vor zweihundert Jahren tobte ein großes Unwetter an den Küsten vor Burg Wettertrutz, eine Festung, die an den Kontinenten zur Verteidigung der umliegenden Dörfer gegen Piraten der benachbarten Inseln errichtet worden war. Nicht, dass jemals jemand über den Ozean gekommen wäre oder ein Beweis dafür bestanden hätte, dass es neben Salatonien noch weitere Kontinente gab.

Eines Tages stellte sich Fürst Mankahn Mirniks, herrschende Mandarine des Landes, lachend auf die Zinnen und rief auf den Ozean hinaus: ›Dieses Bollwerk trotzt jeder Gefahr! Weder Wind noch Wetter können ihm schaden!‹

Dies erzürnte die niederen Gottheiten Aklaschpolukkel, Herr der Wasser, Takleschpoklatz, Fürstin des Sturmes, und Perasiel, Prinz des Badezusatzes. Gemeinsam beschworen sie ein Unwetter, so mächtig, dass es ganze Teile der Steilküste zerschmetterte und die mächtige Festung mit sich in die Fluten riss. Die Bewohner entkamen, doch der Zorn der Götter im Angesicht dieser Blasphemie kannte kein Halten. So erhoben die drei eine Kaiserwelle aus den Meeren. Diese hob sich so riesig empor, dass sie Mandarinien, den Schnackerwald, die Wasweißich-Wüste, Teile der Weiten Flur und auch noch einen Großteil der Zentralreiche hinfortgespült hätte.

Als sich das Ungetüm an den Ufern aufbäumte und der Küste immer näher kam, weckte ihr gewaltiges Rauschen die kleinen Bewohner des Nacktmullfeenhaines aus ihrem hundertjährigen Schlaf. Verträumt wühlten sich die Wesen aus ihren Blattbetten hervor und wurden der Bedrohung gewahr, die auch sie gefährdete. Hastig huschten Dutzende dieser Kreaturen mit ihren bunten Schwingen, die den einzigen ansehnlichen Teil dieser zugegeben ziemlich hässlichen Viecher darstellten, auf die Steilküste zu und begannen freudig vor der tödlichen Bedrohung im Kreis zu springen und zu tanzen. Die Welle hielt inne und beobachtete das Schauspiel. Obwohl sie seit Ewigkeiten die Tradition pflegten, nur alle hundert Jahre eine Aufführung zu geben, vollführten die pummeligen Nacktmullfeen für die große Welle eine Sonderaufführung ihrer unter Kennern in ganz Süd Salatonien bekannten Neuinszenierung von *Izack der Mollenmuckel und die Goldtorte.*

Am Ende der – selbst für salatonische Verhältnisse – sonderbaren Aufführung erklang aus engelsgleichen Stimmen, unpassend in Anbetracht ihrer Hässlichkeit, ein himmlischer Schlusschor. Auf den letzten Akkord hin versank die Welle in tiefstem Schlummer – und wenn eine Welle erst einmal schlief, dann schlief sie für immer.

Als Pein und Starvarius unter der Welle hindurchschritten und die Sternfrucht genau horchte, konnte sie zweifellos zwischen dem Geplätscher und Gerausche ein ruhiges und tiefes Schnarchen vernehmen. Aus dem Ozean ragten die meterhohen Turmruinen der alten Wettertrutz hervor und im Landesinneren waren einige verlassene Dörfer zu sehen. Mandarinen waren in dieser Saison sehr rar …

Dann ließen Pein Eppel und sein Begleiter die schlafende Welle hinter sich und marschierten weiter in Richtung Norden, wo das ehemalige Mandarinien direkt an den Schnackerwald grenzte.

Kapitel 5

Eine seltsame Geräuschkulisse sammelte sich unter den Wipfeln der dicht zusammengewachsenen Bäume. Insekten zirpten und summten, Vögel verschiedenster und zum Großteil noch recht junger Art zwitscherten durcheinander und übertönt wurde all dies von dem unaufhörlichen Gefasel der Eichen, Ulmen, Kiefern, Birken und vieler weiterer Bäume.

Vor Pein Eppel und Starvarius lag er nun: der Schnackerwald.

Pein Eppel hielt sich mit schmerzverzerrtem Gesicht die Ohren zu. Dieses Geschwafel schien für ihn unerträglich zu sein. Starvarius versuchte zumindest, den Unterhaltungen zu lauschen, doch die Schnackerbäume sprachen wild durcheinander und in teilweise fremden Sprachen. An einer kleinen Kreuzung verstummte das Geplapper jedoch für einen Augenblick und da die beiden mal wieder nicht genau wussten, in welche Richtung sie gehen sollten, rief die Sternfrucht: »Ähm ... hättet ihr einen Moment ...«

»PSSST!«, unterbrachen ihn die Bäume im Chor.

»Da kommt wieder einer!«, flüsterte eine alte Eiche.

Starvarius und Pein Eppel verhielten sich daraufhin ruhig und wagten kaum zu atmen. Einige Augenblicke später schallte leise das Flattern eines winzigen Flügelpaares durch den Wald und ein Knick Knack Vogel huschte den Weg entlang.

»He, du!«, rief eine junge Birke plötzlich von der linken Straßenseite und mit einem Ruck und einem heftigen *KNICK* blickte der Vogel in ihre Richtung.

»Ja, genau du!«, erschallte es aus dem Wipfel einer Ulme von der anderen Seite – und *KNACK* zuckte der Kopf des Vogels nach rechts.

Sofort fiel er tot zu Boden. Die ganze Kreuzung brach in ein lautes Gelächter aus, sodass die Kronen nur so wackelten.

Während Starvarius verstört auf die schadenfrohen Bäume blickte, lag Pein Eppel auf dem Rücken und kugelte sich mit ihnen vor Lachen. Wenn es etwas in der Welt gab, was ihn amüsieren konnte, dann war es gewiss Schadenfreude.

»Ihr Monster!«, ertönte Starvarius' Stimme entrüstet.

»Wenn du hundert Jahre ...«

»... an einem Ort stehen würdest ...«

»... hättest du auch deinen Spaß daran«, sprachen drei verschiedene Bäume, die gegenseitig den Satz vollendeten.

»Verratet ihr uns wenigstens, wo es zur Lichtung der Weisheit geht?«

»Lichtung der Weisheit?« Der Wald tuschelte und beriet sich in einer fremden Sprache.

»Ach so, die meinst du …«, antwortete eine Weide. »Folgt dem hier nach rechts und dann immer geradeaus, dann seid ihr schon fast da, doch … He, pssst! Da ist wieder einer!« Erneut wurde es still auf der Kreuzung. Angewidert wandte die Sternfrucht sich ab und verließ diesen Ort.

»Vögelchen!«, rief eine Kiefer aus der hinteren Ecke des Waldes und ein leises *KNICK* ertönte.

»Du da! Guck mal!«, schallte es zu Starvarius' Entsetzten aus dem Mund Pein Eppels, der nun ebenfalls einen der Knick Knack Vögel auf dem Gewissen hatte.

Schroff packte er ihn am Arm, um ihn hinter sich her zu ziehen.

»Ich komm auf dem Rückweg noch mal vorbei!«, rief dieser der Kreuzung zu, als sein Leibwächter ihn hinfortzerrte.

»Bist du verrückt geworden?!«, fuhr der Gefährte seinen Herrn an.

Pein Eppel jedoch zuckte nur mit den Schultern. »Wieso? Es macht einen Heidenspaß!«

Starvarius schüttelte verständnislos den Kopf. »Du könntest ja mal etwas mehr Achtung vor dem Leben entwickeln.«

Starvarius biss sich auf die Zunge – doch die Antwort der Kiwi-Kobra blieb aus.

Pein Eppel grinste.

»Man könnte … auch tanzen … wie eine … Schlange«, kam kurz darauf eine Stimme keuchend zwischen den Bäumen hervor und die Zunge über den Boden schleifend, robbte die Kiwi-Kobra aus dem Unterholz. »Verzeihung … hat … länger gedauert«, stöhnte die Schlange und warf der Ananas einen bösen Blick zu.

Einig, sich nicht einig zu sein, beendeten sie die Unterhaltung. Weit kamen sie jedoch nicht. Als Starvarius einen weiteren Schritt in Richtung des Herzens des Waldes tun wollte, erzeugte dieser das in Mark und Bein dringende Geräusch von vierhundert sich spannenden Bögen, die den Wald mit ihrem Klang erfüllten. Im selben Augenblick waren ebenso viele glänzende Pfeilspitzen auf die beiden gerichtet. Ein ganzes Bataillon Weintraubenwaldläufer hatte sie umstellt!

Vierhundert Pfeile? Das war ein schöner Tod!

Dankbar für diese Möglichkeit der Opferung wollte sich Pein Eppel gerade nach vorne werfen, als ihn die Sternfrucht zurückriss.

»Man könnte versuchen, sich eine Schneise zu schlagen«, sprach Starvarius und guckte sich suchend nach der Kiwi-Kobra um.

»Bist du wahnsinnig? Ich tanz' hier doch jetzt nicht rum!«, winkte diese ab, da auch auf sie mehrere Bögen gerichtet waren.

Damit war ihr Ablenkungsmanöver verwirkt. Die heroische Frucht ließ das Schwert gänzlich in die Scheide zurückgleiten. Die Hände hinter dem Kopf verschränkt, wartete er auf den Kriegertod. Pein Eppel machte ihm dies mit Freuden nach. Sterben – und dann auch noch ehrenvoll? Das war ja fast wie Geburtstag!

Dann jedoch trat eine Weintraube – in eine reichlich verzierte Lederrüstung gehüllt, mit zwei geschwungenen Säbeln am Gürtel – zwischen seinen Männern hindurch und sagte mit bestimmtem Befehlston: »Wer seid ihr und was treibt euch so tief in den Schnackerwald?! Sprecht rasch oder sterbt!«

Pein Eppel hielt den Mund und begrüßte die Alternative.

»Dies ist mein Herr, Pein Eppel, und ich bin sein Leibwächter Starvarius. Wir reisen im Auftrag der Völker von Süd Salatonien, um die Höhle des Schicksals zu finden. Wir wollen auf der Lichtung der Weisheit Rat suchen.«

Die Weintraube zog eine Augenbraue nach oben. »Wenn das so ist, könnt ihr das doch sicherlich auch beweisen.«

Die Spannung der Bögen wurde noch intensiver und der Kiwi-Kobra lief ein Schweißtropfen die Stirn hinunter, als sie trocken schluckte. Die Sternfrucht nickte, zog ganz langsam das Schreiben des Karotenenkaisers aus ihrer Umhängetasche und reichte es dem Schnackerwaldläufer. Dieser wich für einen Augenblick in die Reihen seiner Männer zurück und überflog den Brief. Skeptisch blickte er auf und musterte die angeblichen Helden. Er hielt die Botschaft zu einem Bogenschützen neben sich, der ebenfalls einen Blick darauf warf und keine andere Wahl hatte, als zustimmend zu nicken. Auf ein Zeichen des Anführers hin senkten die Trauben ihre Bögen und die beiden ungleichen Reisenden erhoben sich.

»Mein Name ist Jaroglas, Hüter des Waldes und Anführer der Waldweintrauben. Auch hier im Schnackerwald herrscht Krieg und wir müssen sichergehen, dass ihr nicht zu DENEN gehört.«

Tief verbeugte sich die Sternfrucht vor ihrem Gönner.

»Folgt uns bitte in den Waldtraubenhain. Dort könnt ihr mir eure ganze Geschichte in Ruhe erzählen. Morgen früh geleiten wir euch zur Lichtung.« Jaroglas wandte sich ab, wobei sein verzierter Umhang flatterte, noch ehe Starvarius sich bedanken konnte. Von Weintrauben umringt schritten sie ab vom Weg in die Tiefen des nur noch leise flüsternden Schnackerwaldes. Pein Eppel fluchte leise. Hörte das denn nie auf?

Der versteckte Hain war von einem dichten Wall aus Gebüschen umgeben und nur zu bemerken, wenn man wusste, dass er sich hier befand. Hinter dem Blatt- und Astwerk offenbarte sich Pein und Starvarius, mit offenen Mündern staunend, ein reges Treiben. Zahllose Hütten waren in die mächtigen Bäume gezimmert und Tausende von Stegen erstreckten sich in einem undurchschaubaren Netzwerk vom Grund bis in die Kronen. In die kräftigen Wurzeln einer alten Eiche, die wohl das Zentrum des Dorfes darstellte, war eine Vielzahl von Höhlen gegraben, aus denen seltsamer Rauch aufstieg. Seile hingen von der Baumkrone herab, um den sportlichen Früchten auch Zugang zu den Hütten und Stegen zu gewähren, die nicht miteinander verbunden waren. Die vierhundert Mann starke Armee verteilte sich nach Eintritt sofort hektisch im ganzen Lager, während eine kleine Gruppe Jaroglas und seinen Gästen in die höheren Wipfel folgte.

Starvarius versuchte, das komplizierte Netzwerk aus Stegen und Hängebrücken zu durchschauen, und er stellte dabei fest, dass im Zentrum eine sich windende Struktur vom Waldboden aus bis in die Krone führte. Eben diesen gewundenen Pfad schritt die kleine Gruppe hinauf, während die hinterste Traube Pein Eppel immer wieder einen Stoß geben musste, wenn dieser sich vor Erschöpfung und Frust weigerte, weiterzulaufen. Bis ganz in die Krone der Eiche kamen sie jedoch nicht. Etwa auf der Hälfte bog der Waldläuferführer ab, öffnete eine kleine, grob gezimmerte Holzhaustür und bat die beiden Fremden hinein.

Der Tisch war reich gedeckt mit den feinsten Speisen: eine Cellulose-Suppe als Vorspeise und saftige Fruktoseschnitzel. Dazu einen guten Chlorophyllwein. Die Ananas stürzte sich sofort auf diese und andere Speisen, während Starvarius manierlich wartete, bis ihm ein Platz angeboten wurde. Dann jedoch begann auch er mit etwas ungehobeltem Tempo zu schlingen. Ihre Mägen knurrten gewaltig nach fast zwei Wochen Wasser und trockenem Brot.

»Sagt«, drang Jaroglas' Stimme an ihr Ohr, als dieser sich seines Gewandes entledigt und es an den Kleiderhaken gehängt hatte, »warum schicken die vereinten Völker ausgerechnet eine Ananas und eine Sternfrucht, zudem so gut wie unbewaffnet, auf so eine gefährliche Mission?« Der Waldläufer zog einen der hölzernen Stühle zurück und ließ sich darauf nieder. Seine Haut war lila – dies war gewiss nicht ungewöhnlich für eine Weintraube, wenn man nicht bemerkt hätte, dass alle anderen Trauben im Hain grüne Haut hatten.

Starvarius legte sein Besteck nieder und deutete noch einmal auf den Brief, den der Waldläufer noch in Händen hielt. Dieser erhob sich und schritt, die Botschaft nachdenklich noch einmal lesend, vor dem Kamin hin und her.

»Wir fanden ihn bei den Überresten eines Tomatolen.«

»Tjal …«, seufzte Jaroglas bestürzt. Eine Träne rollte ihm den runden Körper herunter und mit auf dem Rücken verschränkten Händen stellte er sich an das kreisrunde Fenster. Dies gewährte einen guten Blick zwischen den Stämmen der anderen Bäume hindurch auf den dahinterliegenden Wald.

Nach langer Zeit des Schweigens sprach er endlich: »Ihr wart tapfer, diese Aufgabe übernehmen zu wollen. Doch diese Sache ist eine Nummer zu groß für Freizeithelden. Nehmt meinen Dank an und geht zurück nach Hause. Ich werde mich dieser Aufgabe persönlich annehmen. Vielleicht besteht noch Hoff...«

Mit einem Mal gab die gesamte Wand in Tausend Teile zerberstend nach und ein riesiger Stein schmetterte durch die Hütte, riss die Hälfte davon und den heldenhaften Waldläufer mit sich in die Tiefe und zerstörte dabei noch einen Großteil des Stegwerkes.

»Wir werden angegriffen!«, schallte es panisch aus allen Teilen des Waldes und ein donnerndes Kriegshorn mobilisierte die Waldweintrauben des gesamten Haines.

Surrend glitt Tjals Schwert aus Starvarius' Gürtel, als dieser aufsprang und in Richtung Abgrund hastete. »Du bleibst hier!«, rief er Pein Eppel zu, der seelenruhig am Tisch saß und nicht den Anschein machte, als hätte er irgendwas anderes vorgehabt.

Mit einem Satz stürzte sich die Sternfrucht in die Tiefe, ergriff um Haaresbreite ein Seil, schwang sich auf einen nahen Steg und rutschte auf blanken Fußsohlen das Geländer wendelförmig hinab. Geschrei und Fruchtsaftvergießen tobten am Waldboden. Noch während er blitzschnell diesem entgegenrutschte, erkannte der Leibwächter den Feind: runzlige, entstellte

Wesen, abstrakte Abbilder des Volkes, das hier wohnte. Vor Jahren verstoßen und von der Macht eines bösen Gottes verdorben: Rosinen!

Tausende von Rosinen fielen in ihrer abstoßenden Hässlichkeit, von Neid und Rache getrieben, über das Volk der Waldweintrauben her und verwandelten den friedlichen Hain in ein Schlachtfeld. Während die Verteidiger mit glänzenden Rüstungen aus Stahl oder poliertem Leder und blitzenden Klingen antraten, waren die Panzerungen der Rosinen aus alten, rostigen Platten gezimmert und ihre Waffen bestanden aus Schürhaken und Fleischerbeilen.

Kurz bevor die Füße der Sternfrucht durch die Reibung gekocht wurden, erreichte er das Ende der Rampe, sprang und zerteilte noch in der Luft einen anfliegenden Felsbrocken, der nun in zwei Hälften zu Boden sauste. Wie ein Wirbelsturm tobte Starvarius durch die Reihen seiner Feinde. Die unverwüstliche Klinge der gefallenen Tomate zeigte, dass sie eines Helden würdig war, denn sie glitt ungehindert durch die schrumpligen Körper und rostigen Rüstungen. Der Leibwächter nahm es mit bis zu zehn Gegnern gleichzeitig auf. Mit der linken Hand zog er die Verwundeten aus dem Gefecht und hielt zugleich mit der rechten alle Feinde im Umkreis in Schach. Jahrelang hatte er den Schwertkampf geübt, um seinen Vater stolz zu machen, und nun konnte er ihn zum ersten Mal in einer richtigen Schlacht anwenden. Und er war wahrlich talentiert.

Ein goldener Kerzenleuchter, ein verziertes Gewand und ein edler Dolch – alles, was irgendwie wertvoll aussah, verschwand in einem festen Leinensack, ehe Pein Eppel diesen verschnürte und ihn sich über die Schulter warf. In der anderen Hand hielt er noch ein Schnitzel – das Letzte, was noch von dem reichlichen Festmahl übrig war.

Da es nun nichts mehr für ihn zu sehen gab, schlenderte er gemütlich über einen noch intakten Teil des Steges und machte sich an den Abstieg. Um ihn herum tobten Tod und Verderben. Rosinen hatten die Stege gestürmt und lieferten sich nun auf dem ganzen Gerüst erbitterte Gefechte mit ihren ehemaligen Brüdern. Die Ananas störte dies keineswegs. Wenn sie es hier raus schaffte, war sie satt und etwas reicher als vorher, wenn nicht, dann war sie zumindest tot – und das war ja auch schon ein Vorteil. Ein wahrlich pessimistischer Optimismus.

Zwanzig … dreißig … fünfzig … einhundert – die Zahl der Feinde, die durch Starvarius' Klinge starben, war kaum noch zu überblicken. Das Schlachtenglück war auf seiner Seite, bis mit einem Mal ein gewaltiges Erdbeben das Traubendorf erschütterte. In der Ferne knickten die Bäume um.

Mit einem ungewohnt grimmigen Ausdruck im Gesicht umfasste die Sternfrucht ihr Schwert sicher mit beiden Händen, als ein monströser Ogereber – zwei Birken problemlos abknickend – in den Hain stürzte. Furchtlos rannte Starvarius ihm entgegen, stieß einen Schrei aus und schleuderte ihm das Langschwert direkt zwischen die Augen. Wütend schnaubend hatte das Monster es nun auf den Störenfried abgesehen und hetzte ihm hinterher. Dieser sprintete zur Seite und rannte nach links. Erleichtert atmete die Waldtraubenarmee auf. Diese hatte sich vorher hinter der Sternfrucht formiert und befand sich nun vorerst in Sicherheit.

Mit seinen mächtigen Hauern beseitigte der Ogereber Bäume, Pfeiler, Hütten und sogar die eigenen Krieger ohne Rücksicht auf Verluste und jagte Starvarius über die weite Lichtung. Dann ergriff die Frucht die Initiative, stoppte ab und machte einen weiten Rückwärtssalto. Im Wirbeln zog sie das Schwert aus dem Schädel des Untiers und landete auf dessen buckligem Rücken.

Wütend brüllend bäumte sich das Vieh auf, als der Recke ihm die Klinge immer wieder zwischen die Schulterblätter trieb. Schlussendlich erlag der Gigant seinen Verletzungen und stürzte. Starvarius war noch rechtzeitig abgesprungen und völlig unverletzt auf dem zertrampelten Waldboden gelandet, ehe er sich wieder in die Schlacht stürzte.

Mit einem Mal verlor Pein Eppel den Halt und stürzte in die Tiefe. Dabei veränderte sich sein gelangweilter Gesichtsausdruck nicht einen Moment. Irgendetwas Schweres hatte die Stützen der Stege weggerissen und mit einem Getöse brach das ganze Netzwerk in sich zusammen.

»Na endlich!«, stöhnte Pein Eppel im Angesicht des Todes erleichtert und breitete, den Aufprall umarmend, die Arme aus – als er plötzlich auf einer weichen Unterlage landete.

Verwirrt blickte er sich um und stellte fest, dass er auf dem Bauch des toten Ogerebers saß und tatsächlich nicht einen Kratzer davongetragen hatte.

»VERDAMMT!«

Verärgert fluchend hüpfte er von seinem unfreiwilligen Retter und schnappte sich den Beutesack, der neben ihm gelandet war. Während

Starvarius noch immer mit dem Heer der Rosinen beschäftigt war, zuckte die Ananas mit den Schultern und ging genervt davon. Wenn diese Schlacht gewonnen war, würden sie Starvarius vermutlich bejubeln – und wenn er eines hasste, dann war es Jubel, Applaus und Dankbarkeit. Er hasste es einfach. Und er hasste Biber.

Unter einem noch viel gewaltigeren Beben gruben sich die Hauer drei weiterer Ogereber, dieses Mal besetzt mit Rosinenbogenschützen, durch den Schnackerwald und entwurzelten Bäume, die panisch schreiend durch die Gegend flogen und sich über die grobe Behandlung beschwerten. Starvarius umfasste mit dicken Schweißperlen auf der Stirn sein Langschwert und bereitete sich auf einen harten Kampf vor, als sein Blick plötzlich Pein Eppel erfasste, der gelangweilt aus dem Hain trottete. Sein Blick schwankte rasch hin und her: Pein Eppel, Rettung der Waldweitrauben, Pein, Trauben, Pein, Trauben …

»Tut mir leid!« Mit einem Hieb spaltete er den Stamm einen dicken Baumes und unter tosendem Gepolter zerschmetterte die »Weidmannsheiiiiiiiil!« grölende Ulme alle drei Ogereber.

Als die Trauben ihren Retter preisen wollten, war dieser jedoch schon wieder von der Bildfläche verschwunden und ließ die Erinnerungen an einen gelben, schwertschwingenden Schatten und Ogerebertöter im Hain zurück.

»He!«

Nur eine müde Kopfbewegung war dieser Ausruf der gelangweilten Ananas wert. Etwas genervt rollte sie mit den Augen, als sie feststellen musste, dass ihr unfreiwilliger Leibwächter die Schlacht überlebt hatte. »Du bist nicht tot?«

Starvarius ignorierte diese Bemerkung höflich und reinigte sein Schwert von Fruchtsaft, ehe er es wieder in die Scheide gleiten ließ. »Wo willst du hin?«

»Nach Norden.«

»Du lässt diese armen Trauben im Stich?«

»Jepp.«

»Und jetzt willst du die Hoffnungen ganz Süd Salatoniens enttäuschen?«

»Jepp. Du hast die Traube gehört: *Geht nach Hause, ich übernehme das!*«

»Aber er ist tot!«

»Das hätte er sich früher überlegen sollen.« Doch Pein Eppel wusste schon bevor er diesen jämmerlichen Versuch, seinem Begleiter zu widersprechen, unternahm, dass alles nur wieder auf das eine hinauslaufen würde …

Fünf Minuten später lag der Sack mit der Beute am Boden und die beiden Gefährten folgten dem Pfad ins Herz des Waldes. Selbst als Pein Eppel sich in den Schmutz geworfen und wie ein kleines Kind geschrien und gezappelt hatte, konnte er den saftbeschmierten Recken nicht davon abbringen, ihn – wenn nötig – bis zum Ende ihrer Reise hinter sich herzuziehen.

Der Pfad, auf dem sie schritten, wurde nach einiger Zeit immer schmaler und unbefestigter und bald befanden sich die Früchte in den Tiefen des Schnackerurwaldes, wo selbst die Bäume schwiegen.

Natürlich schwiegen sie. Die meisten von ihnen waren tot und ragten mit knochigen Ästen über den Trampelpfad. Die abgestorbenen Verästelungen ließen kaum die zarten Strahlen der aufgehenden Erstsonne hindurch. Inzwischen lief die Ananas auch schon wieder mit gesenktem Haupt und hochgekrempelter Unterlippe hinter ihrem Wächter her.

Plötzlich stoppte Starvarius abrupt ab, woraufhin Pein Eppel, dessen Blick noch immer am Boden haftete, unsanft gegen ihn stieß. »Hörst du das?«

Natürlich hörte es Pein Eppel – aber er versuchte es so gut es ging zu ignorieren. Zwischen den Bäumen schien der Wald wieder grüner zu werden und von dort kam ein unglaublich bescheuertes Lachen. Es war aber nur ein einziges, sodass, wer auch immer sich dort befand, entweder alleine war – oder lediglich alleine lachte.

Mit weiten Hieben arbeitete sich die Sternfrucht durch das dichte Gestrüpp und stolperte endlich auf eine kleine, kaum bewachsene Lichtung. Die Chancen standen gut, dass es sich hierbei – im Herzen des Waldes, hinter den abgestorbenen Sträuchern – um die Lichtung der Weisheit handelte. Und dann musste dieser merkwürdige Baum, der so gänzlich anders aussah als alle Bäume, die Starvarius kannte, einer der gelehrten Mitglieder ihres Zirkels sein.

»Ooooh! Schau mal an! Schau mal an! Besuch kommt!«, wurden sie freundlich von dem scheinbar uralten Gewächs begrüßt.

Die Art zu sprechen, die der Baum pflegte, war dabei höchst sonderbar. Obwohl die Worte selbst keine Auffälligkeit aufwiesen, so schien die Art und Weise, wie sie der Baum betonte, einen unweigerlichen Eindruck von

Blödheit zu erwecken. Zudem legte er seine Akzente völlig willkürlich und zog zugleich die Stimme in einen so absurd hohen Bereich, dass er zu quietschen begann.

Entzückt wackelte das Wesen mit dem Geäst und überschüttete die Fremdlinge mit Laub. Starvarius ging umgehend auf die Knie. Die Ananas verharrte mit verschränkten Armen am Rande der Lichtung und blickte sich desinteressiert um. »Ist dies die Lichtung der Weisheit? Seid ihr ein Gelehrter vom Baumzirkel?«, fragte der Ergebene ehrfürchtig und zurückhaltend.

Erneut riss die Pflanze den riesigen Mund weit auf und stieß aus tiefstem Stamm ein bescheuertes Lachen und Glucksen aus. »Was für ein bezaubernder Name!«, gackerte der angebliche Gelehrte und rieb sich mit einem dicken Zweig unter der Nase. »Ja, so was war ich mal. Da gab das auch noch so einen Zirkel. Aber jetzt guckt euch das an!«

Pein Eppel hatte längst die nächste Misere bemerkt, in die sie ihre Reise geführt hatte. Der Boden war faul und roch giftig. Die Seuche, die alle Bäume und Sträucher im Umkreis hatte absterben lassen, hatte auch vor der Lichtung der Weisheit nicht haltgemacht – und so schien dieses vertrottelte Gewächs der Letzte seiner Art zu sein. Und ganz nebenbei schien diesen die Einsamkeit auch noch wahnsinnig gemacht zu haben … oder blöd … oder beides. Er schüttelte mit einem verzweifelten Auflachen den Kopf aus bitterer Gewissheit, dass sie der schlechte Scherz der Götter schon wieder in eine mentale Sackgasse hatte laufen lassen.

»Ich bin wohl der Letzte hier. Ziemliches Pech, nech?«

Die Aussprache des Wortes *Pech* war so explosionsartig feucht, dass ein Schwall aus Spucke über die beiden Recken herüberschwappte. Starvarius fiel der Kiefer herab. Wenn die Geschehnisse in gleichbleibendem Tempo bergab gingen, hatte diese Geschichte noch vor ihrem Ende sicher jeglichen Optimismus aus der Sternfrucht geprügelt. Der weise Prophet, den sie so mühsam aufgesucht hatten, war ein altes, vertrotteltes Gewächs, das in den Jahren der Einsamkeit seinen Verstand offensichtlich verloren oder in die Wurzeln verlagert hatte.

In einem fast lächerlichen Anflug von Optimismus erhob sich Starvarius und sprach zögerlich: »Sagt, weiser …« Dieses Wort hätte künstlicher nicht wirken können. Die Sternfrucht musste sogar husten, um sich daran nicht zu verschlucken. »… weiser Baum … wo befindet sich die Höhle des Schicksals?«

»Die was?«

»Höhle des Schicksals.«

»Nie gehört.«

Die ganze Zeit grinste der Baum dabei so breit, als wollte er einen Berg fressen, und er sprach in einem naiven, dümmlichen Tonfall. Ruhig und gelassen zog Pein Eppel das Schwert aus Starvarius' Gürtel und schritt auf die Pflanze zu.

»Weißt du was?! Ich bring dich um!«

Sein Leibwächter aber sprang nach vorne und schnappte sich gerade noch seinen Fuß, um Pein zu Fall zu bringen, bevor er Feuerholz produzieren konnte. Uraltes, dümmliches Feuerholz.

»Du könntest dich mal ein bisschen entspannen, kleine Ananas.«

»Er könnte auch tanzen wie eine Schlange.« Hypnotisch tanzend sprang die Kiwi-Kobra aus dem Gebüsch und wuselte über die Lichtung.

»Oooh, köstlich!«, jubelte der Baum und klatschte trottelig in die Äste.

»Wie lange muss ich diese ***** denn noch ertragen?!«, gesellte sich plötzlich eine neue bösartige Stimme in das Wirrwarr auf der ehemaligen Lichtung der Weisheit.

Starvarius blickte an dem Baum herab auf den Waldboden und auch Pein Eppel öffnete die Augen, um einen Champignon mit rot glühenden Augen und fletschenden Zähnen wahrzunehmen. Die Sternfrucht blickte zum Baum des Blödsinns.

»Oh, das ist übrigens der Pilz der Verdammnis. Er leistet mir seit ein paar Wochen Gesellschaft.«

»Was glotzt du denn so, du ***** *****?«, beschimpfte der Champignon die Ananas. »Wenn du ***** ***** nicht gleich aufhörst, mich anzuglotzen, dann ***** ich dir dein ***** bis zum *****, du ******!«

Ein ganz klassisches Beispiel dafür, dass es tatsächlich Kreaturen gab, die schon bösartig auf die Welt kamen.

»Ähm … tut uns leid, aber wir wüssten gerne …«

»Denkst du, ich bin taub?! Ihr trampelt in meinen ***** Wald, zertretet meine ***** Lichtung, sülzt diesen ***** Baum voll und glaubt, meine ***** Ohren kriegen euren ***** ***** nicht mit?«

Die Aggressivität des fluchenden Pilzes ließ sogar Starvarius etwas zurückweichen und mit so viel Einfühlungsvermögen wie möglich brachte er vorsichtig hervor: »Wisst ihr denn zufällig, wo …«

»Eure ***** Höhle des Schicksals ist? Schiebt euch eure ***** Höhle in den *****! Ich hab eure ***** nicht! Aber verdammte *****, ich weiß, wer es wissen könnte!«

Und noch ehe die Sternfrucht den nächsten Satz eröffnen konnte: »***** halten! Der Pilz redet! Der ***** Weise der Äpfel kennt fast jede ***** Legende. Geht da hin! Aber lasst euch ***** noch mal nicht ohne ein ***** Geschenk bei ihm blicken! Ohne Geschenk kriegt ihr bei den ***** Appelliaten nicht einmal eine Audienz!«

»Danke, Herr Pilz!«

»Ruhe! Ihr ***** ***** wisst doch noch gar nicht, was ihr schenken sollt!«

»Wir ...«

»RUHE, SAG ICH! Die ***** Äpfel planen da irgendeine ***** *****! Bringt ihnen die Essenz des Erdkerns, ist 'n ***** Edelstein! Den brauchen die da!«

»Und woher ...«

»Gleich schallert's! Zu den Cucurbiten! Geht zu den ***** Cucurbiten im ***** Karotonien und holt's euch ab! Und jetzt verpisst euch!«

Starvarius verbeugte sich dankbar und unternahm keinen weiteren Versuch, mit dem fluchenden Pilz der Verdammnis ein Wort zu wechseln.

»Moment mal! Wo willst du hin?« Pein Eppel verschränkte trotzig die Arme und dachte nicht daran, Starvarius zu folgen.

»Du hast es doch gehört: Wenn wir die Höhle finden wollen, müssen wir zum Apfelweisen – und der wird uns nicht unterstützen, wenn wir nicht vorher die Essenz des Erdkerns von den Cucurbiten bekommen haben.«

Die Ananas schüttelte stöhnend den Kopf. »Oh nein! Du hast gesagt, bis zum Schnackerwald. Wir sind im Schnackerwald. Ich will jetzt nach Norden!«

Nun verschränkte Starvarius seinerseits die Arme und setzte alles auf eine Karte. »Gut. Ich werde dich nicht aufhalten. Du gehst in dein Datteldorf und ich suche die Höhle des Schicksals.« Mit diesen Worten wandte er Pein den Rücken zu und marschierte zur Schneise in der Lichtung.

»Verdammt!«

Ein Grinsen zierte das Gesicht des trickreichen Pseudohelden. Er wusste, dass Pein Eppel ohne ihn niemals rechtzeitig im Norden ankommen würde. Dazu hatte er einfach nicht die Motivation.

»Nach Bereling, in die Appellien und zur Höhle des Schicksals! Und keinen Schritt weiter!«

Die Sternfrucht wandte sich wieder ihrem Begleiter zu und machte eine abweisende Bewegung. »Keinen Schritt weiter.«

»Versprochen?«

»Versprochen.« Beschwichtigend klopfte Starvarius dem Pessimisten auf die Schulter, der sich inzwischen auf dem Tiefpunkt seiner Laune befand.

Zusammen machten sie sich also auf den Weg nach Westen, als der Baum des Blödsinns sie noch einmal zurückrief. »Freunde, ihr wollt schon gehen?«

Die beiden drehten sich um und fingen zwei Partytröten auf, die mit Luftschlangen, bunten Ballons und Partyhütchen in seiner Krone wuchsen.

»Das sind Transporttröten. Damit kommt ihr hier schneller raus.«

Schneller raus war sein Stichwort. Die depressive Ananas hielt die Tröte vor den Mund und pustete kräftig hinein. Dann war er verschwunden. Nebeliger Dunst stieg auf und nur die zu Staub zerbröselnde Tröte wurde vom Winde davongetragen.

»Vielen Dank noch mal.«

»Keine Ursache! Tschüssi!« Dann verpuffte auch die Sternfrucht in einer magischen Wolke.

Kapitel 6

Keuchend, erschöpft und minimal gereizt glitt ich seitlich über die Wipfel des Schnackerwaldes hinweg. Seitlich, da sich ein fieser Krampf in meinem rechten Flügel breitgemacht hatte. Das war der Nachteil des Erzählers: Wer nicht wahrgenommen wurde, der bekam auch keine Transporttröte.

So legte ich den Weg über die dichten, schnatternden Baumkronen dieses skurrilen Waldes in luftigen Höhen zurück und erreichte die beiden Reisenden erst knapp einen Tag später. Pein und Starvarius hatten schon etwa die Hälfte der Wegstrecke zur Westgrenze Karotoniens zurückgelegt und ersparten mir somit, die vergangene Strecke mit erzählerischen Faustformeln wie *»Der übrige Weg verlief ereignislos«* oder *»Zahlreiche Stunden wanderten sie durch blühende Landschaften bla bla bla«* zu überbrücken.

»Nein, das ist nicht akzeptabel! Wir ziehen das jetzt zusammen durch und ich verspreche dir, dich ins Datteldorf zu begleiten, wenn wir die Welt gerettet haben.«

Pein Eppel versuchte so nah am Nordosten, noch einmal die Bedingungen ihrer Abmachungen zu verhandeln. Dieses Mal jedoch gab er endgültig Frieden und zeigte kein Interesse an einer weiteren Diskussion.

Der Pfad zwischen dem Schnackerwald und der karotonischen Grenze bestand aus einem solide festgetrampelten Schotterweg und führte, als sei er für Touristen gemacht, an klaren Bächen vorbei, durch weite Täler mit beschaulichen Bauerndörfchen und dann wieder durch ein Meer aus Blumen oder einen wohl zurechtgestutzten Wald. Zwar kümmerte sich die Bevölkerung des Zentralreiches nicht viel um die Bewohner der Außenländer, doch achtete man penibel darauf, dass Reisende bereits früh einen guten und zivilisierten Eindruck bekamen.

Da sich die Einwohner in den äußeren Dörfern häufig seltsam verhielten, hatten die Völker der Zentralreiche darauf geachtet, die befestigten Straßen möglichst weit an diesen vorbei zu bauen. So waren die meisten Dörfer nur über schmutzige Trampelpfade durch Sümpfe oder Moore zu erreichen. Normalerweise …

Einen Tagesmarsch von der karotonischen Grenze entfernt gabelte sich der Weg. Zum Schaden der Reisenden verhinderten ungünstige Gebirgsketten und ein reißender Strom, den Pfad um das berüchtigte Sharing herum zu bauen, wenn man nicht einen Umweg von vier Tagen über die Gebirge in Kauf nehmen wollte. Wieder waren sich die beiden unfreiwilligen Helden einig: Pein Eppel begehrte einzig und allein ein schnelles Ende der Reise und Starvarius fürchtete nichts und niemanden. Also beschlossen sie, den Weg durch das kleine Dorf im Pilgermannstal zu nehmen, das sich unmittelbar vor ihnen die Straße hinunter erstreckte.

Das Ortsschild war aus solidem Eichenholz gezimmert und entfaltete eine einladende Wirkung mit seinen geschwungenen und verzierten Buchstaben. Die Häuser waren einfach gehalten, aber sehr liebevoll mit Blumen und bunten Fenstern geschmückt. Moos überwucherte die dicken Steinmauern und brachte so noch ein wenig mehr Farbe in das Gesamtbild. Auf den Straßen Sharings herrschte reges Treiben, denn wie jede Woche hatte heute der große Markt eröffnet. Alte Rhabarber-Frauen wuselten mit großen Weidenkörben durch die Straßen, elegant gekleidete Auberginen-Edelmänner und viele weitere Bewohner, bunt gemischt aus Citorras, Gurkanern, Tomatolen, Nabanen, Kohlrabi, Sellerie, Datteln und was Süd Salatonien an Zivilisationen noch so hergab, tummelten sich auf der großen Hauptstraße und dem ansehnlichen Marktplatz, den Sharing in seinem Zentrum zu bieten hatte.

Starvarius konnte sich gar nicht vorstellen, warum Reisende nur in Begleitung und niemals alleine durch dieses Dorf reisen sollten – dann rüttelte irgendetwas an seinem linken Zacken. Er blickte zu Boden und erspähte einen obdachlosen Rettich.

»Eh, entschuldige, dass ich dich hier so anquatsche, aber hast du 'nen Kupfertaler übrig?«

Gutmütig blieb der Leibwächter stehen, griff in seine Gürteltasche und warf dem Bettler gleich drei Kupfermünzen in den Hut.

»Eh, danke, Mann! Du rettest mir mein Frühstück!«

Irgendetwas war merkwürdig an diesem Mann gewesen. Nicht, weil ihm der Unterleib fehlte. Starvarius hatte schon viele Schrecken des Krieges gesehen und war sich bewusst, dass man einem Rettich schon wesentlich mehr abschneiden musste, damit er starb. Doch dieser hier war – sauber durchtrennt. Wie … mit Absicht. Nachdenklich schritt er mit der trübseligen Ananas im Schlepptau über den belebten Marktplatz, als auf einmal die Kirchturmuhr in ohrenbetäubendem Ton erklang.

»Obstsalat!«, riefen alle Anwesenden auf dem Marktplatz gleichzeitig und ließen ihre Waren und Kleidungsstücke von einem Moment auf den anderen fallen. Irre kichernd rannten die Einwohner durcheinander und suchten sich jeder einen Partner.

Von den folgenden Ereignissen kann ich nur ansatzweise berichten, denn irgendwann verlor ich das Bewusstsein und landete in einem Fass Honig. Unter panischem Gegacker begannen sie, sich gegenseitig Arme, Hände, Füße oder auch den Kopf abzureißen und diese miteinander zu tauschen. Binnen weniger Minuten flogen Körperteile in unzählbarer Anzahl durch die Gegend und die schrillsten Fruchtkombinationen hüpften über den Platz. Dabei machten die Tauschgeschäfte nicht immer Sinn: Eine Erbse kam auf vier linken Beinen vorbeigelaufen, während eine Erdbeere den Kopf eines Pfirsichs am Hinterleib kleben hatte.

Ganz vorsichtig und unbemerkt schlichen sich die beiden Besucher an der Masse vorbei und versuchten, unbemerkt aus der Stadt zu entkommen, bevor man sie in ihr krankes Spiel integrieren wollte. Für jeden Bewohner Süd Salatoniens, der nicht aus Sharing stammte, war das Abtrennen eines Körperteils nämlich genauso tödlich wie ein Sonnenbad im eigentlichen Sinne.

Als ich wieder aus dem Honigfass kletterte, sah ich, wie eine wachsame Himbeere, die sich gerade wieder ihre Augen eingesetzt hatte, die beiden Wanderer bemerkte und so laut rief, dass alle es mit Gewissheit hörten: »Seht! Zwei Nichttauscher!« Die greise Himbeere erhob sich aus der Menge und kreischte schrill: »Bringt mir ihre Köpfe!«

Hastig warf Starvarius sich Pein Eppel über die Schulter und rannte, was das Zeug hielt. Hinter ihm die tobende Bevölkerung Sharings. Somit war auch für mich das Geheimnis gelüftet, warum es Reisenden nahegelegt wurde, die Dörfer der Außenbezirke zu meiden. Es war, als hätten die Götter einen großen Klumpen Gehirn in die Mitte Süd Salatoniens geworfen, begleitet von den donnernden Worten: »Teilt gerecht!« Die Außenbezirke gingen dabei wohl leer aus …

Dies bedeutet natürlich nicht, dass jedes Dorf und jeder Hof in den Randländern schlecht war. Meistens waren sie auf sonderbare Art und Weise einfach – anders.

Der größte Teil ihrer Verfolger war glücklicherweise durch den Extremitätentausch so stark beeinträchtigt, dass sie die Jagd schnell aufgaben. Der Rest von ihnen wich vor Tjals glänzender Klinge zurück oder wurde von dieser in nicht mehr zusammenfügbare Häppchen zerteilt. Unglaublicherweise folgten ihnen diese Wesen noch stundenlang, bis auch der Letzte von ihnen der Klinge Starvarius' erlag und dieser zum ersten Mal in seinem Leben vor Erschöpfung auf die Knie fiel. Pein Eppel war längst eingeschlafen und da die dritte Sonne gerade das Ende eines weiteren Tages ihrer Reise einläutete, beschloss die Sternfrucht, eine Rast anzusetzen. Die Ananas wurde kurzerhand unter einen Baum verfrachtet. Zeit, ein Nachtlager einzurichten.

Mit einem Satz stürzte sich die Sternfrucht auf einen Spiegeligel. Diese transparenten Geschöpfe speicherten das Sonnenlicht am Tag und gaben nachts eine gute Licht- und Wärmequelle ab, wenn man ihnen stark genug auf die Nase drückte. Um jede Flucht zu vermeiden, buddelte der Recke ein kleines Loch, steckte das tobende und schimpfende Tierchen kopfüber hinein und klopfte die Erde drum herum schön fest. Nun konnte auch er sich zur Ruhe legen und seine strapazierten Gliedmaßen ausstrecken.

Ihr Nachtlager befand sich auf einem malerischen Hügel, der sich durch die Pracht der thronenden Eiche und der leicht erhöhten Wölbung von den umgebenden Hügeln unterschied. Lange noch blickte Starvarius dem

Sonnenuntergang entgegen, bis auch dieser letzte Feuerball vollständig hinter dem Horizont verschwunden war. Die Grenzen Karotoniens lagen in greifbarer Nähe und wenn nichts dazwischenkam, würden sie noch innerhalb des nächsten Tages Bereling erreichen. Dann versank auch er in tiefstem Schlummer.

Zögerlich und etwas verschlafen schlug ich mein rechtes Auge auf und blickte in die kitzelnden Strahlen der aufgehenden zweiten Sonne. Wild schüttelte ich den Morgentau ab, der von den Wipfeln herabgetropft war und sich in meinem Gefieder gesammelt hatte. Der Rest, der von den Blättern aufgenommen wurde, rann nun langsam tröpfelnd auf die Wiese hinab und wurde dort von einer kleinen Gruppe Trichtertierchen aufgefangen. Wütend schimpfte der Spiegeligel, als Pein Eppel ihn nach erledigtem Dienst aus dem Erdboden zog und in das kleine Wäldchen am Fuße des Hügels zurückwarf. Die Gerippe dreier Aufsichtsschleichmännchen baumelten über dem erloschenen Feuer eines noch glühenden Flammingos. Starvarius hatte sie zum Frühstück gesammelt und für sie, da die Hitze eines Spiegeligels bekanntlich zum Braten nicht ausreicht, ein Feuer aus den entflammbaren Flammingos entfacht …'

,Flammingos?' Ratlosigkeit und zunehmende Verwirrung mischen sich in der Stimme des Spiegels. Viele Ausführungen der kleinen Eule sind für das Artefakt sonderbar oder anders als in seiner Erinnerung. Zum ersten Mal jedoch kommt dem Erzählerkauz ein Wort über die Lippen, von dem der Prophet noch nie etwas gehört hat. Nur eines von vielen, die da noch kommen sollten …

,Das sind so kleine pinkfarbene Vögel. Wenn es zu kalt wird, entzünden sie sich aus Solidarität zu ihren Brüdern selbst, um ihnen Wärme zu spenden', antwortet Schiel mehr beiläufig.

,Und Aufsichtsschleichmännchen?'

Diese existierten bereits vor dem Götterbeben unter anderem Namen. Schiel grübelt, wie man diese seltsamen Wesen am besten umschreiben könnte.

,Na ja … fruchtgroße, aufrecht gehende Nagetiere mit drei Beinen und besonders viel Fleisch. Ziemlich nahrhaft.'

Ein Murmeln geht von dem sonst so weisen Spiegel aus. ,Als ich damals verschüttet wurde, gab es schon Schjchu Schjchus, Bären und eine Vielzahl anderer Rückkehrer – aber längst nicht so viele. Wie konnte das geschehen?'

Schiel springt auf und hüpft etwas nachdenklich durch die Gegend. Dabei versucht das puschelige Wesen, nicht auf die Rillen zwischen den Fliesen zu treten. ‚Es gibt da unter gurkanischen Wissenschaftlern zwei Theorien. Seid Ihr noch da gewesen, als die Sonne sich teilte?‘

Der Spiegel nickt zufrieden.

‚Die Geschichten besagen, dass damit alles angefangen habe. Eine Welle aus Licht flutete das Land und sorgte für einen drei Wochen andauernden Tag. Während die Früchte von der Sonnenwelle ziemlich unbetroffen blieben, traten zu diesem Zeitpunkt die seltsamsten Kreaturen auf den Plan. So besagen es die Legenden.‘

‚Hmm … Also entweder hat dieses Licht die Kreaturen geweckt …‘

‚… oder erschaffen!‘, ergänzt Schiel mit zwanghaft mysteriöser Stimme und hält ihr Gesicht über die Kerze, um im schwachen Schein möglichst unheimlich, gar gruselig zu wirken. ‚Viele Nabanen sind sogar davon überzeugt, dass die Sonne nicht durch Zufall explodiert ist, sondern von einem der Götter geteilt wurde. Deswegen nennt man die *Lichtwellentheorie* gerne auch die *Schöpfungstheorie*.‘

Der Spiegel zieht eine nebulöse Augenbraue nach oben und verkneift sich einen möglichen Kommentar.

‚Die zweite Theorie besagt, dass sich einige Himmelsreste nach der großen Zerstoßung in den Ozeanen gesammelt haben. Die magische Kraft hat einige der Tiefseefische so verändert, dass sich ganz neue Arten aus ihnen entwickelt haben. Das hat der Evolution einen gewaltigen Anschub verpasst. Diese Theorie ist als *Himmelrisstheorie* oder auch *Evolutionstheorie* bekannt. Vermutlich stimmt von allem ein bisschen. Die Wissenschaft ist sich da noch nicht so sicher.‘

Der Spiegel grummelt für einen Augenblick und fragt zögerlich: ‚Gab es in der Vergangenheit viel Streit darüber, welche der beiden Theorien die richtige ist?‘

Die Kampfnickeule legt verdutzt, fast verständnislos die Stirn in Falten und den Kopf schief. ‚Wieso sollte man sich wegen so was streiten?‘

Verstohlen lächelt der Spiegel und bittet seinen Gast mit einer geduldigen, aber neugierigen Geste, fortzufahren. In der Zwischenzeit hat sich Schiel neben der Berichterstattung aus dem Federhaufen einen kleinen Thron gebastelt und lässt sich auf dem weichen Sitz nieder.

‚Obwohl sie ausgeruht und wohl genährt waren, schlich Pein Eppel noch immer wie ein Häufchen Elend hinter seinem Begleiter her und konnte nicht so recht die Motivation aufbringen, die Reise fortzusetzen. Er war ein Morgenmuffel. Ganz zu schweigen davon, dass er auch ein Mittags-, Abend- und Nachtmuffel war. Ja, er war sogar im Schlaf muffelig.

Der Sternfrucht ging es selbstverständlich ganz anders. Munter herumspringend und den Tag mit offenen Armen begrüßend, tollte Starvarius auf den strahlend grünen Wiesen herum. Sein kindliches Gemüt entfaltete sich in der Schönheit der Natur zu voller Blüte und ließ ihn alles Böse in der Welt vergessen. Für die depressiv-zynische Ananas dagegen waren all dies Grautöne – triste, langweilige, sich ständig wiederholende Grautöne.

Für einen Moment kam es mir in den Sinn, dass Pein Eppel die Welt vielleicht tatsächlich in tristen Grautönen wahrnahm, sodass …

Vorsicht!‘

‚Uargh!‘

Schiel schreit plötzlich und überwältigt schreckt der Spiegel zurück. ‚Lass das!‘

Die kleine Eule, die aufgesprungen war, nun mitten im Raum steht und eine gruselige Grimasse zieht, setzt sich beschämt zurück in den Haufen.

‚Ich bitte um Verziehung. Kampfnickeulenregel Nummer 64: *Nutze den Überraschungsmoment!* Also …‘

Diesmal spricht Schiel zurückhaltender, aber dennoch bestimmt.

‚»Vorsicht!«, schrie Starvarius, der sich glücklicherweise nach seinem unaufmerksamen Begleiter umgedreht hatte, und riss diesen mit einem Satz von den Beinen, als laut ratternd ein klappriger Panzer über den Feldweg bretterte.

Die rostige Luke öffnete sich quietschend und unter einem Stahlhelm verborgen quetschte sich ein Karotener durch die Öffnung. Ein halbherziges »Tschuldigung!« – das war alles. Dann verschwand die Knatterkiste in Richtung Karotonien.‘

‚Entschuldigung …‘ Mit zögerlicher Zurückhaltung unterbricht der Spiegel der Wahrheit den Geschichtenerzähler erneut in der Befürchtung, sich zu irren. ‚Am Anfang der Geschichte befand sich Karotonien doch noch im finstersten Mittelalter. Wie entwickelt ein Volk in ein paar Wochen einen Panzer? Hast du an einem Punkt deiner Geschichte ein paar Jahre übersprungen? Vielleicht … Kampfnickeulenregel Nummer 834?‘

Schiel schüttelt entrüstet den Kopf. ‚Kampfnickeulenregel Nummer 834 besagt, niemals mit geschlossenen Augen durch einen Wasserfall zu fliegen. Wir Erzählerkäuze kürzen niemals mehr als zwei Monate. Nabanees verfügt schon seit Jahrzehnten über derartige Fahrzeuge. Vielleicht hat Karotonien eine Ausnahmeregelung.'

‚Ausnahmeregelung für …?'

‚Für das Verbot des Austauschs von Wissen. Ein Abkommen, das die Zentralreiche zum Wohle der natürlichen, autonomen Entwicklung der Nationen gefunden haben.' Schiel räuspert sich kurz. ‚Oder Karotonien hat die Technologie geklaut. Wer weiß das schon …'

Der Spiegel zieht eine Augenbraue hoch. ‚Du weißt es, stimmt's?'

‚Natürlich, aber das würde …'

‚… einen Teil der Geschichte vorwegnehmen. Keine weiteren Fragen.'

Die Eule nickt zufrieden. Das alte Artefakt entpuppt sich doch im Laufe der Unterhaltung als ausgesprochen guter Zuhörer.

‚Misstrauisch folgten die beiden den tiefen Spuren, die die knatternde Rostlaube in der Straße hinterlassen hatte, und sie passierten schon bald die dünne orangefarbene Linie, welche Reisende mit bösen Absichten darauf aufmerksam machen soll, dass man hier besser umkehrt. Als sie die rote Linie überschritten, wurde es Starvarius etwas flau im Magen. Eine Ananas und eine Sternfrucht, noch dazu bewaffnet, könnten auf die Wachen einen zwielichtigen Eindruck machen. Doch es blieb ruhig und nach ein paar kleineren Hügeln rückte auch schon der Grenzposten in Sichtweite. Die beiden Recken waren, wie hoffentlich erwähnt, schon sehr lange nicht mehr in den Zentralreichen gewesen und wunderten sich nicht so sehr über die Veränderungen. Mich, die ich ja vor wenigen Wochen erst Karotonien einen Besuch abgestattet hatte, veranlasste der Anblick allerdings dazu, mir ungläubig die Augen zu reiben. Die hölzerne Palisade war einem hohen Sicherheitszaun gewichen und neben den betonierten Aussichtstürmen befanden sich gewaltige Haubitzen. Die üblichen Katapulte waren noch vereinzelt zwischen ihnen zu finden. Entweder hatte man nicht vor, diese abzutransportieren, behielt sie als Andenken – oder diese Neuerungen waren noch so jung, dass die beiden Wanderer mitten im Umschwung die Grenze Karotoniens erreichten.

Je weiter wir uns der Grenze näherten, desto merkwürdiger wurde das Bild, das sich uns bot. Die strahlenden Ritter mit ihren Speeren und

Schwertern in prunkvollen Rüstungen waren in Grau- und Brauntönen gekleideten Soldaten gewichen, die lässig ihre Maschinen- und Scharfschützengewehre über der Schulter trugen und freundlich salutierten, als die beiden sich dem Vorposten näherten.

»Fjemdall zum Gruße, Reisende! Wohin des Weges?«, begrüßte der befehlshabende Offizier sie schon von Weitem und streckte ihnen die Hand entgegen.

Pein Eppel marschierte unter den verwunderten Blicken des Hauptmannes schnurstracks an diesem vorbei. Freundlich lächelnd ergriff Starvarius schnell die zum Gruß angebotene Hand und stellte sich höflich vor: »Mein Name ist Starvarius von Zaft und ich möchte mich für meinen Begleiter entschuldigen. Er hat heute einen schlechten Tag.«‘

Der Spiegel lacht.
Schiel lacht.“
Das Buch lachte.
Klammsing lachte.
Der Autor lacht.
Die Ratte auf Klammsings Schoß lachte, blickte ihm in die Augen und verschwand mit seinem Frühstück.

‚»Wir sind auf dem Weg nach Bereling, um Kaiser Gottlieb III. zu sehen. Es ist dringend.«

»Oh …« Andächtig nahm der Hauptmann seinen Helm ab und senkte das Haupt. Seine Männer taten es ihm gleich und ein bedauerndes Schluchzen ging durch ihre Reihen. »Unser ruhmreicher Kaiser Gottlieb III. ist vor einer Woche seinem Vater an den heiligen Tisch seiner Ahnen gefolgt.« Mit einem Mal erheiterte sich jedoch seine Miene und freudestrahlend – von einem Augenblick auf den anderen wie umgekrempelt – rief er aus: »Doch nun herrscht unser großer Kanzler Rethli! Ruhm und Ehre Kanzler Rethli!«

»HURRA!«, tönte es aus den Mündern der Soldaten, als diese ihre Helme in die Lüfte warfen.

»Er brachte uns die Demokratie und die industrielle Revolution in nur fünf Tagen! Geht und freut euch an unserer neuen Gesellschaft, ihr Reisenden! Ein Freund unseres alten Kaisers ist ein Freund Karotoniens! Ihr dürft passieren!«

Pein Eppel war inzwischen schon ein ganzes Stück voraus, während Starvarius die ganze Sache noch etwas suspekt vorkam. Als die ersten Häuser in Sichtweite rückten, stellten die beiden schnell fest, dass das ganze Land sich im Wandel befand. Die ersten klapprigen Autos fuhren über neu geteerte Straßen, Häuserfassaden wurden mit den Bildern Kanzler Rethlis tapeziert und die neue Staatsflagge an den Masten gehisst, während eine einheitlich gekleidete Jungkarotenergruppe eine Hymne auf das neue Reich sang:

»Rot wie das Blut unsrer Helden auf den Feldern!
Mutig kämpfen sie zu Ross auf Wiesen und in Wäldern!
Weiß wie das strahlend Licht, damit ihr alle wisst!
Sie zögern nicht, bis auch der letzte Feind geschlagen ist!
Schwarz wie die Kohlen, die das Feuer weiter schüren!
Wir Jungen wollen Helden sein, ums Land zum Sieg zu führen!«

Pein Eppel hätte sich am liebsten die ganze Zeit die Ohren zugehalten, um den Überfluss an Zivilisation zu ignorieren. Nach dem zehnten Dorf merkte er allerdings, dass dies mehr körperliche Anstrengung erforderte, als es Nutzen brachte. Also versuchte er, den Lärm einfach zu ertragen.

Starvarius erfreute sich viel mehr daran, wieder unter zivilisierten Bewohnern Süd Salatoniens zu sein. Wesen wie der Aasgeier der Alliteration, Kmek Kmek und Flexdexe, die Kiwi-Kobra oder auch der Baum des Blödsinns hatten ihn für eine lange Zeit an der Normalität dieser Welt zweifeln lassen. Doch nun war alles wieder *normal.*

Der Ruf eines Horns schmetterte durch ein idyllisches Tal, erklomm einen Hügel, klopfte dort erschöpft an der Hütte einer Einsiedlerkrebsfamilie, speiste mit dieser und verhallte, ohne sich zu bedanken, am Horizont.

Es war Mittagsstunde in Süd Salatonien und wie es sich gehörte, waren die Straßen von einem Augenblick auf den anderen wie leergefegt. Spätestens nachdem das zweite Horn erklang, hatte dies jeder noch so schwerhörige Greis vernommen.

Vor etwas mehr als einer Stunde hatten die beiden Reisenden Garelstadt hinter sich gelassen und befanden sich nun auf der breit ausgebauten Straße nach Bereling. Hin und wieder ratterte ein rostiges Auto oder ein alter Panzer an ihnen vorbei und von Zeit zu Zeit sah man auch noch eine der verzierten Kutschen aus alten Tagen mit eingespannten Knogglgox vorüberziehen.

Gastfreundlich öffnete die beeindruckende Hauptstadt Karotoniens den beiden Ankömmlingen ihre Tore und ließ sie auf einem roten Teppich eintreten, der förmlich schrie: »Seht, wie kultiviert wir sind!«

Das Treiben auf den Straßen Berelings übertraf jenes in den wuseligen Dörfern bei Weitem. Kleine, dicke, bärtige Karottenarbeiter mit gelben Schutzhelmen trugen Baumaterial, von kleinen Baumstämmen bis hin zu Hinkelsteinen, durch die Gegend und Künstler verschiedenster Art halfen, das Bild der Stadt neu zu gestalten. Hin und wieder sah man noch einen schäbigen Cucurbitenladen oder eine heruntergekommene Bank, die scheinbar absichtlich ausgespart wurden, aber alles in allem hatte sich das karotonische Zentrum von einer martialischen Trutzburg zu einer weltoffenen Metropole entwickelt – in fünf Tagen.

Besonders das rege Angebot an Unterhaltung fiel Starvarius ins Auge. An jeder Ecke standen Zeichner und Maler, die Portraits anfertigten, Straßenmusiker, die eine berauschende Klangkulisse erzeugten, und Laienschauspieler, welche die unterschiedlichsten Situationen darstellten, sodass man kaum zu unterscheiden vermochte, was noch Wirklichkeit oder was nur gespielt war.

Mit bunten Plakaten zugekleisterte Litfaßsäulen standen an jeder Ecke und im Vorbeigehen versuchte die Sternfrucht, einige der Ereignisse zu entziffern: *»Schau Hin Ding-Dong Juan Pablo Montoja Club veranstaltet Festival der Kampfkünste in Friedberg« – »Das Lokal ›Zum gescheiterten Traum‹ hat diese Woche Kaiserschmarren im Angebot«* und *»Karl Reiher inszeniert ›Auf der Flucht‹«*

Starvarius schenkte den Anzeigen keine weitere Beachtung und schritt seinem depressiven Begleiter nach, der sich mit raschen Schritten dem ehemaligen Thronsaal näherte. Die Mauern der Festung waren weitestgehend abgetragen worden und riesige Banner mit dem Konterfei des neuen Kanzlers Rethli hingen neben den gigantischen Toren, die allerdings für Pein Eppel und Starvarius vorerst geschlossen blieben. Ein finster schauender Karotener in schwarzem Mantel gebot ihnen Einhalt. »Halt! Wohin wollt ihr?« Der Offizier sprach in zackigem Ton und verzog dabei keine Miene.

»Wollten nur mal gucken. Gehen schon wieder«, antwortete Pein Eppel, wandte sich ab und ging. Ohne dass Starvarius auch nur einen Finger rühren musste, spürte die Ananas förmlich seinen Griff um ihr Handgelenk und stoppte seufzend.

»Wir suchen die Cucurbiten. Kaiser Gottlieb III. wusste, wo wir sie finden könnten, und nun hoffen wir, dass er sein Geheimnis an Kanzler Rethli weitergegeben hat.«

»Narren!«, fuhr der bösartige Offizier sie an, schien jedoch durch die Erwähnung der Kürbisse zugleich zornig erregt und wissbegierig. »Kanzler Rethli ist allwissend! Natürlich weiß er Bescheid! Ich bringe euch zu ihm.«

Die mächtigen Tore des neuen Kanzleramtes und ehemaligen Thronsaales schwangen in Folge des gebrüllten »Öffnet die Tore!« des Offiziers nach innen auf und ließen das Licht Einzug in die riesige Halle halten.

Enttäuscht musste ich feststellen, dass Schönheit und Prunk verschwunden waren und sterile Grau- und Brauntöne die Szene dominierten. Eine vergleichsweise kleine Karotte mit feiner brauner Uniform, zur Seite gekämmtem Haar und gepflegtem Bart kam ihnen entgegen und empfing sie mit einer zackigen Geste. »Seid willkommen und sprecht rasch! Was veranlasst euch, um eine Audienz zu bitten?«

Die Sternfrucht ging unverzüglich auf die Knie und zog Pein Eppel mit sich. »Verzeiht, dass wir Eure Zeit verschwenden, werter Kanzler. Die Rettung Süd Salatoniens steht auf dem Spiel und wir brauchen die Essenz des Erdkerns aus dem Besitz der Cucurbiten. Wisst Ihr, wo wir sie finden?«

Misstrauisch rieb sich Rethli das Kinn und grübelte hörbar. »Von den Cucurbiten also ... Worum handelt es sich bei dieser – Essenz.«

»Man sagte uns, es sei ein großes Juwel.«

Die Miene des Kanzlers verfinsterte sich zusehends, was Starvarius aber nicht bemerkte, da er seinen Blick demütig dem Boden zugewandt hatte. Pein Eppel fiel die sonderbare Regung des Karotenenführers zwar auf, er vergaß sie jedoch gelangweilt schon kurz darauf wieder.

Respektlos kehrte er den beiden den Rücken zu. »Führt sie ab, Kommandant! Es tut mir leid, aber ich kann euch nicht helfen. Die Cucurbiten leben schon seit Jahren nicht mehr in Karotonien. Versucht euer Glück in Nabanees.«

»Aber die Cucurbiten ...«

»Es gibt keine Cucurbiten in Karotonien!«, donnerte der kleine Kanzler ungehalten.

Starvarius kam nicht über den Gedanken hinweg, einen wunden Punkt getroffen zu haben, schwieg jedoch diplomatisch. Rethli war in seiner Persönlichkeit und seinem Auftreten keine auch nur annähernd so majestätische Figur wie der überraschend verstorbene Gottlieb III. oder sein Urahn Dietmar I. Die nicht zu verleugnende Kombination aus Einfluss und Macht und die Verbissenheit eines Halbigators verwiesen die Bittenden jedoch in ihre Schranken. Eingeschüchtert bedankte sich die Sternfrucht freundlich und verließ hinter Pein Eppel, der schon vorgegangen war, den Saal des Kanzlers.

Gerade flatterte ich den beiden Boten hinterher, die im einfallenden Licht der untergehenden zweiten Sonne verschwanden, als ich noch ein paar merkwürdige Impressionen aus dem Inneren des ehemaligen Thronsaales wahrnahm. Als Starvarius und Pein Eppel außer Sichtweite waren, zog Rethli seinen hinkenden Offizier heran und flüsterte ihm gerade so, dass ich noch einige Fragmente verstehen konnte, zu. »Spione … folgen … Versteck … Lager … von Cu… …freien.« Dann schloss sich das Tor hinter mir.

Die Sternfrucht war enttäuscht und etwas niedergeschlagen.

Pein Eppel war noch viel niedergeschlagener.

Ihr Plan scheiterte erneut an einem unvorhersehbaren Ereignis und jede Möglichkeit, den Herren der Kürbisse und deren Versteck doch noch zu finden, schien verwirkt. Vielleicht waren sie tatsächlich nach Nabanees ausgewandert und die verlassenen Geschäfte und Banken schienen dafür einen guten Hinweis zu geben – aber aus irgendeinem Grund hielt Starvarius dies für unwahrscheinlich. Karotenenreichskanzler Rethli war ihm ganz und gar nicht geheuer und er spürte, dass er ihnen irgendwas verheimlicht hatte.

Plötzlich ergriff eine Hand ihn angemessen, aber bestimmt an der Schulter und zog ihn zusammen mit seiner begleitenden Ananas in eine dunkle Seitengasse, ohne dass es in dem Getümmel des gut besuchten Marktplatzes jemand bemerkte. Als ich hurtig um die Ecke flatterte, erspähte ich eine vermummte Gestalt, die einer Tomate sehr ähnlich war und die sich von oben bis unten in alte Lumpen gekleidet hatte.

»Ihr sucht nach den Cucurbiten?«, flüsterte die Gestalt gedämpft. »Wenn es euch ernst ist, dann folgt mir!«

Den wallenden Umhang im aufkommenden Windzug, der durch die

Gasse fegte, flattern lassend, fuhr die Gestalt herum und tauchte hastig in den Schatten unter. Pein Eppel und Starvarius folgten ihr auf dem Fuße.

Als das Licht in die schmale Gasse eindrang, hielten sie inne. Das Gebäude neben ihnen war nicht renoviert worden und der Putz bröckelte von der lieblos angestrichenen Häuserfassade herunter. Die Passanten, die auf der nahen Hauptstraße vorbeiliefen, würdigten dieses Bauwerk keines Blickes – und die aufmerksame Sternfrucht musste nicht lange überlegen, um festzustellen, dass es sich um eine der rar gewordenen Banken Berelings handeln musste. Der Tomatole strich die kahle Seitenwand vorsichtig mit den Händen entlang, bis er eine kleine Vertiefung fand. Von hier aus zog er eine kaum sichtbare Linie in der Fassade nach und zeichnete die Figur zweier ineinandergesteckter Dreiecke. Ein letzter Druck auf die für den Bruchteil einer Sekunde aufleuchtende Skizze eines Auges und leise knirschend gab ein Mauerteil neben ihnen nach. Dahinter offenbarte sich eine steil nach unten führende Treppe in den Zwischenwänden der alten Bank.

Wortlos huschte die vermummte Gestalt an den beiden Recken vorbei und winkte sie hinter sich her, als sie so lautlos, wie es für ihre plumpe Gestalt eben möglich war, die steinernen Stufen hinabstieg.

Im Gleitflug tauchte ich in die nur von ein paar schwach flackernden Kerzen an den ruinenartigen Wänden in fahles Licht gehüllten Katakomben ein, um nicht durch meinen Flatterflug auf mich aufmerksam zu machen. Unbemerkt huschte ich im Schutz der Dunkelheit über die Köpfe der beiden Protagonisten hinweg und sauste die schier unendliche Treppe in die Unterwelt hinab. Wenn ich grob schätzen müsste, würde ich behaupten, dass sich der riesige Saal, in den ich eintauchte, gute 200 sm unter der Erdoberfläche befand. Die Höhle hatte eine kuppelartige Form und war nur grob aus dem Fels gehauen. Ein paar verzierte Säulen und Statuen der berühmten Gründerväter der neuen Welt standen kreisförmig um einen kleinen Altar in der Mitte angeordnet. Dieser hob sich in seiner Kunstfertigkeit deutlich vom Rest der Örtlichkeit ab. Es schien, als wäre dieser Saal das Zentrum eines riesigen Netzwerkes, in das eine reiche Vielzahl an Gängen und Höhlen mündete. Aus allen Richtungen huschten vereinzelte Gestalten von pummeliger Statur und ebenfalls vermummter Erscheinung hinein, widmeten dem Altar kurz ihre Aufmerksamkeit und verschwanden dann durch einen anderen Zugang wieder in der Dunkelheit. Allgemein herrschte für eine unterirdische Höhle ein reges Treiben an diesem Ort. Die verhüllten Gestalten stießen hin und wieder gedankenverloren zusammen, plauderten miteinander oder nahmen sich einen der Geldsäcke von einem großen Haufen am Rande des Saales, um mit diesem dann wieder in einem der Tunnel zu verschwinden.

Gerade als ich mich auf dem glänzenden Schwert der Statue Kaiser Dietmars I. niedergelassen hatte, traten Pein Eppel und sein Leibwächter unter der Führung der mysteriösen Gestalt in die Höhle und waren den seltsamen Blicken der getarnten Bewohner ausgesetzt, die allerdings nur kurz verharrten und dann weiter ihrem Tagewerk nachgingen. Ein berauschtes Glänzen erstrahlte in den Augen der antiidealistischen Ananas, als sie den riesigen Berg an Geldsäcken erspähte. Hätten nicht so viele Blicke auf ihm gelastet, er hätte gepackt, was er tragen konnte, und wäre damit für immer aus dem Land verschwunden.

Ein erstauntes Raunen ging durch den Saal, als die Tomate sich zu ihnen umdrehte und die Gewandung von sich warf. Jetzt wurde mir klar, dass ich mich natürlich die ganze Zeit geirrt hatte. Das verhüllte Gemüse war keine Tomate, sondern ein Kürbis gewesen, der nun mit langem Bart, Frack, zurechtgerücktem Zylinder und dem obligatorischen Geldsack, der den Buckel der merkwürdigen Gestalt erklärte, vor ihnen stand und offen das Wort ergriff: »Entschuldigt diese Maskerade, doch wir Cucurbiten sind gezwungen, uns aus der Öffentlichkeit fernzuhalten.«

»Warum?«, unterbrach Starvarius, doch der Kürbis winkte ab.

»Kanzler Rethli ist ein Verräter und Mörder! Er hat den Kaiser umbringen lassen und die Macht übernommen! Wir mussten in den Untergrund fliehen, als die Schjchu Schjchus nach Süd Salatonien kamen, und Rethli nutzt dies, um der Bevölkerung weiszumachen, dass wir die Regierung unterwandern würden, um die Weltherrschaft an uns zu reißen.«

Wutentbrannt zog Starvarius seinen Einhänder blank und rief: »Dann lasst uns diesem Schurken das Handwerk legen!«

Doch der Banker beruhigte ihn mit einer sanften Geste und bat ihn, das Schwert zu senken. »Keine Gewalt! Das ist nicht die Art der Cucurbiten. Wir haben uns mit dem Untergrund abgefunden und ein Netzwerk errichtet, um all unsere Banken und Geschäfte zu erreichen. Ich habe euch nicht hierher geführt, um uns zu helfen. Wir kommen schon klar. Ich habe euch hierher geführt, weil ihr nach uns gesucht habt. Erzählt mir von eurem Anliegen.«

Nicht nur Starvarius war über die Hilfsbereitschaft der Kürbisse verwundert, sondern auch Pein Eppel traute dieser Mitfruchtigkeit nicht, was allerdings daran lag, dass die Ananas immer dann misstrauisch wurde, wenn es jemand gut mit ihr meinte. Er hasste Geschenke – vermutlich, weil er eh nie welche bekam.

»Nun … wir suchen nach der Essenz des Erdkerns. Habt ihr …« Doch noch ehe er seinen Satz beendet hatte, befand sich ein großer leuchtender Edelstein unter seiner Nase, der in der Hand des Cucurbiten wiegte.

»Hier. Wir brauchen ihn derzeit nicht und er hat genug Energie für alle. Was auch immer ihr damit vorhabt, bringt ihn einfach danach wieder zurück.«

Dankend, aber zögerlich nahm die Sternfrucht das funkelnde Juwel entgegen und wollte es gerade in seiner Gürteltasche verstauen, als sein Begleiter es ihm abnahm und selbst einsteckte. »Warum …?«

»Warum ich es euch freiwillig gebe? Wir Cucurbiten können jeden Freund gebrauchen und vielleicht könnt ihr eure Schuld ja irgendwann einmal einlösen.«

Pein Eppel befand sich schon wieder auf dem Weg nach oben und verhinderte erneut, dass Starvarius Gespräche führte, die den werten Zuhörer mit Nebeninformationen zur Haupthandlung versorgten.‘

Schmollend verschränkt Schiel die Flügel und verzieht den Unterschnabel.

‚Also hatte er sich zu beeilen.

»Wisst ihr einen schnellen Weg in die Appellien? Die Zeit drängt und der direkte Weg wird uns Wochen kosten«, sprach er in schnellem Ton, den Blick immer wieder zur Treppe und zu der verschwindenden Ananas umwendend.

»Sicher, der Weg über die Ödlande ist unpassierbar. Hm … geht nach Gurkan und verlangt nach Ironos von Sarkasmo in der Halle der Entwicklung. Er entwickelt gerade eine neue Technologie des Reisens. Vielleicht habt ihr Glück.«

»Vielen Dank für alles!«, fügte der Leibwächter noch hastig hinzu und rannte dann selbst in Richtung Tunnel.

»Mein Name ist übrigens Salomon.«

Rasch wandte sich die Sternfrucht auf dem Absatz noch einmal um, verneigte sich tief und rief etwas keuchend: »Starvarius von Zaft, stets zu Diensten.« Dann fuhr er rasch wieder herum und sprintete seinem Herrn hinterher ans Tageslicht.

Keuchend hustete ich einen Ball aus Staub, Spinnweben und trockener Luft aus, als ich endlich wieder das Tageslicht erreichte und den beiden Hauptfiguren hinterherflog. Starvarius hatte seinen Schützling inzwischen eingeholt. Beide eilten raschen Schrittes nach Westen – zur Küste des Schwanensees im Zentrum der vier großen Reiche. Von hier aus wollten sie ein Schalross bis zur Träumenden Festung nehmen und dann per Aalrutsche weiter bis zur Ostküste Gurkans. Der wesentlich risikoärmere Umweg über Nabanees hätte einen Verlust von mehreren Tagen zur Folge gehabt und die Zeit lief ihnen langsam davon. Also stand ihre Entscheidung fest.

Das Kanzleramt verschwand am Horizont und auch den belebten Marktplatz ließen sie hinter sich.

Pein Eppel wurde auf einmal aus irgendeinem Grund unwohl. Dieses Gefühl fand seine Begründung darin, dass die Masse der Einwohner ihnen offensichtlich zu folgen schien. Zumindest dachte er das … Doch dann gingen sie an ihnen vorüber und schritten hurtig zu einem riesigen weißen Gebäude in den äußeren, unbewohnteren Bezirken der Stadt, vor dem sich eine riesige Obst- und Gemüsemenge versammelt hatte. Ein Chor, gemischt aus den verschiedensten Stimmen, wurde mit jedem Schritt lauter und bald kristallisierte sich eine klare Forderung heraus: »Schuldig! Schuldig! Schuldig!«

Die imposanten Säulen, die Statue einer Karotte mit verbundenen Augen, einem Schwert und einer Waage in der Hand sowie die Ausrufe des Pöbels ließen keinen Zweifel daran, dass dies das Gerichtsgebäude Karotoniens war, und auf den Zehenspitzen versuchte Starvarius, dieselbe Erkenntnis zu erlangen.

Vorsichtig tippte er einer besonders wütend brüllenden Möhre auf die Schulter und fragte in gehobener Lautstärke, um gegen die Geräuschkulisse anzukommen: »Entschuldigung, aber könnten Sie mir sagen, was hier los ist?«

Der alte Karotener stellte für einen Augenblick sein wildes Gebrüll ein und wandte sich der Sternfrucht zu. »Was hier los ist?! Sie machen heute mit der Zahnfee kurzen Prozess! Dieses Miststück!«

Fragend schaute die schockierte Sternfrucht drein.‘

‚Jetzt bin ich aber mal gespannt!‘ Scheinbar konnte sich der Spiegel diesen Einwurf nicht verkneifen. So unterbricht Schiel kurz ihre Geschichte und macht ein paar Blubberblasen mit ihrer Pfeife. ‚Wie bitte?‘

‚Die Zahnfee war unter den Menschen immer sehr beliebt. Kinder legten ihre Milchzähne unter das Kissen und sie ließ etwas Geld da.'

Schiel schüttelt seufzend den Kopf. ‚Das hat sie immer noch gemacht. Leider kommt so etwas in Süd Salatonien nicht so gut an …

»Hängt sie auf!«, brüllte ein wütender Greis aus der Mitte der Masse.

»Hängt sie auf!«, antwortete der aufgebrachte Pulk.

»Warum sollte man die Zahnfee hinrichten?«, fragte der Leibwächter, während er versuchte, Pein Eppel vom Gehen abzuhalten.

»Erinnert ihr euch noch an Kühe?«

Starvarius nickte. Obwohl er lange in der Wildnis gehaust hatte, war es auch ihm nicht entgangen, dass Kühe die letzten Tiere waren, die noch köstliche Milch gaben. Ebenso bewusst war ihm auch, dass ihre Art unglücklicherweise vor ungefähr zehn Jahren ausgestorben war.

»Die letzte Kuh ist ja vor zehn Jahren gestorben und jetzt kriegen wir das Zeug nur noch aus der Rückgewinnung von Milchzähnen. Wir haben alles versucht, um sie bis zur Kollektivabgabe vor dieser Hexe zu verstecken, doch selbst unter unseren Kopfkissen findet sie die Dinger und klaut das Zeug. Und was tut sie dann noch? Lässt nutzlose Papierfetzen da, um uns zu verspotten! Richtet sie! Schuldig!«

Mit den letzten Worten fiel er zurück in das übliche Grölen und wandte sich der Masse zu, als die Tür des Gerichts aufschwang und der Karotenenrichter, gefolgt von zwei Wachen, welche die Zahnfee gefesselt mit sich führten, hinaustrat. Feierlich hob der Richter die Hände in die Höhe, woraufhin die Gemeinschaft in freudiger Erwartung seiner Entscheidung verstummte. »Das Urteil ist gefallen.«

Schweigen auf dem Platz.

»Tod durch Hai!«

»JAAAA! SCHULDIG! RICHTET SIE!« Die Masse war außer sich und Starvarius stand handlungsunfähig zwischen ihnen. Pein Eppel allerdings war wieder voll in seinem Element und schrie freudig mit: »Hängt sie auf! Schuldig!«, ehe die Sternfrucht ihn mit einem Ellbogenstoß zum Schweigen brachte.

Das war das Zeichen für die Gerichtsdiener. Unter tosendem Applaus schoben sie ein riesiges Aquarium auf den Platz, in dem sich zwei gewaltige Haie grazil tollend dem Publikum präsentierten. Die beiden Wächter zogen die Zahnfee herbei. Sie sah ein wenig aus wie die Menschen aus den

Bilderbüchern, nur mit ein paar zierlichen Flügeln, die aus dem langen weißen Gewand ragten, und dass sie kaum größer als die Früchte war.

»Lasst mich! Ich hab doch nichts Böses getan!« Doch ihre Rufe gingen in der jubelnden Masse unter.

Als die Wachen die Verurteilte kopfüber in das Becken steckten, wandte Starvarius den Blick ab – und mit einem Happs ging ein »Hurra!« durch die Reihen der Bewohner. Die Sternfrucht packte ihren enthusiastischen Begleiter am Arm, der wie ein kleines Mädchen kichernd in die Hände klatschte, und zog ihn hinter sich her.

Bereling erstreckte sich noch ein gewaltiges Stück Richtung Westen. Eigentlich hörte die Stadt zu dieser Seite nie wirklich auf, denn nach einem komplett verwahrlosten Elendsviertel, das sich direkt an den Justizbezirk anschloss, kamen immer wieder vereinzelte Wohnhäuser. Diese gehörten den Geschäftskarotenen aus Bereling, die ihren Wohnsitz in die Randstadt verlagerten und diese so zu einer Art Nebenmetropole anwachsen ließen.

Kurze Zeit später wurde die Gegend fast ländlich, bis sich die Häuser wieder mehrten und es erneut den Eindruck einer kleinen Stadt machte. Hier begann Westhaven.

Während die untergehende dritte Sonne Süd Salatoniens das Land noch in einen schwachen Schimmer hüllte und sich die Häuser und Höfe zu beiden Seiten der Straße zu wiederholen begannen, versank Starvarius in Gedanken über die Ereignisse der letzten Tage. Er war sich sicher, dass ihre Reise noch lange kein Ende finden sollte, und er blickte etwas mitleidig zu Pein Eppel hinüber. Ihn traf das mit Sicherheit härter …

Als die beiden Recken den Osthafen des Schwanensees, den Westhafen von Karotonien, erreichten, waren auch die letzten Strahlen der dritten Sonne verblasst und die Nacht hüllte Süd Salatonien in ihre ebenso schützende wie unheimliche Umarmung. Die merkwürdigsten Kreaturen tummelten sich in beeindruckender Vielfalt am Kai. Neben dem üblichen Gemüse fanden sich dort auch ein paar Schjchu Schjchus, eine weitere Kampfnickeule, allerdings kein Erzählerkauz, 64 funkelnde Schimmerschwirrer, ein Schwarm Donnerlinge auf ihrem Weg zur Arbeit, ein Rudel Flusenviecher und weiteres Gesocks.

»Und jetzt?«, fragte Pein Eppel, ohne wirklich eine Antwort haben zu wollen, als sich ein Wesen, tosende Wellen schlagend, vom See her den Stegen näherte.

Umsichtig sprangen die Wartenden zur Seite, sodass nur die bewegungsarme Ananas von der anrauschenden Welle getroffen wurde und triefnass noch grimmiger dreinschauend vor sich hin tropfte. Wiehernd bäumte sich das Schalross auf, das gerade im Hafen angelegt hatte: eine Art riesiges Seepferdchen mit winterlicher Bekleidung, nach seinem dicken Wollschal benannt.

Das Wesen öffnete das Maul und streckte die Zunge heraus, die über ein sonderbares Eigenleben verfügte. Der Fleischlappen hatte selbst wieder einen Mund und ein paar Augen und stellte sich höflich vor, ehe er in raschem Ton sprach: »Bitte alle aufsitzen, meine Damen und Herren, die Zeit rennt!«

Nachdem Starvarius seinen Gefährten fachgerecht ausgewrungen hatte, wobei dieser natürlich tobte wie eine Scharfsherde, zerrte er ihn auf das seltsame Reittier, das einen großen Korb auf dem Rücken trug. In diesem nahmen die Fahrgäste Platz. Die Zunge blickte nach hinten und vergewisserte sich, dass alle ordnungsgemäß angeschnallt waren, ehe sie zum Kopf aufblickte und rief: »Alles paletti! Zisch los, Großer!«

Das Auswringen hätte die Sternfrucht sich sparen können. Ungeachtet der Passagiere, die auf seinem Rücken saßen, preschte das Schalross über die sonst so ruhige Wasseroberfläche und türmte riesige Wellen auf, welche die Reisenden gnadenlos durchtränkten. Ein unachtsames Flusenviech wurde hinfortgerissen und war für immer tot.

Kapitel 7

Der Mittelsee war – sofern nicht gerade ein Schalross für Tumult sorgte – der ruhigste See Süd Salatoniens. Die Fische bewegten sich im Schneckentempo, um die Fluten nicht aufzuwühlen, und wenn es regnete, bremsten die Tropfen vor der Wasseroberfläche ihren Fall, um ganz vorsichtig und lautlos einzutauchen.

Am Horizont rückte ihr derzeitiges Ziel immer näher. Als würde sich das Wasser aufbäumen und langsam fest werden, wuchs die Träumende Festung aus dem Schwanensee empor und reichte mit ihren imposanten Türmen bis in die ewige Wolkendecke.

Diese war schon wieder ein Phänomen für sich. Sie wich niemals und änderte genauso wenig ihren Standort, egal, wie das Wetter gerade war.

Blitzschnell schmetterte das Reittier auf die Festungswand zu und knallte gegen die Mauer. Der Transportkorb löste sich und schleuderte die Insassen über den Schutzwall hinweg in den Vorhof. Eine Walnuss mit *Osteogenesis imperfecta* platzte schreiend.

Unverletzt erhob sich die Sternfrucht und klopfte sich den Dreck des staubigen Innenhofes von der Haut. Zu ihrem Bedauern musste sie feststellen, dass Tjals Schwert sich nicht mehr an ihrem Gürtel befand.

»Na, super!«, stöhnte Pein Eppel, blickte an sich herab und stellte fest, dass die verlorene Klinge in seinem Oberschenkel steckte. Er beschloss, sie erst einmal dort zu lassen, so lange sie ihn nicht behinderte.

Doch falsch gedacht: Mit einem Ruck glitt das edle Langschwert aus seinem Bein und schreiend fiel die Frucht steif nach hinten und wurde ohnmächtig.

»Ich nehme an, dies ist Eures?!«

Starvarius, der gerade den Boden nach seinem Einhänder absuchte, schaute auf und blickte in das strahlende Antlitz eines glänzenden Kokosnussritters. Seine Rüstung war aus weißem Gold geschmiedet und mit gelbgoldenen Verzierungen veredelt. Ein wallender blauer Umhang flatterte majestätisch im Wind und am Helm der Edelfrucht waren zwei große Schwanenschwingen befestigt. In der linken Hand hielt er Starvarius Tjals Klinge entgegen, von der noch Ananassaft tropfte, und in der rechten hielt er sein eigenes Schwert.

»Mein Name ist Parzyval Gawayn, Schwanenritter der Träumenden Festung vom Mittelsee. Willkommen in meinen Hallen!«

Die Sternfrucht erhob sich und nahm dankbar ihre Waffe entgegen, die sie, frisch gesäubert, wieder in die Scheide gleiten ließ. »Starvarius von Zaft, zu Ihren Diensten! Und dies dort ist mein Gefährte …« Er deutete mit dem Finger auf die bewusstlose Ananas, die zufrieden schnarchte und gleichzeitig panisch mit den Gliedmaßen zuckte. »… Pein Eppel.«

Die Kokosnuss nickte mit einem charismatischen Lächeln auf den Lippen und wies zwei Bedienstete an, die ohnmächtige Frucht auf die Gemächer zu bringen. »Ihr könnt leider erst morgen Abend weiterreisen. Es ist gerade Paarungssaison und die Lachse buttern. Deswegen muss die Aalrutsche poliert werden. Aber betrachtet euch als meine Gäste. Fühlt euch wie zu Hause.«

Starvarius begleitete ihren Gastgeber in den reich geschmückten Speisesaal. Wandteppiche hingen von der Decke herab, köstliche Leckereien waren auf großen Tafeln aufgetischt und in der Ecke des Saales spielte ein Orchester Famoos.‘

‚Famoos?‘, fragt der Spiegel irritiert.

‚Das ist das Gleiche wie ein Fagott – nur in Grün.‘

Der Spiegel nickte und verstand nicht.

‚Auf jeden Fall war es schon spät und während die Sternfrucht zusammen mit dem neu gewonnenen Freund speiste, erzählte sie dem Fremden von Tjal, der Wasweißich-Wüste, der schlafenden Welle, Kmek Kmek und Flexdexe, dem Baum des Blödsinns, Kanzler Rethli, dem König der Kürbisse und von vielen weiteren Ereignissen auf ihrer bisher noch recht kurzen, aber vielseitigen Reise.

Nach kurzer Zeit des Grübelns, in der sich der Ritter die Botschaft des Nusspropheten durchlas, erhob er sich, schlug mit der Faust auf den Tisch und stieß selbstsicher hervor: »Ich werde euch helfen!«

Plötzlich löste sich ein Kronleuchter von der Decke, sauste in den Saal hinab und zerquetschte den Ritter – neben Parzyval. Ihn selbst verfehlte das Objekt um Haaresbreite.

Unbeeindruckt ignorierte er den Leuchter und schüttelte Starvarius die Hand. Dieser war sichtlich erleichtert, einen etwas motivierteren Streiter für ihre Sache gefunden zu haben, und er dachte an den unglücklich verwundeten Pein Eppel, der sich an diesem Abend nicht mehr hatte blicken lassen.

Ich hingegen schaute auf die Uhr und beschloss, mich von den Feierlichkeiten zurückzuziehen. Morgen würde ein weiterer Tag ihrer anstrengenden Reise auf sie warten – und auf mich.

Im Flug schon ein Auge geschlossen, flatterte ich durch die Gänge der Träumenden Festung, um ins Freie zu gelangen. Im Innenhof lenkte ich meine Aufmerksamkeit kurz auf die Szenerie.

Über den Ursprung der Schwanenfestung ist nur wenig bekannt und das meiste davon weniger Fakt als zauberhafte Sage. Die Türme mit ihren verzierten Fassaden, deren Spitzen in die ewige Wolkendecke ragten, wirkten von Nahem noch ein gewaltiges Stück imposanter als aus der Ferne. Man bekam den Eindruck, als bauten sie sich des Nachts zusätzlich schützend um ihre Bewohner auf, um diesen einen friedlichen Schlaf zu schenken. Obwohl kein Mondlicht durch die Wolkendecke drang, war die Festung von außen in ein fahles Leuchten getaucht. Dies lag daran, dass das Mondlicht sich in den magischen Fäden der Wolken verfing und dort bläulich-violett zu schimmern begann. Hier konnte ich mich unbemerkt und behütet auf einem der oberen Balkone niederlassen und friedlich zwitschernd in süße Träume versinken.

Gut ausgeschlafen streckte ich am nächsten Morgen mein Gefieder der Sonne entgegen und schaute gespannt in den Innenhof, von dem aus das Klirren von Metall die zauberhaft gestalteten Gänge der Träumenden Festung durchflutete.

Gähnend erhob sich Pein Eppel von seinem riesigen Himmelbett. Gastfreundlichkeit war an diesem Ort scheinbar ein Gut, das großherzig gegeben wurde. Irritiert schaute sich die Ananas um und versuchte, die Situation zu erfassen, als ihre Augen beim Anblick des Balkons groß und glasig wurden. »Fünfter Stock ... Das ist mindestens der fünfte Stock ...«, murmelte er, schaute sich suchend nach seinem Leibwächter um und rannte voller Hoffnung auf die offene Tür zu. Zerplatzt im Innenhof der Träumenden Festung unter der wallenden Wolkendecke der Ewigkeit, die im Sonnenlicht noch viel zauberhafter schimmerte? Das brachte ihn mindestens auf Ebene sechs der Nachtodwelt!

Ein Sprung. Ein Knall. Salatonische Fenster waren immer so unglaublich sauber.

Mit dröhnenden Kopfschmerzen richtete Pein Eppel sich taumelnd auf und öffnete die komplett verglaste Balkontür. Lachend saß ich auf dem Geländer und hielt mir den Bauch, bis mich der finstere Blick der Ananas traf. Was hatte er vor?

Im Innenhof der Festung, unter dem Balkon, kreuzte Tjals Klinge erneut die des Schwanenritters und unter wild wirbelnden Schwertstreichen tanzten die Kokosnuss und Starvarius umeinander herum, beharkten sich mit mächtigen Angriffen und wichen dann wieder ein Stück auseinander. Dabei bemerkten sie nicht das schrille Pfeifen und tänzelten elegant durch den Federregen – meinen Federregen.

Die Sternfrucht hielt sich tapfer gegen ihren Trainingspartner und freute sich sichtlich, einen gleichwertigen Kontrahenten gefunden zu haben, der sich auf einen Übungskampf einließ.

»Nicht schlecht, junge Frucht! Doch nun zeigt mir, was wirklich in Euch steckt!«, rief der Schwanenritter, zog ein zweites Langschwert aus der Scheide und hüpfte von Vorsprung zu Vorsprung die Festungsmauer hinauf.

Starvarius ließ sich dies nicht zwei Mal sagen, umklammerte fest seine

Heldenklinge und sprang seinem Gegner hinterher. Ihr Kampf dauerte noch eine ganze Weile an, zog dabei teilweise tiefe Furchen in das Gemäuer und verlagerte sich dann über die Dächer der Träumenden Festung die Türme hinauf. Hier verlor ich die beiden Streiter allerdings aus den Augen. Worte wären diesem epischen Kampf ohnehin nicht gerecht geworden ...

Da saß ich also splitternackt und federlos auf dem Geländer eines Balkons und blickte zornig und voll inbrünstiger Verachtung zu Pein Eppel, der dies mit einem zufriedenen Grinsen erwiderte. Er beugte sich über die Brüstung, um den Turm hinab in die Tiefe zu schauen, und als ich gerade überlegte, ob ich diesem Möchtegern-Helden einen kräftigen Tritt verpassen sollte, sprang er einen Augenblick später ganz von selbst in den Abgrund, sauste dem sicheren Tod entgegen – und landete sanft und behütet in einem Heuhaufen.

»Verdammt! Wo kommt das Ding denn her?!«

Ich kratzte mich am Kopf, denn diese Ananas hatte Recht. Vor wenigen Augenblicken hatte dieser Karren wirklich noch nicht da gestanden.

»Rünta vön meym Karrn, dü Kompöst do!«, fauchte eine seltsame Figur mit Schlapphut und Strohhalm im Mundwinkel, ehe sie mit Karren und Heu schon einen Augenblick später wieder vollständig verschwunden war. Sächsische Wanderbauern nahmen auch die komischsten Umwege. Zu Pein Eppels Leidwesen – und zum Wohle dieser Geschichte – auch mal über den Schwanensee.

Während Pein Eppel den Rest des Tages damit verbrachte, seinen Kopf deprimiert gegen die Wand zu schlagen, und Starvarius mit dem Schwanenritter trainierte, flatterte ich auf die Zinnen der Träumenden Festung hinauf und schaute mich nach interessanten Dingen um. Dabei blieb ich allerdings mehr oder weniger erfolglos. Wenn sich nicht gerade eine Ananas vom Balkon stürzte oder ein Schwanenritter mit einem Heldenanwärter über die Turmdächer kämpfte, war diese schlafende Festung ein ruhiger und ereignisloser Ort.

Die Zeit bis zum Abend verging sehr schnell und ohne weitere Vorkommnisse. Müde senkte sich die letzte Sonne, um sich friedlich zur Ruhe zu betten. Und während ich so in Gedanken vertieft auf den weiten See starrte, bemerkte ich endlich am Horizont eine seltsame Gestalt, die auf die Insel mitten im Schwanensee zutrieb. Zuerst dachte ich, es handele sich hier um eine riesige Schlange, doch bald wurde mir klar, dass es ein Aal war. Ein dicker schwarzer Aal von unglaublicher Länge. Leicht schlängelnd, aber sehr zielstrebig sauste das Wesen, von zwei trittbrettfahrenden Wasserschleichwürmern unterstützend gezogen, auf die Mauern der Träumenden Festung zu, bäumte sich auf und ließ sich matschig in eine dafür vorgesehene Einbuchtung plumpsen, um regungslos und schwer atmend dort zu verharren.

»Einen wunderschönen Abend, meine Damen und Herren. Das Team der salatonischen Aalgemeinschaft heißt Sie herzlich auf unserer Rutsche von der Träumenden Festung zum Osthafen in Gurkan willkommen. Für weitere Fragen steht Ihnen das Personal gerne zur Verfügung«, ertönte die freundliche Stimme einer korrekt gekleideten Gurkendame, die auf dem Kopf des riesigen schwarzen Aals saß, über den Innenhof der Schwanenfestung.

Pein Eppel stand schon seit fast einer Stunde an den Zinnen und konnte es gar nicht mehr abwarten, dem harmonischen und fröhlichen Treiben auf der Insel im Schwanensee zu entkommen. Und er schwor sich bei allem, was ihm heilig war, und das war bei den Göttern nicht viel, niemals wieder an diesen Ort zurückzukehren – erst recht nicht während der Jahreswende!

Starvarius und die heldenhafte Kokosnuss hatten sich ebenfalls zum Abmarsch bereit gemacht und stapften die Treppe an der Schlossmauer zur Anlegestelle hinauf. Pein Eppel war gereizt. Er hatte zwar schon befürchtet, dass der Ritter vom Schwanensee sie auf ihrer Reise begleiten würde, dennoch war er guter Dinge, sich dieses Mal geirrt zu haben.

»Zum Festland! Sofort!«, fuhr die cholerische Ananas die freundliche Reisebegleiterin an.

»Gewiss, mein Herr. Dazu müssen Sie nur beachten, dass … Nicht!«

Wuuuuuusch! Unachtsam und ungeduldig, wie er war, stieß Pein Eppel die Aalrutschensicherheits- und Begleitfachkraft rüpelhaft beiseite und schwang sich mit einem Satz auf den glitschigen Aal. Rutschiger als jede Oberfläche, die je ein Wesen gesehen hatte, hielten sich die Füße der saublöden Frucht keine Sekunde auf dem Rücken des Transportaals und mit halber Lichtgeschwindigkeit schmetterte die Ananas aus dem Sichtfeld aller Beteiligten Richtung Festland.

Genervt stemmte die Gurkendame ihre Hände in die Hüfte und wandte sich nun etwas zickig den beiden anderen Reisenden zu. »Und wie ist es mit Ihnen? Wollen Sie auch Ihr Leben riskieren oder hören Sie zu?«

»Wir sind ganz Ohr, holde Maid«, sprach der charismatische Kokosnussritter und verbeugte sich tief, um die Angestellte zu beschwichtigen.

Diese kicherte nun verlegen. Sie griff in zwei Tragetaschen, die an den Seiten des Aalkopfes hingen und holte rasch zwei dicke Daunenkissen hervor. »Hier!«, sagte die Dame nun in ähnlich freundlichem Ton wie bei ihrer Ankunft und reichte den beiden Recken die riesigen Kopfkissen. »Haltet diese vor euren Körper. Der Prellbock am Ende der Rutsche ist aus Stein. Euer Freund dürfte das auch schon bemerkt haben.«

Starvarius und die Kokosnuss machten ein schmerzverzerrtes Gesicht und warfen einander zögerliche Blicke zu. Im schlimmsten Fall war von ihrem depressiven Recken nicht mehr als ein fruchtiger Fleck übrig.

Die Sternfrucht wagte den Anfang, hielt das riesige Kissen vor sich und stellte sich auf eine der Zinnen. Nun musste ich mich beeilen. Im Sturzflug sauste ich auf den Krieger zu und ließ mich so vorsichtig und unbemerkt auf seine rechte Schulter gleiten, dass selbst der achtsame Recke dies nicht bemerkte. Dann ging der Spaß auch schon los: Mit einem kleinen Satz sprang Starvarius auf den Hals des Aals, wenn man es denn Hals nennen konnte, und sauste wie ein geölter Blitz im Eiltempo über den Schwanensee. Krampfhaft krallte ich mich in den flatternden Gurt seiner Tragetasche, wobei sich meine Mundwinkel durch den Windzug so weit zurückzogen, dass sie sich am Hinterkopf berührten. Es war unmöglich, die Schönheit des Weltensees zu betrachten, der wie ein einziger blauer Streifen an einem vorbeizog. Die graue Skyline Gurkans erschien so schnell am Horizont wie sie näher rückte – und einen Wimpernschlag später war das Ende des Aals erreicht und Starvarius schmetterte mit mir im Gepäck über den Kai des Hafens. Während der Recke mehr oder weniger sanft mit dem Riesenkissen gegen den Prellblock schlug, schoss ich über das Ziel hinaus und klatschte gegen einen grauen Betonklotz.

»Wieder einer!«, nahm ich entfernt eine Stimme wahr. Dann hörte ich das Getrappel von einem Paar Schuhen und wenig später schob jemand einen großen Holzspatel unter meinen zu einem platten Fladen verformten Körper und hebelte mich vom Untergrund. Die Tatsache, dass wir Kampfnickeulen uns beliebig verformen können, bedeutet nicht, dass so was nicht trotzdem unglaublich wehtut.

Pein Eppel erging es auch nicht viel besser. Als ich mich einigermaßen aufgerappelt und aufgepustet hatte, erblickte ich die bewusstlose Ananas mit einer ganzen Reihe kreisender Sterne über dem Kopf in der Ecke liegen.

Starvarius schien das Ganze unbeschadet überstanden zu haben. Er klopfte sich ein paar Daunen vom Körper und stemmte heroisch die Hände in die Hüfte, um den Blick triumphierend schräg nach oben zu richten. Eine der Heldenposen, die sein Vater ihm beigebracht hatte.

Das voraneilende Echo eines Schreis verriet den Wartenden, dass auch der Kokosnussritter unterwegs war. Doch irgendetwas lief bei seiner Reise nicht ganz richtig. Er kam schräg ab, sauste am Prellbock vorbei und auf zwei Arbeiter zu, die gerade das Nagelbrett für den örtlichen Fakir transportierten. Dieses verfehlte er knapp und raste auf die örtliche Messerfabrik zu, passierte diese unbeschadet, schmetterte direkt in Richtung des botanischen Gartens kokosnussfressender Pflanzen und prallte kurz vorher in die Ausstellung salatonischer Weichkernmatratzen.‘

‚Glück gehabt!‘, wirft der Spiegel ein.

Schiel nickt.

‚Hilfsbereit verscheuchte die Sternfrucht das Rudel Sterne vom Kopf seines Begleiters und half diesem wieder auf die Beine. Pein Eppel schüttelte sich grummelnd und versuchte, seine Nase wieder aus dem Gesicht zu kriegen, indem er sich kräftig auf die Ohren schlug. Indessen war Parzyval auf dem Pfad seiner Flugbahn zurückgeschlendert und wieder zur Gruppe gestoßen. »Wir müssen zum Ministerium für Interdimensionalen Literaturtransfer und Ironos von Sarkasmo finden.«

Starvarius wandte sich fragend an ihren neuen Helden. Dieser beantwortete ihm die nicht gestellte Frage nur mit einem Nicken und winkte die beiden unfreiwilligen Abenteurer hinter sich her, ehe er sie zielstrebig durch die Gassen von Gurkan führte.‘

‚Gurkan …‘, murmelt der Spiegel. ‚Gurkaner. Das Volk dieser grünen Sonderlinge wurde in der Geschichte der Welt von vielen eingeborenen Stämmen als Schöpfung des einen Gottes angesehen. Du musst wissen, dass vermutlich niemand in Salatonien weiß, dass das Grün der Ursprung der Welt, des Universums und der Anstoß allen Lebens ist – außer uns beiden, versteht sich. Dennoch ahnten es viele naturverbundene Eingeborene und priesen die Gurken als Erlöser und Vollstrecker des unendlichen Friedens. In der Tat war ihr Volk mit unaussprechlicher Intelligenz gesegnet. Dies jedoch ließ sie so rational werden, dass selbst ihre polytheistische Urreligion eines Tages dem Drang der Wissenschaft weichen musste – und so kam es, dass ihre Zivilisation die fortschrittlichste ganz Salatoniens wurde.‘

Und Schiel fügt hinzu: ‚Da jedes Volk bei der großen Trennung des ersten Zeitalters beschloss, nach dem Maß ihrer eigenen Fähigkeiten zu leben, drangen nur die lebenswichtigsten Technologien in die anderen Völker ein, sodass Gurkan das Zentrum der Wissenschaft Salatoniens blieb. Obwohl der Pakt unter den Völkern besagte, dass keine Technologie über die Grenzen hinweg ausgetauscht werden durfte, entwickelten sich diese doch relativ gleichwertig und im Laufe der Jahrzehnte begann der Vorsprung Gurkans zu schrumpfen. Wie groß dieser Abstand allerdings immer noch war, bekam man selbst hier in den abgelegensten Winkeln des Hafenviertels von Gurkan zu sehen. Die Wolkenkratzer, die in die Höhe ragten, und die riesigen Leuchtreklamen, die im Laufe der Dämmerung hochgefahren wurden und fast heller strahlten als die drei Sonnen des salatonischen Himmels, entzogen sich jeglicher Vorstellungskraft. Jeder der zahlreichen Gurkaner, die wie auf Knopfdruck mit den letzten wohl definierten Sonnenstrahlen von ihren Arbeitsplätzen strömten, trug einen uniformen weißen Kittel und hetzte durch die Straßen, als würde ihm gerade ein Dodo im Ofen anbrennen.‘

‚Dodos? Sind die nicht ausgestorben?‘

Verneinend schüttelt die Eule den Kopf. ‚Nicht mehr …

Über die Köpfe der Einwohner sausten auf Schienen Schnellzüge aus merkwürdigem Glas hinweg und der Boden unter ihnen vibrierte im Minutentakt durch irgendwelche unterirdischen Bahnen. Der Weg führte die Dreiergruppe durch mehr oder weniger stark belebte Straßen und Gassen, bis sie sich schlussendlich auf einem großen Platz in den Strom der Masse einordneten und von den Tausenden Gurken und Gurkinnen mitgezogen wurden.

»Bleibt dicht bei mir! Das ist völlig normal«, rief der Kokosnussritter den beiden Recken zu, indem er sich etwas nach hinten wandte. Die drei stachen ziemlich auffällig aus der grün-weißen Masse heraus, wurden aber von der Bevölkerung kaum beachtet. Ich zog es vor, über ihren Köpfen zu schweben.

Der pulsierende Strom aus Gurken drängte über den Platz, der eindrucksvoll von imposanten Glasbauten umgeben war, in ein riesiges Betongemäuer ohne Fenster. Hier schoben sich die Bewohner relativ friedlich gegenseitig eine gigantische Treppe hinauf, bis ihre Bewegung auf einmal zum Erliegen kam. In seltsam regelmäßigen Schüben drückte der Schwarm ein Stück nach vorne und harrte dann wieder aus. Je weiter sich das Gurkenrudel durch den halbzylindrischen Gang presste, desto klarer wurde, was ihr eigentliches Ziel sein sollte: Am Ende der Masse befand sich ein breites Gleis, auf dem alle 30 Sekunden ein kastenförmiger Wagen einfuhr. Einige Hundert Gurken stiegen ein und ebenso rasch, wie er gekommen war, verschwand er über die leitenden Schienen Richtung Zentrum. Man konnte es fast als Glück bezeichnen, dass Parzyval und seine beiden Begleiter in denselben Zug gedrängt wurden und ich gerade noch durch die sich schließende Stahltür huschen konnte, die mir beim raschen Zuschlagen ein paar Schwanzfedern einklemmte. Diese Stadt war in ihrer ganzen Konstruktion nicht für Kampfnickeulen geschaffen und so quetschte ich mich unter die Decke des kühlen Kastens und ließ mich im Gepäckfach nieder. Auch wenn ich die drei Protagonisten für den Verlauf dieser Fahrt aus den Augen verlor, so konnte ich wenigstens einen Blick aus dem Fenster werfen und die eigenwillige Schönheit dieser Zivilisation begutachten.

Die Gurkaner hatten keinen Flecken ihres Landes unbebaut gelassen. Natur fand man nur in speziell dafür eingerichteten Kuppeln, wo sie unter strenger Beobachtung erforscht wurde. So erging es auch allen Lebewesen Gurkans, die selbst keine Gurkaner oder andere Früchte waren. Damit die Bewohner nicht in einer grauen, trostlosen Umgebung depressiv wurden, gaben sich die Architekten viel Mühe, ihre Gebäude so kreativ wie möglich zu formen. Die sonderbarsten Konstruktionen ragten, von zahlreichen Scheinwerfern hell erleuchtet, in den salatonischen Nachthimmel. Einige davon sahen aus wie Schleifen, andere wie Korkenzieher, die ein Stück aus dem Himmel bohren wollten, und wieder andere sahen aus wie umgedrehte Pyramiden. Ein Wunderwerk gurkanischer Architektur.

Ein schrilles *PING* weckte mich aus meiner Träumerei und setzte die Masse in Bewegung. Pein Eppel stand absolut unter Spannung und hatte seine Farbe zu einem glühenden Rot gewechselt. Faszinierenderweise dampfte er sogar ein wenig. Fast wie ein Teekessel. Wie ich schon hundertfach erwähnte, hasste Pein Eppel Lebewesen – und dies waren mit weitem Abstand zu viele. Bevor die Ananas jedoch platzte oder eine der Gurken zerriss, lichtete sich die Menge und strömte in zahlreiche Tunnel und Türen auseinander. Eine Leuchtspur am Fußboden zeigte den dreien ihren Weg an die frische Luft. Es brauchte keinen Ortskundigen, um zu bemerken, dass das riesige Gebäude völlig abstruser Architektur vor ihnen nichts anderes als die »Halle der Entwicklung« sein konnte – Heimat der größten Wissenschaftler des Landes und somit Regierungssitz Gurkans. Stand aber auch in roten Buchstaben drauf.

Der Kokosnussritter schritt zielstrebig voran und kannte scheinbar den Weg genau – oder er tat zumindest so. Starvarius musste Pein Eppel hinter sich herziehen, da dieser sich inzwischen trotzig weigerte, auch nur noch einen Schritt weiter zu gehen. Obwohl ganz Gurkan aus einer riesigen Stadt bestand – eine beeindruckende Tatsache, denn Gurkan war groß, größer als Nabanees –, war das Gebiet bürokratischerweise in Kleinstädte und Bezirke eingeteilt. Die »Halle der Entwicklung« befand sich direkt im Zentrum der Hauptstadt Kio.

Auf dem weitläufigen Marktplatz befanden sich nur noch wenige Gurkaner und so konnten sie ungehindert an dem riesigen Denkmal eines mir unbekannten Gurkenhelden vorbei zum Tor des Gebäudes marschieren.

»Halt, Fremdlinge!«, rief die Wache und setzte der Kokosnuss ein hoch entwickeltes Lasergewehr auf die Brust. Man sah deutlich, dass der Gurke die Knie zitterten und ihr die Angst in den Augen stand.

An dieser Stelle sollte erwähnt werden, dass Kokosnüsse gute drei salatonische Meter groß und damit ein gutes Drittel größer als Pein Eppel und Starvarius sind. Ebenfalls trägt es zur Komik des Augenblicks bei, zu wissen, dass Gurkaner durch den geringen Einsatz ihrer körperlichen Fähigkeiten funktional nur noch 1,5 sm groß werden. Das bedeutet nach aller Kunst der Mathematik, dass Parzyval die Wache um das Doppelte überragte.

»Eu…eu…euer … Schwert … m…mm…m…mein Herr!«

Eine weitere – noch kleinere – Gurke, vermutlich ein Auszubildender, stand neben dem wachhabenden Soldaten und breitete die Hände aus. Parzyval grinste und nach etwa fünf Minuten füllte ein Stapel aus Schwertern, Dolchen und einer Streitaxt die Arme des überforderten Gemüses.

»I…ist das j…j…jetzt alles?«

Die Kokosnuss nickte und wurde daraufhin von der Wache durchgewunken. Auch Starvarius händigte dem Helferlein Tjals Klinge aus und schlenderte mit der depressiven Ananas im Schlepptau hinterher.

Die Eingangshalle schien, wie alles in dieser Stadt, viel zu groß gebaut worden zu sein und irgendetwas kompensieren zu wollen. In der Mitte dieses gigantischen Raumes stand ein dafür umso kleinerer Tresen mit einer seriös gekleideten Empfangsgurke.

»Herzlich willkommen in der *Halle der Entwicklung*. Was kann ich für Sie tun?«

Freundlich beugte sich der charismatische Schwanenritter über den Tresen und lächelte der Gurkanerin verführerisch zu. »Wir suchen das Ministerium für interdimensionalen Literaturtransfer. Könntet Ihr uns wohl den Weg beschreiben?«

»Ah, die Anderweltschreibstube! Selbstverständlich!«

Als wäre es ein angeborener Reflex, öffnete sie gezielt eine der Schubladen an dem tausendfächerigen Aktenschrank hinter sich und holte ein kleines Dokument heraus. Auf hochhackigen Stöckelschuhen trat die Dame hinter dem Tresen hervor, stellte sich vor eine freie Fläche und ergriff das Dokument an einer Ecke. Mit einem geschickten Ruck entfaltete sich der Zettel und breitete sich auf einer Fläche von 80 mal 120 salatonischen Metern aus.

»Dann wollen wir mal!«

Parzyval und Starvarius schritten leicht stöhnend zu der Empfangsgurke hinüber und ließen sich den irrsinnig langen Weg beschreiben, während Pein Eppel mit verschränkten Armen an den Tresen gelehnt stand und genervt mit den Augen rollte. »Nimmt das denn nie ein Ende?!«, seufzte er bedrückt.

»Beschwer dich nicht!«, fiepte eine Stimme.

Die Ananas fuhr herum, erblickte aber niemanden. »Wer hat das gesagt?«

Es folgte keine Antwort.

»Sch*****laden hier!«

»Beschwer dich nicht!«, fiepte die Stimme erneut, als Pein sich gerade umgedreht hatte. Er blickte sich auf dem Tresen um, bis ihm eine Blumenvase mit vier verschiedenen Sorten Pflanzen darin auffiel, die ihn mit einem breiten Grinsen anlächelten.

»Hier kann sogar das Unkraut sprechen.«

»Beschwer dich nicht!«, fiepte die eine erneut.

»DU kannst nichts!«, quietschte eine andere Sorte.

»Wie war das?«, entfuhr es Pein Eppel.

»Du nützt nichts! Du kannst nichts!«, trällerte die Pflanze erneut und eine andere stimmte mit ein.

»Na wartet!«, drohte der Antiheld und ging auf die Vase los, als alle

Pflanzen jener Sorte, die noch nicht gesprochen hatte, im Chor begannen »Tu uns nichts! Tu uns nichts!« zu rufen.

Ehe Pein Eppel die Vase an der Wand zerschmettern konnte, ging die junge Gurkendame dazwischen. »Ich bitte um Verziehung!«

»Du kannst nichts!«

»Pssst! Das hier sind Beschwerdichnichts, Dukannstnichts, Dunütztnichts und Tuunsnichts. Sie gehören zu den Kapitalgewächsen. Eine Konkurrenzfirma hat sie uns geschenkt, um uns zu verspotten ... und eigentlich schmeißt man sie sofort weg, aber ... schaut sie euch an! Sie sind so wunderschön!«

Die Ananas grummelte und wandte sich ab. Starvarius und Parzyval hatten inzwischen den Weg ausfindig gemacht und brachen auf. Pein jedoch wartete noch, bis die Dame nicht hinsah, und fegte die Blumenvase vom Tresen, bevor er den beiden eiligst hinterherrannte. Ein wildes Gefiepe aus »Du kannst nichts!« – »Beschwer dich nicht!« – »Tu uns nichts!« – »Du kannst nichts!« – »Nützt nichts!« – »Tu nichts!« – »Tuuuu...« – »Nüüüü...« – »Kaaa...« verhallte im Hintergrund für immer, als die drei um eine Biegung verschwanden.

Kapitel 8

Das Innere der »Halle der Entwicklung« erwies sich als wahres Labyrinth. Hätten sich Starvarius und Parzyval mit ihrem herausragenden Gedächtnis nicht beide einen Teil der Strecke merken können, hätten sie sich auf ewig verlaufen und wären vermutlich kläglich in den kalten, sterilen Gängen zugrunde gegangen, um nach einigen Monaten von der Putzgurke gefunden zu werden. Zweifellos schien es völlig unmöglich zu sein, sich hier alleine zurechtzufinden. Drei Stunden irrte die dreiköpfige Gruppe nun schon kreuz und quer durch den Irrgarten moderner Architektur und langsam zweifelte ich daran, dass die beiden wirklich wussten, was sie taten. Auch Pein Eppel stand die Panik ins Gesicht geschrieben. Sterben, ja – aber doch nicht hier! In kalten Gängen abseits des Publikums verhungern? Dafür landete er in einer Hölle mit den Altersschwachen und denen, die in einem Glas Wasser ertranken. Seine Gedanken wurden noch finsterer. Hier war nichts! Womöglich würde seine Seele nicht einmal hier herausfinden und bis in die Unendlichkeit der Zeit durch die Gänge des Forschungszentrums irren.

Vor einer unscheinbaren Holztür, von dessen Art sie bereits Tausende gesehen haben mussten, hielten die drei inne. Die Kokosnuss und die Sternfrucht warfen sich zustimmende Blicke zu. »Hier?«

»Wenn der Plan stimmt …«

Starvarius ergriff die rostige Klinke, die mit dem Holz der morschen Tür so gar nicht in das Gesamtbild passen wollte, und drückte sie nach unten, um den Eingang mit einem lauten Quietschen zu öffnen. Hinter der Pforte offenbarte sich der Heldengruppe ein unbeschreiblich imposanter Anblick. Dieser Saal, und da stimmten die Recken stumm überein, war selbst für dieses Gebäude viel zu groß und konnte eigentlich gar nicht hier sein. Türme aus Regalen mit Milliarden von Büchern erstreckten sich bis hinauf in eine Wolkendecke, die sich in der Höhe des Raumes angesammelt hatte. Stapel aus gigantischen Wälzern belasteten kleine Holztische, die unter dem Gewicht hätten zusammenbrechen müssen, und Gurkaner erklommen in unglaublichen Geschwindigkeiten die Leitern, die an die Regale gelehnt waren, um kurze Zeit später mit uralten Schmökern wiederzukehren. Es drängte sich unweigerlich das Bild Hunderter grüner Äffchen auf, die sich durch die Baumwipfel eines gewaltigen Bücherwaldes schwangen.

»Es ist wunderbar, nicht?«, jauchzte eine Stimme hinter den dreien und als sie sich umdrehten, erblickten sie eine Gurke mit langen, zerzausten Haaren und einem irren Grinsen, die auf dem Rahmen der Eingangstür saß. Sie trug einen grün-weiß karierten Rock und ein buntes Hemd im Batik-Look. Das Ganze wurde unterstrichen von einer dezenten Brille mit runden blauen Gläsern, die allerdings tief genug saß, dass man die Augen des Beobachters erkennen konnte. »Manchmal sitze ich tagelang hier oben und schau mir meine Bücher an.«

Seine Bücher?

Die Gurke sprang mit einem Satz vom Türrahmen und schritt wortlos zwischen den Besuchern hindurch. Majestätisch entfaltete sie die Arme und erhob den Blick zur Spitze der unzähligen Türme. »Es ist fabelhaft! Einfach fabelhaft! Seht euch das an!« Der Bibliothekar rannte eiligst zu einem der unzähligen Regale und rupfte scheinbar wahllos einen der Wälzer heraus, um mit diesem zurück zu den Helden zu rennen.

»Schaut mal!«, flüsterte er geheimnisvoll und klappte den Deckel des Buches auf. Dieses feuerte auf einmal ein riesiges Spektakel an Feuerwerk ab und tauchte den Saal in Tausende verschiedener Farben und Lichter.

Mit jeder Explosion entfaltete sich ein kleines Universum mit Tausenden Sternen und Hunderten von bunten Planeten.

Die Gurke schlug den Schmöker zu und von einem Augenblick auf den anderen stoppte das Spektakel. Der Irre packte die Lektüre und schleuderte sie in Richtung Regal, wo sie auf den Millimeter genau wieder in die Lücke rutschte, die sie zuvor hinterlassen hatte.

»Ich bitte um Verzeihung, meine Herren. Ich habe mich von meiner Euphorie hinreißen lassen. Mein Name ist Zynisto von Choleria, Präsident des Ministeriums für Interdimensionalen Literaturtransfer. Kann ich Ihnen vielleicht helfen? Sind Sie absichtlich hier oder haben Sie sich in den Wirren der Entwicklungshallen verlaufen? Kommt hier oft vor, wissen Sie?«

Die Gurke sprach schnell, aber unglaublich deutlich, sodass es zwar viel Mühe erforderte, aber zumindest theoretisch möglich war, ihren Worten zu folgen. Das konnte man von anderen Wesen Süd Salatoniens, wie der zweizüngigen Zweidechse oder den mythischen Tausendköpflern aus den Spitzbergen, nicht behaupten.

Parzyval und Starvarius zeigten sich überrascht, als sie erfuhren, dass dies der berühmte Zynisto von Choleria sein sollte, und sie verbeugten sich höflich. Zugegeben, ich hätte mir unter einem der berühmtesten Wissenschaftler Süd Salatoniens auch etwas anders vorgestellt als diesen abgedrehten Hippie, der mit seinem breiten Grinsen hibbelig von einem Bein auf das andere hüpfte.

»Wartet!«, unterbrach der Irre, als der Kokosnussritter das Wort ergreifen wollte. »Eure Rolle in der Welt kenne ich! Ihr seid Parzyval Gawayn, Schwanenritter von der Träumenden Festung. Richtig? Richtig! Aber ihr beide seid mir unbekannt. Eine Ananas und eine Sternfrucht? Gemeinsam?«

Geduldig warteten die Streiter darauf, dass der Kauz seine Rede zu Ende brachte, um ihm eine Antwort auf seine wirren und vielzähligen Fragen zu geben. Irgendetwas wirkte an seiner Frage jedoch seltsam ... künstlich ... als wollte er die Antwort gar nicht wissen ... oder er wusste sie schon.

»Mein Name ist Starvarius von Zaft. Dies ist mein Herr, Pein Eppel.«

Zynisto schaute zwischen den beiden hindurch und musterte Pein. »Nicht sehr motiviert, was? Doch warum sind Sie nun hier, meine Herren?«

Die Sternfrucht blickte zur Kokosnuss hinüber, die ihr mit einer zurückhaltenden Geste den Vortritt gewährte. »Woher wir kommen, ist eine lange Geschichte. Wir haben es eilig und suchen Ironos von Sarkasmo.«

Die Sternfrucht versuchte, ihre Lautstärke zurückzunehmen, da in diesen Hallen, wie in jeder Bibliothek, Stille ein hohes Gut war. Von Choleria schien dies ziemlich egal zu sein, denn er klatschte fanatisch in die Hände und sprach kieksend: »Oh, meinen werten Bruder suchen Sie! Ich bringe Sie gleich zu ihm.« Für einen vielbeschäftigten Wissenschaftler, Bibliothekar und Schriftsteller schien die Gurke relativ viel Freizeit und Langeweile auf sich zu vereinen. Umso munterer führte sie die Dreiergruppe zwischen wuselnden Helfern und überfüllten Regalen hin und her, zischte unter einem aus Büchern erbauten Torbogen hindurch und verschwand mit ihren Begleitern im hinteren Teil des Ministeriums.

»Befinden sich hier alle Bücher Süd Salatoniens?«, fragte Starvarius zögerlich.

Zynisto stoppte sofort ab und warf ihm mit hochgezogener Augenbraue einen verwirrten Blick zu. »Nicht doch, nicht doch! Die Bücher befinden sich in der Staatsbibliothek. Dies hier sind alles Kunstwerke, Einzigartigkeiten, gewebte Zaubersprüche und selbstverständlich auch Lebewesen.«

»Lebewesen?«‘

‚Lebewesen?‘

‚Lebewesen!‘

‚»Gewiss, Lebewesen! Mit Sicherheit haben Sie schon einmal etwas von einem *salatonischen Brabbelbuch* gehört, meine Herren?«

Starvarius schüttelte schüchtern den Kopf und auch Parzyval zuckte unwissend mit den Schultern.

»Dann schauen Sie mal hier!« Der Präsident des Ministeriums wich von ihrem Weg ab und verschwand mit seinen Verfolgern in einer kleinen Gasse zwischen den Wänden aus Büchern. Nachdem sie ein paar Abbiegungen hinter sich gelassen hatten, erreichten sie einen unscheinbaren Schreibtisch mit Leselampe und Notizblock. Die Pinnwände um den Tisch herum waren mit Tausenden von bunten Zettelchen beklebt und in der Mitte thronte ein dickes altes Buch. Von außen war es auf den ersten Blick recht unscheinbar. Betrachtete man es allerdings genauer, so wurde man das Gefühl nicht los, dass es irgendwie zu atmen schien. Zynisto hielt sich den Finger vor den Mund und schlich vorsichtig näher an den mysteriösen Wälzer heran. In flüsterndem Ton sprach er: »Salatonische Brabbelbücher erzählen ihre Geschichten selbst. Keiner weiß, wie sie das tun. Manche glauben, sie erfinden alles. Andere behaupten, es sind Wiedergeburten früherer Lebensformen, die von alten Erlebnissen berichten. Und ganz andere meinen sogar, sie erzählen, was tatsächlich irgendwo oder irgendwann passiert.«

Von Choleria deutete vorsichtig auf eine Vielzahl dicker Stahlklemmen, die am Buchdeckel hafteten, über viele bunte Kabel mit einer elektrisch aufblitzenden Spule verbunden waren und dann durch verschiedene Löcher in der angrenzenden Wand verschwanden.

»Dieses hier ist direkt an den Skriptmodulator zur Transferpräparation angeschlossen. Ich hab es im hintersten Regal der Staatsbibliothek gefunden, wo es so ein Idiot fälschlicherweise abgestellt hatte. Er wurde selbstverständlich sofort hingerichtet.«‘

‚Hingerichtet?‘, stottert der Spiegel entsetzt.

Schiel zuckt mit den Schultern beziehungsweise mit dem winzigen Teil ihres Körpers, der den Übergang von den Flügeln zur Federkugel darstellt. ‚Gurken sind freundlich zu Fremden, aber in ihren Reihen dulden sie keine wissenschaftlichen Fehltritte.‘

Der Spiegel schweigt schockiert.

‚»Ich bin fest davon überzeugt, dass dieses Exemplar etwas ganz Großes schreibt. Ist schließlich schon die vierundfünfzigste Geschichte, also quasi ein Brabbelbuch mit Berufserfahrung.«

Starvarius und Parzyval warfen sich fragende Blicke zu. Pein Eppel war längst eingeschlafen.

»Deswegen ist dieses hier direkt mit dem Transferraum verbunden, obwohl es sich gerade noch schreibt. Dort wird durch hoch komplizierte Verfahren eine direkte Kopie in einer faszinierenden Universalsprache angefertigt. Dann geben wir es über den Schwarzlochsynthetisierer direkt in den Alltunnel und verteilen es über die Dimensionen.«

Starvarius unterbrach durch das Heben des Zeigefingers Zynistos Rede. Wie ein Schulmeister seinen Schülern gestattete er ihm das Wort.

»Ähm … könntet Ihr das auch mit einfachen Worten sagen?«

Die Gurke seufzte. »Dieser Schmöker hier wird ein Knaller. Also schreiben wir ihn sofort ab und bearbeiten ihn noch in der Entwicklung. Dadurch können wir ihn, kurz nachdem das letzte Wort geschrieben ist, in die verschiedenen Welten schicken. Erscheinen bei Fertigstellung, Wahnsinn, nicht?«

»Und was ist dann Eure Aufgabe hier?«, erdreistete sich die Sternfrucht zu fragen.

»Ich befinde mich normalerweise drüben im Transferraum und füge je nach Welt ein paar Kommentare hinzu.«

»Und warum tut Ihr das jetzt nicht?«

Die Gurke legte ein breites, wahnsinniges Grinsen auf. »Ich … sagen wir … wurde drüben an der Tür gebraucht. Früher oder später werdet ihr verstehen.« Von Choleria grinste noch breiter und zwinkerte den beiden Helden zu, die sich nun vollends verwirrt anschauten.

Pein Eppel war in der Zwischenzeit erwacht und stapfte ungehobelt auf den Schreibtisch zu. »Nicht lang faseln! Schauen wir doch einfach mal nach, was da drin steht.«

»Nicht!«, rief der Präsident, als die Ananas gerade den schweren Buchdeckel hob.

»Deckel zu! Ich bin bei der Arbeit!«, keifte der dicke Wälzer, bevor die Gurke ihn mit schierer Panik in den Augen zuschlug.

»Störe niemals ein salatonisches Brabbelbuch, während es sich schreibt! Wir sollten jetzt weitergehen.« Zynisto von Choleria lächelte nun wieder, hatte aber für kurze Zeit sein lockeres Gemüt verloren. Er mochte es nicht, wenn man in seiner Arbeit rumpfuschte, und er hatte noch weniger Verständnis dafür, dass keiner der drei seine Worte wirklich verstanden hatte.‘

Betretenes Schweigen schwebt über dem Trübsaal und zögerlich bringt Schiel hervor: ‚Zugegeben – alles hab ich auch nicht verstanden.‘

Nachdenkliches Grummeln geht vom Spiegel der Wahrheit aus. Peinliche Stille beherrscht erneut die Szene und mit gnadenloser Regelmäßigkeit schlagen die zahlreichen Tropfen auf dem steinernen Untergrund auf.

Schiel zuckt mit den Schultern. ‚Gurkaner! Wenn sie jeder verstehen würde, wären sie nicht mehr das intelligenteste Volk, oder?

Zynisto von Choleria hatte sich einen Leuchter von der Wand genommen und führte seine drei Begleiter durch die immer finsterer werdenden Windungen der großen Bibliothek. Starvarius zog Pein Eppel am Arm hinterher, seit dieser versuchte hatte, sich im Schutz der Dunkelheit aus dem Staub zu machen. Mit einem ernsten Blick versuchte er, seinen Gefährten dazu zu bringen, mit dem Zappeln aufzuhören, als von Cholerias Stimme ihn aufmerksam werden ließ.

»Da wären wir auch schon.«

Der Präsident kramte mit der freien Hand einen dicken Schlüsselbund aus seiner Bauchtasche und versuchte – mehr oder weniger elegant – mit dem Mund den richtigen Schlüssel herauszusuchen.

»Dies ist das Inventorium – die Werkstatt meines Bruders! Wie ihr euch denken könnt, lebt er eher zurückgezogen. Ich hingegen liebe Besuch.«

Der Schlüssel klickte im rostigen Schloss und mit einem Ruck öffnete sich die alte Eichentür, die allerdings einen deutlich massiveren Anschein machte als die schäbige Pforte des Ministeriums.

Staunend traten die vier Gefährten ein und die beiden Streiter unter ihnen blickten sich mit offenen Mündern um. Selbst Pein Eppel – und ich war die Einzige, die dies bemerkte – klappte für einen Moment der Unterkiefer herunter.

Der Raum selbst bestand aus einer vollständig verchromten Stahlkuppel, in der sich die komplexesten Maschinen und Gerätschaften bis unter die Decke stapelten. Überall lag Werkzeug herum: doppelt gezwirbelte Winkelschraubstecher, Achterneckkantendreher, Laserborstenbürsten für den groben Schmutz und anderes.

Plötzlich wurde die Werkstatt von einem Knall erschüttert und eine Spur aus Funken ziehend schoss irgendetwas durch den Raum und tötete Parzyval – fast, verfehlte ihn jedoch und klatschte an die Wand. Der Kohlehaufen am Ende des Raumes zwischen zwei brennenden Maschinen begann sich zu bewegen und heraus trat eine völlig verrußte Gurke mit wild durcheinander stehenden Haaren und einem zerschlissenen Kittel. Eine Brille mit dicken, schwarzen Gläsern verdeckte fast sein gesamtes Gesicht und die Tatsache, dass er unter dem knöchellangen Kittel nur eine Shorts trug, ließ direkte Verwandtschaft zu Zynisto erkennen.

»Verdammt!«, fluchte der Mechaniker, als er auf den matschigen Haufen neben der Tür blickte. »Das war der dritte Assistent diese Woche. Ah, Zynisto! Gut, dass du kommst! Sag den Azubis vorne mal, sie sollen wieder einen neuen auslosen. Und wer sind diese Störenfriede?«

Der Präsident schüttelte den Kopf. Die Etikette seines Bruders war der deutlichste Grund dafür, dass er an einem Ort so fern der Zivilisation wie nur irgendwie möglich arbeitete. Doch seine Genialität war für das gesamte Volk der Gurken unverzichtbar.

»Meine Herren, Ironos von Sarkasmo, Leiter der wissenschaftlichen Abteilung für kreative Neuerscheinungen Gurkans und Vizepräsident des Ministeriums für Interdimensionalen Literaturtransfer. Wenn Sie mich nun entschuldigen würden, ich schau mir das Ganze später von außen an.« Während der letzten Worte hatte die Gurke erneut dieses komische Grinsen auf den Lippen und zwinkerte unentwegt auf kryptische Art und

Weise, bevor der Präsident durch die alte Holztür verschwand.

»Zum Gruße, Herr Sarkasmo!«, trat diesmal die Kokosnuss vor und ergriff das Wort. »Wir sind Starvarius von Zaft, Pein Eppel und Parzyval der Schwanenritter.«

»Passt schon!«, entgegnete die Gurke. »Was muss ich für euch tun?«

An dieser Stelle musste der Ritter von der Träumenden Festung zurücktreten, denn ihr genaues Anliegen kannte Starvarius wohl am besten.

»Ehrwürdiger Ironos von Sarkasmo, wir befinden uns im Auftrag Kaiser Gottliebs III. auf der wichtigen Mission, Süd Salatonien vor dem Untergang zu bewahren, und wir müssen so schnell wie möglich zum Apfelweisen im Reich der Bären gelangen. Salomon, König der Cucurbiten, erzählte uns, dass Ihr eventuell die Fähigkeiten besitzt, unsere Reise zu beschleunigen. Könntet Ihr …«

»Falsche Frage!«, fiel von Sarkasmo der tapferen Sternfrucht ins Wort. »Sicher könnte ich! Die Frage sollte lauten: Würde ich? Und die Antwort lautet: Ja!« Der Erfinder drehte sich geschickt um die eigene Achse und zog ein altes Bettlaken von einem zylinderförmigen Objekt. Dahinter befand sich eine Art Kabine mit vielen bunten Lämpchen und Drähten, von denen eine Vielzahl vermutlich nur Dekoration war. Zwei attraktive Assistentinnen kamen zu abgefahrener Technomusik hinter einem roten Vorhang am Ende des Raumes hervor, präsentierten eindrucksvoll die enthüllte Gerätschaft und verschwanden auf selbem Wege.

»Dies ist ein Gerät, das Wesen in ihre Partikel zerlegen und über weite Entfernungen transportieren kann! Ich nenne es: *Gerät, das Wesen in ihre Partikel zerlegen und über weite Entfernungen transportieren kann.*«

Die darauf folgende Stille wurde nur von einem kurzen Räuspern Pein Eppels unterbrochen.

»Ja, ich weiß. Für die endgültigen Namen ist mein Bruder zuständig. Nichtsdestotrotz erfüllt es wohl eure Zwecke. Allerdings … ist es noch in der Testphase …«

Unerschrocken tat Parzyval einen Schritt nach vorne und sprach mit vor Stolz geschwellter Brust: »Ein Schwanenritter scheut keine Gefahr! Ich werde Eure Höllenmaschine herausfordern.«

Ironos grinste. »Ich mag Helden«, sagte er mit zynischem Unterton. »Der Unterschied zwischen einem Helden und einem Assistenten ist, dass Erstere sich freiwillig für verrückte Experimente opfern und auch noch glauben, sie täten dies für einen ruhmreicheren Zweck als einzig und allein, um das eigene Ego zu beweihräuchern. Nur zu, tretet ein!«

Ich befand mich auf der Schulter Pein Eppels, als Parzyval in die Kabine schritt. Dieser hatte sich – und das vermutlich das erste Mal im Verlauf dieser Geschichte, dass er etwas in weiser Voraussicht tat – hinter einem dicken Bleischild mit Sichtfenster versteckt. Ironos murmelte etwas, was wie ein Gebet klang. Er kniff die Augen zusammen, während er den riesigen Hebel umlegte.

BRITZEL! KNISTER! FUNK! KNARTSCH!

Blitze schossen aus der Maschine, Energieschlangen aus gleißendem Licht tobten im Raum und immer wieder knallte es an den verschiedensten Stellen. Mit einem Male kam alles zum Erliegen und der Ritter stand noch immer unversehrt in der Transportkapsel.

Doch gerade als der Mechaniker etwas sagen wollte, knallte es erneut und saftige Kokosnussfetzen schossen quer durch den Raum. Pein Eppel kugelte sich vor Lachen auf dem Boden und Starvarius starrte mit offenem Mund auf das Werk, während Ironos relativ teilnahmslos ein müdes »Toast …« herausbrachte.

Von dem Resultat nicht gerade beeindruckt, rieb er sich die Hände und putzte die Überreste des strahlenden Helden von seiner Brille. »Kanntet ihr ihn gut? Hoffe, es war kein Freund von euch.«

Der Erfinder bekam keine Reaktion, da Starvarius noch immer fassungslos dastand und Pein Eppel sich gar nicht wieder einkriegte. Ein weiterer salatonischer Held vom Antlitz der Welt verschwunden. Von einem Moment auf den anderen.

»Es wird die Zeit kommen, ihn zu betrauern«, stammelte die Sternfrucht andächtig, als sie sich wieder gefangen hatte. »Gibt es vielleicht noch eine andere Möglichkeit? Etwas Ungefährlicheres?«

Die Gurke grübelte und erkannte in den Augen des jungen Recken, dass es ihm durchaus ernst war. »Nun ja … ich gebe sie nicht gerne her, da es besonders schwer ist, an ein Exemplar zu kommen, aber für die Rettung der Welt … Ich werde eine Ausnahme machen. Folgt mir bitte!«

Die Maschinen und Merkwürdigkeiten standen in Sarkasmos Inventorium so dicht und verwirrend beieinander wie Zynistos Bücherregale drüben in der Anderweltschreibstube. Der kuppelförmige Teil des Raumes schien nur der Vorbau einer nach hinten weit auslaufenden Halle gewesen zu sein – und so wühlte sich die Gruppe der Recken noch eine ganze Weile durch die Konstruktionen.

In der Regel verwendet ein Schriftsteller den Begriff *wühlen* mehr metaphorisch, doch ich benutze ihn im eigentlichen Sinne des Wortes: Von Zeit zu Zeit standen die Machwerke so dicht aneinander, dass die drei einen Haufen metallener Gegenstände erklimmen oder durch eine Lücke schlüpfen mussten, um weiter voranzukommen.

Das Ende der Halle kam sehr überraschend, denn hinter einer einfachen Biegung fand sie plötzlich durch eine kahle Stahlwand ihr Ende. Mit einem kräftigen Stoß trat der Gurkenwissenschaftler eine kaputte Roboterkatze beiseite und schob einen rostigen Aktenschrank von der Wand, sodass sich eine Stahltür dahinter offenbarte. Diese öffnete er mit einer einladenden Bewegung. »Nur die wenigsten dürfen diesen Raum betreten. Es gibt auch nicht viele Gründe dafür, warum man ihn betreten sollte. Ist ja nur eine alte Rumpelkammer, aber …«

Der Irre schaltete eine kleine Glühbirne ein und diese erleuchtete den Raum in schwachem, flackerndem Licht. »… aber meine interessantesten Werke findet ihr hier.«

Im Vergleich zu den Erfindungen Sarkasmos, die sich in seiner Abstellkammer befanden, wirkten die Maschinen in der Werkhalle des Inventoriums nahezu trivial und einfallslos. Ineinander geschraubte Glasröhren, Stacheln mit bunten Borsten, die wiederum mit bunten Härchen besetzt waren, ein Zylinder aus Kristall verursachte unentwegt Explosionen, die wieder implodierten und dies ständig wiederholten, und ein Kasten, in dem ein roter Flummi hin und her sprang, sich beim Auftreffen auf die Wände teilte und beim Kontakt mit anderen Bällen wieder verschmolz. Und dies waren noch die Gerätschaften, die man mit Worten beschreiben konnte …

Der Gurkaner schritt zielstrebig auf einen riesigen grauen Hügel zwischen dem Gerümpel zu. »Meine Herren, ich bitte Sie nun, sich die Hände vor die Augen, die Nase und den Mund zu halten.«

Als Starvarius dies gemacht und Pein Eppel dazu überredet hatte, es ihm gleichzutun, holte Ironos tief Luft und pustete gegen diesen seltsamen Berg.

Eine riesige Staubschicht löste sich und Woge um Woge wurde der Schmutz von Sarkasmos Atem fortgetragen. Noch einmal und noch einmal und noch einmal. Der Berg wurde zu einem Hügel, der Hügel zu einem Haufen – und ehe der Haufen zu einem Häufchen oder gar einem bisschen wurde, legte der Staub ein weißes, fleckenfreies Laken frei. Mit vor Stolz geschwellter Brust schritt der Wissenschaftler auf das verhüllte

Objekt zu, packte das Laken und posaunte es heraus: »Herrschaften! Ich präsentiere …«

Mit einem Ruck riss er die provisorische Verpackung hinfort und – »Määähhh!«, meckerte den beiden Recken eine kleine, dürre Ziege mit langem, grauem Bart, künstlichen Zähnen und einer beschlagenen Lesebrille entgegen.

»Die Zeitziege!«

Starvarius umrundete das gebrechliche Tier einige Male und blickte zu ihm herab. Doch selbst, als er kurz vor ihrem Gesicht war, bemerkte das halbblinde Wesen ihn kaum und schmatzte gleichgültig. Nicht einmal die heroische Sternfrucht mit all ihrem Optimismus konnte dieser Kreatur etwas Hilfreiches abgewinnen.

»Ein niedliches Tier!«, heuchelte Starvarius. »Doch wie soll sie uns auf unserer Reise nützen? Sie ist alt und scheinbar blind und …«

»Lass dich nicht vom Äußeren täuschen!« Mit all seiner Kraft stemmte Ironos sich auf den uralten Geißbock, doch ohne große Schwierigkeiten hielt dieser dagegen. Die Demonstration auf die Spitze treibend, kippte die Gurke einen großen Kühlschrank auf ihn, doch schneller als einer der Beteiligten gucken konnte, stand er an einem anderen Ort, ohne sich sichtbar bewegt zu haben.

»Diese Kreaturen sind beeindruckend. Sie bewegen sich schneller als die Zeit und nichts kann ihnen schaden. Ihre Kraft ist ebenfalls nicht zu unterschätzen. Dieses Exemplar hier könnte wohl einen Berg ziehen, wenn es wollte.«

Verblüfft starrte Starvarius auf die Zeitziege. Er hatte schon viel Sonderbares gesehen, vor allem in den letzten Tagen häuften sich diese Wunderlichkeiten, aber ein Wesen, das sich schneller bewegte als die Zeit? Von unglaublicher Stärke und unverwundbar?

»Wieso nutzt man diese Kreaturen nicht?«

»Oh, es sind sehr eigenwillige Tiere!«, stöhnte von Sarkasmo und fing sich einen ziemlich bösen Blick des kleinen Wesens ein. »Aber das ist noch das geringste Problem. Zeitziegen bewegen sich schneller als die Zeit, weil sie sich in ihr rückwärts bewegen. Deswegen altern sie auch umgekehrt.«

Die Sternfrucht staunte nicht schlecht über diese Worte und versuchte, den Gedanken weiterzudenken. »Dann … werden sie alt geboren?«

Ironos schüttelte den Kopf. »Nein, sie werden gar nicht geboren. Ihr wisst, welches Land sich westlich von Gurkan befinden?«

Der Recke grübelte. »Nach den Vorwiesen?«

Die Gurke nickte.

»Und hinter der Marsch der Stille?«

Erneut erwiderte der Wissenschaftler dies mit einem Nicken.

»Die Spitzberge!«, brachte Starvarius in ehrfürchtigem Ton hervor.

»Genau, die Spitzberge! Keiner weiß so genau, was sich hinter der hohen Kette befindet. Selbst unsere Fluggeräte schaffen es nur einige Meter hinter die Grenze, bevor eine mysteriöse Macht sie zu Boden reißt und vernichtet. Doch einer, Fang van Yen, ein großer General und Held unseres Volkes – vielleicht habt ihr seine Statue auf dem großen Platz vor unserer Halle gesehen? –, er wagte sich in den Westen. Es kommt nicht oft vor, doch alle einhundert Jahre wagen sich die Unbekannten in unsere Welt und plündern in den ruhigen Dörfern der Vorwiesen. Auf einem ihrer Raubzüge entführten sie Lia van Yen, die Tochter des Generals, und tapfer folgte er ihnen alleine in die Tiefen der Spitzberge. Fünf Jahre später kehrte er zurück. Er konnte seine Tochter nicht retten und litt an einer Krankheit, die keiner unserer Ärzte schildern oder gar heilen konnte. Seine Beschreibungen jedoch verrieten uns, dass er es bis an die Westküste geschafft hatte. Diesen Berichten verdanken wir alles, was wir über die Spitzberge wissen.«‘

Schiel macht eine kurze Atempause und leckt sich wie üblich über die Schnabelspitze.

‚Faszinierend, dass ein Volk wie die Gurkaner noch Helden hervorbringen kann!‘, wirft die Eule zu einem günstigen Zeitpunkt ein.

‚Jedes Volk hat seine Helden, weil jedes Volk ihre Helden anders definiert. Wenn ein Ameisenfloh einen ganzen Ast mit fünf Blättern in den Bau schleppt, dann ist er ein Held unter seiner Art. Wenn ein Rudel Flusenviecher im Laufe einer Arbeitswoche einen ganzen Teppich webt, dann sind sie auch die Helden ihres Stammes. Und wenn ein gurkanischer General durch taktisches Geschick und wissenschaftliche Planung die Streitkräfte der Unbekannten außer Gefecht setzt, ist er ebenso ein Held, so wie ein karotonischer Schwertmeister, der sich durch die Macht seiner kämpferischen Überlegenheit eine Schneise durch seine Feinde schlägt. Verstehst du, kleiner Freund?‘

Verständnisvoll nickt die kleine Eule und erfreut sich des Umstandes, wieder etwas gelernt zu haben. ‚Fein, fein! Wo waren wir?‘

‚Die Beschreibungen der Spitzberge.‘

'Ach ja, genau! Die Luft in der staubigen Abstellkammer war inzwischen ziemlich stickig geworden und so begaben sich die drei zurück in die Werkhalle des Inventoriums. Als von Sarkasmo die Zeitziege ergreifen wollte, stand diese jedoch bereits seit drei Sekunden vor der Tür und schmatzte weiterhin desinteressiert vor sich hin.

»Wie gesagt …«, versuchte die Gurke, an ihre Geschichte anzuknüpfen. »Die Beschreibungen des Generals überstiegen jegliche Vorstellungskraft und waren von gänzlich anderer Natur als alles, was wir in Süd Salatonien je gesehen hatten. Irgendetwas stimmte hinter der Grenze der Spitzberge nicht und so brachen viele Abenteurer auf, um die Ausführungen Fang van Yens zu überprüfen. Und tatsächlich hatte der General den Unbekannten so schweren Schaden zugefügt, dass große Kreuzzüge in den Westen von Erfolg gekrönt waren. Und damit kommen wir zu eurer Frage …«

Ironos stellte sich demonstrativ neben die Zeitziege und sprach: »Die Truppen schafften es meist nicht sehr weit und auch nur auf jenem Weg, den van Yen einst beschritten hatte. Aber zumindest von diesem einen Ort aus den Beschreibungen des Generals konnten sie berichten. Unweit der Grenze befand sich die zerstörte Festung der unbekannten Legion. Ein Bollwerk von unfassbaren Ausmaßen, das, wäre es noch unversehrt und besetzt gewesen, die vereinten Armeen aller salatonischen Völker hätte aufhalten können. General van Yen musste Monate gebraucht haben, um es einzureißen, und das Wie sollte auf ewig eine offene Frage bleiben. Man kann es nur vermuten, aber unsere Historiker nehmen heute an, dass die Straße hinter der Grenze über mehrere salatonische Kilometer hinweg mit Feinden gepflastert war, denn die Anzahl der Kampfspuren nahm erst etwa 15 skm hinter den Ruinen ab und versiegte weitere fünf salatonische Kilometer später vollständig. Viel weiter kam allerdings kein Heer, egal, wie heldenhaft seine Recken auch waren, denn an jener Stelle kreuzte der Wald der Tausend Schrecken den Pfad, den Fang vor so langer Zeit geschlagen hatte.

Aus seinen Aufzeichnungen wissen wir, dass der Wald selbst keine Gefahr in sich birgt, sondern lediglich das grausige Schlachtfeld eines ewig währenden Krieges darstellt. Im Norden grenzt der Forst an das Reich des Frostgottes Barakka Kar. Der General beschrieb ihn als lebendig gewordenen Eiszapfen, der alles in seiner Umgebung zum Erstarren bringt und den Winter selbst beherrscht. Und so ist auch sein Land: Gletscher und Eisberge, so weit das Auge reicht – unter einer dichten Wolkendecke, aus der es niemals zu schneien aufhört.

Im Süden toben die ewigen Flammen des Feuergottes Firus Firum. Sein Land ist tot, mit Asche bedeckt und der Himmel verhangen von blitzdurchzuckten schwarzen Wolken, die Feuer über das Land ergießen.

Diese beiden Gottheiten stehen in einem Krieg miteinander, der nicht gewonnen werden kann. Armeen aus Feuer und Eis prallen täglich im Wald der Tausend Schrecken, ihrem auserkorenen Schlachtfeld, aufeinander und verwüsten das Land. Eindringlinge lassen beide Heere niemals entkommen und sowohl Eis als auch Feuer können nicht von der Hand einer gewöhnlichen Frucht vernichtet werden. Nicht einmal Laser oder Plasma vermögen diese von Göttern geschaffenen Kreaturen zu zerstören.

Inmitten dieses Waldes, dem ewigen Schlachtfeld der Elemente, liegen die Sümpfe des Wahnsinns. Wer diesen Ort betritt und schwachen Geistes ist, verliert seinen Verstand für alle Zeit. Tempel einer uralten Kultur ragen aus dem matschigen Untergrund, überwuchert von Schlingpflanzen und bewohnt von Kreaturen des reinen Irrsinns. Manch einer nennt Kabblab Ubble Zaballa, den Gott des Wahnsinns, den Herrn dieses Ortes und schreibt es ihm zu, dass jener Sumpf inmitten des verwüsteten Waldes in der Schlacht unberührt bleibt. Einfallsreich sind die Tücken des Kabblab Ubble Zaballa und so entstand vor einer undenkbaren Zahl von Jahrhunderten der Friedhof der Zeit. Hier trugen die Völker der alten, vergangenen Ära ihre Toten zu Grabe und machten ihre Seelen unsterblich – zeitlos. Doch wenn man an diesem Ort eine verstorbene Ziege beerdigt und einen Lauf der drei Sonnen wartet, so erhebt sich diese als ein neues, ein anderes Wesen wieder aus ihrem Grab. Die Kreatur hat das Alter und Aussehen des verblichenen Tieres, lebt aber rückwärts und bewegt sich schneller als die Zeit. So wird es von der greisen Geiß zum soliden Bock, zum strammen Jüngling, hin zur jungen Ziege – bis es über das kleine Zicklein hinweg schließlich im Wind der Zeit vergeht. Versteht ihr nun, warum diese Tiere so überaus selten sind?«

Starvarius bekam den Mund vor Staunen gar nicht mehr zu. Er hatte die Geschichte mit höchster Konzentration verfolgt und jedes Detail in sich aufgesogen. Sein Respekt vor der Kreatur, die noch über der Zeit stand, war ins Unermessliche gewachsen und seine Faszination für die Mysterien Süd Salatoniens noch weiter gestiegen.

»WAS?!«, wurden seine Gedanken von einem wild brüllenden Pein Eppel unterbrochen. »Diese ganze Geschichte nur für ein ›Sie sind halt schwer zu beschaffen‹?! Ich werde dich umbringen! Ich pell dir die Schale runter, Gurke! ARGH!« Die tobende Ananas ergriff eine Metallstange mit vier farbigen Glühbirnen an der Spitze und stürmte auf Ironos zu.

Lässig griff dieser in die Innentasche seines Kittels, holte eine Fernbedienung heraus und drückte auf die Stopptaste. Pein Eppel gefror auf der Stelle. Die Augenbrauen ungläubig zusammenschiebend, schritt die Sternfrucht um ihren Herrn herum und blickte dann fragend zwischen dem Gerät in der Hand der Gurke und der erstarrten Ananas hin und her. »Funktioniert das bei jedem Lebewesen?«, erkundigte er sich wissbegierig.

Von Sarkasmo schüttelte den Kopf und hielt ihm die Fernbedienung sichtbar vor die Nase, sodass dieser das kleine *A* am oberen Rand erkennen konnte. »Klappt nur bei Ananas.«

»Und warum baut Ihr Fernbedienungen, die auf Ananas spezialisiert sind?«

»Denkt Ihr, das wäre meine einzige?«

Starvarius stockte. »Wie viele …?«

»Fragt nicht … Doch ihr beide solltet jetzt aufbrechen, sonst verplappern wir noch mehr Zeit, als selbst die Zeitziege wieder gutmachen kann.«

Ohne Einwände nickte die Sternfrucht und wortlos verschwand der wahnsinnige Wissenschaftler für einen Augenblick in der Abstellkammer. Starvarius nutzte die Zeit, um seinen Herrn noch einmal zu betrachten. Dieser rührte sich tatsächlich kein Stück vom Fleck – und nicht einmal seine Augen bewegten sich. Der Recke fühlte die Temperatur und stellte fest, dass er nicht gefroren war. Er stand einfach nur still.

Im nächsten Augenblick kehrte Sarkasmo mit einem silbern glänzenden, aber sichtbar veralteten Schlitten wieder zurück. Zwar sah er gut aus, wirkte aber nicht so, als würde er eine so lange Reise unbeschadet überstehen. Die rechte Kufe war an der Spitze abgebrochen und die ehemaligen Kunstledersitze waren von Filzpustlern zerfressen worden.

»Ich bitte um Verzeihung, aber ich forsche selten an Fortbewegungsmitteln. Die Technologie in Gurkan ist in dieser Hinsicht perfekt und bedarf keiner Erfindungen mehr. Daher kann ich euch nur das hier anbieten, aber die Zeitziege wird das schon hinkriegen.« Der hilfsbereite Erfinder machte das Zaumzeug bereit und bat die Ziege höflich, es angelegt zu haben. Vor einem kurzen Murren war diese fügsam vor den alten Schlitten getrottet und hatte sich ohne Gegenwehr anschnallen lassen.

»Steigt bitte schon mal ein.«

Starvarius nickte und schwang sich auf den rechten der beiden Sitze, während Ironos zu Pein Eppel hinüberschritt und diesen zum Schlitten trug. Da sich der Körper der Ananas problemlos verformen ließ, bog ihn die Gurke so zurecht, dass er bequem auf dem linken Sitz saß. »Huch! Beinahe hätte ich es doch vergessen!«, stieß der Wissenschaftler plötzlich hervor und rannte zu einem der Stahlschränke, um mit zwei Armbanduhren zurückzukehren, von denen er Pein Eppel eine anlegte und die andere Starvarius reichte.

»Was ist das? Ein Geschenk?«

»Haha! Da muss ich Euch enttäuschen. Alles, was sich im Strom der Zeitziege befindet, verjüngt sich mit ihr. Diese Uhren verhindern das, denn wo eine Uhr ist, da ist auch die Zeit anwesend und weiß, dass er auf euch beide achten muss.«

Sichtbar legte sich das Gesicht der Sternfrucht in Falten. »Er? Auf uns achten? Wie …«

Ironos brach in lautes Gelächter aus und hielt sich den grünen, warzigen Bauch dabei. »*Er* ist viel mehr als etwas … und allerdings auch viel weniger, als die meisten denken. Doch dies vielleicht bei unserem nächsten Treffen. Ihr seid hier stets willkommen und ich hoffe, euch bald wieder begrüßen zu dürfen.«

Die beiden nickten sich zu und verabschiedeten sich per Handschlag.

Als der Vizepräsident des Ministeriums für Interdimensionalen Literaturtransfer sich vom Schlitten abwandte, versuchte Starvarius, einen möglichen Ausgang aus dieser Halbkugel zu finden. An einer Seite der kuppelförmigen Decke bemerkte er eine Luke, die wohl gerade gut genug für den Schlitten und seine Besatzung sein würde, als plötzlich ein Haken in sein Blickfeld torkelte. Dieser Metallhaken befand sich an einer langen Stange, die unsicher in den Händen des Wissenschaftlers wankte. Mühselig versuchte er, ihn in eine Öse an eben jener Luke zu fädeln.

»Warum habt Ihr für so etwas keine Fernbedienung?!«, rief die Sternfrucht ihm mit einem ungewöhnlichen, leicht gehässigen Unterton zu.

»Kennt Ihr diese Science-Fiction-Filme, in denen irgendetwas explodiert, geflutet wird oder ein Feuer ausbricht – und wenn man dann die lebensrettende Luke öffnen will, funktioniert der Schalter nicht? Technik ist niemals perfekt und ich will und werde mich bei meiner Sicherheit niemals auf eine Maschine verlassen.«‘

‚Das war unglaublich tiefsinnig!‘ Der Spiegel kann sich diese Anmerkung nicht verkneifen.

‚Er ist ja auch eine Gurke.'

Offensichtlich ist das Artefakt sich nicht sicher, ob Schiel wirklich verstanden hat, worum es geht. Aber das Wichtigste ist doch, dass Sie es verstanden haben, lieber Leser.

‚Mit dem typischen Quietschen rostigen Metalls schob sich die Luke nach unten und ließ das Licht der aufgehenden zweiten Sonne in die Hallen des Inventoriums fallen. Unfassbar, dass so viel Zeit vergangen war!

»Määähhh!«, machte die Zeitziege und begann, sich in Bewegung zu setzen.

Nachdem er so viel gesehen hatte, wunderte es Starvarius nun auch nicht mehr, dass dieses Wesen in der Luft lief, als wäre sie fester Untergrund. So glitt sie durch die Halle, drehte eine Ehrenrunde und sauste – ohne die zusätzliche Last sonderlich zu beachten – auf die Öffnung zu.

»Ich wünsche euch viel Erfolg, meine Herren! Gehabt euch wohl!«, rief Ironos von Sarkasmo der kleinen Gruppe noch hinterher und drückte auf den Play-Knopf seiner Ananasfernbedienung, damit die Sternfrucht nicht den Rest des Abenteuers mit einer dekorativen Pein-Eppel-Statue zu bewältigen hatte.

Interessant war jedoch, was ich mit meinen erzählerischen Sinnen wahrnehmen konnte, als Ironos uns bereits außer Reichweite wähnte.

»Meinst du, sie schaffen es?«, hörte ich ihn sagen, als Zynisto von Choleria, der niemals den Raum wirklich verlassen hatte, an seine Seite trat.

»Ich hoffe es. Bis jetzt schlagen sie sich ganz gut. Doch … … Chod. tug znag chis eis negalhcs tztej …«

In diesem Moment legte die alte Ziege richtig los und drehte die Zeit zurück. Zynisto verschwand wieder hinter seinem Schrank, Ironos schloss die Luke mit dem Haken und in Windeseile sausten wir an rückwärts fahrenden Zügen und Luftautos vorbei, huschten durch eine gegen den Wind ziehende Wolkendecke und schlussendlich verzerrte sich die Umgebung, dass sie kaum noch mit bloßem Auge wahrzunehmen war. Gegen den Wind, gegen das Licht, gegen die Zeit verschwanden wir aus der Realität Süd Salatoniens – Richtung Appellien!'"

Der Vorhang fällt.
Ein Hahn kräht.

Der Vorhang öffnet sich.
Der Autor:

Akt II

Kapitel 1

„,Waaaahnsinn!', staunt der Spiegel über Schiels Ausführungen, die zu diesem Zeitpunkt ein unfassbares Ausmaß erreicht haben. ‚Ihr Kampfnickeulen scheint ein echtes Gespür für verrückte Geschichten zu haben.'

Die kleine Eule verbeugt sich und richtet ein paar Dankesworte an ihre Eltern. ‚Meine Geschichte wäre vermutlich schneller vorbei, wenn ich nur das Wichtigste runterrattern würde. Aber bei meiner Ehre als Erzählerkauz, mein Publikum will unterhalten werden!'

Und der Spiegel fühlt sich überaus angemessen unterhalten. Nach einer kurzen Pause, in der sich der puschelige Erzähler ein Glas Wasser von der bereits erwähnten Kartoffel bringen lässt, beginnt das weise Artefakt, noch einmal das Nötigste zum Selbstverständnis zu wiederholen: ‚Wir haben nun also eine depressiv-melancholische Ananas und eine überforderte Sternfrucht, von denen das Schicksal der Welt abhängt. Beide reisen in einem rostigen Schlitten, gezogen von einer gegen alle Gesetze existierenden Zeitziege, mit der Essenz des Erdkerns, die sie vom König der im Untergrund von Karotonien lebenden Kürbisse erhalten haben, in die Appellien, wo sie den Weisen der Äpfel treffen sollen, um endlich die Höhle des Schicksals zu finden. Richtig?'

‚Seht Ihr? Nur ein Satz, aber viel langweiliger.'

Der Spiegel wartet.

‚Äh … ich meinte: Ja, richtig!', verifiziert Schiel die bisherige Inhaltsangabe des Propheten.

‚Interessant!', überkommt es ihn, die vergangenen Ereignisse zu bewerten. ‚Ich bin gespannt, wie es weitergeht. Wie konntest du ohne eine eigene Armbanduhr dem Strom der Zeitziege entgehen, denn – mit Verlaub – so jung scheinst du auch nicht mehr zu sein?'

Finster zieht Schiel die Augenbrauen zusammen, schließlich ist sie erst 84 und damit erst knapp volljährig. Sie beschließt, diese Aussage zu ignorieren.

‚Also das war so:

Blitzschnell durchschnitt der Zeitschlitten die salatonische Wolkendecke wie eine radiesische Zorbelklinge einen östlichen Butterbaum. Noch am Morgen hatte ich eine graue Feder in meinem Federkleid entdeckt, die nun plötzlich verschwunden war. Rasch arbeitete ich mich gegen den Wirbel aus alten Zeitteilchen und Trümmern der Vergangenheit vor, die die Ziege aufwirbelte, und verkroch mich unter dem Sitz der Sternfrucht. Hier – in der Nähe der Armlehne und so nahe der Armbanduhr – war ich vor der Verjüngung sicher. Sehr beeindruckend fand ich allerdings, dass diese wenigen Minuten gut ein Jahr meines Lebens rückgängig gemacht hatten – und auch der rostige Schlitten bekam seinen blitzenden Lack, seine edlen Sitzbezüge und eine luxuriöse Innenausstattung zurück. Abgesehen von der besagten Armlehne. Dies war an sich noch nichts Besorgniserregendes, doch die Tatsache, dass auch die Ziege in raschem Tempo rückwärts alterte, ließ mich daran zweifeln, ob sie nicht schon verpuffte, ehe wir die Appellien erreichten.

Pein Eppel saß mal wieder nörgelnd auf seinem Sitz. Vor wenigen Sekunden hatte er noch eine Gurke verprügeln wollen und jetzt saß er hier, hatte keine Ahnung, wo er war, und sein Adrenalin brachte noch immer seinen Fruchtsaft zum Kochen. *Unterdrückte Aggressionen* hatte sein Psychiater es immer genannt, nur dass nicht er diese Wutausbrüche unterdrückte, sondern sein Umfeld.

Starvarius blickte auf die Welt unter sich, die nur ansatzweise erkennbar an ihnen vorbeisauste, und er versuchte zu erfassen, was sich dort unterdessen abspielte. Viel war jedoch nicht auszumachen, zumal sich die Zeit ja auch rückwärts bewegte. Die weiten Städte Gurkans verblassten im Strudel des Zeitstaubs und weiter führte sie ihr Weg direkt über die durch eine rote Linie markierte Grenze zwischen den Vorwiesen und Nabanees. Ich verkroch mich wieder unter meinem Sitz, denn es war, wie Ihr wisst, keine Woche her, dass ich diese Gebiete schon einmal überflogen hatte. Ohne weitere Turbulenzen glitten wir über die trostlosen Ödlande hinweg und passierten jenes Gebiet, wo alles angefangen hatte. Ich schaute kurz über den Rand des Gefährts hinweg, um herauszufinden, wie ›spät‹ es war.‘

Schiel verdeutlicht dabei die Anführungszeichen um das Wort spät durch expressive Bewegungen ihrer Flügelspitzen.

‚Just in diesem Moment überflogen wir Tjals Hütte. Sein Körper lag schon vor der Tür und vertrocknete dort seit ein paar Tagen. Wir waren also nicht so weit in der Zeit zurückgereist, um uns wieder am Anfang der Geschichte zu befinden.

Vorsichtig erkletterte ich die Schulter der maulenden Ananas und blickte in die Ferne vor der Zeitziege. Die Weite Flur näherte sich ihrem Ende und die hoffnungsschenkenden Bäume des am Ende stehenden Apfelreiches erstreckten sich schemenhaft am Horizont. Zwischen der neutralen Weiten Flur und den geschundenen Schlachtfeldern der Appellien schlängelte sich der mächtige Grenzfluss in seiner beeindruckenden Trägheit. Dieser wirkte noch eindrucksvoller dadurch, dass er wie eine korpulente Bestie, die vor einem Heer tapferer Ritter wich, rückwärts durch sein Flussbett kroch. Dass jener mächtige Fluss die Grenze markierte, war jedoch keine Verabredung der Völker, sondern lag schlicht und ergreifend daran, dass pinkfarbene Bärchen nicht in der Lage waren, zu schwimmen, und deshalb Brücken oder große Schiffe zu errichten hatten, um dieses Hindernis zu überqueren. Nach dem großen Krieg wurden diese Wesen bis hinter den mächtigen Grenzfluss getrieben und all ihre Holzbrücken und provisorisch gezimmerten Segelboote zerschlagen.‘

‚Und deshalb ist es auch die Erlösungsvorstellung der Appelliaten, den großen Njakatta, den Fluss, der einst vom Blattgrün selbst für sie geschaffen wurde, zu erreichen, um der Sklaverei für immer zu entkommen‘, ergänzt der Spiegel.

Schiel schnippst dankbar in dessen Richtung und zwinkert mit dem rechten Auge.

‚Schon aus der Ferne war es deutlich wahrzunehmen: Es herrschte wieder Krieg! Der Himmel war von Schwarzpulverexplosionen dunkel geworden und das sonst so grüne und fruchtbare Land ähnelte einer von Kratern übersäten Vulkanlandschaft. Das Donnern von Kanonen – selbstverständlich rückwärts, da wir uns noch im Strom der Zeit befanden – hallte bis in die Randgebiete der Weiten Flur herüber und unbarmherzig berannten pelzige rosa Wesen die zahlreichen Bäume. Panisch, aber verbissen verteidigten sich die roten und grünlichen jüngeren Bewohner mit Stöcken und Blattbomben gegen ihre Unterdrücker und hielten diese wacker vom plumpen Erklimmen ihrer Heimat ab. Es war ein ungleicher Kampf, der seit Jahrzehnten immer wieder in diesen Landen tobte. Die Äpfel waren den Bärchen technisch weit unterlegen, glichen dies aber durch ihr Geschick und ihre schiere zahlenmäßige Übermacht wieder aus. Mit dieser Taktik und unzähligen Kompromissverträgen überlebten sie bis zum heutigen Tag.

Der letzte Frieden war auf zwanzig Jahre verhandelt worden. Von diesen waren jedoch gerade einmal vier vergangen. Bären waren zwar hinterhältig, doch brachen sie einen Pakt nicht leichtfertig. Vor allem dann nicht, wenn sie einen Vorteil aus dem Frieden ziehen konnten. Vermutlich hatten sich die Appelliaten gegen ihre Herren aufgelehnt. Doch warum?

In diesem Augenblick jedoch traf uns unerwartet ein ganz anderes Problem. Die Umgebung verschwand nun völlig und glich einer Vielzahl tobender Wirbelstürme, wie man sie an turbulenten Tagen in den kargen Ödlanden fand. Blitze durchzuckten die tiefste Schwärze zwischen den Strudeln und Donnerschläge ließen den Schlitten erbeben, sodass es schwer wurde, sich in den Sitzen zu halten.

»Was – bei den Feuern von K'marr'Z'durr' – geschieht hier?!«, fluchte Pein Eppel und zerrte an den Zügeln der Zeitziege.

»Määäh! Ein Zeitkollaps! Finstere Magie zieht uns in den Warppudding!«‘

‚Die Ziege kann sprechen? Das hast du verschwiegen, kleiner Freund.‘

Schiel schmunzelt. Ein weiterer Pluspunkt für das Überraschungsmoment.

‚Es bestand gar keine Zeit mehr, die Worte der Ziege zu hinterfragen, als sich auch schon die Luft – oder worin auch immer wir uns gerade befanden – verfestigte und zu einer grünen wabernden Masse wurde. Wir steckten zweifellos fest.

»Du kannst sprechen?«, fragte Starvarius verblüfft, während Pein Eppel angewidert ein Stück der gallertartigen Masse wieder ausspuckte.

»Nur im Äääälter von 32 bis 33½. Däääs ist zufäääälligerweise … genäääu jetzt.«

Die Ananas hörte nicht zu und begnügte sich mit dem Gedanken, die Ewigkeit in der ungestörten Ruhe eines riesigen Puddings zu verbringen.

Pein Eppels Blick schweifte durch die merkwürdige Örtlichkeit und er bemerkte dabei noch viel seltsamere Gestalten, die scheinbar alle ebenfalls hier feststeckten: ein silbernes Auto, scheinbar zu anderen Zwecken umgebaut, ein riesiger Schmetterling, ein menschliches Wesen in einem rollenden Stuhl, der Prinz von Persien, ein Raubvogel mit faltiger Stirn und mehrere Tausend linke Socken. Starvarius zappelte und versuchte, sich durch ihr glibberiges Gefängnis hindurch an sein Schwert heranzuarbeiten.‘

Ein Räuspern durchdringt den unaufhaltsamen Sprachfluss der quasselnden Eule, sodass diese für einen Moment unterbrechen muss und fragend durch die neblige Scheibe schaut.

‚Er hat kein Schwert.'

‚Wie bitte?'

‚Starvarius. Er hat kein Schwert mehr. Die gurkanischen Wachen haben ihnen die Waffen am Eingang der Halle der Entwicklung abgenommen.'

Die Eule schnippt dem Artefakt zu.

‚Sie haben ... Sicher? Dann ... äh ...

Starvarius zappelte also und versuchte, sich aus der glibberigen Masse zu befreien – bis er feststellte, dass sein Vorhaben ausweglos war. »Und was machen wir nun?«, fragte er die Zeitziege verzweifelt und erntete dafür einen verwirrten Blick Pein Eppels, der sich ja längst mit der Situation abgefunden hatte.

»Määäh! Der Warppudding ist die Zweigstelle der Dimensionen. Wenn es einen Zeitstau gibt, sammeln sich die Zeitreisenden in dieser Ebene, bis sie auf ihrer ursprünglichen Route wieder grünes Licht haben.«

Die Ziege sprach wirr und gab keine richtige Antwort auf die Frage der Sternfrucht.

»Und was verursacht diesen Zeitstau?«

Irritiert meckerte die Ziege, die inzwischen zu einem strammen, stattlichen Geißbock geworden war, und versuchte, sich am Kinn zu kratzen, was ihr logischerweise nicht gelang. »Finstere Magie ... Merkwürdige Magie ...«

Magie!'

Schiel unterbricht ihre Ausführungen und lässt das Wort im Raum verklingen.

‚Wo ich schon mal hier bin ... Was ist das eigentlich genau – Magie?'

Ein Murmeln geht von dem weisen Spiegel aus, während das Wort durch die Halle hallt, sich an der Wand stößt und grummelnd in den Gängen verschwindet. Nur zögerlich ergreift er das Wort.

‚Eine schwierige Frage. In der Welt der Menschen war die Magie eine Erfindung der Schriftsteller und manchmal eine Ausrede für besondere Glücksfälle oder unerklärbare Eingriffe durch Kobolde, Geister oder niedere Gottheiten. Der Einfluss der Gottheiten auf die Welt der Sterblichen wurde allerdings durch den Interventionserlass aus dem Jahre 30 n. Chr.

unterbunden, da die zunehmende Bevorteilung eines menschlichen Zimmermannes durch den Gott Godaddwin drastische Auswirkungen auf die Menschheitsgeschichte hatte. Daher war die Welt vor eurer Welt noch recht rational und konstant.

In Süd Salatonien spinnen merkwürdige Mächte das Gewebe des Schicksals. Niedere Gottheiten wie Firus Firum, Barakka Kar und Beldadlik greifen nicht nur in die Welt ein, sie nehmen sogar eine Gestalt an und leben in ihr. Die große Zerstoßung hat Kräfte in der Welt freigesetzt, die das Grün heute noch sortieren muss. Mystische Wesen treiben in den unzivilisierten Gebieten ihr Unwesen und ja, manchmal kommt es sogar vor, dass Früchte zu besonderen Fähigkeiten kommen. Als der Himmel stürzte, zog er sich unzählige Schürf- und Kratzwunden zu. An diesen Stellen blieb ein Stück reinen Himmels auf der Erde an einem Felsen oder in einer Schlucht hängen. Kommt ein Salatonier dieser Kraft zu nahe, führt dies in der Regel zum sofortigen Tode – es kann aber auch zu sonderbaren Veränderungen führen. Viele in Süd Salatonien bekannte Helden, Schamanen, Hexer oder Geweihte hatten bewussten oder unbewussten Kontakt mit solchen Fragmenten. Wie sich das äußert, ist immer unterschiedlich.'

‚Oh ja!', fällt Schiel dem Spiegel ergänzend ins Wort. ‚Sehr unterschiedlich!'

Ein Lachen erklingt vom Spiegel. ‚Ich nehme an, deine Geschichte berichtet hier nicht zum letzten Mal von salatonischer Magie?'

Mit etwas Vorbehalt nickt der flaumige Ball und gespannt beginnt der Spiegel erneut, den Worten des Erzählerkauzes zu lauschen.

‚»Määährkwürdige Magie! Vielleicht ein Kampf zwischen zwei Hexern oder so was Ähnliches. Hat ein Loch in das Zeitgefüge gerissen, das erst gestopft werden muss. So lange hängen wir hier fest.«

Die Sternfrucht hasste nichts mehr, als handlungsunfähig auszuharren, bis die Dinge von selbst vorangingen. Pein Eppel jedoch war in diesem Augenblick absolut zufrieden mit der Situation.

Ein Donnerschlag! Dann wieder grelles Blitzen! Ein tosender Strudel riss ein Loch aus dem Pudding und den persischen Prinzen mit sich. Stück für Stück begann sich die wabbelige Substanz aufzulösen und die Zeit ihren gewohnten Gang zu gehen.

»Fääähsthalten! Es gäääht weiter!«, meckerte die Zeitziege und bäumte sich pferdegleich auf.

Der Strudel aus Zeitteilchen begann erneut, seinen Wirbel um die Reisenden zu ziehen, und die Umgebung fing an aufzuklaren, als die Ziege mit einem Mal ruckartig zum Stehen kam und sich verwirrt umschaute.

Pein Eppel und Starvarius fiel erst während des Betrachtens der Umgebung auf, was ihr Reittier zur Pause veranlasst hatte. Ein unendliches Meer aus Blut prägte die Landschaft und Bäume aus Tierknochen mit Blättern aus ledriger Haut ragten aus dem schrecklichen Ozean. Geister verstorbener Wesen fern jeglicher Vorstellungskraft schwirrten durchsichtig durch die Luft und am Horizont regnete es Feuer in jeder Blickrichtung. Berge so spitz wie Speerspitzen umkreisten das Land und bohrten sich in den schwarzen Himmel, an dem grüne Blitze zuckten. Inmitten der tosenden Fluten erhob sich eine furchteinflößende Festung aus messerscharfen, schwarzen Steinen aus den Wellen.

»Sieht einladend aus«, bemerkte Pein Eppel sarkastisch und legte sich zum Nickerchen zurück.

»Sieht aus, als hätten wir uns verlaufen«, kommentierte die Zeitziege und knüpfte an den Sarkasmus der Ananas an.

»Findest du allein in unsere Zeit zurück?« Die Sternfrucht schien sichtlich verzweifelt zu sein, wollte sie doch auf keinen Fall namenlos in einer fremden Dimension sterben.

»Dazu müsste ich mich orientieren. Das kann ich nur im Liegen. Wir müssten also einen Moment rasten.«

»Dann rasten wir! Dort drüben ist ein Balkon!«

Skeptisch blickte die Zeitziege zu Starvarius und sprach in überaus zynischem Unterton: »Määähag sein, dass der Zeitstrudel deinäääh Augen ruinieäääährt hat, aber diesäähr Ort ist nicht der gastfreundlichstäääh!«

Der Recke gebot Einhalt und richtete sich zu voller Größe auf. »Kein Feind lehrt Starvarius von Zaft das Fürchten! Auf, auf, tapferer Geißbock! Ich werde diesen Ort vom Bösen reinigen!«

Deutlich weniger zuversichtlich gab die Zeitziege ein hörbares Schlucken von sich und brach unwillig zu dem angsteinflößenden Bollwerk inmitten des Blutmeeres auf.

Unsanft setzte die Zeitziege auf dem Balkon des Schreckensschlosses auf und ließ den glänzenden Zeitschlitten, der inzwischen zu einem echten Luxusfahrzeug verjüngt worden war, scheppernd auf den Fliesen aufschlagen. Dabei wurde der schlafende Pein Eppel heraus und gegen eine massive Steintür geschleudert. Starvarius schwang sich elegant aus dem Sitz und tätschelte dem Geißbock den Kopf, woraufhin er finstere Ziegenblicke erntete. Obgleich keine Klinge mehr an seinem Gürtel baumelte, tat er so, als würde er eine ziehen und hielt seinen Arm vom Gewicht des imaginären Schwertes belastet zurück. Pein Eppel wurde von der Sternfrucht am Handgelenk gepackt und auf die Beine gezerrt, während sie zeitgleich die schwere Tür des Seitenturmes aus den Angeln trat und mit heroischer Stimme brüllte: »Böses, welches du hier an diesem Orte weilst, zeig uns deine hässliche Fratze!«

»N'Abend!«, ertönte es mit freundlicher Stimme von der Seite direkt neben ihnen und schreiend fuhr Pein Eppel zusammen, als er in ein riesiges Auge blickte.

Aus viel mehr als diesem Auge bestand die Kreatur auch nicht. Von dicken, pulsierenden Adern durchzogen, ruhte es auf einem runden Sattel, der auf einem Einrad befestigt war, und trug einen blauen Umhang mit gelben Sternchen, der mit einer goldenen Kordel knapp unter der Pupille verschnürt war. Zur Vollendung des Gesamtbildes wurde es von einem spitzen Zauberhut von gleicher Farbe und Muster gekrönt.

»Ungetüm!«, tobte Starvarius, von heldenhaftem Größenwahn übermannt, und versuchte, das Auge mit Fausthieben zu attackieren. Dabei rutschte er unglücklicherweise auf einem losen Stein aus und stolperte vorwärts in einen Kerzenständer, der just in diesem Moment umkippte. Er wurde zur Seite gerissen und fiel geradewegs in einen Wandteppich, dessen Halterung locker zu sein schien, und wurde unter diesem begraben.

»Setzt euch doch! Ich bekomme so selten Besuch«, sprach das Auge an Pein Eppel gewandt, wobei ihn der Vorfall mit Starvarius nicht sonderlich zu beeindrucken schien. »Ich bin Aye, Dritter des Zirkels, und ich …«

In jenem Moment befreite sich die Sternfrucht aus dem Wandteppich, ergriff eine nahe Fackel und stürzte erneut auf den Zauberer zu. Dabei verfing sie sich in einem Seil, das vorher mit ziemlicher Sicherheit noch nicht da hing, löste versehentlich den Kronleuchter von der Decke und sauste, da sie diesem kein Gegengewicht bieten konnte, in die Höhe. Am Boden zersplitterte dieser, sodass die Sternfrucht wieder hinabstürzte und kurz vor dem Boden verheddert in den Seilen hängen blieb.

Das Auge wandte sich seinem Angreifer zu und sprach in ruhigem Ton: »Ihr vergeudet Eure Zeit. Selbst wenn Ihr mich treffen würdet, so könntet Ihr mich nicht verletzen. Nicht an diesem Ort.« Scheinbar seine Gedanken sortierend radelte der Zauberer ein Stück den Gang hinunter und wandte sich dann an seine beiden Gäste: »Wie ich bereits sagte, mein Name ist Aye, Dritter des Zirkels und Herr dieser Feste ... nun ... zumindest dieses Turmes. Ich habe hier überaus selten Besuch ... nun ... eigentlich habe ich nie Besuch, weil dies eine Dachbodendimension ist. Ich beantworte euch die Frage schon mal, da ihr sie gewiss gleich stellen werdet: Jeder der 5849 Untergötter hat eine kuschelige kleine Dimension, die er nach seinen Wünschen gestalten kann. Zu diesen parallelen Welten gibt es keinen Zugang über Zeitrisse oder Sprünge im Raum-Zeit-Kontinuum. Nur Götter oder besonders talentierte Magier ...« Dies betonte er mit geschwellter Hornhaut. »... haben Zugang. Hierhin können sich die Gottheiten zurückziehen, wenn die übrigen Welten ihnen zu langweilig oder zu anstrengend werden.«‘

‚5849?‘, erklingt die fragende Stimme des Spiegels erneut im üblich-verwirrten Ton. ‚Süd Salatonien besitzt doch nur zwölfhundert Götter?!‘

Freudig klatscht Schiel in die Flügel und amüsiert sich über die Tatsache, etwas wahrhaftig zu wissen, was der Spiegel nicht weiß. ‚Richtig! Es gibt zwölfhundert salatonische Götter – ABER dazu kommen noch 4649 Gottheiten aus anderen Welten.‘

‚Das macht natürlich Sinn.‘

Ach ja? Lassen wir das mal so stehen ...

‚Pein Eppel und Starvarius zeigten sich noch verwirrter als vorher, denn Aye warf mehr Fragen auf, als er Antworten gab.

»Seid Ihr der Gott dieses Ortes?«, stellte die gefesselte Sternfrucht eine Frage, die zwar nicht meine erste gewesen wäre, aber definitiv unter meinen Top Ten stand.

Das Auge lachte und erst jetzt fiel auf, dass es gar keinen Mund oder Derartiges hatte, sondern auf eine merkwürdig andere Art sprach und auch hörte. »Nicht ganz, meine Herren. Dieser Dachboden gehörte Godaddwin, dem Gott der Menschen. Wir Magier des höchsten Ranges warten nur darauf, dass so eine Dimension frei wird. Hier hat man wahrhaftig seine Ruhe.«

Starvarius hatte sich inzwischen von seinen Fesseln freigezappelt und war mit einem dumpfen Geräusch auf dem Fußboden aufgeschlagen. Doch was ein richtiger Held war, befand sich schon Sekunden später wieder auf den Beinen – und so säuberte er sich mit lässigen Handschlägen von Dreck und Staub und näherte sich dem Zauberer.

»Warum gibt ein Gott seine Dachbodendimension auf? Wo ist Godaddwin?«

»Für diese Frage habe ich 23 Jahre gebraucht. Meine Forschungen haben ergeben, dass jeder Gott einen Aspekt seiner Welt vertritt. Flotanja waltet über die Pflanzen des Mataj, Firus Firum über die Feuer der Erde und so weiter. So war Godaddwin der Gott der Menschen, einer Rasse, die vor mehreren Jahrtausenden ausgestorben ist. Dadurch hat er seinen Aufgabenbereich und damit seine Existenzberechtigung verloren und wurde entlassen.«

Daraufhin schwieg Aye für einen Augenblick und schritt an der mit verschränkten Armen an der Wand lehnenden Ananas und Starvarius vorbei. Er trat durch das nun unwiderruflich geöffnete Tor auf den Balkon, ging an der Zeitziege vorüber, die er kurz mit einem einzigen interessierten Blick würdigte, und blickte auf das tobende Meer aus Blut.

»Es sah hier nicht immer so aus. Ich musste ein paar Chaosgnome und Unheilsteufelchen vertreiben, die hier reichlich Schaden angerichtet hatten. Aber alles in allem ziehe ich diesen Ort meiner Heimat vor.«

Der Dritte des Zirkels wandte sich wieder seinen Gästen zu und schüttelte irritiert das Auge.

»Verzeiht, dass ich euch mit diesen Dingen belästige. Ich wohne seit unzähligen Jahrhunderten alleine hier … na ja, bis auf die anderen drei. Und ich bin Unterhaltungen nicht gewohnt. Wer seid ihr eigentlich und welche mächtige Magie beherrscht ihr, dass sie euch den Zugang zu diesem Dachboden gewährte?«

Wie immer trat die Sternfrucht vor. Pein Eppel hatte bis jetzt erfolgreich jede Unterhaltung gemieden und meisterte auch diese.

»Das ist mein Gefährte Pein Eppel und mein Name ist Starvarius von Zaft. Wir stammen aus Süd Salatonien und sind in einer wichtigen Mission unterwegs. Man hat uns diese Zeitziege hier mitgegeben, um unser Ziel noch rechtzeitig zu erreichen, doch … irgendetwas hat uns wohl aus dem Zeitstrudel gezogen und hierher gebracht.«

Die Sternfrucht wartete darauf, dass der Geißbock irgendwelche Ergänzungen hinzufügte, doch offenbar war dieser, um sich die Beine zu vertreten, so lange auf der Stelle getrampelt, dass er nicht mehr älter als vielleicht 28 sein konnte und die Unterhaltung lediglich mit einem ausdrucksarmen »Määäh!« kommentierte.

»Nun … wir müssen dringend in unsere Dimension zurück. Könntet Ihr uns behilflich sein?«

Das Auge senkte grübelnd den Blick und radelte auf dem Balkon hin und her, während die Blutwellen im Hintergrund gegen die Festungsmauer brandeten.

»Ich kann euch helfen – doch ein Auge wäscht das andere. Es gibt hier eine Sache, die ich – trotz meiner unantastbaren Allmacht und Meisterschaft der höchsten Magie – nicht selbst erledigen kann.«

Da war er wieder, der übliche Haken im Leben der beiden Früchte. Pein Eppel warf sich auf den Boden und fing an zu weinen.

»Was hat er denn?«, fragte das allsehende Auge unwissend.

Starvarius winkte ab: »Nicht so wichtig. Was ist Eure Bedingung?«

»Nun …«, druckste Aye um die Forderung herum. »Wie gesagt, Dachbodendimensionen sind sehr beliebt und unglücklicherweise haben sich vier Magier unabhängig voneinander in den vier Türmen dieser Festung ausgebreitet. Ich möchte, dass ihr die anderen Magier überredet, mein Reich zu verlassen, damit ich meine Studien ohne diese ständigen Zwiste führen kann.«

Für einen Augenblick haderte die Sternfrucht damit, sich ohne Kenntnis der Gegenseite in diesen Konflikt einzumischen, erklärte sich dann jedoch in Ermangelung sinnvoller Alternativen dazu bereit.

»Geht den Gang hinunter und dann die dritte Tür rechts! Lasst euch von Griffin eine Truppe zusammenstellen und brecht auf zum Südturm! Ich bitte euch, friedlich zu verhandeln – doch höchstwahrscheinlich werden euch sowohl einige Höllenwesen, die sich hier noch tummeln, als auch die Wachen Mykos' die Passage verweigern. Ihr braucht also meine Männer. Nun geht, während ich eure Heimkehr vorbereite!«

Gehorsam verneigte sich Starvarius und wandte sich um, als das Auge sich ihm noch ein letztes Mal in den Weg stellte. »Nehmt das hier als Zeichen meiner Gunst!«

Aus heiterem Himmel plumpste ein Schwert von der Decke und landete vor den Füßen der Sternfrucht, womit auch die Frage beantwortet wäre, wie der Magier wohl jemandem etwas ohne den Einsatz von Händen überreichen wollte.

»Es ist eine Schicksalsklinge. Sie ist aus Bestimmung, göttlichem Eingriff und ein wenig Glück geschmiedet. Ihr könnt sie sicher gebrauchen.«

Dieses Ereignis passte gut, war dem Recken doch gerade Tjals Langschwert abhanden gekommen. Und selbst wenn Aye auch eine Waffe für die Ananas gehabt hätte, so war diese bereits längst außer Sichtweite. So verabschiedete sich die Sternfrucht und eilte ihrem Herrn hinterher.

»Und was tut Ihr hier? Gehört Ihr auch zu denen?« Ich erstarrte vor Überraschung, als sich das Auge zum Geländer des Balkons wandte und mich direkt ansprach.

»Ihr … äh … Ich war der Jahrgangsbeste in der Abschlussprüfung in Unauffälligkeit! Wie …?«

»Zweifelt nicht an Euren Fähigkeiten!«, sprach das Auge tröstend. »Ich bin ein Auge. Genau hingucken ist mein Beruf. Und wer seid Ihr nun?«

»Schiel ist mein Name«, antwortete ich zögerlich. »Ich bin ein Erzählerkauz aus der Gattung der Kampfnickeulen Süd Salatoniens. Meine Aufgabe ist es, Abenteurer heimlich zu verfolgen und ihre Geschichten für die Nachwelt festzuhalten.«

»Die zwei da sind echte Abenteurer?«

»Ja und nein. Ist eine lange Geschichte.«

»Ach so … Na, dann seid Ihr ja einer echten Schlagzeile auf den Versen, wenn Euch die beiden in eine Götterdimension gelotst haben.«

»Ich kann mich über mein Material nicht beklagen, doch dürfte ich Euch, wo wir ja gerade einen Augenblick Zeit haben, eine Frage stellen?«

Das Auge nickte begierig mit dem Zauberhut. »Gewiss doch. Ist ja nicht gerade so, dass die Presse hier täglich vor der Tür steht.«

Wir beide lachten für einen Augenblick herzhaft, ehe ich ihm meine kribbelndste Frage offenbarte.

»Ihr seid also Meister Aye, Dritter des Zirkels, und wohnt in der Godaddwin-Dachbodendimension. Welche Art der Magie praktiziert Ihr?«

Als hätte das Auge seit Jahrhunderten auf diese Frage gewartet, rollte es vor Freude wild im Kreis um die Eule herum und vollführte sogar einige Kunststücke auf dem Rad.

»Eine vortreffliche Frage! Die gewöhnlichen Zaubertricks wie *Dinge schweben lassen* oder *Feuerbälle schleudern*, die kann jeder. Die wahrlich meisterlichen Magier spezialisieren sich auf eine der EXTRAORDINÄREN Magieschulen!« Ayes Umhang flatterte majestätisch, als er das vorletzte Wort in Großbuchstaben sprach. »Zu meinem Pech sind die anderen drei Nebenbuhler ebenfalls Meister der außerordentlichen Magie. Einen dieser lächerlichen Feuermagier hätte ich ja bereits vor einem Jahrzehnt durch das Dachfenster gezaubert.«

Danach folgten nur noch ein paar Flüche und Schimpfwörter. Ich wartete ab, ehe ich zaghaft zu fragen wagte, welche Magieschule er denn nun gemeistert hatte.

»Ah, richtig! Nun, meine Kunst ist die hohe Schule der Schicksalsmagie. Ich beeinflusse Pech und Glück, manipuliere Kleinigkeiten und beuge das Schicksal, um das gewünschte Ergebnis zu erzielen. Nehmt zum Beispiel euren ›Helden‹, diese Sternfrucht. Ein lockerer Stein hier, ein Kronleuchter da und – voilá! Das war mein Werk!«

»Unmöglich!«

»Doch! Seht her!«

Das Auge fuhr über einen flachen Stein und legte dann rasch den Rückwärtsgang ein. Das Steinchen flutschte unter dem Reifen hinweg und sauste durch die Luft, ditschte gegen eine Lampe, prallte mehrere Male zwischen den Wänden hin und her und verschwand im Treppenhaus. Wenige Augenblicke später kam der Stein aus einem der oberen Fenster des Nordturmes wieder zum Vorschein, prallte gegen die Spitze des Südturmes, taumelte die Dachrinne entlang, hüpfte am Westturm wieder hinab und kam mit einer Ecke haargenau auf der Spitze des Zauberhutes des Schicksalsmagiers zum Stehen.

Ich applaudierte selbstverständlich großzügig. »Eine wirklich zauberhafte Vorstellung!«

»Ich bin zufrieden, wenn mein Publikum zufrieden ist. Doch nun solltet Ihr aufbrechen, Schiel, sonst verpasst Ihr noch die Kampfszene.«

Tatsächlich hörte ich gerade, wie Starvarius und ein wenig auch Pein Eppel mit einer Horde komischer Wesen den Gang in Richtung Südturm entlangmarschierten. Ich bedankte mich noch einmal im Namen meiner Leser und Zuhörer für die Informationen und machte mich auf den Weg, um wieder in den Hintergrund zu treten.‘

‚Stört dich das nicht?‘, unterbricht der Spiegel aus persönlichem Interesse. ‚Du jagst monatelang einer Geschichte hinterher und trittst so gut wie nie in Erscheinung.‘

Schiel zuckt mit den Schultern und lässt den Kopf nachdenklich hin und her wackeln. ‚Hmmmmm … nnnnnnein. Eigentlich nicht. Es ist schließlich der Zweck, für den ich geboren wurde – und was ist schon ein Lebewesen, das wider seine Natur handelt?‘

‚So kann man es auch sehen …‘, kommentiert der Spiegel die strittige These diplomatisch neutral und weicht gefügig in die Rolle des Zuhörers zurück.

‚Als ich keuchend in den Südwestflur gelangte, war bereits ein unbeschreibliches Schauspiel im Gange. Starvarius focht mit gezogener Schicksalsklinge inmitten eines Monstergetümmels und war zugleich darauf bedacht, Pein Eppel zu schützen, der sich freudig zwischen die Fronten warf. In einem epischen Kampf zweier Meistermagier um die Götterdimension Godaddwins zu fallen, stand auf der offiziellen Ananas-Todespunkteskala noch vor *Mit-dem-Krautschopf-in-einen-rotierenden-Ventilator-Geraten* und *Von-einem-handelsüblichen-Haushaltstoaster-gebraten-Werden.*

Die Kreaturen, welche die beiden Früchte im Kampf unterstützten, entsprachen dem, was man von einem Magier, dessen Stärke es war, in Details zu denken, erwartete. Jedes einzelne Wesen war bis in die letzte Kleinigkeit entwickelt worden und demzufolge nicht allzu groß. Dies kompensierten sie jedoch ohne Weiteres durch technisches Geschick. Eine Horde von klingenbewährten Miniaturungeheuern huschte durch die Szenerie, sprang zwischen den Steinwänden hin und her und versuchte, den Feind durch präzise und gut überdachte Handlungen zu dezimieren.

Auf der Seite der Feinde ergoss sich ein Schwall aus unbeschreiblichen Wesen in den Tunnel. *Unbeschreiblich* ist hierbei kein Wort, das ausdrücken soll, wie ungewöhnlich sie waren. Diese Kreaturen waren tatsächlich *unbeschreiblich.* Sie behielten nie länger als drei Sekunden dieselbe Form und wechselten ihre Gestalt zwischen den beeindruckendsten Extremen. In einem Moment stand ein blutrünstiger Gigant vor Starvarius und versuchte, ihn mit seinen Hammerfäusten zu zermalmen, und im nächsten Augenblick befand sich ein bunter Kobold an seinem Platz und trickste die Sternfrucht durch seine Schnelligkeit aus. Zu allem Überfluss traten schon nach kurzer Zeit die von Aye erwähnten Chaosgnome auf den Plan und begannen, mit brennenden Teerbechern sowohl nach der einen als auch nach der anderen Partei zu werfen. In jenem Moment wusste ich wieder, warum ich Beobachter geworden war.

Der Gang zwischen den beiden Türmen, in dem die Schlacht stattfand, befand sich nicht direkt in der Festung, sondern führte an der äußeren Mauer entlang. Zwar war er nach oben hin durch ein Dach geschützt, nach außen allerdings nur durch wenige grotesk verzierte Säulen begrenzt. So fluteten immer wieder Wogen einer brandenden Blutwelle das Schlachtfeld oder ein grünlicher Blitz zerschmetterte willkürlich eine der Kreaturen. So ausgeglichen dieser Kampf auch zu sein schien, verlagerte er sich dennoch mehr und mehr in Richtung des Südturmes. Die Wendung brachte jedoch merkwürdigerweise nicht Starvarius, der zwar tapfer Hieb um Hieb gegen die Wunderlinge setzte, jedoch keinen einzigen von ihnen traf. Nein, ausschlaggebend war eine andere Figur auf dem Feld. Pein Eppel, der inzwischen fast frustriert versuchte, gefährliche Verletzungen zu erhaschen, sprang panisch und absolut unberechenbar zwischen den Kämpfenden hin und her. Die Veränderungsgeschöpfe waren an die Berechnung ihrer Feinde angepasst und mit der Situation einer willkürlich um sich schlagenden Ananas völlig überfordert. Monster um Monster stürzte von der Brüstung. Eines versuchte, sich zum Schutz in eine Wasserpfütze zu verwandeln, in die Pein schnurstracks hineinhüpfte. Ein anderes tarnte sich als Spiegel und zersplitterte, als der Verwirrte rückwärts durch ihn hindurchfiel. Wiederum ein anderes hielt sich für besonders geschickt und verwandelte sich gar in Starvarius selbst, doch auch diesen warf die Ananas ohne Rücksicht in die tosenden Fluten.

Starvarius – der echte Starvarius – schaute seinem Herrn verwirrt hinterher und beschloss, diesem durch die geschlagene Schneise zu folgen. Mit dem Kopf voran stolperte die Ananas durch die Pforte des Südturmes und stürzte bewusstlos zu Boden – zu seinem Glück, denn der Anblick des dahinter liegenden Saales hätte dem labilen Choleriker vermutlich den letzten Nerv geraubt. Die Sternfrucht, die direkt hinter ihm den Torbogen passierte, fand sich in einem Raum wieder, der vollständig mit flüssiger Luft gefüllt war. Dafür hatte dieser allerdings keinen Boden. Die Wände bestanden aus halb gasförmigem Stein und änderten immer wieder ihre Form und Farbe. In der Mitte des »Beckens«, von glitzernden Kugeln aus buntem Licht umgeben, befand sich scheinbar der gesuchte Magier. Nur einen Augenblick lang versuchte ich, seine Gestalt zu erfassen, doch ich musste sofort unter grausigen Schmerzen meinen Blick abwenden. Was auch immer dieses Ding jemals gewesen war oder zu welchem Volk es gehörte, nun war es vollständig von seiner Magie verzerrt und verzehrt worden. Es war die manifestierte Veränderung selbst und schaute man es an, so erblickte man alle Dinge des Universums zugleich.

»Was wollt ihr hier?« Die Stimme Mykos' war nicht weniger unerträglich als sein Anblick und so hallten die Facetten von allen nur denkbaren Tönen in mir wider. Starvarius verkraftete die Situation mit immenser Willensstärke und versuchte, dem korrumpierten Magier zu antworten, auch wenn er ebenfalls nicht in der Lage war, diesem ins skurrile Antlitz zu blicken.

»Dies ist mein Herr, Pein Eppel, und ich bin Starvarius von Zaft. Im

Namen des Magiers vom westlichen Turm bitten wir Euch, Mykos, diesen Ort zu verlassen!«

Mühsam musste die Sternfrucht gegen eine Geräuschkulisse anschreien, die wie ein Sturm aus Tönen und Melodien wirkte.

»Niemals!«, donnerte die gewaltige Stimme Mykos' durch die ganze Dimension und ließ die im Moment flüssigen Wände bröckeln.

Die Kreaturen des Aye wichen in Furcht vor der Pforte zurück. Von ihren Angreifern abgewandt, stürmten nun die Heerscharen der Veränderung in den Saal und umzingelten die unfreiwilligen Diplomaten. Schnell wurde klar, dass Verhandlungen hier sinnlos waren. Also packte die Sternfrucht ihren bewusstlosen Meister wie gewohnt am Arm und schlug sich mit blitzender Schneide durch die wabernde Luft bis zum Tor des südöstlichen Ganges.

Hektisch warf Starvarius die Ananas durch die geöffnete Pforte und verriegelte diese so rasch wie möglich hinter sich, um ihre Verfolger zumindest für den Augenblick abzuwimmeln. Erneut befanden sich die beiden Recken auf der Außenseite der Festung in einem Gang, der sich bis zum Ostturm erstreckte. Doch nun war die Situation eine andere: Die Armee, die Aye ihnen zur Verfügung gestellt hatte, stand nicht mehr hinter ihnen. Zur Verwunderung der Sternfrucht war der Zugang des Ostturmes allerdings auch völlig unbewacht.

Klagend erhob sich Pein aus einem weiteren seiner unzähligen Ohnmachtsanfälle und blickte sich desinteressiert um. »Haben wir gewonnen?«, fragte er, merkwürdigerweise mit einem gewissen Interesse, doch Starvarius nahm ihn nur am Handgelenk und schritt zielstrebig auf den nächsten Turm zu – in der Hoffnung, dass dieser Magier etwas kooperativer sein würde. Da sein Leibwächter mehr aus Eile denn aus Unfreundlichkeit keine Antwort gab, entschloss sich das Suizidobst, auch keine weiteren Fragen zu stellen.

»Wo ist der Haken?«, murmelte Starvarius, als sie sich dem scheinbar gänzlich unverteidigten Ostturm näherten. Mit jedem Schritt kamen sie näher … und näher … und näääääher … und hielten an. Verwirrt blickte Pein Eppel um sich und auch die Sternfrucht verharrte auf der Stelle.

»Was zum …?« Mit aller Kraft versuchte die Ananas, einen Schritt nach vorne zu machen, doch seine Bewegung war hundertfach langsamer als gewöhnlich.

Auch Starvarius versuchte sich zu rühren und während die Wolken am von Blitzen durchzuckten Himmel ihre gewohnten Bahnen zogen und das tobende Blutmeer im immer gleichen Takt gegen die Festungsklippen brandete, bewegte er sich gerade wie in Zeitlupe. Mühsam kämpfte er gegen die mysteriöse Kraft an und schaffte auch noch einige Schritte, bis er völlig erstarrte.

Als wäre dies nicht schon merkwürdig genug, brachte ihn jeder Schritt, den er nun versuchte, einen Schritt zurück. Ein seltsamer Anblick war dies schon, denn immer wieder bahnte sich der unnachgiebige Recke mühsam seinen Weg bis zu einer scheinbar unsichtbaren Grenze und ging den gleichen Weg in zügigem Tempo zurück.

»Verflucht!«, schimpfte der heroische Recke zum scheinbar ersten Mal in seinem Leben.

Pein Eppel war diese Situation mehr als egal und während Starvarius noch kämpfte, wandte er sich ab und versuchte, zurück zu einem Teil dieses Ganges zu gelangen, an dem die Naturgesetze nach seinem ignoranten Weltbild arbeiteten. Die Verhältnisse hier hatten allerdings auch ihn fest im Griff und so brachte ihn jeder Schritt, den er in Richtung Südturm tat, näher zum Ostturm. Die noch immer hartnäckig gegen die Zustände kämpfende Sternfrucht staunte nicht schlecht, als die frustrierte Ananas ohne größere Probleme rückwärts an ihr vorbeischlenderte und immer näher an ihr Ziel herankam.

Als lebendiges Wesen und Teil meiner eigenen Erzählung blieb ich natürlich von den Gesetzen dieses Ortes ebenso wenig verschont und befand mich schon seit mehreren Minuten in erstarrtem Sinkflug in der Luft. Der Anblick Pein Eppels brachte mich auf eine absurde, vielleicht aber auch geniale Idee und so versuchte auch ich, mich abzuwenden und zurück zum Südturm zu fliegen. Zuverlässig hielten die Gesetze dieses Ortes mich von meinem Vorhaben ab und trieben mich gegen die Zeit zielstrebig Richtung Ostturm.

Auch Starvarius durchschaute den Trick rasch und schlussendlich bewegten die beiden sich nun rückwärts auf die Eingangstore des dritten Turmes zu. Die Ananas stieß zuerst mit dem Rücken gegen die massive Steinpforte und versuchte, diese zu öffnen, wo er ja schon mal hier war. Der Griff nach der Türklinke erwies sich jedoch als wenig erfolgreich. Immer wenn er nach ihr fassen wollte, bewegte sich sein Arm nach der Hälfte der Strecke wieder in die Ausgangsposition zurück. Als auch Starvarius an diesem Versuch scheiterte, begannen ihm die Regeln dieses Ortes langsam bewusst zu werden. Gleichgültig wandte er sich ab und versuchte, die Tür hinter sich zu schließen – und siehe da! Seine Hand ergriff die rostige Klinke und öffnete ihnen den Weg in das Innere des dritten Saals.

Kaum hatten die zwei den Torbogen passiert, normalisierten sich die Verhältnisse wieder und die Kontrolle über ihre Körper kehrte zurück. Auf den ersten Blick schien auch in diesem Saal alles ganz gewöhnlich zu sein. Wie im Westturm auf der anderen Seite, so ähnelte die Halle dem Inneren eines mittelalterlichen Gemäuers wie der Träumenden Festung, und verzierte Säulen und Wandteppiche schmückten die Wände aus kargem Stein.

»Hallo, Freunde!«, keuchte eine krächzige, raue Stimme den beiden entgegen.

Auf einer großen Sanduhr in der Mitte des Raumes erblickten sie eine Gestalt von durchschnittlicher Fruchtgröße, die in lange Gewänder gehüllt war. Bei näherer Betrachtung ließ sich erkennen, dass sich unter den zotteligen grauen Haaren und dem wuscheligen langen Bart ein uraltes Aufsichtsschleichmännchen befand.‘

‚Ein Aufsichtsschleichmännchen?‘, stutzt der Spiegel verwundert und vor Erstaunen zeichnet sich das gängige Bild eines Aufsichtsschleichmännchens im Nebel hinter seiner Scheibe ab.

‚Genau so eins!‘, antwortet die kleine Eule und deutet mit der Flügelspitze auf das trübe Spiegelglas.

‚Flunkerst du mich etwa an, kleiner Freund? Diese Kreaturen sind in unserer Welt doch nur dümmliche Nager. Nach zahlreichen missglückten Experimenten ist es einem Gurkaner mal gelungen, einem die rudimentären Grundsätze der Mathematik beizubringen, aber für Magie scheinen mir diese Wesen absolut unempfänglich.‘

Zögerlich versucht die Kampfnickeule, eine Antwort zu geben. „Nun … dann will ich diesen Teil mal vorwegnehmen …

Nachdem Starvarius und Pein Eppel den Turm nämlich schon wieder verlassen hatten, blieb ich noch eine Weile dort und unterhielt mich mit Bgchrhtsfff, dem uralten Aufsichtsschleichmännchen. Dabei erklärte er mir, dass ihre Rasse wohl aus unserer Dimension, aber nicht aus Süd Salatonien stammte. Ihre Zivilisation war hoch entwickelt und verfügte über die Technologie, andere Planeten zu bereisen. Eines Tages brach auf ihrem Heimatplaneten Teflon ein riesiger Unabhängigkeitskrieg gegen den Überwachungsstaat der Rassismusgnome aus. Allerdings verlor ihr Volk diesen Krieg. Also hat sich ihre Bevölkerung in die unterschiedlichsten Welten geflüchtet und dort als einheimische Tierarten getarnt. Da der galaktische Rat der Rassismusgnome heute noch nach ihnen sucht, haben sie sich dazu entschieden, unerkannt zu bleiben. Die meisten von ihnen haben sich irgendwann mit ihrer Rolle abgefunden und sind verwildert, bis sie tatsächlich nicht mehr als gewöhnliche Nagetiere waren. Bgchrhtsfff jedoch gehörte zu den Bewahrern ihrer Kultur.

Als Pein Eppel den tattrigen Magier erblickte, beschloss er unberechenbarerweise selbst, die Initiative zu ergreifen. Verhandlungen waren hier doch sowieso sinnlos. Er riss also seiner Leibwache das Schicksalsschwert aus der Hand und rannte fanatisch brüllend auf den Zauberer zu. Die intakt aussehenden Bodenplatten wurden jedoch entgegen aller Wahrscheinlichkeit alt und rostig und brachen unter jedem seiner Schritte ein Stück ein. Die Ananas störte sich aber nicht an diesem Hindernis und erreichte die große Sanduhr hinkend, als das offensichtlich neue Parkett im Umkreis des Magiers nun auf einmal morsch wurde und seinen Tritten nachgab. Pein ließ sich immer noch nicht aufhalten und preschte auf das Stahlgerüst zu, das sich um die Sanduhr nach oben wand. Doch auch der edle Stahl, der wie frisch von Radieschenhand geschmiedet schien, rostete innerhalb eines Augenblicks an allen möglichen Stellen vollständig durch und nur der Zufall gestattete es ihm, tatsächlich bis ganz nach oben zu gelangen. Noch vor dem ersten Hieb rostete ihm allerdings das Schicksalsschwert in der Hand, sein Gebrüll verstummte in einem röchelnden Krächzen, sein Körper wurde runzlig und klapprig und ihm wuchs ein langer weißer Bart.

»Entschuldigt, dass es so weit kommen musste!«, keuchte das Aufsichtsschleichmännchen und schlenderte an dem uralten Pein Eppel vorbei, die Stahltreppe hinunter und über das Parkett, die sich beide nun wieder in tadellosem Zustand befanden.

»Warum besucht ihr mich, junges Obst?«, fragte der Magier, nachdem er kurz vor Starvarius zum Stehen gekommen war und ihn aus nächster Nähe mit zusammengekniffenen Augen musterte.

»Wir sind Pein Eppel und Starvarius von Zaft aus Süd Salatonien. Wir kommen im Auftrag des Westmagiers und möchten Euch bitten, diese Dimension friedlich zu verlassen.«

Das alte Aufsichtsschleichmännchen lachte auf, wandte sich ab und ging einige Schritte in Richtung des großen Mosaikfensters. Dies gewährte einen erschreckenden Ausblick gen Osten. Als er sich wieder der Sternfrucht zuwandte, war sein Äußeres verjüngt und jedes Anzeichen des Alters verschwunden. »Seit Jahrzehnten leben wir auf einem Waldplaneten und tarnen uns als Tiere! Welch Schmach für einen Magier! Ich habe hart um diesen Ort gekämpft und ich werde ihn nicht aufgeben! Den Weg zum Nordturm könnt ihr euch sparen. Auch Gors und Naks Verständnis wird sich an eurer Bitte erschöpfen! Ihr mischt euch in einen viele Jahrzehnte währenden Krieg ein, Unwissende! Nun GEHT!«

Mit einem Wink fegte er Starvarius und Pein Eppel aus dem Saal. Die beiden purzelten durch die Pforte nach Norden, die sich hinter ihnen wieder verriegelte.

Vorsichtig näherte ich mich dem mächtigen Magier, der nun wieder seine gealterte Form gewählt hatte und zurück zu seiner Sanduhr marschierte. Seine Wut schien zu meinem Glück – man schiebe es auf eine solide Aggressionsbewältigungstherapie oder fortschreitenden Alzheimer – bereits erloschen und so begegnete mir der Magier wohlgesonnen. Dies hatten übrigens in der Regel die meisten Magier, denen ich je begegnet war, gemeinsam. Er erzählte mir die Geschichte, die ich gerade an Euch weitergegeben habe, und berichtete mir von seiner magischen Schule.

Wie Ihr wahrscheinlich schon bemerkt habt, war der Bewohner des Ostturmes der Herr der Zeit. Obwohl es scheinbar ihm zu verdanken war, dass wir uns an diesem Ort befanden, verfügte er leider nicht über die Fähigkeit, uns zurückzubringen. Ohne Angabe von Gründen, die, ich zitiere: »… meinen beschränkten Geist in ihrer überfordernden Qualität gesprengt hätten«.

Dankend verließ ich nun den dritten Magier und folgte meinen beiden Protagonisten auf ihrem Weg zum letzten der vier Türme – in der Hoffnung auf mehr Glück.

Der vor ihnen liegende Weg schien noch merkwürdiger als ihre bisherige Route. Das Tor des letzten Turmes war nicht nur unverteidigt, es stand sogar offen! Und auch als die beiden Recken sich ihm zögerlich näherten, zeigte sich kein Zeichen von Gefahr oder einer Art Falle.

Die beiden traten ein und blickten sich verwirrt in der Dunkelheit um. Donnernd näherte sich der Bewohner des riesigen Saales mit mächtigen Schritten und aussichtslos griff Starvarius nach seinem Schwert, um festzustellen, dass auch dies dem schier absurden Zwangspazifismus dieser Geschichte anheimgefallen war.

Das Innere des vierten Turmes war weniger ein Saal als vielmehr eine Höhle. Kahle Steinwände und karger Felsboden wurden spärlich von ein paar Fackeln beleuchtet und aus dem Dunkel der hinteren Gewölbe schob sich träge ein gigantisches Mischwesen. Das Hinterteil der Kreatur sah aus wie der eines Fisches mit wulstigen Beinen und ging fließend in den majestätischen Vorderkörper einer Wildkatze mit grazilen Pranken über. Aus jenem wiederum ragten die langen schuppigen Hälse zweier Schlangen mit einem bläulich und einem rötlich schimmernden Echsenkopf darauf.

»Willkommen!«

»Ähm … ja, genau. Willkommen!«, begrüßten die beiden Köpfe ihre unerwarteten Besucher mit Stimmen, die unterschiedlicher nicht hätten sein können.

»Mein Name ist Gor, Herr von links.«

»Und mein Name ist Nak, Meister von rechts.«

Die Ananas schlug sich die Hand vor die Stirn. Dieser Ort hatte Süd Salatonien gerade vom ersten Platz der Orte, an denen er nicht sein wollte, verdrängt. Konnten sie denn nicht einmal in ein Land, eine Zeit oder Dimension verschlagen werden, in der es aus einem grauen Meer ewiger Ruhe kein Entkommen gab? Doch wieder war er in der Realität gefangen und erneut trat sein Wächter vor und versuchte, mit diesem Wesen Kontakt aufzunehmen.

»Dies ist Pein Eppel, mein Herr. Und ich bin Starvarius von Zaft.« Inzwischen wirkten diese Worte lieblos heruntergeleiert. »Wir kommen vom Magier des Westens und möchten euch bitten, diese Dimension zu verlassen.«

»Verlassen?«, sprach der eine.

»Warum sollten wir das tun?«, fragte der andere.

»Um diesem sinnlosen Krieg ein Ende zu setzen!«, flehte Starvarius die Kreatur an.

Demonstrativ blickten die beiden Köpfe an ihrem Körper herunter und schauten den Leibwächter daraufhin vorwurfsvoll an.

»Dieser Krieg ist ein geringer Preis …«

»… für das Gefühl, nicht mehr gejagt zu werden.«

»Wir haben viele Welten besucht …«

»… doch in keiner ist Platz für uns.«

»Nein, wir können nicht von hier weg!«

Den letzten Satz sprachen die beiden Köpfe gemeinsam und schlugen dabei einen melancholischen Ton an.

Die Sternfrucht verstand die Misere der beiden Magier und senkte ebenfalls das Haupt bei dem Gedanken, mit schlechten Nachrichten zu Aye zurückkehren zu müssen.

»So wird dieser Kampf wohl ewig dauern …«, seufzte Starvarius und wandte sich auch von diesem Bewohner der Festung ab.

»Tja, das war's dann wohl«, bemerkte Pein Eppel treffend und ging in Richtung Nordwesttor, um Aye freudig die schlechte Nachricht zu überbringen.

Auch an dieser Stelle wollte ich mir die Unterhaltung mit dem Herrn des Hauses nicht entgehen lassen und schwirrte wild um die beiden Echsen herum, um auf mich aufmerksam zu machen. Wie sie bereits gesagt hatten, waren sie durch viele Welten gereist und in jeder verstoßen oder verachtet, aber immer gefürchtet worden. Sie erinnerten sich beide nicht mehr daran, auf welchem Planeten oder in welcher Dimension sie damals geboren worden waren, doch waren sie sich sicher, schon von Natur aus über ihre magischen Kräfte verfügt zu haben. Diese stellten sich als ganz besonders faszinierend heraus. Passt gut auf!

Gor war Großmeister der Nullmagie. Dies war eine Form von mysteriöser Zauberei, die jegliche magische oder göttliche Kraft in der Umgebung neutralisierte. Gegen nicht-magische Wesen selbstverständlich völlig wirkungslos. Ähnlich verhielt es sich mit der Profession des Magiers Nak. Seine Fähigkeit war die Antimagie, eine Schule der magischen Künste, die jede existierende Magieform ins Gegenteil verkehrte. Beide konnten mit ihren Künsten die Mächte der anderen Magier der Festung neutralisieren und so für Frieden in ihrem Teil der Dimension sorgen. Doch weihten sie mich exklusiv auch in den besonderen Fall ein, in dem sie gezwungen wären, ihre Kräfte gleichzeitig wirken zu lassen. Denn dann löschte Gor jegliche Magie vollständig aus, woraufhin Nak die nicht vorhandene Magie ins Gegenteil kehrte und einen Zustand der totalen Magie und der absoluten Macht erzeugte. Ein Zustand, der so unkontrollierbar wäre, dass sie ihn zum Wohle des Universums noch nie herbeirufen mussten.

Ich wusste nicht genau, was das zu bedeuten hatte, aber es hörte sich nach einer überflüssigen Menge an Special Effects an, sodass ich von einer Demonstration absah, und so verließ ich die beiden … den einen …

was auch immer … dankend und bereitete mich auf die Rückkehr zum Schicksalsturm vor.

Die Truppen des Schicksalsmagiers warteten bereits in Reih und Glied vor der Pforte ihres Herrn und geleiteten die beiden Besucher in die Halle des Auges. Dieser bemerkte scheinbar schon am Gesichtsausdruck der Rückkehrer, dass ihre Aufgabe nicht erfolgreich verlaufen war.

»Hat wenigstens einer eingewilligt?«, fragte er die Sternfrucht zögerlich, doch Starvarius musste dies mit einem Kopfschütteln verneinen. »Hmm … Nun gut. Ich schicke euch trotzdem zurück. Nehmt die nächste T…«

Ein Beben ließ die Festung erzittern und Trümmerteile stürzten von der Decke des Westturmes herab.

»Verdammte Paktbrecher! Jeder bleibt in seinem Turm, hieß es! Kommt und kämpft, dann bringe ich euch nach Hause!«, befahl der Augenmagier harsch und wandte sich mit flatterndem Sternenumhang ab.

Starvarius folgte ihm sofort und zog Pein Eppel routiniert hinter sich her.

Ihr Weg führte sie durch einen Seitengang zum Zentrum der dunklen Festung. Dabei passierten sie glücklicherweise noch einmal Ayes Waffenkammer, in der sich die Sternfrucht rasch eine Klinge griff und auch Pein eine in die Hand drückte. Auf dem freiliegenden Platz, den sie nach einem weiteren massiven Steintor erreicht hatten, bot sich dem Blick der beiden Gefährten mehr als nur der ständige Kampf vierer Magier. Die Reinigungsaktion des Schicksalsmagiers gegen die Chaosteufelchen schien nicht sehr gründlich gewesen zu sein, denn Heerscharen von höllischen Kreaturen waren in die Festung der Magier eingefallen und legten das Gemäuer Stein für Stein in Schutt und Asche.

Gor und Nak tobten auf dem Platz und teilten mit ihren Pranken reichlich gegen die Angreifer aus, während sich auch die Armeen des Mykos in die Schlacht stürzten. Ein Ketzereikobold preschte aus der Menge auf Aye zu, rutschte auf einen Blick hin aus und brach sich bei seinem unglücklichen Sturz das Genick.

Um das ganze Spektakel besser überblicken zu können, erhob ich mich hoch in die Lüfte und setzte mich auf die Dachrinne, wofür auch immer diese einst geschaffen wurde. Ein heilloses Gemetzel entwickelte sich auf dem Festungsplatz, in dem Freund von Feind nicht mehr zu unterscheiden war. Der Aufsichtsschleichmännchenmagier war gezwungen, seinen eigenen Turm altern zu lassen, um die Feinde mit den Trümmern zu zermalmen, und Mykos veränderte die Umgebung ständig, um den Heeren der Chaosteufel das Leben so schwer wie möglich zu machen. Doch diese Wesen kannten die Marotten der vier Magier, die – ihrer Meinung nach freilich unrechtmäßig – ihr Revier in Besitz genommen hatten, und wehrten sich mit den hinterhältigsten Tricks.

Dann lief alles aus dem Ruder. Starvarius fuhr herum, hieb mit dem Schwert zu und – stockte. Die Hörner eines Teufels hatten sich in seinen Leib gebohrt und Fruchtsaft spuckend taumelte er in die Menge zurück, wo er tot zu Boden ging. Der Zeitmagier wurde von seinen Angreifern überwältigt und fiel den Trümmern seines eigenen Turmes zum Opfer und im Eifer des Gefechtes tötete Gor seinen Bruder Nak und beide stürzten durch ein von Mykos geschaffenes Loch durch den Boden.

Ich hielt mir die Flügel vor die Augen und versuchte, mich von diesem Elend abzuwenden. Starvarius war tot. Ihre einzige Rettung aussichtslos – und auch ich sollte nie wieder diesen Ort verlassen können.

»Alles klar, Mann?«

Ich schaute mich nach dieser Stimme um, die sich so dreist an mich herangeschlichen hatte, und bemerkte eine Fledermaus mit trendiger Sonnenbrille und einem T-Shirt mit der Aufschrift *»1f u c4n r34d th1s u r34lly n33d t0 g37 l41d«*, die soeben auf der Dachrinne neben mir Platz genommen hatte.

»Wer bist du denn?«, begrüßte ich den Fremdling etwas taktlos vor Erstaunen.

»Ich bin Herb vom IT, Abteilung 3.«

»IT? Abteilung 3?«

»Abteilung für Zeitreisen und Dachbodendimensionen. Sorry, dass es so lange gedauert hat, aber eure Zeitziege hat unseren Server zerlegt. Wir haben 'ne Weile gebraucht, um die Routen neu zu kalibrieren, und ihr seid die Letzten für heute.«

Verwirrt blickte ich mich um. Alles schien zu verschwimmen und ein lautes Rauschen vibrierte in meinen Ohren.

»Ich verstehe kein Wort … Kommen wir nach Hause? Was ist mit Starvarius?«

»Da mach dir mal keine Sorgen. Wir schicken euch zu eurem Ausgangspunkt zurück und das Problem mit deinem toten Freund beheben wir mit einem Reboot.«

Mit jeder Erklärung verstand ich weniger von unserer Situation. »Und

… was geschieht nun? Muss ich irgendetwas tun? Mit den Flügeln schnipsen, die Klauen zusammenschlagen oder …«

Ich beendete die Frage mitten im Satz. Die Fledermaus druckste ein wenig um die Antwort herum und verzog die Mundwinkel. »Nun ja … unsere Methoden sind noch etwas unorthodox.«

Bevor ich fragen konnte, was dies nun wieder bedeutete, erhob sich der Techniker, biss mir ins Genick und begann mich zu schütteln.

»Wäääch endlich auf! Wach äääḧndlich auf! Wach äääḧndlich auf!«, hörte ich das Meckern der Zeitziege und öffnete irritiert die Augen.

»Was ist hier los?«, rief ich verwirrt und konnte mich nicht so recht in der Umgebung orientieren.

»Du hattest ein Zeittrauma und bist aus deinem Sitz gekullert. Hätte ich dich nicht aufgefangen, wärst du jetzt vermutlich tot!«

»Trauma? Warppudding? Zeitserver? Du kannst wieder sprechen?«

»Määähhh määähh määähhääähh!«

In jenem Moment schien schon wieder das sprachfähige Alter der Ziege unterschritten und ihre klaren Worte wichen einem unidentifizierbaren Gemecker, bevor sie mich zurück unter den Beifahrersitz warf.‘

‚Nun bin ich verwirrt‘, entweicht es dem Spiegel nach einem ungewöhnlich langen Moment der Pause, in dem Schiel ihre Gedanken mühsam sortiert und dabei mit den Flügeln die Bewegungen eines laufenden Memory-Spiels imitiert.

‚Welcher Teil deiner Geschichte ist jetzt tatsächlich passiert?‘

Schiel zuckt mit den Schultern. ‚Als ich wieder zu mir kam, waren wir genau dort, wo wir zuvor aufgehört hatten. Ich glaube, wenn das alles wirklich passiert ist, bin ich die Einzige, die sich noch daran erinnern kann. Pein Eppel schlief immer noch und Starvarius blickte sich verwirrt um. Wenn er sich erinnerte, musste er es für einen Traum gehalten haben. Zu gerne hätte ich ihn gefragt, doch – der Kodex.«

Kapitel 2

,Ich fand mich also unter dem Beifahrersitz zwischen den baumelnden Füßen des – den Göttern sei Dank – noch lebenden Starvarius wieder und versuchte, mir einen Überblick zu verschaffen, indem ich erneut auf die Armlehne kletterte. Immer noch erstreckte sich das vom Krieg gebeutelte Land der Äpfel vor uns und der mächtige Njakatta rückte Stück für Stück näher. Inzwischen begann ich mir allerdings Sorgen um den Zustand unserer Zeitziege zu machen, denn ihre Verjüngung schritt rapide voran und von einem Augenblick auf den anderen zog kein junger Geißbock mehr, sondern ein schmächtiges Zicklein den Schlitten. Der gewaltige Grenzfluss befand sich nun in greifbarer Nähe, doch je jünger es wurde, desto langsamer zog das meckernde Wesen seine Last.

»Wir werden sterben!«, rief Pein Eppel panisch, wobei man nicht genau wusste, ob er vor Angst oder vor Freude schrie.

Ein letztes piepsiges Meckern ertönte noch vom Zaumzeug her, bevor ihr sonderbares Zugtier in einer Wolke aus Zeitstaub verpuffte.

Die Schlieren, welche die Rückwärtsbewegung in der Zeit verursacht hatte, verblassten und die Geräusche, die Wolken, der Wind und alles Leben in Süd Salatonien ging wieder seinen gewohnten Gang – so auch der Schlitten. Pein Eppel und Starvarius hatten gerade noch genug Zeit, sich gegenseitig verstörte Blicke zuzuwerfen, als es auch schon abwärts ging. Während die Ananas immer wieder darauf beharrte, dass sie jetzt sterben würden, versuchte Starvarius eine Möglichkeit zu finden, ihren drohenden Untergang abzuwenden.

Geistesgegenwärtig packte er das Handgelenk Pein Eppels, das sich inzwischen fabelhaft an die Form seiner eigenen Hand angepasst hatte, und stieß sich mit einem verzweifelten Sprung vom taumelnden Schlitten ab. Diese wenigen Meter genügten, um die Flugbahn des Fallobstes direkt über den großen Fluss zu lenken, und zu ihrem – in der Regel knapp bemessenen – Glück tauchten sie mitten in die trägen Fluten ein.

Wenige Augenblicke später durchbrach Starvarius die Wasseroberfläche und versuchte, sich gegen die Strömung an einem Felsen festzuhalten, der sich knapp unter dem Wasserspiegel befand. Ungünstigerweise hatte sich Pein Eppel gerade jenen Brocken ausgesucht, um in den Fluss zu stürzen, und lag nun entsprechend bewusstlos, durch seine harte Schale jedoch unverletzt, auf dem Flusskiesel.

Die Sternfrucht nutzte diesen Augenblick der Ruhe und lehnte sich in Strömungsrichtung an den Stein. Der Njakatta war ein sehr belebter Fluss und die verschiedensten Fischsorten tummelten sich unter seiner kristallklaren Wasseroberfläche. Neben den gewöhnlichen Fischen Süd Salatoniens schwamm auf einmal ein lodernder Flammbartor an ihm vorbei und ließ den Fluss um sich herum verdampfen, ein weicher Kottenkarpfen fraß sich am Ufer an den reich vorhandenen Matschmakrelen satt und zwischen den Beinen der Sternfrucht schlängelte sich ein Schwarm abgemagerter Asgreten das Flussbett hinunter.

»Ihr da! Im Namen General Brombärs befehle ich euch, an dieses Ufer zu schwimmen und euch verhaften zu lassen!«

Gelassen erhob die treibende Sternfrucht ihr Haupt und blickte zum verwüsteten Südufer des Njakatta, an dem fünf seltsame Gestalten standen, in staubige Rauchschwaden gehüllt. Es waren definitiv keine Appelliaten, so viel konnte er erkennen, und als sich die Wolke lichtete, sah er, dass es sich um fünf pinkfarbene Plüschbären handelte, deren Fell so strahlend rosa war, dass es selbst durch den Schmutz und den Schießpulverstaub, mit denen sie bedeckt waren, hindurchleuchtete. Die vier hinteren Bären waren in einer Reihe angeordnet und in die gleichen neongelben Uniformen gekleidet. Ihre lila Mützen saßen wohl zurechtgerückt auf ihren Häuptern und in den Händen hielten sie mit Bajonetten besetzte Musketen. Der Vordere schien der Offizier oder Anführer zu sein, denn mit seiner weißen Uniform und seinem goldenen Säbel stach er zweifelsfrei aus der Menge heraus.

Pein Eppel öffnete vorsichtig die Augen, als eine Welle ihm in die Nase lief. Sie schmerzten, als er die grellen Farben der Bärchen sah. Zu viele schrille Farben!

»Was wollt ihr von uns?«, rief Starvarius der Patrouille furchtlos entgegen.

»Wir sind die dritte Wache vom großen Fluss und damit beauftragt, jeden, der die Grenze passieren will, zu verhaften! Also, begebt euch in unseren Gewahrsam!«

»Wir sind Diplomaten! Wir kommen aus Karotonien, um mit den Appelliaten zu verhandeln!«

Der dicke Bärenoffizier grübelte sichtlich und beriet sich eine Weile mit seinen vier Untergebenen, ehe er über den Fluss hinweg antwortete. »Nun gut! Kommt herüber und wir geleiten euch sicher zu General Brombär!«

Die Sternfrucht konnte ihren Herrn gerade noch am Schopf packen, ehe dieser mehr oder weniger versehentlich vom Stein ins Wasser kullerte, wo er von der behäbigen, aber mächtigen Strömung weggerissen worden wäre. Die nun wild um sich paddelnde Ananas immer noch an der Kopfbedeckung haltend, entgegnete Starvarius der Bärenpatrouille: »Wie ihr wollt! Doch soll uns im Namen Kanzler Rethlis kein Leid geschehen!«

Starvarius log nicht, er log nie, er verbog nur manchmal ein wenig die Wahrheit. Der Gedanke, den pinkfarbenen Bären in die Höhle des Löwen folgen zu müssen, gefiel ihm gar nicht. Doch nun, wo sie ihren Zeitschlitten verloren hatten, schien ein alternativer Weg zum Zentrum des Landes aussichtslos.

»Wir müssen zum Baum des Apfelweisen!«, keuchte der Leibwächter einem der Soldaten zu, der ihn ruppig und mit gespielt freundlichem Gesichtsausdruck aus dem Wasser zerrte. Mit offensichtlich geheuchelter Miene wimmelte der Offizier Starvarius' Worte ab und ließ die beiden, scheinbar als Eskorte, von seinen Männern abführen.

Das ehemalige Paradies der Äpfel sah von Nahem noch viel schrecklicher und hoffnungsloser aus als aus der Luft. Ruinen alter Städte zierten ausgebrannt die von Kratern übersäte Landschaft und waren zum Großteil zu Barrikaden und Bunkern umfunktioniert worden. In unzählbaren Schlachten gefällte Bäume waren Zeugnisse niedergeschlagener Aufstände und unbeschreiblicher Gräueltaten.

Pein Eppel liebte dieses Land und erblühte zu vollem Enthusiasmus. Dieser Ort war ebenso trostlos und frei von Hoffnung und Optimismus wie er. Starvarius jedoch ging sichtlich in diesem Umfeld ein. All die Seelen, die um diesen Ort schwebten und keine Ruhe fanden – er konnte sie förmlich schreien hören. Einmal jedoch würde die Zeit kommen, in der er, Starvarius von Zaft, die Appelliaten zum Aufstand und zu ihrem wohlverdienten Recht führen würde.

»Warum herrscht wieder Krieg im Land der Bärchen?«, fragte der Sternfruchtleibwächter, nachdem sie lange Zeit wortlos nebeneinander her marschiert waren, und unterbrach dadurch seine eigenen Gedanken.

Die Soldaten antworteten nicht und erst nach einer kurzen Zeit grummelte der Offizier: »Sie haben versucht, zu fliehen. Nicht, dass es ihnen je gelingen könnte, aber der Versuch war ein Bruch des Paktes – und nun erhalten sie ihre verdiente Strafe.«

›Verdiente Strafe? Dass ich nicht lache!‹, dachte Starvarius empört und sprach es nicht aus.

»Doch vielleicht …«, murmelte der Bärenanführer. »… vielleicht findet ihr eine friedliche Lösung. Vielleicht beenden eure Bemühungen den Krieg.«

Die Gruppe näherte sich einem gut befestigten Vorposten. Stacheldraht umzäunte ein paar Zelte und an jeder Ecke stand ein gewaltiger Wachturm mit einem wachsamen Scharfschützenbärchen, das beharrlich auf seinem Posten stand. Haubitzen bildeten die äußere Verteidigungslinie und feuerten ununterbrochen auf nicht vorhandene Angreifer. Alles in allem waren die Verteidigungsanlagen der Bären sinnloses Beiwerk. Die Appelliaten hatten sich seit Jahrzehnten nicht mehr ausreichend erholen können, um tatsächlich eine Streitmacht aufzubauen, gegen die sich die Unterdrücker hätten verteidigen müssen.

»Nehmt das, Rebellenpack! Harrrr!« Das gerollte *R* des Bärchens an der Haubitze unterstrich das rhythmische Feuern seines Geschützes und unaufhaltsam flogen die Geschosse geradewegs auf einen riesigen Baum zu, dessen Krone schon von Weitem über den Horizont reichte. Glücklicherweise waren die Bären mit ihren breiten Pranken sehr schlechte Schützen und wenn sie trafen, sausten die Kugeln meist ohne größeren Schaden anzurichten durch das Blattwerk.

»General Brombär! Berichte: Zwei Diplomaten Karotoniens an der Grenze aufgegabelt!«

»Sehr gut. Sehr gut«, brummte ein unnatürlich großer und von seiner Fellfarbe her schon leicht ins Lila tendierender Bär. Er musterte die beiden Fremdlinge interessiert.

Starvarius war so in Gedanken versunken und von Haubitzengedonner und kreischenden Äpfeln irritiert, dass er den General gar nicht gesehen hatte, der sie am Eingang des Vorpostens abfing.

»Ihr seid also Diplomaten Karotoniens? Was ist eure Aufgabe?«

»Wir wollen alle Äpfel ausrotten!«, prustete Pein Eppel unerwartet, unüberlegt, aber erstaunlich an die Situation angepasst heraus und stampfte auf dem sandigen Untergrund auf.

Entzücken machte sich auf dem Gesicht Brombärs breit.

»Verzeiht, er hat wohl den Flug nicht verkraftet«, schlichtete die Sternfrucht und schob sich zwischen den gigantischen Bären und seinen Weggefährten. »Wir kommen im Auftrag Kanzler Rethlis, um mit dem Apfelweisen zu verhandeln. Wo können wir ihn finden?«

Brombär brummte tief und aggressiv und blickte dabei zu der riesigen

Eiche am Horizont, die so tapfer inmitten ihrer gefallenen Brüder dem Sturm der Bären trotzte. Feuer stiegen in der unmittelbaren Umgebung auf und zogen düstere Rauchschwaden, die einen dämonischen Schleier über die letzte Bastion der Äpfel in diesem Sektor warfen. »Der *Hardusch-Kask*, Schicksalsbaum in der Sprache der Appelliaten. Was auch immer wir versuchen, er ist nicht zu Fall zu bringen. So lange er steht, kann dieser Krieg nicht gewonnen werden. Wir sind wohl auf eure Diplomatie angewiesen, Zentralweltler.« Während des letzten Satzes fuhr Brombär herum und seufzte künstlich. »Tut, was ihr könnt. Ihr habt meinen Segen.«

Starvarius verneigte sich obrigkeitshörig vor dem General der Bären und machte sich daran, unmittelbar zum Baum des Schicksals aufzubrechen. Als Pein Eppel ihm jedoch melancholisch nachtapsen wollte, hielt ihn eine große Bärenpranke auf. »Warte!«, brummte Brombär mit sanfter Bassstimme. »Bring den Widerständlern dies als Zeichen unseres guten Willens.« Er reichte der Ananas eine kleine Konservendose ohne Aufdruck oder Beschriftung und fügte hinzu: »Aber nicht aufmachen! Erst, wenn ihr bei ihnen seid. Es ist eine zauberhafte Überraschung.«

Pein Eppel war dies sowieso egal und so steckte er die Dose in die Tasche und trottete seinem Wächter hinterher. Schließlich sollte der Apfelweise ja nun endlich wissen, wo die Höhle des Schicksals zu finden war, und ihrer Reise ein, seiner Meinung nach, verdientes Ende bereiten.

»Komm schon!«, rief Starvarius und warf sich noch im selben Augenblick zu Boden, um nicht von einer Explosion zerrissen zu werden. Obwohl die beiden Diplomaten sich mitten zwischen den Fronten bewegten, schienen die Bären-Bataillone nicht einmal im Traum daran zu denken, ihr Dauerfeuer auf die Überreste der Apfelzivilisation abzubrechen.

Pein Eppel nutzte erneut die Gelegenheit, aus der Welt zu scheiden, und tanzte gezielt von Krater zu Krater – nach der Philosophie: Wo einmal getroffen wurde, da wird auch wieder getroffen. Dummerweise war die Devise eher: Wo wir vorher nichts getroffen haben, da zielen wir auch nicht mehr hin. Ein fataler Unterschied für die zynische Ananas.‘

‚Was ich schon die ganze Zeit fragen wollte …‘, unterbricht der Spiegel in einem unpassenden Moment.

Sofort erstarrt Schiel in der Bewegung. Während ihrer Gestikulation hatte sie weit ausgeholt und befand sich nun regungslos ein Stück in der Luft, um wie ein Stein stumpf zu Boden zu plumpsen.

‚Woher weiß Pein Eppel eigentlich, in welchen Situationen es sich zu sterben lohnt und in welchen die Hölle auf ihn wartet? Macht eine Ananas das nach Gefühl oder was geht da vor?'

Schiel nickt verständnisvoll und zieht den Schnabel ins Gefieder zurück. Unter den Kampfnickeulen gibt es eine Redensart: ,*Wenn man es nicht in seinem Gefieder verstecken kann, dann muss man es auch nicht mitnehmen.*' Zum Glück des Spiegels passt das kleine, aber dicke rote Büchlein in Schiels Gefieder und dumpf lässt sie es vor ihrem interessierten Gesprächspartner auf den Boden fallen und blättert ein wenig für diesen darin herum.

,Was ist das?'

Die Kampfnickeule erklärt ruhig: ,Alle zwanzig Jahre veröffentlicht der Rat der vier ältesten Ananas das *Rote Buch*. Dabei handelt es sich um eine Liste der jüngst Verstorbenen und ihrer Todesarten sowie die Top 100 der beliebtesten Unfälle. Jede Ananas, die an ihrem Seelenheil interessiert ist, ist verpflichtet, ein Exemplar zu unfairen Preisen zu erwerben. Daher sind die vier ältesten meist auch die vier reichsten Ananas Süd Salatoniens. In jedem Fall zieht sich jede Ananas alle zwanzig Jahre für vier Wochen in eine Höhle oder Hütte zurück und studiert das *Rote Buch*. So sind sie immer auf dem Laufenden.'

Der Spiegel grübelt irritiert. ,Und warum genau muss dieses Buch alle zwanzig Jahre neu produziert werden?'

,Weil sich der Wert der Tode ändert. Wenn eine Ananas letztes Jahrhundert an der blaublättrigen Faulseuche gestorben ist, dann war das exklusiv und brachte sie teilweise bis in die fünfte Ebene des Himmels. Nachdem die Krankheit sich aber vor 15 Jahren ausgebreitet und 30 Prozent der Bevölkerung der westlichen Weiten Flur dahingerafft hatte, war jede zweite Ananas daran gestorben. Bei einer solchen Inflation kann man gerade einmal damit rechnen, auf der unteren Ebene zu landen – wenn nicht sogar im Kapschmuuk. Die persönliche Hölle. Ewige Qualen nach Maß geschneidert.'

Der Spiegel verzieht das neblige Gesicht. Schiel stimmt der wortlosen Aussage nickend zu.

,Doch nun wieder zurück zu unseren beiden Diplomaten, Recken, Flüchtlingen oder wie auch immer. Diese hatten inzwischen das Schlachtfeld überquert und befanden sich am Fuße des Hardusch-Kask.

»Lasst uns …«, begann die Sternfrucht nach oben zu rufen, unterbrach jedoch rasch und stieß gerade noch rechtzeitig ihren Gefährten beiseite, als eine Kugel direkt zwischen ihnen hindurchsauste und in einiger Entfernung einen weiteren grausigen Krater in die Landschaft zauberte. Zu allem Überfluss hagelte es nun auch noch von oben herab eine Reihe künstlerisch gefertigter Pfeile und Speere. Diese schienen allerdings eher eine Warnung zu sein, verfehlten sie die beiden doch zu offensichtlich.

»Haut ab!«, keifte eine dumpfe Stimme aus der Baumkrone.

»Genau! Spione unerwünscht!«, quietschte eine zweite und noch ein angespitzter Ast sauste über Starvarius hinweg.

»Wir kommen in Frieden!«, versuchte die Sternfrucht ihr Kommen zu rechtfertigen und ging mit Pein Eppel hinter einer mächtigen Baumwurzel in Deckung.

»Beweist es!«, kam nun eine dritte Stimme aus dem Blattwerk hinzu.

Der Recke tastete seine Tasche ab, griff hinein und entsetzt weiteten sich seine Augen. Hatte er etwa …? Doch dann fiel es ihm wieder ein und rasch langte er in Pein Eppels Tasche.

»He!«

Starvarius ignorierte seinen Gefährten und hielt die Essenz des Erdkerns erleichtert und für die Bewohner des Laubwerkes gut sichtbar nach oben.

»Wir kommen von Salomon, Herr der Cucurbiten, und bringen euch die Essenz des Erdkerns.«

Hektisches und erstauntes Getuschel machte sich über den Köpfen der beiden Gefährten breit und wurde für kurze Zeit von einer weiteren gigantischen Explosion überdeckt.

Nach einer Weile regte sich wieder etwas in den Ästen und eine provisorische Strickleiter aus kleinen Stöcken und gerollten Blättern, mit Blattfasern und Kletterpflanzen befestigt, wurde am Stamm des Schicksalsbaumes herabgelassen. »Also gut! Aber beeilt euch!«

Drei mit Kriegsbemalungen aus Dreck und Blattgrün verzierte Äpfel seilten sich aus dem Dickicht ab und zielten mit ihren Bögen über das Schlachtfeld.

»Los! Rauf mit euch!«, fauchte einer der Wächter barsch und rasch warf Starvarius seinen Schützling die ersten Sprossen hinauf.

Als die Sternfrucht sich umdrehte, bemerkte sie, wie im nahen Umfeld unzählige pinkfarbene Bärchen, die offenbar schon viele Tage getarnt in der Umgebung verbracht hatten, aus ihren Erdlöchern und unter ihren Felsen hervorkrochen und auf die Strickleiter zupreschten. Pfeil um Pfeil sauste aus den rasch gespannten Bögen der Baumhüter und streckte die Angreifer nieder.

Pein Eppel hatte es inzwischen bis ganz nach oben geschafft und wurde von ein paar helfenden Händen in die sichere Krone gezogen. Als die Sternfrucht gerade nach der unteren Sprosse griff, ertönte ein lauter Schrei und einer der Beschützer wurde durch ein Haubitzengeschoss zermatscht. Hektisch wanderte der Blick des Leibwächters zwischen den Bärchen, der Leiter und den beiden panischen Hütern hin und her. Dann wandte er sich fest entschlossen ab und hechtete hinüber zu den Überresten des dritten Apfels, bei dem neben seinem Bogen auch ein altes Langschwert lag. Zwei blitzende Hiebe und der brüllende Bär fiel in drei Teilen zu Boden, bevor er einen der verängstigten Appelliaten zerfetzte.

»Rauf mit euch! Ich halte sie auf!«

Starvarius legte ein gutes Timing an den Tag, denn gerade in diesem Moment gingen die Pfeile der beiden Wächter zur Neige.

»Aber …«, wandte einer der beiden ein.

Starvarius winkte kompromisslos ab. »Kein Aber! Zögert nicht! Geht!« Ohne einen Widerspruch zu dulden, sprintete der gelbe Held nach vorne und streckte noch im Lauf zwei weitere Feinde nieder. Die pinkfarbenen Besatzer waren zwar unbewaffnet, da ihre Musketen durch Dreck und Staub den Geist aufgegeben hatten, besaßen aber immer noch scharfe Krallen und wuchtige Pranken.

Hastig erklommen die beiden Wächter wieder die Strickleiter und eine Gruppe Baumhüter eröffnete von oben her das Feuer auf die Umgebung. In einen wilden Rausch verfallen, den sie zuletzt im Kampf um den Waldtraubenhain im Schnackerwald an den Tag gelegt hatte, wütete die Sternfrucht in den Reihen ihrer Feinde und konnte ihre Kräfte problemlos mit denen der mindestens siebenmal so großen Kreaturen messen.

»Sternfrucht!«, tönte eine Stimme aus dem Wipfel des riesigen Baumes.

Starvarius hatte gerade den letzten seiner Feinde erledigt und wollte sich schon einer ungefähr hundertköpfigen Bärchenarmee stellen, die aus den Bastionen im Umkreis ausrückte.

»Kommt rauf! Den Rest erledigen wir!«

Wie immer hasste es Starvarius, eine heroische und zudem aussichtslose Schlacht ungekämpft zu lassen, aber ein höheres Gut stand auf dem Spiel. Er ließ die Baumhüterklinge in die ehemalige Scheide von Tjals Schwert gleiten und sprang rasch an die unterste Sprosse der Leiter, die im selben

Augenblick von den Bewohnern nach oben gezogen wurde.

Pein Eppel hockte seelenruhig auf einem dicken Ast, als Starvarius sich erschöpft neben ihm fallen ließ.

»Ihr habt tapfer gekämpft und unser Vertrauen verdient, Herr …«

Müde hob die Sternfrucht den Blick und schaute in das strahlende Antlitz eines besonders reifen Apfelkriegers. Seine den gesamten Körper umfassende Lederrüstung war an den verschiedensten Stellen mit Borke ausgebessert und an einigen Partien mit golden schimmernden Fäden durchzogen. In Händen hielt er immer noch einen langen Kriegsbogen, dessen Pfeil er nach seiner Begrüßung löste und zurück in den Köcher gleiten ließ.

»Starvarius. Starvarius von Zaft und mein Begleiter Pein Eppel.«

Auch der Kriegsbogen befand sich nun auf dem Rücken des Apfels und mit einer tiefen Verbeugung tat er seine Anerkennung kund. »Man nennt mich Festzweig, Sohn von Schattenblatt. Ich bin der Wächter des Hardusch-Kask, persönliche Wache des Weisen der Appelliaten und Anführer der Letzten unserer Art in dieser Region. Ich hätte gerne an Eurer Seite gekämpft, habe aber leider zu spät von Eurer Ankunft erfahren und Euch von hier oben Deckung gegeben.« Mit einem Zwinkern fügte er hinzu: »Auch wenn Ihr diese wohl kaum nötig hattet.«

Festzweig schritt an den Rand des Astes und blickte auf das Lager General Brombärs. »Meine Männer haben berichtet, dass Ihr Diplomaten wärt und … nun ja … ein sonderbares Geschenk mitgebracht hättet.«

Die Sternfrucht nickte, nachdem sie sich erhoben hatte, und holte vorsichtig die leuchtende Essenz des Erdkerns aus der Tasche.

Festzweig fuhr fassungslos herum. Seine Augen weiteten sich und ein breites, freudiges Lächeln wanderte über sein Gesicht. »Beim Blattgrün selbst! Wisst Ihr, was Ihr dort in Händen haltet?! Woher habt Ihr diesen Stein?«

»Salomon, König der Cucurbiten, gab ihn uns. Wir benötigen Informationen vom Apfelweisen und wollen sie gegen die Macht des Steins eintauschen. Salomon meinte, ihr hättet Verwendung dafür.«

Der Apfelwächter lachte auf und fiel beinahe nach hinten über, als er diese Worte vernahm. »Mein Freund, für ein Bruchstück dieses Artefaktes könnt Ihr Euch unter den Äpfeln alles erkaufen, was wir geben können. Und Ihr hättet keine bessere Zeit wählen können. Der Bau ist fast abgeschlossen.«

»Welcher Bau?«

»Normalerweise würde ich Euch jetzt sagen, dass ich das einem Fremden leider nicht verraten kann, aber … Ihr habt uns die Essenz des Erdkerns gebracht! Mehr Anerkennung kann man sich unter den Appelliaten nicht verdienen. Folgt mir und seht selbst!«

Pein erhob sich zähneknirschend von seinem Sitzplatz und trottete Starvarius hinterher, der an der Seite von Festzweig über die Stege und Brücken im dichten Blattwerk des Schicksalsbaumes schritt. Ein wenig mochte einen dieser Ort an den Hain im Schnackerwald erinnern, doch zeugten diese Stege hier von einer eigenartigen Perfektion im Umgang mit dem wenigen, was einem hier oben zur Verfügung stand. Außerdem nutzten die Bewohner viele der natürlichen Äste und Zweige als Pfade, sodass der Anteil künstlicher Konstruktionen gering war. Zusätzlich verschmolzen sie aufgrund ihrer eigenartigen Architektur perfekt mit der natürlichen Umgebung. Besonders auffällig war, dass keinerlei Hütten oder sonstige Gebäude zu finden waren. Scheinbar schliefen die Äpfel auch in diesem Zeitalter immer noch an einem Ast hängend.

Doch das harmonische Bild der Baumkrone wurde rasch durch seine Bewohner getrübt. Zerlumpte und häufig angefressene Kriegsopfer saßen auf den Stegen, Frauen und Kinder weinten um Angehörige und allgemein zeigte sich der Schatten des Krieges in jeder Facette des auf den ersten Blick so bunten Ortes.

Die Fünfergruppe, die nun aus Pein Eppel, Festzweig, Starvarius und zwei Baumhütern bestand, hatte inzwischen den Stamm im Zentrum der Stege umrundet und kam in einen Teil der Krone, den sie vorher nicht sehen konnten. Staunend blieben die beiden Gäste wie angewurzelt stehen, während der Wächter mit Stolz ihr mächtigstes Bauwerk demonstrierte. Mitten im Geäst des Schicksalsbaumes zeichnete sich ein gewaltiger Dreimaster ab, ein Schiff, welches groß genug gewesen wäre, um ein halbes Kontingent pinkfarbener Bären über den Njakatta zu setzen – oder die gesamte Zivilisation der Äpfel.‘

Hier lässt Schiel absichtlich eine Pause, um dem Spiegel die Reaktion zu überlassen.

‚Sie …‘, stottert das mächtige Artefakt. ‚… sie haben dieses Ding tatsächlich gebaut? Die göttliche Erlösung ihres Volkes – und sie haben es tatsächlich gebaut?‘

Bestätigend nickt die kleine Eule. ‚Aus Blättern, Ästen und Zweigen vom Bug bis zum Segel.‘

‚Ein optimistisches Völkchen!'

Schiel erkennt den Tonfall des Spiegels sofort. Mit diesen Worten pflegt das Artefakt der Weisheit seine Hintergrundinformationen in die laufende Unterhaltung einzustreuen. Zwar ist Schiel die Geschichte der Appellien und seiner Bewohner bruchstückhaft aus Secondhand-Überlieferungen bekannt, doch die vollständige Kenntnis aller Hintergründe einer Welt ist das absolute A und O für den guten Erzähler.

‚Das Volk der Äpfel', holt der Spiegel mit symbolisch zum Bersten gefüllten Lungen aus, ‚war eine schlichte Gemeinschaft ohne besondere Stärken oder Vorteile. Die einzige Eigenschaft, die sie von den anderen Völkern abhob, war vielleicht ihr Optimismus, der jede ihrer Bevölkerungsschichten fundamental prägte. Sie lebten vom Ackerbau und erschufen sich ein blühendes Reich im Süden Süd Salatoniens fern von Konflikten und Politik. Ihr grünes Paradies, die Appellien, sollte jedoch nicht lange ein Ort der Freude und des Friedens bleiben, denn viele Generationen nach den Schjchu Schjchus erschien ein weiteres Volk, das die große Zerstoßung hervorgebracht hatte, auf der Bildfläche und erhob Anspruch auf das südliche Weideland. Eine große Gruppe aufrecht gehender pinkfarbener Bärchen trottete aus den Inselreichen des Südens in das Land der Äpfel und breitete sich ungefragt in ihrer Nation aus. Während ihr Auftreten anfangs nur lästig war, so zeigte sich schnell, dass die Pinkbären nicht so harmlos waren, wie ihr plüschiges Aussehen vermuten ließ. Von einem Tag auf den anderen erklärte ihr Volk die Appelliaten zum Hauptnahrungsmittel und begann, die friedliche Gemeinschaft skrupellos zu reduzieren. Die bedrohte Bevölkerung sah ihre einzige Rettung darin, auf die zahlreichen Bäume zu fliehen, die sich in ihrem Land befanden. Auf diese konnten ihnen die behäbigen Bärchen nämlich nicht folgen.

Während die pinkfarbenen Besatzer einen finsteren Plan nach dem anderen ausheckten, um die Äpfel aus ihren sicheren Baumkronen zu locken, unterbreitete ihnen das unterdrückte Volk einen Vorschlag. Die Vertriebenen unterhielten Wurmzuchten in ihren Verstecken und leisteten Abgaben an ihre neuen Herrscher im Tausch gegen den Frieden im Land. Die Bärchen willigten ein. Seit diesem Tag lebten die Äpfel als Sklaven der Invasoren in ständiger Angst davor, von den Bäumen zu fallen und gefressen zu werden oder ihre Abgaben nicht leisten zu können. Die pinkfarbenen Bärchen hingegen ließen es sich in dem gestohlenen Land gut gehen und lebten dort abseits der übrigen Völker Salatoniens. Ihre Gier trieb sie eines Tages sogar dazu, die Zentralreiche anzugreifen. Das Ergebnis ist der riesige Südwall.

Bei ihrem Einzug in Salatonien kamen die Einwanderer von den trostlosen Inseln und Felsspalten des Südens. Diese Orte waren kahl und leblos – mit Ausnahme einer einzigen Wiese, in der eine Quelle sprudelte und grünes Gras wuchs. Dieser Ort des Lebens wurde zu einer heiligen Kultstätte unter ihrem Volk. So bildete sich der Glaube an den Gott des Grases, das einzig wahre Grün des Grases, heraus und sie beteten es an in der Hoffnung, bald in einem Land zu leben, in dem das Gras so grün wuchs wie in ihrer prächtigen Zuflucht. Diesen Glauben trugen sie auch in das Land der Äpfel und sangen zu deren Graus jeden Abend das Lied der Grasiaten, wozu sie den Grastanz vollführten:

Oh grüner Grasgott!
Wir preisen dich in deiner Grasigkeit!
Du strebst nach der Sonne!
Stirbst ohne sie!
So sterben wir ohne dich!

Da das Grün des Grases nur Blau und Gelb enthalten konnte, verachteten die Bärchen das Rot. Keiner von ihnen ahnte, wie nah Grün und Rot einander wirklich standen. Doch so hassten sie die roten Äpfel noch mehr aus religiösen und nicht nur aus politischen und wirtschaftlichen Gründen.

Die Appelliaten auf ihren Bäumen jedoch fühlten sich vom grünen Grasgott, der in allem grünen Leben vorhanden war, betrogen und verachteten das Gras. Die Blätter, ganz gleich welchen Baumes, die ihnen Schutz vor der Sonne und den Bärchen gaben und sie auffingen, wenn sie einen falschen Schritt taten, lobten und priesen sie in höchsten Tönen. Wenn die Bärchen bei Sonnenuntergang ihren scheußlichen Tanz vollendet hatten und es kühler im Land wurde, erhoben sich die Sklaven auf den Wurmfeldern und begannen, die Klagelieder der Blattiaten in die Nacht hinauszuschicken. Darin besangen sie den wahren Blattgott, lobten die schützende Baumkrone und sehnten den Tag herbei, an dem das göttliche aus Eichenblättern gezimmerte Himmelsschiff mit den Ahornblattsegeln aus den Wolken herabtauchte und ihr Volk auf den großen Fluss hinaustrug. Denn schwimmen können die Bärchen, wie du weißt, genauso wenig wie klettern. Dann würden sie fliehen, nach Norden, in die Freiheit, wo ihre Brüder sie schon erwarteten …‘

Der Spiegel schweigt für einen Moment und lächelt bei dem Gedanken an das riesige Blätterschiff.

‚Scheinbar haben die Appelliaten ihr Schicksal selbst in die Hand genommen. Deswegen haben die Bärchen den Waffenstillstand gebrochen.'

Immer noch irritiert stammelt der Spiegel in die Stille: ‚Aber … aber … es kann niemals fliegen. Es ist kein Fluggerät, sondern ein Schiff. Vermutlich würde es nicht einmal schwimmen.'

Es scheint für den Erzählerkauz kein Problem darzustellen, dieser These des Spiegels nickend zuzustimmen. ‚Und dies war auch das Problem der Äpfel – zumindest bis zu jenem Zeitpunkt, als …

»Die Arche!«, erhebt Festzweig pathetisch seine Stimme. »Dieses Schiff wird uns alle aus diesem vom Blattgrün verlassenen Land in die Freiheit bringen!« Dann jedoch beugte sich Festzweig zu den beiden Diplomaten herab und flüsterte: »Doch wir kriegen es nicht in die Luft – zumindest nicht ohne die richtige Energiequelle. Eine Energiequelle wie …«

Starvarius unterbrach ihn lächelnd und hielt den Stein erneut in die Höhe. »Die Essenz des Erdkerns.«

Grinsend stimmte der Wächter der Sternfrucht zu, als sich eine weitere Stimme in das Geschehen einmischte. »Willkommen, Reisende!«, sprach auf einmal die greise Stimme eines alten Apfels hinter ihnen.

»Oh, Meister Pelaf, verzeiht, ich habe Euch nicht gesehen!«, sprach der Anführer des Apfelvolkes ehrfürchtig und verneigte sich vor der Gestalt, die hinter der Gruppe über den Steg wandelte. Es war ein in weite, aus Blättern gefertigte Gewänder gehüllter Apfel mit bis zum Boden reichendem grauen Bart und kahlem Haupt. Ein kunstvoll geschnitzter Zweig diente dem alten Mann als Stütze und mit kurzen, langsamen Schritten näherte er sich der Gruppe.

»Seid Ihr der Apfelweise?«, fragte die Sternfrucht, ihrem Ziel ganz nahe.

Pein Eppels Blick klarte erwartungsvoll auf. Das war das Ende!

»Der bin ich. Und ihr seid die beiden Ankömmlinge, die uns gegen die Bären geholfen haben, richtig?«

Die Sternfrucht nickte und Pein Eppel nickte einfach enthusiastisch mit.

»So nehmt nun meinen Dank, Fremde.«

Ehe der Weise weitersprechen konnte, fiel Festzweig in die Unterhaltung ein.

»Doch das ist nicht alles, was diese beiden für uns getan haben, Meister. Sie sind im Besitz der Essenz des Erdkerns.«

Der Gesichtsausdruck des gelassenen Gelehrten wurde schlagartig zu einem erstaunten und zugleich psychopatisch wirkenden Grinsen. »Ent… entspricht das der Wahrheit? Habt ihr den Stein?«

Starvarius freute sich, gute Nachrichten in schlechter Stunde überbringen zu können, und hob ein weiteres Mal die Essenz des Erdkerns auf Augenhöhe. Dessen Leuchten spiegelte sich in den glasigen Augen des Weisen wieder.

Nun wurde Pein Eppel bewusst, dass er ja auch noch ein Geschenk für das Volk der Äpfel besaß. Die Situation hatte ihn voll im Griff. Scheinbar färbte ein wenig von den Idealen der Sternfrucht auf ihn ab, denn trotz starker innerer Hemmungen entschloss er sich, entgegen seiner verwurzelten Motivation, ein einziges Mal etwas Gutes zu tun.

»Ich hab hier auch noch was!«, platzte er heraus und kramte unter den verwirrten Blicken seines Begleiters die alte Konservendose aus seiner Tasche.

Festzweig bemerkte sie zu spät und sein freudiges Lächeln verwandelte sich sofort in schiere Panik. »NICHT!«

Doch es war zu spät. Pein Eppel hatte den Deckel der Dose bereits geöffnet und mit wildem Gekicher krabbelten Hunderte mit Sägen, Hämmern und Wasserwaagen bewaffnete Kobolde aus dem Blechbehälter und fielen über das Geäst des Schicksalsbaumes her.

»Was habt ihr getan?!«, rief der Apfelweise entsetzt. »Ihr habt die Tischler in der Dose freigelassen! Das ist das Ende!«

In Sekundenschnelle legten die chaotischen Schreiner die letzte Bastion der Äpfel in Schutt und Asche. Blatt um Blatt fiel von der Krone herab auf den staubigen Untergrund und mehr und mehr verschwanden die Wege zwischen den dickeren Ästen.

»Zur Arche! Alle Bewohner sofort zur Arche!«

Der Befehl des Wächters war kaum nötig, denn wie aus Instinkt rannten alle noch übrigen Bürger automatisch zum riesigen Blätterschiff oder waren bereits dort. Starvarius und Festzweig griffen sich Meister Pelaf, während die Sternfrucht gleichzeitig Pein Eppel hinter sich her zog. Dieser ließ deprimiert den Kopf hängen. So war das, wenn man Gutes tat? Das machte er nie wieder!

Das Blattwerk des Hardusch-Kask fiel und mit ihm der magische Schild, der diesen Ort so lange vor Schaden bewahrt hatte. Kaum war eine Lücke im Geäst erkennbar, schoss auch schon die erste Haubitzenkugel durch die bröckelnde Verteidigung. General Brombär hatte die Naivität der Ananas ausgenutzt, um das Ende seiner ewigen Feinde zu besiegeln. Ein paar andere Äpfel kamen der kleinen Gruppe vom Deck des Schiffes entgegen und halfen, den Gelehrten an Bord zu bringen.

»Gebt mir die Essenz! Schnell!«, forderte Festzweig und ließ sich hektisch von Starvarius den Stein überreichen.

Während die letzten Überlebenden die Arche erreichten, hechtete der Wächter in Windeseile durch eine Luke hindurch unter Deck. Hier im Rumpf des Schiffes befand sich eine riesige durchsichtige Kugel aus einem gänzlich unbekannten Material. Laut Legenden existierte diese Kugel schon lange vor dem Volk der Äpfel und so unsicher sie über ihre Herkunft waren, so ungewiss war ihre genaue Funktion. Doch im festen Glauben, dies sei das Geschenk ihres Gottes, machten sie es zum Instrument der Freiheit.

Festzweig öffnete eine unscheinbare Luke an der Seite der Kugel und trat hinein. Die Essenz in seiner Hand funkelte, wurde heller und begann dann grell zu strahlen. Das Material, aus dem die Kugel bestand, glühte in einem bläulichen Schimmer und schickte Lichtblitze durch den Innenraum der Arche. Gegen die unbändige Kraft des Erdkerns ankämpfend, schaffte der Wächter es schlussendlich, den Stein auf einem Sockel in der Mitte zu platzieren und die kleine Tür wieder hinter sich zu verschließen, ehe das Innere von ebenso grellen wie tödlichen elektrischen Schlägen durchzuckt wurde.

Starvarius stand an der Brüstung des Blätterschiffes und blickte auf die kläglichen Überreste des Hardusch-Kask. Nur an den wenigsten Zweigen hingen noch Blätter und große Teile des Baumes waren komplett kahl. Mehr und mehr begannen die Tischler, sich an den dicken Stämmen zu vergehen, als das Schiff plötzlich erbebte. Der Apfelweise schritt ohne seinen Wanderstab auf die Reling zu und starrte in die Tiefe. »Wir … wir fliegen! Es … funktioniert! Es funktioniert!«

Unendlicher Jubel erfasste die Überlebenden. Die Reste des Apfelvolkes zählten noch tapfere 300 Männer, Frauen und Kinder, die in ausgelassener Stimmung an Bord der Arche in Tanzen und Schreien ausgebrochen waren, als diese sich elegant in die Lüfte erhob. Unberührt von den Haubitzen der pinkfarbenen Bären segelte der gewaltige Himmelsriese nach Norden.

Etwas Wehmut lastete auf dem Herzen des Apfelweisen Pelaf, als er ein letztes Mal auf die Überreste des Hardusch-Kask blickte. An dessen Stelle standen nun ein reich verzierter Wandschrank und eine nahezu vollständige Wohnzimmergarnitur.

Doch schnell wich seine Melancholie der euphorischen Stimmung an Deck und die Worte »Freiheit! Freiheit!« immer wieder brüllend, schüttelte er den unglücklicherweise neben ihm stehenden Pein Eppel, bis dieser umfiel. Der große Grenzfluss rückte immer näher und ganz gleich, wie sehr General Brombär und seine Männer am Boden tobten, ihre Waffen und Fänge reichten nicht aus, um die Appelliaten aufzuhalten.

»Ihr habt ein ganzes Volk gerettet, wackere Helden! Was auch immer euer Begehr ist, äußert es und wir werden geben, was wir können.«

»Die Höhle des Schicksals!«, rief Pein Eppel kreischend und stieß Starvarius beiseite. Nun packte er seinerseits den Apfelweisen und begann, ihn zu schütteln. »WO – IST – DIE – HÖHLE – DES – SCHICKSALS?!«

Verwirrt taumelte Pelaf zurück und griff nach seinem Stab, den ihm ein Jüngling reichte, um wieder Halt zu finden. »Die Höhle des Schicksals? Nun … ich weiß nicht, wo sie ist.«

»DANN STIRBST DU!«, brüllte die Ananas völlig außer sich, mobilisierte die Kraft von hundert Pinkbären und hob den Apfelweisen in die Lüfte. »STIRB!«, kreischte er, rannte auf die Reling zu und holte zum Wurf aus, als Starvarius ihn in letzter Sekunde umrannte und alle drei auf dem Deck des Blätterschiffes aufschlugen.

»Ich weiß … wer es mit Sicherheit weiß …«, keuchte der Gelehrte, als er wieder zu Atem gekommen war. »Wir verstießen das Wissen über die Höhle mit ihm. Nur er kennt ihren wahren Ort … und ihre Bestimmung.«

»MELONIDAS!«"

Professor Klammsing rieb sich die Augen. Aus einem unerfindlichen Grund schien dieses Wort über die Ebenen Süd Salatoniens hinweg bis auf die Schriftzeichen des Buches seinen Eindruck hinterlassen zu haben und wollte sich wabernd und flackernd nicht auf das Papier bannen lassen.

„Es ertönen die Pelaf imitierende Stimme Schiels und die von einem düsteren Beiklang getragene Stimme des Spiegels zugleich und die Hallen des Trübsaals erbeben bis in ihre Grundfesten. Das Wort selbst scheint eine solche Magie in sich zu tragen, dass man durch das mehrmalige Wiederholen problemlos die Kerzen auf seiner Geburtstagstorte hätte auspusten können.

Auf diesen Augenblick wartet Schiel schon seit sie den Torbogen der Halle durchflogen hat: Die Lüftung des Schleiers aus Verleugnung und Unwissenheit, der seit jeher über der Existenz des Melonidas schwebt – und Nord Salatonien.

So spricht der Spiegel: ‚In den letzten Stunden habt Ihr Eure Erzählkünste zur Schau gestellt und gezeigt, dass Ihr Eure Welt kennt wie kaum ein anderes Wesen. Doch nun lasst mich Euch von jenem erzählen, dessen Geschichte nur noch ich kenne – und er selbst. Und – wisst Ihr, warum man Eure Welt Süd Salatonien nennt?'

Schiel verstummt und bleibt starr auf einem Fleck sitzen, ohne auch nur zu atmen. Tatsächlich ist dies eine absolut natürliche Frage, die sich jeder Sterbliche sofort stellen sollte, und doch kennt kein Wesen Süd Salatoniens eine Antwort darauf. Auch wenn der kleinen Kampfnickeule zumindest bewusst ist, dass es ein Nord Salatonien gibt, schüttelt sie den Kopf, nur um die Geschichte in aller Ausführlichkeit zu hören.

‚Geh in die Welt hinaus und frage eine Karotte, eine Banane, einen Apfel, eine Pflaume, einen Kürbis, eine Gurke oder wen auch immer, wie unser Land heißt, und sie werden antworten: Süd Salatonien.

Doch frage sie, wo Nord Salatonien liegt, und du erntest Gelächter und wirst als Narr beschimpft.

Das *Süd* in Süd Salatonien steht nicht mehr für eine geografische Angabe, sondern ist zu einem Teil des Namens geworden. Den Namen Süd Salatonien zu hinterfragen, ist verboten. Es steht nirgendwo geschrieben, doch jeder kennt dieses Gesetz. Heute wissen die meisten den Grund nicht mehr, doch auch wenn sie sich unwissend stellen, so wissen zumindest die Weisesten unter dem Gemüse aus verbotenen Erzählungen ihrer Urgroßeltern sehr wohl noch von der Existenz des Melonidas, der auf den Bergen des Nordens in seinem ewig währenden Exil haust.

Als junge Melone war Melonidas ein Geschöpf wie jedes der neuen Völker Süd Salatoniens. Doch er war ein Sonderfall, da sein Leben nicht vom göttlichen Grün geplant war. Wie die ersten Kürbisse, so entwickelte sich auch Melonidas durch Zufall schon lange nachdem die letzte Pflaume das Licht der Welt erblickt hatte, nur dass er im Gegensatz zu den artverwandten Kürbissen nicht das intelligenteste, sondern das dümmste Wesen des Planeten war. Was auch immer Melonidas anfasste, zerbarst.

Was auch immer er tat, misslang. Und mit wem auch immer er sprach, den vermochte er durch seine Worte dümmer zu machen als zuvor. Die Völker Süd Salatoniens waren zu jener Zeit noch übermäßig arrogant und die dumme Melone war eine Schande für das zivilisierte Leben. Und so fassten sie einen unmenschlichen, aber notwendigen Beschluss …

Vor einigen Jahrtausenden, etwa hundert Jahre bevor ich verschüttet und mein Blick auf die Welt verschleiert wurde, fand im damaligen Salatonien die erste Wahl statt, an der alle Bewohner der Welt teilhaben durften. Neben Grenzstreitigkeiten und Steuererhöhungen wurde zusätzlich in einem einstimmigen Entscheid beschlossen, Melonidas zum Wohle des Durchschnitts-IQs aus der zivilisierten Welt zu verstoßen und seine Existenz zu verleugnen.

Im Geheimen jedoch war dies nicht der einzige Grund. Melonidas' Dummheit, sein ganzer Verstand war … unheimlich und beunruhigte die Gelehrten. So wurde die traurige Melone mit Spott und Hohn in die Gebirge des Nordens verbannt, ein heiliger Eid auf die Verschwiegenheit gesprochen und sein Wohnort von den Karten Salatoniens gestrichen. Die drei winzigen Buchstaben in *Süd* Salatonien sind das letzte Zeugnis des ignorierten Exilanten.'

Der Spiegel muss seinen Redefluss kurz unterbrechen, als die Kampfnickeule sich laut schnaubend die Nase putzt und ein paar Tränen wegwischt. Die rührende Geschichte des armen Verstoßenen und die trostlose Stimmung, die der Trübsaal auf sie ausübt, hatten den kleinen Federball zu Tränen gerührt.

Als Schiel sich wieder gefangen hat, beginnt der Spiegel den letzten Teil seiner Erzählung.

‚Doch seine Verbannung sollte nicht das Ende des Melonidas darstellen. In den Bergen des Nordens stieß er auf Geheimnisse einer uralten Zivilisation, die noch vor dem ersten Leben – sofern das überhaupt möglich war – existiert hatte und von der die Bewohner Salatoniens nie etwas geahnt hätten. Als sich die traurige Melone in einer Höhle des höchsten Nordberges niedergelassen hatte, zog sie sich bedrückt und ahnungslos in die Tiefen eines uralten Stollens zurück, dessen magische Kraft so unendlich groß war, dass sie selbst mir den Blick nahm. Als er wieder herauskam, hielt er einen funkelnden Stein unfassbarer Schönheit in den Händen und trug eine Brille von fast außerirdischer Machart. Das funkelnde Juwel war nichts Geringeres als der Stein der Erkenntnis, der es einem erlaubte, das Wesen der Dinge zu verstehen, komplexes Wissen nachzuvollziehen und all diese Erfahrungen für immer im Gedächtnis zu speichern. Die Brille, die er trug, war aus dem Glas der Weitsicht gefertigt und wenn sich Melonidas an einem klaren Tag auf die Spitze des Nordberges stellte, so konnte er bis an den Südrand Süd Salatoniens blicken. Er sah alles, was in der Welt war, und lernte aus allem, was er sah, durch die Macht des Steins der Erkenntnis. Als ich diese Welt verließ, war Melonidas weiser als Nostradanuss, weiser als Kaiser Gottlob I., weiser als Ismael und vielleicht auch weiser als ich. Nur das Grün selbst weiß, wie mächtig er heute sein mag. Habt …‘ Der Spiegel zögert. ‚Habt ihr ihn getroffen?‘

Schiel nickt langsam, ehrfürchtig und mit einem angsterfüllten Ausdruck auf dem Schnabel.

‚Und?‘

Schiel winkt ab. ‚Melonidas steht am Ende meiner Geschichte. Es wird Euch alles klar werden, wenn die Zeit so weit ist.‘

Obwohl der Spiegel seit Jahrtausenden das Warten gewohnt ist, vibriert seine Scheibe vor Anspannung.

‚Melonidas – weder Starvarius noch Pein Eppel hatten diesen Namen je gehört oder kannten gar ein Wesen mit einem solch sonderbaren Namen. Selbst mir war er zu diesem Zeitpunkt ja noch unbekannt. Die Sternfrucht erhob sich und half dem Weisen der Äpfel wieder auf die Beine, der sich röchelnd auf seinen Stab stützte.

»Ich bitte um Verzeihung! Wir reisen nun schon seit Wochen durch ganz Süd Salatonien ohne einen Hinweis. Wer ist dieser Melonidas, von dem Ihr sprecht? Ist es sicher, dass er uns helfen kann?«

Unmittelbar in ihrer Nähe befand sich auf dem Deck eine schmale Bank, auf der sich Pelaf niederließ.

»Sein Zorn ist verständlich. Setzt euch und ich will euch von jenem berichten, der einst zu uns gehörte.«

Und der Apfelweise berichtete Starvarius und Pein Eppel von den Dingen, die vor Jahrhunderten vergessen wurden und nur noch als Schatten in den Köpfen weniger existierten. Allerdings hatte sich die Geschichte in den vergangenen Jahrhunderten zugunsten der salatonischen Bewohner gewandelt. In Pelafs Geschichte versuchte Melonidas, die Macht an sich zu reißen, und wurde von den Weisesten des Kontinents verbannt und gnädig ins Exil nach Nord Salatonien geschickt. Der Weise erzählte auch, dass er dort scheinbar etwas fand – etwas Sonderbares, mit dem niemand gerechnet hatte. Vor vielen Jahren hatte Melonidas in einem Traum zu ihm Kontakt aufgenommen. In den Höhlen Nord Salatoniens fand er Spuren einer göttlichen Macht, die seine Weisheit und seine magischen Kräfte stärker wachsen ließ als die jedes anderen Wesens in der uns bekannten Welt. Doch er sprach nicht mit ihm, um von seiner Rückkehr zu berichten oder um Hilfe zu bitten, er sprach, weil er es konnte, um zu zeigen, dass er noch da war, und um mitzuteilen, dass er niemals vergessen würde.

Nachdenklich ließ der Großmeister des Apfelvolkes den Kopf hängen und blickte auf die verschiedenen Blätter, aus denen das Deck der Arche bestand. Die letzte Zeile bereitete ihm große Sorge.

»*Ich werde niemals vergessen* – das waren seine letzten Worte. Dies ist mittlerweile zwanzig Jahre her und wer weiß, wie mächtig er heute ist und wie seine Pläne aussehen? Doch vielleicht hat die Weisheit ihm auch Vernunft gebracht … Wenn das Schicksal dieser Welt von eurer Reise abhängt, so wird der mächtige Melonidas euch eure Bitte nicht verwehren.«

Pein Eppel stampfte empört auf und begann, wild zu fluchen: »Nord Salatonien?! Selbst wenn dieses Hirngespinst existieren sollte, befindet sich an der Nordgrenze das Sperrgebiet. Niemand darf dort passieren – und das aus gutem Grund. Monstren, Dämonen, Mutanten und andere Scheusale bevölkern den Norden!«

Pelaf erhob sich und legte der tobenden Ananas die Hand auf die Schulter. »Ruhig, junger Freund! Es gibt einen Weg.« Rasch fuhr der Weise herum und wandte sich an Starvarius, der ihm offensichtlich mehr Aufmerksamkeit schenkte als Pein Eppel. »Verlasst die Zentralreiche gen Norden, zieht an der Grenze des Sperrgebietes nach Westen über den kompakten Pass am Spitzgebirge vorbei und haltet euch dann wieder in Richtung Norden. Über die Hügel der Aussichtslosigkeit kommt ihr dann von der Seite her an den Suhlkatta, den großen Grenzfluss im Norden. Überquert ihn und ihr kommt auf direktem Wege in die verlassenen Nordberge Nord Salatoniens. Melonidas befindet sich auf dem Gipfel der Erkenntnis, dem höchsten Berg dort. Weiter kann ich euch nicht helfen. Mehr weiß ich nicht.«

Starvarius nickte dankbar und richtete seinen Blick vom Rand des Schiffes hinab. Sie hatten den Njakatta überquert und das Ufer einige Schritt hinter sich gelassen, als die Arche langsam in den Sinkflug überging.

»Warum gehen wir runter?«, richtete die Sternfrucht ihre Frage an Festzweig, der mit Brandwunden an den Armen und im Gesicht, aber noch am Leben, wieder an Deck geklettert war. Er stand neben der Sternfrucht und überflog konzentriert den Brief von Nostradanuss, den er von ihr erhalten hatte.

»Wir haben nicht vor, in die Zentralreiche zu reisen. Die Bärchen kommen nicht über den Njakatta, also werden wir von hier aus noch etwas nach Nordwesten reisen und uns in der Weiten Flur niederlassen.«

Daraufhin reichte er Starvarius das Schriftstück zurück und wandte sich ab, um alles für ihre Landung bereit zu machen. Der Apfelweise schritt zu den beiden Reisenden und verbeugte sich tief vor ihnen.

»Die Informationen, die ich euch gegeben habe, sind nur ein geringer Lohn für das Geschenk, das ihr unserem Volk bereitet habt. Wir stehen auf ewig in eurer Schuld.«

Doch die Sternfrucht winkte ab und verneigte sich ihrerseits vor dem Gelehrten der so lange unterdrückten Äpfel. »Ihr schuldet uns keinen Dank. Wir haben euch nur gebracht, was seit Jahrhunderten euch gehören sollte. Nutzt eure gewonnene Freiheit und führt euer Volk zu neuer Größe.«

Wie schnulzig! Pein Eppel hasste solche Szenen und lehnte sich über die Reling, um sich zu übergeben. Zwei Äpfel warfen nun einen riesigen Anker aus festem Eichenholz aus, der sich tief in den lockeren, von Gras bewachsenen Untergrund der Weiten Flur grub. Ein weiteres heiteres Jubeln vereinte die Überlebenden in einem glorreichen Chor, als die Arche auf dem sicheren Land aufsetzte und, nachdem sie noch eine tiefe Furche gezogen hatte, zum Stehen kam.

Ein seltsamer Anblick bot sich den herumhuschenden Wollmäusen und Tausendköpflern. Auch die Trampolintulpen, Veilchen und Maulblumen rieben sich ungläubig die Blüten. Eine Gruppe Wanderer aus Kirschen und Zitronen machte sogar am Wegesrand Rast, um zu beobachten, wie das gesamte Volk der Äpfel vom Deck des riesigen Blätterschiffes herab freudig tanzend über die Wiesen sprang und sich im hohen Gras wälzte. Selbst Pelaf, vom Alter gebrechlich und verkalkt geworden, warf seinen Stab hinfort und tanzte über die Blumenwiese. Dabei begrüßte er jede einzelne der bunten Pflanzen. Starvarius erfreute sich am Anblick der befreiten Sklaven und schrieb sich selbst stolz lächelnd zu einem geringen Teil den Erfolg zu, dieses Volk über den Fluss aus der Unterdrückung geführt zu haben.

»Gute Arbeit!«, ertönte die Stimme des Baumhüters, der das Schiff als Letzter verließ und Starvarius brüderlich auf die Schulter klopfte.

Der Apfelweise hatte inzwischen seine Fassung zurückerlangt und kam breit grinsend zu den beiden Recken getrottet.

»Wir müssen uns nun verabschieden«, sprach Starvarius. »Der Weg, der vor uns liegt, ist noch weit.«

Pein Eppel ließ bei den Worten seines Leibwächters erneut den Kopf hängen. Diese Reise würde wohl nie enden …

»Gewiss müsst ihr das. Und ich wünsche euch eine gute und sichere Reise«, antwortete der Gelehrte und warf Festzweig einen auffordernden Blick zu.

Der Apfelhüter rang mit sich, seufzte und sprach schlussendlich: »Ich werde euch selbstverständlich begleiten. Euer Weg ist gefährlich und ihr könnt eine starke Hand gebrauchen. Ich komme mit bis …«

»WIR WERDEN ANGEGRIFFEN!«, ertönte plötzlich der hysterische Schrei einer jungen Apfelfrau und das Letzte, was die panisch geweiteten Augen des Baumhüters erblickten, war die gewaltige Stahlkugel einer Bärenhaubitze. Diese tötete nicht nur den wackeren Wächter des Apfelvolkes, sondern riss auch noch eine Zweidechse und zwei Primeln mit sich.

»Was hat das zu bedeuten?!«, brüllte der Apfelweise und mit ausladenden Schritten sprang Starvarius an Deck der Arche, um weit über den Njakatta blicken zu können: Der Pakt zwischen den Bärchen und den Völkern der Zentralreiche war gebrochen. Die pinkfarbenen Verräter hatten eine Flotte aus hölzernen Kriegsschiffen erbaut, die von einem stolzen Schlachtkreuzer angeführt wurde.

Am Bug des vordersten Schiffes stand ein sonderbarer rosa Bär mit einem quietschgrünen Hut, der ihm schräg auf dem Kopf saß, und mit einem Organ, das bis zum Ufer hallte und die Äpfel erzittern ließ, brüllte er: »Arrr! Im Namen Kaiser Preiselbärs! Niemand entgeht Kapitän Himbär! Tötet die Flüchtlinge!«

Donnergrollen brach über die Weite Flur herein und hektisch rannten die befreiten Sklaven durcheinander.

»Brüder! Schwestern! Kommt zu mir! Nach Nordwesten!«, schrie der Gelehrte und versuchte, sein Volk zu sammeln, ehe er sich ein letztes Mal den beiden Recken zuwandte. »Ich führe meine Leute nach Maluschak. Vor einem guten Jahrhundert durchbrach eine Gruppe von Äpfeln die Linien der pinkfarbenen Bärchen, um eine neue Heimat in der Weiten

Flur zu gründen. Sollten sie die Jahre überdauert haben, so finden wir bei ihnen Zuflucht. Ich gebe hiermit die Arche in euren Besitz, wackere Helden. Eine Gruppe Baumhüter wird euch sicher eures Weges geleiten. Das ist das Mindeste, was ich für euch tun kann. Lebt wohl! Möge eure Reise Erfolg haben! Blattgrün Ruhm und Ehre!«

So schnell es seine alten Beine zuließen, rannte der Apfelweise voran und führte die strömenden Massen in den Nordwesten der Weiten Flur. Die Sternfrucht blickte über den Njakatta zurück, die Schiffe waren noch weit vom Ufer entfernt und es bestand eine Chance, wenn diese auch klein war.

Pein Eppel hatte sich längst an Bord der Arche begeben und erteilte der Mannschaft Befehle, die diese allerdings eher instinktiv als durch die Anweisungen der Ananas angespornt erfüllten.

»Ein eigenes Schiff! Damit sind wir blitzschnell in Nord Salatonien!«

»Nein«, unterbrach ihn Starvarius.

»Nein?! Was bedeutet *Nein*?!«

Die Sternfrucht ging zum Steuermann hinüber und teilte ihm den geplanten Kurs mit. »Wir müssen Salomon den Stein zurückbringen. Unser Ziel ist Bereling im Reich Karotonien.«

Ungläubig ließ sich Pein auf den Hintern fallen. »Das kann er nicht machen! Sag ihm, dass er das nicht machen kann!«, flehte er mit großen, von Tränen gefüllten Augen einen der Baumhüter an, der gerade die Taue festmachte.

Und doch – Starvarius konnte!

Dem Trommelfeuer der Bärenkanonen entgehend, schob sich das mächtige Blätterschiff träge, aber majestätisch durch den Untergrund der Weiten Flur und erhob sich langsam in die Lüfte, bis sie außer Reichweite der Schlachtschiffe waren. So bösartig Kapitän Himbär ihnen auch hinterherfluchte, die Arche bohrte sich immer weiter in den salatonischen Nachthimmel und war schon wenig später von den Wiesen der Weiten Flur entschwunden. Kurs: Bereling, Hauptstadt Karotoniens!

Kapitel 3

Als die zweite Sonne am Morgen des dritten Tages nach ihrem Aufbruch aus der Weiten Flur am Horizont erschien, flatterte ich einen Moment um das Apfelschiff herum und genoss den imposanten Anblick der Arche, die sich majestätisch durch die salatonische Wolkendecke schob. Die kleine Mannschaft, die Pelaf den Abenteurern gelassen hatte, steuerte den Kahn sicher und ruhig über den salatonischen Himmel und friedlich zogen kleinere Schwärme Ahas und Knüttlinge an ihm vorüber. Nach den Strapazen der vergangenen Wochen schien dieser Tag zum ersten Mal wieder ruhig zu verlaufen. Der Kapitän versicherte Starvarius, noch am Abend des nächsten Tages in Bereling einzutreffen. Er solle sich zurücklehnen und die Reise genießen. Doch die Sternfrucht war wie immer rastlos und grübelte über den Weg, der noch vor ihnen lag. An die Reling am Bug des Schiffes gelehnt, blickte er hinab und versuchte, zwischen den immer wieder abreißenden Wolkenfetzen das Land unter sich zu erspähen. Der depressive Ex-Postbote lag an einen Mast gelehnt, schmollte und erwog, ob es einen kategorischen Unterschied zwischen Selbstmord durch Sturz von einem hohen Baum und Sturz von einem Blätterschiff gab. Schlussendlich jedoch kam er zu der Einsicht, dass es das Risiko nicht wert war. Die einzige relativ einfache Möglichkeit des Todes, die in seinem Volk praktiziert wurde, war der Sturz von den Klingenklippen am Rande des Datteldorfes – und dies war ja von Beginn der Reise an sein Ziel gewesen. Ein Ziel, das mit jeder verstreichenden Sekunde weiter in die Ferne rückte.

Die Reise verlief ereignislos und immer wieder tauchte ich ungeduldig durch die Wolkendecke hinab, um mir einen Überblick zu verschaffen. Seelenruhig zog die Arche über die Weite Flur hinweg und erreichte kurz nachdem die dritte Sonne verschlafen ihr Haupt erhob die Grenze der Ödlande.

Ein seltsamer Schleier lag über der Welt Süd Salatoniens. Es war ein unerklärliches Gefühl, aber ein großer Wandel schien über den Kontinent zu ziehen. Das Gras tuschelte darüber, die Wolken flüsterten es und selbst der Wind trug merkwürdige Worte an die Ohren der Reisenden. Die kahlen und toten Ödlande schienen auf einmal lebendig zu sein … Irgendetwas bewegte sich dort unten … Die Felsen bewegten sich … Oder waren es gar keine Felsen?

Der Strom der Wesen, die sich in den Ödlanden wie Schatten bewegten, zog sich über die gesamte Strecke hinweg und schien sich gezielt auf einen Punkt zu konzentrieren. Legenden über dieses Gebiet berichteten, wie schon gesagt, von uralten Geistern der Verstorbenen einer längst vergangenen Schlacht zwischen den Völkern der Zentralreiche und einem Bündnis aus Bären und unheiligen Kreaturen aus dem Westen. Bislang schien dies auch lediglich ein Mythos zu sein, doch was ich unter mir erblickte, waren mehr als nur ein paar Hirngespinste oder eine Gruppe Wanderer, die sich verirrt hatte. Eine Macht erhob sich und marschierte gen Norden – auf die Verteidigungswälle der Nabanen zu. Wenn meine Kraft nachließ, flatterte ich zurück zum Deck des Schiffes, sammelte neue Energie und huschte eilig wieder unter die Wolkendecke. Die Abstände meiner Erholung wurden immer kleiner, denn ich musste wissen, was dort unten geschah. Doch – was war das?! Das untote Heer wurde langsamer ... stockte ... und fand wenige salatonische Kilometer vor der Grenze zu Nabanees ihr Ende. Auch auf die Gefahr hin, den Anschluss zu verlieren, tauchte ich tiefer hinab und näherte mich der unsichtbaren Wand.

Je näher ich kam, desto deutlicher zeichneten sich drei Früchte ab, die tapfer und einsam in den Ödlanden standen. Nur drei, keiner mehr, und ihr eigenes Leben todesmutig verachtend, stellten sie sich gegen alles, was die Höllenschlünde dieses trostlosen Ortes gegen sie ausspuckten.

An vorderster Stelle stand ein älterer Krieger aus dem Volk der Kirschen. Die Kirschen waren in den dunklen Tagen der Geschichte, als die Zentralreiche noch ihre Grenzen ausfochten, die größten Kämpfer des Kontinents. Während sich die kleineren Stämme unentwegt mit starken Armeen anderer Völker anlegten, verkauften vereinzelte Helden ihre Dienste als Söldner, um die zahlreichen Bedrohungen, die damals noch wie ein undurchdringlicher Schatten die Länder überfluteten, zurückzutreiben. Dann kam das goldene Zeitalter. Die Zentralreiche entstanden und befriedeten das Reich. Kleinere Fürstentümer der verschiedenen Völker schlossen sich zu Ländern zusammen und gründeten schlagkräftige Streitmächte, um das Böse aus allen Ecken ihres Reiches zu vertreiben. Am Ende der Ära war Süd Salatonien – mit Ausnahme der Appellien im Süden und der Spitzberge im Westen – weitgehend monsterfrei. Die Kirschen, die in ihrer Geschichte nie etwas anderes gemacht hatten, als gegen das Böse zu kämpfen, trauerten den alten Tagen nach und ihre martialische Kultur führte ihr Volk schlussendlich zu einer folgenschweren Entscheidung: Alle freien Stämme schlossen sich eines Tages zu einer gigantischen Armee zusammen. Mit Wehmut betrachteten die anderen Völker ihren letzten Marsch, einen unerbittlichen Kreuzzug in die Spitzberge. Zehn Jahre lang verschwand ihr Volk vollständig aus den Geschichtsbüchern Süd Salatoniens, bis eine kleine Handvoll schwer verletzt und niedergeschlagen wieder in den Vorwiesen gesichtet wurde. Doch ihre Versuche, ein letztes Dorf für ihre Art aufzubauen, scheiterten. Irgendetwas in diesen Bergen hatte sie verändert. So trennten sich ihre Wege und jeder von ihnen zieht noch heute als Wanderer oder Söldner durch die Länder – auf der ewigen Suche nach einer Möglichkeit, mit den Schrecken ihrer Vergangenheit fertigzuwerden.'

'Interessant! Ich war damals so mit den Zentralreichen beschäftigt, dass ich die Kirschen nur am Rande beachtet habe. Aber …' Der Spiegel grübelt und krault sich das gläserne Kinn. Interessiert wartet Schiel auf seine Frage. 'Ich erinnere mich, dass es damals noch einen Kirschenstamm im Südosten gab.'

Schiel nickt schon, bevor der Spiegel ausgesprochen hat. 'Richtig, richtig! Die züchten dort nun wilde Schjchu Schjchus. Aber sie haben sich ja schon früh von ihrem Volk abgespalten und mit ihnen eigentlich schon seit Jahrhunderten nichts mehr gemeinsam.'

'Aha. Dachte ich's mir doch …' Das Artefakt räuspert sich noch einmal und dreht hinter dem Glas zwei nebelige Finger in einer Fahr-fort-Geste umeinander.

Schiel nickt, stoppt – und hält sich schmerzverzerrt den Nacken. Sie hat in den letzten zwölf Stunden so oft genickt, dass ihr Nacken nun ganz steif und verkrampft ist.

'Selbstsicher schwang der Kirschveteran seinen schlichten und schmucklosen Zweihänder durch die Reihen der Geister und Dämonen, wobei das Feuer der Furchtlosigkeit aus seiner Seele strömte. Oder um es mit den Worten der weisen Horanuss zu sagen: *Wenn die Welt nun über ihm bersten würde, so träfen die Trümmer einen Furchtlosen.* Die leichte Lederrüstung ließ ihm dabei jede Bewegungsfreiheit, die er brauchte.

Dem Kirschkrieger zur Seite stand ein Kämpfer vom Clan der Ostschächtler aus den Zorbelbergen, ein Radieschen. Dies war überaus selten, denn Radieschen lebten zurückgezogen – und während die Kirschen in der Regel luftige Höhen bevorzugten, verbrachten die Radieschen ihr Leben in den feuchtkalten Tiefen.

Gepanzert war der Recke mit einer vollen Plattenrüstung und bewaffnet mit zwei Äxten aus dem wertvollsten Metall Süd Salatoniens: Zorbel. Ein gutes Stück kleiner als die Kirsche, jedoch nicht weniger kampfstark, glitten auch ihre Klingen ungehindert durch die Zombies und Schemen.

Der Kampfstil der beiden Krieger war auch aus luftiger Höhe deutlich zu unterscheiden. Während die Kirsche defensiv blieb und ihre Feinde auf Abstand hielt, ging das Radieschen in die Vollen und wirbelte berserkernd wie ein Tornado in den Reihen umher.

Zumindest der Dritte im Bunde schien mir auf eine gewisse Weise vertraut, hatten wir doch Angehörige seines Volkes auf unserer bisherigen Reise schon einmal getroffen. Ein Stück hinter den beiden Nahkämpfern, etwas erhöht auf den Stufen eines uralten Tempels, stand ein Bogenschütze der Weintrauben und deckte die anrückenden Feindesscharen mit geschickt und in rascher Folge verschossenen Pfeilen ein. Betrachtete man den Schützen des tapferen Trios allerdings genauer, so fiel auf, dass seine Haut etwas gelblicher als die seiner Brüder schien und auch seine Lederrüstung einer anderen Handwerkskunst entstammte. Die Stämme der Weintrauben waren in der Welt Süd Salatoniens versplittert und agierten jeder für sich aus dem Hintergrund heraus, auch wenn sie in stetem Kontakt zueinander zu sein schienen.

Da der Schütze nun nicht zu den Waldweintrauben des Schnackerwaldes zu gehören schien, musste er in einem der unbekannten Stämme seine Wurzeln haben. Gängige Gerüchte trugen mir einmal zu, dass ein Stamm gelblicher Ostweintrauben in den Wäldern nahe der Datteldörfer hauste, aber auch die Beschreibungen über die geheimnisvollen Weißweintrauben aus dem Winterwald südlich des Sperrgebietes stimmten mit seiner Erscheinung überein.

Würden diese drei Krieger in der Lage sein, den Ansturm der Untoten auf die Wälle Nabanees aufzuhalten?

Eine Antwort auf diese Frage habe ich leider bis heute nicht erhalten, denn rasch musste ich gegen einen aufziehenden Wind zur Arche zurückflattern, um nicht den Anschluss an die eigentlichen Hauptfiguren meiner Geschichte zu verlieren.

Vom starken Gegenwind gänzlich unbeeindruckt trieb das Blätterschiff, von der Kraft des Erdkerns gelenkt, mit gleichbleibender Geschwindigkeit auf die Zentralreiche zu. Mit dem Untergang der ersten Sonne riss auch die Wolkendecke allmählich auf, sodass ich von der Reling aus hinabschauen konnte. Gerade in diesem Moment passierten wir den Verteidigungswall der Völker und erreichten die Gefilde des Bananenvolkes.

Die wohlige Harmonie, die in den possierlichen Dörfern mit den zauberhaften kleinen Kirchtürmen gewöhnlich herrschte, suchte ich allerdings vergeblich. Eine Mischung aus bedrückender Trauer und Heldenmut schlug mir gleich aus dem ersten Dorf entgegen, das sich unter uns erstreckte. Nabaninnen und ihre Kinder standen auf den Straßen, vor den Häusern oder in den Fenstern und winkten ihren Männern zu, die uniformiert und in geordneter Formation im Sonnenuntergang abmarschierten.

Was geschah dort unten? Zogen die Nabanen in den Krieg? Wenn ja, gegen wen? Gegen die Tomatolen? Oder gar gegen die Schjchu Schjchus? Hatten sie schon vom Verrat der Bärchen erfahren? Aber warum marschierten sie dann nach Norden?

Der Rest des Landes zeigte ähnliche Truppenbewegungen. Heere von Soldaten, knatternde Panzer und vollbesetzte Truppentransporter polterten die Feldwege, Kiespfade und Teerstraßen entlang.

»Abdrehen! Sofort abdrehen!«, rief einer der Äpfel hektisch, sprang vom Mast herab, fasste eines der massiven Taue und versuchte, das Hauptsegel herumzureißen. Der Steuermann schlug sofort radikal ein und die Besatzung mächtig durcheinanderwirbelnd lehnte sich die Arche stark nach links. In jenem Moment sauste ein ganzer Schwarm Schjchu Schjchus mit Munitionskisten durch den Windtunnel am Schiff vorbei, drehte nach Westen ab und verschwand Richtung Nevark.

»Was, beim Blattgrün, geht da unten vor sich?!«, brummte der letzte der drei Äpfel und blickte auf die belebte Kleinstadt Chikiko unter sich.

Auch hier ließen sich die Anzeichen des Krieges nicht verleugnen. Die Kreuzungen waren mit Panzern und Jeeps vollgestopft und mühselig versuchten Stoppschildkröten, den Verkehr zu regeln.

Eilig sprintete der Baumhüter über das Deck und seilte sich durch die Luke, die schon der inzwischen verstorbene Festzweig genutzt hatte, in den Innenraum der Arche ab.

»Was tut Ihr?«, rief Starvarius dem Apfel zu, der gerade zu der leuchteten Kugel marschierte, in der sich der Kernstein befand.

»Wir müssen uns beeilen! Was auch immer da unten vor sich geht, kann ein böses Ende nehmen.« Dann ergriff er einen Hebel in der Nähe der Apparatur und legte diesen ein gutes Stück nach vorne um.

Wind pfiff durch die Segel des Blätterschiffes und rasant steigerte sich dessen Geschwindigkeit.

»Schon besser!«, murmelte der Apfel und kletterte wieder an Deck.

In Windeseile sauste die Arche nun durch den salatonischen Himmel und ließ das Land der Bananen und die Gebirgskette, die dieses von Karotonien trennte, hinter sich.

Was für ein Krieg auch immer in den Zentralwelten tobte, es war nun nicht mehr anzuzweifeln, dass die Karotten daran beteiligt waren. Die Entwicklung, die sich bei ihrem letzten Besuch des Reiches schon deutlich bemerkbar gemacht hatte, fand scheinbar kein Ende. Schwer bewaffnete und wohl geordnete Truppen bewegten sich über asphaltierte Straßen und auch das Kriegsgerät, zum Beispiel Panzer und mobile Haubitzen, war technologisch mindestens auf dem Stand der Nabanen. Je mehr Eindrücke ich von Karotonien sammelte, desto klarer wurde die erschreckende Erkenntnis, dass die ganzen positiven Veränderungen, die durch Kanzler Rethli im Land entstanden waren, von Anfang an nur einem einzigen Zweck dienten. Zudem beschlich mich die unbegründbare Vermutung, dass diese technische Revolution nicht ohne Hilfe von außen und somit gegen den Pakt der Zentralreiche möglich gewesen war. Im Gegensatz zu den militärischen Bewegungen Nabanees ließ sich hier jedoch keine klare Orientierung erkennen. Ein Teil des Heeres marschierte nach Süden, ein Bataillon bewegte sich nach Norden und ein Panzerverband rollte zur Küste im Westen. Dass die wenigen Häuser und Läden der Cucurbiten aus den Städten verschwunden waren, fiel mir in diesem Moment noch nicht auf.‘

‚Ich ahne, worauf das hinausläuft …‘

‚Wie der Kapitän es versprochen hatte, erreichten wir die Felder Berelings vor Einbruch der Nacht des nächsten Tages und ein wolkenarmer Sternenhimmel überzog das Land. In der Hauptstadt Karotoniens selbst war vom Krieg noch nicht viel zu sehen. Doch was sich stattdessen hier im Zentrum des Reiches abspielte, fand in der gesamten Geschichte des Kontinents keinen Vergleich. Lichter – Tausende und Abertausende von Lichtern – erhellten die Straßen der Stadt, als wäre es Tag. Jeder Mann, jede Frau und jedes Kind schien auf der Straße zu sein und mit einer Fackel durch die Gassen zu marschieren. Dort, wo keine Fackeln leuchteten, blitzten die Splitter zerschlagener Scheiben wie Kristalle aus der Dunkelheit auf.

»Und ich sage euch«, propagierte eine Karotte in Uniform, die zwischen den Einwohnern auf einem Wagen fuhr, »der Feind ist unter uns! Er beobachtet uns seit Jahren! Karotonien den Karotenen!«

Und ebenso hallte es aus der Bevölkerung zurück.

»Sind die denn total bescheuert?«, fragte nun auch Pein Eppel unisono mit Starvarius, der verwirrt und fassungslos in die Tiefe starrte. Selbst er konnte den Wahnsinn nicht ignorieren.

»Bring uns hier runter!«, befahl Starvarius bestimmt und der Steuermann hielt im Sinkflug auf den Markplatz in der Nähe der großen Bank zu. Das Volk war so aufgebracht und fanatisch, dass selbst das riesige Blätterschiff nur einem geringen Teil von ihnen auffiel, der es dann auch getrost ignorierte.

Der Anführer jedoch deutete in die Luft und brüllte mit einer heiseren und sich ständig überschlagenden Stimme: »Dort kommen sie! Die Brüder der Verräter! Führt sie ihrer gerechten Strafe zu! Straft sie! Straft sie!«

»Straft sie!«, brüllte das Volk und wie ein Schwarm unaufhaltsamer Insekten bahnte sich der Mob seinen Weg durch die Straßen Berelings.

»Verdammt!«, fluchte Starvarius und zog seine Klinge blank. »Wir müssen die Katakomben der Cucurbiten erreichen!«

Einer der Baumhüter legte einen Pfeil in seinen Bogen und trat an die Seite der Sternfrucht. »Rennt und versteckt euch in der Dunkelheit! Wir halten sie auf.«

Auch der andere Appelliate spannte seinen Bogen und nickte Starvarius selbstbewusst zu.

»Danke«, hauchte dieser und klopfte den Recken auf die Schultern. »Halt' das Schiff so gut es geht auf Kurs!«, rief Starvarius noch, während er sich zur Luke begab.

»Es wird gleich etwas holprig!« Fest umklammerte der Steuermann das Rad und bereitete sich auf eine harte Landung vor. Langsam, aber noch sicher schwebte die Arche über die Hausdächer Berelings hinweg und befand sich nun im Landeanflug auf den Marktplatz. Immer tiefer sank das Blätterschiff … tiefer … noch tiefer … noch ein Stück …

»Jetzt!«, donnerte die Stimme des ersten Baumhüters und in diesem Augenblick deaktivierte Starvarius die Antriebsmaschine, öffnete die Klappe der verblassten Kugel und griff sich die Essenz des Erdkerns.

Die Verbindung zwischen Stein und Schiff brach sofort ab und unaufhaltsam stürzte der ganze Stolz des Apfelvolkes in die Tiefe.

»Festhalten!«, brüllte der Steuermann und versuchte, so gut es ging den

Kurs beizubehalten. Doch das Schiff gehorchte seinen Bewegungen nicht mehr. Obwohl sie unkontrolliert trudelte, hielt die Arche dennoch ansatzweise auf den Marktplatz zu, näherte sich den massiven Steinplatten und …

»Aufprall!«, schrie der Steuermann und warf sich auf den Boden. Ein gewaltiges Beben ließ die ganze Hauptstadt erzittern und jedes Hindernis zerschmetternd bohrte sich der Bug des Schiffes in den Untergrund.

»Springt! Wir schaffen das schon!«, befahl einer der Baumhüter und warf Pein Eppel von Bord.

Starvarius bedankte sich flüchtig, als er schon mit beiden Beinen auf der Reling stand, und sprang seinem Gefährten hinterher. Kurz nachdem sie unerwarteter-, aber glücklicherweise unverletzt auf dem Kopfsteinpflaster des Platzes aufgekommen waren und sich in die nächste dunkle Gasse gerettet hatten, sah Starvarius in einem flüchtigen Blick zurück, wie die gewaltige Arche durch einen kompletten Wohnblock schmetterte und erst zum Stehen kam, als sie auf dem benachbarten Innenhof in eine nahe stehende Munitionsfabrik krachte und diese vollständig zerstörte. Zwar wühlten sich die drei Appelliaten weitestgehend unverletzt aus dem Wrack, aber was würde geschehen, wenn der Pulk sie erreichte? Doch so schwer dies Starvarius fiel, er musste erkennen, dass ihnen die Zeit davonrannte. Sie mussten die drei tapferen Recken zum Wohle Süd Salatoniens zurücklassen.

»Wo …?« Die Sternfrucht war irritiert. Die Ereignisse waren ihr über den Kopf gewachsen und verwirrt um sich schauend stand er in der Dunkelheit.

»Komm«, sprach Pein Eppel gleichgültig, packte seinen Begleiter am Handgelenk und zog ihn hinter sich her. »Ich weiß noch, wo es war.«

Selbstsicher zog die Ananas, die in Anbetracht von Wahnsinn, Schrecken und Verzweiflung über sich hinauswuchs, seinen Leibwächter hinter sich her und bog zielstrebig um Häuserecken, tauchte durch Unterführungen hindurch und befand sich schlussendlich vor einem Gebäude – das keines mehr war.

»Ich … muss mich verlaufen haben …«, stammelte Pein Eppel und fiel in seine Rolle des depressiven Zynikers zurück, bis Starvarius ihm die Hand auf die Schulter legte.

»Nein … es ist … es war hier.«

Wo vorher die große Staatsbank Karotoniens stand, befanden sich nun nur noch die Trümmer eines Gebäudes, an das sich niemand mehr erinnern wollte. Die Geheimtür in der Mauer war aufgebrochen worden und am Boden waren viele Fußspuren zu erkennen.

Die Sternfrucht bückte sich und hob einen Fetzen Stoff auf. »Das ist von dem Gewand, das Salomon getragen hat. Sie wurden fortgeschafft … Sie sind weg …«

»Genau! Sie sind weg! Für immer!« Das übertrieben gerollte *R*, der zackige Ton und das auffällige Stakkato in der Stimme – diese Worte konnten nur von einem stammen. Kanzler Rethli persönlich stand im Eingang der Gasse und lachte wie von einem finsteren Dämon besessen. An seiner Seite befanden sich der Erste Offizier mit dem lahmen Fuß und ein muskulös gebauter Leibwächter, dessen Oberkörper mit Patronengurten behängt war. An Flucht war nicht zu denken, denn der Rückweg wurde ihnen von zahlreichen Soldaten der karotonischen Armee versperrt.

»Was habt ihr mit ihnen gemacht? Wo sind die Cucurbiten?«

Das schäbige Lachen des Kanzlers verstummte, doch ein böses Grinsen blieb. »Die Cucurbiten sind die Feinde der freien Früchte! Sie krabbeln wie Ratten in ihren Tunneln und spionieren unser Volk aus! Sie wurden fortgeschafft! Ich wusste, dass ihr wiederkommen würdet. Als Verräter am Volk Karotoniens werdet ihr des Hochverrats angeklagt und verhaftet, doch vorher …« Rethli räusperte sich, als seine Stimme kratziger wurde. »Vorher habt ihr noch etwas, was mir gehören sollte, bevor es noch in falsche Hände gerät.« Der Karotenenführer trat näher an die beiden Recken heran und psychopathisch weiteten sich seine Augen. »Gebt mir … den STEIN!«

Fauchend griff Rethli nach der Essenz in Starvarius' Händen, doch dieser zog sie hastig zurück und verschränkte die Arme schützend vor der Brust.

»Wie ihr wollt!«, tobte der Kanzler. »Tötet …«

Eine Explosion erschütterte den Stadtteil und Trümmer flogen durch die enge Seitenstraße. Flammen stiegen vom Dach des Kanzleramtes auf.

»Wir werden angegriffen!« und »Die Nabanen kommen!«, schrien Stimmen aus dem Fackelzug panisch durcheinander.

»Was zum …?!«, stutzte der Kanzler und blickte in den salatonischen Nachthimmel, dessen Sterne von Rauchschwaden verdeckt wurden. »Neeeiiin!«, rief er, als wolle er die Welt auseinanderreißen, stampfte wütend auf und rannte zum Kanzleramt. Sein humpelnder Offizier drohte den beiden Recken noch mit der Faust und ging ihm, so rasch er eben konnte, nach. Auch die Soldaten hinter Starvarius und Pein Eppel hatten nun ganz andere Probleme, denn die Explosionen kündigten nur die erste Welle an. In der ganzen Stadt wimmelte es bereits von Truppen aus Tomatolen, die mit ihrer Knogglgox-Kavallerie schon den ganzen Norden des Karotenenreiches befreit hatten. Eine weitere Welle von Explosionen kündigte die Nabanen aus dem Süden an und ohne dass die Verteidigung Berelings mit einem so raschen Vormarsch auf ihre Hauptstadt gerechnet hätte oder gar etwas dagegen ausrichten konnte, waren die Straßen gefüllt mit Infanterie der Bananen, die die aufständische Bevölkerung zusammentrieben und die Soldaten des Karotenenkanzlers bis zur Kapitulation bekämpften.

Die beiden Hauptfiguren hatten mit einem ganz eigenen Problem zu kämpfen. Der gewaltige Leibwächter Rethlis schien die drohende Niederlage des Reiches nämlich nicht zu sehen und stellte sich den beiden Früchten entgegen. »Karotonien den Karotenen!«, brüllte er im Wahn und stürmte auf Starvarius zu.

Dieser hatte keine Zeit, seine Klinge zu zücken, und so entbrannte ein fürchterlicher Faustkampf zwischen den ungleichen Kriegern. Schnell wurde allerdings klar, dass die kampftechnische Überlegenheit der Sternfrucht seine unterlegene Kraft nicht ausglich. Jeden Schmerz ignorierend, tobte die Karotte und schleuderte Starvarius durch die Ruinen der brennenden Hauptstadt, die zunehmend vom gezielten Bombardement der Nabanen in Mitleidenschaft gezogen wurde.

Hilflos stand Pein Eppel daneben. Er hatte im Laufe der Reise an Motivation gewonnen und war sich sicher, es auch alleine zum Datteldorf zu schaffen. Sollte er nun einfach gehen? Er wäre seinen ungewollten Wächter für immer los.

Doch irgendetwas hielt ihn auf. War es sein Gewissen? Entwickelte die Ananas tatsächlich ein Gewissen?

Nein. Er war sich einfach nur sicher, dass sich der berserkende Karottenleibwächter ihn als Nächsten vorknöpfen würde, wenn er mit seinem Begleiter fertig war. Also griff er nach dem ersten Gegenstand, den er finden konnte, und schleuderte ihn der Karotte an den Kopf. Dabei handelte es sich ausgerechnet um die Essenz des Erdkerns, die die Sternfrucht in der Hektik hatte fallen lassen. Ungeschickterweise verfehlte er ihn jedoch um Längen und so flog der Stein an seinem Ziel vorbei und landete auf dem kantigen Untergrund, wo er in Tausend Teile zerplatzte. Dabei wurde allerdings die Energie in seinem Inneren so unkontrolliert freigesetzt, dass grelle Blitze über den brennenden Markplatz des Kanzleramtes zuckten, auf den sich der Kampf inzwischen verlagert hatte.

»Arrrgh!« Einer der Energieblitze hatte sein Ziel getroffen und durchzuckte die Karotte, die gerade damit beschäftigt war, Starvarius zu zerquetschen.

Die Sternfrucht befreite sich aus dem Griff, warf sich zu Boden und entging so den umherfliegenden Einzelteilen des Kanzlerwächters, als dieser vor Spannung zerplatzte.'

,Ein spannender Kampf!', wirft der Spiegel keck ein und lacht amüsiert über sein Wortspiel.

Schiel hebt eine Augenbraue.

,'Tschuldigung! Fahr fort!'

,»Ist hier noch jemand am Leben?«, stach eine unerwartet charismatische Stimme aus dem akustischen Gewirr aus Maschinengewehrfeuer, Explosionen, Kampf- und Schmerzensschreien hervor. Eine Truppe nabanischer Soldaten marschierte auf dem Markplatz ein und drängte die letzten Reste von Rethlis Leibgarde in das brennende Kanzleramt zurück. Eine hoch dekorierte Banane schulterte ihr Maschinengewehr und half der kauernden Sternfrucht wieder auf die Beine.

»Zivilisten? Bereling in Zeiten des Krieges ist keine Touristenattraktion! Was tut ihr hier?«

Pein Eppel hielt sich die Ohren zu, ging in eine ruhige Ecke und wartete, bis Starvarius stichpunktartig die ganze Geschichte von ihrer Suche nach der Höhle des Schicksals bis zu ihrem Absturz mit dem Blätterschiff vor der interessierten Nabane ausgebreitet hatte. Selbstverständlich ließ er Nord Salatonien und Melonidas aus.

»Und warum genau müsst ihr nun nach Norden?«

»Nun ...« Starvarius stockte. Wenn Melonidas hätte gefunden werden wollen, so hätte er sich den Bewohnern Süd Salatoniens längst offenbart, dachte sich die Sternfrucht und beging damit den ersten fatalen Fehler dieser Geschichte. »... wir ... haben Anhaltspunkte, dass sich die Höhle dort befinden könnte ... oder zumindest etwas, was für unsere Suche nützlich ist.«

Obwohl die Banane merkte, dass die Sternfrucht etwas vor ihr verheimlichte – die Wahl seiner Tugenden hatte Starvarius zu einem miserablen Lügner werden lassen –, stellte sie keine weiteren Fragen.

»Gut. Aber wagt euch nicht zu weit in den Norden. Dort ist es gefährlich und die Grenze zum Sperrgebiet darf niemand übertreten!«

Starvarius nickte und blickte immer wieder verwirrt an der Banane vorbei, hinter der sich eine große Gruppe Soldaten versammelte.

»Captain Miller!«, rief einer der Infanteristen der befehlshabenden Nabane zu, trat aus der Reihe und salutierte diszipliniert.

Dieser wandte sich kurz von Starvarius ab und grüßte den Untergebenen. »Meldung machen, Soldat!«

»Jawohl, Sir! Haben Nord- und Westsektor unter Kontrolle. Das Heer wartet, den Sturm auf das Kanzleramt einzuleiten.«

»Sehr gut! Bereitet die Männer auf den Angriff vor!«

Obwohl die beiden Früchte direkt voreinander standen, brüllten sie sich gegenseitig an. Seltsame Manieren hatte das Militär …

»Einer unserer Truppentransporter bricht in einer Stunde vom Marktplatz zur tomatolischen Grenze auf, um die ordnungsgemäße Befreiung der Dörfer entlang der Hauptstraße zu überprüfen. Sagt dem Fahrer, dass John Miller euch schickt. Er wird euch bis zur Grenze mitnehmen. Von dort aus müsst ihr allerdings euren eigenen Weg finden. Wenn ihr mich nun entschuldigt, wir haben einen Krieg zu gewinnen. Nabanees für Freiheit und Gleichheit!« Der Offizier wandte sich ab, widmete sich der wartenden Truppe und brüllte: »Für Nabanees!«

»Für Nabanees!«

Mit patriotischem Gebrüll starteten die Truppen ihren letzten Sturm auf das Kanzleramt und von allen Seiten her fielen die gelben Früchte über den letzten Schlupfwinkels Rethlis her.

»Können wir weiter?«, fragte Pein Eppel zögerlich-wehmütig, der sich aus seiner Ecke bequemt hatte und inzwischen eine gewisse Routine darin entwickelte, mit einer verzweifelten, aber hartnäckigen Beharrlichkeit zu versuchen, die Reise voranzutreiben.

Starvarius blickte sein Gegenüber verwirrt an. Interessierte ihn denn dieser Krieg überhaupt nicht?

Doch sein Begleiter hatte Recht: Das oberste Ziel war es, die Höhle des Schicksals so schnell wie möglich zu finden. Denn keiner wusste, wann das Ende kam.

Starvarius lächelte also seinem Begleiter freundlich zu und klopfte ihm tröstend auf die Schulter. Die beiden Recken wandten sich – der eine mehr, der andere weniger bereitwillig – von der Szenerie ab und richteten ihre Schritte in Richtung des knatternden Truppentransporters, der am nördlichen Rand des Platzes auf Befehle wartete.

Die Augenbrauen skeptisch zusammengezogen, fuhr Starvarius noch einmal herum, als ungewohnte Laute aus dem Gemisch aus Kanonenfeuer, Explosionen und gebellten Befehlen hervorstachen und den monotonen Klangteppich der Schlacht zerrissen. Das waren keine Schreie einer Frucht, sondern vielmehr die eines großen Tieres. Ein Fauchen, Brüllen und Toben ohne Gleichen. Als die Sternfrucht ihren Blick zurück auf das Kanzleramt richtete, offenbarte sich ihr ein erschreckender Anblick: Die letzte Verteidigungslinie des karotonischen Reiches hatte sich offenbart und ergoss sich aus den Toren des Kanzleramtes wie aus den Pforten der Hölle gespieen über die Befreiungsarmee. Ihre Zahl war nicht groß, doch ihre Erscheinung weckte mehr Schrecken als eine tausendköpfige Armee. Ein blutrünstiges Rudel Werworle – Kreaturen halb Frucht, halb Worl – stürzte sich zähnefletschend, mit glühend roten Augen und messerscharfen Pranken auf die überraschten Nabanen.'

,Werworle?', fragt der Spiegel verdutzt.

Schiel guckt verwirrt und überdenkt ihre Worte. ,Ja. Werworle! Wesen, die bei Tag wie normale Früchte aussehen und bei Vollmond zu Mischungen aus Worlen und Salatoniern werden.'

Der Spiegel brummt noch irritierter. ,Und was ist ein Worl?'

Die kleine Eule überlegt eine Weile. ,Hmm … Ein bisschen so was wie ein Wolf. Aber die sind ja seit der großen Zerstoßung ausgestorben.'

Nun gerät der Spiegel völlig aus der Fassung. ,Woher wissen die Einwohner Süd Salatoniens von den Lebewesen vor der Zerstoßung?'

Als ob Schiel die ganze Zeit auf diese Frage gewartet hätte, steckt sie den Schnabel in ihr Federkleid, holt ein kleines Bilderbuch hervor und legt es vor den Spiegel.

Der Spiegel liest laut vor: ,*Tiere dieser Welt. Spielend die Natur entdecken. Geeignet für Kinder zwischen 0 und 3 Jahren.*'

Die Kampfnickeule nickt zufrieden. ,Vor ein paar Jahrzehnten ist ein riesiges Bilderbuch an den Strand der Weiten Flur gespült worden.'

,Ein *Permatec*-Bilderbuch?'

,Bitte?'

,Schon gut.'

,Äh … ja. Der Rat der vier Völker hat kleinere Nachdrucke für den Geschichtsunterricht gemacht. Die meisten dieser Tiere hier sind ausgestorben und die, die es noch gibt, sind heute viel kleiner. Ein paar von denen scheinen sich sogar weiterentwickelt zu haben. Wir Kampfnickeulen zum Beispiel … oder die Schjchu Schjchus … oder eben auch die Worle.'

,Eine bunte Mischung … Aber nun weiter! Es war gerade spannend!'

,Sehr wohl! Da befanden sich Starvarius und Pein Eppel nun also wieder mitten in einer der merkwürdigsten Schlachten der salatonischen Geschichte. Die Werworle wüteten mit ihren Pranken und Reißzähnen unter den Männern des heroischen Captain Miller, der sich, nachdem er merkte, dass diese Kreaturen gegen Kugeln völlig immun waren, mit einer der Bestien in den Zweikampf gestürzt hatte. Es schlug wilde Funken, als die Klauen des Werworles auf die silberne Offiziersklinge der Banane trafen, und tapfer erwehrte sich der Captain seiner Haut – bis die Klinge nach einem wilden Prankenhieb zerbarst und die Nabane zu Boden ging. Als sich das Ungeheuer auf ihn stürzte, um ihn mit seinem wilden Maul zu zerreißen, trieb der Anführer das abgebrochene Schwert in den Leib der Kreatur und schnitt sie der Länge nach auf. Nicht Fruchtsaft tropfte aus der Wunde, sondern Licht und Dampf traten hervor. Die Karotte schrie, taumelte zurück und versuchte, sich den Riss zuzuhalten. Doch das Silber schien eine tödliche Reaktion ausgelöst zu haben. Mehr und mehr vertrocknete der Körper des Werworles und löste sich schlussendlich in Licht, Rauch und Staub auf.

Noch am Boden liegend betrachtete Captain Miller die silberne Klinge seines zerborstenen Säbels. Die zur Dekoration und selten zum Kampf aus feinstem Silber gefertigten Offiziersdegen schienen eine besondere Wirkung auf diese Bestien zu haben, die durch Feuer und Stahl ebenso wenig zu erreichen war wie durch Blei.

Der Captain erhob sich und brüllte in die Menge: »Offiziere! Greift zu den Degen! Soldaten! Bajonette aufpflanzen!«

Zwar waren die Bajonette der gewöhnlichen Soldaten aus Stahl gefertigt, doch bekam man für besondere Taten von Zeit zu Zeit eines aus Silber verliehen. Und da die Nabanen mit ihrem übertriebenen Hang zu Patriotismus und Heldenkult nahezu inflationär mit der Verleihung von Orden und Ehrenbajonetten umgingen, konnte Miller darauf vertrauen, dass jeder Zweite seiner Soldaten nun eine effektive Waffe gegen die Worle bereithielt.

Und tatsächlich: Es schien das Silber zu sein, auf das diese Werworle allergisch reagierten. Einer nach dem anderen gingen die Kreaturen unter den Hieben und Stichen der Nabanenarmee zugrunde, die ihrerseits ebenfalls erhebliche Verluste zu verzeichnen hatte. Erschwerend kam hinzu, dass die Bestien sich – im Gegensatz zu einem normalen Gegner – nicht ergaben, wenn sie einer ausweglosen Situation gegenüberstanden. Erst als die Bananen ihre Feinde bis auf den letzten niedergestreckt hatten, kam die Bedrohung zum Erliegen.

Als nun auch die letzte Verteidigungslinie Rethlis gefallen war, wagten die übrigen Truppen, die im Inneren des Kanzleramtes auf den Sieg der Werworle gewartet hatten, einen verzweifelten Ausfall und traten der zahlenmäßig weit überlegenen Bananenarmee entgegen. Und als das Feuer des Gefechtes noch einmal zu voller Flamme aufloderte, erbebte der Untergrund und warf beide Seiten zu Boden. Hatte der tückische Führer des karotonischen Reiches etwa noch ein As im Ärmel?

Als sich die Kämpfenden wieder erhoben hatten und irritiert um sich schauten, brach mit einem Mal das Dach des Kanzleramtes auseinander und aus der Asche Berelings erhob sich ein noch nie gesehenes Flugobjekt: Eine scheinbar fliegende Scheibe mit einer gläsernen Kuppel und vielen bunten Lichtern am Rand stieg aus den Trümmern des Amtsgebäudes hervor und kreiste scheinbar schwerelos über den Kämpfenden. Versuche, es mit MGs oder der mobilen Flugabwehrkanone auf dem Markplatz zu beschädigen, scheiterten an einem unsichtbaren Kraftfeld, das dem Schiff zugleich seine Flugfähigkeit verlieh.

»Narren!«, ertönte donnergrollend eine Stimme aus dem Himmel – und erst jetzt bemerkten die Anwesenden eine Gestalt, die auf der Oberfläche der Untertasse stand. Sah man genauer hin, so erkannte man, dass es sich um Karotenenkanzler Rethli persönlich handelte. Dieser trug nun einen goldenen Harnisch, einen geflügelten Helm und war mit Speer und Schild bewaffnet. »Ihr versucht, das Unvermeidliche hinauszuzögern! Ich bin der Avatar Rubalds, eures Gottes, und ich werde wiederkehren! Hahaha!«

Rasch wurde das widerliche Lachen des Kanzlers von den Geräuschen des startenden Flugobjektes übertönt, als sich dieses weiter in den Himmel erhob und mit einem Surren Richtung Süden donnerte.

Die Anwesenden blickten sich gegenseitig ratlos an. Nicht nur Rethlis wundersame Flucht, sondern auch das plötzliche Verschwinden aller karotonischen Soldaten in der Nähe des Kanzleramtes sorgte für Irritation.

Starvarius starrte noch immer, auf dem Kopfsteinpflaster des Marktplatzes angewurzelt, in die Luft und war mit dem Verarbeiten der Sinneseindrücke überfordert. Kein Wunder, wenn man bedenkt, dass bis vor wenigen Wochen sein Alltag aus Wiesen, Bäumen, Steinen und einer unkommunikativen, depressiven Ananas bestand. Erst das Motorengeräusch des startenden Truppentransporters riss ihn aus seinen Gedanken.

Pein Eppel war bereits die Laderampe emporgekrabbelt und hatte sich wie üblich in einer dunklen Ecke breitgemacht. Starvarius war nicht müde, er hatte an Bord der Arche genug Schlaf gekriegt und setzte sich direkt an den Rand, um seinen Blick über die Umgebung schweifen zu lassen, als ...'

Kapitel 4

‚Augenblick!', wirft der Spiegel an passender Stelle ein. ‚Was ist aus den drei Äpfeln geworden?'

Verwirrt verdreht Schiel die Augen und grübelt schmatzend. ‚Hab ich das nicht erzählt?'

Der Spiegel gluckst verneinend.

‚Oh, dann bitte ich um Verzeihung ...

Starvarius sprang gerade auf die Ladefläche des Truppentransporters, als dieser sich auch schon scheppernd in Bewegung setzte. Selbst wenn die beiden noch an die Arche und ihre Mannschaft gedacht hätten, war es bereits zu spät, um nach ihnen zu schauen.

Als ich merkte, dass der schrottreife Transporter langsam genug über die Straße holperte, um ihn problemlos wieder einzuholen, flatterte ich zurück zur Stadt und entfernte mich kurzzeitig von meinen beiden Hauptfiguren. Ich überquerte den Markplatz, in dem eine deutliche Furche zu erkennen war, flog durch die Schneise, die sich das Blätterschiff durch die nahen Häuser gebahnt hatte, und kam schlussendlich auf dem kleinen Platz abseits des öffentlichen Treibens an, wo die Arche zum Stehen gekommen war.

Ein Wunder! Ich tanzte entzückt, als ich bemerkte, dass die tomatolischen Soldaten das Wrack vor den Karotenen erreicht hatten und alle drei Appelliaten unversehrt in den Überresten des Blätterschiffes herumkraxelten. So optimistisch wie naiv schien es mir jedoch, dass sie mit Hilfe einiger Tomaten versuchten, das Schiff wieder flugfähig zu machen – ohne die Essenz des Erdkerns.

Obwohl es meine Aufgabe war, Pein Eppel und Starvarius nachzueilen, wollte ich mir nicht entgehen lassen, wohin das Ganze wohl führen mochte.

Die drei Äpfel arbeiteten mit den Soldaten Tomatoliens die ganze Nacht hindurch. Sie sägten und bohrten, hämmerten und schraubten, schliffen und hobelten und so weiter. Sie reparierten das Schiff nicht nur, sondern bauten aus den Überresten der alten Arche ein wesentlich kleineres Blätterschiff auf dem Innenhof der zerstörten Fabrik.

Als die erste Sonne am nächsten Morgen aufging und die ersten Strahlen die Trümmer und Überreste der nächtlichen Schlacht beschienen, hatten die vereinten Handwerker ihr Kunststück vollbracht. Solide tomatolische Baumeisterkunst war in die Architektur der Äpfel eingeflossen und hatte ein bezauberndes, kleines und wendiges Luftschiff hervorgebracht.

Gespannt wartete ich auf der Dachrinne eines karotonischen Wohngebäudes darauf, was nun geschehen mochte. Würde ein Bataillon der Knogglgox-Kavallerie das Schiff bis in die Weite Flur schleppen? Das wäre ein sehr sinnfreies Unterfangen gewesen. Doch was tatsächlich geschah, ließ mich verblüfft mit den Augen rollen: Einer der drei Baumhüter war schon seit geraumer Zeit verschwunden und trat nun endlich wieder auf den Innenhof der Fabrik. Dabei hatte er die Hände voll mit den funkelnden Splittern der Essenz des Erdkerns. Diese hatte scheinbar nicht all ihre Energie bei ihrer Zerstörung entladen, denn noch immer zuckten kleine Blitze durch die schwach schimmernden Scherben. Während der Apfelkapitän die Splitter in seiner Tasche verschwinden ließ, behielt er einen einzelnen roten Stein zwischen den Fingern und kletterte rasch und unter den begeisterten Blicken der anderen beiden Baumhüter und einiger Tomaten unter Deck.

Tock! Tock! Tock!

In einem regelmäßigen Rhythmus begannen die beiden Äpfel, mit den Füßen aufzustampfen und die Fäuste auf die Reling zu donnern. Auch eine ganze Reihe Tomatolen und inzwischen ebenfalls ein paar Nabanen stimmten in das seltsame Ritual der Appelliaten mit ein.

TOCK! TOCK! TOCK!

Das rhythmische Stampfen und Donnern breitete sich rasch über den Vorplatz der ehemaligen Fabrik sowie über das umliegende Gelände aus und hallte durch die Gassen der gefallenen Hauptstadt.

»Hört ihr nicht das Flüstern? Hört ihr nicht das Flüstern?«, tuschelten die beiden Baumhüter und passten sich dem Takt des Stampfens an.

Zwar hatten die anderen Völker keinen Schimmer von den Gebräuchen der so lange versklavten Äpfel, doch schienen sie gerade in dieser schweren Stunde nach dem Krieg offen für die Kultur des anderen zu sein und stimmten in den flüsternden Chor mit ein. Neben dem regelmäßigen Gepolter ging nun also auch ein unüberhörbares Tuscheln der Worte *»Hört ihr nicht das Flüstern?«* durch die Reihen der Früchte.

Als der Chor zu voller Stärke angewachsen war, sprang einer der Baumhüter auf die Reling und begann, einen epischen Sprechgesang über die Begleitung zu legen:

Hört ihr nicht das Flüstern?
Der Wind heut eine Stimme hat.
Hört ihr nicht das Tuscheln?
In jedem Zweig, von Blatt zu Blatt.
Meine Seele gebe ich.
Blattgott, oh erlöse mich!
Trage mich weit fort von hier,
in die Freiheit! Heil sei dir!

»… in die Freiheit! Heil sei dir!«, wiederholten die Umstehenden den letzten Satz und setzten dann ihr Gemurmel fort.

Eine ekstatische Stimmung breitete sich aus und für einen Augenblick schienen der Schrecken der vergangenen Nacht und die Sklaverei der letzten Jahrhunderte vergessen.

»Hurra!«, tobten alle, als ein greller Lichtblitz über den Platz zuckte.

»Hurra!« Ein weiteres Mal beantwortete die Menge einen andersfarbigen und noch helleren Blitz.

Dann jedoch verstummte das Publikum von einem Augenblick auf den anderen. Vom Lagerraum des Schiffes – genauer gesagt, von der seltsamen Apparatur, die die Äpfel im Inneren der Arche installiert hatten – breitete sich ein hauchdünnes und kaum wahrnehmbares Netz aus prickelnder und leise knisternder Energie über das Deck aus, spann sich über und um die Reling und setzte sich sowohl über den Bug als auch über den Mast der kleinen Arche fort.

Als das Blätterschiff gänzlich von den magischen Fäden umwickelt war, erreichte die lautlose Spannung auf dem Hof ihren Höhepunkt. Wie von einer göttlichen Hand ergriffen, erhob sich der Kahn Zentimeter für Zentimeter vom hölzernen Gerüst und stieg ein weiteres Mal majestätisch in die Lüfte.

Nun gab es kein Halten mehr. Es flog! Beim Grün selbst, dieses Ding flog – und das durch die winzige Kraft eines Energiesplitters. Von den tüchtigen Helfern gefeiert, stieg die hysterische Besatzung der kleinen Arche über deren Köpfe hinweg und tanzte auf dem Deck des Schiffes mit dem dritten Baumhüter, der aus dem Frachtraum zurückgekehrt war.

»Auf, Männer! Bringen wir den Kahn in den sicheren Hafen! Kurs: Maluschak, Weite Flur!«

Breit grinsend hechtete der Steuermann auf seine Position, ergriff sicher das Steuerrad und schlug scharf rechts ein. »Aye, aye, Kapitän!«

Dem Schiff gen Süden nachblickend saß ich noch einen Augenblick auf dem Wetterhahn eines verfallenen Wohnhauses und winkte diesem hinterher, bis es gänzlich am Horizont verschwunden war. Doch meine Augen weiteten sich schockiert, als ich meinen Blick zum Himmel und auf den Stand der Sonnen richtete. Die Heimkehr der Äpfel hatte mich so in ihren Bann gezogen, dass ich meine eigentliche Aufgabe völlig vergessen hatte. Pein Eppel und Starvarius mussten inzwischen schon fast den Nordrand Karotoniens erreicht und dort das erste Mal einen Fuß auf tomatolisches Gebiet gesetzt haben. Ein Augenblick, der mir um gar keinen Preis entgehen durfte …‘

‚Was ist so besonders an Tomatolien?‘, unterbricht die tiefe, schwingende Stimme des Spiegels angenehm abwechslungsreich die Ausschweifungen Schiels.

‚Wart Ihr nie in Tomatolien?‘

Der Spiegel gibt ein demonstratives Schweigen von sich und die Umrisse einer wabernden Hand zeichnen sich hinter der Scheibe ab, um auf seinen eindeutig nicht zur Fortbewegung gedachten Standfuß zu deuten.

‚Oh ja, Verzeihung! Vermutlich war es nach Eurer Zeit … Seit ein paar Jahrhunderten ist der Garten- und Landschaftsbau eine der großen Stärken der Tomaten. Sie gestalten Parks, Alleen und andere Elemente für die Völker der Zentralreiche, vor allem für die Kuppelgärten der Gurkaner, ziehen aber auch hin und wieder raus in die Weite Flur, um dort die Landschaftslurche in das Unkrautjäten einzuweisen. Für ihr eigenes Land haben sich allerdings die unangefochtenen Meistergärtner des Reiches versammelt und ein nie da gewesenes Konzept ausgetüftelt: *subjektive Landschaftsarchitektur*!‘

‚Bitte was?‘

‚Subjektive Landschaftsarchitektur. Das Land selbst erscheint – objektiv gesehen – flach. Frei von Bergen, Hügeln und Tälern. Es verändert sich jedoch je nach der Motivation desjenigen, der einen Fuß darauf setzt. Dabei verändert es sich natürlich nicht tatsächlich, sondern es beeinflusst die Wahrnehmung des Betrachters.‘

‚Zum Beispiel?‘

‚Zum Beispiel: Ein motivierter Geschäftskürbis tritt über die tomatolische Grenze und bekommt das Gefühl, am Fuße eines riesigen Berges zu stehen. Es geht immer steil bergauf. Ein erfolgloser, bettelarmer Sellerieschausteller hätte an derselben Stelle allerdings das Gefühl, er stünde am Abgrund eines gähnenden Tals und sein Weg führe ihn stets bergab. So, wie sich die Motivation ändert, verändert sich auch das Land. Wenn unser motivierter Kürbis einige Stunden aufwärts marschiert, wird ihm irgendwann die Lust vergehen, seine Laune und sein Optimismus sinken, sie erreichen irgendwann ihren Tiefpunkt – und plötzlich scheint er den Gipfel des Berges erreicht zu haben, von dem aus es nun natürlich wieder bergab geht. Beim Sellerie wiederum … Na ja, ich denke, Ihr habt verstanden, oder?‘

Wieder einmal geht ein zustimmendes Summen von dem weisen Spiegel aus. ‚Ich denke schon.‘

‚Nun gut … Ich erhob mich also von meinem Wetterhahn und flog in Richtung Norden die geteerte Hauptstraße entlang, um ihrer Fährte zu folgen. Dabei flog ich in die höheren Luftschichten, um den Zug der Windtunnel auszunutzen. Normalerweise verlangen die Schjchu Schjchus ja Wegzoll, aber ich hatte mir im Vormonat schon eine Halbjahresvignette gekauft.‘

‚Sehr weise.‘

‚Danke. Als ich – von den stürmischen Wogen getragen – dem Nordrand entgegenglitt, bemerkte ich, wie der Himmel in diesen Regionen immer mehr aufklarte. Dies geschah keineswegs von alleine. Schicksalsträchtige Ereignisse wie die der letzten Nacht zogen nicht nur die Aufmerksamkeit von Früchten und Tieren auf sich, sondern riefen auch unerwünschte Mächte mit auf den Plan. Die Schrecken des Karottenregimes und die erbitterte Schlacht um Bereling hatten genug finstere Spannung freigesetzt, um einen beunruhigenden Haufen böser Wolken aus den dunkelsten Winkeln des Landes über dem ehemaligen Großreich zusammenzuziehen.

Böse Wolken sind keine Ansammlung von Wassertropfen oder -dampf, sondern eine Konzentration düsterer Emotionen. Diese Dinger befinden sich stets auf der Schwelle zwischen Lebewesen und Wettererscheinungen. Sie beeinflussen die Wolken um sie herum und regnen Sorgen und Verzweiflung auf das Land nieder.'

,Das ist ja furchtbar!'

,Mehr als das! Habt Ihr jemals von der Äonenschlacht zwischen Kastanien und Spargel im Nordwesten gehört?'

,Gewiss! Ein furchtbares Gemetzel! Beide Völker fanden in einem unbeschreiblichen Krieg ihr Ende.'

Die kleine Eule nickt mit ehrfürchtig gesenktem Haupt. ,Dabei entstand die größte Ansammlung böser Wolken seit Beginn der Wetteraufzeichnungen. Als sich diese Gewitterfront aus dem Nordwesten bedrohlich auf die Zentralreiche zubewegte, entließen die Gurken ihr Ergebnis jahrzehntelanger Genforschung: Wisch Wasch Wiesel und Schimmerschwirrer. Diese beiden Rassen wurden einzig und allein zu dem Zweck gezüchtet, den Himmel zu putzen, den Sonnenstrahlen den Weg zu ebnen und die Wolken neu zu ordnen. Sie fielen über die Wetterfront her und sorgten für den schönsten und klarsten Morgenhimmel in der Geschichte der Zentralreiche. Daraufhin entließen die Gurken gerade so viele Exemplare ihrer neuen Tierarten, dass die bösen Wolken auf dem Kontinent nie wieder ein Problem darstellten. Ganz nebenbei sorgen sie auch hin und wieder für einen ansehnlichen Sonnenaufgang oder einen sternenklaren Nachthimmel.

Während ich mich immer weiter der karotonischen Nordgrenze näherte, erblickte also auch ich das rege Treiben der fleißig putzenden Wisch Wasch Wiesel, die zwischen den Wolken und Wölkchen hindurchhuschten, und das Herumsausen der winzigen Schimmerschwirrer, die dem Ganzen einen eleganten Glanz verliehen. Die Straße, die schon vor einigen salatonischen Kilometern in einen Feldweg übergegangen war, zeigte hier deutliche Reifenspuren und aufgewirbelter Staub lag noch in der Luft und begann, sich behutsam auf die wogenden Grashalme am Wegesrand zu senken. Bereits wenige Augenblicke später war in der Ferne das knatternde Geräusch laufender Motoren zu hören, das stetig lauter wurde.

Kurz vor der Nordgrenze in Richtung Tomatolien befand sich das Dorf Ostaarholze, die letzte karotonische Ortschaft vor der Demarkationslinie.

Der nabanische Truppentransporter hatte längst auf dem Markplatz geparkt und Mann für Mann hüpften die übrigen Bananen von der Ladefläche. Ein Großteil der Truppe schien bereits in den kleineren Dörfern entlang der Straße zur Friedenssicherung abgesprungen zu sein, sodass nun nur noch eine Handvoll ausgebildeter Soldaten zusammen mit den beiden Reisenden das Grenzdorf betrat. Von hier aus mussten sie zu Fuß weiter und so verabschiedete sich Starvarius dankbar vom Fahrer des Transporters und schritt eiligst Pein Eppel, der den Ort auf der anderen Seite schon wieder verließ, hinterher, den Weg entlang.

Starvarius begutachtete interessiert die Architektur des kleinen Bauerndorfes am Rande des Reiches. Die Industrialisierung, die selbst die kleinsten Dörfer am Südrand in Richtung Nabanees erfasst hatte, schien hier im Norden nachlässiger gewesen zu sein. Vermutlich hielt man es nicht für nötig, den tomatolischen Politikern technologische Überlegenheit zu demonstrieren. Eine durchaus nachvollziehbare Annahme, denn obwohl die Handwerker und Wissenschaftler Tomatoliens herausragende Arbeit leisteten, beschränkte sich ihre Forschung auf Gartenbau, Landschaftsarchitektur, Knogglgox-Zucht, Kunstreiten und die Kultur des Feierns. Vor allem im letzten Punkt sind die Tomatolen allen anderen Reichen weit überlegen. Sie brennen den mit Abstand stärksten Schnaps, der durch nicht-magische Möglichkeiten herzustellen ist. Der Alkoholgehalt des nordtomatolischen *Leberbrechers* zum Beispiel bewegt sich bei geschätzten 112 Volumenprozenten, was 12 Prozent mehr Alkohol als Inhalt bedeutet. Wenn man zu viel davon trinkt, bricht es einem schlagartig alle Knochen.‘

‚Ui! Und das ist der stärkste Schnaps Süd Salatoniens?‘

Eifrig schüttelt die Kampfnickeule den Ganzkörperkopf. ‚Nein, nein. Es ist nur der stärkste NICHT-MAGISCHE Schnaps.‘

Vom Spiegel geht ein leises Murmeln aus. Im Nebel hinter dem Spiegelglas zeichnet sich eine Kuckucksuhr ab. ‚Haben wir noch etwas Zeit?‘

Schiel kneift die Augen zusammen und blickt auf die Zeiger. Da die kleine Eule heimlicher Anchronologist ist, also nicht fähig, eine Uhr zu lesen, murmelt sie verlegen etwas Unverständliches und fügt hinzu: ‚Mehr als genug.‘

‚Ausgezeichnet! Erzähl mir ein bisschen von dem magischen Alkohol! Nur eine kurze Geschichte.‘

Die Eule brummt nachdenklich. ‚Gut, gut. Es gibt vor allem drei erwähnenswerte Schnäpse im salatonischen Reich. Der erste ist der zorbelreiche *Rachengurgler*. Von den Radieschen im Osten hergestellt, enthält dieser Schnaps einen feinen Anteil magischen Zorbelerzes. Das mächtige Metall gibt dabei einen Hauch seiner Zauberkraft an den Alkohol ab. Dieser gewinnt dadurch die Fähigkeit, den körpereigenen Fruchtsaft unverzüglich in reinen Alkohol zu verwandeln. Ein Schluck genügt schon, um einen in die völlige Besinnungslosigkeit zu treiben. Ist daher mit Vorsicht zu genießen, das Zeug.

Das zweithärteste Getränk der Welt ist *Erbsenrum.* Ein Erbsenstamm im Osten an der Grenze zum Schnackerwald hat sich selbst Grogg, dem Gott des sinnlosen Besäufnisses, verschrieben. Alle zwölf Jahre opfern sie ihm eines ihrer tapfersten Mitglieder. Grogg vernichtet den Körper des Opfers und verwandelt die Essenz seiner Seele in zwölf Tropfen göttlichen Rums. Jedes Jahr zum großen Erbsenfest geben sie einen Tropfen in den großen See am Rand des Dorfes. Das gesamte Wasser verwandelt sich daraufhin unverzüglich für die Dauer eines Jahres in Erbsenrum zweiten Grades. Deutlich schwächer als der reine Rum ersten Grades, aber immer noch weit schlimmer als Rachengurgler oder Leberbrecher.'

‚Ähm …', unterbricht der Spiegel interessiert. ‚Hat schon mal jemand versucht, Erbsenrum ersten Grades zu trinken?'

Schiels Schnabel steht vor Entsetzen offen, die Augen bis zum Hinterkopf geweitet. ‚Es … Moment … ja, es gibt da ein Gerücht. Zarr Eisenleber, ein Tomatole aus einem Tomatenstamm im Osten, der sich der Verbesserung tomatolischen Alkohols gewidmet hat.'

‚Verbesserung?'

Schiel winkt ab. Man muss nicht alles verstehen – schon gar nicht in Süd Salatonien.

‚Dieser Recke jedenfalls galt als das trinkfesteste Wesen Süd Salatoniens nach den Bierbarschen vom Gelben See. Auf der Suche nach Herausforderungen kam er einst in das besagte Erbsendorf am Rande des Schnackerwaldes, schlich sich in den Tempel des Grogg und trank alle zwölf Tropfen zugleich.'

‚Was … tödlich war?'

‚Sieben Mal sogar.'

‚Wie?'

‚Es handelt sich hier um göttlichen Rum. Der Fusel hat ihn so schnell getötet, dass sein Körper sechs weitere Male dahingerafft wurde, ehe dieser das erste Mal überhaupt realisiert hatte.'

Ein betretenes Schweigen erfüllt den Trübsaal.

‚Beim Grün! Was für eine wahnsinnige Gottheit!', murmelt der Spiegel entsetzt. ‚Wenn … aber … welche Wirkung hat dann der stärkste magische Schnaps Süd Salatoniens?'

‚Der ist unaussprechlich.'

‚Interessant! Erzähl mir davon!'

‚Ihr versteht nicht – er ist wirklich unaussprechlich. Keiner weiß, wo er herkommt, wie er heißt oder hat ihn je gesehen. Er taucht irgendwo auf einer Feier auf und bringt Tod und Verderben. Man weiß nichts über ihn – nur, dass es ihn gibt und dass es sein Werk ist.'

‚Da fällt mir ein … He, du da!', ruft der Spiegel einer depressiv durch die Halle taumelnden Kartoffel zu, die sich ihm mit leeren Augen zuwendet. ‚Komm mal bitte hier rüber!'

Das motivationslose Gemüse zuckt mit den Schultern und wankt plump über die verzierten Kacheln zu dem mächtigen Artefakt herüber. Der Spiegel flüstert der Kartoffel ein paar Anweisungen ins riesige Ohr, woraufhin diese sich eiligen Schrittes aus dem Staub macht.

‚Ihr müsst wissen …', spricht der Prophet nun wieder an Schiel gewandt. ‚Die Kartoffeln mögen trostlos und unmotiviert sein, aber wie man an dieser imposanten Halle sieht, haben auch sie ihre Geheimnisse. Sie vertreiben sich ihre Zeit durch Beschäftigung mit ihrer eigenen Trauer, mit Depression, Krieg und Tod. Ich habe mich mal gefragt, warum dieses Volk nicht längst durch Selbstmord ausgestorben ist. Eine Ironie des Schicksals hat sie so feige gemacht, dass sie den Tod mehr fürchten als ihr trostloses Leben. Dies liegt nicht zuletzt daran, dass sie den Schmerz an sich fürchten. Deshalb haben sie unter anderem die Kunst des schmerzlosen Freitodes für die mutigsten unter ihnen perfektioniert.'

Eine Seitenpforte des Trübsaals schwingt quietschend ins Innere der Halle und die vorher entsandte Kartoffel kehrt mit einem schwarzen Tablett zurück. Darauf befindet sich eine kunstvoll verzierte Flasche, deren Inhalt grünlich in der Dunkelheit schimmert.

‚*Seelenfrei*', murmelt der Spiegel, während Schiel das Getränk skeptisch mustert. Der Kauz nimmt die Flasche entgegen, entfernt vorsichtig den Korken und schnuppert an deren Inhalt.

‚Magischer Alkohol?', flüstert die Eule unsicher.

‚So etwas in der Art. Er ist aber nicht trinkbar. Ein Schluck davon und die Seele wird umgehend aus dem Körper geschossen. Zurück bleibt eine leere, vertrocknete Hülle. Sind dir auf dem Hinweg die Steinstatuen aufgefallen?'

Die Kampfnickeule nickt zögerlich.

‚Das sind die leeren Hüllen verstorbener Kartoffeln. Die anderen haben sie grau angemalt, damit sie zur Einrichtung passen.'

‚Eine praktische Lösung.'

‚Doch genug von den Abgründen der salatonischen Trinkkultur und weiter mit Pein Eppel und Starvarius!'

‚Sicher. Wir haben schon genug Zeit verloren. Hoffentlich reicht es jetzt noch.'

Verwirrt grummelt der Spiegel: ‚Reicht wofür?'

Schiel winkt geheimnistuerisch ab. ‚Kann ich noch nicht sagen. Erzählerkodex, versteht Ihr?'

Zustimmend brummt das Artefakt erneut und wirft einen bösen Blick in die Richtung einer jungen Kartoffel, die an seinem gespannten Geduldsfaden zupft.

‚Also – so standen Pein Eppel und Starvarius, nachdem sie das Randdorf verlassen und den zertrampelten Feldweg entlanggeschlendert waren, an den eingerissenen Zäunen der karotonisch-tomatolischen Grenze und betrachteten das platte, aber durch zahlreiche formschön eingesetzte Bäume, Sträucher und Blumen hübsch gestaltete Land. Während Starvarius noch einen Blick zurück nach Ostaarholze warf, wo die Soldaten aus Nabanees gerade die verängstigte Bevölkerung auf dem Marktplatz sammelten, schritt Pein Eppel achtlos über die Grenze …

»Whoa!«, riss Pein Eppels Schrei die Sternfrucht aus ihren Gedanken. Diese glaubte ihren Augen nicht zu trauen, als ihr Begleiter, wie auch immer dies möglich war, auf flacher Landschaft bergab nach Norden kugelte. Er versuchte immer wieder, sich aufzurichten, taumelte ein Stück und fiel dann erneut, als zöge ihn eine unbekannte Kraft in die Ferne.

Enthusiastisch knackte der Sternenkrieger die Finger und den Nacken aus und stürmte seinem Herren hinterher. Er hatte jedoch noch keinen Schritt auf tomatolischem Grund getan, da purzelte er auch schon rückwärts wieder nach Karotonien zurück.

›Was … bei den Göttern …?‹, konnte man die große Frage in seinen Augen stehen sehen, als auch der zweite Versuch mit demselben Ausgang endete.

Beim dritten Mal ließ er es langsam angehen und stellte nun auch fest, was ihn immer wieder zurückwarf. Wie wir es uns vorher bereits dachten, veränderte sich die individuelle Landschaftsarchitektur Tomatoliens zum Nachteil der Sternfrucht. Hätten die Gärtner und Baumeister damals gewusst, welche Auswirkungen dieses Prinzip auf einen grenzenlos motivierten Recken wie unseren Starvarius haben konnte, hätten sie es sich vermutlich zwei Mal überlegt. Doch geschehen war geschehen und so konnte ich interessiert beobachten, wie die Sternfrucht auf allen vieren versuchte, die steile Ebene zu erklimmen, während Pein Eppel eben jene Ebene gerade herabpurzelte.

Starvarius ging bis ans Ende seiner Kräfte, um mit seinem stetig weiterrollenden Gefährten mithalten zu können. Doch während seine Motivation langsam bröckelte und es ihm inzwischen schon möglich war, bergauf zu laufen, motivierte Pein Eppel die Leichtigkeit der Fortbewegung nicht im Geringsten.

Die Straße nach Karotonien schien von den Tomatolen nicht besonders häufig genutzt zu werden. Der Feldweg zeigte kaum noch Spuren der Abnutzung, von zahlreichen Knogglgox-Hufabdrücken der jüngsten Ereignisse mal abgesehen, und war zum Teil mit Gras überwuchert. Abzweigungen führten zu den zahlreichen Dörfern, denn Städte gab es hier – bis auf das imposante Waskova – kaum. Dafür traf man häufig auf vereinzelte Häuser und Höfe, in denen Bauern, Prediger, aber auch mal weise Früchte und Gelehrte fern der Gesellschaft sesshaft geworden waren. Zwar hatte in Tomatolien jeder seinen Anteil an der Gemeinschaft zu leisten, doch wurde auch jeder von der Gemeinschaft getragen. Wer also kein Problem damit hatte, in der Masse zu verschwinden und ein durchweg durchschnittliches Leben zu führen, der fand in Tomatolien ein gemütliches Dasein.

Die holprige Reise der beiden Recken dauerte noch nicht lange, als Pein Eppel und Starvarius an einer der allein stehenden Hütten in der Weite Tomatoliens vorbeikamen. Es war ein beschauliches kleines Holzhaus mit rot lackierter Bretterfassade. Das Dach war mit dunkelgrünen Pfannen besetzt und nach außen hin leicht geschwungen. Hier war der Garten besonders gut gepflegt und von kunstvoll zurechtgeschnittenen Skulpturen aus Büschen verziert. Diese standen zwischen sandigen Flächen, in die jemand sorgsam gleichmäßig verlaufende Linien gezeichnet hatte. Auf einer verwitterten Holzbank saßen zwei pummelige Tomaten mit langen, gepflegten Bärten und breiten Augen, die schwarze und weiße Steine auf einem verwirrend strukturierten Spielfeld verschoben. So unterschiedlich wie ihre Spielsteine waren auch die beiden Greise gewandet. Während der eine einen schwarzen Mantel und ein dunkles Untergewand trug, war der andere in weiße Tücher gehüllt. Wortlos verharrten sie in der Stille und verschoben ihre Steinchen mit einem scheinbar absichtlich gut hörbaren Knirschen von Feld zu Feld. Vor ihrer Hütte verlief ein schmaler Fluss wenige salatonische Meter neben dem Weg her, ehe er sich wieder in den Osten zurückzog. Ein besonders faszinierendes Bild bot die Fließrichtung des kleinen Gewässers. Einige Sekunden schwappten die Wellen gemächlich in die eine Richtung, nur um wenige Augenblicke später wieder zurückzufließen. Das Gemüt der beiden Gelehrten hielt sich harmonisch in der Waage und das wachsame Auge stellte bei ihrem kleinen Spiel vielleicht sogar fest, dass beide Tomaten die gleiche Anzahl an Steinen auf dem Feld hatten.

Unerwartet rasch endete das Wechselspiel des Flusses und zuerst gemächlich, dann immer schneller floss er abwärts nach Norden. Die schwarze Tomate zog den Finger von ihrem Spielstein zurück, legte die Stirn in Falten und warf der weißen Tomate einen fragenden Blick zu. Diese beantwortete ihn mit zuckenden Schultern. Immer schneller wühlten sich die Massen durch das schmale Flussbett, wurden zu einem laut plätschernden Gewässer und schließlich zu einem reißenden Strom. Kleinere Pflanzen wurden schreiend hinfortgerissen und Welle um Welle brandete gegen die zierliche Holzbrücke, die von der Hütte der beiden Tomaten zum Feldweg führte.

»Hörst du das?«, flüsterte die weiße Tomate langsam und jede Silbe einzeln von der Zunge plätschern lassend.

Die schwarze begann, gespannt in die Ferne zu horchen. Es erinnerte ein wenig an das Pfeifen eines Teekessels, der langsam auf dem Herd vor sich hin köchelte.

»Aaahaaahaaah! Ahahaaah! AHAHAHAAAAA!«

Das war ein Schrei! Ein weit entfernter, aber sich stetig nähernder Schrei, begleitet von dem dumpfen Grollen eines bergab polternden Felsbrockens.

Wenige Sekunden später lüftete sich das Geheimnis, als Pein Eppel brüllend über die Ebene purzelte. Auf dem Weg hatte er versucht, sich an einem Gebüsch festzuhalten, dieses allerdings unglücklicherweise herausgerissen und sich heillos darin verfangen. Nun rollte also ein Gemisch aus Busch und Ananas über die tomatolischen Ebenen.

Skeptisch blickten die beiden Einsiedler dem Knäuel hinterher und runzelten die Stirn mit so vielen Falten wie möglich. Doch noch bevor einer der beiden die Situation entsprechend kommentieren konnte, machte der Fluss eine erneute Wende. Der reißende Strom stoppte, kam zum Erliegen und begann nun merkwürdigerweise, in die andere Richtung zu fließen. Auch hier erst langsam, dann rascher und später mit der gleichen Intensität wie zuvor in die entgegengesetzte Richtung. Die alten Käuze hatten in ihrem Leben auf dem Land schon viele Spielereien der tomatolischen Landschaftsarchitektur erlebt, doch dies war in der Tat mit dem Wort *seltsam* zu beschreiben.

Der seltsame gelb-grünliche Punkt am Horizont, den der weiße Weise zuerst bemerkte, begann sich nun Stück für Stück zu nähern und bald als kriechende Sternfrucht herauszustellen. Zwar bewegte sich der völlig erschöpfte Starvarius langsam und keuchend, doch war es schon beeindruckend, wie er so lange so dicht hinter Pein Eppel bleiben konnte. Als der Recke an den beiden Tomaten vorüberwankte, donnerte ihm die Stimme des schwarzen Weisen von der Seite entgegen. »He, Jungspund! Gehörst du zu dem Ananasbusch?«

Starvarius verstand nicht so recht, was der Zweisiedler meinte, nickte aber zustimmend.

»Rollt der schon die ganze Zeit?«

Auch dies beantwortete der Leibwächter mit einem Kopfnicken.

»Beeindruckend!«, raunte der Weiße.

»Das nenn ich soliden Pessimismus«, antwortete der andere.

»Ihr scheint erschöpft«, rief nun der weiße Gelehrte der jungen Sternfrucht zu. »Lasst mich Euch einen Rat geben! Versucht, Euer inneres Gleichgewicht zu wahren! Haltet hart und weich, fest und flüssig, nachgiebig und konsequent in Euch im Einklang! Bewertet, was Euch begegnet, nicht als gut und schlecht, sondern nehmt es, wie es ist, völlig wertfrei! Dies ist eine wichtige Lektion hier in Tomatolien!« Nach einer kurzen Pause fügte er jedoch noch etwas hinzu: »Ach ja … Hinter der Grenze könnt Ihr das wieder vergessen, dort ist Optimismus die lebensfreundlichere Alternative!«

Starvarius konnte nicht so recht einordnen, ob es an seinem anders gearteten philosophischen Verständnis oder an seiner Erschöpfung lag, doch während die Worte in den hinteren Windungen seines Verstandes verblassten, überkam ihn das Gefühl, dass Philosophie einem im praktischen Leben nicht viel nützte. Eines allerdings hatte ihn sein Vater gelehrt, bevor er auf tragische Weise verstarb. Nun hatte er es nahezu bildlich vor sich, wie er selbst als kleine Frucht auf der Wiese saß und sein alter Herr mit wedelndem Zeigestock sprach: *»Eines allerdings möchte ich dich lehren, mein Sohn, bevor ich auf tragische Weise versterbe: Begegnest du einer alten Frucht, so hör gut zu, was sie dir mitzuteilen hat! Alter bringt Weisheit – und da widerspricht die Jugend nicht!«*

Welch Ironie des Schicksals, dass sein Vater auf den Rat eines alten Propheten hin nackt und unbewaffnet in die Spitzberge rannte und dort sein Ende fand. Doch er wollte die sonst gut gemeinten Hinweise seines alten Herrn nicht ignorieren und versuchte, die Worte des weißen Weisen zu beherzigen.

Die Sternfrucht schloss die Augen und zügelte ihren Enthusiasmus, mäßigte ihre Motivation und drosselte die Flamme in ihrem Inneren. Ein beruhigendes Gleichgewicht stellte sich in seinem Geist ein und zum ersten Mal in seinem Leben hatte er nicht das Gefühl, tapfer gegen die ganze Welt stehen zu müssen. Überrascht weiteten sich seine Augen, als er diese wieder öffnete.

»Was zum …?!«

Er blickte sich um und versuchte, die Umgebung zu erfassen. Der Fluss, der entlang des Weges verlief, war zum Erliegen gekommen und schwappte wie vor seiner Ankunft gemütlich hin und her.

»Seht Ihr? Ganz einfach!«, überheblichte nun wieder die andere Tomate.

»Vielen Dank, werte Herren!«, sprach Starvarius und verneigte sich dankbar.

»Nur ein Ratschlag von ein paar Zweisiedlern! Nun holt Euren Freund ein, junge Sternfrucht!«

Nickend wandte der Recke sich ab, winkte noch einmal zum Abschied und spurtete seinem Gefährten angespannt-gelassen hinterher. Nun war der Weg bis zur Nordgrenze Tomatoliens nur noch ein Tagesmarsch.

Kapitel 5

Als Starvarius die nördliche Grenze am Morgen des nächsten Tages erreichte, klebte Pein Eppel schon an der Rinde einer alten Ulme, die unglücklicherweise in seiner Kugelbahn stand. Die Grenze zwischen Tomatolien und dem nördlichen Teil Süd Salatoniens war nicht besonders gekennzeichnet. Dennoch erkannte man deutlich, wo die fleißige Landschaftsgestaltung der tomatolischen Gärtner aufhörte. Mit einem Mal gingen wohl angeordnete in wüst verstreute Bäume über, ästhetisch verschönerte Büsche wichen kahlen und wild wuchernden Sträuchern und die nahezu über das ganze Land hinweg gleichmäßig gepflegten Wiesen verliefen sich in mehr schlecht als recht begrasten Steppen mit verstreuten Grasbüscheln und zahlreichen vertrockneten Erdflecken.

Als Starvarius seinen Fuß auf das nördliche Territorium setzte, ließ er auch die Harmonie zurück und legte das übermotivierte Grinsen wieder auf, ehe er seinen Herrn von der Ulme kratzte. »Die Zentralreiche liegen hinter uns, du Miesepeter! Hier beginnt der gefährliche Teil unserer Reise.«

Und mit einem Mal stand auch die Ananas wieder senkrecht auf den Beinen, schien für einen winzigen Augenblick zu grinsen, sprach: »… und der LETZTE!« und trippelte wieder voran.

Dieses Gebiet hatte einen seltsamen Charakter. Der Eindruck trostloser Verlassenheit ließ sich irgendwie nicht aus dem Geist tilgen, auch wenn sich die Landschaft im Laufe ihrer Reise zu erholen schien und immer mehr der sympathisch-chaotischen Wildnis der Weiten Flur glich. Vermutlich war es die Geschichte des Nordens, die die Wahrnehmung der Wanderer beeinflusste. Der Großteil Nord Süd Salatoniens war schließlich zum Sperrgebiet erklärt worden und die einzigen Wege an diesem vorbei waren so immens gefährlich, dass sich die wenigsten Wanderer die Mühe machten. Handelsrouten bestanden allenfalls auf dem Luftweg. Des Weiteren galten die Völker des Nordens als roh, ungehobelt und unkultiviert – das Feindbild der zaghaft überheblichen Zentralreiche. Erklärlicher schien inzwischen allerdings zu sein, dass es sich bei den Berichten über den Norden nur um abschreckende Gerüchte der Vorväter Süd Salatoniens handelte, die mit aller Kraft zu verhindern suchten, dass zufällig ein Bürger über das nicht existierende Nord Salatonien stolperte. Mit der Zeit gerieten die Gründe für die Distanz von den Nordlanden in Vergessenheit.

Das Sperrgebiet jedoch war zu Recht vom Rest der Welt abgegrenzt, denn die Kreaturen, die hier angeblich gesichtet wurden, spotteten jeglicher Beschreibung und insgeheim hofften Starvarius, Pein Eppel und auch ich, dass unser Weg uns weit genug an diesem Gebiet vorbeiführen würde, um nicht versehentlich einen Blick auf die Schrecken der verbotenen Lande zu erhaschen.‘

Schiel seufzt, legt jedoch ein gespieltes Lächeln auf, als der Spiegel sie skeptisch mustert.

‚Dass der Norden den Eindruck des Verlassenen erweckte, bedeutete keineswegs, dass er wirklich verlassen war. Vereinzelte tomatolische Dörfer fanden sich auch hier, auch wenn sie weiter von den Zentralreichen entfernt natürlich seltener wurden. Hin und wieder begegnete man auch den abgelegenen Siedlungen anderer Früchte. Die Tierwelt ließ ebenfalls keine Wünsche offen und stand in ihrer Vielfalt dem Rest des Landes in nichts nach. Aufgrund des rauen Wetters, kalter Winde und niedriger Luftfeuchte war dies allerdings kein optimaler Lebensraum für verwöhnte Kreaturen wie Krehe, Aufsichtsschleichmännchen oder Ahas. Dafür fanden sich hier vermehrt Flammingos, Bibberbiber, Wollmäuse und andere Kreaturen mit hoher Toleranz für Kälte und Trockenheit.

Je weiter man nach Norden kam, desto kälter wurde es auch, denn die drei Sonnen hatten ihre festen Umlaufbahnen. Die rote Sonne, die am Morgen als Erste aufging und am längsten blieb – sie wurde auch *Een'ruf*, die erste Sonne, genannt –, erhob sich im Süden, wanderte rasch über die Appellien und die Weite Flur bis über die Zentralreiche, verharrte dort längere Zeit im Zenit über dem Schwanensee und wanderte am Abend rasch wieder nach Süden. Die zweite Sonne – *Two'ruf* – ging im Südosten auf, zog eine regelmäßige Bahn in Richtung Nordosten, wobei sie die kompletten Ostlande streifte und dort wieder unterging. Die dritte Sonne – *Tjo'ruf* – zu guter Letzt stieg im Nordwesten am Himmel empor, überquerte das westliche Land im Laufe des Tages und senkte sich im Südwesten wieder. Betrachtete man es sich also genau, so stellte man fest, dass im ganzen Reich stets ein konstanter Mix aus milder Blütezeit und sonniger Hitze herrschte, je nachdem, wie weit sich die Sonnen nun von der Welt entfernten. Lediglich das tortenstückförmige Gebiet im mittleren Norden wurde von keiner eigenen Sonne beschienen und nährte sich von den Strahlen der Een'ruf. Nun verwunderte es auch nicht mehr, dass es zum Norden hin immer kälter und unwirtlicher, im Nordwesten und Nordosten allerdings wieder herbstlich wärmer wurde.

Doch bevor sie die sichere Straße nach Westen einschlagen konnten, mussten sie erst einmal weiter nach Norden – und das bekamen sie auch unmittelbar zu spüren. Frostiger Wind umwehte die beiden Recken und ließ ihnen die Kälte in die Glieder fahren. Die Vegetation nahm wieder ab und die Überreste alter Bäume, die dieses Wetter nicht mehr verkraftet hatten, zierten die Landschaft und hielten mit ihren vertrockneten, kahlen Ästen eine schaurige Totenwache.

Ein weiteres Mal sollte jedoch ein ungeplantes Ereignis ihre Reise verzögern und die Aufmerksamkeit der Wanderer von der Alltäglichkeit abbringen und an den Augenblick fesseln. Ein tiefes und furchterregendes Gebrüll ertönte unheimlicherweise in nicht allzu weiter Ferne.

»Ogereber, Baumgelehrte, Kmek Kmeks und Flexdexen, Götterwellen und Kiwi-Kobras! Seit Jahrhunderten suchen Wissenschaftler aller Völker nach den seltenen und abstrusen Kreaturen unserer Zeit und ausgerechnet uns laufen sie wie am Fließband über den Weg!«, keifte Pein Eppel und stampfte trotzig auf.

Starvarius zog wacker, jeglicher Gefahr widerstehend das Langschwert, das er von dem verstorbenen Apfelwächter erhalten hatte, und stürzte dem Gebrüll entgegen.

Die Schreie, die über das ganze Land hallten und jeden Knäuelkäfer in seinen Bau zurücktrieben, waren jedoch keine überlegenen Kampflaute wie die einer gigantischen roten Flügelechse, die sich zur Schlacht aufbäumte. Es waren die verzweifelten Hilferufe eines Gefangenen.

Auf dem Feld am Rande des Weges lag ein Wesen, das ich nicht einmal annähernd aus irgendwelchen Gerüchten oder Beschreibungen kannte. Es war eine Art Kugel mit riesigem Maul und kurzen Armen. Beine schien es keine zu haben, da es offensichtlich schwebte, wenn es nicht gerade angekettet war. Und mächtige Ketten mussten es sein, die so eine riesige Bestie zu halten vermochten. Um dieses absonderliche Wesen herum hüpfte ein ganzes Rudel kichernder Erbsen in weißen Gewändern, die den Gefangenen trotz seiner Fesseln weiterhin mit Speeren und Lanzen traktierten. Mitleiderregend heulte die Bestie in einer unidentifizierbaren Sprache auf und versuchte, seinen Peinigern zu entgehen. Doch die Ketten hielten stand.

»Wir müssen helfen!«, rief die Sternfrucht und preschte voran.

Pein Eppel hielt ihn am Handgelenk zurück. »Bist du verrückt?! Es wird schon einen guten Grund haben, warum dieses Ding da angekettet wurde. Gehen wir einfach …«

Doch Starvarius hatte sich schon losgerissen und rannte auf die Szene zu.

»... weiter ...« Die Ananas seufzte. Sie würden nie ankommen ... Er würde auf eine banale Art und Weise sterben und nach Kapschmuuk kommen – das war sein Schicksal.

Unterdessen focht sein Leibwächter bereits tapfer mit dem Erbsenstamm und versuchte, diesen in die Flucht zu schlagen. Rasch ließen die Früchte aus dem Clan der Giftzwerge von ihrem wehrlosen Opfer ab und beharkten den mutigen Starvarius. Als die Sternfrucht einen Speerstoß parierte und eine der Erbsen der Länge nach zerteilte, wurde den beiden auf erschreckende Weise die Besonderheit dieses Clans bewusst. Just in jenem Moment, als die Klinge durch den Körper glitt, wuchs dieser hinter dem Schnitt wieder zusammen. Mit Waffengewalt war diesen Wesen nicht beizukommen.

Dies war Peins Gelegenheit zu fliehen! Doch ... verdammt! Dieselben Zweifel wie im Kampf seines Gefährten mit dem karotonischen Offizier hielten ihn davon ab. Das Datteldorf war um die Ecke! Es war zum Greifen nahe! Und wieder war er sich nicht sicher, ob es ein schleichendes Mitgefühl oder die Abhängigkeit war.

Starvarius stand der Schweiß auf der Stirn. Er brachte Erbse um Erbse zu Fall, dass die wackerste Magd sie nicht hätte zählen können. Doch eine um die andere standen sie wenig später wieder zum Kampfe bereit.

»Zirp, Zirp ...«

Während Pein Eppel nachdachte, versuchte er, die Geräuschkulisse des heimischen Tierreiches zu ignorieren und blickte sich suchend nach kahlen Steinen und geborstenen Ästen um.

»Zirp, Zirp ...«

Wollten diese Wesen ihn ärgern? Immer wieder unterbrach das nervige Zirpen kleineren Getiers seine krampfhafte Suche.

»Zirp, Zirp ...«

Das reichte! Zornig holte die Ananas mit dem Fuß aus und wollte das vor ihm herumzirpende Killmich-Grillmich bis zum Horizont treten, als ihm eine einleuchtende Idee kam. Pein ergriff das kleine Insekt, holte weit aus und schleuderte es mit aller Kraft nach einer der Erbsen. Wie üblich zirpte das Grillmich wie verrückt und rieb dabei mit den Schenkeln gegen ihre rauen Körperseiten. Ein schlechter Scherz der Natur hatte diese Wesen wie ein Streichholz plus Schachtel konstruiert. Bei Gefahr zirpten sie so schnell, dass sich ihr papierartiger Körper entzündete und die winzigen Kreaturen in einer kleinen Explosion zerplatzten.

Die Toga der nahe stehenden Erbse ging sofort in Flammen auf. Panisch ließ der Giftzwerg seine Waffe fallen und rannte in der Gegend umher. Finster lachend bäumte sich Pein Eppel auf und sammelte hektisch die Killmich-Grillmichs auf der kargen Wiese zusammen. Die Zeit der Ananas war gekommen!

Obwohl Pein und Starvarius nun effektiv gegen die Widersacher vorgingen, schien der Kampf nicht enden zu wollen. Das gigantische Monstrum im Hintergrund der Szene konnte sich nun frei von Angreifern seinen Ketten widmen und begann mit einer seiner mächtigen Pranken, die an solch kurzen Armen saßen, dass sie nahezu direkt am Körper hafteten, an der Verankerung zu zerren, die flüchtig und unsorgfältig in den Untergrund geschlagen worden war. Erst als die Bestie einen blutrünstigen Schrei ausstieß, galt die Aufmerksamkeit der Erbsen dieser erneut. Doch nun war es bereits zu spät. Mitsamt dem Felsbrocken, in den der Bolzen geschlagen war, riss die Kreatur die Verankerung aus dem Boden und packte einen verwirrt dreinschauenden Giftzwerg, der sich gerade zu ihm umwandte.

»Tapfere Sternfrucht! Die Münzen für den Fährmann!«, grollte das Monster mit tiefer Stimme, die einem vom Scheitel bis in die Zehen fuhr.

Münzen für den Fährmann? Als kramte ein zerzauster Archivar in den Unterlagen seines Kellergewölbes, versuchte ich Erinnerungen oder Gerüchte hervorzuholen, die mir einen Hinweis auf diese Metapher hätten liefern können. Irgendwas mit Erbsen …

Und da fiel es mir wie Schuppen von den Augen. In den Kulturen der verschiedenen Erbsenstämme variierten die angebeteten Gottheiten mitunter stark, doch nur in einem Punkt glichen sich die Überlieferungen: Das Schicksal war eine starke Macht im Glauben der Erbsen. Der Tod konnte sie nur ereilen, wenn ihre Zeit reif war. Aus eben diesem Grund waren auch die Hiebe des Starvarius und das Feuer Pein Eppels nutzlos gegen den Stamm der Giftzwerge.‘

‚Moment mal!‘, unterbricht der Spiegel. ‚Müsste das Schicksal das Kommen der beiden Recken nicht eingeplant haben?‘

Schiel leckt sich genüsslich über den Schnabel, als hätte sie nur auf diese Frage gewartet. ‚Dies ist eine Frage, die mich seit diesem Zeitpunkt der Reise verfolgt hat. Ich bin da auf eine gewagte These gekommen. Was haltet Ihr davon: Es war niemals der Plan des Schicksals, dass die beiden Früchte diese Reise überhaupt angetreten haben!'

Ein überragend nachdenkliches Grummeln, nicht zu vergleichen mit einem nachdenklichen, einem sehr nachdenklichen oder einem außerordentlich nachdenklichen Grummeln, durchdringt den nebligen Schleier des Trübsaals. ‚Und wie konnten sie dann aufbrechen?'

‚Ich … äh …' Schiel schweigt und grübelt, ohne auf eine Antwort zu kommen.

Als sich auch nach mehreren Augenblicken im Trübsaal nichts tut, sieht es danach aus, als würde dies eine der ungeklärten Fragen dieser Geschichte bleiben.

Einen ausreichenden Augenblick schweigen die beiden Gesprächspartner und lassen Platz für eine orchestrale Untermalung, die zum Leidwesen der epischen Grundstimmung in Ermangelung eines ausreichenden Budgets – *die Gemeinschaft der Brabbelbücher bedankt sich an dieser Stelle bei den kürzlich erlassenen Gesetzen der narratorischen Regierung zu Einsparungen im Fond zur Förderung orchestraler Untermalungen* – ausbleibt, und achselzuckend fährt Schiel fort: ‚Um zur Kultur der Erbsen zurückzukehren … Wenn eine Erbse stirbt, so geht ihre Seele ein in das Reich des Fährmannes, wo ihr der Eintritt ins ewige Jenseits jedoch verwehrt bleibt, bis man dem Verstorbenen zwei Münzen auf die Augen legt. Dies sieht der Fährmann als Lohn für die Überfahrt an und bringt die Seele ins Reich des ewig währenden Friedens.

Mir dämmerte plötzlich, was dieser pfiffige Außerirdische vorhatte. Starvarius verstand nicht, holte aber geistesgegenwärtig eine Handvoll Kupfermünzen aus dem Lederbeutel und schlug sich zur Bestie durch.

»Auf die Augen! Leg die Münzen auf seine Augen!«, brummte die außerirdische Kugel und schloss den Griff um die Erbse fester, damit diese nicht durch ihre panischen Zuckungen entkam.

Mit einem Sprung entging die Sternfrucht dem Speerstoß eines anstürmenden Giftzwerges, hüpfte auf dessen Kopf und hechtete rasch zu dem Monstrum hinüber.

»Neeeiiin!«, entfuhr es der zappelnden Erbse, als Starvarius die Kupfermünzen auf deren Augen presste.

Ein kühler Windhauch fegte spürbar über die Steppe hinweg, der Gesichtsausdruck des Bemünzten erstarrte und seine Haut färbte sich schneeweiß, ehe er zu Staub zerfiel. Der Fährmann machte zwischen Lebenden und Toten keinen Unterschied. Wer bezahlt hatte, der musste mit. So hatte er sich die Seele der Frucht geholt, ganz gleich, ob ihre Zeit gekommen war.

Nun hatten die beiden Recken die skurrile, aber wirksame Waffe gegen die tobenden Giftzwerge in Form zahlreicher Kupfermünzen, die in der linken Hand des Leibwächters klimperten, gefunden. Obwohl Erbsen als feiges Völkchen verschrien waren, wichen sie zur Verwunderung der beiden Reisenden nicht zurück. Ganz im Gegenteil: Sie gingen noch verbissener und entschlossener gegen die Störenfriede vor. Was auch immer diese Kreatur war oder was sie bedeutete – sie war wertvoll genug, um einen ganzen Stamm bis auf den letzten Mann dafür sterben zu lassen.

In ihrer Panik stürzten sich die Giftzwerge wild brüllend auf die umzingelte Sternfrucht und fielen reihenweise dem apfeligen Langschwert zum Opfer. Die Sternfrucht zielte präzise auf die Beine, um ihre Gegner zu Fall zu bringen. So konnte er den vorübergehend wehrlosen Feinden ohne große Mühe die Kupfermünzen auf die Augen legen, während Pein Eppel das übrige Rudel mit bitterböse zirpenden Killmich-Grillmichs auf Abstand hielt.

Ein Erbsenkrieger stürzte auf die Ananas zu und für einen Augenblick sah der Recke dem Tod ins Auge. Das hätte der Moment sein können – von einer Erbse im Kampf erstochen, Himmel Stufe 2.

Stufe 2? Er hatte doch nicht all diesen Mist auf sich genommen, um in Stufe 2 zu enden!

Pein sprang im letzten Augenblick zur Seite, holte grinsend aus und schmetterte der Erbse seinen letzten Grillmich mit aller Kraft ins Gesicht, wo dieser explodierte und in Stückchen vor Starvarius' Füße rutschte. Dieser blickte sich verwundert um, reagierte rasch und legte dem Angreifer zwei Kupfermünzen auf die Augen.

Erschwerend für die Erbsen kam noch hinzu, dass sich die monströse Kreatur nun auch von ihrer zweiten Kette befreit hatte und wütend schnaubend in die Schlacht stürzte. Wer nun aber dachte, eine wilde, große Bestie würde den endgültigen Sieg bringen, der dachte falsch. Wer hatte eigentlich je festgelegt, dass große, furchterregende Wesen auch kämpfen konnten?

Ungeschickt schwebte der dicke Ball zwischen den Erbsen hindurch und vermochte nicht eine einzige zu fassen, womit er den beiden Recken mehr im Weg stand als nützte. Nichtsdestotrotz gewann das Trio die

Oberhand und schickte Erbse für Erbse mit dem Fährmann ins Jenseits, bis nur noch eine einzige wimmernd vom geschickt geschleuderten Speer des Starvarius an einem vertrockneten Baum festgenagelt wurde.

»Sprich! Was wollt ihr von diesem Wesen?«, setzte Starvarius den Wehrlosen unter Druck und wackelte bedrohlich an dem Teil des Speeres, der aus der Wunde ragte.

Der Giftzwerg spuckte einen Teil seines Fruchtsaftes auf den Boden und zeterte mit zitternden Lippen. »Ihr … habt einen großen Fehler begangen! Das Ende!«

»Ich will!«, unterbrach der euphorische Schrei Pein Eppels das Geständnis der Erbse und noch ehe die Sternfrucht eingreifen konnte, drückte die Ananas ihrem Opfer die Kupfermünzen auf die Augen und ließ diese jegliche Information mit auf die andere Seite nehmen.

Ein Hauch von Zorn zeichnete sich in den Augen der Sternfrucht ab und zuckend machten sich ihre Hände bereit, ihren stets die falschen Entscheidungen treffenden Herrn zu erwürgen. Doch hastig kehrte Starvarius' Fassung zurück, die Hände sanken herab und der Atemzug, den er zum Ausstoßen wüster Beschimpfungen gesammelt hatte, entwich seiner Lunge.

Die Kreatur erhob tief grollend die Stimme: »Habt Dank, kleine Früchte! Mein Volk steht in eurer Schuld – zumindest würde es das, wenn ich wüsste, wo der Rest von uns ist.«

Pein Eppel witterte nutzlose Informationen, lange Erzählungen oder mindestens ein unerhört langes Gespräch und wandte sich wie gewohnt pfeifend ab. Erneut lag es also an Starvarius, der seltsamen Kreatur, die sich in die Liste seltsamer Kreaturen, denen sie bis jetzt begegnet waren, einreihte, entgegenzutreten und sich deren Lebensgeschichte mit der unerschütterlichen Motivation eines Helden anzuhören. »Nichts zu danken. Doch … Ihr seid der Letzte von Eurem Volk? Zu welchem Volk gehört Ihr?«

Je näher der Recke kam, desto weiter drehte sich der fliegende Ball in Richtung Boden, um mit ihm den Augenkontakt zu halten. »Ich bin nicht der Letzte … glaube ich. Ich finde den Rest von uns nur nicht wieder. Mein Name ist Gulivra vom Volke der gablavlanischen Sonnensortierer.«

»Sonnensortierer?«, stammelte die Sternfrucht. »Ihr … äh ... sortiert … Sonnen?«

»Sonst würde ich nicht so heißen, oder?«, entgegnete der außerirdische

Ball sarkastisch. »Hin und wieder werden ein paar Fixsterne ihrem Namen nicht gerecht und tanzen aus der Reihe. Wir schieben sie an ihren Platz zurück und kleben sie fest.«

»Und … was führt Euch nach Süd Salatonien?«

Dem gablavlanischen Sonnensortierer stand der Mund offen und entsetzt blickte er auf den verwirrt um sich schauenden Starvarius, der sich nicht bewusst war, was an seiner Frage nun so merkwürdig sein sollte. »Schau zum Himmel! Was siehst du?«

Gehorsam richtete der Leibwächter seinen Blick nach oben und betrachtete skeptisch die leuchtenden Feuerkugeln, die das Firmament zierten. »Ähm … es sind drei Sonnen?«

»Richtig. Und was noch?«

Starvarius strengte sich an und schaute immer wieder genau hin, doch wollte ihm einfach nichts Merkwürdiges auffallen.

»Sie kreisen um euch!«, löste der Sonnensortierer die Situation auf. »Die drei Sonnen Süd Salatoniens kreisen um euren Planeten!«

»Und was ist daran so ungewöhnlich?«

»Planeten kreisen um Sonnen. Nicht umgekehrt. Eure Sonnen trotzen den Gesetzen des Universums.«

»Und Eure Aufgabe ist es nun, dies zu richten?«

Der Außerirdische schüttelte den Kopf. »Nein, nein! Das würde ja euer ganzes Ökosystem durcheinanderbringen. Ich wollte mir das hier nur noch mal angucken«, antwortete der Außerirdische schnell, doch an seinem Tonfall wurde deutlich, dass er noch nicht alles erzählt hatte. »Nun ja und … seht, wir gablavlanischen Sonnensortierer sind die Einzigen, die Sonnen verschieben können, und … wir müssen ja auch von irgendwas leben. Ein kaslaxischer Müslibaron hat ein fürstliches Honorar für den Gablavlaner ausgesetzt, der die Sterne dieses Teils der Galaxis zu einer Liebesbotschaft für seine siebzehnte Geliebte anordnet. Und wo ich schon mal hier bin …«“

Klammsing zog die Augenbrauen hoch und las den letzten Satz noch einmal.

Kaslax … Er … er war auch schon in Kaslax … Aber wie … Der Wissenschaftler beschloss, den Gedanken zu verdrängen und weiterzulesen, bevor er noch auf schreckliche Wahrheiten stieß.

„„Die Sternfrucht kratzte sich am Kopf und betrachtete erneut die drei schillernden Sonnen. »Aber …«, stammelte sie, immer noch von der Größe und Fähigkeit des Außenweltlers beeindruckt. »Hat das nicht schädigenden Einfluss auf die Lebewesen dort?«

Lässig winkte der Sortierer ab. »Ach, Quatsch! Unsere Zielsonnen befinden sich immer in unbewohnten Systemen. Im Umkreis von 183 Tagen dimensionssaltatorischer Reise seid ihr die einzigen Lebewesen. Und diese Strecke schaffen die wenigsten Völker.«

Verständnisvoll nickte Starvarius und hoffte, wenigstens die Hälfte verstanden zu haben.

Dies zur Kenntnis nehmend, rollte der Gulivra mit den riesigen Augen und blickte gen Himmel. »Nun denn … ich danke euch ein weiteres Mal für euren Mut, kleine Früchte! Wenn ihr mich nun entschuldigen würdet, das Wort Liebe hat in Kaslaxisch 8523 Buchstaben. Das sind eine Menge Sonnen, die verschoben werden müssen.«

Als der fliegende Ball aus dem All sich gerade abwenden wollte, zuckte er noch ein kurzes Mal und fuhr wieder herum. »Ach! Hätte ich es doch beinahe vergessen …« Mit seinen riesigen Wurstfingern griff der Gablavlaner, wie auch immer dies möglich war, in eine winzig kleine Tasche an seinem Gürtel und holte ein winzig kleines Fläschchen heraus. Das Gefühl, welches der Außerirdische in den Fingern hatte, musste herausragend sein, dass er die zarte Phiole nicht zerbrach. »Nehmt dies zum Dank! Vielleicht nützt es euch …«

Vorsichtig nahm die Sternfrucht das Behältnis aus den gewaltigen Pranken des Fremdlings entgegen und betrachtete es skeptisch. Als er neugierig den Korken löste und einen Blick in die Flasche werfen wollte, strahlte diese urplötzlich ein Licht von solcher Helligkeit aus, wie sie kein Wesen Süd Salatoniens in den letzten paar tausend Jahren gesehen hatte. Jeder Bewohner Süd Salatoniens, der in diesem Augenblick die Augen geöffnet hatte, verlor schlagartig 1 Prozent seiner Sehkraft. Tiere im Umkreis von 5 skm, die kleiner waren als 5 salatonische Zentimeter, erblindeten sofort vollständig.

»Wow!«, staunte Starvarius ausdrucksstark, als er das Licht wieder eingeschlossen hatte. »Was … war das?«

Mit einem breiten Grinsen nahm der gablavlanische Sonnensortierer die Sonnenbrille in Übergröße ab, die er präventiv aufgesetzt hatte. »Dies, mein junger Freund, ist die kleinste Sonne der Welt. Bewahre sie gut auf! Denk mal drüber nach: Wie oft warst du schon in einer Situation, wo du gedacht hast: Mensch, jetzt könnte ich die kleinste Sonne der Welt gebrauchen!«

Starvarius brauchte nicht lange nachzurechnen, um auf eine Zahl zu kommen, die er sich lieber verkniff.

»Nun lebt wohl!«

Mit einem Donnern, das über die ganze Wiese brauste, ließ der Besucher vom anderen Stern sich fallen und polterte auf den Boden. Dann holte er Schwung, atmete tief ein und sauste in Windeseile dem salatonischen Himmel entgegen, bis von ihm nur noch ein sternengleiches Funkeln in der Ferne blieb.

Ein weiteres Mal musterte die Sternfrucht mit zusammengekniffenen Augen die kleine Phiole, in der eine ganze Sonne stecken sollte, nahm sie behutsam in die rechte Hand und verstaute sie, in ein Tuch gewickelt, in ihrer Tragetasche. Als sie den Blick nach Pein Eppel suchend über die Steppe schweifen ließ, schien dieser bereits eine ausreichende Beschäftigung gefunden zu haben. Schlurfenden Schrittes trottete er um jenen knorrigen Baum, an dem die letzte Erbse verstorben war, und zog seine Runden. Während des Gespräches der beiden hatte er so viele Kreise gezogen, dass er eine Furche von ausreichender Tiefe in den Grund getreten hatte, um vollständig in ihr zu versinken.

»Auf, Pein! Der Norden wartet!«, rief Starvarius in den Graben hinab.

Gelangweilt hielt die Ananas inne, wandte das Haupt herum und blickte stöhnend zu ihrem Begleiter hinauf, als dieser ihn schon am Krautschopf packte und mit energischen Stößen wieder über den Feldweg trieb.

Schon nach kurzer Zeit begann sich das Bild der Landschaft erneut zu wandeln. Die schwach begrasten Steppen mit den vereinzelten Bäumen wichen bald vollständig kahlen Einöden und mit jedem Schritt wurde es immer kälter. Starvarius hielt sich die Hand vor den Mund und hauchte diese prüfend an. Tatsächlich war es nun so kalt geworden, dass sein Atem in Form sanft in der Windstille schwebender Nebelschwaden seine Lippen verließ.

Nachdem sie einen Hügel erklommen hatten und einen Blick auf den Weg vor sich warfen, erspähten sie eine weite, eisige Winterlandschaft. Wollmäuse hatten sich in schicke Fellmäntel gehüllt und selbst ein in der Ferne stapfender Bär trug einen Muff. Kaum noch sichtbar schlängelte sich der Pfad wieder bergab, zwischen natürlich geformten Felsen hindurch und verschwand in einem dichten, geheimnisvollen Wald.

Obwohl überall in den vor ihnen liegenden Ländereien zwar Schnee lag, schneite es doch nur über diesem Wald – und das unentwegt aus unbeweglichen watteweißen Wölkchen. Die Wipfel der Bäume bestanden aus weißen Blättern, wie aus Eis gebastelt, und mysteriöse Schemen huschten zwischen den Stämmen hindurch.

Vor ihnen lag in all seiner Pracht der Winterwald. Der letzte Flecken Süd Salatoniens vor dem Sperrgebiet. Zwar wussten die beiden nun, dass es noch etwas hinter diesem Wald geben musste, doch auf jeder salatonischen Landkarte und im Bewusstsein jedes salatonischen Lebewesens hörte das Land kurz hinter diesem Wald einfach mit dem Nordmeer auf.

Ein Gefühl des Unbehagens machte sich langsam in Starvarius breit. Die Geschichtenerzähler aus seiner Jugend hatten finstere Mythen um diesen Ort gesponnen. Waren es alles Hirngespinste, um zu verhindern, dass ein Jüngling tollkühn nach Nord Salatonien stolperte? Oder war an den Geschichten doch ein Funken Wahrheit dran?

Nichtsdestotrotz umklammerte die Sternfrucht heldenhaft das Heft ihres Schwertes, mit der anderen das Handgelenk ihres Begleiters und setzte mutig den ersten Fuß in den knietiefen Schnee. Endlich konnte man die Fußspuren, die die beiden in der Geschichte hinterlassen hatten, auch wirklich sehen.

Kapitel 6

Mit Anbruch der Dunkelheit erreichten Pein Eppel und Starvarius den Rand des Winterwaldes. Sonderbarerweise schienen die Tage und Nächte in Süd Salatonien seit meinem Aufbruch vor zwei Monaten ins Schwanken geraten zu sein. Mal zogen sich die drei Sonnen unerträglich langsam über den wolkenlosen Himmel, an anderen Tagen wieder rasten sie nur gerade so dahin. Was auch immer dieser Tage im Pantheon der Untergötter vor sich ging, es schien seinen Einfluss auf die fundamentalen Gesetze der Natur auszuweiten. So galt Zeit doch seit jeher als ein besonders zuverlässiger (Zeit-)Genosse, auch wenn er nach der letzten Tasse nie neuen Kaffee aufsetzte.

Selbst Starvarius wurde es mulmig im Leib, als die letzten Strahlen der Sonne verblassten. So ungewöhnlich kalt dieser Ort für salatonische Verhältnisse war, so unwahrscheinlich dunkel waren seine Nächte. Pein Eppel hatte sich relativ motiviert als Fackelträger bereitgestellt und entzündete bereits seinen dritten Flammingo mit einem Killmich-Grillmich. Der Schein der bläulichen Flamme warf unbehagliche Schatten ins Unterholz, die sich sofort mit den bereits dort vorhandenen Schatten anfreundeten.

Schritt für Schritt bahnten sie sich ihren Weg vorwärts, wobei von *Weg* keine Rede mehr sein konnte. In der Dunkelheit war es fast unmöglich, die ohnehin spärlich gesäten Wegsteine zu erkennen, die nur eine Handbreit über die Schneedecke ragten. Schon nach wenigen Stunden hatten sich die beiden Recken, dies musste sich selbst Starvarius verzweifelnd eingestehen, heillos verlaufen. Ihnen blieb nichts anderes übrig, als den Bereich unter einer knorrigen Ulme abzutauen und auf den nächsten Morgen zu warten.

Pein Eppel dachte gar nicht daran, sich darüber zu unterhalten, wer für die erste Wache zuständig war, und er schlief sofort ein. Während er selig in den Schlaf glitt, löste sich Finger um Finger von seinem Griff um den Flammingo, dieser fiel kopfüber in eine Wasserpfütze und erlosch. Starvarius blieb, seine Klinge fester denn je umklammernd, in der finstersten Nacht seines Lebens zurück und horchte an der Schwelle zur Paranoia nach jedem der überfordernd zahlreichen Geräusche in der Finsternis.

Starvarius' Augen waren noch nicht ganz zugefallen, als eine Hand sich von hinten auf seinen Mund legte und einen Schrei der Überraschung im Keim erstickte.

»Pssst!«, flüsterte ihm eine junge Stimme ins Ohr – und als er seine Augen mühevoll auf die Schwärze vor sich richtete, erkannte er schwach vier Paar violette Augen, die sich in die Silhouetten von ebenso vielen Früchten einfügten.

»Bleibt ruhig und Ihr seid uns in wenigen Augenblicken wieder los!«, fuhr die Stimme fort.

Wenn sie es geschafft hatten, sich unbemerkt an ihn heranzupirschen, mussten diese Streiter den Winterwald wie ihre Westentasche kennen. Nur wollte ihm auch bei größter Anstrengung kein Volk einfallen, das in dieser unwirtlichen Umgebung heimisch war. Auf der anderen Seite hatte die übermotivierte Sternfrucht seit ihrem Flug nach Bereling keine Nacht mehr durchgeschlafen und selbst diese war alles andere als erholsam gewesen. Er war also nicht gerade auf dem Höhepunkt seiner heldenhaften Fähigkeiten.

Dann durchschnitt ein Geräusch die Stille. Kein schwach hörbares Rascheln und Knacken, sondern ein bestimmtes, nachdrückliches Donnern. In scheinbar regelmäßigen Abständen ein zweites – und ein drittes.

Die Hand, die sich vor seinen Mund gelegt hatte, ließ von ihm ab und deutete in nordöstliche Richtung.

Starvarius fiel die Kinnlade herunter, als sich der gewaltige Schatten eines riesenhaften Wesens behäbig durch die Baumwipfel schob. Im Sternenlicht zeichnete sich der Körper eines unbegreiflich großen Wildtieres ab. Seine vier wuchtigen Beine waren hoch wie Bäume und sein mächtiges Geweih hätte vier Ogereber zugleich bis nach Nabanees katapultieren können – ohne Anlauf. Selbst in der lichtarmen Finsternis funkelten seine roten Augen für einen Moment in der Dunkelheit auf.

»Stelche!«, presste ein Schemen links von ihm so behutsam wie möglich heraus.

Das Langschwert der Sternfrucht glitt aus dem Boden, bis dieselbe Hand hinter ihm dies sacht, aber bestimmt blockierte.

»Zwecklos.«

»Aber …«

Der Namenlose winkte ab und deutete stattdessen wieder in Richtung des Stelchs. Dieser trottete scheinbar gezielt auf einen der mächtigsten Mammutbäume des Waldes zu. An diesem fiel besonders auf, dass die Äste bis zum obersten Teil der Krone entweder fehlten oder abgeknickt waren, und der Anblick der gewaltigen Kreatur legte die Vermutung nahe, das irgendetwas sein Geweih oder seinen Körper an der Rinde gerieben hatte.

Die Vermutung lag nah an der Wahrheit.

Bei genauerer Betrachtung – und etwas anderes blieb Starvarius zu dieser Zeit ohnehin nicht übrig – wirkten die Bewegungen des Stelchs seltsam statisch und ungehobelt. Aus einer Laune der Natur heraus oder um den massigen Körper nicht mit der motorischen Abstimmung von Laufbewegungen zu verwirren, fehlten den baumstammgleichen Beinen des Wesens die Kniegelenke. Es erschien also nicht verwunderlich, dass es sich zu so später Stunde zu seinem Stammbaum zurückzog und sich gegen den massiven Waldriesen lehnte, um zu schlafen.

Direkt neben dem Gesicht der Sternfrucht holte der Fremde hinter ihm einen Kristall aus seiner Gewandung und begann, diesen zu reiben, woraufhin er zaghaft zu schimmern anfing. Die schwache Lichtquelle bot

Starvarius nun endlich die Möglichkeit, einen genaueren Blick auf die Krieger zu werfen. Überrascht stellte er fest, dass neben ihren angepassten weißen Gewandungen auch ihre Hautfarbe weiß war. In Süd Salatonien war nur ein Volk mit weißer Haut bekannt – und das galt seit dem letzten Jahrhundert als ausgestorben. Zumindest hatte kein Bewohner der Zentralreiche oder der Siedlungen südlich davon jemals wieder eine Weißweintraube gesehen, seit sich diese von ihren Brüdern im Schnackerwald abgespalten hatten. Doch das Auftauchen dieser Gefährten bewies eindrucksvoll, dass nicht alles, was aus der Geschichtsschreibung verschwand, auch aus der Geschichte verschwand.

Ein Blick über die Schulter erweckte in Starvarius einen Hauch von Enttäuschung. Der vermeintliche Anführer der Gruppe unterschied sich in keinster Weise von den anderen Recken. Dabei war es dem klischeefixierten Heldenanwärter doch ein Grundbedürfnis, dass eine organisierte Gruppe auch von einem optisch herausragenden Anführer geleitet wurde.

Der funkelnde Stein diente jedoch offenbar nicht dem Zweck, Starvarius die Sicht zu erleichtern, sondern als Signal für eine ganze Reihe weiterer Weißweintrauben, die in den Bäumen um sie herum saßen und sich nun mit Getöse an ihren Seilen aus den Wipfeln schwangen. Der Stelch lehnte bereits scheinbar unbeweglich an dem Mammutbaum und brachte es nicht fertig, sich aufzurichten, bevor ein halbes Dutzend Trauben gegen seine Flanke schmetterte. Dies schien dem gewaltigen Schlafbaum, dessen Stamm von den Einwohnern gezielt im Laufe der letzten Tage gefährlich angesägt wurde, den Rest zu geben.

Hektisch schlitterten die Hufe des Stelchs über den gefrorenen Untergrund, als der Baum zu stürzen begann und seinen wuchtigen Körper ungebremst mit sich zog. Im Gegensatz zu den Fremdlingen gelang es der Sternfrucht nicht zeitig genug, die Hände vor das Gesicht zu nehmen, als der gewaltige Körper des Stelchs sich in den Untergrund grub und einen halben Schneesturm aufwirbelte. Endlich gab die Hand des vermeintlichen Anführers Starvarius' Klinge frei, zückte in einem einheitlichen Surren mit seinen Gefährten das eigene Schwert und mit einem lächerlichen, aber imposanten Kriegsgeheul stürmten die Trauben auf ihren zu Fall gebrachten Gegner zu.

Wie erwartet, war es dem Stelch nicht möglich, sich wieder aufzurichten, und röhrend vor Wut trat er mit den knielosen Beinen um sich und mähte mit seinem Geweih ganze Buschverbände nieder. Auch wenn die eine oder andere Weißweintraube den panischen Bewegungen der Kreatur erlag, bewegten sie sich insgesamt doch erstaunlich routiniert zwischen den Angriffen hindurch. Aus den besetzten Baumkronen zischten silbern leuchtende Pfeile auf den Stelch herab, die mit ebenfalls schwach in der Dunkelheit schimmernden Seilen versehen waren.

Die Sternfrucht wischte sich den Schnee mit einem Zähneknirschen aus den Augen, erhob das Langschwert und stürzte sich ins Gefecht. Auf einmal erschütterte ein weiteres Röhren den Winterwald, noch bevor Starvarius das Scharmützel erreichte. Der Recke wandte sich nach Osten und erblickte einen zur Hilfe eilenden weiteren Stelch, der scheinbar die Rufe seines Artgenossen vernommen hatte und nun mit einem einzigen Hieb alle Weißweintrauben von dessen Körper schleuderte.

Hilflos stand Starvarius wie angewurzelt da und blickte sich suchend nach einem Ausweg um. Sein Atem stockte. Als sich die Trauben in die Kronen zurückzogen, richteten sich die rot glühenden Augen des Stelchs auf die Sternfrucht und mit dem schnellstmöglichen Galopp, der ohne Knie möglich war, preschte die Kreatur, das Geweih zum Boden gerichtet, auf ihn zu. Erst langsam rückwärts schreitend, dann bestimmt rennend ergriff Starvarius die aussichtslose Flucht.

Während er rannte, suchte Starvarius die Umgebung weiter nach irgendwelchen Hilfsmitteln ab: eine Schlucht, eine Palisade, ein riesiger Felsen, ein uninteressanter Baum ohne Zweige …

Momente.

Starvarius guckte erneut nach rechts und erspähte einen weiteren der riesenhaften Schlafbäume. Ein Funken Hoffnung machte sich in seinem Inneren breit. Schnell schlug er einen Haken und rannte schnurstracks auf den Baum zu. Der Stelch tat sich bei seiner Wende ein wenig schwer, ließ sich aber nicht abschütteln. Kurz vor seinem Ziel blieb die Sternfrucht stehen und drehte sich um. Sie schaute dem Angreifer tief in die Augen und wühlte in ihrer Tasche. Der Stelch streckte nun gänzlich den Kopf nach unten und zog mit dem Geweih tiefe Furchen vor sich in den Waldboden. Starvarius stand regungslos da, fixierte das Gehörn nervös zitternd mit den Augen und wartete auf seinen Augenblick.

Jetzt!

Kurz bevor ihn das Wesen aufgabelte und gegen den Mammutbaum schmetterte, zog der Krieger die Phiole mit der Minisonne heraus, schloss die Augen und öffnete den Korken für einen winzigen Augenblick.

Das Monster heulte auf und kniff nun ebenfalls die Augen zusammen. In diesem Moment preschte die Frucht nach vorne und schnellte mit einem gezielten Sprung zwischen zwei Verästelungen des Geweihs hindurch. Der Stelch blickte dem lebensmüden Recken verwirrt hinterher und versuchte, aus dem Lauf heraus umzudrehen, als er über seine eigenen Beine stolperte und mit der Flanke gegen den Schlafbaum schmetterte.

Für einen Augenblick stockte Starvarius der Atem erneut, dann ertönte endlich das ersehnte Knacken und auch der angesägte Stamm dieses Baumes gab unter dem Gewicht des Stelchs nach. Eine kleine Gruppe Weißweintrauben, die das Spektakel von ihren Bäumen aus beobachtet hatte, begann sofort, das Silberpfeilfeuer zu eröffnen und die Kreatur mit den magischen Seilen am Boden festzunageln.

Schweiß rann Starvarius die obere Zacke hinunter, tropfte auf die gezückte Klinge und gefror dort. Schnell ging sein erschöpfter Atem und verwandelte sich in der frischen Nachtluft in kleine Wolken. Mit geübt heroischem Gang schritt Starvarius auf den gefallenen Feind zu und schwang sich an einem der Silberseile auf seinen Körper. Triumphierend erhob er das Schwert und machte sich bereit, auch diesem Gegner die Gnade des Todes zu gewähren, als eine Hand von hinten sein Heft umfasste und den Schlag verhinderte.

Die Sternfrucht blickte hinter sich. Eine Weißweintraube – ob es dieselbe wie vorhin war, konnte er nicht sagen, denn nachts waren alle Weißweintrauben grau – schaute ihn mitleiderregend mit ihren violetten Augen an und schüttelte den Kopf. Sie nutzte das scheinbar beliebteste Verständigungsmittel ihres Volkes und deutete wortlos zum Kopf des bis zur völligen Bewegungsunfähigkeit gefesselten Stelchs, wo sich eine Weißweintraube unerschrocken dessen Gesicht näherte. Diese unterschied sich mit einer unscheinbaren roten Anstecknadel an ihrem weißen Mantel tatsächlich von ihren Brüdern. Schweigend näherte sie sich dem wütend schnaubenden Stelch, bis sie genau zwischen seinen Augen stand und sich schließlich auf den Boden kniete.

Starvarius folgte der Traube neben sich nach unten, um sehen zu können, was hier vor sich ging. Die Traube mit der Anstecknadel schloss die Augen, murmelte ein paar Worte und streckte die Hand vorsichtig nach dem Stelch aus. Durch die magischen Steine, die inzwischen jeder Krieger in der Hand hielt, und das Leuchten der Pfeile und Seile war die ganze Szene in ein geheimnisvolles silbriges Licht getaucht. Behutsam wühlte sich die Hand durch das dichte Fell des Stelchs und legte sich auf dessen

Stirn. Der Stelch begann zu zucken und zu schnauben, vermochte sich aber nicht zu befreien. Um die Traube herum webte sich ein Schleier aus violettem Licht, so wie die Farbe ihrer Augen, und setzte sich über den dürren Arm bis zum Kopf des Wesens fort. Das Zucken der Kreatur wurde stärker. Wütend begann er zu röhren und zu versuchen, sich aufzubäumen, doch die Traube ließ sich nicht aus der Ruhe bringen. Als sie die Augen öffnete, schienen diese nicht mehr nur zu schimmern, sondern in violettem Feuer zu brennen – und auch das Licht um ihren Körper nahm die Ausmaße magischer Flammen an. Das Licht trat aus seiner Hand aus und spann viele Hundert magische Fäden um den Stelch. Zuerst legte sich das magische Netz nur um dessen Kopf, dann um den ganzen Körper. Noch ein letztes Mal ging ein Zucken durch den Tierkörper, dann schloss das Wesen die Augen und begann, ruhig zu atmen. Das magische Netz um seinen Körper verschwand und die Flammen der Magie zogen sich wieder in den Körper des Zauberers zurück.

Sichtlich erschöpft erhob sich die Traube, wankte einige Schritte zurück und wurde von einem kräftigen Schwertkämpfer gestützt.

Auf ein Nicken des Magiers hin drängten sich die Trauben um den regungslosen Stelch und begannen zu Starvarius' Entsetzen, die Pfeile aus dem Boden zu ziehen und die silbrigen Seile zu lösen.

»Was …?«, entfuhr es der Sternfrucht, bis ihr Begleiter sie am Handgelenk nahm und ihre Aufmerksamkeit auf den Kopf des Wesens richtete. Dieses hatte die Augen wieder geöffnet und blickte die Trauben nun mit einem kristallklaren, silbernen Blick erschöpft und dankbar zugleich an. Das funkelnde, bösartige Rot war vollständig verschwunden.

Die Traube mit der Anstecknadel hatte sich inzwischen wieder aufgerappelt und schlenderte zu Starvarius hinüber. Vorher jedoch löste sie die Nadel von ihrem Umhang und warf sie einer der anderen Trauben zu.

»Diese Wesen sind nicht von Grund auf böse. Es gab Zeiten, da haben Weißweintrauben und Stelche friedlich zusammen den Winterwald bewohnt. Doch seit der Schatten über Han'jakun aufgezogen ist, verpestet die Finsternis unsere Heimat und verdirbt die Seelen unserer Brüder und Gefährten.«

»Han'jakun?«

»Ihr Zentralweltler nennt es: das Sperrgebiet«, sprach eine andere Traube neben ihm, die dem Magier aufgrund der fehlenden Anstecknadel nun aufs Haar glich.

Die Sternfrucht nickte und deutete fragend auf die Traube, die vorher die Nadel getragen hatte. »Mein Name ist Starvarius von Zaft und Ihr seid wohl der Anführer dieses Stammes?«

Die Traube blickte ihn fragend an, tauschte Blicke mit ihren Gefährten und blickte dann wieder zu ihm zurück. »Anführer?«

Starvarius vermehrte seine Gestikulation, um seine Deutlichkeit zu steigern. »Ja, ein Anführer. Ein Held eures Stammes.«

Noch mehr fragende Blicke. »Was ist ein Held?«

Die Sternfrucht pustete überfordert. »Na ja … jemand, der sich durch besondere Taten auszeichnet.«

»Ach so! Grobrinde hier ist ein Held, er hat letzte Woche die Stege repariert. Oh, ja … und Kastanienstark ist auch ein Held. Er hat gestern alle Fackeln des Dorfes alleine angezündet. Eigentlich … ja, eigentlich ist jeder von uns ein Held.«

Nun war Starvarius mit der Situation überfordert. »Aber … es muss unter euch doch einen besonderen Helden geben?! Einen, dessen Taten alles überstrahlen?!«

»Ihr meint, einer, dessen Heldentaten über die Taten der anderen gestellt werden?«

Der Leibwächter nickte.

Die Trauben tauschten erneut fragende Blicke aus und schmunzelten. »Wieso sollte man so etwas tun? Jeder von uns ist wichtig für unsere Gemeinschaft.«

Zweifel stiegen in unserem vermeintlichen Helden auf. Dieser Traubenstamm war nicht arm, weil er keine Helden hatte. Dieser Stamm war reich, weil er so etwas wie Helden nicht brauchte. Sein ganzes Leben hatte die Sternfrucht versucht, ein Held zu werden, und hier im Norden schien das alles belanglos. Vielleicht sollte er …?

›Die Geschichte braucht Helden! DIESE Geschichte braucht Helden!‹, kam es Starvarius mit einem Mal in den Sinn.

Gerade noch gerettet!

Unbemerkt hatte ich mich an die Schulter der Sternfrucht geschlichen und ihr diese Worte so leise ins Ohr geflüstert, dass sie sie für ihre eigenen hielt. Um ein Haar hätte mir dieser Traubenstamm die komplette Motivation unseres Helden zunichte gemacht.

Starvarius grübelte über die Gedanken, die er für seine eigenen hielt, und schien sich glücklicherweise mit der Idee anzufreunden, als die Traube ihm mit der Hand vor den Augen rumfuchtelte. »Hallo?«

»Hm?«

»Ich habe gefragt, wo Euer Weg Euch hinführt.«

Starvarius entschuldigte sich beschämt für seine Unaufmerksamkeit. »Wir reisen weiter nach Norden, über den kompakten Pass zum Suhlkatta.«

Die Traube zog eine Augenbraue hoch, verkniff sich die beliebte Frage nach dem Grund jedoch.

»Wir wissen allerdings nicht, wie wir aus diesem Wald rauskommen …«

»Wir?«, fragte die Traube. »Ach so …« Sie deutete in Richtung einer kleineren Traubengruppe. »Der da gehört zu Euch?«

Eine der kräftigeren Trauben hatte sich Pein Eppel über die Schulter geworfen und stapfte durch den tiefen Schnee auf die Sprechenden zu.

Starvarius nickte.

»Nun …«, antwortete der Nicht-Anführer der Trauben ohne Stecknadel. »Der Großteil von uns wird warten, bis die Stelche wieder stark genug sind, um sie auf die Beine zu heben. Aber ich denke, dass eine kleine Gruppe von uns euch bis zum kompakten Pass bringen kann.« Fragend blickte er sich unter seinen Brüdern um. Die zwei Trauben neben ihm nickten und auch der kräftigere Recke, der Pein Eppel über der Schulter trug, sicherte seine Hilfe zu. »Bei Tagesanbruch haben wir den Waldrand erreicht. Bis zum kompakten Pass sind es dann nur noch höchstens zwei Tage – je nach Wetter. Verzeiht meine Neugier, doch vielleicht könntet Ihr uns erzählen, was Euch zum Suhlkatta treibt? Wir lieben interessante Geschichten.«

Und so zogen die vier Trauben, die plaudernde Sternfrucht und die schlafende Ananas nach Westen zum …‘

‚AAAAAAAAAAAAAAAAAAAAAAAAAAAAAAAAAAAAAAAAAAAAAAAA AAAAAAAAAAAAAAAAAAAAAAAAAAAAAAAAAAAAAAAAAAAAAAAAAAA AAAAAAAAAAAAAAAAAAAAAAAAAAAAAAAAAAAAAAAAAAAAAAAAH!‘

Schiel ist so in ihre Geschichte vertieft, dass sie den sich nähernden Schrei nicht hört, der langsam lauter werdend durch die Tunnel erklingt und nun den ganzen Trübsaal ausfüllt. Mit einem Mal stürzt ein lilafarbenes, leicht schrumpeliges und völlig erschöpftes Wesen in den Raum, verhakt sich mit dem Fuß in einer Felsspalte und fällt zu Boden. Ohne ihren Schrei auch nur einen Augenblick zu unterbrechen, rappelt es sich wieder auf, prescht kreischend und fuchtelnd an Schiel und dem Spiegel vorbei und verschwindet auf der anderen Seite des Saals wieder in den Tunneln. Schiel steht der Schnabel offen und eine Augenbraue nach oben.

‚Was … war das denn?'

‚Was? Ach so, du meinst Herbst. Der kommt hier alle paar Tage mal vorbei.'

‚Herbst?', entgegnet Schiel verwirrt.

‚Ja. Er hört nicht auf zu schreien, deswegen konnten wir ihn noch nicht nach seinem Namen fragen. Also haben wir ihn einfach nach der Jahreszeit benannt, zu der er das erste Mal aufgetaucht ist.'

Neugierig hüpft der Erzählerkauz von seinem Sitzkissen und hoppelt ein wenig auf den Gang zu, in dem Herbst gerade verschwunden war. ‚Vielleicht irre ich mich auch, aber … war das eine Pluume?'

Der Spiegel vibriert zustimmend. ‚Man trifft nicht viele von ihnen. Umso sonderbarer, dass es eine von ihnen bis hierher geschafft hat.'

Schiel hüpft wieder zurück auf ihr Kissen und schaut mit einer gewissen Neugier zu ihrem Gesprächspartner. ‚Ich … kenne da nur ein paar Gerüchte. Wie sind diese Pluumen so – und vor allem, wovor haben sie Angst?'

‚Wovor Pluumen Angst haben?' Der Spiegel zerbricht fast und versucht, sich vor Lachen den Glasbauch zu halten. ‚Die Pluumen – oder auch Pflaumen – haben vor einfach allem Angst. Sie gelten als das letzte Volk, das vom Urbaum in die lebende Welt trat. Diese Tatsache scheint ihnen bis heute anzuhaften, denn sie fürchten sich wie ein kleines Kind vor den einfachsten Dingen: Spinnen, Krankheiten, Dunkelheit – ja, sogar vor ihrem eigenen Schatten. Daher verbringen sie den Großteil ihres Lebens auf der Flucht vor ihren eigenen Ängsten. Deswegen sind sie ja auch vom Aussterben bedroht. Sie können sich einfach nicht vermehren.'

Ein kleines Räuspern.

Der Spiegel blickt fragend. ‚Ja?'

‚Müssten sie dann nicht schon längst ausgestorben sein?'

‚Nun ja …', antwortet der Spiegel. ‚Die Pluumen sind mittlerweile sehr gut in dem, was sie tun. Wer sein ganzes Leben lang wegrennt, dem kommt auch der Tod nicht hinterher. Natürlich fällt von Zeit zu Zeit die eine oder andere in eine Felsspalte, doch normalerweise überdauern sie wohl auch noch die Ewigkeit.

Halten sie niemals an? Das wolltest du doch gerade fragen, richtig?'

Schiel schließt den Schnabel wieder und nickt.

‚Kennst du die Zeit des Zwielichts zwischen Tag und Nacht? In diesem Augenblick verschwinden die Schatten und die Dunkelheit tritt ein. In diesem kurzen Moment halten die Pflaumen inne, um ein paar Mal tief durchzuatmen. Ein kleiner Rat noch: Sollte es dir jemals gelingen, einen Pluumen im Zwielicht zu treffen, nutze die Gelegenheit und stelle ihm wohl bedachte Fragen zwischen den Atemzügen. Sie mögen unentwegt schreien, doch sie sehen auch viel von der Welt und existieren seit dem Anbeginn der Völker. Bei unserem Herbst bleibt dir diese Gelegenheit wohl leider verwehrt. Wenn er nicht von alleine den Weg nach draußen findet, wird er vermutlich an seinen Schreien ersticken.‘

Der Spiegel seufzt mit Schiel im Chor.

‚Wenn ich ihn auf dem Weg nach draußen finde, nehme ich ihn mit nach oben.‘

Freudig glitzert das Spiegelglas. ‚Dann wollen wir ihn nicht zu lange warten lassen! Fahr fort, kleiner Freund!‘

Die Kampfnickeule verbeugt sich zum wiederholten Male höflich.

‚Der nächste Morgen war trüb und der Himmel mit Wolken behangen. Schon als sie den Waldrand erreicht hatten, fiel Starvarius auf, dass der Schnee nach außen hin taute und es zunehmend wärmer wurde. Dieser Eindruck bestätigte sich, je weiter sie nach Westen kamen. Doch noch bevor der kompakte Pass in Sichtweite rückte, ergoss sich die graue Wolkendecke in einem dichten Regenschauer. Wie ein Vorhang legte sich der Regenguss über die Landschaft und mühsam kämpfte ich gegen die Wassermassen an, die sich langsam in mein Gefieder sogen. Innerhalb weniger Minuten hatte sich der Schauer in ein handfestes Gewitter verwandelt und kläffende Windhunde zeichneten mit ihren rasanten Bewegungen Muster in den Regen oder warfen mich schadenfroh von einer Seite auf die andere. Haifu, der Gott des Windes, hatte seit Jahren Gefallen daran gefunden, seinen Stürmen etwas mehr … Charakter zu verleihen.

»Darf ich mal kurz?«, piepte eine hohe Stimme hinter meinem Rücken. Als ich Platz machte, schwirrte ein winziger Donnerling an mir vorüber und nickte mir dankbar zu, während er seinen Schutzhelm um den kleinen Kopf schnallte.

»FERTIG?!«, brüllte die Wettererscheinung mit einem beeindruckenden Organ über die Ebene.

»FERTIG!«, hallte es von der anderen Seite zurück.

Die winzigen Flügel des Donnerlings begannen, rasant zu vibrieren, bis sie mit dem bloßen Auge nicht mehr wahrnehmbar waren. Dann schmetterte das Kleinstlebewesen so urplötzlich und schnell in Richtung seines Kollegen, dass die Regentropfen mitgerissen wurden und einen kleinen Strudel hinter ihm bildeten. Mit einem grollenden Donner prallten die beiden Kreaturen aufeinander und ein greller Blitz durchzuckte den Himmel. Kein richtiges Gewitter ohne Donnerlinge!

Um möglichem Schaden zu entgehen, begab ich mich in den Sinkflug und ließ mich auf dem schlafenden Pein Eppel nieder. In diesem Moment ertönte ein greller Schmerzenschrei. »Auaaa! Argh!«

Starvarius hielt sofort inne und blickte erschrocken an sich herunter. Der Schauer war inzwischen so heftig geworden, dass sich die Tropfen zu durchsichtigen Regenwürmern versammelt hatten, die überall an den Reisenden hafteten und auch gemächlich über den Trampelpfad krochen. Einer davon lag nun schmerzlich jaulend links und rechts von Starvarius' Lederstiefel.

»Du hast mich umgebracht! Ich sterbe! Mörder!«

Die Sternfrucht wich zurück und schlug die Hände über dem Kopf zusammen. In der Weiten Flur regnete es so gut wie nie und Regenwürmer kannte man allenfalls im Nordwesten oder am Rande Tomatoliens.

Eine der Weißweintrauben schmunzelte und beugte sich zu dem wehklagenden Wurm herab, um ihn vorsichtig in beide Hände zu nehmen.

»Begrabt mich bei meinen Vorfahren! Sagt meiner Frau und meinen Kindern, dass ich sie liebe! Oh, ich sehe das Licht! Ich komme, Großvater!«

Die Traube schritt zu einer Pfütze hinüber und legte den Wurm behutsam ins kühle Nass. Unverzüglich begannen die beiden Teile wieder zusammenzuwachsen.

»Was? Ich … ich lebe! Ich lebe! Ha! Ha! Ich leeeeeebe!«

Der Regenwurm feierte seine Rettung noch weiter, lange nachdem die vier Reisenden außer Hörweite waren.

Das Unwetter begleitete sie noch den ganzen Tag und die ganze Nacht hindurch, ohne jemals aufhören zu wollen. Gegen Nachmittag des darauffolgenden Tages rückte jedoch endlich ein Ende für die durchnässten Reisenden in Sicht. Als sich der Regen etwas zu lichten begann, deutete die Weißweintraube links von Starvarius auf eine unscheinbare Gebirgskette, die sich am Horizont erstreckte. »Folgt diesem Pfad und Ihr könnt den Pass gar nicht mehr verfehlen!«, versuchte die Traube mühsam, gegen den Lärm der heulenden Windhunde und wettstreitenden Donnerlinge anzubrüllen. »Doch behaltet Eure Arme und Beine dicht am Körper! Der Pass ist sehr eng und die Platzsparer sind sehr pingelig.«

Die Sternfrucht nickte und verabschiedete sich mit Handschlag und höflicher Verbeugung von den Trauben, bevor sie sich selbst Pein Eppel auflud und den Rest des Weges alleine zurücklegte.

Als die Ananas erwachte, blickte sie sich irritiert nach Starvarius um. Bevor sie eingeschlafen war, befand sie sich in einem Wald – und es war Winter!

Peins Begleiter stand unweit von ihm am Eingang des kompakten Passes und warf einen skeptischen Blick auf die felsigen Steilwände. Es hatte noch immer nicht vollständig aufgehört zu regnen und der sonst rote Sandstein erschien in einem matschigen Braun. Der Untergrund wirkte mit den sandigen Matschpfützen auch nicht gerade einladend, allerdings insgesamt auch nicht besonders bedrohlich. Pein Eppel erhob sich stöhnend und trottete zu Starvarius hinüber, um einen Blick auf den Pass zu werfen.

»Müssen wir da wirklich durch? Sieht eng aus.«

Die Sternfrucht nickte und setzte wortlos den ersten Schritt. Die Arme dicht am Körper und in ganz kleinen Trippelschritten, wie die Trauben es ihnen geraten hatten, arbeiteten sich der trostlose Soziopath und sein Beschützer durch den wohl kompaktesten Pass Süd Salatoniens. Der matschige Pfad, der sich zwischen den Felswänden hindurchschlängelte, war gerade breit genug, dass Starvarius und Pein Eppel nebeneinander laufen konnten. Dies lag unter anderem daran, dass per salatonischem Erlass für Regeln und Richtlinien zur Klassifizierung von extrametropolarer Infrastruktur beschlossen wurde, dass jeder Gebirgspass von geringerer Breite als *Kluft* oder *Spalte* zu benennen sei. Dadurch hatte sich eine inzwischen ausgestorbene Gemeinschaft von Citorras den Titel des kompaktesten Passes Süd Salatoniens per Gesetz sichern lassen. Starvarius bemerkte nur noch aus dem Augenwinkel das verwitterte Schild, auf dem die Zitronen diese Tatsache stolz kundgetan hatten: *»... ilkomm..., Sü... ...alatonier, im ko...aktesten ...ass ...üd ...toniens!«*

Pein Eppel warf seinen Blick beunruhigt wie einen Pingpong-Ball zwischen den Felswänden hin und her. Da hatte sich doch gerade noch etwas bewegt?! Waren das Felsen? Warum sahen sie nicht aus wie Felsen? Irgendwas war hier faul!

Starvarius war viel zu sehr damit beschäftigt, sich zusammenzureißen, um die Beobachtung der Ananas zu teilen.

»Statuen …«, flüsterte Pein Eppel.

»Bitte?«

»Statuen«, wiederholte der Missmutige und hob die Hand, um auf die Felswände zu deuten.

»Nicht! Lass deine verdammten Hände am Körper!«

Vor Schreck über den groben Ton seines Begleiters erstarrte die Ananas in ihrer Bewegung – gerade noch rechtzeitig. Denn als Pein Eppel an seinem leicht erhobenen Arm herabblickte, sah er eine kleine Steinstatue direkt neben sich stehen, die mit großer Gewissheit vorher noch nicht dort gestanden hatte. Sie entsprach so ziemlich dem, was man sich in Süd Salatonien unter einem waschechten Kobold vorstellte. Kleine Statur, hässliches Gesicht, riesige Augen, spitze Ohren. Nur eben aus Stein. In den Händen hielt das Geschöpf eine riesige Schere, die mindestens so groß wie die Figur selbst war. Die beiden Klingen schienen zwar aus Stein zu sein, glänzten aber wie geschliffener Stahl in den erhellenden Lichtblitzen der Donnerlinge – und zu Pein Eppels Unbehagen waren sie gefährlich dicht über seinem Oberarm geschlossen.

»Platzsparer!«, hauchte die Sternfrucht mit einer Mischung aus Angstschweiß und Regentropfen auf der Stirn.

Ganz behutsam schlängelte Pein Eppel seinen Arm aus der bedrohlichen Umklammerung und ging mit der langsamsten Form eines aggressiven Ansturms auf den Kobold zu, um ihn mit einem minimalen Stoß seines Unterkörpers in eine Matschpfütze zu schubsen.

»Sacknase!«, fluchte die pampige Frucht, die über den annähernden Verlust ihres Armes verärgert zu sein schien. Über diese Wesen stand nichts im Roten Buch und das Risiko war es ihm – wie üblich – nicht wert.

»Wir müssen weiter! Dieser Pass ist mir nicht geheuer«, klang es von Starvarius herüber. Und es waren nicht nur die Platzsparer, die ihn beunruhigten, denn noch ein weiterer Schatten huschte zwischen den felsigen Hängen hin und her. Das Gefühl, beobachtet zu werden, das Starvarius schon seit ihrer Rückkehr nach Bereling plagte, hatte seinen neuen Höhepunkte erreicht und es behagte ihm gar nicht, dass sein Schwert dazu verdammt war, am Gürtel zu bleiben, wenn er es nicht mitsamt seinem Arm verlieren wollte.

Der Weg durch den Pass gestaltete sich als Geduldsprobe für alle Beteiligten: für Starvarius, für Pein Eppel, für die Platzsparer, für mich und für den lautlosen Schatten, der ihnen am oberen Ende der Hänge folgte. Letzteren verließ zuerst die Geduld. »Keinen Schritt weiter!«, ertönte eine dumpfe Stimme aus der dichten schwarzen Gewandung, in der sich die vermummte Frucht ihrer Beute in den Weg stellte. Mit einem Satz schwang er sich unwissend von seiner sicheren Position auf einen Vorsprung an der Steilwand des Passes und stemmte die Arme so gefährlich angewinkelt in die Hüfte, dass zwei Statuen neben ihm zu vibrieren begannen.

Starvarius blickte nervös zu ihrem neuen Widersacher. Wenn sich diese Frucht unbeschadet zwischen den Platzsparern bewegen konnte, waren sie ein gefundenes Fressen. »Gebt Euch zu erkennen, Fremder!«, forderte Starvarius heroisch und bekam nur ein spöttisches Lachen als Antwort.

»Das könnte euch so passen! Es reicht, wenn ich weiß, wer ihr seid und dass eure Reise hier und heute endet!«

Die Hand der Sternfrucht glitt zum Heft ihres Schwertes. Sie war sich bewusst, dass es so oder so ihr Leben kostete, wenn es zum Kampf kam. Doch lieber wollte sie von den Platzsparern gewürfelt werden, als sich kampflos diesem Fremdling zu ergeben. Zudem gab ihr das Gefühl des Schwertknaufes in ihrer Hand Sicherheit.

»Für Euch tut es mir leid, von Zaft! Ihr seid nicht mein Ziel, doch ich kann es mir nicht erlauben, Zeugen zu hinterlassen«, donnerte es inzwischen mit Nachdruck durch den kompakten Pass.

Starvarius zog die Augenbrauen skeptisch zusammen und blickte sich nach Pein Eppel um. Warum sollte es jemand auf seinen depressiven Gefährten abgesehen haben?

»Der Mordauftrag für diese Frucht ist schon Monate alt. Ihr seid eine würdige Beute gewesen. Im Schnackerwald hätte ich euch beinahe erwischt, doch mit diesen Transporttröten habt ihr mir gehörig die Arbeit erschwert. Und dann die Sache mit der Zeitziege … Brillant!«

Die Sternfrucht ging ein paar Schritte vor und blickte fragend zu ihrem Vollstrecker hinauf. »Erklärt mir nur eins, jetzt, wo wir eh sterben … Wer ist Euer Auftraggeber?«

Die vermummte Gestalt lächelte hinter ihrer Verkleidung, so weit man dies an den funkelnden Augen erkennen konnte, und ein Windzug ließ ihre Gewandung flattern. Dass ihr wehender Umhang im Handumdrehen einige Zentimeter kürzer war, schien keinem der angespannten Protagonisten aufzufallen.

Der Schopfgeldjäger griff murmelnd in seinen schwarzen Lederbeutel und zog ein kleines Stück Pergament mit zwei gekritzelten Namen hervor. »Hier haben wir es ja … Ziel: Pein Eppel, die Ananas. Auftraggeber …«

Starvarius wartete gespannt.

»… Pein Eppel, die Ananas.«

Die Sternfrucht legte die Stirn in Falten und versuchte zu verstehen. Fragend wandte sie sich zu Pein Eppel, dem nun scheinbar ein Licht aufgegangen war.

»Ach ja …«, murmelte dieser und ging ein paar kleine Schritte an seinem Beschützer vorbei. »Ich hab's mir anders überlegt. Ermordet zu werden durch einen professionellen Schopfgeldjäger bringt maximal 125 Punkte. Diese Reise hat definitiv noch mehr zu bieten. Hau wieder ab!«

Der Vermummte schüttelte den Kopf spöttisch lachend. »So läuft das nicht! Ich verfolge Euch seit Monaten und werde diesen Moment jetzt genießen – und wenn ich Euch einzig und allein zu meinem eigenen Vergnügen töten muss.«

Pein Eppel zuckte mit den Schultern. »Wie du meinst …«

Der Unbekannte lächelte sein letztes Lächeln und riss mit einem Ruck das Schwert aus der Scheide.

Noch bevor der Stahl den ersten Regentropfen zerteilte, bröckelte irgendwo ein Felsen, ein helles *SCHNIPP!* klang durch den Pass und das Schwert flog mitsamt der Hand und einem Großteil des Unterarms seines Besitzers durch die Luft. Ein tiefer Schmerzensschrei entfuhr dem Assassinen und als er versuchte, den Stumpf mit der anderen Hand zu greifen, verabschiedete diese sich ebenfalls in den Abgrund. Das Schreien wurde zu einem Kreischen, als die Frucht rückwärts taumelte. Nach wenigen Schritten stolperte sie über einen Felsbrocken und während sie die Beine von sich streckte, schnitten zwei zum Leben erwachte Platzsparer ihr beide ab. Der Vermummte prallte mit dem Rücken gegen die Felswand und stürzte nach vorne. Starvarius wandte den Blick ab, als die Steinkobolde den Rest des Angreifers zuerst vom Fruchtkopf befreiten und zu guter Letzt den gesamten Körper der ehemaligen Tomate in hamburgerfertige Scheibchen schnippelten.

Pein Eppel grinste schadenfroh. »Tja … Das war's wohl.«

Die Ananas wollte sich die Hände reiben, entschied sich dann aber für ihre Finger und ließ es bleiben. Pfeifend trippelte er munter weiter den Pass hinunter und Starvarius ihm hinterher. Dabei versuchte die Sternfrucht möglichst nicht den Blick auf den Tomatensalat zu werfen, der nun auf einem kleinen Vorsprung auf den Verzehr wartete.

Die restlichen 400 sm, die der definitiv auch langweiligste Pass Süd Salatoniens zu bieten hatte, legten sie in geschlagenen fünf Stunden zurück, bevor sie endlich das Ende dieser Todesfalle erreichten. Und da wunderte sich noch einer, dass die Handelsrouten nach Norden nur noch per Schjchu-Schjchu-Luftfracht aufrecht erhalten wurden …

Ihr letztes Hindernis bemerkte Pein Eppel zuerst mit einem freudigen Grinsen. Ihm war förmlich anzusehen, dass sein sadistischer Verstand nach dem Schauspiel mit dem Schopfgeldjäger nach einer Zugabe schrie.

Schon von Weitem drang das manische Kichern zu ihnen herüber. Das Wesen, das auf dem letzten Vorsprung des Passes hockte, schien grüne Kleidung zu tragen. Beim Näherkommen wurde allerdings deutlich, dass es eine Gurke war, die gar keine Kleidung trug. Bedeckt wurde ihre Blöße nur von einem riesigen Buch.

Scheinbar bemerkte der sonderbare Einsiedler die beiden Recken gar nicht, sodass Starvarius sich räusperte und zögerlich rief: »Ähm … Entschuldigung?«

Der Verwirrte schaute für einen Moment auf, grinste von einer Backe zur anderen und schlug das Buch zu.‘“

„Potztausend! Das bin ja ich! Äh … Entschuldigung!“

„‚Nicht nur ich erkannte in diesem Augenblick die erschreckende Ähnlichkeit dieses Buches mit dem salatonischen Brabbelbuch, das Zynisto ihnen in der Bibliothek gezeigt hatte. Auch die Sternfrucht bemerkte dies – und darüber hinaus kam ihm auch das Gesicht der Gurke sonderbar bekannt vor.

»Wartet! Habt Ihr nicht mal im Ministerium für Interdimensionalen Literaturtransfer gearbeitet?«

Tatsächlich fand ich das Gesicht des Fremdlings in meinen Erinnerungen an einen herumirrenden Assistenten wieder, der von Zynisto durch die Gänge gescheucht wurde.

Die Gurke erhob sich, ohne dabei das Buch aus der Hand zu legen, und verbeugte sich so weit es die Platzsparer zuließen. »Man nennt mich Palef. Meine Freunde sagen allerdings *paranoider Palef*!«

Die Gurke kicherte und Starvarius trippelte ein Stück näher. »Was macht Ihr hier?«

Palef guckte an sich herunter und fixierte das Buch. »Ich bin weggelaufen. Und ich hab das hier mitgenommen. Ich gehe nicht zurück! Niemals! Was in diesem Buch steht … Hehe … Haha … HAHAHA!«

Die Sternfrucht ging aus Vorsicht lieber wieder ein paar Schritte zurück.

»Hört mir zu! Stellt euch das vor! Ihr seid gar kein freies Gemüse! Euer Schicksal ist vorherbestimmt! Es steht ALLES in diesem Buch! Ihr seid nur Teil einer Geschichte! Einer Geschichte, die eine Eule einem Spiegel erzählt!«

Pein Eppel und Starvarius blickten sich verwirrt an. Die Ananas legte den Kopf schief, streckte die Zunge heraus und verdrehte die Augen, um ihrem Begleiter mitzuteilen, dass diese Gurke offensichtlich einen Sockenschuss hatte.

»Es geht noch weiter, ihr Narren! Die Eule und der Spiegel – sie sind auch keine freien Wesen! Alles Erfindung! Alles Teil einer Geschichte!«‘

‚Was?‘, wirft der Spiegel verwirrt in Schiels Ausführungen ein und kegelt damit die in der Luft hängenden Worte durch den ganzen Trübsaal. ‚Wir? Erfindungen?‘

Schiel zuckt mit den Schultern. ‚Ich fühle mich eigentlich ziemlich frei.‘

‚Aber vielleicht … nur … weil man uns so geschrieben hat?‘

Schiel zuckt erneut mit den Schultern. ‚Wenn unser Leben vorherbestimmt ist, wir das aber eigentlich nicht wissen und uns frei fühlen – ist es dann nicht vollkommen egal?‘

Der Spiegel grübelt eine Weile. ‚Hmm … ja, was anderes bleibt uns wohl nicht übrig. Geht es noch weiter?‘

Die Eule formt mit dem Hinterteil ihr Sitzkissen neu, sammelt die durch den Raum schwirrenden Wortfetzen zusammen und fährt fort: ‚Der Rest ist noch absurder! Palef öffnete den Schmöker und schlug ihn relativ weit am Anfang auf.

»Hier steht noch mehr! Die Eule und der Spiegel sind Erfindungen dieses Buches hier!« Er hielt es etwas in die Höhe. Scheinbar schnitten die Platzsparer nur zu den Seiten hin Körperteile ab.

Starvarius zog die Augenbrauen hoch. Also handelte es sich tatsächlich um das Brabbelbuch aus Zynistos Schreibstube – oder zumindest eines seiner Art.

Palef klappte das Buch zu und hielt es wieder vor seinen Körper, wobei er noch manischer zu grinsen begann. »Dieses Buch! Das heißt, wir alle sind Erfindungen dieses Buches hier!«

»Das ist doch Schwachsinn!«, pöbelte Pein Eppel. »Wie können wir Teil eines Buches sein, das sich in unserer Welt befindet und noch selbst schreibt?!«

»Das ist Literatur!«, keifte die wahnsinnige Gurke. »Literatur sch**** auf Logik!«

Die psychopathische Gurke ließ das Brabbelbuch in den Staub fallen und hob einen Stein auf.

»Der strudelartige Sog der Dimensionen geht noch weiter, als wir alle es uns vorstellen können! Das Buch wiederum ist nur Teil einer Geschichte über einen verdrehten Wissenschaftler, der versucht, das Geheimnis der literarischen Ebenen zu lüften, und nicht bemerkt, dass er selbst nur ein Produkt ist. SEIN Produkt!«"

Klammsing war mittlerweile gar nicht mehr in der Lage, das Geschehen zu hinterfragen, und las nur noch mit. Die letzten Worte Palefs würden ihn vermutlich in einigen Tagen, wenn er die Erlebnisse verdaut hätte, wie ein Hammerschlag treffen.

„„Starvarius und Pein Eppel schauten sich erneut fragend an.

Die Ananas fragte sich, wie sie diesen Irren am schnellsten loswurden. Die Sternfrucht fragte sich, wer ER war – und äußerte dies auch laut.

»Wer ist ER? WESSEN Produkt ist der Wissenschaftler? Gott?«

»Gott?!« Palef hielt sich den Bauch vor Lachen und es schien ihn sichtlich zu schmerzen und gleichzeitig zu amüsieren. »Wenn ER wollte, dann würden die Götter in Frauenkleidern über Süd Salatonien wandeln!«

»Da hat er Recht …«, murmelte Fjemdall zu sich selbst, der in einem rosa Rüschenkleid auf seiner Wolke saß.

Pein Eppel verdrehte die Augen. »Nun raus mit der Sprache! Wer ist ER?!«

Palef hob vorsichtig das Brabbelbuch wieder auf und hielt es dicht an seinen Körper, um den Reisenden *symbolisch* die leere Zeile über dem Titel zu zeigen. »Der AUTOR!«

Dann ließ er das Buch wieder fallen.

»Seht her!«

Nun ließ Palef den Stein fallen. Dieser wandte sich sofort gegen die Schwerkraft, schwebte über dem Kopf der wirren Gurke, schoss Regenbogen in alle Himmelsrichtungen und verpuffte zu Sternenstaub.

Starvarius zog eine Augenbraue nach oben und die andere folgte.

Palef richtete seinen Blick zum Himmel. »Vielen Dank für die Demonstration!«'"

Gern geschehen.

„‚»Und nun erzähle ich euch, wer ER ist!«'"

Nein, tat Palef nicht.

„‚»Tat Palef doch!«'"

Wir hatten eine Abmachung! Du kriegst deinen freien Willen und dafür lässt du meine Haupthandlung in Ruhe!

„‚»Dann hab ich's mir halt anders überlegt!«'"

Du hast es so gewollt ...

„‚»Du kannst mich mal am ...«'"

„‚»Palef! Haben wir dich endlich!«'"

Während Pein Eppel und Starvarius sich zunehmend über die Selbstgespräche der wahnsinnigen Gurke mit ihrem unsichtbaren Schöpfer wunderten, ertönte eine wohlvertraute Stimme am Ende des Passes. Zynisto von Choleria stand mit seinem Bruder Ironos und einer schlagkräftigen Truppe gurkanischer Soldaten auf dem Pfad, der weiter nach Westen führte, und deutete mit einem wütenden Zeigefinger auf den Dieb.

»Argh! Verdammt seiest du! Ihr müsst IHN aufhalten, Freunde!«, bettelte Palef quietschend. »Er wird zulassen, dass Zynisto es wieder an den Literaturtransformator anschließt! Er will den Leser verwirren! Er will die Menschheit verwirren! Ihr müsst ...«"

Klammsing schüttelte verwirrt den Kopf. Konnte er so etwas glauben? Wollte er so etwas glauben?

Er entschied sich dagegen und las lieber weiter.

„„»Es reicht, Palef!«, fauchte Ironos und gab den Soldaten ein Signal.

Ein Gurkaner trat ein paar Schritte vor, zielte mit einer Art Fernbedienung auf den Flüchtling und drückte den leuchtend roten Knopf.

Mit einem Mal stand der paranoide Palef nicht mehr auf dem Vorsprung, sondern direkt zwischen den Soldaten.

Nachdem Zynisto ihm ruppig das Buch abgenommen hatte, begannen die Wachmänner, ihn sorgfältig mit ihren Schlagstöcken zu verprügeln.

Pein Eppel und Starvarius hatten sich inzwischen bis zum Ende des kompakten Passes vorgearbeitet und kamen den beiden Gurkenbrüdern wieder in normalem Gang entgegen.

»Ich bin überrascht, dass sich unsere Wege unter so unüblichen Umständen kreuzen. Ich hoffe, dieser wirre Faseler hat euch nicht verwirrt?!«

»Ich bin nicht zum letzten Mal in dieser Geschichte erschienen!«

»Abführen!«, bellte Ironos und die Soldaten führten Palef aus der Geschichte."

Für immer!

„„Starvarius schien tatsächlich verwirrt. Die Informationen ratterten in seinem Kopf und versuchten sich vergeblich, logisch anzuordnen. Pein Eppel dagegen gefiel der Gedanke, Teil einer Geschichte zu sein. Ein Grund weniger, sich anzustrengen, wenn er seine Entscheidungen gar nicht selbst treffen musste.

»Stimmt das, was er gesagt hat?«, fragte die Sternfrucht zögerlich.

Zynisto überlegte eine Weile.

»Vermutlich nicht. Er ist noch neu. Hat beim Aufräumen versehentlich einen Blick in das Brabbelbuch geworfen, das war wohl zu viel für seinen zerbrechlichen Verstand. Er ist wahrscheinlich einfach verrückt geworden, hat sich in einen der Teleporter geschlichen ...«

»… die mittlerweile tadellos funktionieren!«, ergänzte sein Bruder Ironos.

»… und ist damit hier gelandet. Er hatte viel Zeit, um noch verrückter zu werden, bis wir ihn endlich gefunden haben. Und er war vorher schon … etwas paranoid.«

Ich wusste allerdings, dass wesentlich mehr dahintersteckte …‘

„Und ich auch.“

Und Klammsing erst …

Verdammt!

Kapitel 7

„Schiel verharrt einen Augenblick und wartet auf die Reaktion des Spiegels. Dieser bringt kein Wort heraus. Er hatte die Anfänge der Welt und die Urkämpfe der Untergötter gesehen, aber so langsam begann diese Geschichte, sein Vorstellungsvermögen zu übersteigen.

‚Mach … einfach weiter.‘

Schiel zieht eine Augenbraue hoch und nickt zögerlich.

‚Mit massiven Stahlfesseln legten die Soldaten den grün und blau geprügelten Palef in Ketten und führten ihn zu einem geräumigen Großraumhelikopter.

»Können wir noch etwas für euch tun, jetzt, wo wir schon mal hier sind?«

»Bringt uns mit dem Ding da nach Norden!«, fiel Pein Eppel sofort ins Wort und zeigte euphorisch auf den Helikopter.

Von Choleria verzog beschämt die Mundwinkel. »Wir haben dummerweise auf der Suche nach Palef fast unseren gesamten Treibstoff verbraucht. Wir haben Glück, wenn wir damit bis nach Gurkan kommen.«

Die Ananas seufzte und wurde von Starvarius zur Seite gedrängt. »Den Rest schaffen wir auch zu Fuß. Führt dieser Pfad uns zur Nordgrenze?«

Zynisto folgte der Geste Starvarius’ mit den Augen und nickte. »Genau. Wenn ihr dem Weg einfach folgt, kommt ihr zum Orangendorf und zu den Hügeln der Aussichtslosigkeit. Doch was, im Namen der Wissenschaft, wollt ihr im Norden?«

Die Sternfrucht verwarf ihren zurechtgelegten Erklärungsversuch nach einem bösen Blick Pein Eppels und antwortete: »Nun … das ist wohl eine längere Geschichte für unser nächstes Zusammentreffen.«

Der gurkanische Wissenschaftler zwinkerte den beiden verständnisvoll zu.

»Die Maschine ist bereit zum Abflug!«, rief Ironos aus dem Cockpit und schnipste einen schlafenden Donnerling von seiner Schulter.

Zynisto gab ein kurzes Handzeichen. »Wie dem auch sei, ich wünsche euch eine erfolgreiche Reise. Technologie zu Ehren!«

Von Choleria verbeugte sich zeitgleich mit Starvarius, während Pein Eppel gelangweilt gähnte, und war wenige Augenblicke später mit seinem Bruder und dem Gefangenen am Horizont verschwunden.

Motiviert gab die Sternfrucht ihrem Herrn einen weiteren Stoß mit dem Ellbogen. »Komm schon! Du hast es gehört: Wir sind fast da!«, sprach er und fing an, pfeifend nach Nordwesten zu schlendern. Pein Eppel folgte ihm unauffällig.

Nachdem sie die Weite Flur, wo ständig der Hauch des Frühlings über dem Land lag, hinter sich gelassen und die Zentralreiche passiert hatten, in denen tagein, tagaus sommerliches Klima herrschte, und nachdem sie durch den immerkalten Winterwald gereist waren, erweckte das herbstliche Ambiente des Nordwestens den Eindruck, als ob sich die Jahreszeiten nach dem Platzen der Sonne nicht mehr zeitlich abwechselten, sondern räumlich auf Süd Salatonien verteilten. Hier – weit im Nordwesten hinter dem kompakten Pass, wo die dritte Sonne Tjo'ruf ihre Bahnen zog – zierte das Gras in langen, grau-grünlichen Halmen den Wegesrand. Das Blattwerk an den wieder zahlreich gewordenen Bäumen wechselte teilweise innerhalb eines Tages seine Farbe von sattem Grün in ein malerisches Orange oder Rot und entschied sich vor dem Übergang ins Braun dafür, doch nicht abzufallen, und wurde wieder grün.

Als sie ein kleines Waldstück passierten, bemerkte Starvarius einen Bären, der schwitzend sein Winterfell abwarf und es frierend wieder anzog. An jeder erdenklichen Ecke quollen Eicheln aus Astlöchern, die panische Eichhörnchen in Vorbereitung auf einen Winter sammelten, der nie kam, und unter einem Laubhaufen lag ein Igel, der seit 36 Jahren Winterschlaf hielt. Während sich die Neukreationen der salatonischen Evolution, wie der Wüstengimpel, der sich genüsslich unter einen Apfelbaum legte, da dieser jeden Tag frisches Obst abwarf, oder der Mulf, der sich von frisch gemähtem Gras ernäherte, an den andauernden Herbst bestens angepasst hatten, schienen die salatonischen Jahreszeiten die wesentlich kleineren, aber sonst nahezu identischen Nachfolger der wenigen überlebenden Tierarten aus der Zeit vor der Zerstoßung gänzlich zu überfordern.

In solchen Augenblicken, in denen zur Mittagsstunde ein schwacher Wind über die Halme wehte, die prachtvollen rot-orangefarbenen Baumkronen sich darin wiegten und die Tjo'ruf durch den Schleier der Wolkendecke brach, wünschte ich mir, ein Dichter zu sein.

Nach einiger Zeit, in der sich der kaum noch erkennbare Feldweg zwischen den herbstlichen Bäumen hindurchwand, endete das beschauliche Wäldchen auf dem Gipfel eines Hügels und gewährte den beiden Reisenden einen weiten Blick auf das unter ihnen liegende Tal. Am Ufer eines breiten Flusses, der sich träge von Osten nach Westen schlängelte, lag eine kleine Siedlung aus schlichten Holz- und seltenen Steinhütten. Umgeben war das kleine Dörfchen von einer Vielzahl größerer Höfe, die sich nahezu über das gesamte Tal erstreckten und das Bild der weiten, wilden Wiesen mit goldenen Getreideäckern spickten.

»Da ist doch schon wieder was faul!«, stöhnte Pein Eppel, als er die Augen zusammenkniff und das Dorf genauer unter die Lupe nahm.

Auf dem Marktplatz hatte sich eine beträchtliche Menge orangefarbener Einwohner um ein seltsames Gebäude versammelt. Das Gebäude im Zentrum bestand aus einem weißen Standfuß mit silbernen Zylindern, die in der Sonne strahlten, und einer Art riesigem Glasbehälter mit einem weißen Deckel. Die Konstruktion ragte weit über die Dächer der anderen Gebäude hinaus.

Starvarius tippte seinem Begleiter auf die Schulter und deutete am Waldrand entlang nach Osten. Auf der befestigten Straße neben ihnen näherte sich eine weitere Gruppe Orangen, die sich pulkartig um ein halbes Dutzend klappriger Holzkarren versammelt hatte, die wiederum von festlich gekleideten Orangen gezogen wurden. Die Sternfrucht packte ihren Gefährten am Handgelenk und zog ihn durch das brusthohe Gras in Richtung der kleinen Kolonne, die sich holprig auf einen der äußeren Höfe zubewegte. Die sechs Bewohner, ein Ehepaar, drei Kinder und eine ältere Orange, standen bereits mit einem Gemisch aus Vorfreude und gedämpfter Stimmung vor dem gepflegten Holzbau und warteten auf den Umzug.

Für einen Augenblick zögerte Starvarius und überlegte, ob eventuell doch eine gewisse Feindseligkeit von diesem sonderbaren Völkchen ausgehen könnte. Da jedoch keine der Früchte bewaffnet war und die Stimmung unter ihnen heiterer Natur zu sein schien, trat er mit seinem Begleiter aus dem Feld und gesellte sich zu der kleinen Gruppe. Eine besonders pralle und festlich gekleidete Orange trat aus der Menge heraus und stützte sich auf ihren Stab. Diese Geste war scheinbar mehr symbolisch zu verstehen, denn alt war der Anführer bei Weitem nicht. Allgemein schienen sich die Orangen um die Wagen herum eher in der Blüte ihres Lebens zu befinden. Die Älteren hingegen befanden sich auf den Wagen und blickten mit einem schwachen Lächeln zu der kleinen Familie vor der Tür des Hofes.

»Entschuldigung …«, wisperte Starvarius und tippte einem der Dorfbewohner auf die Schulter.

Dieser wandte sich rasch, jedoch nicht verärgert herum und hielt den Finger vor die Lippen. Mit dem gleichen schwachen Lächeln wie seine Brüder lehnte er sich zum Ohr der Sternfrucht und flüsterte: »Während der Zeremonie herrscht Schweigen.«

Starvarius nickte.

Der festliche Anführer der Gruppe schritt mit seiner gespielten Altersschwäche den kleinen Aufgang aus Kopfsteinpflaster hinauf, öffnete das hüfthohe Gartentürchen und schleppte sich die kleine Steintreppe zu der Familie hinauf, die ihn mit einer höflichen Verbeugung begrüßte. Die Orange streckte die Hand aus und ergriff die ebenfalls ausgestreckte Hand des alten Mannes, um diesen unter einem dezenten Applaus der Festgemeinschaft zurück zum Wagen zu führen.

Die beiden Recken beobachteten das Schauspiel, der eine gespannt, der andere desinteressiert, aber beide schweigend, und schritten neben dem Orangenzug her, der sich nach diesem letzten Hof in Richtung Marktplatz bewegte.

Je näher die Gruppe dem Marktplatz kam, desto lauter wurde das Murmeln, das von der dort versammelten Gesellschaft ausging. Zuerst konnte man glauben, dass die Anwesenden miteinander plauderten und so einen undeutlichen Klangteppich erzeugten. Je näher die beiden Wanderer der Geräuschquelle kamen, desto deutlicher wurde allerdings, dass sich die Stimmen zu einem einheitlichen Chor vermengten und drei Worte immer und immer wieder wie im Wahn in der immer gleichen Tonart wiederholten: »Perr! Marr! Tek! Perr! Marr! Tek!«‘

‚*Permatec*?‘, wirft der Spiegel fragend ein.

‚Nein. Perr! Marr! Moment mal!‘ Schiel schlägt sich mit dem flachen Flügel gegen die Stirn.

Der Spiegel grinst.

‚Der Gesang der Orangen war also, wie wir jetzt umso deutlicher wissen, direkt an das Monument im Zentrum des Marktplatzes gerichtet, das sie in seliger Euphorie verehrten. Mit derselben freudigen Gelassenheit teilte sich die Menge für den anrückenden Festzug, der durch die schmalen gepflasterten Straßen zwischen den Holzhäusern seinen Einzug hielt.

Starvarius und Pein Eppel trennten sich von der Kolonne und suchten sich ein Plätzchen in der Masse mit gutem Blick auf das Geschehen. Kurz vor der *Permatec*-Erfindung hielten die sechs Karren und das junge Obst half den gealterten Früchten hinab auf den Marktplatz und hoch bis auf ein hölzernes Gerüst, das scheinbar frisch neben dem Gerät gebaut worden war. Eine alternde Orange nach der anderen wurde von einem jüngeren Exemplar die hölzernen Stege hinaufgeleitet. Als sie oben ankamen, öffnete eine noch festlicher und imposanter gekleidete Orange den weißen Deckel, der auf der riesigen Glasschüssel ruhte, und half den Alten über die Kante. Diese rutschten daraufhin am Rand des Glases hinab und winkten fröhlich lächelnd, unten angekommen, der Gemeinde unter Applaus zu. Als auch die letzte reife Orange im Glas war, wurde der Deckel geschlossen und der Zeremonienmeister trat an den Rand des Gerüstes, um zu der Masse zu sprechen.

»Meine Brüder! Wieder einmal ist der Tag gekommen, an dem wir den Göttern für unsere Erlösung danken! Der Riese wird ein weiteres Mal besänftigt – dank unserer tapferen Mitfrüchte hier!«

Die Menge jubelte und noch breiter grinsend ließen sich die alten Orangen im Glas feiern. Der Redner wandte seinen Blick von der Masse zum Standfuß des Monumentes, wo der Anführer des Festzuges an einem der großen silbernen Knöpfe saß. Er erhob die Arme, schlug den Kopf in den Nacken und rief zum Himmel: »Heil dir, Perr Marr Tek! Perr Marr Tek! Perr Marr Tek!«

Die Menge stimmte euphorisch in den Gesang mit ein, als die Festzugsorange die Hände an den riesigen Knopf legte und diesen unter größter Anstrengung auf *AN* drehte.

Starvarius schreckte zurück und starrte mit weit aufgerissenen Augen auf das Massaker. Was unter den Orangen als göttliches Artefakt angebetet wurde, entpuppte sich als gigantischer Entsafter. Im Bruchteil einer Sekunde spritzten Fluten von Orangensaft an die gläsernen Scheiben, als das Gerät seine Arbeit aufnahm.

Panisch irritiert blickte Starvarius sich um, fassungslos, wie die Massen beim Anblick dieses Schauspiels noch jubeln konnten. Während die geraspelten Schalen der Orangen in der Maschine zurückblieben, floss der gefilterte Saft durch ein Sieb nach unten in ein Trinkglas von gigantischen Ausmaßen. Beruhigend legte sich eine Hand auf seine Schulter und verwirrt wandte die Sternfrucht sich herum, um in das ruhige Lächeln einer weiteren Orange zu blicken. Diese schien jedoch anders zu sein als die anderen. Sie war größer, praller, reifer, in wallende Gewänder gehüllt und – hatte ein seltsames Tier auf der Schulter sitzen. Die Kreatur sah ein bisschen aus wie ein Opossum, trug einen schwarzen Smoking, einen Zylinder und ein Monokel im rechten Auge.

»Ik heet u in ons dorp welkom!«, sprach das Opossum.

»Der Graf heißt euch in unserem Dorf willkommen, Reisende.« Die Orange ergriff zuerst Pein Eppels und rasch darauf Starvarius' Hand und schüttelte sie enthusiastisch. »Mein Name ist Erelphias und dies hier …« Die Orange zuckte mit der rechten Schulter. »Dies ist Dedelphis, Graf von Opossum.«

»Seid Ihr der Anführer dieses Stammes?«

Die Orange lachte noch breiter. »Nein, ich nicht. Der Graf ist unser Lehnsherr. Ihm gehört das Land, auf dem wir leben.«

Das Opossum reckte den Hals und flüsterte Erelphias etwas ins Ohr.

»Ah! Der Graf wünscht zu wissen, wo die werten Reisenden herkommen und was sie in unser bescheidenes Dorf führt.«

Noch bevor Erelphias diesen Satz zu Ende gesprochen hatte, winkte Pein Eppel gleichgültig ab und trottete davon.

Während Starvarius nun also ein weiteres Mal die zunehmend länger werdende Geschichte ihrer Reise ausbreitete, beschloss die Ananas, Entdeckerdrang vorzutäuschen, und torkelte mit düsterer Miene durch das Orangendörfchen. Um sich die Zeit zu vertreiben, richtete er den Blick stur nach unten und versuchte, ausschließlich auf den roten Steinen des Kopfsteinpflasters zu laufen. Das machte zwar keinen Spaß, wenn man aber erst mal damit angefangen hatte, konnte man nicht mehr aufhören. Erst der hölzerne Steg am Rande des Dorfes erlöste ihn von seiner Zwangsneurose. Das zweifelhaft stabil aussehende Konstrukt ragte ein ganzes Stück in den ruhig dahinwabernden Fluss hinein.

Pein Eppel verschränkte die Hände hinter dem Rücken, zuckte mit den Schultern und überquerte den Steg bis ans Ende, wo ein kleines Boot mit zwei Paddeln angebunden war. War das seine Möglichkeit, diesem Schlamassel endlich zu entkommen? Sollten die Götter tatsächlich gnädig mit ihm sein?

»Das würde ich nicht tun, wenn ich du wäre …«

Die Ananas schrie kurz auf, als die rauchige Stimme unmittelbar hinter ihrem Ohr erklang. Eine ziemlich unwichtig aussehende Orange hatte sich an Pein Eppel herangeschlichen und stand mit demselben monotonen Lächeln vor ihm, das er seit ihrer Ankunft zu hassen gelernt hatte.

»Weil?«, entgegnete Pein Eppel spöttisch.

Der Fremdling bückte sich, um eine auf den Steg gespülte Muschel aufzuheben, balancierte sie einen Augenblick lang zwischen den Fingern und schleuderte sie weit auf den Fluss hinaus. Noch bevor das Flugobjekt die Wasseroberfläche durchdrang, begannen die Wassermassen zu toben, Wellen türmten sich auf und die Fluten fraßen die Muschel – buchstäblich.

Pein Eppel zog eine Augenbraue nach oben.

»Der Fluss ist unberechenbar. Und das meine ich wörtlich. Vor ein paar Jahrzehnten sollen die Gurkaner drüben in den Zentralreichen versucht haben, eine vollständig Vermessung aller Flüsse in Süd Salatonien durchzuführen. Aus Rache über die Verächtlichkeit gegenüber der reinen Schönheit der Natur haben die Götter den Plankatta unberechenbar gemacht. Ohne einen von uns werdet ihr da nicht rüberkommen.«

Als hätte Pein es nicht bereits geahnt. Und mit Sicherheit hatte dieses Dorf irgendein Problem, das sie erst lösen mussten, um sich die Erlaubnis zu erkaufen, den Fluss überqueren zu dürfen.

»Gute Nachrichten, Pein!«, rief der herbeieilende Starvarius enthusiastisch.

»Lass mich raten! Wir müssen diesen orangefarbenen Spinnern und dem dämlichen Opossum helfen, damit die uns über den Fluss lassen?«

Die Sternfrucht verharrte irritiert, schüttelte dann aber den Kopf. »Nein! Wir *dürfen* diesen armen Kreaturen und dem Grafen helfen – und als Belohnung helfen sie uns über den Fluss.«

Zwei Mal hatte Pein die Gelegenheit gehabt, diesen Wichtigtuer loszuwerden – und jetzt bereute er sein Gewissen und streckte den linken Arm aus. Starvarius packte bereitwillig das Handgelenk und zerrte ihn zurück zu Graf von Opossum.

»Wir sind dabei!«

Die Orange übersetzte.

»Uitstekend!«, antwortete der Graf. »Erelphias zal aan u verklaren, wat moet worden gedaan.«

Der Dolmetscher nickte zufrieden.

»Seit wir uns hier angesiedelt haben, wird unser Dorf von einem schrecklichen Riesen heimgesucht. Er kommt ein Mal in der Woche und entführt willkürlich unsere Einwohner. Darum haben wir angefangen, unsere Alten dem großen Perr Marr Tek zu opfern. Wenn der Riese sein Opfer erhält, zieht er sich besänftigt zurück. Der Graf wünscht, dass dieses Leben in Angst ein Ende hat. Reist nach Westen zum fehlenden Stück, tötet den Riesen und euch wird auf ewig unser Dank gehören.«

»Vergiss die Freikarten für die Überfahrt nicht!«, pampte Pein Eppel in die Unterhaltung.

Erelphias nickte.

»Und wir sichern selbstverständlich euren weiteren Weg nach Norden.«

Die Ananas seufzte, stapfte los und riss den verwunderten Starvarius diesmal am Handgelenk mit sich. »Abmarsch! Bringen wir's hinter uns!«

Die Sternfrucht konnte nicht einmal mehr winken, so schnell befand sie sich auf der Landstraße nach Westen.'

‚Eine kurze Zwischenfrage, kleiner Freund!', unterbricht der Spiegel.

Schiel guckt mit riesigen fragenden Augen.

‚Der Riese kommt ein Mal pro Woche?'

Die Kampfnickeule nickt.

‚Wo kriegen die Orangen ihre ganzen Alten her?'

Der Erzählerkauz will gerade mit den Schultern zucken, überlegt dann jedoch kurz. ‚Vielleicht … vielleicht liegt das am ewigen Herbst? Die Orangen altern sehr viel schneller und vermehren sich auch entsprechend. Ist jetzt aber nur 'ne Vermutung.'

‚Hmm … klingt ganz plausibel …'

‚Und wenn nicht, finden wir es im fehlenden Stück.'

‚Bitte?'

‚Ihr werdet gleich sehen …

Der Weg nach Westen war erzählerisch uninteressant. Die beiden Recken kamen an mehreren großen Höfen vorbei, erklommen den Hang des Tales und verschwanden im Dickicht des Herbstwaldes, der sich im Westen fortsetzte. Die dritte Sonne verschwand gerade am Horizont hinter den Bäumen und tauchte das Blattwerk in berauschendes Zwielicht. Dies hatte nun gegen Abend eine tiefrote bis braune Färbung erreicht, die bei Sonnenaufgang wieder zu einem hellen Grün werden sollte.

Starvarius hielt inne. Das Geräusch, das den Wald für einen Augenblick erfüllte, konnte er noch nicht so recht einordnen. »Was war das?«

Pein Eppel kannte diese Laute sehr gut. »Ein Schluchzen.«
»Was?«
»Da heult jemand.«
Die Sternfrucht überlegte, ob ihr Begleiter sie auf den Arm nehmen wollte, musste ihr allerdings zustimmen, als das Geräusch sich wiederholte. Doch das war nicht das Weinen und Wimmern einer Frucht. Es hörte sich … wie soll man sagen … größer an.
»Ha!«, schrie Pein Eppel auf, drehte sich zu seinem verdutzten Begleiter um und zog dessen Schwert. »Töten wir den Riesen, solange er trauert! Jetzt ist er schwach!«
Die Hände der Sternfrucht griffen ins Leere, als er versuchte, Pein aufzuhalten, und hastig sprintete er hinter seinem Begleiter her.

Je schwächer das Licht der Sonne durch das Blätterdach drang, desto deutlicher konnte man den Schein eines Feuers wahrnehmen, das am Ende des Waldes loderte. Pein Eppel erreichte das abrupte Ende des dichten Wäldchens als Erster, sprang voraus und fand sich in einen niemals endenden Abgrund stürzend wieder.
Und so wäre dies wohl das Ende des trostlosen Pein Eppel gewesen – wenn nicht überraschend eine gigantische Hand nach ihm gegriffen und die zappelnde Frucht sicher auf der grasigen Lichtung abgesetzt hätte.
Starvarius stand nicht weit von seinem Gefährten entfernt am Ende des Waldes und starrte gebannt nach oben.
»Ein Mensch!«, brüllte Pein Eppel, ließ das Schwert fallen und versteckte sich hinter Starvarius.‘
‚Ein Mensch?! Aber – die sind ausgestorben!‘, fällt der Spiegel Schiel entsetzt ins Wort.
‚Das dachten wir alle. Jeder Süd Salatonier weiß aus archäologischen Berichten und Museen, wie Menschen aussehen, aber dass noch jemals einer von uns einen zu Gesicht bekommt …‘
‚Und?‘, stammelt der Spiegel. ‚Wie …?!‘
‚Zuerst saß er einfach nur da und weinte in seine gigantischen Hände.
»Geht weg!«, rief der Riese, doch Pein Eppel und Starvarius verstanden die menschliche Sprache nicht.
»Ihr sollt verschwinden!«, drang eine Stimme hinter den Bäumen rechts von ihm an das Ohr der Sternfrucht.
Starvarius wandte sich suchend um und erblickte eine Pflaume im

Halbschatten einer Eiche. Die beiden Recken – ja, selbst die Ananas – staunten nicht schlecht. Erst ein Mensch und jetzt eine Pluume! Noch schwer atmend fand dieses Exemplar wohl für heute im Zwielicht seine wohlverdiente Pause.

»Warum weint er?«

»Und wie tötet man ihn?«, ergänzte Pein Eppel und fing sich einen Ellbogenstoß seines Begleiters ein. Langsam tat seine Seite weh.

»Wenn man ihn töten könnte, würde er das sicher begrüßen«, antwortete die Pluume zuerst auf Pein Eppels Frage.

Seufzend erhob sich die lilafarbene Gestalt und kam ein Stück näher, wohl darauf bedacht, nicht so nah an das Feuer des Menschen zu geraten, sodass sie einen Schatten warf.

»Die große Zerstoßung hat im Jenseits einiges an Papierkram nach sich gezogen und in dem bürokratischen Gewirr scheint man ihn vergessen zu haben.«

Starvarius blickte mitleidig zu der monströsen weinenden Kreatur hinauf.

»Manchmal, morgens im Zwielicht, kann man sich ganz gut mit ihm unterhalten – sofern man seine Sprache spricht. Nach dem Aussterben der Menschheit wurde sein Sachbearbeiter für Todesangelegenheiten offenbar in den Ruhestand versetzt. Die Akte Mensch wird nicht mehr verwaltet.«

Pein Eppel legte die Stirn in Falten. »Er … ist also unsterblich?«

Die Pluume nickte zögerlich. »Zumindest so etwas in der Art. Jetzt lebt er hier am fehlenden Stück und wartet auf das Ende der Zeit. Ziemlich aussichtslos, wenn ihr mich fragt.«

Die Sternfrucht wandte sich erst zum Riesen, dann zu dem gähnenden Abgrund, an dem dieser sich niedergelassen hatte. »Das hier ist das fehlende Stück?«

»Ihr wisst, was es damit auf sich hat?«

Die Pflaume versuchte, noch ein Stück näher an die beiden heranzutreten, sprang jedoch panisch wieder zurück, als das Feuer den Schatten seines Fußes auf die Lichtung warf.

»Der Legende nach hat die Urschlange es aus dem Kontinent gebissen.«

Lachend hielt sich die Pflaume den Bauch. »Erzählt man sich das?«

In einem weiten Bogen schritt die Pluume um das Feuer herum und stellte sich nahe bei Starvarius an den Rand des fehlenden Stücks. Der Kante der Lichtung war sauber abgetrennt und ein paar Baumwurzeln ragten aus der Steilwand in die gähnende Leere. Am anderen Rand des mysteriösen Lochs konnte man das Westliche Meer erkennen, dessen Wassermassen wie vor einer gläsernen Wand vor dem Abgrund haltmachten. Die Tiefe schien endlos zu sein und sog das Licht und den Schall aus der näheren Umgebung in sich hinein.

»Unsere Welt ist nicht perfekt. Hier und da mangelt es an logischen Zusammenhängen, etwas ist nicht zu Ende gedacht oder wird uns als vollendet verkauft. Immer wenn das passiert, entsteht ein Loch in der Logik. Das hier«, dabei deutete die Pflaume auf den Abgrund vor sich, »sind die gesammelten Logiklücken Süd Salatoniens.«

In diesem Augenblick huschte etwas in der Tiefe des Nichts durch den Schatten und verschwand urplötzlich wieder. Pein Eppel sprang vor und zeigte in die Finsternis. »Was war das?«

»Ein Fehler. Logiklöcher sind ein beliebtes Versteck für Fehler aller Art. Was sich versteckt, kann man nicht finden. Und ein Fehler, der nicht gefunden wird, kann nicht korrigiert werden. Wenn man sie korrigiert, sterben sie.«

Pein winkte ab. Das Geschwafel der Pflaume kam ihm genauso absurd vor wie die Geschichte, die Palef ihnen verkaufen wollte. Stattdessen wankte er auf den Riesen zu, hob das Schwert und bäumte sich vor ihm auf.

Die Pluume guckte sich die Szene skeptisch an und wandte sich an Starvarius: »Ähm … hört der nicht zu?«

Die Sternfrucht schüttelte lächelnd den Kopf.

»He! Mensch! Lass das Orangendorf in Ruhe, damit wir hier endlich wegkönnen! Oder ich bereite dir eine schmerzhafte Unsterblichkeit!«

»Darum geht es euch?«, fragte die Pflaume verwundert. »Wenn das so ist, kann ich ihn auch einfach bitten, auf die Acerolakirschen südwestlich von hier auszuweichen. Die haben ohnehin mehr Vitamin C.«

Die Acerolakirschen hatten sich erst nach dem Weltenbaum entwickelt und verfügten nicht über die Vorzüge intelligenten Lebens, so wie die anderen salatonischen Völker. Sie hingen einfach nur an ihrem Baum herum und warteten auf … was auch immer.

Pein Eppel fuhr herum und deutete mit der blitzenden Schwertspitze auf die Pluume. »Dann tu das!«

Der Fremde formte die Hände zu einem Trichter und schrie ein paar unverständliche Worte. Schluchzend nahm der Mensch die Hände vom Gesicht und blickte zu den drei Früchten hinab. Er zögerte eine Weile, nickte dann aber doch, murmelte etwas und starrte auf die Fäuste gestützt in den Abgrund.

Starvarius blickte fragend zur Pflaume. »War das ein Ja?«

Die Pflaume nickte und schaute zwischen den Baumwipfeln hindurch zum Horizont. »So. Es war nett, euch kennenzulernen. Falls wir uns noch mal wiedersehen … AAAAAAAAAAAAAAAAAAAAAAAH!«

Mitten im Satz gingen die artikulierten Worte der gebildeten Pluume in panisches Geschrei über und aus dem Stand heraus wechselte der Fremde in den Sprint und verschwand schon Sekunden später im Wald.

So gerne Starvarius dem Riesen noch in seinem Elend geholfen hätte, so weit befand sich Pein Eppel schon auf dem Rückweg. Mit einer Verbeugung, die der Riese nicht wahrnahm, verabschiedete sich der Recke und eilte der Ananas hinterher.

Knapp zehn Stunden später stand Pein Eppel mit verschränkten Armen am Ufer des Plankatta und tippte ungeduldig mit dem rechten Fuß auf die Holzplanken. Während er auf die Spiegelung des prallen Vollmondes auf der Wasseroberfläche starrte, wurde Starvarius von der überwältigten Bevölkerung des Orangendorfes als Erlöser gefeiert und lehnte selbstlos alle Dankesgeschenke ab. Die Ananas verdrehte die Augen, als sich der feiernde Pulk auf die Stege zubewegte. Die Sternfrucht schritt mit einem Lächeln voran, begleitet von einer ausnahmsweise mürrisch dreinschauenden Orange in einem gelben Regenmantel. Während sie erst Starvarius und dann Pein Eppel ein gleichartiges Kleidungsstück in die Hand drückte, schien der Applaus der Massen, die am Anfang des Steges warteten, nicht zu enden. Und als der Bootsmann in die kleine Fähre hüpfte, trat Erelphias mit Graf von Opossum hervor und verneigte sich so tief, dass von Opossum beinahe von seiner Schulter fiel.

»Wij zijn u grote dank verschuldigd zwervers«, wisperte der Graf, zog mit der rechten Vorderpfote den Zylinder und rückte das Monokel zurecht.

»Ich denke, ihr wisst, was er meint«, sprach Erelphias mit einem zufriedenen Grinsen. »Therias wird euch über den Plankatta bringen. Das Volk der Orangen wünscht euch viel Glück auf eurer weiteren Reise. Lebt wohl!«

Noch einmal tobte der Applaus und winkend wurde Starvarius von seinem Gefährten in das Holzboot gezogen. Der Bootsmann ergriff die Paddel und brummte: »Bindet euch mit den Seilen da am Boot fest!« Er deutete mit dem Kopf auf zwei Schlaufen an der Seite. »Wir erwarten einen heftigen Sturm.«

Kapitel 8

Mit einer kräftigen Ruderbewegung stieß der Bootsmann den hölzernen Kahn vom Kai ab und trieb mit seinen zwei Fahrgästen über den Plankatta. Vorsichtig schaute Pein Eppel, der sich mit dem Seil fast vollständig eingeschnürt hatte, über den Rand des Bootes ins Wasser hinab. Obwohl die paddelnde Orange, sein nervös mit den Zähnen knirschender Begleiter und auch er selbst unter totaler Anspannung in der Erwartung eines plötzlichen Unwetters standen, verhielt sich der Fluss so ruhig, wie man es sich nur wünschen konnte. Inzwischen war das Dorf am Horizont verschwunden und die Fähre hatte weit mehr als die Hälfte des Gewässers überquert – doch noch immer kein Zeichen von einem nahenden Sturm.

»Was zum …?! Willst du uns jetzt verarschen?!«, keifte Pein Eppel, der an einer kleinen Katastrophe nichts auszusetzen gehabt hätte, als er seinen trockenen Fuß auf das Land am anderen Ufer setzte. Keine Welle, keine Böe, kein Wind, nichts. Seelenruhig war der Kahn über den Fluss geschippert und hatte ohne weitere Zwischenfälle das andere Ufer erreicht.

Die Orange gab ihre mürrische Miene auf und zog sie zu diesem Lächeln, das Pein Eppel so hasste. »Der Plankatta ist auf eine unberechenbare Weise berechenbar. Je mehr wir euch darauf vorbereiten, dass ein Unwetter kommt, desto geringer ist die Wahrscheinlichkeit, dass es tatsächlich passiert.«

Pein Eppel zog wütend die Augenbrauen zusammen. Der Fährmann wollte Spielchen spielen? Das konnte er haben! Während sich Starvarius bei ihrem Helfer bedankte, trampelte die Ananas bis an den Rand des Flusses und schloss fest die Augen.

Innerhalb weniger Augenblicke türmten sich die Wassermassen auf, tosende Wellen brandeten ans Ufer und ein gewaltiger Sturm wütete unaufhaltsam über den Plankatta. Mit geweiteten Augen starrte die Orange regungslos auf die tosende See. Die Ananas dagegen spazierte zufrieden grinsend auf ihren Fährmann zu und klopfte ihm im Vorbeigehen auf die Schulter. »Viel Spaß bei der Rückfahrt!« Die Hände in die Hüfte gestemmt, als wollte er sagen ›Die Arbeit wäre erledigt!‹, marschierte er zielstrebig nach Norden.

»Pein?«

Die Ananas brummte und warf Starvarius nur einen flüchtigen Blick zu.

»Warum tust du so was immer wieder?«

Pein Eppel zuckte mit den Schultern. In seinem Inneren jedoch lachte er sich ins Fäustchen. Endlich hatte er ein Maß an sadistischem Verhalten erreicht, das selbst Starvarius am Guten in der Frucht zweifeln ließ. Die Sternfrucht schaute immer wieder verwirrt zwischen ihrem Gefährten und dem zurückliegenden Fluss hin und her, wo die Orange im Gras hockte und darauf wartete, dass sich die tosenden Fluten wieder beruhigten. Offenbar brauchte die Überzeugung des Fährmannes eine halbe Ewigkeit, um gegen Pein Eppels Unwetter anzukommen.

»Ich meine … klar … wir sind seit Monaten unterwegs und du bist gestresst, hast wenig geschlafen, brauchst vielleicht ein bisschen …«

Mit einem Mal fuhr die Ananas herum.

Starvarius schreckte zurück. Die Frucht, die vor ihm stand, schien eine gänzlich andere zu sein. Ihre Haltung wirkte aggressiv, ihr Blick finster und für einen Augenblick überkam die Sternfrucht das Gefühl, dass sich sogar seine Augenfarbe verändert hatte.

»Jetzt pass mal auf!«, polterte der Zyniker mindestens eine Oktave tiefer als in seiner gewöhnlichen Stimmlage und drückte dem *Helden* den Finger auf die Brust. »Ich bin nicht gestresst und ich brauch auch keinen Schlaf! Ich BIN so! Begreif es endlich! Jede Frucht ist von Grund auf böse! Die angeblich Guten überspielen das nur mit ihrer heuchlerischen Mildtätigkeit – so wie du!«

Entrüstet wich die Sternfrucht zurück und versuchte, sich irritiert zu sammeln. Doch dann fasste sie den Mut, baute sich vor ihrem Gefährten auf und brüllte zum ersten Mal außer Fassung: »Nein! DU siehst immer nur das Böse in der Frucht! Jede Frucht ist von Grund auf gut! Manche kommen nur vom richtigen Weg ab oder verlieren das Ziel aus den Augen!« Starvarius verfinsterte seinen Blick, ging noch ein Stück näher an Pein Eppel heran, sodass dieser zurückweichen musste, und schaute ihm tief in die Augen. »So wie DU!«

Mit einem Mal zuckte die Ananas erschrocken zusammen. Pein Eppel kam sich auf einmal ganz klein vor, ging einige Schritte zurück und fiel von seiner aufgeplusterten Größe wieder in sich zusammen. Sein Blick wurde wieder trostlos, seine Mundwinkel zogen sich von wütend wieder zu verbittert zusammen und seine ursprüngliche Augenfarbe kehrte zurück.

Starvarius erschrak ebenfalls und schämte sich sogleich für sein eigenes Verhalten. Hatte er sich auch verändert? Vieles hatte sich verändert: Die Erde wurde dunkler, das Gras grauer, der Himmel trüber, die Wolken zogen hässliche Fratzen und scheinbar lag irgendeine finstere Kraft in der Luft, die die dunkelsten Seiten in ihnen zutage förderte.

Pein Eppel zuckte mit den Schultern und verzog die Mundwinkel gleichgültig. »Dann wäre das ja geklärt.« Missmutig wandte er sich ab und trottete das letzte Stück wieder voran.

Starvarius stemmte die Hände in die Hüfte und schaute seinem Gefährten eine Weile kopfschüttelnd hinterher. Er war sich sicher, dass auch Pein Eppel wieder besser gelaunt sein würde, wenn sie diese Odyssee endlich hinter sich hatten. Der Recke warf einen Blick zum Horizont und atmete tief durch, während er sein Schwert tätschelte. Dann seufzte er kurz und marschierte der Ananas hinterher.

Beim Morgengrauen hatten sie das zerklüftete Gelände vor der Nordküste erreicht. Ein rauer Wind wehte vom Nordwesten her über das Land und brachte die wenigen Bäume dazu, geheimnisvoll zu rascheln. Die letzte Wiese lag schon ein paar Stunden hinter ihnen und wohin man blickte, war nur vertrocknete Erde und felsiger Untergrund zu sehen. Zwar war es im Winterwald deutlich kälter als hier gewesen, doch der raue Nordwind verwischte den Unterschied. Der Zyniker schlang den Regenmantel enger um seinen Körper. Zumindest schenkte der ein bisschen Wärme.

In der Ferne war bereits das Rauschen des Meeres zu vernehmen, was Starvarius zunehmend beunruhigte, da laut dem Apfelweisen im Norden gar kein Meer, sondern das vergessene Nord Salatonien auf sie warten sollte. Noch mehr schien der Gedanke allerdings Pein Eppel zu verstören, der nervös in Schlangenlinien um die vielen Lehmkugeln schlenderte. Der letzte Rest ihrer Reise durch Süd Salatonien führte sie über die Hügelkette der Aussichtslosigkeit, eine künstliche Aufschüttung von Lehmbergen.

Neben der Tatsache, dass diese Hügel besonders flach waren, fiel der erschöpften Sternfrucht auf, dass auf den Hängen zahlreiche Lehmkugeln in unterschiedlicher Größe herumlagen. Gelangweilt trat Pein Eppel eine davon zur Seite.

»He!«, schimpfte eine schrille Stimme vom Boden aus.

Während Pein Eppel weitertrottete, legte Starvarius die Stirn in Falten und beugte sich an der Stelle, wo eben noch die Lehmkugel gelegen hatte, hinab. Vor ihm kroch eine winzige Sisyphos-Schnecke.

Jeder durchschnittliche Süd Salatonier mit einer glücklichen Kindheit kennt diese Wesen aus Märchen und Bildergeschichten. Vor allem in Kastanien, zur Zeit der großen Sturmflut, war das Bild der Lehmkugeln rollenden Sisyphos-Schnecke als Durchhalteparole sehr beliebt.

Sisyphos-Schnecken geben ihrem Leben nur eine einzige Aufgabe: Die Kugel muss auf den Hügel! Jedes Jahr zur Paarungszeit sammeln sich die reifen Sisyphos-Schnecken am Fuß eines Hügels und bringen ihre Jungen zur Welt. Während die Eltern sich wieder an den Aufstieg machen, bringt sich der Nachwuchs gegenseitig bei, wie man mit den Fühlern und der Zunge Stücke aus dem Lehmboden buddelt und diese zu kleinen Kügelchen formt. Nach etwa sechs Monaten macht sich die nächste Generation dann selbst an den Aufstieg.

Da diese Schneckenart vorwiegend in lehmigen Regionen lebt, um ihre Anfangskugeln zu formen, sind auch die zu erklimmenden Hänge sehr lehmhaltig, sodass ihre Kugeln immer größer werden, je weiter sie sich der Spitze nähern. Ironischerweise sind die Hügel, an denen sich Sisyphos-Schnecken niederlassen, in der Regel so hoch, dass die Kugel, bevor sie den Gipfel erreicht, so an Umfang und Masse zugenommen hat, dass die Schwerkraft die Schneckenkraft übertrifft, der Lehmball ihren Schöpfer überrollt und im Tal zerschellt. Wenn die Schnecke diesen Vorfall überlebt, kriecht sie den Hügel wieder hinab und beginnt von Neuem …

Pein Eppel hielt an und drehte sich nach seinem Gefährten um. Erst jetzt fielen ihm die zahlreichen Lehmkugeln und ihre Bedeutung wirklich auf. Starvarius schaute zu der depressiven Annanas auf. Er kannte doch nicht etwa …?! Doch! Pein Eppel kannte die Geschichte von der Sisyphos-Schnecke und zog die Mundwinkel zu einem bitterbösen Grinsen nach oben. Zugleich sprintete Pein zum Gipfel und die Sternfrucht ihm hinterher. Böse lachend beschleunigte die Ananas ihre Schritte und fixierte die größte der Lehmkugeln am Ende des Hanges.

»Wage es nicht, Pein! Ich warne dich!«

»Hahahaha!«, antwortete der Sadist.

Plötzlich aber stoppte Pein Eppel abrupt. Starvarius wurde ebenfalls langsamer und schaute ihn verwundert an, als er neben ihm stehen blieb. Die Arme der Ananas baumelten trostlos an der Seite, ihr Kiefer hing fassungslos herunter und ihre Augen waren panisch geweitet.

Fragend wandte Starvarius seinen Blick von Pein nach Norden – und verlor mit einem Mal den letzten Rest seiner Hoffnung. Sie hatten den Gipfel des letzten Hügels erreicht und blickten – so schmerzlich dies für die beiden war – auf den schönsten Sonnenaufgang, den man je über einem Meer gesehen hatte. Kein Nord Salatonien, nur die endlosen Weiten des Nordmeeres erwarteten sie am unteren Ende des Hanges.

»NEEEIIINN!« Pein Eppel kreischte auf, riss sich drei Blätter vom Schopf und ging neben Starvarius auf die Knie. »NEIN!« Er hämmerte mit den Fäusten auf den Fels, dass der Staub nur so durch die Luft wirbelte. Alles umsonst!

Die Sternfrucht zog das Schwert aus ihrem Gürtel und warf es kapitulierend zu Boden. »Du hast gewonnen«, sprach sie mit gesenktem Haupt zu ihrem depressiven Begleiter. »Wir haben getan, was wir konnten – und DAS ist unser Lohn.« Die Sternfrucht deutete verbissen auf den Ozean. »Wir kehren um, warten im Orangendorf auf den nächsten Schjchu Schjchu und lassen uns bis nach Tomatolien bringen. Von dort aus reisen wir ins Datteldorf, wie ich es dir versprochen hab.«

Starvarius wischte sich die eine Träne weg, die seinem Auge entwischt war, und wandte dem Nordmeer den Rücken zu. Fragend richtete er seinen Blick zum Himmel. Was hatte er den Göttern getan, dass …

»Moment mal!«

Die Sternfrucht zögerte. Er schaute nach Süden, wo die erste Sonne eine Handbreit über dem Horizont stand und ihren Schein auf das Meer warf. Die dritte Sonne ging erst in gut einer Stunde auf, aber – wo war die zweite Sonne?

Starvarius drehte sich um und blickte wieder auf das Nordmeer. Dann guckte er auf den Boden. Ein großer Schatten nach Norden und ein schwächerer Schatten nach Süden! Die zweite Sonne war also aufgegangen und warf ihr Licht über den Hügel. Doch wo war sie?

»Was ist?«, fragte Pein, ohne dass ihn die Antwort interessierte.

»Die Sonne!« Die Sternfrucht hob den Finger und zeigte in Richtung des Nordmeeres. »Sie sollte genau dort sein!«

»Ist sie aber nicht. Was ändert das?«

»Einfach alles!«

Grinsend trat der Recke wieder ein Stück nach vorne und hob sein Schwert auf. Mit ungeahnter Motivation holte er weit aus und schleuderte seine Klinge zum Meer. Der Einhänder wirbelte herum, blitzte in den ersten Sonnenstrahlen und – blieb wenige Meter vor ihnen mitten in der Luft stecken.

Pein Eppel zog beide Augenbrauen nach oben. »Was zum …?!«

Die Sternfrucht hatte genau das erwartet und marschierte auf ihr schwebendes Schwert zu. Ihr Schatten wanderte über den felsigen Untergrund und brach kurz vor der Klinge auf einmal im 90-Grad-Winkel nach oben ab, als ob er auf eine unsichtbare Wand projiziert wurde. Starvarius fuhr mit den Händen über den Bereich, in dem das Schwert steckte, und blickte fast hysterisch lachend zu Pein Eppel hinüber. »Eine Leinwand!« Seine Hände schlossen sich um das Heft des Schwertes. »Es ist eine Täuschung!«

Mit einem Ruck zog er die Klinge bis zum Boden durch. Die Schneide hinterließ einen langen Riss in der Landschaft und als sie den felsigen Boden erreicht hatte, flatterten die beiden Papierfetzen seitlich des Schnittes in der kühlen Meeresbrise.

Pein Eppel konnte sich nicht entscheiden, ob er lachen oder weinen sollte, und er entschied sich wieder für die trostlose Mitte.

Nun schritt die Sternfrucht wieder voran, die Klinge noch gezogen und gelassen an seiner Seite baumelnd. Pein Eppel trottete ihm, wie man es von ihm kannte, mit hängenden Armen und ebenso hängenden Mundwinkeln hinterher. Hinter der Leinwand lag das, was sie beide schon bei ihrer Ankunft am Gipfel erwartet hatten: Am Fuß des Hanges schlängelte sich der mächtige *Suhlkatta* genannte Grenzfluss und dahinter lag in ewigem Eis und Schnee, von dichten, mächtigen Wolken behangen, die hier und da von gewaltigen Bergen durchstoßen wurden, das vergessene Reich Nord Salatonien!

Wenn Melonidas irgendeinen Groll gegen die Fruchtheit hegte, dann konnte Starvarius ihn jetzt verstehen. Wer die Jahrhunderte im Exil an einem so entfernten und bedrohlichen Ort wie diesem verbringen musste, der hatte allen Grund, wütend zu sein.

Bevor die beiden den Fluss erreichten, führte sie ihr scheinbar unendlicher Pfad an einer kleinen Hütte am Strand vorbei. Vor dem schäbigen Holzhaus saßen fünf Gurken mit den verschiedensten Instrumenten. Der eine blies angestrengt in ein Tongefäß, der andere schwang eine vibrierende Säge, ein weiter pustete Schaum in ein Mikrofon. Um die kuriosen Straßenmusiker war im Halbkreis eine ganze Reihe Megaphone aufgebaut, die, was auch immer die Gurkaner für Geräusche verursachten, diese scheinbar über den ganzen Norden posaunten.

Als die Reisenden die Hütte erreichten, stoppten die Musiker erstaunt. Im selben Augenblick wurde Pein Eppel klar, wofür diese fünf zuständig waren, denn im selben Moment verstummte auch das Rauschen und Tosen des Nordmeeres. Die Geräusche hatten ohnehin schon einen komischen Eindruck auf sie gemacht, als sie die Leinwand hinter sich gelassen hatten und die Geräuschkulisse des Meeres ohne das geringste Zeichen eines Meeres die Luft erfüllte.

»Ich gehe davon aus«, erhob eine der uralten Gurken ihre kratzige Stimme, »dass euch bewusst ist, dass ihr nicht hier sein solltet …«

Eine andere warf ein: »… nicht hier sein könnt!«

Eine weitere: »… ja, gar nicht hier seid. So wie wir gar nicht hier sind.«

Die Sternfrucht nickte mit einem schwachen Lächeln. »Alles klar. Wir sind nicht hier. Und wie kommen wir, die nicht hier sind, in das Land da drüben, das nicht existiert?«

»Nach Nord Salatonien?«

»Das ist nicht möglich … nicht erlaubt!«

»Niemand darf nach Nord Salatonien! Der Rat der …«

Pein Eppel schritt vor und winkte ruppig ab. »Das ist uns scheißegal! Wir wissen, was auf der anderen Seite dieses Flusses liegt, und wir wissen, wer dort lebt! Zynisto und Ironos haben uns geschickt, um Süd Salatonien zu retten! Also verratet uns, wie wir über diesen Fluss kommen – oder ich bau mir ein Floß aus eurer Hütte!«

Starvarius unterstützte diese Androhung von Vandalismus nicht, musste aber zugeben, dass die besonderen Umstände nicht viel Platz für Alternativen ließen.

Die Gurkaner warfen sich gegenseitig fragende Blicke zu, musterten den entschlossenen Helden und seinen offenbar psychopathischen Begleiter und tuschelten miteinander. Nach ein paar Minuten, in denen Pein Eppel immer noch böse mit dem Zeigefinger auf sie deutete, erhoben sich die fünf Einsiedler, warfen ihre Instrumente nieder und der Älteste von ihnen sprach: »Da ihr hier seid, haben wir sowieso versagt. Wir kündigen!«

Die fünf Greise schnappten sich ihre Gehstöcke und begannen, gebrechlich in Richtung Suhlkatta zu trotten. Der Älteste wandte sich nach Pein Eppel um: »Nun kommt schon!«

Die Ananas ließ den bösen Finger sinken und trottete Starvarius hinterher, der voller Neugier dicht hinter den Gurken trippelte. Die Sternfrucht warf einen sorgfältigen Blick auf das Land hinter dem Suhlkatta. Die Schneegrenze schien mitten im Fluss zu verlaufen, denn während auf ihrer Seite des Ufers zwar eisige Temperaturen herrschten, aber keine einzige Schneeflocke fiel, war schon der Strand am anderen Ende des Suhlkatta mit einer dichten Schneedecke überzogen und Eisschollen wiegten im seichten Wellengang.

»Harri!«, brüllte die älteste Gurke, so kräftig es ihre krächzende Stimme zuließ, zum Strand.

Pein Eppel guckte sich verwundert um. Hier war doch gar nichts.

»Ähm …«

Starvarius deutete auf Pein Eppels Stirn. Die Ananas versuchte schielend, die Stelle zu fixieren, auf die sein Gefährte zeigte. Dort befand sich ein rot leuchtender Lichtpunkt, der unkontrolliert hin und her wackelte.

»Keine Bb…bb…bb…bbbb…bewegung, ihr Pp…pp…ppp…pppp…penner!«

Am Ufer des Suhlkatta, etwa in 6 sm Höhe in der Luft schwebend, tauchte eine Gurke auf. Ihre Hautfarbe war vom Alter und den eisigen Winden, die in dieser Höhe vom westlichen Meer aus über das Land fegten, dunkelblau geworden.

»Wo … zum …«

Eine der jüngeren Gurken wandte sich zu Starvarius um. »Ein Wachturm. Maismaler haben ihn wie die Umgebung angestrichen, so wie die Leinwand dort.« Sie zeigte auf die braune Rückseite der Täuschung, auf die schon Pein Eppel und die Sternfrucht hereingefallen waren.

»I…i…ich sagtetetete, keine Bbb…bb…b…bbb…bb…bewegung!«

Die bibbernde Gurke stotterte vor Kälte, behielt aber ihre Waffe beharrlich auf Pein Eppel gerichtet.

»Lass gut sein, Harri! Lass sie vorbei, wir schmeißen hin!«

Harri, der Gurkaner auf dem Wachturm, senkte seine altertümliche Armbrust mit aufmontierter Laserzielhilfe und stotterte: »W…ww…w…ww…was? Nach ü…bibber 200 Jahren kommt hihihihier mm...mal einer vvv…vv…vorbei und ihr ll…lll…llllasst ihn ddd…ddd…dd…durch?!« Der Gurkaner legte die Armbrust wieder an.

»Die beiden kommen vom gurkanischen Institut für Literaturtransfer. Sie wissen von Nord Salatonien und sie wissen von Melonidas. Also, lass den Blödsinn und komm runter, wir gehen nach Hause!«

»Nach Ha…ha…ha…ha…hause«, stammelte Harri, ließ die Armbrust fallen und verschwand im Inneren des unsichtbaren Wachturms.

Der Anführer der Gurkaner drehte sich nun ebenfalls zu den beiden Recken um und wühlte in der Tasche seines Wintermantels. Mit einer erstaunlich geschickten Bewegung warf er der Sternfrucht eine kleine schwarze Fernbedienung zu. »Die ist für das Boot hinter dem Wachturm. Damit kommt ihr problemlos über den Suhlkatta.«

Ein sonderbares Bild ergab sich noch einmal, als sich die Tür des Turmes mitten aus der Landschaft heraus öffnete und Harri ans Licht der Öffentlichkeit trat.

»Warte kurz, Harri!«

Die Gurke hielt inne.

»Hast du noch zwei Winterjacken für unsere Reisenden hier?«

Der Gurkaner grübelte kurz, verschwand wieder im Inneren des unsichtbaren Turmes und kehrte wenig später mit zwei pelzigen Jacken aus Krehfell wieder.

Während Pein Eppel und Starvarius ihre quietschgelben Regenjacken zurückließen und sich für die bevorstehende Eiseskälte wappneten, räumten die nun sechs Gurken ihre Habseligkeiten zusammen und bereiteten sich auf den Abmarsch vor.

Dankbar schritt die älteste Gurke auf die beiden Recken zu und schüttelte ihnen schwach lächelnd die Hände. »Wir wünschen euch viel Erfolg bei eurer Mission!«

»Was werdet ihr jetzt machen?«, fragte die Sternfrucht.

Der Alte grübelte eine Weile. »Wir werden nach Gurkan zurückkehren und Zynisto und Ironos von eurem Fortschritt berichten.«

Starvarius nickte zustimmend. »Berichtet ihnen auch von Melonidas und dass wir unserem Ziel sehr nahe sind.«

Nun nickte der Gurkaner, verbeugte sich synchron mit seinen fünf Begleitern und ächzend begann die Gruppe den Aufstieg des letzten aussichtslosen Hügels.

Die Sternfrucht schaute den Beschützern Nord Salatoniens noch eine Weile nach, bis diese durch den Riss in der Leinwand aus ihrem Blickfeld verschwunden waren, und wandte sich dann zu Pein Eppel um, der mit den Füßen im Sand schlurfte. Die Sternfrucht zog die Mundwinkel ein Stückchen weiter nach oben und schlug ihrem Begleiter auf die Schulter. »Komm schon, du Miesepeter! Nur dieser Fluss trennt uns jetzt noch vom Ziel unserer Reise.«

Pein Eppel versuchte, optimistisch zu sein, was ihm jedoch nicht gelang. Ihn überkam das bittere Gefühl, dass die Überquerung des Suhlkatta nur den Auftakt zum qualvollen Schlussakt dieser Reise bildete.

Wie versprochen lag hinter dem scheinbar unsichtbaren Wachturm ein kleines Metallboot im Sand. Zwar machten die vereinzelten Rostflecken Pein Eppel skeptisch, doch alles in allem machte es auf Starvarius einen recht soliden Eindruck. Wie die hier ansässigen Gurkaner, so war auch die Technologie des Bootes heillos veraltet. Glücklicherweise war veraltete gurkanische Technologie immer noch deutlich höher entwickelt als alles, was die übrigen Fruchtreiche Süd Salatoniens bisher hervorgebracht hatten. So besaß der Kahn zwar keinen eigenen Motor, immerhin aber doch einen Ruderroboter, der den beiden Reisenden das Paddeln abnahm. Zusammen zerrten sie ihr Transportvehikel über den Sandstrand und schwangen sich an Bord. Starvarius richtete die Fernbedienung des Gurkaners auf den Ruderroboter und betätigte den silbernen Kippschalter.

Mit einem *Pliep! Pliep!* reagierte die stählerne Nachbildung einer kräftigen Gurke aus Metall, Schläuchen und leuchtenden Glühbirnen auf den elektrischen Befehl und begann, kräftig die Paddel durch den Suhlkatta zu treiben. Pein Eppel taumelte zurück und musste sich an der Reling festhalten, um nicht über Bord zu fallen, als der Roboter rasant seine Arbeit aufnahm.

Gelassen und mit zumindest einem Fünkchen Hoffnung auf ein baldiges Ende hängte sich die Ananas über den Rand des Bootes und blickte in die Tiefen des glasklaren Grenzflusses, während sie sich unweigerlich Nord Salatonien näherten. Starvarius trippelte nervös mit den Füßen auf den Bodenplatten herum und versuchte mit einem Stein, den er am Strand gefunden hatte, seine Klinge zu schleifen. Pein Eppel blickte über die Schulter zu seinem angespannten Gefährten herüber, schnaubte ein Mal verächtlich »Tse!« und widmete sich wieder den Fluten.

Als sie sich nach etwa einer halben Stunde in der Mitte des mächtigen Suhlkatta befanden, schreckte die Ananas von der Rehling zurück und klammerte sich an eine der Metallbänke. Ein riesiger schwarzer Schatten erhob sich aus der Tiefe und verdunkelte den Fluss. Pein Eppel wich weiter zurück und stellte fest, dass eine ganze Reihe monströser Schatten aus der Tiefe emporstieg und das Boot umringte. Für einen Augenblick gefror ihm das Herz vor Angst in der Brust.

Endlich durchstieß eine der gewaltigen Kreaturen die Oberfläche und trieb mit seinem monströsen Körper weiter flussaufwärts.

»Ein Wal!«, rief Pein nahezu euphorisch und deutete auf den Giganten.

Jedes Jahr zur gleichen Zeit verschwanden sämtliche Wale aus den Ozeanen um Süd Salatonien. Forscher stellten die Behauptung auf, dass sie sich in gigantische Höhlen unter Süd Salatoniens Küsten zurückzogen, um dort ihre Jungen auf die Welt zu bringen. Doch Starvarius und Pein Eppel kannten nun die ganze Wahrheit. Die Wale Süd Salatoniens sammelten sich jedes Jahr in riesigen Schwärmen und zogen mit dem Suhlkatta gegen den Strom, um an seiner Quelle in Nord Salatonien zu laichen.'

,Laichen?', warf der Spiegel fragend ein.

Schiel stellte den Kopf schief. ,Eier legen. Was alle Fische eben tun.'

,Aber … Wale sind doch gar keine Fische.'

Die Eule konnte sich ein Kichern nicht verkneifen. ,Und was sollen sie dann sein?'

Der Spiegel wunderte sich über diese Frage und wurde sich über sein eigenes Wissen uneins. ,Äh … Säugetiere?'

Schiel lachte laut auf. ,Jetzt nehmt Ihr mich aber auf den Arm?!'

Das Artefakt brummte verwirrt und schwieg.

,Als Erstes fiel Pein Eppel der gigantische Auswal auf, der der Gruppe vorausschwamm, dicht gefolgt von ein paar kleineren Schwertwalen, einem Stichwal, einem Buckelwal, einem schwarz-gelben Volkswal und einem wirklich exzellenten Wortwal. Der Ruderroboter piepte bedrohlich und schlug hart rechts ein, als ein dürrer Misswal knapp neben ihrem Boot auftauchte. Dass diese Kreaturen immer so dicht an der Oberfläche schwimmen mussten! Den Abschluss dieses Schwarms bildeten der bärtige Walvater und ein feuriger Höllenkwal. Die beiden Seefahrer mussten sich gut festhalten, um nicht über Bord zu gehen. Zwar versuchte der Ruderroboter, das Boot so gut wie möglich gegen die gigantischen Wellen, die die Wale verursachten, anzutreiben, dennoch wurde das aerodynamisch perfektionierte Transportvehikel wie ein Spielball zwischen den Minitsunamis hin und her geworfen.

Starvarius und Pein Eppel kauerten sich unter den Bänken zusammen und warteten das Ende des Wellengangs ab, als ein dumpfes, metallenes Geräusch gemeinsam mit dem Piepen des Ruderroboters das Ende ihrer Seefahrt ankündigte.

Die Sternfrucht wühlte sich vorsichtig aus ihrem Versteck und guckte über die Reling. Der Wellengang hatte sie früher als erwartet über den

Fluss gespült und so blickte der Recke auf das Nordufer des Suhlkatta.

Zögerlich tauchte der Krautschopf Pein Eppels neben ihm auf, sodass nur die Augen knapp über den Bootsrand spähten. Surrend ließ Starvarius sein Langschwert aus dem Gürtel gleiten und umschloss es fest mit der rechten Hand, während er die linke benutzte, um sich entschlossen in den schneebedeckten Strand zu hieven. Pein Eppel erhob sich und erfror fast auf der Stelle, als ihn der kalte Nordwind erfasste. Ruckartig ließ er sich zurückfallen und zog seine Pelzjacke enger.

»Nun komm schon!«, brüllte die Sternfrucht gegen den tobenden Wind an, ohne sich dabei umzudrehen.

Augen zu und durch!

Die Ananas biss die Zähne zusammen, verkroch sich tiefer in die Jacke, schloss die Augen und sprang mit einem Satz aus dem Boot, um seinem Gefährten hinterherzueilen. Er erhob nur kurz das Haupt, um die unendliche Weißheit dieses verlassenen Exils zu erblicken. Das war es nun also – das Ende ihrer Reise. Nord Salatonien! Und während ich mich für einen eindrucksvollen Zoom in die Höhe schwang, wurde es wieder Zeit für eine …

… Kaffeepause?', fragt Schiel in selbstverständlichem Ton.

Irritiert schüttelt sich der Spiegel.

‚Ähh … ja … Für mich bitte Tee. Schwarz mit viel Zucker.'"

Endlich siegte die Müdigkeit über Klammsings Neugier und der Buchdeckel verschloss das Brabbelbuch für die Dauer der Nacht vor dem Mondlicht.

Der Vorhang fällt erneut.
Ein Hahn kräht.

Der Vorhang öffnet sich.
Der Autor:

Akt III

Kapitel 1

Mühsam schleifte Klammsing seinen verkaterten Körper aus dem improvisierten Zelt und stöhnend versuchte er, seine Augen mit der schweißnassen Hand vor den ersten Sonnenstrahlen zu schützen. Erfolglos.

Sein erster Griff ging reflexartig zu dem Brabbelbuch der Narratori. Dieses Werk hatte einen fast magischen Einfluss auf ihn, der eine geistige und körperliche Abhängigkeit zugleich ausübte. Nicht einmal zwei Stunden Schlaf hatte ihm dieses Teufelswerk gegönnt, bevor eine pochende Stimme in seinem Inneren ihn aus den Träumen riss: „Lies weiter!"

Fiebrig überflogen seine Finger die Seiten, bis sie die Stelle wiedergefunden hatten, an der er seine Lektüre letzte Nacht beendet hatte.

„Haben wir ausgeschlafen?"

Egal, wie sehr sich Klammsing vorgenommen hatte, auf alles vorbereitet zu sein – auf so etwas war man niemals vorbereitet.

„Äh … es geht schon. Danke", antwortete er zögerlich.

Das Buch schien schmunzelnd zu nicken. „Dann kann es ja weitergehen!

Ein lautes, feuchtes Schmatzen klingt durch den Trübsaal, als sich Schiel die Kaffeeränder vom Schnabel leckt. Dankbar stellt die Eule die kleine Tasse aus Kalkstein auf das Tablett neben sich, das unverzüglich mit der Dienstkartoffel in der gähnenden Schwärze verschwindet.

‚Nun …?', murmelt der Spiegel.

Schiel deutet noch einen kurzen Moment Geduld an und bestückt ihr Sitzkissen neu. Nach einem ausgiebigen Räuspern erhebt sie ein weiteres Mal die malerische Stimme. ‚Nord Salatonien war kalt … bitter kalt … unfassbar kalt … ja, sogar mehr als ****kalt. Die Sprache Süd Salatoniens hatte kein Wort für die eisigen Temperaturen, die jenseits seiner Grenze herrschten, war es doch nirgendwo in Süd Salatonien so kalt. Wenn man den Beschreibungen aus General Fang van Yens Tagebuch trauen konnte, so gab es genau ein Wort, das diesen Temperaturen gerecht werden konnte. BrokulkarVokBarakkaKar-kalt, was so viel bedeutete wie: so kalt wie die Fußsohlen des Barakka Kar, des Herrn und Gottes von Eis und Frost.

Starvarius und Pein Eppel hatten sich so tief in ihre Krehfelljacken zurückgezogen, dass nur noch die Füße unten herausragten und tiefe Furchen durch die hüfthohe Schneedecke zogen. Pein streckte für einen winzigen Augenblick die Hand aus dem Ärmel und betrachtete sie eingehend. Seine bräunlich-orangefarbene Haut verlor allmählich an Farbe und an einigen Stellen hatte er sogar schon Gefrierbrand. Auch Starvarius musste sich eingestehen, dass sie sich beeilen mussten. Den Einbruch der Nacht würden sie hier vermutlich nicht überleben und die erste Sonne war dem Horizont bereits gefährlich nahe gekommen.

»Ihr dort!«, ertönte eine zittrige Stimme.

Die beiden blickten sich um, konnten jedoch niemanden erkennen – bis ein Eisbergsalat den Schneeberg, der ihn bedeckte, abschüttelte und den nahen Hang herabeilte.

»Ihr müsst mir helfen!«

Die Sternfrucht eilte dem Fremdling entgegen. Die Kälte hatte seine Haut nahezu weiß werden lassen und sein Körper war über und über von Gefrierbrand zerfressen.

»Bitte! Helft mir!«

Die Sternfrucht fasste den Salat bei den Schultern und schaute ihm beruhigend in die Augen. »Ganz ruhig! Wobei braucht Ihr Hilfe und … was macht ein Eisbergsalat in Nord Salatonien? Ich dachte, hier …«

Der Salat zuckte zusammen, schaute sich paranoid um und zeterte: »Nord Salatonien?! Was ist Nord Salatonien?! Ich …?! Wie ich hierher gekommen bin? Ich … Nein! Nicht schon wieder!«

Pein zog eine Augenbraue hoch und schaute sich um. Er sah aber nichts, was irgendwie bedrohlich für sie werden konnte. Der Salat schaute irritiert über die Landschaft, musterte Pein Eppel und Starvarius, als hätte er sie zum ersten Mal gesehen, und rief: »He! Ihr beide! Ihr müsst mir helfen!«

»Sagtest du schon«, drang Peins Stimme aus dem Hintergrund.

Der Salat zuckte. »Ich … ich weiß nicht. Wo bin ich?«

»In Nord Salatonien. Aber das haben wir dir doch gerade schon gesagt«, sprach Starvarius zögerlich.

»Nord Salatonien? Aber es gibt doch gar kein Nord Salatonien!«

Die Sternfrucht trat einen Schritt zurück. »Wie bist du denn hierher gekommen?«

Panisch sprang der Eisbergsalat vor und schüttelte Starvarius mit Schrecken in den Augen. »Ich weiß es nicht! Ich weiß nichts mehr!«

Pein schritt vor und stieß den Fremdling von seinem Begleiter zurück. »Was ist dein Problem?«

»Literarische Amnesie! Nach jedem Absatz! Nein!«

Der Salat verstummte und schaute sich wieder in der Gegend um. Seufzend ließ er sich nach hinten in den Schnee fallen. Dann erblickte er Starvarius und Pein Eppel. »He! Ihr beide! Ihr müsst mir helfen!«

Die Ananas winkte ab. »Du bist in Nord Salatonien und hast literarische Amnesie. Was ist das?«

Der Eisbergsalat zuckte. »Ich kenne euch schon?«

»Ja! Antworte!«

Verwirrt rieb sich der Irritierte über die Augen und pulte ein paar abgefrorene Salatblätter von seinem Körper, bevor er antwortete: »Ich … ich heiße Baldin. Das Letzte, was ich weiß, ist … ich gehe in den Nordbergen wandern … verlaufe mich … eine Leinwand … ich … ich ertrinke fast in einem Fluss … laufe durch eine Eiswüste … dann … eine Höhle … ein Schatten … der Fluch … DER FLUCH!«

Pein Eppel verpasste dem Eisbergsalat eine Ohrfeige, bevor dieser sich in eine weitere Panikattacke flüchten konnte.

Starvarius fasste zusammen: »Du bist versehentlich nach Nord Salatonien gekommen und jemand hat dich mit literarischer Amnesie belegt?«

Baldin zuckte mit den Schultern. »Wenn Ihr das sagt …«

»Aber was ist jetzt literarische Amnesie?«

»Es ist … Nein!«

Die zynische Ananas rollte mit den Augen, als der Salat schon wieder verloren durch die Gegend schaute. »He! Ihr dort!«

»Nein!« Noch einmal verpasste Pein dem Salat eine Ohrfeige.

»Aua! Was soll das?!«

»Du heißt Baldin, hast dich verlaufen und bist mit literarischer Amnesie verflucht worden.«

»Ja … ich … mein Gedächtnis! Ich verliere mein Gedächtnis!«

»Wann? Warum?«

»Der Schatten … Ich habe euch von dem Schatten erzählt?«

»Ja!«

»Er … sagte … nach jedem Absatz.«

Pein hatte das Wort noch nie gehört und blickte fragend zu Starvarius. Der zuckte ebenfalls nur mit den Schultern. »Was soll das sein? Ein Absatz?«

Der Salat kauerte sich zusammen und umfasste die Beine mit den Armen. »Ich weiß es nicht … ihr könnt sie nicht sehen … ich kann es nicht erklären … ich weiß nur, wann sie kommen … irgendwie, wenn … Nein! Da kommt schon wieder einer!«

Baldin duckte sich und zog den Kopf ein. Zwecklos.

Irritiert richtete sich der Salat auf. »He! Ihr …«

Das reichte!

Pein Eppel wandte sich ab, packte Starvarius am Handgelenk und zog ihn hinter sich her. Mühsam riss sich die Sternfrucht los und kramte in ihrer Umhängetasche. Sie fand den Brief des Propheten, überwand sich und riss eine unbeschriebene Ecke des Schreibens ab. Zwar hatte Starvarius keine Feder zur Hand, doch die abgebrannten Fackelreste reichten, um das Nötigste auf den Papierfetzen zu kritzeln. In großen, leicht lesbaren Lettern schrieb die Sternfrucht *»Nach Süden!«* auf die Papierreste und reichte die Botschaft dem verwirrten Eisbergsalat.

»Was auch immer passiert, geh nach Süden! Immer weiter nach Süden! Irgendwann triffst du auf jemanden, der dir helfen kann! Aber du musst den Norden verlassen! Geh!«

Baldin verstand nichts – aber er dankte irritiert und nahm die Beine in die Hand.

Pein blickte dem Fremdling noch eine Weile hinterher und zog eine Augenbraue nach oben. »Und du meinst, das funktioniert?«

Starvarius seufzte.

Plötzlich blieb der Eisbergsalat stehen und starrte in die Gegend. Starvarius stockte der Atem. Fasziniert bemerkte Baldin irgendetwas in seiner linken Hand und schaute skeptisch auf die unbekannte Nachricht. Immer noch irritiert zuckte er mit den Schultern, betrachtete die Nachricht noch einmal und trottete ahnungslos weiter nach Süden.

Erleichtert seufzte die Sternfrucht erneut und wandte sich an Pein Eppel. »Sieht aus, als würde es funktionieren.«

Pein schnaubte gleichgültig, machte kehrt und stapfte weiter auf den gigantischen Berg zu, der sich weit im Norden in die Wolkendecke bohrte.

Mit einem Zwinkern verabschiedete sich die erste Sonne weit entfernt am Horizont und hinterließ die beiden Reisenden in einer noch frostigeren Eiswüste als zuvor. Zu allem Überfluss zog sich der luftige Wolkenschleier am Himmel weiter zu einem dichten Vorhang zusammen und ließ die ersten Schneeflocken auf die Wanderer herabrieseln. »Huiii!«, sauste eine an Pein Eppel vorbei und plumpste in den weichen Schnee.

Bitte? Jetzt konnten diese Dinger auch noch sprechen? Die Ananas verdrehte die Augen. Er mochte Steine. Die konnten nämlich nicht sprechen.

»Vorsicht, ich komme!«, quietschte eine weitere, landete auf dem Pelzrand von Peins Kapuze und kullerte an seinem Mantel zu Boden.

»Jetzt bin ich dran! Platz!«

In diesem Moment streckte der Zyniker die Hand aus und fing die Schneeflocke auf.

»Hihi, das ist … heiß! Heiß! Nein!«

»Timmy!«

»Timmy, nein!«, schrien die anderen, als die Timmy genannte Schneeflocke langsam auf Peins Handfläche zerfloss.

»Ich schmelze! Ich schmeehehee…«

Das einzige, was zurückblieb, war eine kleine Wasserpfütze und ein paar rot-weiß geringelte Söckchen, die der Sadist kichernd in den Schnee tropfen ließ.

»Mörder!«, schrien erst einzelne Flöckchen, dann alle im Chor.

Pein Eppel klatschte in die Hände und wischte zwei weitere Schneewesen an seiner Jacke ab. Panisch versuchten die anderen, aus dem Weg zu rudern, als die Ananas breit grinste, die Kapuze zurückzog und damit begann, durch die Gegend zu springen und eine Schneeflocke nach der anderen mit dem Mund zu fangen.

Starvarius nahm all dies nicht zur Kenntnis. Er war ein ganzes Stück vorangeeilt, als er am Ende des verschneiten Plateaus einen Höhleneingang in der steilen Felswand erspäht hatte. Sie hatten jetzt also zwei Möglichkeiten: Entweder sie wählten den gefährlichen Pfad über die Steilwand und erlagen spätestens eine Stunde nach Einbruch der Nacht der eisigen Kälte, oder sie entschieden sich für diese Höhle und hofften, dass sie in einen unterirdischen Pass mündete, der am anderen Ende des Berges wieder ans Tageslicht führte. Selbst wenn es nur eine simple Höhle war, so konnten sie sich doch zumindest die Nacht über darin niederlassen und den Aufstieg am nächsten Morgen wagen.

Erst jetzt schaute Starvarius über seine Schulter und erblickte Pein, der gehässig eine Schneeflocke nach der anderen mit dem Mund fing und auf seiner Zunge schmelzen ließ. Als die Ananas bemerkte, dass ihr Gefährte sie beobachtete, hielt sie inne, grinste breit und spuckte einen Schluck Wasser in den Schnee. Starvarius zog einen Mundwinkel nach oben und deutete auf die Höhle. Beleidigt steckte sein Gefährte die Hände in die Manteltaschen, ließ den Kopf hängen und trottete der Sternfrucht in die Dunkelheit hinterher.

Besorgt blickte der idealistische Leibwächter in seine Umhängetasche, um festzustellen, dass ihr Fackelvorrat im Laufe der Reise – maßgeblich im Winterwald – erheblich geschrumpft war. Starvarius hatte noch zwei in seiner Tasche, Pein Eppel trug noch eine am Gürtel.

Die Sternfrucht zog ihre vorletzte Fackel zwischen diversem Proviant hervor und entzündete die selbstzündende Wunderfackel, die sie von Parzyval in der Schwanenfestung bekommen hatten, mit einem raschen Ruck an der Felswand. Tatsächlich entpuppte sich die Höhle als unterirdischer Gebirgspfad, der zu ihrem Glück – mit einigen Ausnahmeschlenkern – nach Norden führte.

Zuerst ließ Starvarius seine zweite Hand nur zur Sicherheit auf dem Schwert ruhen, doch als die seltsamen Kratzspuren an den Felswänden und die Haarbüschel auf dem Untergrund zunahmen, reichte er die Fackel an Pein Eppel weiter, ließ die Klinge aus seinem Gürtel gleiten und deutete damit in die Finsternis.

Mit der Spitze voran tasteten sich die beiden tiefer in die Stollen vor.

Pein Eppel spitzte die Ohren. Starvarius' Augen, seine körperlichen Fähigkeiten, sein Intellekt, der Charme, die Weisheit und auch alles andere mochten besser sein als bei ihm, aber er war der erste, der es hörte, wenn sich eine Bedrohung näherte – oder etwas Langweiliges.

»Hörst du das auch?«, fragte Starvarius endlich.

Natürlich hatte Pein es gehört – das leise Kratzgeräusch, in der Ferne vermischte es sich zunehmend mit einem kaum wahrnehmbaren Piepsen und Quieken.

Die Sternfrucht blickte über ihre Schulter zu ihrem Begleiter. »Was war das?«

Der Zyniker lächelte. »Vielleicht eine etwa 5 sm große, aufrecht gehende Ratte?«

Die Sternfrucht zog die Augenbrauen zusammen und legte die Stirn in Falten. Gelassen deutete Pein in die Dunkelheit. Als Starvarius sich rasch umdrehte, befand sich die Rattenschnauze nur noch wenige Zentimeter von ihm entfernt. Geistesgegenwärtig duckte er sich unter dem Prankenhieb der Bestie hindurch, holte weit aus und verpasste ihr mit dem Schwertknauf einen gewaltigen Aufwärtshaken unter den Kiefer.

»UGH! Ugh! Ugh!«, stöhnte der Rattenmann und ging zu Boden. Als Starvarius jedoch vorpreschen und nachsetzen wollte, fing der pelzige Schädling mit einer schrillen, markerschütternden Stimme an zu lachen. »Nicht übel! Was für ein Schlag!«

Die Ratte erhob sich, klopfte sich den Höhlenstaub vom Pelz und schritt, unbeeindruckt vom Langschwert der Sternfrucht, auf diese zu.

»Warum hast du uns angegriffen?«, fragte Starvarius skeptisch und hielt die im Fackelschein glänzende Klinge auf den Hals des Monsters gerichtet.

»Das ist bei uns so Sitte. Wer sich nicht zur Wehr setzen kann, hat in unserem Reich nichts verloren.«

Sich langsam entspannend senkte der Leibwächter seine Klinge und legte den Kopf schief. »Wir? Wer seid *ihr* und wie viele?«

Die Ratte fiepte, um sich zu räuspern, und ging auf alle viere, was für sie scheinbar die angenehmere Position war. »Wir sind die Zankratten. Unser ganzes Volk lebt unter diesem Berg.« Die Zankratte zuckte mit den Schnurrhaaren und hustete. »Ach ja … mein Name ist Kwierts.«

Mit der Vorstellung war für Starvarius der Waffenstillstand offiziell. Er senkte die Klinge endgültig und ließ sie in der Scheide verschwinden. »Mein Name ist Starvarius von Zaft und dies hier ist Pein Eppel.«

»Angenehm!«, quiekte Kwierts und senkte sein Haupt zur Verbeugung. »Was führt euch in unsere Höhle?«

Pein Eppel packte Starvarius an der Schulter und zog ihn zu sich, um ihm mit nachdrücklicher Stimmlage direkt ins Ohr zu fauchen: »Bei den Göttern, mach es kurz!«

Der Leibwächter nickte beleidigt. »Wir suchen Melonidas.«

Die Ananas weitete überrascht die Augen.

Wow – das war kurz!

Prustend lachte der Rattenmann auf. »Diesen Wahnsinnigen? Was wollt ihr denn von dem?«

Die Sternfrucht blickte zurück und erntete nur einen bösen Blick. Sie holte Luft … seufzte … holte etwas weniger Luft und sprach: »Wir müssen ihn einfach nur finden. Führt dieser Pass uns irgendwie zu ihm?«

Kwierts grübelte einen Augenblick und kratzte sich die Schnauze an einem spitzen Stein. »Hmm … wir Zankratten haben die Stollen nach Norden lange nicht mehr genutzt. Aber der Rattenkönig könnte wissen, wie ihr zum Gipfel der Erkenntnis kommt.«

»Dann auf zum Rattenkönig!«, wetterte Pein Eppel und trat hervor.

Kwierts lachte erneut. »Ganz so einfach ist das nicht. Wir können nicht einfach Fremdlinge zum Rattenkönig vorlassen, das würde …«

Spontan verpasste Pein Eppel der Ratte einen Fausthieb auf die blanke Schnauze. Nicht besonders kräftig, aber präzise auf die Schwachstelle.

Kwierts heulte auf. »Okay, okay! Überzeugt! Ich bringe euch zum Rattenkönig. Folgt mir!«

Pein Eppel gefiel die Art und Weise, wie unter den Zankratten Konflikte gelöst wurden – zumindest so lange, bis er auf eine Ratte traf, die deutlich stärker war als er. Kwierts stellte sich wieder auf die Hinterbeine, um eine freie Hand zu haben, mit der er sich die schmerzende Nase reiben konnte, und trottete voran durch die Dunkelheit. Zum Glück der beiden Reisenden verfügten auch die Zankratten nicht über die Fähigkeit, im Dunkeln zu sehen, und so befanden sie sich bereits in gut ausgeleuchteten Stollen, als Starvarius' letzte Fackel verglühte.

Die Rattenwesen hatten sich ihre Stollen bis in die tiefsten Tiefen des Berges geschlagen und ein fast unüberschaubares Labyrinth konstruiert. An der Oberfläche musste mittlerweile auch die letzte Sonne versunken und alles erfroren sein, was sich nicht rechtzeitig in seine Höhle, seinen Baumstamm oder eine anderweitige Behausung zurückgezogen hatte – und endlich erreichten sie den eigentlichen Wohnkomplex des Rattenbaus.

Die Wohnhöhle der Zankratten schien eine für gewöhnliche Ratten eher ungewöhnliche Behausung darzustellen. Die Höhle selbst war gigantisch und ihre Decke lag so hoch, dass selbst der Schein des riesigen Leuchtfeuers im Zentrum sie nicht erreichte. Lediglich vereinzelte Diamanten, Rubine, Smaragde und andere Edelsteine, die für das Rattenvolk selbst keinen Wert hatten, blitzten in der Dunkelheit, sodass die Kuppel der Wohnhöhle den Eindruck eines künstliches Himmelszeltes mit bunt leuchtenden Sternen erweckte. Um den besagten Feuerturm, der der gesamten Rattenstadt als Lichtquelle diente, zogen sich schlichte würfelförmige Lehmbauten in konzentrischen Kreisen durch die gesamte Höhle. Zudem war der Untergrund der Wohngrotte nicht eben, sondern stieg von allen Seiten her zur Mitte hin an, dass der kleinste Kreis einige salatonische Meter höher lag als der zweite Kreis, dieser einige Meter höher als der dritte Kreis usw. Anders, als man – oder Starvarius – es jetzt erwartet hätte, hatten die höheren Ebenen allerdings keine soziale Bedeutung, sondern waren lediglich der Struktur der Höhle geschuldet. Zwischen den Lehmhütten zogen sich vier große Straßen in alle Himmelsrichtungen und viele vereinzelte Wege, die zwischen den Häusern verliefen und die großen Straßen miteinander verbanden, schlängelten sich durch die Gebäudeschluchten.

»Morgen, Kwierts!«, quietschte eine Zankratte, die der Dreiergruppe am Eingang der Höhle entgegenkam.

»N'Abend, Gieltz!«, antwortete Kwierts.

»Tsss! Klugscheißer!«, entgegnete Gieltz und spuckte vor ihm auf den Boden.

»Ach ja? Dir hat wohl schon lange keiner mehr das Fressbrett poliert?!« Keifend stürzte sich ihr Fremdenführer auf den streitlustigen Kameraden und in einer wilden Staubwolke prügelten die Rattenmänner aufeinander ein.

Pein Eppel lachte auf. »Großartig! Einfach köstlich!« Die Ananas bückte sich und begann, kleine Steine zwischen die beiden Prügelnden zu werfen.

Nach einigen Minuten, in denen Gieltz einen Schneidezahn und Kwierts eine Vielzahl an Pelzbüscheln verloren hatte, ließen die beiden voneinander ab, verbeugten sich voreinander und gingen ihrer Wege, als wäre nichts gewesen.

Der Rattenmann hielt inne und wandte sich fragend um. »Is' was?«

Starvarius schüttelte sich irritiert, packte Pein am Handgelenk und trottete der Ratte hinterher.

Ihr Pfad durch die Rattenstadt führte sie über die südliche Hauptstraße bis zum Leuchtfeuerturm. Auf ihrem Weg begegneten sie einer weiten Vielzahl von Zankratten und mindestens die Hälfte von ihnen kam gerade aus einer Schlägerei, befand sich in einer oder fing eine an. So kamen sie im äußersten Ring an zwei Architekten vorbei, die sich über die Position der Haustür uneinig waren, an einem Gemischtwarenladen, aus dem sie nur die Worte »Für zwei Hacksteaks? Ich glaub, dir muss mal wieder jemand …« mitbekamen, und einer wilden Zankerei auf dem Markplatz, bei der es wohl um den Fischstand ging. Lediglich Kwierts schien sich zusammenzureißen, um die beiden Wanderer rasch zu ihrem Ziel zu bringen.

Als sie den verzierten Feuerturm erreichten, präsentierte ihnen Kwierts noch einmal stolz den besten Ausblick auf seine Heimat und gab den Reisenden eine kleine Einführung in die Eigenarten der Zankratten. Auch wenn die Höhenunterschiede der Ringe keine Bedeutung hatten, so war die Stadt dennoch in vier Abschnitte unterteilt, deren Grenzen von vier großen Steinmauern gezogen wurden.

Das Südviertel, durch dessen Herz die große Südstraße und ihr bisheriger Weg verliefen, war das Viertel der Händler und gehobenen Bürger. Im Westviertel erstreckten sich die riesigen Lagerhäuser der Zankratten und die Arbeitshütten der Handwerker, zum Beispiel der Lehmarchitekten, Schneider und Schmiede, denn auch wenn Ratten wie Kwierts ihre Natürlichkeit begrüßten und allenfalls einen Gürtel oder ein paar Stiefel trugen, gab es unter den Zankratten, vor allem unter den Rättinnen, auch Exemplare, die sich in modische Gewänder kleideten. Die Schmiede stellten zudem nicht nur Werkzeuge, Besteck und Waffen her, sondern auch leichte bis schwere Rüstungen für die Stadtwachen. Diese hatten ihre Quartiere im Adels- und Militärviertel im Osten. Während in anderen Ländereien Süd Salatoniens Adel und Militär in der Regel getrennten sozialen Schichten angehörten, so gestaltete sich dies nach dem Rattenkodex gänzlich anders: Vermögen wurde immer dem gegeben, der sich am besten durchsetzen konnte, und so gehörten die wohlhabenden Ratten der Adelsschicht prinzipiell zu den stärksten und mutigsten unter ihnen und waren entweder noch Mitglieder der Stadtgarde oder gehörten dieser zumindest vor ihrem Ruhestand an. Hier im Osten befand sich schlussendlich auch der gigantische Palast des Rattenkönigs. Dieser war nicht einfach nur aus Lehm, sondern ausnahmsweise – wie auch einige der größeren Adelshäuser – aus Stein und Holz und mit zahlreichen Edelsteinen bestückt.

Als Starvarius seinen Blick nach Norden richtete, beschrieb Kwierts ihnen den vermutlich geheimnisvollsten und interessantesten Teil der Zankrattenstadt. Das Nordviertel war zugleich Armenviertel, Grenzviertel und – eine Tatsache, bei der Starvarius und auch ein wenig Pein Eppel die Stirn in Falten legten – Hafenviertel.

Die Nordwand, so erklärte ihr motivierter Zankrattenfremdenführer, war vor etwa fünf Jahrzehnten, noch vor dem großen Clankrieg, von einem Gebirgsbach durchbrochen worden und hatte das ehemalige Adelsviertel vollständig zerstört. Die Überlebenden sammelten ihr Hab und Gut aus den zerstörten Villen und nisteten sich seitdem bei ihren Brüdern im östlichen Militärviertel ein.

Das Nordviertel, in welches das Rattenvolk nicht den Hauch einer Mühe steckte, um die zerstörten Bereiche wieder aufzubauen oder die Flut einzudämmen, wurde seitdem von den Heimatlosen und Bettlern, die für gewöhnlich auf den Straßen des Handels- oder Handwerkerviertels lebten, als Unterschlupf genutzt. Mit der Zeit allerdings, als der große Clankrieg sich dem Ende neigte, erkannten der nun herrschende Rattenkönig und der Graue Rat der Zankratten die militärische und wirtschaftliche Nutzbarkeit des Gebirgsbaches. Hungrige und verzweifelte Bettlerratten hatten auf ihren Streifzügen herausgefunden, dass der Gebirgsbach, der in die Wohnhöhle eingebrochen war, eine direkte Verbindung zum östlichen Nordmeer und somit einen raschen Seeweg in den Osten Süd Salatoniens lieferte. Folglich beschäftigten die Adeligen diverse Handwerker aus dem Westviertel, um nun endlich Staumaßnahmen für den Fluss aufzubauen und einen befestigten Hafen innerhalb der Höhle zu errichten.

Doch der Beginn der Zankrattenschifffahrt weckte auch böswilliges Interesse und stoppte den jähen Aufschwung des florierenden Nordviertels.

Vor dem Einbruch der Wohnhöhle war bereits bekannt, dass die Vorfahren des Rattenvolkes die Nordstollen verschlossen und unwiderruflich versiegelt hatten, nur warum – das fand in den Überlieferungen keine Erwähnung. Als die ersten Schiffe verschwanden, spekulierten die Rattenhändler noch auf ein verstecktes Riff. Dann fielen die Horden selbst durch den Gebirgsspalt in die Zankrattenstadt ein und zogen marodierend durch das Nordviertel. Das Militär reagierte rechtzeitig auf den Angriff und stoppte den Vormarsch, bevor das Heer den Fackelturm im Zentrum erreichte. Mit großen Verlusten trieben die Zankratten unter Führung eines jungen, aufstrebenden Generals den Abschaum in ihre frostige Heimat zurück und errichteten mehrere Verteidigungsringe um den Spalt.

Kwierts deutete auf den Riss in der Nordwand. In der Ferne war ein riesiges Schleusentor zur Kontrolle des Flusses errichtet worden und mit zwei Tag und Nacht besetzten Wachtürmen gesichert. Außerdem zeigte der Rattenmann ihnen eine ganze Reihe kleinerer Außenposten und

Verteidigungswälle innerhalb des Nordviertels. Nichtsdestotrotz blieben die zerstörten Villen und Wohnhäuser weiterhin als Ruinen zwischen den Schutzringen bestehen und wurden von den ärmlichen Zankratten bewohnt. Ebenso war der Hafen, wenn auch die Schifffahrt seltener wurde, weiterhin in Betrieb.

»Und was geht da ab?«, fragte Pein Eppel skeptisch und deutete auf eine kleine Straße zwischen dem letzten Außenposten und den Docks, auf der sich schon seit Stunden ein reges Treiben abspielte.

»Gegenschlag«, quietschte Kwierts. »Bei ihrem letzten Angriff haben sie große Löcher in den äußersten Ring gerissen. Wir starten einen Gegenangriff, um unseren Handwerkern genug Zeit zu verschaffen, die Verteidigungslinien zu erneuern.«

Die Sternfrucht trat aus dem Hintergrund vor und kratzte sich nachdenklich an der Schläfe. »Du sprichst immer von *ihnen*, dem Schrecken Nord Salatoniens. Was hat es damit auf sich?«

Überfordert pustend zuckte die Zankratte mit den Schultern. »Schwer zu sagen. Wir wissen nicht genau ... was sie sind.« Kwierts stellte sich auf die Hinterbeine, drehte den beiden den Rücken zu und verschränkte die Arme hinter sich. »Sie sehen immer anders aus. Als würde sie jemand aus ... Es klingt komisch, aber einer unserer Gelehrten sagte einmal: ›Sie sehen aus, als hätte sie jemand aus den Resten anderer Kreaturen zusammengebaut.‹«

Starvarius legte die Stirn in Falten und blickte zum Felsspalt. »Und sie kommen aus dem Norden?«

Die Ratte fuhr herum und nickte.

»Vom Gipfel der Erkenntnis?«

Für eine Weile zögerte Kwierts, doch dann nickte er wieder.

»Dann ist es vielleicht schon zu spät. Bring uns rasch zu deinem König!«

Sofort ging der Zankrattenmann auf alle viere, quiekte bestätigend und trottete in Windeseile die Oststraße hinunter zum Palast des Zankrattenkönigs.

Unter den skeptischen Blicken der Adeligen, Stadtwachen, Gardisten und reichen Händler eilten die beiden Früchte ihrem Fremdenführer durch die Häuserschluchten des Ostviertels hinterher, verließen die Hauptstraße nach einer Weile und arbeiteten sich durch die gepflasterten Seitengassen bis zum großen Vorplatz des Palastes vor. Starvarius staunte nicht schlecht bei der Größe und Prächtigkeit des Bauwerks. Erst von

Nahem konnte man wirklich erkennen, dass die glitzernden Fenster des Gebäudes aus einzelnen Edelsteinen zu Bildern von berühmten Rattenkriegern zusammengesetzt waren. Eine weitere Ausnahme bildete der Vorplatz durch die vier imposanten Eichen, die an den Ecken des Platzes in riesige Tontöpfe gepflanzt worden waren. Außer diesen vier Bäumen fand man in der unterirdischen Metropole des Zankrattenreiches kein weiteres grünes Blatt.

»Aus dem Weg! Wir müssen …« Kwierts hatte noch nicht ganz ausgesprochen, da ging er schon durch einen so mächtigen Schlag der Palastwache zu Boden, dass sich selbst der unbeteiligte Pein Eppel die Nase rieb.

Starvarius schritt vor, wich dann aber doch wieder zurück, als die andere Palastratte bedrohlich die Faust hob. »Niemand wird zum Rattenkönig vorgelassen!«

Indessen hatte sich der benommene Kwierts wieder aufgerappelt und hielt sich in ausreichendem Abstand vom Tor die Nase. »Tut mir leid, Freunde. Sieht aus, als ob …«

Starvarius verfinsterte seinen Blick und stürmte nach vorne. Mit einem Kopfsprung tauchte er zwischen den Schlägen der beiden Palastwachen hindurch und sprang gegen das Tor. Elegant stieß er sich vom Türknauf ab und ließ seine Faust direkt zwischen den Augen des deutlich größeren rechten Wächters niedersausen.

Der zweite nahm seine Lanze zur Hand und stach damit nach Starvarius. Dieser jedoch entging dem Stoß und packte den Speer hinter der Spitze. Mit aller Kraft versuchte die Ratte, ihre Waffe aus den Händen der Sternfrucht zu befreien, doch unterschätzte auch dieser Gegner das jahrelange Training der unscheinbar wirkenden kleinen Sternfrucht. Verdutzt starrte der Zankrattenkrieger auf seine Füße, die sich langsam vom Boden lösten, als Starvarius sich kraftvoll gegen die Lanze stemmte, die Ratte über seinen Kopf hob und sie schwungvoll wortwörtlich in den Boden rammte. Gerade als sich die zweite Ratte wieder erheben wollte, wirbelte die Sternfrucht ihren Speer herum und ließ das stumpfe Ende unter das Kinn der Wache schmettern.

In exakt demselben Augenblick, als der letzte Wächter zu Boden ging, ertönte ein markerschütterndes Quietschen, mit dem sich das massive Palasttor ins Innere des dahinterliegenden Thronsaals öffnete. Aus dem fahlen Kerzenschein marschierte eine mindestens acht salatonische Meter große, massiv gepanzerte Zankratte auf die drei zu. Ihr Plattenpanzer war mit einem reich verzierten Waffenrock überdeckt und von ihren Schultern fiel ein Samtumhang, der noch ein Stück über den Boden schleifte. Auf seinem Rücken kreuzten sich zwei Langschwerter, die allerdings mehr zur Dekoration zu dienen schienen, da der Rattengeneral selbst noch eine wuchtige Streitaxt in den Händen hielt.

Starvarius wich eingeschüchtert, aber mit einem fest entschlossenen Blick zurück und starrte dem Koloss in die Augen, während seine rechte Hand reflexartig zum Heft seines eigenen Schwertes huschte. Unter dem Torbogen blieb die Ratte stehen und musterte die beiden bewusstlosen Wächter. Dann huschte ein leichtes Grinsen über seine Lippen, als er die Zankratte erblickte, welche die Sternfrucht mit dem Kopf durch das Pflaster gerammt hatte und die immer noch zappelnd versuchte, sich zu befreien. »Der Zankrattenkönig heißt Euch in seinem Palast willkommen! Ihre königlichen Hoheiten wünschen Euch umgehend zu sprechen.«

Starvarius war über die Freundlichkeit und Gewähltheit, mit welcher der General sprach, positiv überrascht, ließ von seiner Klinge ab und verbeugte sich respektvoll. Lächelnd drehte er sich zu Pein und Kwierts um und deutete mit dem Kopf in Richtung Thronsaal.

Kwierts und Pein warfen sich fragende Blicke zu, zuckten synchron mit den Schultern und folgten ihrem Recken in das Heiligtum des Zankrattenreichs.

Der von außen eher düster wirkende Thronsaal stellte sich beim Eintreten als der vermutlich am besten beleuchtete Raum der Zankrattenstadt heraus. Denn während in den gewöhnlichen Wohnhäusern meist der Schein des Fackelturms mit Fenstern und Spiegeln zur Beleuchtung genutzt wurde, verfügte der Palast über eine reiche Vielzahl eigener Fackeln und sogar einen imposanten Kamin an der Wand rechts vom Eingang. Was in den übrigen Teilen des Landes zum Lebensstandard gehörte, war in der Zankrattenstadt Luxus. Diese lag nämlich nicht nur unter einem riesigen Felsmassiv, wo es bekanntlich selten frisches Feuerholz gab, sondern auch noch in Nord Salatonien, dem unwirtlichsten Teil der bekannten und unbekannten Welt.

Pein Eppel schrie erschrocken auf. Erst jetzt hatte sein durch den Saal schweifender Blick die Kreatur erfasst, die sich auf dem riesigen Samtkissen vor dem Kamin breitgemacht hatte.

Starvarius blieb verdutzt stehen und versuchte, die flackernde Silhouette irgendeinem ihm bekannten Wesen zuzuordnen. Doch er scheiterte.

»Willkommen ins unserem Reich, Wanderer!«, sprach eine Stimme.

»Wir sind der Rattenkönig!«, eine andere.

Als sich das Geschöpf auf einer Vielzahl von Beinen umdrehte und vom Licht des Kamins vollständig erleuchtet wurde, konnten die beiden Reisenden erahnen, WAS dieses Geschöpf tatsächlich war.

Pein Eppel tippte auf fünf, Starvarius zählte acht und ich kam immerhin auf neuneinhalb Zankratten, die zu einem riesigen Mischwesen verschmolzen waren! Lediglich an den farblichen Übergängen der unterschiedlichen Fellmuster konnte man ungefähr erahnen, wo die eine in die andere überging.

»Tretet doch bitte näher!«, murmelte ein tief brummender Teil des Rattenkönigs.

»Wir bewegen uns nicht mehr so geschickt wie früher«, quietschte der höchste Kopf.

Starvarius zögerte einen Augenblick. Er wusste nicht einmal genau, von welcher Seite er sich der Kreatur nähern sollte, um vor ihr zu stehen. Pein Eppel hatte weniger Probleme damit. Er verschränkte die Arme auf dem Rücken, zog skeptisch, aber interessiert die Augenbrauen zusammen und umrundete den König der Zankratten mit langsamen Schritten. Dabei spitzte er die Lippen etwas und nickte fasziniert.

Die Sternfrucht kam näher und verneigte sich vor dem, was er unschlüssig als Vorderseite einschätzte.

»Wir nehmen an, der gute Kwierts hat Euch über den Kodex der Zankratten informiert?«

»Ihr habt Euch unseren Respekt verdient, indem Ihr unsere Wachen besiegt habt.«

»Zwei gute Wachen!«

»Und das alleine!«

Die Sternfrucht hatte alle Mühe, der Unterhaltung zu folgen, da nach jedem Satz ein anderer Teil des Königs das Gespräch fortsetzte. Die einzige weiße Ratte des Königs bemerkte den überforderten Gesichtsausdruck der Sternfrucht und schmunzelte. Der Rest der Majestät schmunzelte ebenfalls.

»Wir sehen schon …«

»Ihr wollt wissen, was wir sind.«

»Oder wie wir zu dem wurden, was wir sind.«

Starvarius machte keinen Hehl aus seiner Verwunderung und nickte eifrig.

»Nun gut …«

»Vor etwa fünf Jahrzehnten wurde die Nordwand unerwartet von einem Gebirgsbach aufgerissen, der innerhalb weniger Stunden das ehemalige Adelsviertel im Norden vollständig zerstörte.«

Kwierts räusperte sich kurz und wurde mit einem Mal von allen Köpfen des Rattenkönigs zugleich angestarrt. »Ja?«

Der Untergebene trat vor, kämmte sich verlegen die Nackenhaare herunter und piepste: »Eure Majestäten, diesen Teil der Geschichte kennen die Reisenden bereits.«

»Ach ja?«

»Wie weit?«

Kwierts grübelte eine Weile. »Sie wissen von der Vernichtung des Adelsviertels, dem Umzug der Adeligen in das Ostviertel, der Besiedlung des Nordviertels durch die Unterschicht, dem Angriff der Schatten und der Befestigung des Gebirgsbachs durch Militärposten.«

Der Rattenkönig nickte – zuerst zustimmend, dann zu dem Zankrattengeneral, der neben Kwierts stand. Prompt verpasste dieser dem Fremdenführer einen kräftigen Schlag auf den Kopf.

»Das ist dafür, dass du unsere Geschichte geklaut hast!«

»Nun gut …«

»Der Kodex der Zankratten besteht genau genommen erst seit dreißig Jahren.«

»Vorher waren wir …«

»… einfach nur Ratten.«

»Das Militär hat uns diese Höhle vor Jahrhunderten von den Salamandern freigekämpft und regierte seither mit einem Rat aus Generälen. Die Adeligen bestanden aus reichen Architekten und Handwerkern. Erst als die Adeligen in das Militärviertel zogen, begannen die beiden Kasten sich miteinander zu vermischen. Die Kräftigsten unter den Reichen dienten im Militär und der Adel bekam immer mehr Einfluss auf politische Entscheidungen im Rattenreich.«

»Im Verborgenen stellten die Bürger, Händler und Handwerker der Mittelschicht eine eigene kleine Streitmacht auf die Beine und begannen mehr und mehr, ihre Rechte einzufordern. Der Konflikt eskalierte, als die Bürgerwehr eine Kolonie in einer der äußeren Gebirgshöhlen errichtete. Es kam zum großen Clankrieg.«

»Der Krieg dauerte ein ganzes Jahr und beutelte die gesamte Bevölkerung. Die letzte Schlacht des Krieges fand auf dem Plateau rund um den Fackelturm statt und wurde als Akt der Verzweiflung mit dem Einverständnis der beiden Parteien als Faustkampf zwischen den führenden Generälen beider Fraktionen ausgetragen.«

»Im Laufe des Gefechts stürzten sich alle Generäle zugleich aufeinander und irgendwie …«

»… irgendwie müssen wir uns …«

»… dabei mit den Schwänzen verknotet haben.«

Einen Moment betretenes Schweigen.

»Und da keiner von uns die Leichen der anderen für den Rest seines Lebens hinter sich her schleifen wollte …«

»… vereinbarten wir einen Waffenstillstand.«

»Und daraus lernten wir Zankratten, dass nur unmittelbare Gewalt unsere Probleme lösen und den Frieden sichern kann.«

Der Rattenkönig blickte stocksauer zu seinem General, der mit dem letzten Satz die Geschichte vollendet hatte. Wieder nickte er zuerst zustimmend, dann zu einem noch weitaus größeren General, der neben dem kleineren General stand und diesen mit einem gewaltigen Faustschlag durch den Thronsaal schleuderte.

»Ihr … ihr löst eure Konflikte mit Gewalt, weil das ein Mal funktioniert hat?«

Der Rattenkönig guckte skeptisch.

»Lernt ihr nicht aus eurer Geschichte?« Die Sternfrucht schüttelte sich. Damit erklärte sich einiges – allerdings auf eine ziemlich absurde Art und Weise.

»Auf jeden Fall«, erhob der Rattenkönig erneut seine Stimme, »wurde so der Krieg beendet, die Ratten fanden wieder zu einer Gemeinschaft zusammen und der Kodex der Zankratten wurde ins Leben gerufen, der da besagt: *Jeder Konflikt zwischen zwei Ratten ist unmittelbar mit direkter Gewalt zu lösen.*«

»Denn Kriege entstehen erst durch tief greifende Konflikte, Intrigen und Verschwörungen.«

»So etwas gibt es bei uns nicht mehr.«

Die Sternfrucht rieb sich das Kinn und fragte skeptisch, aber respektvoll: »Und das funktioniert?«

»Seit dreißig Jahren«, bestätigte das Mischwesen.

In diesem Augenblick hatte Pein Eppel seine vierte Runde um den Rattenkönig beendet, stellte sich – immer noch skeptisch die Kreatur musternd – neben seinen Begleiter und fragte dreist: »Und … warum genau seid Ihr jetzt so ein Rattenklumpen?«

Starvarius stieß ihm den Ellbogen in die Seite, Kwierts lachte laut auf und fing sich einen Faustschlag des großen Generals ein.

Der am wenigsten beschämte Teil des Königs erhob das Wort: »Nun ja, nachdem wir der Zankrattenkönig wurden und in diesen Palast Einzug hielten, versuchten wir immer seltener, unsere Bewegungen aufeinander abzustimmen …«

»… und sind in den letzten Jahrzehnten irgendwie …«

»… verwachsen.«

»Wir haben zwar noch unsere eigenen Persönlichkeiten …«

»… aber wir hören, was der andere denkt.«

Die einzelnen Rattenköpfe schauten sich gegenseitig an und seufzten.

Die Blicke aller Beteiligten richteten sich auf das Palasttor, als sich die riesigen Pforten plötzlich ein weiteres Mal quietschend öffneten. Rückwärts taumelnd stürzte eine der Palastwachen herein und ging leblos zu Boden.

»Was hat das zu bedeuten?!«, wetterte der Rattenkönig mit allen Stimmen zugleich. Doch noch bevor die beiden Generäle im Thronsaal ihre Streitäxte erhoben hatten, ergoss sich ein Schwarm schwarzer Schemen in den Raum.

Während sich die Handlanger auf die Leibwächter stürzten, löste sich eine flinke, schmächtige Kreatur aus der Gruppe und preschte direkt auf den Rattenkönig zu. Nur für einen winzigen Augenblick wurde seine Gestalt im Schein des Feuers sichtbar, als sich das Wesen – mit Klingen statt Armen und einem Froschkopf auf dem knochigen, verhüllten Körper – geradewegs auf den Herrscher des Rattenreiches stürzte.

Klirrend kreuzten sich die beiden Klingenarme mit dem Langschwert der Sternfrucht, die sich geistesgegenwärtig zwischen den Zankrattenherrscher und seinen Attentäter geworfen hatte. Noch in der Luft wirbelte Starvarius herum und zerteilte den Angreifer der Länge nach. Federn schossen in alle Richtungen, als sich die klingenbewehrten Körperteile des Froschmonsters knapp neben dem König ins Sitzkissen bohrten. Starvarius wandte sich gerade rechtzeitig dem Eingangsbereich zu, um zu sehen, wie eine schmal gebaute Zankratte in den Thronsaal stürzte, einen langen Krummsäbel um seinen Körper wirbeln ließ und ein halbes Dutzend verdutzter Schemen in einer einzigen Kette rascher Bewegungen enthauptete.

»Sichert den Palastvorplatz!«, sprach der Rattenkrieger, während die beiden Generäle an ihm vorbei aus dem Thronsaal stürmten und er surrend seine Klinge zurück in den Gürtel gleiten ließ.

Im Gegensatz zu den beiden schwer gepanzerten Generälen verzichtete diese Ratte auf wuchtige Rüstungen und trug anscheinend nur einen Lederwams, der von einem dunkelgrünen Waffenrock und einem langen braunen Mantel überdeckt wurde.

»Admiral Tauris! Was hat das alles zu bedeuten? Warum seid Ihr nicht, wie befohlen, am Hafen? Und wie haben es diese Kreaturen bis in den Palast geschafft?«

Der Oberbefehlshaber der Zankrattenflotte schritt nickend an Starvarius, Pein Eppel und Kwierts vorbei, postierte sich vor seinem Herrscher und kniete mit gesenktem Haupt nieder. »Die Schatten sind uns zuvorgekommen! Sie haben einen Weg durch die Stollen gefunden und sich über das Westviertel bis zum Fackelturm durchgeschlagen, bevor unsere Wachen Alarm schlagen konnten. Gleichzeitig brandeten große Wellen von ihnen gegen die Staumauer im Nordviertel. Ein Teil unserer Truppen hält das Nordviertel, der Rest versucht, das Chaos in der Stadt einzudämmen, aber unsere Männer können nicht überall sein.«

Die verschiedenen Teile des Rattenkönigs stießen einen Augenblick lang wilde, wüste Flüche aus, bevor sie sich wieder auf die Situation konzentrierten.

»Zuerst schien es, als ob sie uns einfach nur ärgern wollten. Doch seit ein paar Wochen werden ihre Angriffe so massiv, dass es scheint, als ob sie unser gesamtes Volk ausrotten wollten.«

Die Könige grübelten und richteten ihre Blicke auf Starvarius. »Ihr seid ein ausgezeichneter Kämpfer. Weshalb auch immer Ihr hier seid, Ihr erhaltet es, wenn Ihr unseren Männern helft, über die Schatten zu triumphieren!«

Admiral Tauris erhob sich von seiner Position und wandte sich der Sternfrucht zu, um diese zweifelnd zu mustern.

Starvarius blickte an dem Admiral vorbei zum Rattenkönig. »Wir müssen zum Gipfel der Erkenntnis, ins Herz Nord Salatoniens.«

Tauris zog die Brauen hoch und weitete die Augen erstaunt. Warum sollte irgendjemand noch tiefer in den verfluchten Norden vordringen wollen? Grummelnd schwieg der Rattenkönig.

»Hmmm … Selbst wenn ich einwilligen sollte, das Tor zu öffnen, würdet Ihr es zu zweit niemals bis zum Gipfel der Erkenntnis schaffen.«

»Wir machen Euch ein Angebot: Ihr begleitet Admiral Tauris und unterstützt unsere Männer bei der Säuberung der Stadt. Wenn das Westviertel gesichert ist, stoßt Ihr zu unseren Truppen am Hafen und geht an Bord unseres Flaggschiffes. Wir starten einen massiven Gegenangriff und treiben die Schemen bis in den hintersten Winkel Nord Salatoniens zurück. So kommt ihr zum Gipfel der Erkenntnis und wir können unsere Stadt wieder aufbauen.«

Tauris streckte Starvarius die Pranke entgegen, um das Angebot seines Königs zu bekräftigen. Mehr als zufrieden besiegelte auch die Sternfrucht die Abmachung per Handschlag.

Der Admiral blickte immer noch skeptisch zu seinem neuen Gefährten herab, der ihm in zweibeiniger Haltung gerade einmal bis zum Oberschenkel reichte. Dann jedoch huschte ein Lächeln über sein Gesicht. Da draußen wartete eine Schlacht auf die streitlustigen Zankratten. Der Rattenmann zog seinen Krummsäbel und stürmte voran.

Eine knappe Stunde und ein paar Verabschiedungen später – vom Rattenkönig und auch von Kwierts – fand sich Starvarius blutverschmiert auf den Straßen des Westviertels wieder. Der zankrättische Admiral und die wackere Sternfrucht hatten ganze Arbeit geleistet, den gesamten Weg über die östliche Hauptstraße vom Palastvorplatz bis zum Leuchtfeuerturm und über die westliche Hauptstraße bis ins Herz des Westviertels mit niedergestreckten Gegnern zu pflastern. Tauris hatte die versprengten Truppenteile, die sich in Seitengassen und Wohngebäuden verschanzt hatten, zu einer schlagkräftigen Armee vereint und in geschlossener Formation drängte das Rattenvolk den jahrzehntelangen Rivalen in die westlichen Stollen zurück.

Pein Eppel trottete dem Heer in gebührendem Sicherheitsabstand hinterher und drehte einen gefallenen Gegner nach dem anderen mit dem Fuß auf den Rücken, um sich ein genaueres Bild von ihrem Feind zu machen. Kwierts hatte nicht übertrieben. Diese Kreaturen sahen tatsächlich aus, als hätte irgendeine niedere Gottheit alle Lebewesen dieser und der vorherigen Welt zerschnibbelt, sie in einem großen Glas ordentlich durchgeschüttelt und danach willkürlich wieder zusammengeklebt. Nein – nicht geklebt. Genäht! Nur ein einziges Mal traute sich Pein, die zerlumpte schwarze Gewandung eines Fischköpfigen zu öffnen, und er schreckte zurück, als der Kopf – ebenso wie die beiden Echsenarme und die Kängurubeine – tatsächlich grob mit Nadel und Faden angenäht worden war. Dabei kannte die Kreativität ihres Schöpfers scheinbar keine Grenzen. Von Reh-Robben über Hasen-Igel bis zu Frosch-Hamstern war alles zu finden. Die Gefährlichsten von ihnen waren zudem mit technischen Geräten bestückt. Die eine Kreatur trug eine Schere am rechten Arm, ein anderes Wesen hatte einen Pizzaschneider am Bein. Hier und dort fand man auch Monstren, bei denen der Brustkorb aus einem Toaster oder der Kopf aus einer Glühbirne bestand. Kein Wunder, dass sie in aller Regel vollständig vermummt und den Zankratten meist nur als schwarze Schemen bekannt waren.

Starvarius rammte sein Langschwert in eine Felsspalte und stützte sich keuchend mit beiden Händen darauf, während er zusah, wie sich die restlichen Mutanten flüchtend in die Stollen zurückzogen.

»Sieg!«, brüllte Tauris fast lachend und erntete jubelnde Kampfschreie seiner Gefolgsratten. »Feldmarschall!«

Aus der Masse der Zankratten löste sich ein kleines, stämmigeres Exemplar in kompletter Kettenrüstung mit Haube und trat an Tauris' Seite.

Der Admiral wandte sich seinem Untergebenen zu und deutete auf die westlichen Schächte. »Nehmt Euch zwei Dutzend Eurer besten Männer und sichert den Außenposten in den Stollen!«

Der Feldmarschall zögerte. »Herr … das ist ein Nahrungslager.«

Tauris fuhr herum. »Jetzt ist es ein Außenposten! So etwas wie heute darf uns nicht wieder passieren!«

Gehorsam schlug sich der Feldmarschall die Pranke auf die Brust, verneigte sich und trommelte die befohlene Truppe zusammen. Der Admiral wandte sich dem Heer zu und kommandierte: »Erste und zweite Legion halten hier die Stellung! Die dritte Legion säubert das Westviertel von übrigen Feinden! Die Legionen vier bis sieben sammeln sich am Hafen! Den Biestern hauen wir jetzt erst mal richtig aufs Fressbrett!«

»Hyargh!«, kommentierten die Soldaten im Chor.

Als sich Starvarius und Tauris, gefolgt von Pein Eppel, auf den Rückweg zum Fackelturm machten, trauten sich bereits die ersten Einwohner wieder auf die Straße. Einige Händler aus dem Südviertel hatten sich ihre Holzkarren geschnappt und unterstützten die dritte Legion bei ihren Säuberungsarbeiten, indem sie die Körper der Gefallenen von der Straße sammelten.

Während im Westen also schon damit begonnen wurde, die Nachwirkungen der Schlacht aufzuarbeiten, war diese im Norden gerade erst in vollem Gange. In jenem Augenblick, als die drei das Plateau erreichten und einen Blick auf das Hafenbecken werfen konnten, stürzte der rechte der beiden Schutztürme am Felsspalt in sich zusammen und zerschmetterte das Stautor. Damit war der Weg in die Rattenstadt frei und eine Flotte von Schiffen aus Knochen und mit schwarzen Segeln erschien am Horizont. Zwar hatten die Zankratten am Dock Kanonen in Stellung gebracht und drei Rattenwachen verteidigten den übrig gebliebenen Westturm mit Brandsätzen verbissen, doch war die Flotte der Mutanten zu zahlreich. Dadurch hatten die am Kai stationierten Truppen keine andere Wahl, als bereits in Abwesenheit ihres Admirals die ersten Kriegsschiffe zum Gegenangriff auslaufen zu lassen.

Tauris knirschte mit den Zähnen und riss seinen Krummsäbel aus dem Gürtel. »Los, beeilt euch! Ohne die Skidbladnir hat die Flotte keine Chance!«

Die letzten Worte rief der Admiral bereits in vollem Lauf und wieder einmal musste Starvarius seinen Begleiter am Handgelenk hinterherschleifen, um den Anschluss nicht zu verlieren.

Die unterirdische Rattenstadt war so gigantisch, dass sich das Aufeinandertreffen der Flotten innerhalb der Zeit, welche die drei brauchten, um den Hafen zu erreichen, zu einer gewaltigen Seeschlacht entwickelt hatte, die sich über den gesamten Stausee erstreckte. Das Donnergrollen der Kanonen erschütterte die Wohnhöhle und eine mindestens genauso große Zahl an Schiffen beider Seiten wurde durch herabfallende Felsbrocken zerschmettert wie durch die Kanonen selbst.

»Admiral! Admiral!«

Am Außenposten, der letzten Bastion des Nordviertels, schloss sich ein weiterer Feldmarschall der Gruppe an und erstattete Bericht über die Situation.

»Unsere Schlachtschiffe sind ihrer Flotte weit überlegen, aber es sind einfach zu viele!«

»Was ist mit der Skidbladnir?«

»Bewaffnet und einsatzbereit!«

Erleichtert nickte der Admiral. »Sehr gut. Los!«

Noch ein letztes Mal zog Tauris das Tempo an. Ihr Weg führte sie über die matschigen Randbereiche des Nordviertels zum Hafen. Der Weg war lediglich mit losen Steinplatten befestigt, die die Reisenden am Einsinken hinderten.

Endlich erreichten sie die Steintreppe zur Kaimauer und vor ihnen lag die Skidbladnir, der ganze Stolz der Zankrattenflotte. Ein gewaltiges dreimastiges Schlachtschiff mit jeweils zwanzig Rudern und vier Reihen zu je zwölf Kanonenschächten pro Seite.

Die drei waren noch nicht ganz an Bord, da zog die Besatzung die Gangway, noch mit Pein Eppel auf dem letzten Meter, ein und kräftig stachen die Ruderer in See. Die Skidbladnir war hiermit im Spiel! Das As im Ärmel der Zankratten!

Und wie es sich für einen guten Trumpf gehörte, räumte das Schlachtschiff unter der feindlichen Flotte wie eine Sense im Kornfeld auf. Tauris nutzte die starke Bugpanzerung des Meeresriesen und hielt direkt auf die Knochenschiffe zu – nur um sie im Ausweichmanöver mit der vollen Breitseite der 48 Back- und Steuerbordkanonen in Stücke zu reißen.

Pein Eppel stand mit verschränkten Armen an der Reling und beobachtete das ganze Spektakel. Im Geiste zeichnete er die Seeschlacht wie auf einem riesigen Stück kariertem Papier nach und verteilte Buchstaben und Nummern für die unterschiedlichen Kästchen.

»B4«, murmelte die Ananas, als die Skidbladnir ein weiteres Mal donnernd feuerte. »Versenkt!« Mit einem Krachen schmetterte die schwere Kanonenkugel knapp unterhalb der Wasserlinie in den Rumpf eines kleineren Schlachtschiffes. Dieses verschwand innerhalb kürzester Zeit in den Fluten. Skeptisch zog sich sein Blick zusammen. Wo war Starvarius?

Dieser hatte zu Beginn der Schlacht nervös neben dem kommandierenden Admiral gestanden und sich schlussendlich dazu entschlossen, unter Deck zu gehen und dort eine der Steuerbordkanonen zu übernehmen.

Das Schlachtenglück schien sich gerade zugunsten der Zankratten zu wenden, als die Mutantenarmee ihren letzten Kreuzer aufs Feld schickte. Das in großen roten Buchstaben als *Naglfar* bezeichnete Schlachtschiff war ein Stück kleiner als die Skidbladnir, aber mindestens ebenso gut bewaffnet, massiv mit Knochenplatten gepanzert und deutlich wendiger. Das Wasser um die Naglfar schien sich so schwarz wie ihre zerfetzten Segel zu färben und mit jedem Mal, in dem die messerscharfen Knochenruder die Wasseroberfläche durchstießen, glaubte man, die Schreie gefallener Seelen zu hören.

Die Skidbladnir trieb mit dem Heck zur Naglfar in die Schlacht, als Tauris sie bemerkte und panisch den Befehl zur Wende gab. Doch der Admiral unterschätzte die Geschwindigkeit des sich rasch nähernden

Schlachtschiffes und selbst zwei volle Ladungen aus der Steuerbord-Batterie konnten das Knochenschiff nicht aufhalten. Mit einem gewaltigen Knall schmetterte die Naglfar in die Flanke der Skidbladnir und ließ das massive Holz bersten. Fast ungehindert trieb das Kriegsschiff durch den Stolz der zankrättischen Marine und riss diesen förmlich in der Mitte auseinander.

Während die Zankratten nach und nach von Bord gingen, stand Pein Eppel immer noch mit verschränkten Armen an der Reling und schüttelte lächelnd den Kopf. »Tja ... so verlassen die Ratten das sinkende Schiff.«

Er blickte sich grinsend um. Fluchend stand der Admiral mit einem fast lächerlichen Optimismus am Heck des Wracks und versuchte, die Position des bereits geflüchteten Steuermanns zu übernehmen. »Alle Mann auf ihre Posten! Diese Schlacht ist noch nicht vorbei!«

Starvarius, der noch so lange weiterfeuerte, bis das Wasser das Kanonenrohr verstopfte, trat die von Trümmern versperrte Luke ein und stürzte an Deck. Die beiden Wanderer und der Rattenadmiral waren die Letzten an Bord und zugegebenermaßen waren beide in ihrem derzeitigen Zustand – und Pein Eppel überhaupt – wenig zu gebrauchen.

Der Leibwächter zog ein weiteres Mal sein Schwert und rannte zu seinem Begleiter. »Spring auf meinen Rücken!«

Die Ananas zog eine Augenbraue nach oben und hielt die Hand wie einen Trichter vors Ohr. »Bitte was?«, sprach er entsetzt.

»Spring auf meinen Rücken oder du stirbst hier durch Ertrinken! Du weißt, was das bedeutet ...«

Kapschmuuk Stufe 2 – Pein Eppel saß schon auf dem Rücken seines Begleiters, bevor der Gedanke zu Ende gedacht war.

Erleichtert stellte Starvarius fest, dass sein Gefährte seit dem letzten Mal, als er ihn tragen musste, deutlich an Gewicht verloren hatte. Dann sprintete er los. Mit weiten Schritten lief die Sternfrucht den fallenden Hauptmast hinauf und kam knapp schneller voran als die Reste der Skidbladnir versanken. Mit einem verzweifelten Sprung stieß der Recke sich von der Spitze des Mastes ab und landete knapp hinter der messerscharfen Knochenreling auf dem schwarzen Deck der Naglfar.

Sofort wurden die beiden Früchte von den Monstren der Finsternis umzingelt. Pein Eppel hob den Blick, starrte in die entstellten Fratzen von Kreaturen, die alles, was er im Westviertel gesehen hatte, an Abscheulichkeit übertrafen – und wurde umgehend ohnmächtig. Die Sternfrucht hatte nicht einmal mehr Zeit, über die Feigheit des Antihelden zu seufzen, schwang sich in einer Bewegung, bei der er drei Angreifern die Füße abschnitt, auf die Beine und ließ ein weiteres Mal das gleißende Antlitz der kleinsten Sonne des Universums erstrahlen.

Im Augenblick der Verwirrung preschte er durch eine Schwachstelle in dem Ring aus Feinden.

Indes wurde Tauris von seinen Kameraden aus dem Wasser gezogen und schüttelte sich auf dem Deck eines der kleineren Schlachtschiffe das Fell trocken. Grummelnd erhob sich der Admiral und ließ geknickt den Kopf hängen. Für eine Zankratte gab es nichts Schlimmeres, als einen Kampf zu verlieren – und das auch noch, ohne dem Feind direkt ins Antlitz geblickt zu haben. »Gebt den Hafen auf!«, seufzte der Rattenanführer. »Wir ziehen die Überlebenden zum Außenposten zurück und verteidigen, was noch zu verteidigen ist!«

Der Kommandant der Astados tippte dem Admiral mit einem leicht zögerlichen Lächeln auf die Schulter. »Ähm ... Admiral Tauris?«

Die Zankratte wandte sich fragend dem Kapitän zu und erstarrte vor Staunen, als dieser auf die Naglfar deutete.

»Sieht aus, als ob uns diese Fremdlinge gerade zu einem neuen Flaggschiff verhelfen ...«

Tauris stürzte an die Reling und riss einem neugierigen Matrosen das Fernrohr aus der Hand. Mit Begeisterung konnte er erkennen, wie ein Schatten nach dem anderen von Bord der Naglfar ging, von den Rudern zerschnitten oder von den Seelen im Schwarzen Strom in die Tiefe gezogen wurde.

Starvarius wirbelte auf dem Höhepunkt seines Könnens durch die Mannschaft der Naglfar und erleichterte sie Stück für Stück um den Kapitän, den Steuermann, zwei niedere Offiziere und eine ganze Reihe Matrosen. Seine Schwertkünste waren bereits in ihrer ersten Schlacht um den Weintraubenhain auf einem beeindruckenden Niveau gewesen, das sich mit den Fähigkeiten vieler niederer Helden Süd Salatoniens hätte messen können. Im Laufe ihrer Reise, vor allem durch die Begegnung mit Parzyval in der Schwanenfestung, hatten sie inzwischen ein durchaus heroisches Ausmaß erreicht. So konnten die Mutantenwesen Nord Salatoniens – ohne einen nennenswerten Helden, Schwertmeister oder Admiral auf ihrer Seite – der blitzenden Klinge Starvarius' nichts entgegensetzen.

So wandte sich der Verlauf der Schlacht ein weiteres Mal zugunsten der Zankratten. Als die Astados sich klar zum Entern machte und Tauris mit seinen Rattenmännern das Deck der Naglfar stürmte, stand Pein Eppel seelenruhig am knochigen Hauptmast und aß einen Zwergapfel. Währenddessen bog Starvarius die Spitze seines Schwertes wie einen biegsamen Ast zurück und schoss den letzten Mutanten, eine Mischung aus Buchfink, Feuersalamander, Schaukelstuhl und Milchaufschäumer, mit der flachen Seite der Klinge über Bord.

Mit der Naglfar an der Spitze der zankrättischen Flotte war das Schicksal der Schattenschiffe besiegelt. Nach kurzer Zeit war auch das letzte auf den Grund des ehemaligen Adelsviertels geschickt worden und nachdem die übrig gebliebenen Schiffe die herumtreibenden Ratten aufgesammelt und die wartenden Truppen vom Dock aufgeladen hatten, trieb die Flotte unaufhaltsam in Keilformation auf das zerstörte Schleusentor zu, um dem Feind auf seinem eigenen Grund und Boden gegenüberzutreten.

Die Sternfrucht stand am Bug der Naglfar neben Tauris und umklammerte nervös das Heft ihres Schwertes. Hinter dem zerstörten Schleusentor, am Ufer des Gebirgsbaches, wartete die entscheidende Schlacht ihres Abenteuers auf sie. Nicht einmal der Admiral konnte ahnen, wie viele Mutanten noch zwischen ihnen und dem Gipfel der Erkenntnis standen oder welche Gefahren der Norden noch für sie bereithielt. Doch eines stand für beide Recken außer Frage: Entweder sie erreichten die Krone der Eislande oder sie starben alle gemeinsam auf den verschneiten Ebenen Nord Salatoniens.

Kapitel 2

Zu Recht ängstlich bedrückt und nervös angespannt standen die zankrättischen Truppen zusammengepfercht und voll bewaffnet an Deck ihrer Schiffe und starrten nach Norden. Tauris imitierte Starvarius, indem er sich an den Griff seines gezogenen Krummsäbels klammerte, und er fletschte die Zähne, als er den schwarzen Sturm auf den Ebenen vor ihnen sah. Nur wenige salatonische Kilometer vom Ufer entfernt und umgeben von einer felsigen Einöde erstreckte sich der atemberaubende Gipfel der Erkenntnis – wobei die Spitze des Berges selbst von einer düsteren Wolkendecke abgeschnitten wurde.

Die Sternfrucht streckte die Hand nach dem Horizont aus. Ihr Ziel war zum Greifen nahe. Doch auf den weitläufigen verschneiten Ebenen zwischen dem Gebirgspass, der zum Gipfel führte, und dem Fluss, auf dem die zankrättische Flotte dahintrieb, hatten sich nicht weniger als zweitausend vermummte Mutanten versammelt. Etwa die dreifache Zahl der verteidigenden Zankratten.

»Warum greifen sie nicht an?«, sprach der Admiral leise zu Starvarius, ohne seine Männer durch absurde Theorien verunsichern zu wollen.

»Entweder wollen sie uns daran hindern, den Gipfel zu erreichen – oder sie versuchen es selbst.«

Tauris blickte zu Starvarius herab. Seit Jahrhunderten lebten die Zankratten in Nord Salatonien und nicht im Traum hätten sie daran gedacht, wie bedeutsam dieser Ort für den Rest der Welt noch werden sollte.

Obwohl das schwarze Heer die Angreifer längst bemerkt hatte, hielt es die Stellung am Eingang des Gebirgspasses, als wollte es den Pfad mit seiner schieren Masse verstopfen. Selbst als die Flotte am Ufer des Flusses landete und Ratte für Ratte in der Eiswüste Stellung bezog, rührte sich nicht ein Soldat der nordsalatonischen Mutantenarmee.

Während das Zankrattenheer Formation einnahm, stapfte Pein Eppel mit den Händen tief in den Taschen der Krehfelljacke durch den Schnee und schaute sich nach einem nahen Hügel um, von dem aus er sich möglichst unbeschadet aus der Schlacht heraushalten konnte. Nachdenklich versuchte der Pessimist, sich auszumalen, was passieren würde, wenn Starvarius starb und die Zankratten tatsächlich den Krieg verloren. Sein Blick huschte zur Naglfar und für einen Augenblick kam ihm die absurde Frage in den Sinn, ob er dieses Schiff wohl alleine steuern konnte. Er schüttelte den Gedanken ab und zwang sich zum Optimismus. Sie durften nicht verlieren! Nicht jetzt! Wenn die Mutanten gewannen, blieben ihm nur die Möglichkeiten, früher oder später von ihnen aufgespürt und wehrlos niedergestreckt zu werden oder der Tod durch Erfrieren – und beides konnte ihm nicht genügen.

Seufzend blieb die Ananas stehen. Er hatte sich schon ein ganzes Stück von der Gruppe entfernt und fixierte den Hügel, auf dem er sich niederlassen wollte. Nachdem er einige Augenblicke seinen kondensierenden Atem verfolgt hatte, überwand er sich und trottete zur Gruppe zurück.

Fragend blickte sich der zankrättische Soldat um, als irgendetwas an seinem Kettenhemd zupfte, und er schaute erst beim zweiten Mal zu Pein Eppel herab.

»Entschuldigung. Darf ich?« Der Antiheld deutete auf ein Ersatz-Kurzschwert, das neben einem Langschwert mehr als Notlösung am Gürtel des Soldaten baumelte. Mit einer Mischung aus Abfälligkeit und doch Zufriedenheit lachte der Soldat auf, zückte das Kurzschwert und reichte es der Ananas.

»Hmpf ...« Pein Eppel zögerte. »Danke.«

Er hoffte, schnell und leise genug gesprochen zu haben, sodass man ihn nicht gehört hatte. Mit ein paar plumpen Hieben und Drehungen versuchte er, sich wieder an das Gefühl einer Waffe zu gewöhnen, während er sich unscheinbar in die Formation einreihte.

An der Spitze des Regiments tagte indessen ein letztes Mal der Kriegsrat des Rattenreiches: Henritz und Tsias, die beiden Generäle aus dem Palast des Rattenkönigs, Admiral Tauris, der seine Befehlsgewalt hier an die Generäle abgab, dessen Meinung und vor allem dessen Schwert aber auch jetzt mehr gebraucht wurden denn je, Hassiar, Feirhen, Messial und Neffrien, die Kommandanten der vier führenden Schlachtschiffe, die drei Waffenmeister Galitz, Tzvafni und Porriez und zu guter Letzt Starvarius von Zaft als geduldeter und willkommener Ehrengast in ihrem Rat. Taktiken, komplexe Formationen, Flankenangriffe durch die Kavallerie – das alles stand in dieser Schlacht nicht zur Debatte. Der Feind hatte sie wahrgenommen und beobachtete jede Truppenbewegung. Entsprechend schlicht fiel auch das Urteil des führenden Generals Henritz aus: »Okay, dann sind wir uns also einig? Wir marschieren da jetzt rüber und gehen erst, wenn der Letzte tot ist!«

Der Kriegsrat nickte zustimmend und auch wenn die Sternfrucht etwas mehr Feingefühl bevorzugte, schien gerade kein besserer Plan zur Hand zu sein.

Dann begann es.

Durch ihre überlegene Größe und Kampfkraft preschten die vorderen Reihen der Zankratten zuerst problemlos ins Herz der Schattenarmee vor und festigten ihre Position. Doch schon innerhalb weniger Minuten war das gesamte Rattenheer von Mutanten umringt. Durch ihre Wendigkeit und List dezimierten die Kreaturen die tapferen Krieger in rasender Geschwindigkeit.

Starvarius stürzte sich mit Tauris zusammen kopfüber zwischen die

Feinde, um diese so gut wie möglich von den Schwachstellen ihres Heeres abzulenken. Pein Eppel wurde unterdessen von den deutlich größeren Zankratten, die ihn in all der Hektik gar nicht wahrnahmen, von einer Seite auf die andere gestoßen und verbrachte mehr Zeit damit, wieder aus dem für ihn hüfthohen Schnee aufzustehen, als tatsächlich gegen den Feind zu kämpfen. Mehr und mehr drängte die Truppe ihn in Richtung Schlachtgeschehen und als der letzte Rattensoldat zwischen ihm und der Monsterarmee fiel, sah sich die Ananas das erste Mal einem tatsächlichen Zweikampf gegenüber.

Das Katzenwesen fauchte und wetzte die Metallklauen an seinen Pranken, während Pein Eppel die Zähne zusammenbiss und so sicher wie möglich sein neues Schwert auf die Kreatur richtete. Die Bestie zögerte. Irgendetwas hielt sie und auch die umstehenden Monster davon ab, die Ananas anzugreifen.

Doch gerade als sich der Antiheld aus seiner Starre löste und zum Angriff übergehen wollte, trampelte ihn die nächste Reihe der Zankratten von hinten nieder und mit dem Gesicht im Schnee wurde der Zyniker ohnmächtig.

Als Pein wieder zu sich kam, war es dunkel um ihn herum und mucksmäuschenstill. Seine rechte Hand umklammerte immer noch das Kurzschwert und langsam kehrten das Gefühl und vor allem die Kälte in seinen Körper zurück. Erst jetzt bemerkte die Ananas, dass sie unter dem Körper einer Zankratte begraben lag, und wühlte sich mit Mühe durch den Schnee wieder an die Oberfläche. Es waren höchstens zwei Stunden vergangen – doch zwei Stunden, in denen sich einfach alles verändert hatte. Wie angewurzelt blieb Pein stehen und blickte auf das Feld des Schreckens, das sich rund um ihn herum erstreckte. Selbst nach mehreren Minuten konnte er nicht klar sagen, wer und ob überhaupt irgendjemand diese Schlacht gewonnen hatte. Eines schien jedoch auf traurige Weise gewiss: Er war der Letzte, der stand!

Während die Ananas über das Schlachtfeld schritt, zog sie das Kurzschwert demotiviert hinter sich her. Als Erstes stieß sie auf Tsias, der mit dem Gesicht nach unten regungslos im Schnee lag. Scheinbar hatte er versucht, sich schützend vor den kleineren Feirhen zu stellen. Der lag allerdings nur ein paar Schritte entfernt und gab ebenfalls kein Lebenszeichen mehr von sich. Pein ließ seinen Blick über das Feld schweifen und sein

Herzschlag wurde schwer und langsam bei dem Gedanken, Starvarius unter den Toten zu finden. Abhängigkeit fühlte sich fast an wie Zuneigung.

Wie es Kriege so oft mit sich brachten, gehörten die meisten Körper, über die Pein fast buchstäblich stolperte, zu namenlosen Soldaten. Erst wenige trostlose Meter weiter stieß die Ananas wieder auf ein bekanntes Gesicht. Vor ihm im Schnee, umringt von einem beeindruckenden Haufen toter Mutanten, lag Henritz, der ein paar tiefe Kratzer durch den Brustpanzer und eine Vielzahl von Schnittwunden, davon die tiefste am rechten Bein, aufwies. Skeptisch musterte Pein den vermeintlich Toten und stellte fest, dass dieser zwar schwer verletzt war, aber keine tödlichen Wunden hatte.

»He!«, rief die Ananas und trat dem Hünen kräftig in die Seite.

Nach dem fünften oder sechsten Tritt begann sich der Zankrattengeneral zu rühren und langsam keuchend aufzurichten. »Was … was ist passiert?!«

Pein zuckte ahnungslos mit den Schultern und schaute sich demonstrativ um.

Der Rattenmann erschrak und sprang wütend auf die Hinterbeine. Auf einmal wandelte sich sein Entsetzen in Wut. »Wo ist der Rest?!«, fauchte der General Pein an.

»Rest?«, fragte die Ananas und erst jetzt fiel ihr scheinbar auf, dass auf dem Schlachtfeld – grob geschätzt – höchstens 300 bis 400 gefallene Zankratten lagen. An Bord der Schiffe befanden sich allerdings mindestens 650.

Der General stemmte die Hände in die Seiten und lachte auf, als sein Blick eine Gruppe Schemen im Süden erfasste. Die kleine Einheit Zankratten, die sich nun dem Schlachtfeld näherte, zählte etwa zwanzig Soldaten. Die meisten davon waren verletzt, humpelten oder hielten sich tropfende Wunden, aber keinen von ihnen schien es wirklich schwer erwischt zu haben.

Während die Soldaten, scheinbar nicht zum ersten Mal, ausschwärmten und unter den Leichen nach letzten Überlebenden suchten, trat der Kräftigste von ihnen aus der Gruppe heraus und näherte sich mit einem erleichterten Lächeln auf den Lippen seinem General. Sein Gang wirkte hölzern, sein Lächeln verkrampft aufgesetzt und als er vor Henritz stand und sich so respektvoll wie möglich verbeugen wollte, konnte man ihm ansehen, dass neben den offensichtlichen Verletzungen auch mindestens eine Rippe gebrochen war. »General … wir haben starke Verluste hinnehmen müssen, aber wir waren siegreich. Etwa 200 Verwundete wurden auf die Schiffe gebracht und weitere 100 leicht verletzte Soldaten bereiten unsere Rückreise vor.«

»Was ist mit unseren Offizieren?«

Der Soldat ließ den Kopf hängen. »Bis jetzt haben wir lediglich Waffenmeister Tzvafni und Kommandant Neffrien lebend bergen können. Neffrien wird es wohl schaffen, aber Tzvafnis Zustand ist immer noch kritisch.«

»Admiral Tauris?«

Erneut schwieg der Zankrattenkrieger bedrückt und blickte schwermütig an Henritz vorbei, um mit dem Kopf in Richtung Pass zu deuten. Als Pein und der General genauer hinsahen, nahmen sie eine kleine gelbe Silhouette wahr, die fast im tiefen Schnee verschwand.

»Starvarius!«, platzte die Ananas heraus und rannte, so schnell die Schneedecke es zuließ, auf ihren Begleiter zu. Als sie nah genug herangekommen war, um die ganze Situation zu überblicken, wurde sie langsamer und stoppte zögerlich ab.

»Starvarius?«, flüsterte Pein Eppel vorsichtig.

Starvarius hockte im Schnee und rührte sich nicht. Der Körper des gefallenen Admirals lag vor ihm, der Kopf auf seinem Schoß und der Oberkörper in seinen Armen. Eine weitere Träne rann dem Krieger die Wange herunter, gefror auf halbem Wege und erzeugte ein Klingen wie ein einzelner Ton eines einsamen Glockenspiels, als er auf den Krummsäbel Tauris' traf, den dieser mit beiden Händen vor der Brust umklammerte. Der Atem des zankrättischen Heerführers ging schwer und unregelmäßig und obwohl er noch verbissen versuchte, die Augen offen zu halten, war mehr als offensichtlich, dass dieser Krieger nicht in seine Heimat zurückkehren würde.

Pein Eppel bewegte sich fast lautlos weiter durch den Schnee voran und blieb dicht hinter seinem Gefährten stehen. Tauris wagte einen letzten Versuch, sich aufzurichten, doch er sackte sofort wieder stöhnend in sich zusammen. Auch als er den Mund öffnete, um etwas zu sagen, erklang nur ein gebrochenes Röcheln.

Starvarius verharrte, blickte auf den Krieger, der sich die tödliche Wunde zugezogen hatte, als er ihn vor einem lebensbedrohlichen Speerstoß rettete, und brachte kein Wort heraus. Mit einem erleichterten Lächeln schaute der Admiral ein letztes Mal auf und Starvarius direkt in die Augen. Mit einer kleinen Bewegung, die aber seine gesamte noch verbliebene Kraft verbrauchte, ergriff er die Hand der Sternfrucht und schloss sie um seinen treuen Krummsäbel. Eine mehr als eindeutige Geste unter den Zankratten. Selbst jetzt brachte Starvarius kein Wort hervor und so verabschiedete sich der Admiral mit einem letzten Atemzug, der sich wie ein Hauch des Todes über dem Schlachtfeld ausbreitete, und glitt leblos in den Schnee.

Starvarius erhob sich, schniefte betroffen und pulte sich eine weitere gefrorene Träne von der Wange, die in seiner Hand schmolz und zwischen den Fingern hindurch in den Schnee tropfte.

Pein stand immer noch unmittelbar hinter ihm und grübelte über die richtigen Worte.

»Ähm … alles cool?«

Die Sternfrucht konnte ein betrübtes Auflachen in Anbetracht der sozialen Unfähigkeit seines Begleiters nicht unterdrücken und drehte sich mit Tränen in den Augen, aber einem Schmunzeln auf den Lippen um.

»Er hat heute Großes für unser Volk geleistet«, tönte die tiefe Stimme des Rattengenerals.

Pein Eppel legte leicht den Kopf auf die Schulter, um einen Blick hinter sich zu werfen.

»Wir Zankratten wissen, wie man einen Helden würdigt. Seid sicher, dass ihm die Ehre zuteil wird, die er verdient.«

Starvarius nickte, verbeugte sich dankbar und befestigte den wuchtigen Krummsäbel des Admirals mit einer eleganten Bewegung auf seinem Rücken. Dann schaute er zu Pein Eppel hinüber, der ratlos mit den Schultern zuckte.

»Endspurt?«, fragte die Ananas mit einem fast ermutigenden Unterton.

Starvarius nickte. Wenn er sich jetzt kein Herz fasste und die Reise endlich ihrem Ende zuführte, waren all die Opfer, die sie gefordert hatte – von Tjal über Jaroglas und Parzyval bis hin zu Festzweig aus den Appellien, Salomons Cucurbiten und schlussendlich den zahlreichen Zankratten und Admiral Tauris selbst –, völlig umsonst gewesen.

»Das wird noch ein hartes Stück Arbeit«, seufzte Pein Eppel, als er an seinem nachdenklichen Gefährten vorbei einen Blick auf den Gipfel der Erkenntnis warf.

»Dann sollten wir keine Zeit verlieren!«, entfuhr es Starvarius so motiviert, als hätte er endlich seine ursprüngliche Persönlichkeit wiedergefunden, und ohne einen weiteren deprimierenden Blick auf das Schlachtfeld hinter sich zu werfen, marschierten die beiden Weltenretter den schmalen Gebirgspass hinauf, der sie direkt zur Heimat des geheimnisvollen Melonidas führen sollte.

Der Aufstieg gestaltete sich vergleichsweise einfach. Wer auch immer versucht hatte, sie daran zu hindern, die Geheimnisse des hohen Nordens zu ergründen, hatte all seine Hoffnungen auf die Armee der Schattenmutanten gesetzt. Nach deren Vernichtung hatten die Wanderer nur noch einen einzigen Feind. Der wurde allerdings mit jedem Schritt größer und mächtiger: die Kälte!

Auf den verschneiten Ebenen vor den Zankrattenhöhlen war Starvarius bereits der festen Überzeugung gewesen, dass es unmöglich einen Ort geben konnte, an dem es noch kälter war. Und wieder belehrte sie Nord Salatonien eines Besseren. Zum Glück hatten sie es bald geschafft und viel weiter nach Norden würde sie ihr Weg nicht mehr führen – und das war auch gut so. Hinter der Gebirgskette am Horizont der Welt erstreckte sich nämlich eine Eiswüste, deren Landschaft vollständig aus eisigen Gletschern geformt war.

Beunruhigt blickte Pein Eppel zum Himmel und verfolgte einen gefräßigen Windwolf mit den Augen. Gegen die fletschenden Zähne, die riesigen Pranken mit den messerscharfen Klauen und das zottelige Sturmfell dieser wilden Kreaturen wirkten die zahmen Windhunde Süd Salatoniens fast wie Hauskätzchen. So lange sich die beiden jedoch zwischen den schützenden Wänden des Gebirgspasses aufhielten, fegten die Kreaturen einfach über sie hinweg.

»Wie weit mag das noch sein?«

»… das noch sein …«

»… noch sein …«, rief die Ananas ihrem Gefährten zu, der vorausgegangen war, als er sich den Windwölfen gewidmet hatte.

Starvarius schaute fragend zurück. Nicht, weil er über Peins Frage nachdachte, sondern weil er sich darüber wunderte, dass die Steilwände ein Echo zurückwarfen.

»Vielleicht noch zwei oder drei Stunden!«

»… oder drei Stunden …«

»…unden …«

Nun wunderte sich auch die Ananas. Das Echo klang … unnatürlich … wie … aus allen Ecken. Die Sternfrucht hatte ein schwaches Gefühl, eine seltsame Ahnung, aber sie konnte es einfach nicht benennen.

»Hallo?!«

»Hallo ...«

»...allo ...«

Das Wort klang von links und rechts, unten vom Boden und oben von den Kanten der Felswände wider. Die Ananas zog eine Augenbraue hoch.

»Echos sind doof!«
»Wanderer sind doof …«
»… sind doof …«
»… doof …«
Irritiert kratzte Pein sich an der Stirn. Er konnte sich nicht erinnern, das gesagt zu haben.
Starvarius grinste. »Zurzeit zieh'n zehn zahme Zeitziegen zehn Zentner Zorbelerz zum Zwetschgenwald!«
»Zurze ziehn zeh … zeh zahm Ziegn zehn Zorblzenter zum Zwald.«
»… ähh … Zorbelerz … Zwetschgen …«
»… zwölf …«
Jetzt hatte Starvarius den Täter! Aus der Menge der widerklingenden Stimmen hatte er sich eine herausgepickt und wusste nun genau, wo sich das Wesen befinden musste. Also zog er surrend das Langschwert aus dem Gürtel, wirbelte herum und richtete es genau auf einen wenige Zentimeter breiten Felsvorsprung. Hier stand ein Pilz, der verängstigt auf die Spitze des Einhänders schielte und mit bibbernder Stimme »Surrr!« rief, um das Geräusch zu imitieren, welches das Schwert beim Ziehen gemacht hatte.
Starvarius senkte die Waffe und musterte das Pilzwesen skeptisch. Als Pein seinen Blick über den kargen Boden, die Klippen und die Felsvorsprünge wandern ließ, stellte er fest, dass der ganze Pass voll von diesen Pilzen war – und jeder biss sich in diesem Augenblick verkrampft auf die Unterlippe, um seinen Standort nicht zu verraten.
Die Ananas beugte sich ganz tief herab und näherte sich mit der Nase einem der Nachplapperpilze so sehr, dass er seinen Hut mit der Nasenspitze anstieß und ihm tief in die Augen sah. »Sag was!«, sprach er ruhig, aber mit einem bedrohlichen Unterton.
Der Pilz zitterte und schüttelte den Kopf, wenn man ihn denn so nennen wollte.
Auch Starvarius hatte sich hingekniet und musterte einen der Pilze genauer. »Was seid ihr?«, sprach er interessiert.
»… seid ihr … ihr …«, antwortete der Pilz zögerlich, fast flüsternd.
Pein Eppel erhob sich und schaute zu seinem Begleiter hinüber. »Wollen wir sie ein bisschen foltern?«
Der Augenblick, in dem sich fast tausend Pilze gleichzeitig finster nach der Ananas umdrehten, war so synchron, dass er schon selbst wieder ein Geräusch erzeugte.

Die Sternfrucht beugte sich wieder hinab und begann, den Pilz mit dem Finger zu stoßen. »Ich weiß, dass du sprechen kannst!«

»… sprechen kannst …«, antwortete der Gebirgsbewohner trotzig.

Pein zuckte mit den Schultern, schnaubte verächtlich und marschierte an Starvarius vorbei. »Ist das denn überhaupt wichtig, was sie sind?«, sprach er im Vorbeigehen. »Die taugen doch höchstens noch für 'ne gute Suppe.«

»Das verbitte ich mir!«, keifte der Riesenchampignon und fiel damit aus seiner Rolle.

»Aha!«, platzte Starvarius triumphierend heraus und drückte dem Pilz ein weiteres Mal den Finger ins Auge.

»Lass das, ich rede ja schon!« Er räusperte sich und schüttelte etwas Kalkstaub von seinem Hut. »Wir sind die Echolinge, Einwohner des Flüsterpfades.«

»Eure einzige Aufgabe besteht also darin, die Stimmen der Wanderer zu imitieren?«

Der Echoling wich entsetzt zurück. »Oh nein! Viel mehr als das! Unsere Spezialität ist Wind!«

»Wind? Ihr imitiert Wind?«

»Selbstverständlich! Zeigen wir's ihnen, Jungs!«

Deutlich hörbar atmeten die Pilze auf dem Flüsterpfad tief ein und ohne dass dieses spürbarer durch den Pass fegte, erklang die Geräuschkulisse eines heftig tobenden Unwetters mit stürmendem Pfeifen, Rascheln in den Baumwipfeln, tobenden Staubwirbeln und allem, was sonst so dazugehörte.

Starvarius nickte begeistert, als sich das Schauspiel dem Ende neigte. »Ziemlich authentisch.«

Der Echoling verneigte sich geschmeichelt. Da Pein Eppel jedoch nervös von einer Felswand zur anderen schlurfte und dabei immer wieder zum Berg hinaufblickte, erhob sich Starvarius und zeigte mit dem Daumen zum Nordgipfel. »Wir müssen dann mal weiter.«

Der Pilz legte die Stirn in Falten und schaute dem Daumen nach zum Gipfel der Erkenntnis. »Da rauf?«

»Da rauf.«

Der Echoling nickte. »Dann lasst euch bei eurem Aufstieg von unserer neuesten Komposition unterhalten. Wir nennen sie: Regnerischer Frühlingsmorgen mit Vogelgezwitscher in C-Dur.«

Der Recke lachte entzückt auf und verabschiedete sich freundlich. Er musste inzwischen in jeder Region ganz Salatoniens Freunde gefunden haben. Und Pein Eppel fügte seiner Liste eine weitere Spezies hinzu, der er in Zukunft aus dem Weg gehen würde.

Noch eine gute Stunde begleitete die Melodie des täuschend echten Frühlingsmorgens die beiden Gefährten bei ihrem Aufstieg, bis auch die Echolinge verstummten und einen weiteren abgeschlossenen Abschnitt ihrer Reise markierten. Wieder auf sich allein gestellt, kraxelten die beiden den zunehmend steiler werdenden Gebirgsweg hinauf und mussten zeitweise sogar das ehemalige Zaumzeug von Pein Eppels Postkutsche zu Seilen umfunktionieren, um schwierige Vorsprünge zu überwinden.

Inzwischen hatten die Windwölfe ihre Beute gewittert und machten sich ihren üblichen Spaß daraus, die Wanderer von einer Seite auf die andere zu werfen. Wenn man gut gesichert war, waren diese Viecher zwar nicht gefährlich – aber sehr lästig. Pein Eppel klammerte sich verkrampft an das Seil, mit dem Starvarius ihn zur Sicherheit an sich selbst festgebunden hatte, und hob die Faust in die Luft, um den Wetterausgeburten zu drohen. Die Sternfrucht hingegen hatte ihre ganze Aufmerksamkeit nun einzig und allein auf das Ziel gerichtet. Seit sie den oberen Rand eines gewaltigen Torbogens an der Grenze zur Wolkendecke hatte aufblitzen sehen, war ihr Enthusiasmus nicht mehr aufzuhalten. Erst kurz vor dem Punkt, wo der Gipfel der Erkenntnis durch die Wolkendecke stieß und die Luft so dünn war, dass selbst die Windwölfe ihnen nicht mehr folgten, ging Starvarius die Kraft aus und erschöpft sank er auf die Knie.

»Man könnte ja mal eine Pause machen«, schlug die Ananas nicht wenig selbstsüchtig vor.

»Man könnte auch tanzen wie eine Schlange! Ganz schön kalt hier!«

»Neeeeeiiiiin!«, brüllte Pein Eppel fassungslos.

Da war sie wieder!

Am unvorstellbarsten Ort Salatoniens – zur unvorstellbarsten Zeit: die Kiwi-Kobra!

»Was – bei den Göttern – machst du hier?!«, fauchte die Ananas und versuchte, nach der Schlange zu treten, die sich aber elegant tanzend seinen Bewegungen entzog. Ihr Gesichtsausdruck wandelte sich zu einer beleidigten Empörung.

»Was ich hier mache?«

Als Pein Eppel aufgehört hatte, sie zu treten, und das quietschgrüne

Wesen seinen Tanz beendete, schlängelte es sich zwischen die beiden Recken und blickte finster von einem zum anderen hin und her.

»Nur, weil ihr nicht mehr an mich gedacht habt, bin ich noch lange nicht weg! Und außerdem …« Der Sonderling sauste auf die Ananas zu, blickte ihr starr in die Augen und fixierte dann zielstrebig deren Tragetasche. »Außerdem hast DU immer noch meinen Kompass!«

Pein griff skeptisch in seine Tasche und stellte tatsächlich grinsend fest, dass sich das navigatorische Hilfsmittel seit Wochen dort befinden musste. Gerade als er den Gegenstand gehässig vor der zappelnden Kiwi-Kobra jonglieren wollte, nahm ihm Starvarius den Vorschlagkompass aus der Hand und reichte ihn der Schlange. Diese schnappte sofort zu und verschluckte ihn in einem Bissen ganz.

»Aaah!« Die Kobra schielte verträumt und zufrieden. »Wieder da, wo er hingehört!«

Als wäre sie aus einem viele Monate währenden Schlaf erwacht, streckte sich die kugelige Schlange und kroch entspannt über den Felsvorsprung. Interessiert blickte sie zu dem gewaltigen Tor hinauf und legte den Kopf schief. »Ihr wollt doch nicht etwa da rein?«, sprach sie ungläubig zu Starvarius.

Dieser antwortete nur mit einem sanften Grinsen, während er versuchte, wieder zu Atem zu kommen.

»Begleitest du uns?«, entgegnete die Sternfrucht.

Die Kiwi-Kobra wich entsetzt zurück. »Ich? Euch begleiten? Ich begleite euch seit fast zwei Monaten auf eurem irrsinnigen Pfad der Selbstzerstörung – und jetzt, wo ich das habe, was ich wollte, werde ich zusehen, dass ich Land gewinne!« Geschwind huschte der Befreite auf den Hang zu und wandte sich ein letzten Mal um. »Ich wünsche euch beiden noch viel Erfolg bei eurer Aufgabe! Und solltet ihr mal verzagen, vergesst niemals meinen Ratschlag: Immer lässig tanzen wie eine Schlange! Hiss, hiss!«

Mit einem gelassenen Lispeln verabschiedete sich die Kiwi-Kobra und schlängelte sich aus der Geschichte.

Nachdem die Schlange im Nebel am Fuß des Berges verschwunden war, wandte Pein den Blick von der weiten Felslandschaft, die sie bereits hinter sich gelassen hatten, ab und dem gigantischen Tor, das sich elegant in die Wand des Berges fügte, zu. Sowohl die Ananas als auch ihr heroischer Begleiter verhielten sich seltsam ruhig beim Anblick dessen, was ganz ohne Frage genau der Ort war, der das Schicksal der Welt entscheiden sollte und den sie seit ihrem Aufbruch in der Weiten Flur gesucht hatten.

Pein schluckte hörbar, als er den Kopf in den Nacken legte, um das gigantische Tor vollständig zu mustern. Es war groß genug, dass ein Stelch hätte auf nicht vorhandenen Zehenspitzen hindurchmarschieren können, und es schien vom bloßen Eindruck her mindestens zwei Meter dick zu sein. Das Material war ihnen gänzlich unbekannt. Für Stahl war es eindeutig zu dunkel, für Zorbelerz zu hell, für Silber zu matt und für Gold zu grün.

Auf dem Torbogen waren zahlreiche kryptische Schriftzeichen eingemeißelt, die für die beiden Recken unlesbar schienen. Lediglich Starvarius fiel eher beiläufig auf, dass eines der Zeichen beschädigt war und in einem unbeobachteten Augenblick ein paar unscheinbare bläuliche Funken warf.

Wirklich beeindruckend waren die Zeichnungen auf dem Tor selbst. Es begann am oberen Ende mit einer Art Dreieck, in dem sich ein großes Auge befand. Das Symbol Godaddwins. Darunter befanden sich Darstellungen, die offenbar die Menschen der Urzeit und ihre Zivilisation präsentierten. Zuerst lebten sie in Wald und Wildnis, in Hütten aus Holz oder in Höhlen. Doch dann wichen die Naturdarstellungen den Bildern von Steinblöcken, die aus dem Boden sprossen, Menschenwesen, die Pflanzen und Tiere vertrieben und die Welt nach ihren Vorstellungen formten. Dann endete die Zeit der Menschen mit einem breiten grünen Streifen. Beiden Recken tränten die Augen beim Anblick dieser Farbe, die so rein war, als wäre sie selbst ein Teil des höchsten Gottes gewesen. Darunter folgten der Himmel und die Sanduhr – der Tag der großen Zerstoßung. Dann blieb die Pforte viele Meter leer. Erst im unteren Drittel des Tores begannen die Darstellungen wieder mit einem gigantischen Baum, der das Portal über die ganze Breite ausfüllte, und an ihm wuchsen alle Früchte Süd Salatoniens. Hierauf folgten die Bilder des ersten Lebens. Die Cucurbiten mit ihren ersten Schritten, dann die anderen Völker. Sie lebten in der Natur, in der Wildnis, in Höhlen und Hütten.

Skeptisch musterte Starvarius den Rest der Bilder: Tomatolen, die das Land ebneten, Nabanen, deren Fabriken schwarze Rauchwolken in den Himmel stießen, und schlussendlich die gurkanische Großstadt mit ihren gläsernen Kuppeln, steinernen Hochhäusern und Schienennetzwerken über das ganze Land. Danach – ein großes Fragezeichen.

Pein trat einige Schritte zurück. »Hmm … nicht mehr viel Platz!«, stellte er sarkastisch fest.

Starvarius ignorierte den Kommentar seines Gefährten und suchte die Pforte und den umliegenden Torbogen nach einem Hebel, Schalter, Knopf oder einem anderen Mechanismus ab, um das riesige Hindernis in Bewegung zu setzen, denn eines war sicher: Mit körperlicher Kraft war diesem Monstrum nicht beizukommen.

Suchend trat die Sternfrucht näher an die penibel verzierte Metallpforte und suchte in den geschwungenen Linien und Gravuren nach einer geheimen Apparatur. Der Recke war sich sicher, dass eine der weisesten Kreaturen Salatoniens ihr Versteck durch irgendeinen klug durchdachten und nahezu undurchschaubaren Mechanismus schützte, für den Starvarius seine gesamte Klugheit und Weisheit einsetzen musste, um auch nur ansatzweise …

DING DONG!

Erschrocken wich die Sternfrucht zurück und wandte sich hektisch nach Pein Eppel um. Dieser stand neben dem Torbogen, den Finger auf dem Knopf der Klingel knapp unter dem Namensschild, wo jemand mit einem schwarzen Stift in dicken Lettern *»MELONIDAS«* über das ausgekratzte »Godaddwin« des Vorbesitzers gekritzelt hatte.

Unendlich langsam setzte sich das schwere Metalltor in Bewegung. Gespannt postierten sich die beiden Reisenden vor dem Eingang. Selbst Pein Eppel war nicht in der Lage, seine Nervosität zu unterdrücken, und kaute an seinen Fingernägeln.

Dann trat er ans Licht Nord Salatoniens – Melonidas!

Die Arme auf dem Rücken verschränkt, schritt die kugelrunde Melone aus dem Schatten ihrer Gebirgsfestung bis knapp unter den Torbogen und warf den Reisenden ein freundliches Lächeln zu. Melonidas' Gesichtsausdruck wirkte sympathisch, etwas naiv und durch die riesigen runden Brillengläser sogar ein wenig dümmlich. Ganz im Kontrast dazu stand der weiße Forscherkittel, wie er in der Regel unter den gurkanischen Wissenschaftlern verbreitet war. Auf der rechten Vorderseite war eine kleine Tasche angebracht, aus der ein blauer Kugelschreiber und der obere Teil eines Notizblocks herausragten.

Er richtete seinen Blick auf die Sternfrucht.

»Starvarius von Zaft …«

Dann schwenkte er zur Ananas.

»… und Pein Eppel. Schön, dass ihr es geschafft habt!«

Starvarius schaute irritiert und versuchte, einige Worte zu stammeln, doch der Herr des Nordens unterbrach. »Ihr habt viele Fragen und ich kenne jede einzelne. Folgt mir doch bitte!«

Nur zögerlich schritten die Reisenden dem Exilanten hinterher und tauchten in die Finsternis der Festung ein. Das Innere des Berges erinnerte ein wenig an den Thronsaal des Zankrattenkönigs, das Schloss des Karotenenkaisers oder auch die Schwanenfestung im Zentralsee. Die Wände waren rundherum mit massivem Mauerwerk verstärkt und offenbarten nur zur Decke hin das Geheimnis, dass diese Halle immer noch eine Höhle war. An den zahlreichen Säulen hingen purpurne Wandteppiche und verzierte Kronleuchter oder lodernde Fackeln, die den Saal in ein angenehmes Orange tauchten. Ähnlich wie die Wandteppiche, so erzählten auch zahlreiche Gemälde die Geschichte einer Welt, die Melonidas wohl seit Jahrhunderten nicht mehr gesehen hatte. Bilder von einem provinziellen Gurkan, einem Nabanees am Rande der Renaissance oder den weiten grünen Wiesen und putzigen Dörfern, die vormals die Ödlande zierten.

Wenn man den Raum als das betrachtete, was er eigentlich war, nämlich die letzte Zufluchtsstätte eines Verstoßenen, so konnte man mit Fug und Recht behaupten, dass Melonidas prächtiger lebte als die meisten Einwohner Süd Salatoniens bis hoch zu Fürsten und Königen.

Die Melone schritt mit einem majestätischen Gang fast schwebend über den roten Teppich und blieb am Ende des länglichen Saales vor einem riesigen Gemälde stehen. Die Malerei zeigte eine gigantische Karte Süd Salatoniens, die sich zwischen zwei Stützsäulen auf etwa 20 salatonische Meter Breite und mehr als 45 salatonische Meter Höhe erstreckte. Während der Eingang der Halle mehr den Eindruck eines mittelalterlichen Thronsaals erweckte, wirkte der hintere Teil zunehmend wie das Labor eines genialen Wissenschaftlers, auch wenn dieses sich immer noch in einem steinernen Gemäuer befand. Die Vielzahl von technischen Geräten, riesigen Zentrifugen, blubbernden alchemistischen Schläuchen und Reagenzgläsern, piependen Rechenmaschinen und Zahnrädern, die ineinandergriffen und … irgendetwas machten, stellte selbst das Kuriositätenkabinett des durchgeknallten Ironos in den Schatten der dunkelsten denkbaren Ecke.

»Ihr habt einen weiten Weg auf euch genommen, um … was zu erreichen?«

»Um die Höhle des Schicksals zu finden!«, rief Starvarius selbstbewusst aus. Seit Wochen hatte er auf diesen Augenblick gewartet.

Die Melone lachte leicht spöttisch und fuhr herum. »Richtig … die Höhle des Schicksals! Aber die Höhle des Schicksals ist nur ein Schlüssel, ein Werkzeug. Was ist euer Ziel?«

Die Sternfrucht wich unsicher zurück und überdachte ihre Worte. »Um … wir … Unser Ziel ist es, Salatonien vor dem nahenden Schatten zu bewahren.«

Erneut entwich dem Herrn des Nordens nur ein abfälliges Lachen. Er schritt vor den beiden auf und ab, hielt vor einem der gläsernen Behälter mit einer bläulichen Flüssigkeit inne und klopfte gegen die Scheibe.

»Der nahende Schatten …« Lächelnd wandte er, die Hand noch gegen den Glaszylinder fassend, sein Haupt und blickte zu Starvarius hinüber. »Verzeiht meine Respektlosigkeit, Reisende, aber habt ihr auch nur den lausigsten Hauch einer Ahnung, was dieses Land bedroht?«

Starvarius ließ den Kopf schüttelnd hängen und wich einige Schritte zurück.

»Seid nicht betrübt, Herr von Zaft. Deswegen seid ihr ja nun hier.« Melonidas schritt quer durch die Halle auf eine besonders massive Säule zu und winkte die beiden Gefährten zu sich heran. Auf dem prächtigen Wandteppich, der an der breiten Säule hing und aus allen anderen Wandteppichen herausstach, war dieselbe Reihe von Szenen abgebildet, die schon auf der Pforte am Eingang der Festung verzeichnet war.

»Ich habe in den letzten Jahren viel studiert, geforscht, gelernt … erfahren und erkannt, nachdem mich euresgleichen aus dem Paradies verbannt hat. Vielleicht weiß ich inzwischen mehr über die Welt als jedes andere Wesen, dem ihr auf eurer inspirierenden Reise begegnet seid.«

Starvarius räusperte sich zögerlich und hob fragend die Hand. »Wie … Ihr wusstet, das wir kommen? Ihr wusstet von unserer Reise? Aber … woher?«

Schmunzelnd neigte die Melone das Haupt, zog die Brille ein Stück von der Nase und blickte Starvarius über den Rand der Gläser hinweg in die Augen. »Sagen wir, ich sehe viel von meinem kleinen Hügel hier.« Er rückte die Brille wieder zurecht und wandte sich erneut dem Teppich zu. »Vor Millionen von Jahren lebte eine andere Rasse auf diesem Planeten: die Menschen. Sie waren das erste intelligente Leben hier, breiteten sich aus, besiedelten die Erde und unterwarfen sich die Natur. Doch sie wurden überheblich, verloren ihre Verbindung zum Göttlichen, verachteten die Natur, aus der sie selbst geboren worden waren. Es ist unklar, ob es einer der großen Götter war, eine Verbindung von vielen Göttern, vielleicht Godaddwin selbst, der Schutzpatron der Menschheit, oder sogar ein höherer Gott, der über allen uns bekannten Göttern regierte, doch irgendwann endete die Ära der Menschen.« Melonidas fuhr herum. »Wir Salatonier nennen das …«

»… die große Zerstoßung«, ergänzte Starvarius.

Die Melone nickte noch immer mit diesem täuschend dümmlichen und übertrieben freundlichen Lächeln auf den Lippen. »Genau.« Er drehte sich wieder um und deutete auf die schmale grüne Linie am Ende der Menschenära. »Dann … nichts. Für viele Tausend Jahre. Erst mit der Entstehung des Weltenbaumes kehrte das Leben auf den Planeten zurück – und mit ihm … wir. Aber …« Die Melone erhob mahnend den Zeigefinger der rechten Hand, als ihr Tonfall ernst wurde und donnernd durch die Halle schmetterte. »Die Geschichte wiederholt sich! Meine Verbannung war nur ein Zeichen der wachsenden Arroganz unserer Zivilisation. Schaut auf die Fabriken in Nabanees und Karotonien, die Massenrodungen in Tomatolien, die Betonklötze in Gurkan! Ich könnte ewig so weitermachen.«

Dann deutete er mit dem erhobenen Zeigefinger auf den letzten Teil des Teppichs. Starvarius fiel auf, dass statt des Fragezeichens, das den letzten Abschnitt auf der Pforte bildete, der Wandteppich mit einer weiteren verhängnisvollen grünen Linie abschloss.

»Seht ihr?! Unsere Ära endet. Die zweite Zerstoßung steht bevor.«

Mit einem erschreckend ernsten Gesichtsausdruck fuhr der Herr des Nordens herum und schlug die rechte Faust in die geöffnete linke Hand. »Ich habe die Zeichen gesehen! Ich habe in den Sternen gelesen und ich sage euch, wenn wir nichts unternehmen, wird unsere gesamte Rasse in weniger als drei Wochen mit Stumpf und Stiel ausgerottet!«

Pein Eppel preschte empört hervor und gestikulierte aggressiv mit den Armen. »Aber wenn Ihr das alles längst wusstet, warum habt IHR dann nichts unternommen?!«

Melonidas lachte so finster auf, dass seine Stimme eine fast furchterregende Tonlage annahm und die beiden Recken zusammenfahren ließ. Er breitete die Arme aus, blickte zur Decke und drehte sich ein Mal im Kreis, als wollte er den beiden Reisenden den Saal noch einmal präsentieren. »Was denkt ihr, was das hier ist? Die Sommerresidenz eines adeligen Karoteners? Eine Ferienwohnanlage für Nord-Salatonien-Touristen? Das hier ist ein

Gefängnis! Mein Gefängnis! Als man mich hierher brachte, waren diese Mauern und diese Säulen freilich schon hier, auch das Tor war bereits hier, aber die Runen, die ihr am Torbogen gesehen habt, die sind von den Magiern des alten Reiches Süd Salatoniens gefertigt worden. Bis zum Rand des Torbogens und kein Stück weiter gestattet man mir zu gehen!«

Der unfreiwillige Burgherr entfernte sich von dem Wandteppich und schritt an Starvarius und Pein Eppel vorbei, um einen wehmütigen Blick durch die noch offen stehende Pforte zu werfen.

»Seit Jahrzehnten entwickle ich Techniken, Tränke, magische Formeln und was mein Verstand sonst noch hervorbringen mag, um das Volk des Südens zu warnen, doch erst vor fast zwei Monaten brachte ich es fertig, einem begabten Nussprophеten im Traum zu erscheinen und euer Volk auf die Krise aufmerksam zu machen, die uns bevorsteht!« Erleichtert seufzend drehte sich Melonidas erneut um und blickte zufrieden in die Gesichter der Reisenden. »Und jetzt … endlich … seid ihr hier! Und das in allerletzter Sekunde! Viele haben sich auf den Weg gemacht, doch nur ihr habt es tatsächlich geschafft.«

Ermutigt schritt Starvarius vor und richtete sich mit vor Stolz geschwellter Brust vor der Melone auf. »Sagt uns, was wir tun können, um Salatonien vor dem Untergang zu schützen, und wir werden uns noch in dieser Stunde auf den Weg machen!«

Mehr als zufrieden erhob Melonidas die Hand und klopfte dem tapferen Starvarius auf die Schulter. »Dann lasst uns keine Zeit verlieren!«, sprach er motiviert und marschierte mit raschen Schritten zurück zu seiner Ausgangsposition vor der gigantischen Karte. Gezielt griff er in die rechte Tasche seines Kittels und zog einen kleinen schwarzen Kasten hervor, mit dem er einen grellen roten Lichtpunkt auf die Wand projizieren konnte. Die Technik erinnerte Pein an die Armbrust des gurkanischen Wachmanns am Ufer des Suhlkatta.

»Das Schicksal wird die große Zerstoßung nicht abwenden, selbst wenn es könnte. Aber es kann uns Zeit verschaffen. Wenn die Götter wollen, sogar genug Zeit, um ihnen zu beweisen, dass wir es wert sind, auf dieser Welt zu verweilen. Diese Aufgabe tragen wir alle, jeder Einzelne von uns. An euch liegt es nun, zur Höhle des Schicksals zu reisen und es davon zu überzeugen, dass wir diese Zeit verdient haben.«

Melonidas bewegte den Lichtpunkt die Karte hinauf und umkreiste mit ihm einen deutlich hervorgehobenen Berg im Norden, also dem Teil des Landes, auf dem auf jeder handelsüblichen Karte Süd Salatoniens nur das endlose Nordmeer verzeichnet war. »Hier befinden wir uns. Auf dem Gipfel der Erkenntnis. Ihr seid hier«, er umkreiste einen schmalen Gebirgspfad links unterhalb des Berges, »aufgestiegen. Wenn ihr auf dem östlichen Gebirgspfad wieder hinabsteigt, kommt ihr durch ein felsiges Labyrinth. Der Weg ist einfach, wird euch aber mindestens drei Tage kosten, bis ihr den Suhlkatta erreicht. Etwa hier …« Melonidas bewegte den Punkt in Schlangenlinien durch das Gebirge und deutete auf eine kleine Stelle, an welcher der Grenzfluss schmaler erschien als an anderen. »Hier findet ihr die vermutlich letzte Brücke über den Fluss. Haltet euch auf dem Pfad südöstlich, bis ihr etwa an dieser Stelle«, die Melone markierte ein großflächiges Gebiet zwischen dem Suhlkatta und dem Winterwald, »auf den Rand des südsalatonischen Sperrgebietes stoßt.«

Der Exilant drehte sich um und blickte in die entsetzten Gesichter der beiden Wanderer.

»Ich würde euch gerne sagen, dass es sich bei diesem Gebiet wieder um einen Trick des alten Reiches handelt, um Reisende von meiner neuen Heimat fernzuhalten, doch da muss ich euch enttäuschen. Mit dem Ende unserer Ära gewinnt das Böse mehr und mehr an Macht. Die Schatten sammeln sich und bereiten sich darauf vor, Schrecken, Tod und Zerstörung über die Welt hereinbrechen zu lassen, bevor auch sie in den Feuern der Apokalypse vergeht. Die Wesen, gegen die ihr am Fuße des Berges gekämpft habt, sind nur ein Vorgeschmack auf die Scharen von Ausgeburten des Höllenschlundes, die sich derzeit im Sperrgebiet sammeln. Ihr müsst euch äußerst vorsichtig verhalten, auch wenn ihr dabei viel Zeit verliert. Wenn ihr sterbt, sind wir alle verloren!«

Pein Eppel setzte achselzuckend sein *War-ja-klar*-Gesicht auf und seufzte dennoch.

»Ihr müsst die Höhle des Schicksals erreichen! Haltet euch nicht damit auf, gegen die Schatten zu kämpfen! Sie sind für euch zu zahlreich. Wenn ihr das Schicksal erreicht, besitzt es die Macht, das Böse zurück in den Abgrund zu schicken.«

Ein letztes Mal wandte sich die Melone der Karte zu und deutete mit dem Lichtpunkt auf ein kleines rotes Kreuz mitten im Sperrgebiet. »Hier befindet sich die Antwort auf die Frage, die euch nun schon so lange begleitet: Dies ist der Ort der Höhle des Schicksals!«

Melonidas griff mit der linken Hand in die linke Kitteltasche und holte ein Stück zusammengerolltes Pergament heraus, das er mit einem Blick über die Schulter gezielt in die Hände der Sternfrucht warf. »Ich habe den Weg für euch in diese Karte eingezeichnet. Damit könnt ihr euch gar nicht verlaufen. Außerdem warten am Eingang zwei Mäntel auf euch. Ich habe einige Schutzzauber hineingewoben, unter anderem einen gegen Kälte, damit ihr auf dem Weg durch den Rest unseres vergessenen Reiches nicht erfriert.«

Starvarius verneigte sich dankbar. »Vielen Dank, Herr, Ihr seid sehr großzü...«

Die Melone winkte ab. »Das ist noch nicht alles.« Er schritt zu einem kleinen Holzschrank unter der riesigen Karte und zögerlich kamen die beiden Reisenden näher. »Ich habe viel Zeit gehabt, darüber nachzudenken, welche Waffen ich denen in die Hand gebe, die meine Festung als Erste erreichen. Die Wahrscheinlichkeit war gering, aber die Möglichkeit war da, dass sich vielleicht nur ein untalentierter Bauer oder eine Gruppe religiöser Pilger hierher verirren würde. Also musste ich Werkzeuge erschaffen, die, wenn nötig, auch dazu in der Lage gewesen wären, für sich alleine zu kämpfen.«

Melonidas fuhr herum und drückte Starvarius einen Bogen und einen Köcher mit über hundert schmalen Pfeilen in die Hand. Pein erhielt ein Schwert und einen ebenso erschreckend leichten wie robusten Schild. Die Ananas wiegte die Klinge in der Hand und betrachtete das merkwürdig verzierte Heft genauer, als dieses plötzlich ein paar Augen öffnete und mit quietschender Stimme sprach: »Pfui! DU bist aber hässlich!«

Starvarius blickte auf die Schneide in Peins Hand. »Das ist aber nicht sehr freundlich ...«

Die Melone seufzte. »Durchaus. Ich habe diesen Waffen eine künstliche Intelligenz verpasst. Das Schwert führt sich fast eigenständig, der Schild wirft sich in die Schlagbahn, der Bogen spannt seine Sehne selbst und die Pfeile paddeln in der Luft mit den Federn, um ihr Ziel sicher zu treffen. Dummerweise neigt intelligentes Leben dazu, eine eigene Persönlichkeit zu entwickeln. Euer Schwert ist also nicht besonders freundlich und der Schild zeitweise etwas feige. Der Bogen zitiert stundenlang irgendwelche Arien und die Pfeile ... nun ja ... die Pfeile haben Höhenangst.«

»Höhenangst?!«, prustete Pein Eppel ungehalten lachend heraus. »Wie äußert sich das denn?«

Melonidas zuckte ratlos mit den Schultern. »Nun ja ... sie ...schreien.«

Die Ananas musterte den Köcher und betrachtete sadistisch schmunzelnd die schlafenden Geschosse. Mit denen würden sie noch ihren Spaß haben ...

Pein befestigte den Schild stramm mit den Lederriemen an seinem linken Arm und ließ den Einhänder in die freie Gürtelschlaufe gleiten, nachdem er das unpraktische Kurzschwert der Zankratten daraus entfernt und der Melone zur Aufbewahrung Schrägstrich Entsorgung in die Hand gedrückt hatte.

Starvarius schulterte den Köcher und befestigte den Bogen darüber. Als er sich wieder dem Herrn des Winters zuwandte, hielt dieser den beiden noch zwei unscheinbare goldene Tröten entgegen. Verwirrt musterte die Sternfrucht das Geschenk und hielt es sich skeptisch vor die Augen.

»Die Tröte des Triumphes!«

Der angehende Retter der freien Welt nahm das Objekt herunter und richtete seinen fragenden Blick auf Melonidas.

»Wenn ihr in allergrößter Not seid, die Feinde euch überwältigen und keine Aussicht mehr in Sicht ist, pustet in diese Tröten!«

»Was?«

Die Melone schüttelte den Kopf. »Nein. Seht selbst, wenn es so weit ist.«

Starvarius schwieg, betrachtete die Pfeife ein weiteres Mal und steckte die Tröte in seine Umhängetasche. Pein tat es ihm gleich. Noch einmal verneigte sich die Sternfrucht dankbar und erntete ein ermutigendes Schulterklopfen des Herrn vom Gipfel der Erkenntnis.

»Hebt euch euren Dank für die Zeit nach dem Krieg auf! Eure Reise ist fast zu Ende und wir dürfen jetzt keine Zeit mit Nettigkeiten vergeuden. Zieht aus und zeigt den Göttern, was ein salatonisches Herz wert ist!«

Ein letztes Mal verbeugte sich die Sternfrucht und zog Pein am Handgelenk mit nach unten. Mit einem Nicken verabschiedete sich die weise Melone, ehe sich die Gefährten abwandten und das letzte, das schwierigste Stück ihrer Reise antraten. Melonidas stand regungslos vor der Karte, die Hände auf dem Rücken verschränkt, und schaute den *Helden* Süd Salatoniens hinterher, bis diese mit ihren neuen Mänteln hinter dem Tor in einem aufziehenden Schneesturm verschwunden waren.

Wie auf ein Blinzeln der Melone hin setzte sich die gewaltige Pforte in Bewegung und schottete den Exilanten erneut vom Rest der Welt ab.

Kapitel 3

Der Wind pfiff bedrohlich durch den schmalen Spalt, als sich die beiden gewaltigen Pforten einander näherten. Kurz bevor das mächtige Tor ins Schloss fiel, versuchte ich, mich von meinem Vorsprung zu erheben und den beiden Protagonisten in die bittere Kälte zu folgen, als ich bemerkte, dass sich mein linker Fuß in einer Felsspalte verfangen hatte. Panisch versuchte ich, mich aus der steinernen Umklammerung zu befreien, doch als meine Krallen freikamen, war es bereits zu spät. Das stählerne *KLONK*! hallte durch die Festung des Exilanten und der einzige Ausgang war unwiderruflich versperrt. Deprimiert flatterte ich zurück auf den Vorsprung und suchte aussichtslos die Decke nach einem Spalt oder einem natürlichen Tunnel ab, als mich das kurze, trockene Lachen Melonidas' aus den Gedanken riss. Ich starrte auf die Figur in dem verborgenen Saal und weitete fassungslos meine Augen, als ich das Unfassbare erblickte …

Fast angewidert streifte er sich den weißen Kittel vom Körper und wischte sich damit über die Mundwinkel. Die Grübchen, die sein Lächeln so sympathisch gemacht hatten, wichen aus dem Gesicht und blieben als schwarze Farbrückstände auf dem Kleidungsstück zurück, das er achtlos zu Boden warf. Verstohlen, ja, beinahe hinterhältig grinsend wischte er sich mit dem Handrücken über die obere Kopfhälfte und entfernte die grüne Farbe von der Stirn und zwischen den Augen, dass man mehr als deutlich die dicken, schwarzen, v-förmigen Augenbrauen sehen konnte – und als er noch die Brille von der Nase nahm und hinter sich auf den Tisch legte, offenbarte sein Gesicht einen gänzlich anderen Ausdruck. Der sympathisch-freundliche Schein, den er krampfhaft zur Täuschung aufrechterhalten hatte, wich nun endlich der boshaft-intriganten Realität.

»Was ein salatonisches Herz wert ist? Ein köstliches Schmierentheater, Herr!«, ertönte eine krächzende, halb tiefe Stimme von der Seite, als eine Kreatur aus der Wand trat, nachdem ein Teil der Mauer eine geheime Passage offenbart hatte. General Krudding, ein skurriles Wesen halb Krähe halb Pudding, näherte sich mit den Klauen über den steinernen Boden schleifend seinem Herrn und stülpte ihm untergeben dessen Ledermantel über.

»Zugegeben, ich habe Starvarius überschätzt. Ich dachte nicht, dass es so leicht werden würde …«, brummte Melonidas.

Selbst seine Stimme hatte sich verändert. Jedes einzelne Wort klang wie eine Beleidigung und die Melodie seiner Stimme weckte Hass und Neid in jedem, der sie hörte. Der Herr des Nordens schritt über den roten Teppich in die Mitte des Saales, wobei sein Gang sich vom majestätischen Gleiten zu einem dominanten Marschieren gewandelt hatte. Rostig knirschend setzten sich die Zahnräder der Geheimmechanismen in Gang und verwandelten die Halle von einem gemütlichen Thronsaal in ein Sinnbild der Selbstherrlichkeit. Jedes einzelne Gemälde von Wiesen, Wäldern und Dörfern verschwand hinter der Wand und wurde durch ein Selbstporträt des nordsalatonischen Herrschers ersetzt, wie er in allen erdenklichen Posen über die Völker des Südens triumphierte. Die Fackeln loderten auf und veränderten das Ambiente von einem weichen Orange in ein aggressives Rot und zu guter Letzt drehte sich die riesige Karte hinter die nördliche Mauer und offenbarte einen mit penibelster Genauigkeit skizzierten Schlachtplan gegen die Zentralreiche.

»Ich nehme an, damit läuft dann alles nach Plan?«, erklang die nur allzu vertraute Stimme General Brombärs durch den Saal.

Die Melone drehte sich um und schnaubte abfällig: »Selbstverständlich tut es das!«

Nach dem Anführer der Bärenarmee trat ein Schatten nach dem anderen aus der Finsternis des Geheimgangs. Dem pinkfarbenen Heerführer dicht auf den Fersen näherte sich Reichskanzler Rethli, der nicht mehr seine braune Uniform trug, sondern die goldene Rüstung, in der er aus Bereling geflohen war. Einige Schritte hinter ihm nahte eine Rosine, der Schrecken des Schnackerwaldes, und auf ihrer Schulter mit fletschenden Zähnen und rot leuchtenden Augen saß der Pilz der Verdammnis. Einer nach dem anderen sammelte sich der Zirkel des Bösen um einen glänzenden schwarzen Konferenztisch, der im Herzen des gigantischen Saales aus dem Boden gefahren war, und nahm auf schwarzen Sesseln mit roten Polstern Platz. Melonidas selbst trat an die Spitze der Tafel, zu seiner Linken General Brombär, Kanzler Rethli und General Krudding, zu seiner Rechten die Rosine und der Pilz der Verdammnis. Ein Stuhl rechts von ihm blieb frei.

Während die anderen Platz genommen hatten, blieb das Meisterhirn hinter der Weltverschwörung neben seinem Sessel stehen und stützte sich gelassen mit der linken Hand auf die rechte Armlehne, während er darauf wartete, dass Ruhe einkehrte.

»Gentlemen?!«, erhob die Melone das Wort. »Jahrzehnte der Planung sind vergangen und endlich ist unser Ziel zum Greifen nahe. Der Tag der Rache ist gekommen!«

Mit einem boshaft selbstgerechten Lächeln auf den Lippen beugten sich die Generäle des Chaos vor und wer konnte, klopfte mit den Knöcheln auf den Holztisch, um den Herrscher Nord Salatoniens zur Erfüllung seines perfiden Plans zu beglückwünschen.

Melonidas winkte demütig ab. »Jeder von euch hat seine Gründe, die überheblichen Völker Süd Salatoniens zu hassen, und jeder hat eine wichtige Rolle in der Durchführung unseres Racheplans gespielt.« Die Melone trat vom Tisch zurück und ging ein paar Schritte in Richtung der großen Weltkarte. Sie wühlte in der rechten Innentasche ihres Ledermantels, deutete auf die karge Festungsmauer und betätigte den Schalter ihrer Fernbedienung.

Mit einem Knirschen begann sich ganz langsam eine zweite Geheimtür, diesmal rechts neben dem Schlachtplan, zu öffnen. Noch ein Gast?

Verwundert blickten die Anwesenden in die Finsternis, als eine letzte Gestalt aus der Dunkelheit in das rötliche Licht des Saals trat.

»Der größte Dank jedoch gebührt unserem letzten Gast …«

Selbst die Kreaturen des Bösen erschraken und pressten sich entsetzt in das Polster ihrer Sitze, als die letzte Figur in dem hinterhältigen Spiel des Verbannten sich offenbarte.

»Meine Herren, Nostradanuss!«

Im letzten Augenblick hielt ich mir die Flügel vor den Schnabel, um nicht ungehalten »Verräter!« durch den Saal zu brüllen. Die alte Erdnuss stolzierte alles andere als gebrechlich, den knorrigen Stab mehr als Zeichen der Macht denn als Stütze nutzend, durch die Halle und ließ ihren verfinsterten Blick arrogant über die Teilnehmer wandern. Als die Erdnuss vor die Tafel getreten war und dort verharrte, trat Melonidas an ihre Seite und blickte in die Runde. »In den Jahrtausenden meiner Gefangenschaft bin ich mächtiger geworden, als es die südsalatonischen Narren jemals zu träumen gewagt hätten! Nur eines entzog sich meiner Macht. Selbst mit dem Wissen der Erbauer konnte ich die Ketten meines Gemäuers nicht sprengen. Bis …« Die Melone wandte den Kopf zu Nostradanuss. »Bis jemand vor 500 Jahren einen Weg fand, das Siegel zu brechen.«

General Brombär erhob sich empört und schnaubte: »Seit 500 Jahren? Warum haben wir dann nicht zugeschlagen, als das Bärenreich stark war und die Zentralreiche angegriffen hat?«

Kanzler Rethli tat es ihm gleich und wetterte dazu: »Oder als sich die vier Reiche im Krieg um die Grenzfestlegung befanden!«

Die Erdnuss lachte spöttisch über die Naivität der Heerführer. Melonidas griff in seine Innentasche und holte ein Schriftstück hervor.

»Weil wir auf IHN warten mussten«, sprach er gelassen und legte eine auf primitives Pergament gekritzelte Sternenkarte auf den Konferenztisch.

Die Beteiligten erhoben sich, um sich über die Zeichnung zu beugen. Eine Reihe von Sternen war mit einem Stück Kreide verbunden und ergab die Konturen einer Ananas.

Brombär erhob erneut seine brummende Stimme. »Wozu? Wir hätten Süd Salatonien auch so besiegen können, also w...«

»SÜD SALATONIEN«, brüllte der Nussprophet und schlug mit einer so unermesslichen Kraft auf den Holztisch, dass ein großes Stück davon in vielen Tausend Holzsplittern durch die Halle sprengte. »IST NICH
UNSER FEIND!«

Brombär, Rethli und die Rosine
einige Schritte zurück. Nur K
schäbig ins Fäustch

Der Nu

»Denkt Ihr denn, dass wir 500 Jahre gewartet haben, ohne uns diese Frage zu stellen?«

Noch während die Erdnuss sprach, schritt Melonidas um den Tisch herum und nahm den Pilz der Verdammnis auf die Hand. Der Herr des Nordens entfernte sich vom Konferenztisch und schritt zu einer der Säulen hinüber, an der ein neuerer, sonderbar gewebter Wandteppich hing. Die Melone holte erneut den Laserpointer hervor und verdeutlichte ihre Aussagen, indem sie auf die entsprechenden Bilder zeigte: »Das Schicksal wurde geschaffen, um die Welt im Gleichgewicht zu halten. Doch von der Kraft, die alles in Balance hält, bildet das Schicksal nur den Kopf. Es weiß alles, kennt die Geschichte, die Gesetze und kann die Zukunft errechnen. Aber es kann nicht handeln. Hierfür existieren die Styrwish.«

Brombär und Rethli begannen, irritiert zu tuscheln, und ernteten böse Blicke der verräterischen Nuss.

…ish sind Kobolde, die aus einer Portion Unglaublichkeit, einem … und einem halben Liter Unvorstellbarkeit ge… *…ellbare Kobolde* genannt, gerade weil … an sie nicht gesehen hat.«

… kenpause seines … und erhob

Murmelnd schritt der Prophet wieder ins Sichtfeld der Zirkelmitglieder. »Ich täuschte den Rat der Zentralreiche mit einer falschen Prophezeiung und ließ ein Schreiben an alle Helden Süd Salatoniens senden.«

Mit einem lässig hochgezogenen Mundwinkel fuhr Melonidas herum und wedelte mit einem Schriftstück, das er in seiner rechten Hand hielt. Der Herr des Nordens trat näher an die Bösewichte heran und reichte ihnen das Pergament. Rethli nahm es entgegen, zog eine Augenbraue hoch und reichte es an Brombär weiter.

»Was ist so …?«

»Es ist verflucht!«, unterbrach Melonidas Rethlis Frage.

Sofort ließ der rosa Bär das Schriftstück fallen. Krudding beugte sich herab, faltete den Brief und reichte ihn an seinen Meister zurück.

»Euch kann der Fluch nicht treffen! Er trifft ausschließlich Helden. Jeder Held, der diesen Brief auch nur ein einziges Mal berührt, stirbt unausweichlich innerhalb der nächsten 24 Stunden. Diese Einschränkung stellt sicher, dass der Fluch nicht den Postboten trifft.«

»Und macht außerdem den guten Starvarius gegen meine Magie immun«, ergänzte Nostradanuss.

Ausnahmsweise ergriff Krudding ungefragt das Wort: »Starvarius ist kein Held?«

Die Nuss zuckte mit den Schultern. »So lange ihn kein Volk so nennt, nein.«

Das Pergament verschwand wieder in der Manteltasche des Melonenmeisters, bevor dieser erneut die Stimme erhob: »Und hiermit schlagen wir zwei Fliegen mit einer Klappe. Wir vernichten alle Helden Süd Salatoniens und somit jeden, der eine ernsthafte Bedrohung für unsere Invasion darstellen könnte und …«

Rethli kraulte sich nachdenklich das Kinn. »… wir führen Pein und Starvarius auf die Spur des Schicksals.«

Melonidas nickte und trat ein Stück zurück, während sich Nostradanuss wieder in den Vordergrund drängte. »Wir haben genau auf den Zeitpunkt gewartet, den die Sterne vorhergesagt haben. Tjals Tod durch Pein und Starvarius war unvermeidlich – und damit begann der erste Schritt unseres Plans. Diese naive Sternfrucht konnte nicht anders, als dem Aufruf Folge zu leisten. Wir wussten nicht, welchen Weisen sie aufsuchen würden, aber früher oder später musste sie ihr Weg in den Schnackerwald führen.«

Mit einem lauten Lachen mischte sich der Pilz der Verdammnis ein. »Ich verstehe!«

Melonidas nickte. »Deine Aufgabe war es, sie nach Bereling zu den Cucurbiten zu schicken und sie Kanzler Rethli in die Hände zu spielen.«

Der Kanzler trat aus dem Hintergrund vor. »Um ihnen in das Versteck der Verräter zu folgen, die Cucurbiten außer Gefecht zu setzen und die Zentralreiche in einen sinnlosen Krieg zu verwickeln.«

Nun mischte sich Melonidas erneut ein. »Nicht nur das. Sie haben außerdem die Essenz des Erdkerns bekommen, um sie zu den Appelliaten zu bringen.«

»Welch ein Zufall, dass die Cucurbiten vor ein paar Jahren in den Besitz dieses Edelsteins gekommen sind … und die Appelliaten vor Jahrzehnten in den Besitz einer Maschine, die eine herausragende Energiequelle benötigt!«, murmelte der Erdnussprophet.

Die Melone wandte sich ein weiteres Mal der Karte zu und fixierte den Schwanensee mit den Augen. »Die Reise über Gurkan kam … unerwartet, hatte aber im Endeffekt keinen Einfluss auf unseren Plan. Pein und Starvarius haben die Appellien wie erwartet erreicht.«

Nun konnte Brombär endlich aus seinem andauernden Stillschweigen vortreten und sprach: »Und hier haben wir sie dazu benutzen können, die Rebellen fast vollständig auszulöschen und für immer aus den Appellien zu vertreiben.«

Nostradanuss breitete die Arme aus und blickte sich in der Halle um. »Und das hat sie letztendlich hierher geführt!«

Fassungslos hockte ich auf meinem Felsvorsprung und ließ die Ereignisse der letzten Wochen vor meinem inneren Auge noch einmal ablaufen. Jeder Schritt, jeder Teil der Geschichte – alles war vom Anfang bis zum Ende vom Bösen geplant gewesen.

Selbstzufrieden schritt Melonidas um die Tafel herum und ließ sich mit gefalteten Händen in seinen Sessel fallen. Die anderen, selbst Nostradanuss, nahmen ebenfalls am Konferenztisch Platz und die Generäle blickten fragend zu ihrem schweigenden Anführer.

»Was geschieht nun?«, brachte Brombär endlich heraus.

Die Melone schwieg weiterhin und betrachtete einzeln ihre Finger, bevor sie tief einatmete und sprach: »Wir greifen die Zentralreiche an! Ihr, General Brombär, stoßt zusammen mit Rosinengeneral Zurt zu den Mutantentruppen General Kruddings, die im Sperrgebiet auf den Marschbefehl warten. Außerdem hat Nostradanuss uns noch eine kleine Überraschung aus den Ödlanden versprochen. In sieben Tagen ziehen wir gegen Süd Salatonien in den Krieg! Ihre Helden sind vernichtet, ihre Truppen geschwächt und das Beste ist: Sie wissen nicht, dass wir kommen! Unser Sieg wird schnell und brutal sein.«

Die Generäle lachten auf und applaudierten ausgiebig. Nur Rethli behielt den Kopf auf die Hände gestützt und grübelte. Melonidas hatte dies bemerkt und kannte die Frage des Reichskanzlers nur zu genau.

Endlich sprach dieser: »Was ist mit dem Schicksal? Werden die Styrwish nicht eingreifen, wenn sie unseren Plan kennen?«

Die Melone zog die Mundwinkel hoch, blickte zu Krudding und nickte kommandierend.

Die Kreatur, halb Krähe halb Pudding, erhob sich und hüpfte zu einem riesigen Objekt in der Nähe des Tisches, das mit einem weißen Laken bedeckt war. Krudding pickte in das verstaubte Stofftuch und offenbarte den gespannten Heerführern die dahinter liegende Maschine. »Das ist der Schicksalsgenerator. Wenn das Schicksal vernichtet ist, wird diese Maschine uns die Styrwish offenbaren.«

Rethli stutzte. »Das … Schicksal vernichten?«

Melonidas nickte. »Wenn Starvarius und Pein Eppel die Höhle erreichen, wird es bereits zu spät sein. Das Schicksal stirbt und der Generator übernimmt seine Aufgabe.«

Ein letztes Mal mischte sich nun Nostradanuss ein, um die Wissenslücke der Generäle zu füllen. »Der Pakt zwischen Schicksal und Styrwish gründet sich darauf, dass das Schicksal die Welt manipuliert, um die Styrwish stets im Verborgenen zu halten. Ein unvorstellbarer Kobold, der gesehen wird, ist nicht mehr unvorstellbar und stirbt. Ohne Styrwish, kein Schicksal. Ohne Schicksal, keine Styrwish.«

Melonidas ergriff wieder das Wort: »Wenn das Schicksal vernichtet ist und wir die Zentralreiche überraschen, kann unsere Armee nicht mehr aufgehalten werden. Wie eine schwarze Welle des Todes werden unsere Horden über das Land fegen und unsere Feinde vom Antlitz dieses Planeten tilgen! Wir werden die Herrscher dieser Welt sein!«

Mit jedem weiteren Wort steigerte sich der Exilant mehr und mehr in seine Rachevorstellungen, sprang von seinem Thron auf und riss triumphierend die Arme in die Luft. Sein düsteres Lachen mischte sich mit dem einsetzenden Gelächter seiner Generäle.

Als hätte es auf diesen Moment gewartet, öffnete sich erneut das mächtige Haupttor und ließ Scharen von Mutantensoldaten ins Innere des Saales stürmen. Krudding hüpfte krächzend zu einer anderen Maschine und betätigte deren Hebel, woraufhin der ganze Berg von einem gewaltigen Beben erschüttert wurde.

Ich fasste all meinen Mut, ergriff die Gelegenheit in einem unbeobachteten Moment und flatterte panisch durch das offene Tor nach draußen.

Erst hier erblickte ich das volle Ausmaß der Katastrophe: Die Mutantenarmee, die Melonidas gegen die Zankratten ins Feld geschickte hatte, war gerade groß genug gewesen, um Starvarius weiszumachen, dass es sich hier um einen Versuch handelte, sie daran zu hindern, den Gipfel zu erreichen. Tatsächlich war allein das nordsalatonische Heer des Bösen mehr als zehnmal so groß und ich wollte mir gar nicht vorstellen, wie viele dieser Monstren im Sperrgebiet darauf warteten, die gesamte zivilisierte Welt dem Erdboden gleichzumachen.

Das Beben, das Kruddings Maschine ausgelöst hatte, sprengte den Gipfel des mächtigen Nordberges in alle Richtungen auseinander und ließ den Berg schwarze Wolken in den Himmel spucken, während Flammenströme über seine Hänge liefen. Hektisch versuchte ich mich zu orientieren. Wo sollte ich hin? Was konnte ich tun? Die schwarzen Wolken erstreckten sich in Windeseile über den ganzen Norden und schütteten schon Augenblicke später einen Sturm aus tobender Asche über dem Gebirge aus.

»Du wirst sterben!« – »Hier kommst du nie wieder raus!« und »Es ist unvermeidlich!«, schrien die sadistischen Ascheflocken quietschend, die an mir herabregneten, sich in meinem Gefieder verfingen und mich unweigerlich zu Boden drückten.

Verzweifelt versuchte ich, auf einem Vorsprung außerhalb des bestialischen Heers zu landen und mich von dem klebrigen Gemisch zu befreien. Die Lage war aussichtslos. Pein und Starvarius würden die Höhle zu spät erreichen, Süd Salatonien würde fallen und ich sollte hier sterben – verklebt mit Asche, erfroren und gefressen von den Bestien des Nordens. Ich gab den Kampf auf, legte mich frustriert in den dichten Schnee und wartete auf das Ende …

Kapitel 4

Sadistisch kicherten die Ascheflocken in meinem Gefieder und schienen sich in der Haut darunter festbeißen zu wollen. Der Aschesturm war so dicht, dass ich nicht einmal die Felswand wenige Meter vor mir sehen konnte.

Markerschütternd füllte eine Geräuschkulisse aus triumphierenden Schreien und kampfeslustigen Brülllauten der ausrückenden Mutantenarmee die Atmosphäre und als Letztes umfing mich die Kälte des Schnees, in dem ich lag.

Dann verschwand das Gefühl jedoch plötzlich. Der Schnee ... war auf einmal nicht mehr kalt. Die Asche erstarrte in der Luft, die Mutanten stoppten ihr Gebrüll und mit einem Mal wich der schwarze Schleier um mich herum einem Licht, unvorstellbar hell, aber nicht heiß. Das Gefühl, das mich umfing, war ... sonderbar. Nicht wie ein sonderbares Gefühl, sondern als wäre *sonderbar* selbst ein Gefühl wie warm, kalt, glücklich, gespannt – sonderbar. Als ich meinen Kopf drehte, um mich umzuschauen, erblickte ich links von mir eine merkwürdige Gestalt. In einem rustikalen Schaukelstuhl saß ein etwa fünf Meter großer Esel und wippte entspannt in der Ruhe der Zeitlosigkeit hin und her. Zwar hatte er noch die Gestalt eines Esels, doch schienen all seine Bewegungen denen eines aufrecht gehenden Wesens zu entsprechen. Das Wesen trug einen unverschämt teuren dunkelgrauen Anzug und eine dunkelrote, sorgfältig gebundene Krawatte über dem weißen Hemd. Auf dem Kopf thronte ein Zylinder, auf den Schjchu Schjchus und Cucurbiten gleichermaßen neidisch gewesen wären, und in seinem rechten Auge ruhte ein Monokel. Mit einem süffisanten Lächeln auf den Lippen rührte der Esel mit einem kleinen Löffelchen in seinem Tee, legte ihn vorsichtig auf die Untertasse und schlürfte genüsslich einen Schluck, wobei er zufrieden schmunzelte.

»Was ... wo bin ich?«, fragte ich zögerlich, als ich mich von Schnee und Asche befreit hatte.

Der Esel stellte seinen Tee ab und setzte ihn samt Untertasse auf ein verziertes Beistelltischchen. Dann drehte er ruhig den Kopf und sprach mit einer besänftigenden Stimme, die mir jede Sorge und Verzweiflung aus der Seele verbannte, stattdessen aber eine merkwürdige Mischung aus Orientierungslosigkeit, kribbelnden Füßen, Wahnsinn und einer Vorliebe für Erbsensuppe hinterließ: »Du begegnest das erste und vermutlich einzige Mal in deinem Leben einem Gott und die einzige Frage, die du stellst, ist eine, deren Antwort du schon kennst?«

Der Schnabel stand mir sperrangelweit offen. In den letzten Wochen hatte ich ein vergessenes Reich gefunden, bei der Vernichtung des Schicksals unwillentlich mitgewirkt, den Tod von zahlreichen Helden gesehen, den Untergang von zwei Zivilisationen miterlebt, in einem Zeitpudding den Zugang zu einer Dachbodendimension erreicht und noch etliches mehr, aber noch nie hatte ich von Angesicht zu Angesicht einem Gott gegenübergestanden.

»Ich … äh … ich weiß nicht … ähm … welcher Gott seid Ihr?«

Während ich so vor mich hin stotterte, zog der Eselgott eine goldene Taschenuhr aus seiner Brusttasche, schaute auf – von meinem Standpunkt aus – mindestens zwei Dutzend rasch rotierende Zeiger und steckte sie wieder weg, bevor er sich erhob. »Eine bessere Frage, in der Tat! Man nennt mich Intervo, Sohn des Kabblab Ubble Zaballa.«

Ich kannte viele Sagen und Mythen über die Götter Süd Salatoniens und die Verrücktesten unter ihnen rankten sich um Kabblab Ubble Zaballa und seinen Sprössling. Von allen Erscheinungsformen gehörte der elegante Esel – neben dem Tee trinkenden Käfer und dem singenden Christstollen – zu den erträglichsten Avataren des Wahnsinns.

»Der Gott des Wahnsinns?«, stotterte ich entsetzt.

Intervo nickte.

»Und … was ist Euer … Aufgabenbereich? Ich meine … jeder Gott hat doch einen Aufgabenbereich … oder nicht?«

Dem Eselgott entfuhr ein höchst eloquent artikuliertes »I!A!«, bevor er sich räusperte und seine Antwort gab. »Du weißt viel über deine Welt … und unsere. Deswegen beobachten wir dich vermutlich so gerne. Um deine Frage zu beantworten: Ich bin der Gott des unrechtmäßigen Eingriffs.«

Ich konnte es mir nicht verkneifen, skeptisch eine Augenbraue nach oben zu ziehen.

»Der Erbauer … der Urgott … Vater … Grün … wie auch immer man ihn nennen will, er war ziemlich verärgert, als Godaddwin sich damals ins Schicksal der Menschen eingemischt hat. Dabei ist dieser Vertrag entstanden, in dem alle Götter schwören mussten, sich niemals wieder aktiv in den Lauf der Dinge einzumischen. Mein Vater musste auch unterschreiben … ich … war da noch nicht da.« Der Esel zog die Mundwinkel so weit wie möglich zu den Ohren auseinander. Dabei schaffte es Intervo aber auf sonderbare Art und Weise, immer noch überaus intelligent auszusehen.

»Für Euch gilt dieser Vertrag also nicht?«

»Nun ...« Für einen Augenblick murmelte der Eselgott ein paar Worte auf Göttlich und kraulte sich die rechte Schläfe. »In gewisser Weise. Natürlich darf man dieses Recht nicht überstrapazieren, sonst kommt recht schnell ein neuer Vertrag zustande. Aber in gewisser Weise, wann immer sich ein paar Götter einig sind, dass unser Eingriff erforderlich ist, dann komme ich ins Spiel.«

Langsam begann ich mich zu wundern, warum mir das nicht früher hätte klar werden müssen. Melonidas war mit Nostradanuss im Begriff, die gesamte Zivilisation Süd Salatoniens auszulöschen und eine Terrorherrschaft aus Mutanten und Monstern aufzubauen. Dabei wollte er ganz nebenbei das Schicksal und die Styrwish vernichten und den Lauf der Welt selbst mit seinen Erfindungen manipulieren. Selbstverständlich musste das die Aufmerksamkeit irgendwelcher Götter erregen, ganz gleich, wie beschäftigt sie waren.

Der Esel klatschte in die Hufe und rieb sie aneinander. »Wie dem auch sei ... ich bin bereit, dir zwei Wünsche zu gewähren. Einer wäre vermutlich ein bisschen wenig gewesen, schließlich musst du ja die Welt retten.«

Ich fiel etwas überfordert in mich zusammen.

»Und drei sind für den Sohn des Gottes des Wahnsinns wohl irgendwie zu gewöhnlich, oder nicht? Wir machen zwei daraus. Natürlich könnte ich dir jetzt genau die Wünsche erfüllen, die nötig sind, um die ganze Sache gut enden zu lassen, aber du kennst ja die Sache mit dem freien Willen ... Es erhöht einfach den Unterhaltungswert eurer Welt ungemein.«

Intervo ließ sich rückwärts in den Schnee fallen und schnipste mit den Hufen. Noch bevor er aufkam, befand sich der Schaukelstuhl unter ihm und schwang gelassen hin und her. »Nun?«, fragte der Esel erwartungsvoll.

»Mein erster Wunsch ... nun ... ich ... ich muss Starvarius und Pein Eppel rechtzeitig erreichen!«

»Sicher? Würde das etwas ändern?«

Ich grummelte nachdenklich und verzweifelt. »Nein ... vermutlich nicht. Vielleicht ... ich muss mehr über das Schicksal herausfinden ... wie man es beschützen kann. Ich muss ... ich muss die Völker Süd Salatoniens warnen ... Nabanen ... Karotenen ... die Gurkaner ... Zynisto und die anderen. Ich muss Verstärkung holen ... die Armeen sammeln ... ich ... ich ... ich ...«

Intervo versuchte, mich mit einer lässigen Bewegung und einem langgezogenen »Pssst!« zu beruhigen. »Verstehe ich das also richtig? Du würdest also am liebsten an all diesen Orten gleichzeitig sein?«

Ich nickte.

»Letztes Wort?«

Ich nickte zögerlich erneut, ohne zu verstehen.

»So sei es! Meine Damen und Herren, ich präsentiere …«

Der Eselgott klatschte zwei Mal in die Hufe und an der Felswand erschien ein rot-gelber Farbstrudel. Während aus allen Ecken des Landes ein ungemein eingängiger Werbejingle erklang, drehte sich aus dem Strudel in die Realität …

»… das Mitose-Mammut!«

Tatsächlich war an dem Mammut, das nun neben dem Esel im Schnee stand, außer dem bunten Partyhütchen nichts Besonderes – mit der Ausnahme, dass Mammuts auch, oder vielleicht gerade, in Süd Salatonien ausgestorben waren.

»Bereit?«, fragte Intervo und legte den Kopf schief.

»Wofür auch immer, ja!«, zeterte ich grenzenlos verwirrt.

Als sich das gigantische Monstrum allerdings in Bewegung setzte und auf mich zustampfte, hätte ich es mir am liebsten noch anders überlegt. Dann erhob das Mammut seinen gewaltigen Fuß …

Als ich die Augen wieder öffnete, befand ich mich immer noch auf dem Plateau, aber auf der gegenüberliegenden Seite. Und auf meiner ursprünglichen Position – stand ich auch. Und ein Stück daneben. Und auf der anderen Seite.

Verwirrt blickten wir in die Runde, um feststellen zu müssen, dass das Mitose-Mammut ganze Arbeit geleistet hatte. Auf dem verschneiten Felsvorsprung standen nun 13 identische Kampfnickeulen.

»Wunsch erfüllt! Ich könnte dir jetzt noch deinen zweiten erfüllen, würde aber davon abraten. Vielleicht brauchst du ihn später noch einmal.«

Wir nickten und sprachen absolut synchron: »Wir rufen dich, wenn es so weit ist. Danke!«

Der Esel deutete mit dem Kopf zum Mitose-Mammut und sprach zufrieden: »Ich werde die Zeit noch so lange anhalten, bis du dir einig bist, wer sich auf welchen Weg macht. Derweil schicke ich das Mitose-Mammut in seine Zeit und Dimension zurück.«

Während sich im Hintergrund erneut der Zeitstrudel öffnete und Intervo versuchte, dass Mammut zum Gehen zu überreden, versuchte ich, mich mit Blicken darauf zu einigen, wer von mir die Wortführung übernehmen sollte. Keiner widersprach, als ich ein Stück in den Kreis trat und sagte: »Okay, Ichs … Meine wichtigste Aufgabe ist es, so viele Völker wie möglich zu warnen. Süd Salatonien muss als einheitliche Streitmacht gegen die Heere des Nordens stehen. Außerdem muss einer von mir herausfinden, was Melonidas mit dem Schicksal vorhat und wie ich seinen Plan vereiteln kann.«

Ich trat in den Kreis und meldete mich zu Wort. »Ich werde in das Kohlrabi-Kloster aufbrechen und in der Bibliothek nach Informationen suchen.«

Wir nickten eifrig.

Der Reihe nach trat ich hinzu und gab mein Ziel bekannt: Schiel Nr. 1 reiste nach Nabanees, Schiel Nr. 2 zog nach Karotonien, Schiel Nr. 3 entschied sich für Tomatolien, Schiel Nr. 4 machte sich auf nach Gurkan, Schiel Nr. 5 suchte die Weintrauben im Schnackerwald auf, Schiel Nr. 6 reiste in die Weite Flur, um nach den Appelliaten zu suchen, Schiel Nr. 7 kehrte zurück in die Schwanenfestung zu den Gefolgsleuten des Parzyval, Schiel Nr. 8 machte sich auf den Weg in die Zorbelberge zu den Radieschen, Schiel Nr. 10 erkundigte sich bei den Mandarinen nach Verstärkung, Schiel Nr. 11 flog zu den sagenumwobenen Kirschen im Osten und Schiel Nr. 12 versuchte ihr Bestes, bei den verfeindeten Adelsgeschlechtern von Mais und Walnüssen Unterstützung zu finden. Erst jetzt fiel mir
…ich, Schiel Nr. 9, mich aus der Gruppe entfernt hatte und vom

…ir hinterher.

…ke mir zu. »Ich gehe in die
…h der Nacht in der

Ich nickte mit neu gefasstem Mut.

»Gut. Dann werde ich die Zeit jetzt wieder laufen lassen. Den Aschesturm schirme ich mal ein wenig ab. Der ist unfair.«

Ich nickte dankbar.

»Nun denn. Es war nett, dich … euch kennenzulernen. Ich wünsche euch viel Erfolg und vergesst nicht: Wir beobachten dich!«

Von einem Augenblick auf den anderen war alles wieder wie vorher. Die Mutantenhorden zogen lärmend nach Süden, die schwarzen Wolken verdunkelten den Himmel und Intervo war samt Schaukelstuhl, Teetasse und Mammut verschwunden. Es war alles gesagt und so hüpfte ich enthusiastisch auf den Hang zu und machte mich auf den Weg, meine Weltrettungsaufgabe zu erfüllen.

Obwohl wir noch mehrere Stunden nebeneinanderher flogen, bevor wir uns kurz vor der tomatolischen Grenze aufteilten, sprachen wir kein Wort. Wozu auch? Es wäre mir wie ein Selbstgespräch vorgekommen. Und so machte ich mich mit drei anderen Ichs auf den Weg nach Osten.

Schiel Nr. 8 verließ uns als Erste und flatterte nach Norden zum Zorbelgebirge. Als wir das Territorium des Maisfürsten erreichten, spaltete sich Schiel Nr. 12 von der Gruppe ab und ging ihrer heiklen Aufgabe nach. Und zuletzt schlug Schiel Nr. 11 den Weg nach Süden ein, um Hilfe bei den Kirschen zu suchen.

Etwa um Mitternacht war ich alleine unter dem wolkenlosen Sternenhimmel im Osten Süd Salatoniens unterwegs. Neben den Zentral
zählt der Osten zu den am dichtesten besiedelten Region
– und zu den mit Abstand abwechslungsr
kurzen Reise im Windtun der S
Felder, dichte Wälde
Dörfer schm
D

licher Vollmond über dem östlichen Meer und warf sein Spiegelbild bis an die zerklüfteten Steilklippen, wo die Runen der Marmorsäulen neben der steinernen Pforte eines geheimnisvollen Gebäudes im Mondschein schwach zu schimmern begannen. Dieses Farbenspiel der Gestirne bekam man nur in seltenen Fällen ein bis zwei Mal im Jahr zu sehen, wenn das Licht der untergegangenen Sonnen sich gegenseitig durch die Atmosphäre streute und nur ein Bruchteil auf einen der vier Monde fiel. In diesen seltenen Nächten erstrahlen sie alle in unterschiedlichen Farben.

Die Bibliothek der Kohlrabi galt als eines der am besten gehüteten Geheimnisse Süd Salatoniens. Wenn man nicht bereits wusste, wo sie war, fand man sie in der Regel auch nicht. Und selbst wenn, so gelang es immer noch den wenigsten, sie tatsächlich zu erreichen. Viele Wegstunden im Umkreis fand man nur kleinere Dörfer, die meist um verlassene Festungen aus den zahlreichen Kriegen, die die wechselnden Völker dieses Landes ausgetragen hatten, gegründet worden waren. Von dort aus führten allenfalls kleinere Trampelpfade bis in den nächsten Wald, niemals allerdings bis zur Küste selbst.

Leicht schnaubend, aber vom Adrenalin unerbittlich angetrieben erreichte ich den Steilhang an der Küste und tauchte hinab. Das in die Küstenwand geschlagene Gemäuer war immer wieder ein atemberaubender Anblick. Seit meiner Ausbildung zum Erzählerkauz hatte ich diesen Ort nicht mehr betreten – und selbst damals befand ich mich selten am Tag des Farbenspiels dort, wenn die verzierten Säulen ihr volles magisches Potenzial entfalteten und allerlei aus Magie geborene Kreaturen an die Ostküste lockten. Hier und dort tanzten Schemen, Geister und Irrlichter durch die Dunkelheit, zeigten sich einen Lidschlag lang glänzend im Mondlicht und verschwanden wieder in den Schatten.

Für eine Weile schwebte ich auf der Stelle und versuchte, mich an die Kombination für den Einlass zu erinnern. Das letzte Mal musste mehr als zwanzig Jahre her sein und seitdem hatte ich mir viele Dinge merken müssen – viele, viele Dinge.

Unerwartet öffnete sich das Tor und der alte Wächter trat aus dem Inneren ins Mondlicht. Ein kleiner Lichtblick in diesen dunklen Stunden erschien mir, als ich sah, dass es immer noch derselbe Kohlrabi war, der mich bei meinem letzten Besuch aus der Bibliothek verabschiedet hatte. Sein Gesicht war leicht eingefallen und zog sich mehr und mehr in die verstaubte Kapuze zurück und sein schmächtig gewordener Körper [illegible] die weite, faltige, hellblaue Robe nur noch dürftig aus.

»Willkommen zurück! Schiel, richtig?«, sprach der Wächter mit Handzeichen. Die Kohlrabi-Mönche vom Orden des Bewahrens hatten ein Schweigegelübde bei der Errichtung der Bibliothek abgelegt, das das ewig währende geschriebene Wort in den Tausenden von Büchern vor der Vergänglichkeit des gesprochenen Wortes schützen sollte.

Ich nickte und setzte auf einem kleinen Steinsockel zwei Schritte vor dem Kohlrabi auf. Fragend schaute ich dem Abgesandten der Bibliothek in die Augen und das Gefühl, dass ich bereits erwartet wurde, nahm in mir immer mehr zu.

»Ich suche …«

»… Antworten«, unterbrach mich der Mönch mit einer eindeutigen Geste. Er lächelte, winkte mir zu, ihm zu folgen, und hielt den rechten Ellbogen empor.

Eilig flatterte ich von meinem Sockel hinüber und ließ mich auf seinem Arm nieder.

Während sich das Tor hinter uns wieder schloss, führte mich der Wächter durch die verstaubte Bibliothek. Auch wenn Zynistos Archiv diesen uralten Ort des Wissens an schierer Masse bei Weitem übertraf, war es unmöglich zu leugnen, dass schon in einer einzigen der wenigen antiken Überlieferungen vergangener Tage mehr Weisheit steckte als in Tausenden Büchern der gurkanischen Bibliothek. Neben den Bücherregalen, die scheinbar willkürlich in der überschaubaren Eingangshalle angeordnet waren, standen viele kleine Schreibpulte, an denen die Kohlrabi entweder ihren Recherchen nachgingen, aus verschiedenster Literatur aussortierten, welche Exemplare sich für die Bewahrung eigneten, oder einige vom Zerfall bedrohte Wälzer mit Aha-Federn und Mondtinte auf neues Pergament bannten. Auf jedem der kleinen Tischchen stand eine Sonnenblume, die mit ihrem feurigen Glanz auf die Schreibfläche strahlte und den Mönchen das Lesen erleichterte. Damit dienten die handzahmen Glühwürmchen, die unter der Decke des Saals tanzten und hin und wieder verspielt um die Mönche herumschwirrten, nur noch für die atmosphärische Ausleuchtung oder als Hilfe für die Suche nach einem Schmöker in den Regalen außerhalb der Schreibpulte.

Nach drei weiteren gleichartigen Sälen erreichten wir einen kleinen, finsteren Raum. In dieser Kammer befanden sich nicht mehr als vier Ker- [illegible]nder mit blauen Flammen und einer Treppe, die zu einem Buchstän- [illegible]hrte. Auf diesem Ständer ruhte, fast schlafend anmutend, ein

Almanach von unvorstellbarem Alter. Man konnte im schwachen Schein der Kerzen nicht viel von dem Wälzer erkennen, das offensichtliche Funkeln, welches von diesem ausging, war allerdings unübersehbar.

Gemächlich schritt der Kohlrabi-Mönch die Stufen des Podests hinauf, schlug das Buch ganz gezielt auf einer bestimmten Seite auf und setzte mich auf eine zugegebenermaßen etwas demütigende Vogelstange.

»Er bat mich, dir das zu zeigen.«

Zuerst wandte ich mich der aufgeschlagenen Seite zu, musste dann aber rasch wieder fragend zu dem Wächter blicken. »Er?«

Der Kohlrabi malte ein Zeichen in die Luft, das mich erschrocken zurückweichen und viel Abstand von dem uralten Almanach nehmen ließ.

»Erdnuss?!«, fragte ich erschrocken nach.

Der Mönch nickte.

»Nostradanuss?«

Mir fiel ein Stein vom Herzen, als der Gelehrte – anders als erwartet – auf diese Frage hin den Kopf schüttelte.

»Wer dann?«

Der Kohlrabi zuckte mit den Schultern und zeichnete nur irritiert ein weiteres Mal die Geste für Erdnuss in die Luft. Offenbar schien irgendeiner des fast vergessenen Volkes der Erdnüsse gegen den abtrünnigen Nostradanuss zu arbeiten. Verwirrt, aber dennoch erleichtert nickte ich dem Wächter zu und widmete mich der aufgeschlagenen Seite.

Nachdem der Kohlrabi den Raum verlassen hatte, verbrachte ich noch viele Stunden damit, die antike Schrift zu entziffern und Information für Information aus dem alten Wälzer in mich aufzunehmen. Das Buch sprach erneut von den Gesetzen der Welt, der Verbannung Melonidas', dem Schicksal und den Styrwish. Es erklärte die Funktion der unvorstellbaren Kobolde und ihre Aufgaben, die sie für das Schicksal erfüllten. Endlich erreichten die Aufzeichnungen eine Stelle, an der sich die Prophezeiung einmischte, auf die sich bereits Nostradanuss im Zirkel des Bösen berufen hatte: Das Schicksal selbst kannte die Geschichte der Welt, die gesamte Vergangenheit und die Gesetze der Natur. Mit diesem Wissen konnte es alles errechnen, was war und was kommen könnte. Gleichzeitig konnte es dieses Wissen nutzen, um Entscheidungen zu treffen und Dinge mit Hilfe der Styrwish zu beeinflussen, um ein perfektes Gleichgewicht in der Welt zu halten. Doch diese Fähigkeit erfährt ihre Grenzen mit dem Auftreten des *Unberechenbaren*. Der Unberechenbare gilt laut Prophezeiung als ein Wesen, dessen Handlungen völlig undurchschaubar sind und in jeder Situation ganz und gar von seiner eigenen Willkür abhängen. Ein Umstand, den das Schicksal unmöglich in seine eigenen Berechnungen einbeziehen konnte. Eine unauflösbare Variable. Dann folgte dieselbe Sternenkarte, die schon Nostradanuss auf den Tisch gelegt hatte.

Was ich von meinem Felsvorsprung aus nur schwach erkennen konnte, war nun offensichtlich: Der Unberechenbare war Pein Eppel! Und wenn die Prophezeiung stimmte, dann würde von einer einzigen Entscheidung dieses unberechenbaren Wesens der Sieg über Melonidas oder die endgültige Vernichtung des Schicksals und damit Süd Salatoniens abhängen.

Endlich hatte ich eine klare Vorstellung von den Plänen der abtrünnigen Erdnuss und seines verbannten Komplizen. Sie brauchten Pein Eppel, um das Schicksal zu vernichten. *Er* war von Anfang an der Schlüssel zu ihren Plänen – und nicht Starvarius. Und daraus ergab sich eine ebenso simple wie entscheidende Frage: Wie würde sich die Ananas entscheiden, wenn der Moment gekommen war?

Die Antwort auf diese Frage folgte schon einen winzigen Augenblick später, als ich mit meinem Schnabel eine weitere Seite umblätterte und gierig die nächsten Zeilen in mich aufsog. Das Schicksal konnte nur errechnen, aber wirklich wissen, was kommen würde, diese Fähigkeit besaß nur ein einziges Wesen.

Direkt auf diesen Absatz folgte die Zeichnung des mächtigsten Artefakts, das der Erbauer auf unserer Welt hinterlassen hatte: der Spiegel der Wahrheit!‘

Der Spiegel schweigt selbst bei der Erwähnung seines Namens weiterhin geduldig in gespannter Erwartung.

‚Nur wer die Entscheidung des Unberechenbaren kennt, kann diese beeinflussen.

Auf den letzten Seiten, welche die geheimnisvolle Erdnuss mir hinterlassen hatte, stand alles, was ich wissen musste … Es stand beschrieben, dass Ihr Euch im Besitz der Potatori befindet und dass der Zugang zur verborgenen Stadt der Kartoffeln unter den Wiesen der Weiten Flur zu finden ist.

»Finde den roten Faden, kleiner Erzähler!«, hatte ein Unbekannter flüchtig mit einer Aha-Feder unter den letzten Absatz gekritzelt.

Meine Aufgabe war mehr als eindeutig. Sobald ich meine Ichs bei der Schwanenfestung getroffen hatte, mussten wir die verborgene Stadt und dieses sagenumwobene Artefakt finden!

Der Kohlrabi-Wächter schrak unter meinen Flügelschlägen zusammen. Er hatte vor dem Raum auf einer Treppe Platz genommen und war schlussendlich eingenickt. Hurtig eilte er mir hinterher, um den Mechanismus am Haupttor zu aktivieren, bevor ich wortlos durch den Spalt huschte und in Windeseile die Steilklippen hinauf wieder in Richtung Westen flatterte. Ich musste mich beeilen, denn der Windtunnel, den ich auf dem Hinweg genommen hatte, führte nur nach Osten und die nächste Route nach Westen lag mehrere Stunden nordwärts in einem abgelegenen Aprikosendorf.

So schnell mich meine Flügel trugen, glitt ich also durch die willkommene Windstille der frühen Morgenstunden nach Norden.

Eine Stunde vor Einbruch der Nacht des zweiten Tages erreichte ich am Ende meiner Kräfte die Schwanenfestung im Zentralsee. Das Schloss thronte wie ein sicherer Fels in den stürmischen Fluten dunkler Zeiten und ragte mit seinen imposanten Türmen in den rötlich schimmernden Himmel der nahenden Abenddämmerung. Als ich mich auf den Zinnen der Burg niederließ, um wieder zu Atem zu kommen, waren Schiel Nr. 2, 4 und 7 bereits im Innenhof versammelt und diskutierten angeregt über die Ereignisse der vergangenen 24 Stunden. Ich schwang mich von meiner Mauer herab und gesellte mich zu den anderen, die mich zwitschernd empfingen.

»Wo ist Nr. 3? Sie wollte doch nur nach Tomatolien und müsste längst hier sein.«

»Huhu!«, fiepte Ich Nr. 7 grinsend und legte den Kopf schief.

Nr. 4 klärte die Situation auf. »Nr. 7 und Nr. 3 waren zuerst hier und haben ein bisschen experimentiert. Wenn wir schnell genug ineinanderspringen, verschmelzen wir wieder miteinander.«

Grübelnd rieb ich mir mit dem rechten Flügel das Kinn. »Und die Erinnerungen?«

»Verschmelzen ebenfalls«, antworteten Nr. 3 und 7 euphorisch.

»Worauf warte ich dann noch?«, fragte Nr. 2 und hüpfte ein Stück nach hinten.

Ich tat es mir gleich und auch 4 und 7+3 nahmen weiten Anlauf. Mit einem wilden Kampfschrei preschten wir aufeinander zu, um alle gleichzeitig in der Mitte zu einem gleißenden Lichtball zu verschmelzen.

Skeptisch blickte ich mich auf dem leer gefegten Schlossplatz um und bemerkte, dass ich wieder alleine war. An meinem Körper war bis auf die letzte Feder alles wie gewohnt, doch als ich versuchte, mich an den letzten Tag zu erinnern, begannen sich meine Gedanken und Erinnerungen in einem wüst schwirrenden Ball zu vermengen. Mit etwas Übung und einem Hauch Anstrengung gelang es mir jedoch, die Erinnerungen von Ich Nr. 2 aus dem Gewüst herauszufiltern.

Nachdem unsere Gruppe sich an der tomatolischen Grenze aufgespalten hatte, flog ich weiter mit einem halben Dutzend anderer Ichs bis zur Schwanenfestung, wo wir die Windtunnelkreuzung der Zentralreiche erreichten. Hier führte mein Weg unmittelbar nach Osten und schon eine knappe Stunde später erreichte ich den zerschmetterten Marktplatz von Bereling. Die Erinnerungen der letzten Tage mischten sich in die Ereignisse mit ein. Wenige Flugminuten vom Ausgang des Windtunnels entfernt rauchte noch immer die Ruine des ehemaligen Kanzleramtes und die Schneise, welche die abstürzende Appelliatenarche in den nahen Wohnblock gerissen hatte, wurde noch heute von einer Reihe Karotenenfrauen von Trümmern befreit. Zwischen den zahlreichen Karotten, die irgendwie versuchten, wieder den Alltag in ihr vom Krieg verwüstetes Land einkehren zu lassen, standen noch an jeder Ecke nabanische Soldaten, um den zerbrechlichen Frieden zu sichern.

Von den nabanischen Truppen war hier allerdings keine Hilfe zu erwarten. Sie hatten genug damit zu tun, Karotonien wieder zu einem fähigen Bündnispartner der Zentralreiche zu machen, und sie konnten hier keinen Mann entbehren. Die Hilfe Nabanees zu bekommen, war die Aufgabe von Ich Nr.1. Meine Aufgabe lag weiter im Süden, außerhalb Berelings.

Nach dem Tod des ehemaligen Kaisers hatte Kanzler Rethli seine manipulative Herrschaft über das östliche Reich ausgebreitet und die schwachen Geister für seine dunklen Machenschaften gewinnen können. Unter den Truppen, die von der karotonischen Armee nach dem Krieg noch übrig waren, waren also kaum noch Kämpfer, die zur Verteidigung der freien Welt getaugt hätten.

Ganz anders sah dies bei den Verteidigern der alten Ordnung aus. Die ritterliche Leibgarde, die unter dem alten Kaiser gedient hatte, hatte sich unmöglich dem Willen des neuen Kanzlers gebeugt und die Chancen standen gut, dass ein großer Teil dieser Truppen noch in einem der Gefängnisse im Süden des Landes eingekerkert war. Die Zeit reichte zwar nicht aus, um persönlich jede dieser altertümlichen Festungen abzusuchen – aber das war vielleicht auch gar nicht nötig. Knapp vor dem südlichen Verteidigungswall gegen die Ödlande erhob sich ein dunkler Turm am Horizont. In der grauen Vorzeit des salatonischen Mittelalters rankten sich viele Mythen und Sagen um diesen schwarzen Turm am Südwall. Die ehemalige Zuflucht eines Erdnussmagiers diente den Herrschern Karotoniens schon sehr lange Zeit als Gefängnis für besonders schwere Verbrecher wie die Mitglieder des gurkanischen Nekromantenzirkels oder ehemalige Generäle und Kriegsverbrecher aus den Provinzkriegen. Wenn der Heerführer der kaiserlichen Rittergarde noch am Leben war, würde ich ihn hier finden.

Als ich die Pforte des Turms erreichte, war weit und breit keine Wache mehr zu sehen. Lediglich eine frustrierte Karotte in traditionell rotem Waffenrock, die sich scheinbar auf dem Balkon im zweiten Stock ausgesperrt hatte, spähte über die weiten Wiesen um das Gefängnis. Offenbar hatte Rethli in den letzten Stunden des Krieges alle verfügbaren Truppen zusammengerufen und die Gefangenen an diesem Ort ihrem Schicksal überlassen.

Über ein vergittertes Fenster quetschte ich mich in das muffige Innere des Kerkergemäuers. Die Fackeln an den Wänden waren längst erloschen und auf einem Tisch hinter der Eingangstür stand noch ein halbes Bier und ein Teller mit Brezeln. Eine Wendeltreppe führte hinauf in die Schlafgemächer der Wachen bzw. hinab in die Finsternis der Verliese. Mein Weg führte mich nach unten. Immer tiefer nach unten.

Mehr als 400 Stufen musste dieser Turm in die Tiefe reichen, bevor ich an einem schmalen Gang ankam, von dem die einzelnen Zellen abgingen.

Erschrocken stellte ich fest, dass einige Gefangene niemals aus diesem Verlies gelassen wurden und in der einen oder anderen Kerkerkammer die ausgetrockneten Hüllen von vergangenen Gurkanern, Tomatolen oder Nabanen lagen.

Plötzlich erklang wieder ein metallenes Scheppern. Ich hatte dieses Geräusch schon schwach in der Ferne gehört, als ich die ersten Stufen der Wendeltreppe hinabgeflattert war, und stellte nun fest, dass es scheinbar aus der hintersten Zelle kam. Diese war nicht wie die anderen mit einer dicken Holztür, sondern mit einer massiven Stahlpforte versiegelt. Ich kam näher und schaute durch das vergitterte Fenster in die düstere Kammer dahinter.

Auf seiner hölzernen Pritsche saß er, Götz von Bereling, stützte sein Kinn mit dem linken Arm auf und schlug in unregelmäßigen Abständen mit seiner stählernen Faust gegen die Zellenwand. Der Getreue Kaiser Gottliebs III. hatte schon früher mit seiner rauen und konsequenten Art stets ein eisernes Händchen dafür gehabt, in Schwierigkeiten zu geraten, und er wusste sich die Zeit in einer Gefängniszelle zu vertreiben.

Guter Hoffnung blickte ich durch den finsteren Gang und entdeckte tatsächlich den Schlüsselbund des ehemaligen Wächters, der über einem Holzschemel in der Ecke an einem Haken baumelte. Ich flatterte hinüber, schnappte ihn mit dem Schnabel und warf ihn dem treuesten Gefolgsmann der vergangen Monarchie in die Dunkelheit. Skeptisch musterte die Karotte den Schlüssel und blickte durch das Gitterfenster in den Gang hinaus.

Da war nichts. Ohne weiteres Zögern entriegelte er die Stahltür und stieß sie mit der eisernen Faust auf.

»Einen Augenblick noch!«, rief ich dem Ritter zu, als dieser sich wutschnaubend auf den Weg zur Oberfläche machte.

»Hmm?«

Götz blickte über seine Schulter und mir direkt in die Augen. Als Erzählerkauz gestaltet es sich ja überaus schwierig, Aufmerksamkeit zu erregen, doch von Bereling fuhr interessiert herum und musterte mich eingehend.

»Dann habt Ihr mich also befreit?«

Ich nickte und winkte gleichzeitig eilig ab. »Ja, aber viel wichtiger ist, warum ich Euch befreit habe. Ihr müsst Eure Männer freilassen und Euch den südsalatonischen Truppen am Winterwald anschließen!«

Grübelnd wich der Ritter ein Stück zurück und kraulte sich am Kinn. »Das würde ich gern, aber wenn Kanzler Rethli noch Karotonien im Griff hält, muss ich zuerst meinem Land helfen.«

»Nabanees hat Rethlis Truppen geschlagen. Der Reichskanzler ist nach Nord Salatonien geflohen und plant mit Melonidas die Unterwerfung ganz Süd Salatoniens.«

»Nord Salatonien? Melonidas? Was zum …?«

»Für diese Fragen haben wir keine Zeit! Karotonien wird nicht mehr existieren, wenn wir den Ansturm nicht aufhalten! Ihr MÜSST Eure Truppen zur Unterstützung schicken!«

Götz schlug mit der eisernen Faust gegen die Holztür zu seiner Rechten und zerschmetterte diese im Handumdrehen. »Wenn das so ist, könnt Ihr auf die Unterstützung meiner Ritter setzen! Ich lasse nach meinen Männern schicken und sammle das Heer in ein paar Tagen am Winterwald! Habt vielen Dank … äh … Euer Name?«

»Unwichtig. Haltet nur Euer Versprechen!«

Der Ritter nickte dankbar und ohne weitere Umwege machte ich mich auf den Rückweg, um rechtzeitig wieder an der Schwanenfestung zu sein.

Als Nächstes kramte ich die Erinnerungen von Schiel Nr. 3 hervor. Hier war mein Weg mit Abstand der leichteste gewesen.

An der tomatolischen Grenze blieb ich noch eine Weile im Windtunnel und stürzte mich etwa eine Stunde später durch den Wolkenstrudel in die Tiefe der Heimat subjektiver Landschaftsarchitektur. Durch die Dringlichkeit meiner Mission war ich innerlich so aufgewühlt, dass sich Berge mit unzähligen Spitzen auftürmten und Kluften riesige Risse in die Landschaft schnitten. Mein Weg führte mich in rasender Geschwindigkeit nach Westen und obwohl sich meine Stimmung nur unwesentlich veränderte, nahm die Landschaft mehr und mehr ebene Züge an – und schon ein paar Stunden später flatterte ich über flache Felder und allenfalls sanfte Hügelketten. Des Weiteren wurden die monotonen Graslandschaften von künstlichen Wäldchen und prächtigen Blumenwiesen durchbrochen. Dies lag daran, dass die subjektive Landschaftsarchitektur von den Tomatolen nur in den unbesiedelten Regionen außerhalb der Dörfer praktiziert wurde. In der Nähe der Städte legten die Gärtner noch Wert auf ihre persönliche Kreativität – vor allem in der Nähe ihrer Hauptstadt. Mein Ziel im Westen Tomatoliens war nämlich kein geringeres als Waskova, das Zentrum des Landes.

Beeindruckend zeichnete sich die Stadt in sanften Rottönen am Horizont ab und leicht bedauernd setzte ich zum Sinkflug an. Viel näher sollte ich der Stadt an diesem Tag nämlich nicht kommen.

Auf den Wiesen vor Waskova befand sich die Knogglgox-Zucht der tomatolischen Armee und zugleich das Heerlager ihrer Truppen. Diese waren mittlerweile von ihrem Befreiungsschlag gegen Karotonien in großen Teilen zurückgekehrt und machten sich für die Rückreise in ihre Heimatdörfer bereit.

Nachdem ich ihm drei Mal mit dem Schnabel ins Genick gepiekst und schlussendlich die Mütze vom Kopf geschubst hatte, nahm der tomatolische General Notiz von mir. Es dauerte keine halbe Stunde, den Offizier davon zu überzeugen, dass der Sieg gegen Karotonien völlig bedeutungslos war, wenn sie nun zuließen, dass die Mutantenheere des Nordens ungehindert den Winterwald passierten. Ich nahm mir sogar die Zeit, den Heerführer über Nord Salatonien und den rachsüchtigen Melonidas zu unterrichten.

»Wir Tomatolen werden nicht mitansehen, wie unser geliebtes Heimatland in die Hände dieses größenwahnsinnigen Verstoßenen fällt! Unsere Kavallerie wird, wie versprochen, am Winterwald Stellung beziehen!«, brummte die Tomate mit einer dunklen, kratzigen Stimme und rollte dabei ausgiebig jedes R und gurgelte jedes *CH* im Rachen. Dann salutierte er vor mir, was ich mit einem zackigen Flügelschlag beantwortete, und er machte sich daran, die Truppen auf den bevorstehenden Angriff vorzubereiten.

Ich flog indessen zurück nach Osten, um meinen Weg durch den Windtunnel in die Schwanenfestung fortzusetzen.

»Ah … Du schon wieder!«, drängte sich Zynistos Stimme aus der Erinnerung von Schiel Nr. 4 in den Vordergrund.

Der Windtunnel von der Schwanenfestung nach Gurkan endete direkt über dem Ministerium für Interdimensionalen Literaturtransfer und ersparte mir so das stundenlange Irren durch die gurkanische Großstadt. Es hätte mir klar sein müssen, dass meine Anwesenheit den beiden Wissenschaftlern nicht entgangen war, als ich vor einem Monat mit Pein und Starvarius hier gewesen war.

Ohne Umwege führte mich der Literaturwissenschaftler durch die immer noch beeindruckende Bibliothek in die Werkstatt seines ebenso genialen wie wahnsinnigen Bruders. Es erleichterte mir meine Aufgabe ungemein, als ich von den beiden erfuhr, dass die Wächter der nordsalatonischen Grenze glücklicherweise einem Schjchu-Schjchu-Express in die Hände gelaufen waren und Gurkan bereits vor zwei Tagen erreicht hatten.

Ich erzählte den beiden ausführlich alles, was sich seitdem zugetragen hatte – von der Überschreitung der nordsalatonischen Grenze über meine Begegnung mit Intervo bis zur Prophezeiung des Unberechenbaren. Das waren wir ihnen schuldig.

Ironos ließ sich in einen Metallstuhl mit allerlei blinkenden Glühbirnen fallen und wischte sich mit der Hand die krausen Haare aus dem Gesicht. »300 Jahre? In der Zeit kann man verdammt viele Kreaturen basteln …«

Die Hände auf dem Rücken verschränkt und den Blick nachdenklich an die Bodenplatten haftend, schritt Zynisto auf und ab. »Mich beunruhigt diese Prophezeiung. Wie kann er sich so sicher sein, dass Pein Eppel sich gegen die Existenz Süd Salatoniens entscheidet? Das wäre …«

»… unwahrscheinlich«, ergänzte sein Bruder. »Vielleicht sogar unberechenbar.«

Eine zermürbende Vorstellung für einen Wissenschaftler.

Von Sarkasmo erhob sich von seinem Platz und blickte sich unter den zahlreichen Maschinen um, von denen nicht wenige aussahen, als seien sie für den Kampf konzipiert oder zumindest dafür geeignet. »Ich denke, dass sich in dieser Werkstatt noch so einiges wieder herrichten ließe. Gurkan kann nicht mit Truppen glänzen, aber vielleicht reichen ein paar gut ausgerüstete Forscher auch aus.«

»Die Truppen Süd Salatoniens haben in jedem Fall unsere Unterstützung sicher!«, fügte Zynisto hinzu und sein Bruder nickte mit überkreuzten Armen.

»Sollen wir dich zurück zur Schwanenfestung teleportieren?«, fragte von Sarkasmo euphorisch mit einem gewissen Glanz in den Augen.

Ich winkte dankbar, aber ängstlich ab. »Nein, danke. Die Zeit reicht noch aus und ich rieche hier immer noch Kokosnuss.«

Ironos zog schmollend die Unterlippe über die Oberlippe und schabte mit dem Fuß über den Boden. Zynisto grinste gehässig.

Ich verabschiedete mich von den beiden und machte mich auch hier wieder auf den Rückweg.

Als Letztes mischten sich die Erinnerungen der Kampfnickeule ein, die als Erste an unserem Treffpunkt angekommen war. Schiel Nr. 7 hatte es sich zur Aufgabe gemacht, direkt bei den Rittern der Schwanenfestung um Verstärkung zu bitten. Zwar war ihre Zahl gering und ihr Anführer auf der Reise mit Pein und Starvarius verstorben, doch der Ruf ihrer Fähigkeiten im Kampf und ihre Loyalität zu Süd Salatonien waren legendär.

Erst als ich meine Erinnerungen überprüfte und mich noch einmal skeptisch auf dem Schlossplatz umsah, stellte ich fest, dass die Schwanenritter selbst schon bei der Ankunft von uns anderen nicht mehr in der Festung waren.

Ich hatte mich, nachdem ich die Schwanenfestung erreicht hatte, sofort in den gigantischen Saal begeben, um dort glücklicherweise direkt auf den neuen Heerführer der Schwanenritter zu treffen. Arthur Lynegran, Neffe seines Vorgängers Parzyval, war in seiner Art weniger warmherzig als sein Onkel, aber keineswegs weniger hilfsbereit. Nach dem Tod Parzyvals hatte Lynegran den Orden wieder in der Festung versammelt. Das erste Mal seit Jahrzehnten kehrten die vorbildlichen Krieger von ihrer ewigen Suche nach dem heiligen Trinkbecher in ihre Heimat zurück. Diese Versammlung gründete auf Arthurs Absicht, dem Orden seine ursprüngliche Funktion als Schutzmacht Süd Salatoniens zurückzugeben. Eine fast schicksalhafte Entscheidung im Angesicht der bitteren Notwendigkeit, die Süd Salatonien gerade für eine Schutzmacht hatte.

»In sechs Tagen ergießen sich diese Monsterhorden aus dem Sperrgebiet nach Süd Salatonien?«

Ich nickte, auch wenn ich den Sinn der Frage noch nicht ganz verstand.

»Und Eure *Freunde* sind per Windtunnel zu den Völkern unterwegs, um eine Armee zu sammeln?«

Erneut nickte ich und begann langsam zu verstehen.

Arthur wandte sich mit dem Rücken zu mir und ließ seinen Blick nachdenklich über den großen runden Tisch wandern, der für das bevorstehende Festmahl am Abend gedeckt worden war.

Mit deutlich schwerer Stimme sprach der Schwanenritter: »Dann werden sie zu spät kommen.« Er atmete tief durch und drehte sich wieder um. »Die Truppen müssen informiert werden, sich sammeln und sich formieren! Im schlimmsten Fall vernichten die nordsalatonischen Truppen die Verstärkung Welle für Welle. Sie werden niemals alle gleichzeitig dort sein.«

Schlagartig wurde mir die bittere Wahrheit bewusst. Lynegran hatte Recht. Selbst in 13 Teilen und über die Windtunnel reisend war unsere Aufgabe nicht zu bewerkstelligen. Ich setzte mich auf die Stuhllehne und ließ den Schnabel betroffen hängen.

»Synelaos!«, rief Lynegran eher bittend als befehlend und einen Augenblick später trat ein weiterer Schwanenritter durch das Eingangstor, überkreuzte die Arme vor der Brust und verneigte sich demütig.

»Geh auf den Turm und lass das Rufhorn erschallen! Ulyseas und Odyes müssen umgehend aus Nevark und Bereling in die Festung zurückkehren! Wir brauchen alle zwölf!«

Der Ritter nickte gehorsam und wandte sich ab.

»Und, Synelaos …«

Die Stirn zu einem fragenden Ausdruck in Falten gelegt, fuhr der Gefolgsmann noch einmal herum.

»Leg deine Baderobe an! Jemand muss mein Schwert aus dem See zurückholen.«

Immer noch gehorsam, aber deutlich deprimierter als zuvor nickte der Ritter erneut und verließ den Saal.

Lynegran wandte sich wieder an mich. »Das Sperrgebiet ist von einer dichten Gebirgskette umringt. Wenn die Truppen dieses Melonidas über den Winterwald in Süd Salatonien einfallen wollen, müssen sie über den einzigen Gebirgspass an der Südseite. Es ist zwar schon einige Jahre her, dass die Schwanenritter in eine Schlacht dieses Kalibers gezogen sind, aber wir können mindestens zwei, vielleicht sogar drei Tage mehr für Eure Freunde herausschlagen. Macht das Beste daraus!«

Die Stimme Lynegrans hatte einen traurigen Unterton angenommen. Es gab keinen Rückzug für einen Schwanenritter. Diese Krieger würden den Pass so lange halten, bis der Letzte von ihnen gefallen war.

Ich drückte meinen Dank in allen mir bekannten Redewendungen aus, bis der Beschützer Süd Salatoniens geschmeichelt und leicht peinlich berührt abwinkte. »Genug, genug, wackere Eule! Erfüllt Euren Part und wir erfüllen den unseren, dann wird unser Volk die Zeit überdauern. Lebt wohl!«

Mit einer ungeschickten, aber höchst ehrfürchtigen Verbeugung neigte ich mein Haupt vor dem strahlenden Helden und zog mich aus der Halle zurück, um auf die Ankunft meiner anderen Ichs zu warten.

Hier stand ich nun immer noch auf dem Innenhof der Schwanenfestung und starrte Löcher in den wolkenverhangenen Himmel, während ich auf meine übrigen acht Ichs wartete.

»Bin ich schon zu spät?«, brüllte Ich Nr. 1 völlig außer Atem, schon kurz nachdem sie aus dem Windtunnel getaucht war.

Ich schüttelte den Kopf. »Es fehlen noch sieben.«

Ich Nr. 1 schmetterte zu Boden und landete so ungeschickt wie möglich, indem sie über den gepflasterten Schlossplatz polterte. Wieder auf den Beinen, rief Schiel Nr. 1: »Dann lass uns keine Zeit verlieren! Kurz nachdem ich aus dem Windtunnel über Nevark …«

Irritiert verdrehte Ich Nr. 1 die Augen, als ich wild fuchtelnd abwinkte.

»Was ist?«

Anstatt alles noch einmal zu erklären, nahm ich Anlauf und sprang direkt in Schiel Nr. 1 hinein. Ich schüttelte mich und ein unheimlicher Schauer lief mir vom Rücken bis unter die Fußsohlen. An diese Verschmelzung würde ich mich nie gewöhnen – aber es waren ja auch nur noch sieben.

Ich ersparte mir die Gedanken an die Windtunnelreise und knüpfte an eine spätere Erinnerung an.

»Rasch! Wir haben keine Zeit!«, zwitscherte ich lauthals über den Gebirgspass.

»Ihr habt die Eule gehört, Männer! Vorwärts!«, erwiderte die Stimme des nabanischen Sergeants, als er sein Bataillon über das die Grenze markierende Gebirge zwischen Nabanees und Karotonien führte.

Es war ein Leichtes gewesen, in Nevark angekommen den Bananengeneral dazu zu überreden, Truppen zur Unterstützung des Heeres am Winterwald zu schicken. Wenn es um die Rettung Süd Salatoniens ging, fackelte die selbst ernannte nabanische Weltpolizei nicht lange.

Doch ich war nicht nur wegen der Unterstützung der nabanischen Truppen nach Nevark gekommen. Nach dem Fall Berelings und der Flucht Kanzler Rethlis hatte ich gehört, wie sich zwei Bananensoldaten darüber unterhielten, dass in einem Gefangenenlager an der südlichen Grenze immer noch karotonische Truppen Widerstand leisteten. Ich legte all meine Hoffnungen in die Möglichkeit, dass die Cucurbiten unter Salomon nicht an Ort und Stelle exekutiert worden waren, sondern immer noch in einem der Gefangenenlager steckten.

Fast spottend lag das Gefangenenlager kurz hinter dem Fuß der Gebirgskette und schon bald nachdem die nabanische Befreiungstruppe in Sichtweite gerückt war, eröffneten die Karotten das Sperrfeuer. Panisch warf ich mich hinter einen herumliegenden Felsbrocken und hielt mir die Flügel vor die Ohren. Ich hasste diese neumodischen Feuerwaffen! Ich war mehr ein Freund von Pfeil und Bogen.

Nach einer schier endlosen Stunde bibbernd im Kugelhagel verharren müssend, hatten die Bananen den Sieg errungen und überwältigten die karotonischen Rebellen. Dankbar tätschelte Salomon mir den Kopf, als er aus seiner muffigen Gefängniszelle – zerlumpt und dennoch lächelnd – ans Tageslicht trat.

Während die Cucurbiten von den nabanischen Beschützern in ihre ehemalige Heimat in Bereling begleitet wurden, ließ ich mich auf der

Schulter Salomons nieder und erzählte ihm in Kurzfassung, was geschehen war, nachdem er Pein und Starvarius mit der Essenz des Erdkerns in die Appellien entsandt hatte. Meine Geschichte endete präzise in der Seitengasse, in welcher der verborgene Eingang in die unterirdische Passage der Kürbisstadt führte.

Der Cucurbitenkönig wandte sich mit einer Mischung aus Nachdenklichkeit und Unbehagen zu mir um. »Du weißt ... wir sind nicht mehr viele ... und wir sind auch keine Krieger. Aber die cucurbitische Kultur hat noch das eine oder andere nützliche Geheimnis zu bieten.«

Fragend schaute ich mit kugelrunden Augen zu Salomon auf und blinzelte im Takt meiner Atemzüge.

»Die Antwort ist ja. Die Cucurbiten werden Süd Salatonien in der Schlacht unterstützen. Erwarte uns am Winterwald!«

Dankbar seufzte ich und verneigte mich vor dem Herrscher des ersten Volkes.

Mein Flügel schmerzte, als ich versuchte, mich wieder in die Lüfte zu schwingen. Scheinbar hatte mich beim Überfall auf das Gefängnis eines dieser bösartigen Geschosse gestreift.

Plötzlich hielt mich irgendwas am linken Fuß fest und als ich mich nach der Ursache umdrehte, schaute ich in das gelassene Lächeln des Cucurbiten. Er deutete mit dem Finger auf meinen schmerzenden Flügel, schloss die Augen und murmelte ein paar beruhigende Worte. Ich wusste nicht, ob nur der Schmerz verging oder tatsächlich die Wunde heilte, aber innerhalb eines Lidschlages war mein Flügel wieder voll einsatzbereit. Salomon nickte, löste die Hand von meinem Fuß und winkte mir zum Abschied hinterher. Über den berelingischen Windtunnel flog ich rasch zurück zur Schwanenfestung.

Noch während ich mich mit meinen Gedanken beschäftigte, sauste Ich Nr. 5 durch ein Fenster im Schlossturm, purzelte zusammen mit einer polierten Ritterrüstung die Wendeltreppe hinab und rollte durch die geöffnete Tür wieder hinaus.

»Verdammte Windtunnel!«, war ein lautes Fluchen zu vernehmen, als ich mein fünftes Ich aus dem eisernen Gerümpel befreite.

»Vorsicht!«, rief ich.

»Was zum ...?!«, erwiderte Schiel Nr. 5 und hielt sich panisch kreischend die Flügel vor die Augen.

Mit einem weiteren Scheppern verschmolz ich wieder mit mir und purzelte in einen Stahlhandschuh. Ungünstigerweise passte sich mein flexibler Körper der Handschuhform an und füllte ihn voll aus, wobei Schnabel und Augen zusammengedrückt durch die Öffnung starrten. Während ich versuchte, mich zu befreien, kramte ich schon einmal die Ereignisse der Reise von Schiel Nr. 5 hervor.

»He, du!«

Ich schaute nach links.

»Guck mal, hier!«

Ich blickte nach rechts.

Schweigen.

»He, warum passiert da nichts?«

»Weil das kein Knick Knack Vogel ist!«

»Oooooch!«, seufzten die tratschenden Bäume im Chor, als ich durch ihre reich beblätterten Wipfel tauchte und dem weiten Trampelpfad in die Tiefen des Schnackerwaldes folgte. Vor der Lichtung der Weisheit überlegte ich einen Augenblick, flog dann aber doch nach Süden zum Waldweintraubenhain. Es kostete mich ganze vier Stunden und ein Übermaß an Konzentration, den gut versteckten Hain zwischen den immer wieder gleich aussehenden Lichtungen und Waldwegen wiederzufinden. Schlussendlich gelang es mir dann doch und ich staunte nicht schlecht, als das geheime Dorf in nahezu demselben Zustand vor mir lag wie vor dem Angriff der Rosinen. Zuerst zweifelte ich an meiner Erinnerung, doch bei genauerem Hinsehen konnte man leicht erkennen, welche Teile des komplizierten Stegwerkes schon älter waren und was erst kürzlich hinzugefügt wurde.

Hilfsbereit deutete der Wächter am Aufgang der Stege auf eine kleine umzäunte Lichtung im Herzen des Waldweintraubenhains. Ich ging in den Sinkflug und setzte kurz vor dem hölzernen Torbogen am Eingang des Hains im Hain ab, um ehrfürchtig in das Heiligtum der neuen Traubenkönigin zu hüpfen. In weiße Gewänder gehüllt und mit einem goldenen Reif auf der Stirn stand die Fürstin über einen verzierten Marmorbrunnen gebeugt und zeichnete mit dem Finger Figuren in die Wasseroberfläche.

»Willkommen, kleine Eule!«, sprach die Nachfolgerin des Jaroglas, noch mit dem Rücken zu mir gewandt. Ihre Stimme klang tief und bestimmt, dennoch weiblich und besänftigend. »Wir haben deinen beiden Freunden viel zu verdanken. Was kann ich im Gegenzug für dich tun?«, sagte sie fast in einem Singsang und wandte sich mir lächelnd zu.

Zuerst stand ich nur wie angewurzelt da, bis ich mich endlich fassen konnte und in der kürzestmöglichen Form erklärte, wie Melonidas aus Süd Salatonien verbannt wurde und nun mit einem Mutantenheer seinen Rachefeldzug plante. Besonders hellhörig wurde die Traubenmagierin jedoch bei der Erwähnung seiner Generäle. »Die Rosinen ziehen mit diesem Melonidas in die Schlacht?«

Ich nickte.

»Deswegen greifen sie nicht mehr an …«

Die Traubenherrin wandte sich wieder ihrem Brunnen zu und starrte für einen schier unendlich langen Moment hinein, sodass man fast hätte glauben können, der Brunnen starre zurück.

»Allein aus Dankbarkeit und Pflichtbewusstsein stehen euch meine Waldläufer zur Verfügung.« Sie fuhr wieder herum und hatte einen fast finsteren Gesichtsausdruck aufgelegt. »Doch durch die Unterstützung der Rosinen wird diese Schlacht zu einem persönlichen Feldzug für uns Waldweintrauben. Ich werde jeden Krieger, den ich entbehren kann, zum Winterwald senden. Hab vielen Dank, junger Erzählerkauz, dass du dir die Mühe gemacht hast, uns diese Nachricht zu überbringen.«

Mit sanften Schritten glitt die Traube über den laubbedeckten Waldboden, beugte sich zu mir herab und umfasste meinen kugeligen Kopf mit ihren weichen Händen, um mir einen sanften Kuss auf die Stirn zu geben. Wie ein Zauber vernebelte dieses Erlebnis meinen verwirrten Geist und orientierungslos plumpste ich zur Seite.

Zauberhaft lachte die Magierin auf und setzte mich wieder auf die Beine. »Nun flieg zurück zu deinen Freunden, kleine Eule! Es stehen wichtige Ereignisse bevor.«

Immer noch ein wenig benebelt hüpfte ich rückwärts, mich immer wieder verbeugend, aus dem Hain und flatterte in Schlangenlinien unter den skeptischen, aber belustigten Blicken der Waldläufer zurück nach Bereling.

»Fertig?«, fragte Schiel Nr. 10, die schon eine Weile neben mir auf dem Heukarren saß, als ich das letzte Wort murmelnd vor mich hin geplappert hatte. »Wo sind die anderen?«

Ich deutete mit den Flügelspitzen auf mich.

»Ihr seid wieder verschmolzen? Und die …«

»Die Erinnerungen habe ich. Also los! Nimm Anlauf!«, befahl ich meinem zehnten Teil.

Schulterzuckend tat ich, was ich mir befohlen hatte. Ich musste ja wissen, was für mich das Beste war. Und mit einem Knall und einem Lichtblitz war ich wieder ein Stückchen vollständiger und befand mich in meinen Erinnerungen bei Tageseinbruch auf Kmek Kmeks und Flexdexes *Permatec*-Kühlschrank. Der Erste von beiden wühlte sich gerade aus seinem Baumhaus, gähnte im Angesicht der aufgehenden zweiten Sonne und bewegte sich trottend auf den Kühlschrank zu.

»Kmek Kmek?!«, rief ich dem Wesen zu und glitt zu der Kuriosität salatonischer Evolutionsgeschichte hinab.

»Wer bist du denn?«

Flatternd hielt ich mich vor den monströs großen Augen der Kreatur in der Luft. »Ich bin Schiel, Kampfnickeule und Geschichtenerzähler. Hol bitte Flexdexe dazu. Ich brauche euch beide.«

»Aber was …? Woher …?«

»Mach schon! Wir haben keine Zeit!«

Grimmig dreinblickend starrte mir das Mischwesen in die Augen, ging dann aber trottend in seine Höhle zurück und kehrte wenige Augenblicke später mit der ebenso missmutig anmutenden Flexdexe zurück.

»Warum störst du uns?«, lispelte die Schlangenechse und ließ ihren Kopf auf dem sprungfederförmigen Hals auf und ab wippen.

Sadistisch lächelnd setzte ich mich auf dem Ast eines nahen Baumes nieder und holte ein glitzerndes Fläschchen aus meinem Federkleid hervor.

»WAAAH?!«, schrien die beiden Rivalen gleichzeitig auf und versuchten vergeblich, auf den Baum zu klettern, wobei einer den anderen abwechselnd als Trittleiter verwendete.

»Ruhig oder ich lasse es fallen!«, drohte ich mit der geheimnisvollen Flüssigkeit.

Die Kreaturen erstarrten auf der Stelle.

»Vor Jahrtausenden haben die Salatonier einen mächtigen Magier aus ihrem Land verstoßen. Er hat die Zeit genutzt und eine riesige Streitmacht aufgestellt, um ganz Süd Salatonien dem Erdboden gleichzumachen. Helft mir und ich gebe euch das Gegengift zurück!«

»Und was sollen wir beide gegen eine Streitmacht ausrichten?«, züngelte die Flexdexe niedergeschlagen.

»Ihr kennt dieses Land besser als jeder andere. Sucht die Mandarinen auf! In diesem Volk muss es noch Kämpfer geben.«

Flexdexe verstand und nickte elastisch. »Also gut, du hast gewonnen. Wo sammeln sich die Truppen?«

»Am Winterwald. So rasch wie möglich.«

Hurtig wandte sich die Schlangenechse ab und tapste auf ihre Baumbehausung zu. Kmek Kmek grummelte und ging in die entgegengesetzte Richtung.

»Wo willst du hin?«, fragte sein Konkurrent und drehte sich irritiert nach ihm um.

»Ich hab da so eine Idee … Warte nicht auf mich!« Behäbig setzte sich Kmek Kmek wieder in Gang und trottete in Richtung des Nacktmullfeenhaines.

Meine Aufgabe hier war erledigt und so steckte ich das Fläschchen zurück in mein Federkleid, erhob mich von meinem Ast und kehrte zur Schwanenfestung zurück.

Ein Lichtblitz in der Wolkendecke riss mich aus meinen Erinnerungen.

»Wow! Was zum …?«, stürzte ein sichtlich irritiertes Ich aus dem Himmel und ließ sich neben mir auf den Hintern fallen.

Skeptisch musterte es seine Flügel und schaute mich fragend an.

Ich kratzte mich am Kinn und versuchte, mir eine Lösung zusammenzureimen. Mit dem Untergang der letzten Sonne wurde es frischer und der Abendwind fegte stärker über das Land. Scheinbar hatten sich die Windtunnel überschlagen und zwei von uns gleichzeitig an derselben Stelle herausgeworfen. Das Ergebnis war eine überaus verwirrte Mischung aus Nr. 6 und Nr. 8. Gefällig reichte ich mir einen helfenden Flügel. Als Nr. 6+8 diesen jedoch dankbar ergreifen wollte, zog ich die beiden mit einem Ruck zu mir und verschmolz erneut.

Die Erinnerung meines achten Ichs begann in absoluter Dunkelheit.

Ich hatte mich über die Ostroute zum Zorbelgebirge begeben und den erstbesten Stollen ins Reich der Radieschen gewählt. Doch selbst bei meinen nachtgewöhnten Augen dauerte es eine halbe Ewigkeit, bis ich meinen Weg durch die zunehmende Finsternis fand. Die Gänge waren zudem an die geringe Körpergröße der Radieschen angepasst und viel zu klein zum Fliegen. Alle ein bis zwei Stunden mündeten die kompakten Stollen in größere Höhlen, die aber – bis auf ein paar verfallene Steinhütten – verlassen waren. Dies war vom Anbeginn der Besiedlung Süd Salatoniens das Vorgehen des Radieschenvolkes gewesen: Sie schlugen sich an einer beliebigen Stelle einen Tunnel tief in den Berg hinein, bis sie auf Zorbelerz stießen, und errichteten an der Quelle ein kleines Dorf. Wenn der Erzstrom versiegt war, packten sie ihre Habseligkeiten und sogar den Großteil der Steine, aus denen sie die Hütten gebaut hatten, zusammen und zogen tiefer in den Berg hinein. Da das Volk von Schmieden und Erzschürfern bereits seit einem knappen Jahrhundert in diesem Teil des Berges schürfte, musste ich ein gutes Dutzend ehemalige Wohnhöhlen hinter mir lassen, bevor ich mich endlich dem aktuellen Dorf der Bergarbeiter näherte.

»Stehen bleiben und ganz langsam umdrehen!«, brummte eine tiefe Stimme, deren Bedrohlichkeit durch das Echo, das von den Felswänden durch den Stollen hallte, noch gesteigert wurde.

Der Tunnelwächter staunte nicht schlecht, als eine unscheinbare Eule in den Schein seiner Fackel trat. Das Radieschen kraulte sich den buschigen Bart und steckte die zweischneidige Axt zurück an seinen Ledergürtel.

»Was treibt jemand wie du denn so weit unter der Erde?«

»Ich muss zu eurem Anführer! Süd Salatonien braucht die Hilfe der Radieschen in der Schlacht!«

Der Späher lachte grimmig auf und beugte sich zu mir herab, um mir fast mitleidig in die Augen zu sehen. »Da wirst du nicht viel Glück haben, kleine Eule. Wir Radieschen interessieren uns schon lange nicht mehr für die Probleme der Oberweltler.«

»Ich würde es gerne trotzdem versuchen«, erwiderte ich trotzig.

Der Krieger erhob sich und lachte ein weiteres Mal stoßartig auf. »Ha! Hartnäckig, was? Nun gut. Dann immer mir nach!«

Ich flatterte auf meine Lieblingsposition auf der rechten Schulter des Radieschens und ließ mich durch den engen Stollen in die derzeitige Wohnhöhle seines Volkes führen.

Nach einer weiteren langweiligen Stunde auf der Schulter des wenig gesprächigen Wächters erreichten wir das Ende des Ganges. Die Höhle dahinter war zwar ein beeindruckendes Bauwerk, wenn man bedachte, dass es sich hier nicht um eine natürliche Höhle handelte, sondern der gesamte Fels künstlich von den Radieschen ausgehöhlt worden war, war aber für jemanden, der die Hauptstadt der Zankratten gesehen hatte, wenig spektakulär.

Die Bewohner der Stadt teilten sich überschaubar in gerade einmal drei verschiedene Gruppen. Die einen zogen mit Spitzhacken in die zahlreichen Nebenstollen oder kamen mit Loren voller Zorbelerz wieder zurück, andere standen zu Dutzenden in brodelnden Schmieden und produzierten meisterliche Waffen und Rüstungen wie am Fließband. Die letzte Gruppe erprobte und verfeinerte auf den zahlreichen Trainingsplätzen ihre Kriegskunst. Vom Rest des Volkes, das sich mit seiner deutlich vielfältigeren Kultur in der Hauptstadt viel tiefer und weiter westlich im Berg befand, erfuhr ich dieses Mal nichts.

»Da wären wir!«, brummte der Stollenkrieger und deutete auf eine massiv gepanzerte Figur am Rande eines der Trainingsplätze. »Viel Glück dann noch einmal!«

Und Glück konnte ich gebrauchen …

Doch selbst nachdem ich Alrik, dem König der westlichen Zorbelberge, die Bedrohung bis ins Detail geschildert hatte, wich dieser nicht von seinem Standpunkt ab. »Ich kann deine Sorge verstehen, kleiner Bote, aber wir Radieschen haben uns vor einem Jahrtausend von der Welt abgewandt. Wir haben nur noch notdürftige Handelsbündnisse, um unsere Nahrungsvorräte im Austausch gegen schlecht produzierte Waffen und Rüstungen aufzustocken.«

»Aber … Ihr habt doch allein in dieser Höhle mindestens hundert ausgebildete Krieger. Wenn Ihr nur vierzig von ihnen zum Winterwald …«

Der König winkte ab. »Nein. Tut mir leid. Wir bilden unsere Krieger aus, um uns gegen die Gefahren des Berges zu verteidigen. Wir interessieren uns nur noch für drei Dinge: Erz, Waffen und Rüstungen. Leb wohl!« Dann drehte mir der Herrscher demonstrativ den Rücken zu und ignorierte meine Anwesenheit.

Plötzlich schoss mir ein Geistesblitz durch den Kopf.

Schelmisch zog ich einen Mundwinkel nach oben und zwinkerte. Ich tat uninteressiert, hauchte auf meinen rechten Flügel und rieb ihn an meinem Gefieder sauber. »Dann interessiert Ihr Euch vermutlich auch nur für diese gewöhnlichen Waffen, die ihr hier produziert …«

Der König stoppte und drehte den Kopf zurück. »Gewöhnlich? Was meinst du damit?«

Ich zuckte mit den Schultern. »Gewöhnlich. Nichts Ungewöhnliches. Nichts Besonders eben …«

Der Radieschenanführer fuhr herum und starrte mich finster an. »Und was ist eine ungewöhnliche Waffe?«

»Nun ja ...« Der Fisch war am Haken. »Intelligente Schwerter zum Beispiel.«

Der grimmige Radieschenkrieger lachte auf. »Ha! Man kann keine intelligenten Schwerter schmieden!«

»Melonidas kann!«

Alrik erstarrte. »Die Götter mögen dich zerschmettern, wenn du lügst!«

»Jedes Wort ist wahr, ich schwöre! Ich habe es mit eigenen Augen gesehen.«

Flüche in seinen Bart murmelnd wandte sich der Berserker ab und trat kleine Steine über den Trainingsplatz, bevor er sich mir wieder zuwandte. Er deutete so rasch mit dem Finger auf mich, dass seine Plattenrüstung schepperte. »Ich schicke vierzig Axtschwinger zum Winterwald! Keinen einzigen mehr! Und wenn wir diesen Krieg gewinnen, stehen die erbeuteten Waffen einzig und allein den Radieschen zu!«

Ich verbeugte mich zufrieden und gab Alrik erneut mein Wort.

Der Rest verlief nach dem üblichen Schema: raus aus dem Berg, rein in den Windtunnel, ab zur Schwanenfestung. Also hakte ich auch diese Erinnerung ab und widmete mich Schiel Nr. 6.

Zum dritten Mal in dieser Geschichte führte mich mein Weg in die Weite Flur und zum Haus des tragisch verblichenen Tjal. Die Straße nach Westen führte unmittelbar zum Hain der Cucurbiten. Im Gegensatz zu den hilfreichen Cucurbiten aus Bereling waren die Schamanen der Weiten Flur allerdings für einen Krieg gänzlich ungeeignet. Ihrer Meinung nach regulierten sich das Schicksal und die Natur selbst. Immerhin waren dem einen oder anderen, der nicht von irgendwelchen Pilzen unzurechnungsfähig geworden war, die flüchtenden Appelliaten aufgefallen, die weiter in einen unbewohnten Teil im Nordwesten zogen. Und tatsächlich stieß ich wenige Kilometer in dieser Richtung auf ein Wäldchen, in dessen Wipfeln es nur so von Äpfeln im tatsächlich existierenden Maluschak wimmelte. Fleißig hatten die Flüchtlinge die Struktur ihres ursprünglichen Heiligtums übernommen und Dörfer aus Stegen und Holzhütten in das Blattwerk gebastelt. Offensichtlich hatten die tapferen Ausbrecher es vor Jahrzehnten tatsächlich geschafft, die Weite Flur zu erreichen und die lange ersehnte Ankunft ihrer Brüder mit Freuden erwartet.

Nach drei Misserfolgen fand ich auch endlich den Hauptbaum, in dem sich der Apfelweise Pelaf mit dem frisch geschaffenen Rat der neugeborenen Apfelzivilisation über die Zukunft ihrer Nation beriet. Alle Augen richteten sich auf mich, als ich unangekündigt in die laufende Ratssitzung platzte. Genug Aufmerksamkeit, um meine Geschichte ein weiteres Mal zum Besten zu geben, hatte ich damit zumindest.

Der weise Anführer der Appelliaten zeigte sich sichtlich enttäuscht darüber, welche Wendung es mit dem mächtigen Melonidas genommen hatte. Scheinbar hatte er tatsächlich die Hoffnung gehabt, dass Wissen und Macht bei ihm auch zu Weisheit geführt hätten.

»Was ist mit den Bären!? Wenn wir unsere Truppen in den Norden schicken, sind wir ihnen schutzlos ausgeliefert!«, schmetterte Laubblatt, der junge Anführer der Waldwächter, in die Runde.

»Genau! Wir dürfen unsere Sicherheit nicht schon wieder aufs Spiel setzen! Sie suchen immer noch nach uns!«, bekräftigte ein anderer Kämpfer die Befürchtungen seines Vorredners.

Pelaf stützte sich auf seinen Stab und wartete, bis die wilden Zwischenrufe verstummt waren, bevor er mit ruhiger Stimme zu mir sprach: »Du sagtest, Melonidas habe einen Zirkel des Bösen ausgerufen. Sind auch Bären unter seinen Männern?«

Irritiert zog ich die Augenbrauen zusammen. »Ähm … sagte ich das nicht? General Brombär persönlich unterstützt den Feldzug gegen Süd Salatonien.«

Pelaf nickte mir lächelnd zu und widmete sich dem Rat. »Wenn Brombär seine Truppen Melonidas zur Seite stellt, können sie unmöglich gleichzeitig nach uns suchen! Sollte es der südsalatonischen Armee gelingen, diesen Krieg zu gewinnen, könnten wir der Bärenarmee einen erheblichen Schlag versetzen – und vielleicht …«

Der Apfelweise brauchte es nicht auszusprechen. Jeder wusste, wie dieser Satz endete. Vielleicht die Appellien zurückerobern …

Die Stimmung im Rathaus kippte. Die Entscheidung war eindeutig. Die Äpfel zogen in den Krieg.

Bevor ich mich jedoch auf den Rückweg machte, führte mich Pelaf noch einmal voller Stolz über Stege von Baumkrone zu Baumkrone in den hinteren Teil des Waldes, wo sich der Lufthafen befand. Mir klappte schon wieder fassungslos die Kinnlade herunter, als ich meinen Blick über die erstaunliche Flotte schweifen ließ, die hier vor Anker lag. Nach

Vorlage des Schlachtschiffes, das aus Bereling zurückgekehrt war, hatten die Appelliaten eine ganze Armada von Blätterkreuzern gebaut, die mit jeweils einem Splitter der Erdkernessenz in der Luft gehalten wurde. Zwar waren die Äpfel noch nicht zahlreich genug, um alle Schiffe ausreichend zu bemannen, doch reichte bereits ein halbes Dutzend, um das salatonische Heer erheblich zu stärken.

Pelaf versicherte mir noch einmal, er werde persönlich dafür sorgen, dass die Luftschiffe rechtzeitig am Treffpunkt sein würden, und er gab mir seinen Reisesegen für die bevorstehende Rückkehr.

Schiel Nr. 11 und 12 kehrten zeitgleich aus dem Osten zurück und tauchten tratschend aus dem Windtunnel herab. Inzwischen war auch die letzte Sonne am Horizont verschwunden und bis auf Nr. 9 waren wir endlich vollzählig. Etwas beunruhigt war ich schon, dass ausgerechnet das Ich, welches sich auf den Weg in die Spitzberge gemacht hatte, zu spät kam. So schwer es mir fiel, musste ich mir jedoch eingestehen, dass wir keine Zeit hatten, auf Nr. 9 bis tief in die Nacht zu warten. Ich gab mir noch eine Stunde, dann musste ich aufbrechen.

»Ha! Du glaubst nicht, was mir Nr. 12 gerade erzählt hat!«, sprach Ich Nr. 11 prustend und hielt sich mit beiden Flügeln den Bauch. »Einfach den Mais ausgetrickst! Ha!«

Mich selbst reden zu hören, klang zur Abwechslung mal erfrischend anders, und da wir ohnehin noch eine Stunde zu überbrücken hatten, lehnte ich mich gelassen zurück und hörte mir die Geschichte der beiden Ichs von außen an.

»Los, erzähl's ihr!«, beharrte Schiel Nr. 11 eifrig.

Schiel Nr. 12, die ebenfalls vor Lachen kaum stehen konnte, versuchte, sich zu fassen, und winkte dann ab. »Okay, okay. Das war so …

Nachdem ich mich von Nr. 11 und 13 getrennt hatte, erreichte ich ein wenig missmutig das Herrschaftsgebiet des Maisherzogs. Wie ihr wisst, befindet sich das Reich bereits seit zwanzig Jahren in einem lächerlichen Krieg mit den Walnüssen – und die Wahrscheinlichkeit, dass einer der beiden heute nachgeben würde, damit die Herzogtümer Truppen zur Rettung der Welt senden konnten, war mehr als nur gering. Doch den Versuch war es allemal wert und immerhin entschädigte mich die prächtige Aussicht für einen möglichen Rückschlag.

Dorf für Dorf, eines idyllischer als das andere, zog an mir vorbei. Riesige Mühlräder drehten sich behäbig im Wind, fleißige Händler zogen ihre klapprigen Karren über staubige Feldwege und schnarchende Fischer saßen am Ufer gelassen dahinplätschernder Bäche.

Gerade als ich vor lauter Träumerei schon fast vergessen hatte, warum ich überhaupt hier war, erreichte ich die Hauptstadt des Landes. Diese war sonderbarerweise zugleich die Hauptstadt des verfeindeten Walnussreiches, da sich mitten durch den riesigen Markplatz ein breiter Grenzfluss schlängelte und die Metropole in zwei rivalisierende Halbstädte teilte. Die meiste Zeit ignorierten die Bürger ihre verhassten Feinde auf der gegenüberliegenden Seite, doch mindestens ein Mal am Tag sammelten sich kleine Grüppchen an beiden Ufern und warfen sich bösartige Blicke zu – oder faule Eier. Bekriegen konnten sich die Völker hier allerdings nicht, da an keiner Stelle innerhalb der Stadtmauern Brücken über den Fluss führten.

›Aufgepasst, Leute! Es geht wieder los!‹, brüllte ein Maiskorn mit weiß-rotem Wams und schwang einen Holzknüppel.

Jubelschreie ertönten aus allen Ecken des Marktplatzes. Ein unscheinbarer Wursthändler riss sich die Alltagskleidung vom Leib und trug darunter denselben weiß-roten Wams. Er zog einen zurechtgeschnitzten Ast aus seinem Gürtel und deutete damit auf die andere Seite des Flusses. ›Macht euch auf was gefasst! Jetzt setzt es wieder Prügel!‹

Etwa zwanzig weitere Maiskörner auf dem prall gefüllten Marktplatz taten es dem Händler gleich und stürmten dem Unruhestifter hinterher aus der Stadt.

Auf der Walsnussseite schienen ähnlich seltsame Dinge vor sich zu gehen. Immer wieder warfen sich die wütenden Pöbel bitterböse Blicke zu, während sie um die Wette den Fluss entlang zu der einzigen Brücke sprinteten, die die beiden Reiche miteinander verband. Diese war allerdings so gigantisch groß, dass man hätte problemlos eine ganze Schlacht darauf austragen können.

Schon aus der Ferne konnte man sehen, dass aus allen Teilen des Landes streitlustige Einwohner angereist waren und sich auf dem Grenzfluss die Seele aus dem Leib prügelten. Die wirklichen Truppen der Reiche, die waschechten Soldaten, standen in hinterer Reihe und hielten sich aus den Konflikten heraus. Ich gewann mehr und mehr den Eindruck, dass die Schlachten zwischen Walnüssen und Mais eine reine Fassade waren und die beiden Fürsten gar nicht beabsichtigten, diesen Krieg zu beenden.

Wo man gerade schon von ihnen sprach …

In sicherem Abstand von der Brücke entfernt, von einem Bataillon Soldaten beschützt, lehnte sich der Maisherzog in seinem roten Samtsessel zurück und schlürfte im Schatten seines Pavillons ein Tässchen Tee. Süffisant lächelnd blickte er durch das winzige goldene Fernglas, das er an einer Stange befestigt in der anderen Hand hielt, und schaute zwischen dem Schlachtfeld und dem Walnussfürsten auf der anderen Seite, der in genau der gleichen Art und Weise hinter seinen Truppen auf seinem Hügel saß, hin und her.

›Äh … Entschuldigung?‹, störte ich den Regenten in seiner unfassbaren Dekadenz und erntete nur einen überheblichen Blick. Irgendwie verstörte mich das offensichtliche Desinteresse des Maiskorns. ›Ich … ähm … es gibt da diesen Melonidas … und … er …‹

Der Herrscher stellte seinen Tee beiseite, reichte sein Fernglas einem Diener und drehte sich mit verschränkten Armen zu mir um. ›Meine Zeit ist kostbar! Was ist dein Begehr? Sprich rasch!‹

Ich riss mich zusammen und brachte die Sache auf den Punkt. ›Süd Salatonien wird angegriffen! Ich fordere das Volk der Maiskörner auf, Truppen zum Winterwald zu schicken!‹

Der Fürst lachte auf, ließ sich wieder sein Fernglas bringen und winkte abfällig ab. ›Kein Interesse! Dieser bourgeoise Kretin schickt jeden Tag seine Dilettanten. Ich kann hier keinen Mann entbehren.‹

Die wuchernde Arroganz hatte sich wie ein schleimiger Schleier über das Erscheinungsbild des Maisfürsten gelegt und abfällig schnaubend wandte ich mich ab und versuchte mein Glück auf der anderen Seite.

In diesem Augenblick zogen die Sanitäter gerade die letzten bewusstlosen Kämpfer der Miliz vom Feld und mit dem Vorrücken der Infanterie ging die Schlacht in die nächste Runde. Nun wurden die harten Geschütze aufgefahren. Während auf der Brücke nun Stahl klirrte und Fruchtsaft floss, rückten aus dem Hintergrund Walnüsse mit riesigen Brenngläsern an. Sengend fegten die Strahlen aus gebündeltem Licht über das Schlachtfeld und ließen ein schreiendes Maiskorn nach dem anderen zu Popcorn zerplatzen.

Das Maisvolk zögerte jedoch nicht lange mit dem Gegenschlag. Bedrohlich polterte eine Reihe Katapulte aus dem Hintergrund und eröffnete das Feuer. Ein Hagel aus gigantischen Stiefeln ging über dem Walnussheer nieder und knackte einem Soldaten nach dem anderen die zerbrechliche Schale.

›Fürst des glorreichen Walnussvolkes! Auf ein Wort!‹

Der Regent senkte seine Tasse und musterte mich interessiert. Scheinbar hatte meine Wortwahl seinen schwachen Nerv getroffen. ›Du kommst vom Fluss. Ich hoffe für dich, dass du kein Spion bist.‹

Ich setzte mich vor dem Herrscher auf ein Holztischchen und holte tief Luft. Bereits auf dem Flug hierher hatte ich mir meine Worte gut überlegt. ›Nein, ich bin kein Spion. Süd Salatonien wird von einem gigantischen Mutantenheer angegriffen. Meine Aufgabe ist es, die Fürsten von Mais und Walnüssen zu bitten, Truppen zur Unterstützung zum Winterwald zu schicken.‹

Die Walnuss kratzte sich am Hinterkopf. ›Nun … und du warst bereits bei meinem Rivalen?‹

Ich nickte.

›Was hat er gesagt?‹

›Er sagte‹, ich verkniff mir ein Grinsen und formulierte den nächsten Satz so ernst wie möglich, ›diesen Krieg könnte er locker mit der Hälfte seiner Truppen gewinnen und er schickt ein Bataillon nach Norden, um Euch zu spotten.‹

›Unerhört!‹ Empört sprang der Heerführer von seinem Sessel auf und fegte seine Teetasse beiseite. ›Ihr könnt mit ZWEI Walnussbataillonen rechnen! Wollen wir doch mal sehen, welchem Volk am Ende Ruhm und Ehre gebührt!‹

Ich verneigte mich dankbar und flog zurück über den Fluss. Dabei gab ich mir alle Mühe, möglichst desinteressiert und trotzdem nahe genug am Pavillon des Maisfürsten vorbeizufliegen.

›Eule!‹

Ich lachte mir ins Fäustchen und blickte hinab. ›Ja, bitte?‹

›Du warst bei Fürst Walinus. Was hat er gesagt?‹

Möglichst beiläufig flatterte ich noch einmal hinab und setzte mich neben dem nervös trippelnden Maisherzog ins Gras. ›Nichts Besonderes. Er sicherte mir zu, zwei seiner Kontingente zum Winterwald zu schicken, um seinem Volk in Süd Salatonien zu Ruhm und Ehre zu verhelfen, während er hier Eure Truppen mit dem Rest seiner Männer zermalmt.‹

›Dieser überhebliche Sohn einer Hafendirne! Nun ist's aber genug mit der Firlefanzerei!‹, polterte der Regent außer Fassung und hob wütend die Faust. ›Ihr könnt mit zwei Bataillonen meiner Infanterie und einem

Regiment Stiefelkatapulte rechnen! Ruhm und Ehre? Pah! Schmach und Schande soll ihm zuteil werden! Wer Wind sät, möge Sturm ernten!‹

Auch hier verneigte ich mich wieder und setzte meinen Weg nach Westen fort. Als ich außer Hörweite war, verfiel ich in schallendes Gelächter und konnte mich erst fassen, als ich Nr. 11 am Windtunnel nach Bereling traf.«

Während Nr. 12 ihre Geschichte zum Besten gab, kugelte sich Nr. 11 in voller Erwartung vor Lachen – und nach ihrer Anekdote konnte auch ich mich nicht mehr auf den Beinen halten. In Anbetracht der Umstände rissen wir uns jedoch nach ein paar Minuten wieder zusammen und lauschten den Ausführungen von Nr. 11.

»Gut, gut. Ich bin dran. Also, ich wollte ja zum Kirschhorst und die Schjchu-Schjchu-Züchter um Hilfe bitten …

Im Morgengrauen erreichte ich den südöstlichsten Punkt des salatonischen Kontinents – eine Landzunge, die noch ein ganzes Stück in den östlichen Ozean ragte. Am Ende der schmalen Halbinsel, kurz vor der Küste, stieß ein einziger einsamer Berg wie eine Nadel in den Himmel und auf dem Gipfel thronte ein riesiges Nest, groß genug für eine ganze Stadt. Dennoch befand sich das Heimatdorf des Kirschvolkes rund um den Fuß des Berges und am Beginn einer riesigen Treppe, die sich in unzähligen Stufen um den Fels bis zur Spitze wand. Zwar gab es auch zwei Fahrstühle, deren Technik war aber so heillos veraltet, dass die Beförderung nach oben damit fast länger dauerte, als wenn man zu Fuß ging.

›AAAAAAAAAAAAAAAAAAH!‹

Auf meinem Weg nach oben sauste auf einmal eine schreiende Kirsche an mir vorbei und verschwand in der Tiefe. Schon kurz darauf stürzte eine weitere auf der anderen Seite hinab und ein Regen aus Federn folgte ihr.

Was ging da oben nur vor sich?

Je näher ich dem Nest kam, desto lauter wurde das ohrenbetäubende Gemisch aus panischen Kirschenschreien und aggressivem Schjchu-Schjchu-Gezwitscher.

›Die Netze! Wo bleiben die Netze?!‹

›Vorsicht! Pass doch auf den Flügel auf!‹

›Welchen … ARGH!‹ Und wieder fiel eine Kirsche in die Tiefe.

Vorsichtig blickte ich über den Nestrand und konnte einen Blick auf das Ausmaß der Katastrophe erhaschen. Scheinbar war ein ganzer Schwarm wilder Schjchu Schjchus ausgebrochen und setzte sich unkontrollierbar gegen ihre winzigen Züchter zur Wehr.

›Äh … Entschuldigung …‹, piepste ich in das Ohr einer Kirsche, die wild gestikulierend ein paar verängstigte, mit Netzen bewaffnete Kameraden kommandierte.

›Siehst du nicht, dass wir hier ein Problem haben?!‹, brüllte der Züchter durch die Geräuschkulisse.

›Aber vielleicht kann ich euch helfen …‹

›Dann zwitscher nicht, sondern tu was!‹

Ich krempelte meine Federn hoch, zog die Augenbrauen finster zusammen und hüpfte auf den wütenden Schwarm zu. Die gigantischen Vögel hatten sich Rücken an Rücken im Kreis aufgestellt und pickten bösartig in die Massen der sich immer wieder heranwagenden Kirschen. Ich holte Luft. Mehr … mehr … und noch mehr … Ich pustete mich auf, bis mein Körper fast platzte, und ließ mit einem gewaltigen ›TSCHIIIIIIIIEEEEP!‹ alles auf einmal heraus.

Absolute Stille erfüllte das Nest. Die Früchte erstarrten vor Schreck und die Schjchu Schjchus hielten vor Staunen den Schnabel.

Ich räusperte mich. Diesen Ruf musste man bis nach Bereling gehört haben. Mit beherzten Schritten hüpfte ich auf die blauen Vögel zu und begann, mit ihnen zu reden.

Wilde Schjchu Schjchus unterscheiden sich grundsätzlich von ihren zivilisierten Artgenossen. Sie sind nicht besonders intelligent, können die salatonische Sprache nicht sprechen und haben keine eigene Kultur. Alles in allem sind es Vögel wie jede andere Art auch – mit dem Unterschied, dass sie immer noch riesengroß und in der Regel leicht zu zähmen sind. Als Erzählerkauz kommt man viel herum, muss viel über die Welt wissen und spricht in der Regel eine Vielzahl von Sprachen. Schjchu Schjchuisch gehört zu meinem Sprachschatz dazu.

›Tschieeep tschipitz schiipiiwiii tszip tszip tiiiizc!‹, zwitscherte ich, stemmte die Flügel in die Hüften und wartete auf eine Antwort.

Ein paar Augenblicke später trat ein Vogel mit drei goldenen Federn auf dem Kopf hervor und blickte zu mir herab.

›Was tut sie da?‹, hörte ich eine Kirsche ins Ohr des Zuchtmeisters flüstern.

›Keine Ahnung. Aber es scheint zu funktionieren.‹

Ich unterhielt mich ein paar Minuten mit dem Schjchu Schjchu, nickte abschließend und hüpfte aus dem Kreis zurück zum Kirschenführer.

›Was hat er gesagt?‹, fragte dieser interessiert.

›Sie wollen jeden Tag Brot. Frisches Brot! Nicht dieses steinharte Zeug. Außerdem jeden Freitag Fisch und ein Mal im Monat eine ausgiebige Befreiung von Ungeziefer.‹

Der Anführer blickte zurück zu seinen Kameraden und erntete durchweg zustimmendes Nicken. ›Wenn sie freiwillig wieder zurück in ihre Käfige gehen, werden wir auf ihre Forderungen umgehend eingehen.‹

Nickend wandte ich mich ab und überbrachte den rebellierenden Schjchu Schjchus die Botschaft des Zuchtmeisters. Die Vögel räumten ohne weiteres Murren das Nest und kehrten unter den staunenden Blicken der Kirschen in ihre geräumigen Käfige zurück.

›Wie … wie können wir dir danken?‹, stotterte der Züchter begeistert.

Ich schnipste mit der Flügelspitze und deutete lächelnd auf ihn. ›Das ist die Frage, die ich hören wollte.‹

Interessiert wandte ich mich ab und schaute mir die Schjchu Schjchus in ihren Käfigen noch einmal genau an. ›Ihr fliegt auf ihnen, ja?‹

›Ja, sicher.‹

›Könntet ihr auf ihnen … nun ja … kämpfen?‹

›Ähm … wenn wir sie dafür trainieren …‹

Ich drehte mich um. ›Und wenn ihr es jetzt müsstet?‹

›Nun ja … ähm …‹

›In diesem Augenblick zieht ein Heer von Abertausenden Mutanten in die Schlacht gegen Süd Salatonien. Wenn ihr auch nur einen winzigen Teil zur Verteidigung beitragen könnt, brauchen wir eure Hilfe.‹

Der Zuchtmeister drehte sich zögerlich zu seinen Gefolgsleuten um, die alles mitgehört hatten, und tuschelte eine Weile. Als er sich wieder zu mir drehte, sprach er: ›Vier Tage. Wir brauchen vier Tage für das Grundtraining. Reicht das?‹

Ich überlegte. ›Ich denke schon. Aber die Schlacht wird dann bereits im Gange sein. Fliegt zum Winterwald und von dort aus weiter nach Norden. Der Krieg wird im Sperrgebiet entschieden.‹

Der Kirschzüchter nickte, beugte sich zu mir herab und schüttelte mir den Flügel. ›Dann erwarte uns dort. Und noch einmal vielen Dank!‹

Und dann habe ich mich sofort wieder auf den Weg zurück zur Schwanenfestung gemacht.«

Nr. 12 und ich nickten Schiel Nr. 11 zufrieden zu. Damit waren alle Teile des Puzzles wieder beisammen. Alle – bis auf eines.

Wehmütig blickte ich zum vierten Mond – zum letzten Mond. Wir hatten Nr. 9 schon mehr Zeit gegeben als vorgesehen und langsam verschwand die Hoffnung auf ihre Rückkehr.

»Wir denken alle das Gleiche«, brach Nr. 12 die Stille. »Wir können nicht mehr warten.«

Nr. 11 und ich nickten, diesmal allerdings betrübt. Ich erklärte meinen übrigen Ichs die übliche Vorgehensweise und in einem letzten Lichtblitz fügten wir uns wieder zu einem Ganzen zusammen.

Nach der Verschmelzung mit Nr. 11 und 12 atmete ich erleichtert auf. Fast wieder vollständig! Die Ungewissheit, jemals wieder komplett zu sein, hatte jeden von uns auf der Reise im Hinterkopf beschäftigt.

»Los, Schiel! Keine Zeit zu verlieren!«, sprach ich aus der Gewohnheit der letzten Stunden heraus zu mir selbst und erhob mich in die Lüfte.

Die Wolkendecke über den Türmen der Schwanenfestung hatte sich etwas gesenkt und wurde von den aufeinandertreffenden Windtunneln spektakulär verwirbelt. Ich holte noch einmal tief Luft und bereitete mich auf meine letzte Reise vor. Ich war kein Kämpfer und im Krieg nicht zu gebrauchen. Es lag alles in den Händen der südsalatonischen Armee. Alles, was ich nun noch tun konnte, war, die vergessene Stadt der Potatori zu finden und den Spiegel der Wahrheit um den Blick in die Zukunft zu bitten, um zu erfahren, wie das Ganze schlussendlich ausgehen sollte …'

Schiel erhebt sich nach einer scheinbar unendlich langen Zeit von ihrem Sitzkissen und stapft mit einem Flehen in den Augen auf das weise Artefakt zu.

‚Und deswegen bin ich nun hier. Ihr kennt jetzt meine Geschichte und ich bitte Euch im Namen der ganzen Welt ein weiteres Mal, Eure göttlichen Fähigkeiten zu nutzen, um das Schicksal und die Völker Süd Salatoniens vor dem drohenden Untergang zu bewahren.'

Der Spiegel schweigt für eine sehr, sehr lange Zeit.

Als er schlussendlich wieder seine majestätische Stimme im Trübsaal ertönen lässt, hat Schiel schon fast vergessen, wie diese eigentlich klingt. ‚Ich erkenne keine Lüge in deiner Geschichte, kleiner Freund. Du hast eine beschwerliche Reise auf dich genommen, entgegen dem Kodex deines Volkes in die Geschicke der Welt eingegriffen und ganz Süd Salatonien vor dem Untergang bewahrt. Allein deine Heldentaten wären für mich

Grund genug, um deinen Wunsch zu gewähren. Doch darüber hinaus kommst du auf direkte Anweisung Intervos. Die Götter blicken wohlwollend auf dich herab. Das Schicksal leitet jeden deiner Schritte.'

Wieder hüllt sich der Spiegel in mysteriöses Schweigen. Schiels Herzschlag erklingt laut und schnell durch die Halle. Es vergehen fünf Minuten … zehn Minuten … eine endlose halbe Stunde … dann …

,Ich werde dir deine Bitte gewähren.'

,Puuuhh!' Fast rufend stöhnt die Eule erleichtert auf und lässt sich platt auf den Rücken fallen. Dann waren die vergangenen 24 Stunden nicht umsonst!

Der Spiegel lächelt ein wenig. ,Ich zeige dir die Zukunft und den Ausgang der Schlacht am Winterwald. Und was viel wichtiger ist: die Entscheidung des Unberechenbaren. Doch – ich habe eine letzte Bitte an dich.'

Die kleine Eule springt auf, reibt sich die Flügel und hüpft mit einer Mischung aus Enthusiasmus und Spannung auf und ab. ,Was auch immer Ihr wollt!'

,Erzähl es mir!'

Plötzlich bleibt Schiel stehen und legt den Kopf schief. ,Was erzählen?'

Der Spiegel seufzt. ,Meine Bürde ist es, alles zeigen, aber nichts sehen zu können. Deshalb bin ich seit Jahrtausenden blind für die Welt. Wenn ich dir die Zukunft zeige, bitte ich dich, mir zu erzählen, was du siehst. Ich bin schon zu lange allein hier unten und spüre, dass auch meine Zeit bald gekommen ist. Vielleicht ist dies meine letzte Gelegenheit, einen Blick nach draußen zu werfen – und sei es durch deine Augen.'

Mit ehrfürchtigen Schritten stiefelt die tapfere Eule dicht an das Glas des Artefaktes heran und verneigt sich in aller Demut so tief wie möglich vor der Majestät der ewigen Wahrheit. ,Es wäre mir eine vorzügliche Ehre.'

Der Spiegel schmunzelt sentimental und ein paar winzige Tränen sammeln sich an der Seite des Glases und fließen den goldenen Rahmen herab.

Letztes Kapitel

Ein letztes Mal polstert sich Schiel ihr Sitzkissen wieder auf und lässt sich von einem Potatoru ein Glas Wasser bringen. Auch der Spiegel nippt noch ein letztes Mal an seinem inzwischen kalt gewordenen Tee und bereitet sich mental auf den letzten Teil der Geschichte vor. ‚Bereit?', fragt das Artefakt in ruhigem Ton.

‚Bereit', antwortet Schiel selbstbewusst, wobei es ihr nicht ganz gelingt, den letzten Funken Selbstzweifel zu verbergen.

Das freundliche Gesicht des Spiegels verschwindet aus dem wabernden Nebel hinter dem Kristallglas und weicht den farbenfrohen Darstellungen Süd Salatoniens. Schiel fühlt sich für einen Augenblick an ihren ersten Blick in den Spiegel erinnert, als dieser ihr in prächtigen Bildern die Geschichte vom Beginn der Welt erzählte, und für einen Augenblick schießt ihr ein ebenso befreiender wie beunruhigender Gedanke in den Kopf: Wenn ihr letzter Blick in diesen Spiegel nun dazu bestimmt wäre, ihr das Ende der Welt in ebenso farbenprächtigen Bildern zu zeigen – dann wäre das trotzdem irgendwie in Ordnung. Sie hatte getan, was sie konnte. Der Rest … war Schicksal.

Schiel leckt sich ein letztes Mal über den Schnabel und wartet darauf, dass sich der bunte Schleier aus Farbklecksen manifestiert.

‚Der Winterwald …', beginnt sie die Geschichte der letzten Schlacht.

‚Es ist das Morgengrauen des siebten Tages nach meiner Flucht aus Melonidas' Bergfestung in Nord Salatonien und der Tag, an dem die Mutantentruppen im Sperrgebiet den Befehl zum Abmarsch erhalten sollen. Die zweite Sonne lässt sich ungewöhnlich viel Zeit beim Aufgehen und so liegt immer noch der Schleier der vergangenen Nacht über dem Land. Der Himmel ist fast pechschwarz mit einem undurchdringlichen Dunst böser Wolken verhangen und es scheint, als ob sich alle Donnerlinge und Windhunde des Reiches auf einen letzten apokalyptischen Sturm vorbereiten.

Die ganze Aufmerksamkeit Salatoniens ruht auf einem schmalen Pass zwischen dem Winterwald und dem Sperrgebiet, in dem Arthur Lynegrans tapfere Schwanenritter angespannt die Ankunft des Mutantenheeres erwarten.

Schon Stunden bevor die dunklen Horden des Herrn vom Nordgebirge am Horizont auftauchen, dringt ihr markerschütterndes Gebrüll über die kargen Steppen des Sperrgebietes an die Ohren der Schwanenritter. Zähneknirschend umfasst Lynegran sein blitzendes Zorbelschwert Eskalitor.

Seit Stunden stehen die Krieger vom Zentralsee schon starr in Formation – fest entschlossen, bis zu ihrem Tod keinen Schritt von ihrer Stellung zu weichen.

Knappe 500 Meter vom Pass entfernt brechen die Schattenhorden ihren unaufhaltsamen Marsch ab und bleiben, die Klingen wetzend, vor ihren Feinden stehen. Aus der unendlichen Masse von Mutanten, die wie eine Flut aus schwarzem Wasser das gesamte Sperrgebiet ausfüllt, tritt ein bekanntes Wesen, halb Pudding, halb Krähe, hervor und blickt voller Hass und Verachtung auf die glänzende Reihe erhobener Schilde, die den Eingang des Passes blockieren.

»Was hat das hier zu bedeuten?!«, brüllt General Krudding krächzend außer sich vor Wut und deutet mit dem Flügel nach vorn.

Der Hauptmann an seiner Seite, eine Mischung aus Hyäne, Wolf, Kettensäge und Tetrapack, stammelt nervös vor sich hin. »Das … das müssen die Schwanenritter sein, Herr …«

Wutentbrannt fährt der Heerführer herum. »Die sollten aber gar nicht hier sein!«

Ein gellender Schrei entfährt dem Kommandanten und mit einem Ruck reißt er seinen Hauptmann ohne zu zögern in zwei Teile.

Lynegran senkt seinen Schild, hebt das glänzende Langschwert empor und tritt ein paar Schritte aus der Reihe seiner Männer heraus. »Ich bin Arthur Lynegran! Neffe des Parzyval Gawayns, König der Schwanenritter und Schutzpatron Süd Salatoniens! Ich schwöre hier und jetzt feierlich bei den Göttern, dass keine von euch unheiligen Kreaturen einen Schritt auf südsalatonischen Grund setzen wird, so lange auch nur einer von uns noch atmet! Legt eure Waffen nieder und kehrt in den Schlund zurück, aus dem ihr gekrochen seid!«

Der Ritter erhebt erneut seinen Schild und schließt entschlossen wieder die erste Reihe.

Die Erde um den Mutantengeneral beginnt zu beben und schwarze Flammen treten aus seinen Augen. Als er sich seinen Truppen zuwendet, bietet Krudding einen so abscheulichen und erschreckenden Anblick, dass selbst die ersten Reihen seiner eigenen Soldaten zurückweichen. »Tötet sie!«, krächzt der Schattengeneral. »TÖTET SIE ALLE!«

Ein weiteres Mal erklingen die Kriegsschreie der unaufhaltsamen Horde und übertönen jedes andere Geräusch im Pass.

Sekunden bevor die Mutanten auf die Verteidigungslinie der Schwanenritter prasseln, fährt Arthur ein Lächeln über das Gesicht. »Zeit! Verschafft ihnen Zeit!«, flüstert die Kokosnuss und stemmt sich mit aller Kraft gegen seinen Schild, als die erste Welle gegen den robusten Stahl schmettert.

Zwölf Ritter – gegen Hunderttausende!

Keiner von Lynegrans Männern sieht auch nur annähernd so aus, als sei er sich der Aussichtslosigkeit dieses Kampfes bewusst, als er Feind um Feind mit dem Schild zu Boden wirft und ein Mutant nach dem anderen unter den präzisen Streichen der Beschützer Süd Salatoniens zu Boden geht. Zwar scheint das nordsalatonische Heer selbst nach einer Stunde unermüdlichen Kampfes und Hunderten Toten um keinen Mann geschrumpft zu sein, doch es geht hier nicht um einen Sieg. Es geht um Zeit.

Nach 27 Stunden fällt der erste Schwanenritter. Mit seinem letzten Atemzug reißt Synelaos dem Mutantenwesen den Kopf von den Schultern, dessen Speer sich vollständig durch seinen Körper gebohrt hat. Er geht auf die Knie und blickt ungläubig, fast unwirklich auf seine mit Kokosmilch benetzten Hände. Dann sackt der strahlende Krieger nach vorne in sich zusammen und verschwindet leblos in einer Masse aus Mutanten, die sofort die Lücke schließt.

Elf Tränen werden für Synelaos vergossen und mit jedem Gefallenen fließt eine weniger. Lynegran lässt einen gellenden Kampfschrei seiner Kehle entfahren und befördert eine ganze Reihe der Schattenkreaturen mit einem Schildstreich zu Boden. Sein Blick wandert über das Schlachtfeld und trifft ein allerletztes Mal den des Schwanenritters Ulyseas. Dessen Augen streifen rastlos durch die Horden, werden allmählich glasig und tödlich verwundet zerren ihn die Bestien zum Sterben in ihre eigenen Reihen.

Nach 52 Stunden tritt der Letzte seiner Gefolgsleute die Reise in die Hallen seiner Ahnen an und hinterlässt den tapferen König der Schwanenfestung alleine auf dem Schlachtfeld.

Trauer und Verzweiflung mischen sich in Arthurs Kampfgeist und durchsetzen jede seiner Bewegungen. Aus den präzisen, tödlichen Schlägen werden weite, mächtige Hiebe, die einzig und allein dazu bestimmt sind, den Bestien die Passage zu verwehren. Mit einer geschickten Schlagkombination befreit sich der Ritter von drei angreifenden Feinden und weicht grimmig zurück.

»Was ist?! Worauf wartet ihr?!«, brüllt die Kokosnuss verbissen … verzweifelt, als die Schatten zurückweichen. Plötzlich aber wird seine Hand zittrig und unfreiwillig senkt er seinen Schild. Als Lynegran an seinem Körper herabblickt, ziert ein langer, tiefer Schnitt seine weiße Rüstung. Die Klinge des Mutanten hat ihn so präzise getroffen, dass sie direkt durch das Metall und seine feste Haut gedrungen war und Fruchtsaft aus der offenen Wunde auf den staubigen Fels tropft.

Arthur lacht auf. Er kann nicht sagen, warum.

56 Stunden – mehr kann er nicht tun.

Ruhig ergreift der Held mit seiner Schwerthand den Helm und lässt ihn klirrend neben sich auf den Boden fallen. Seine Arme werden schwer, seine Beine haben kaum noch die Kraft, seinen Körper zu halten. Lynegran löst die Lederriemen seines Schildes, wirft ihn verächtlich vor die Füße der Angreifer und umfasst sein Langschwert mit beiden Händen. Das Leben weicht aus ihm, aber er wird hier nicht darauf warten. Frei von Angst oder Zweifel entfährt ihm ein letzter heroischer Kampfschrei und erfüllt den Pass mit dem Klang von Ehre, ehe die Kokosnuss sich in die blutdurstigen Massen wirft. Ein Streich nach dem anderen schneidet sich in das Fruchtfleisch des letzten Ritters, doch das Adrenalin überschattet jeglichen Schmerz. Arthur schmettert ohne Gnade durch die feindlichen Reihen und mäht noch Dutzende der reißenden Bestien nieder, bevor seine Verletzungen so schwer werden, dass ihn das Gewicht seiner eigenen Rüstung in die Knie zwingt. Doch selbst als ihm die Kraft zum Stehen ausgeht, streckt der Schwanenritter noch vier Feinde nieder. Erst dann gleitet ihm Eskalitor schmerzlich aus den Fingern. Lynegran keucht, versucht sich noch ein letztes Mal aufzurichten und bricht endgültig in sich zusammen.

Als sein Körper ächzend auf dem Boden aufschlägt, reißt die Ledertasche an seinem Gürtel auf und unter den verschwommen Blicken des Sterbenden rollt ein goldener Becher über den steinigen Untergrund. In seinen letzten Sekunden blendet Arthur die Feindeshorden vollständig aus. Seine tränenden Augen folgen nur noch dem glänzenden Gefäß und das letzte Geräusch, das an seine Ohren dringt, ist das metallene Klirren, als dieser in einer tiefen Felsspalte verschwindet. Mit seinem allerletzten Atemzug presst er ein erleichtertes und zugleich amüsiertes Lachen heraus. Er war die ganze Zeit bei ihm! Dann schließen sich seine Augen für immer.

Krudding tritt erneut aus den Reihen seiner ebenso abartigen wie boshaften Gefährten hervor und wirft einen abfälligen Blick auf den Leichnam des Schwanenritters. Immer noch ungehalten brüllt der Bestienmeister: »Marschiert weiter! Marschiert nach Süd Salatonien! Wagt es nicht anzuhalten, bevor die Zentralreiche in Flammen stehen!«

Unaufhaltsam setzen sich die dämonischen Horden wieder in Bewegung und quetschen sich zu Hunderten durch den schmalen Gebirgspass wie durch eine weit geöffnete Pforte zum Sieg über Süd Salatonien.

Die Krähe dreht den Leichnam Lynegrans respektlos mit einer Kralle auf den Rücken und mustert diesen eingängig. Skeptisch zieht sie eine Augenbraue hoch. Die Schwanenritter mussten diesen Pass in den letzten Jahren unentwegt verteidigt haben, warum waren sie sonst hier? Aber – warum war dann ihr König persönlich ausgerechnet heute unter ihnen gewesen?

Es sei denn … Es sei denn, sie wussten, dass …

Starr vor Entsetzen stellt das gallertartige Federvieh fest, dass der Ansturm der Schattenhorden entgegen seinem Befehl zum Erliegen gekommen ist.

»Was hat das hier zu bedeuten?!«, brüllt die Kreatur wieder außer sich und stößt tobend seine Gefolgsleute beiseite, um sich eine Schneise durch den Pass zu schlagen. »Aus dem Weg, ihr idiotischen Nichtsnutze! Wenn ihr nicht gute Gründe habt, meine Befehle zu missachten, reiße ich euch bei lebendigem Leib die …«

»Aaaaaaachtung!«

Stille.

»Reihen schließen!«, drang ein entfernter Befehl, gefolgt vom Geräusch Tausender zusammenschlagender Stiefel an sein entstelltes Ohr.

Den Schnabel bis zum Zerreißen geöffnet und die grenzenlose Panik in den geweiteten schwarzen Augen, steht Krudding angewurzelt vor der ersten Reihe und blickt starr und fassungslos auf die zerklüfteten Ebenen zwischen dem Rand des Winterwaldes und dem Gebirgspfad.

»NEEEEEEEEEEEIIIIIIIIIIIIIIIIN!«

Der nervenzerfetzendste und furchterregendste Schrei, den sich ein lebendes Wesen überhaupt vorstellen kann, entfährt der Höllenbestie. Vor ihr erstreckt sich in seiner schier unvorstellbaren Masse die gigantische Streitmacht aller freien Völker Süd Salatoniens in perfekter Formation.

Diszipliniert in Reih und Glied bildet das Bataillon aus Nabanees das Herz der südsalatonischen Truppen. Die vordere Schlachtreihe stellt ein Verbund aus dem edlen Ritterheer der Getreuen Kaiser Gottliebs, an dessen Spitze Götz von Bereling, der mit eiserner Faust und entschlossenem Blick auf die Vergeltung wartet, und einem kleinen, aber schwer gepanzerten Kontingent radiesischer Axtkämpfer, deren Gesichter mit blau-weißer Kriegsbemalung ihre Feinde das Fürchten lehren sollen. An der linken Flanke des Heeres hat die etwa zweitausend Walnüsse starke Truppe des Fürsten Walinus Stellung bezogen und wirft selbst noch beim Anblick der unüberschaubaren Armee der Finsternis böse Blicke zur rechten Flanke hinüber, wo das gleichgroße Kontingent der Maiskörner, gedeckt von ihren Stiefelkatapulten, auf den Angriff wartet. Eine Reihe von Cucurbiten schreitet rastlos durch die tapferen Soldaten und webt mit funkelnden Gesten magische Schutzzauber über ihre Linien. Die Rückendeckung bildet eine mit gespannten Bögen bereitstehende Streitmacht der Waldweintrauben.

Betrübt muss ich feststellen, dass bei Weitem nicht alle Völker erschienen sind, die mir ihre Hilfe zugesichert haben. Doch noch ist der Tag nicht vorbei … und meine Hoffnung ungebrochen.

Obwohl die Schattenheere Nord Salatoniens die Verteidiger der freien Welt zahlenmäßig um das Hundert- wenn nicht gar Zweihundertfache übersteigen, kocht der General vor Wut, und wenn Süd Salatonien nun tatsächlich fallen sollte, so habe ich doch die Genugtuung, dieser Bestie den Tag versaut zu haben.

Das Krähenmonster wendet sich von der Schlacht ab, ballt die Flügel zu Fäusten und hüpft nervös von einem Bein auf das andere, während sein Blick nach Norden starrt. Für einen Augenblick verstummt selbst das Brüllen und Fauchen der Mutanten und angespannt umklammern beide Heere ihre Waffen.

Zuerst vibrieren nur die kleinen Steine auf dem Felsplateau. Dann breitet sich das Beben von Nord Salatonien über das Sperrgebiet bis zum Rand der Zentralreiche aus und eine gigantische Feuersäule erhebt sich vom Gipfel der Erkenntnis weit in den Himmel. Der Krähenpudding kneift die Augen zusammen und zieht die Mundwinkel zu einem finsteren Lächeln nach oben. Das Zeichen Melonidas' war eindeutig.

»Angriff!«, keift Krudding und richtet den Flügel mit einer schmetternden Geste auf die verhassten Feinde.

Noch bevor der letzte Laut verklingt, stürzen die Scharen des Nordens zähnefletschend und markerschütternd brüllend aus dem Pass und in einem unkoordinierten Schwarm den Hang hinab.

»Freiheit!«, beantwortet dies ein Radieschenberserker und reißt seine gekreuzten Doppeläxte in die Luft.

»Für Süd Salatonien!«

»FÜR SÜD SALATONIEN!«

Götz von Bereling gibt den Schlachtruf vor und der Chor aus Tausenden von Soldaten stimmt mit ein. Dann geben auch die Verteidiger ihre Position auf und preschen mit unerbittlicher Entschlossenheit dem Invasionsheer entgegen.

»Sieh! Sie ziehen ab!«, flüstert Starvarius und deutet auf die hintersten Reihen der Schattenstreiter, als auch der Letzte nach seiner schartigen Klinge greift und das Lager aus Tierhautzelten verlässt.

Pein Eppel und sein Leibwächter befinden sich zum Zeitpunkt der Schlacht keine zwei salatonischen Kilometer nördlich der Ereignisse im Herzen des Sperrgebietes und warten auf den geeigneten Augenblick, weiter nach Süden zur Höhle des Schicksals zu ziehen. Zurzeit befindet sich diese noch umringt von Abertausenden Mutanten westlich des Passes zum Winterwald.

Ohne zu zögern packt die Sternfrucht ihren Begleiter am Handgelenk und zerrt ihn von Deckung zu Deckung. Selbst mit den magischen Waffen der Melone scheint ein Kampf gegen ein ganzes Heer auch für den Schwertmeister aussichtslos. Und wie Melonidas gesagt hatte: *Kämpft nicht! Wenn ihr die Höhle des Schicksals erreicht, besitzt es die Macht, das Böse zurück in den Abgrund zu schicken!* Also huschen die beiden so unbemerkt wie möglich von einer Felsformation hinter die nächste.

»Radieschen vor! Bringt die Monsterbären zu Fall! Karotener zurück! Verteidigt die Nabanenschützen!« Als erfahrenster Heerführer auf dem Schlachtfeld hat sich Götz einen Hügel im Zentrum des Gemetzels freigekämpft und versucht, die verstreuten Truppenteile der südsalatonischen Armee so gut wie möglich auf das unberechenbare und ohne jegliche Taktik agierende Heer des Bösen abzustimmen.

»Sammelt euch bei …« Ein Mischwesen aus Tiger, Elch und Rasenmäher stürzt sich auf den kaiserlichen Ritter und unterbricht seine Befehlskette. Geschickt pariert er die Klingen des Wesens mit dem links geführten Langschwert und lässt seine stählerne Faust auf dessen Schädel niederschmettern.

»Sammelt euch bei den Westkratern und schützt die linke Flanke! Sie dürfen uns nicht einkreisen!«

Auf Befehl prescht Torn, Waffenmeister des radiesischen Kontingents, mit seinen Truppen durch die Frontlinie der Mutanten direkt auf eine kleine Gruppe riesiger Gestalten zu. Die fünf Kreaturen heben sich alle durch ihre Größe deutlich von den übrigen Schattensoldaten der verrückten Melone ab. Ihnen ist gemeinsam, dass sie allesamt zur Hälfte aus Bären bestehen und zudem mit anderen gefährlichen Kreaturen wie Nashörnern, Alligatoren oder Löwen verschmolzen sind. Torn streckt aus vollem Sprint eine seiner Äxte nach vorn und richtet sie auf den scheinbaren Kopf der Gruppe, den Bärenlöwen.

»Du gehörst mir!«, übertönt seine tiefe Bassstimme die Fauchlaute der herbeieilenden Katzenbestien, die ihn knapp mit ihren Klauen verfehlen.

Das Monstrum bemerkt die heransprintenden Radieschen, bäumt sich mit einem gewaltigen Wutschrei auf und stürmt den winzigen Axtschwingern entgegen. Kurz vor dem Aufprall wirft sich Torn auf den Boden und entgeht so um Haaresbreite dem wuchtigen Prankenhieb, der rücksichtslos gleich drei seiner eigenen Gefährten durch die Luft schleudert. Aus der Rolle heraus stößt sich das Radieschen vom kargen Fels weit ab und schlägt zeitgleich seine beiden Zorbeläxte in die Brust des Bären, der aufheulend einige Schritte zurücktaumelt und zu Boden geht.

Torn setzt triumphierend sein Bein auf den Brustkorb des Bären und beugt sich lächelnd zu diesem hinab. »Tja, sieht aus, als würdest du dir jetzt mal ein Radieschen von unten angucken.«

In diesem Augenblick der Unachtsamkeit ist es fast um den Heerführer der Bergbewohner geschehen, denn erst wenige Zentimeter vor dem Hals der übermütigen Frucht stoppt das Langschwert eines Echsenkriegers.

Gold? Nicht nur das Schwert, der ganze Krieger ist aus purem Gold. Hinter der Statue zeigt sich das Gesicht Salomons. Dieser winkt zuversichtlich mit einem funkelnden Edelstein in Form einer Hand mit vier Fingern. Torns Augen weiten sich. Die Hand von Midas? Woher hat dieser Cucurbit …

»He, warte!«

Der König der Cucurbiten eilt mit seinem mächtigen Artefakt sofort wieder in die Schlacht zurück, nun allerdings unentwegt gefolgt von einem neugierigen Radieschengeneral.

»Feuer!«, ruft ein Maiskorn entschlossen und schwingt das Schwert symbolisch Richtung Feind.

Wieder geht ein halbes Dutzend massiver Bergsteigerstiefel auf einem mit Mutanten gepflasterten Fleck der Felswüste nieder und zerschmettert diese mit fester Sohle.

»Feu…«

Ein weiteres unerwartetes Beben erschüttert das Schlachtfeld und reißt den Kommandanten von den Beinen. Erneut schießt eine Feuersäule am Horizont empor … doch … sie schießt nicht geradewegs nach oben!

»Feuer!«, schreit das Maiskorn neben ihm ängstlich, weicht einige Schritte zurück und hat keine andere Wahl, als sich die Hände vor das Gesicht zu halten.

Gleißend schlägt ein Ball aus Lava nahe der Waldgrenze ein und versengt einen großen Teil der Maisartillerie. Laut ploppend springen hundert, zweihundert, dreihundert schreiende Popkörner aus den feurigen Fluten hervor und legen sich schreckenerregend über die Ebene. Panisch verlassen die übrigen Körner an den Stiefelkatapulten ihre Posten und flüchten in den Winterwald.

Auch nach Stunden der Schlacht scheint Melonidas' Streitmacht nicht enden zu wollen und Welle um Welle ergießt sich unaufhaltsam aus dem Pass auf die Ebenen. Götz steht mit verschränkten Armen auf seinem Hügel und beobachtet, wie die finsteren Massen die südsalatonischen Truppen Stück für Stück in Richtung Winterwald zurückdrängen. Sein Gesicht zeigt keinen Ausdruck von Aufgabe und verbleibt kühl und berechnend, bis sich seine eiserne Hand hebt.

Noch einen Augenblick …

Die südsalatonischen Truppen bilden eine feste Schlachtlinie und lassen sich mehr und mehr scheinbar absichtlich über die Ebenen drängen, bis sich die Grenze fast bis zu Götzens Hügel verlagert hat.

»Jetzt!«, spricht er viel mehr laut, als es zu rufen, und er lässt die Hand herabsinken. Der Karotener neben ihm nickt geschwind und bläst lautstark in sein Rufhorn. Noch bevor die Schattenhorden unter Krudding auch nur die Möglichkeit haben zu reagieren, fällt die tomatolische Knogglgox-Kavallerie mit einem wilden Chor aus Gegacker und Kriegsschreien in beide Flanken des Heeres. Und mit einem Schlag fallen Abertausende von Mutanten dem kalkulierten Überraschungsangriff zum Opfer.

»Vorwärts!«, entfährt es der Kehle des inzwischen heiser gewordenen Heerführers röchelnd.

»Vorwärts!«, verbreitet sich der Befehl unter den Kommandanten der verschiedenen Völker.

Unüberschaubar durchmischt, aber vereint wie aus einem Volke stürmt die Infanterie aus Radieschen, Karotenern, Walnüssen und den übrig gebliebenen Maissoldaten unter ständigem Feuerschutz der Nabanen vor und vollbringt es mit einem einzigen taktischen Zug, sämtliche Schattenkrieger bis zum Gebirgspass zurückzudrängen, wo sich das südsalatonische Heer im Halbkreis um den Eingang schließt.

Vermutlich würden sie nicht ansatzweise so motiviert kämpfen, wenn ihnen bewusst wäre, welche Verbände noch innerhalb des Sperrgebietes auf ihren Einsatz warten …

Donnernd erschallt ein weiteres Horn in der Ferne. Götz, der sich gerade daran macht, seinen Hügel zu verlassen, hält inne und wendet sich an den Karotener neben ihm. Dieser hat jedoch sein Rufhorn nicht angerührt. Der kaisertreue Heerführer wendet mit einem kurzzeitig verstörten Gesichtsausdruck den Blick nach Süden und sein Herz stoppt beim Anblick der wie Grashalme abknickenden Bäume des Winterwaldes. »Bogenschützen nach Süden! Schützt den Süden!«

Das von Melonidas' Feuerbällen stark dezimierte Kontingent der Waldweintrauben fährt herum und schaut verängstigt und erleichtert zugleich endlich dem Feind ins Angesicht, der sie seit Jahrhunderten auf ein niemals endendes Schlachtfeld zerrt. Kein Versteckspiel mehr. Keine Traube fragt sich, wie die Rosinen ein ganzes Heer von Ogerebern aus dem Schnackerwald in den Norden gebracht haben, als sie die Sehnen ihrer Bögen surren lassen und einen unkontrollierten Hagel aus Pfeilen blind in das Dickicht feuern.

Während die eine oder andere Rosine fällt, zeigen sich die in jahrelanger Zucht zu Killermaschinen perfektionierten Bestien unbeeindruckt und zermalmen alles auf ihrem Weg zum Schlachtfeld. Eine junge Weintraube zieht rasch einen weiteren Pfeil aus dem Köcher, legt an – zu spät. Dem Tod ins Auge blickend, senkt der Waldläufer seinen Bogen und wartet auf die riesigen Hauer.

Dann übertönt ein ebenso unerwartetes wie gewaltiges Röhren das Schnauben der Eber und noch bevor sie den Jüngling erreicht, wird die Bestie in die Höhe gehoben und vom Geweih eines Stelchs über die Wipfel des Winterwaldes geschleudert.

Götz starrt auf die Schlacht in der Schlacht, die sich im Süden abspielt, als die Weißweintrauben ihren unterlegenen Brüdern im Kampf gegen die Rosinen zur Hilfe eilen und den Winterwald zum Schlachtfeld ihres persönlichen Krieges machen.

»Herr, der Pass!«, ruft ein Karotener panisch und reißt Götz in seine Realität zurück. So eilig es sein robuster, aber alternder Karottenkörper zulässt, steigt der Ritter von seinem Hügel und spurtet der Armee nach.

Inzwischen gelingt den vereinten Streitmächten Süd Salatoniens das schier Unmögliche. Als sich die Knogglgox-Kavallerie nach ihrem ersten Angriff neu formiert hat, bezieht diese hinter den vorrückenden Fußsoldaten Stellung, bricht durch die eigenen Reihen und räumt mit einer selbstzerstörerischen Attacke den gesamten Pass bis tief in die südlichen Teile des Sperrgebietes frei.

Zahlreiche Tomatolen fallen bei diesem Angriff und ein noch größerer Teil geht bei dem Versuch, sich wieder hinter die eigenen Reihen zu retten, zu Boden. Doch ihr Opfer ist keineswegs umsonst. Geistesgegenwärtig formieren sich die schwer gepanzerten Radieschen an der Spitze des Zuges und schlagen sich durch die bereitete Schneise der Kavallerie hinterher bis ins Sperrgebiet, um dort verbissen die Position zu sichern.

Durch das Drängen der kämpferisch weit überlegenen Zorbelbergbewohner gelingt es der südsalatonischen Armee nach einigen Stunden der verbissensten Schlacht, die jemals den Kontinent erschütterte, die Mutanten vollständig vom Pass zurückzutreiben und das Schlachtfeld gänzlich auf das Sperrgebiet zu verlagern.

»Runter, verdammt!«, keift Pein Eppel mit einem merkwürdigen Flüsterschrei und stößt seinen Begleiter hinter einen Felsen in Deckung.

Starvarius schaut sich irritiert um. Sie halten mehr als ausreichend Abstand zum Mutantenheer, was …? Die Ananas deutet auf den großen Fluss, der sich vom Suhlkatta bis in die Berge östlich des Schlachtfeldes schlängelt. Starvarius versteht – und versteht doch etwas anderes nicht.

»Die Schiffe …«

Pein zieht finster die Augenbrauen zusammen.

»Pinkbären …«

Die Sternfrucht kratzt sich irritiert an der Schläfe. Erst zogen die Schattenbestien ohne ersichtlichen Grund immer weiter nach Süden und jetzt taucht eine ganze Flotte aus den mehrere Wochen entfernten Appellien mitten im Sperrgebiet auf? Irgendetwas ist doch hier faul …

Der Krieger und sein sichtlich angespannter Begleiter warten einen Augenblick, bis die hölzernen Riesen unter der Führung Kapitän Himbärs an ihnen vorüberziehen, und arbeiten sich nach dem üblichen Schema in gebührendem Abstand von Deckung zu Deckung weiter nach Süden vor.

Nach mehr als zwei Stunden, in denen die Schlacht im Süden bitterlich ihre Opfer unter den südsalatonischen Streitern fordert, erreichen endlich auch die Ananas und ihr Gefährte den Rand des Massakers ohne Gleichen.

»Was geht hier vor sich?«, entfährt es der Sternfrucht fast zu laut.

Ganz Süd Salatonien scheint in seinen Augen zu den Waffen gegriffen und in die Schlacht geeilt zu sein – und er ahnt ja gar nicht, wie nah seine Vermutung an der Wahrheit liegt.

Von Bereling schickt gerade einen weiteren Mutanten mit seiner Stahlfaust ins Reich der Träume, als auch sein Blick die rosafarbenen Segel am Horizont erblickt.

»Bogenschü…« Der Ritter stockt und schaut sich auf dem Schlachtfeld um. Die Waldweintrauben kämpfen am Winterwald und ihre Artillerie hatten sie an den – mittlerweile zum Glück verstummten – Vulkan im Norden verloren.

»Ähm …«

»Herr, wir brauchen eine Entscheidung!«, wendet sich eine Karotte verzweifelt an den Kaisertreuen.

Sie töteten für jeden gefallenen Salatonier mehr als zehn Mutanten und trotzdem scheint die Zahl der bestialischen Horden die der freien Völker immer noch bei Weitem zu übersteigen. Dann erschallt bereits das Donnern der Kanonen und vernichtend reißen die Geschosse Krater um Krater in die Verteidigungslinien der Früchte.

Götz sinkt auf die Knie. So einer Allianz sind die Völker Süd Salatoniens nicht gewachsen. Nicht zu diesem Zeitpunkt. Die Karotte schließt die Augen in Erinnerung an die alten Zeiten, als der Nevark-Bereling-Bund für die Rettung Süd Salatoniens genügt hätte. Doch hier … und heute … ist der Ritter machtlos.

Auf einmal folgt auf ein Donnergrollen von den Bärenschiffen keine Explosion auf dem Schlachtfeld. Stattdessen sehen die südsalatonischen Truppen verwundert mit an, wie einer der hölzernen Meereskreuzer sich plötzlich mit Wasser füllt und in den schwarzen Fluten des Ausläufers versinkt.

»Rot 4 an Mutterschiff 2! Ich hab einen von ihnen erwischt!«, brüllt eine Kirsche mit Fliegerbrille auf einem majestätischen Schjchu Schjchu mit Kriegsbemalung gegen den tosenden Wind an.

Mit einem fast psychopathischen Lachen richtet sich der Heerführer von Bereling wieder auf, seinen Blick zum Himmel, und breitet die Arme aus. Neben mehr als zwanzig Kirschenzüchtern auf wilden Schjchu Schjchus schieben sich vier gewaltige Blätterarchen durch die schwarze Wolkendecke. Am Bug des vordersten Schiffes steht Pelaf, ebenfalls mit einer Fliegerbrille bekleidet, und nickt zustimmend. »Hier Mutterschiff 2! Angriff fortsetzen! Schickt sie auf den Meeresgrund!«

»Rot 4, roger!«

Während sich die Apfelschiffe aus Maluschak in den Sinkflug begeben und die Appelliatenschützen den Luftangriff auf die sichtlich verwirrten Mutanten eröffnen, nähert sich das Schjchu-Schjchu-Geschwader in rasantem Tempo der Bärchenflotte und macht deren Kampfschiffe für die Schlacht im Sperrgebiet fast völlig unbrauchbar. Die unrechtmäßigen Besatzer der Appellien sind so damit beschäftigt, die noch plumpen, aber irritierenden Attacken der Kirschenluftwaffe abzuwehren, dass zum Laden und Abfeuern der Kanonen keine Zeit mehr bleibt.

Eines der Appelliatenschiffe dreht vom Schlachtgeschehen ab und segelt über den Ausläufer des Suhlkatta. Während die Bogenschützen an Bord nun ebenfalls die Marine aufs Korn nehmen, machen die Schjchu Schjchus immer wieder Umwege über das Deck der Arche, um sich mit Steinen oder Kanonenkugeln zu beladen, die sie aus großer Höhe über dem Fluss niederhageln lassen. Das Schlachtenglück wendet sich innerhalb weniger Stunden zugunsten Süd Salatoniens – und zum ersten Mal in diesem Krieg erhebt Götz seine eiserne Faust mit der echten Aussicht auf einen Sieg und die Rettung der Welt.

Mit einem Satz springt der karotonische Ritter von seinem Aussichtsfelsen und reiht sich in das tapfere Kontingent der südsalatonischen Streiter ein. Die Formation löst sich mehr und mehr von einem geschlossenen Heer zu mehreren verstreuten Kampfgruppen auf, als sich die Schlacht über den gesamten Süden des Sperrgebietes ausbreitet. Alles, was der Karotener an strategischem Geschick zu bieten hat, hat sich bereits auf dem Schlachtfeld manifestiert – und so besteht seine einzige Aufgabe nun noch darin, mit Schwert und Faust die Sache eigenhändig zu einem Ende zu führen.

Die Ogereber der Rosinen erreichen das Schlachtfeld nicht. Unter zahlreichen Verlusten gelingt es den vereinten Traubenheeren, den Winterwald von Bestien zu befreien und die verbliebenen Truppen im Unterholz festzusetzen. Auch von den Pinkbären hat das Mutantenheer keine Hilfe mehr zu erwarten. Unter den prasselnden Steinen der Schjchu Schjchus und dem Dauerfeuer ihrer Erzfeinde, den Appelliaten, versinkt Schlachtschiff um Schlachtschiff in den Fluten, bevor auch nur ein einziger Bär seinen Fuß auf das eigentliche Feld des Kampfes setzen kann. Die Schlacht ist zwar noch lange nicht entschieden, denn noch immer ist das Mutantenheer zahlreich und ihr Kampfgeist ungebrochen, doch wenn Melonidas keinen weiteren Trumpf im Ärmel hat …

»He, ist das nicht …? Das ist doch … Nostradanuss!«, ruft Starvarius freudig erleichtert und springt aus seiner Deckung über einen Felsen. Doch noch in der Luft packt ihn Pein Eppel an der Schulter und zerrt ihn rabiat zurück hinter den Schutzwall.

»Was tust du? Das ist Nostradanuss vom Volk der Erdnüsse! Von ihm ist die Prophezeiung! Vielleicht hat Melonidas ihn auch geschickt? Er ist auf unserer Seite!«

Die Ananas verschränkt die Arme und spricht trocken: »Wenn er auf unserer Seite ist«, er deutet nachdenklich auf die Figur mit ihrem massiven Stab und den wallenden Gewändern, die geradewegs durch das Heer des Nordkönigs stolziert, »warum marschiert er dann ungehindert durch diese Kreaturen?«

Irritiert sucht Starvarius nach einer Antwort, die nicht sein gesamtes Weltbild zerstören würde, und starrt auf die Erdnuss, die mittlerweile mitten in dem Mutantenheer westlich der Schlacht steht.

Auch Götz von Bereling entdeckt beiläufig die bekannte Figur in den Reihen der Feinde. Er kann sich nicht vorstellen, wie der Prophet hierher gekommen ist und was er in den Truppen des Feindes verloren hat, aber jede Hilfe in diesen Zeiten scheint willkommen.

Im Heer des Bösen – aber noch deutlich außerhalb der Schlacht – verweilt die Erdnuss und betrachtet amüsiert das Geschehen.

»Wieso hat das so lange gedauert?«, faucht Krudding, der leicht verletzt durch seine Männer prescht und dem vermeintlichen Verräter finster in die Augen starrt.

Dieser erwidert den Blick nicht und spricht mit der gewohnten Überheblichkeit, ohne die Frage des Generals zu beantworten: »Sieht so aus, als ob ihr niederen Kreaturen diese Schlacht verlieren würdet …«

Außer sich vor Wut rupft die Krähe sich zwei Büschel Federn aus dem Gefieder und schleudert sie aggressiv nach dem falschen Propheten. »Diese Schlacht sollte gar nicht stattfinden! Wir sollten ungehindert durch den Pass nach Süd Salatonien einfallen und die unwissenden Zentralreiche dem Erdboden gleichmachen, während …«

Mit spürbarem Zorn, aber immer noch kontrollierter Arroganz packt Nostradanuss den General am Pudding und beugt sich hinab, um ihm tief in die schattenschwarzen Augen zu starren. »Ihr seid Hunderttausende! Da solltet ihr doch mit diesem kläglichen Rest einer Streitmacht von niederen Sterblichen fertig werden!«

Der Prophet stößt das Mutantenwesen in den Staub und richtet sich wieder auf, um dem Geschehen zu folgen. Tatsächlich ist das Verhältnis von Süd- zu Nordsalatoniern mittlerweile auf 1 : 20 geschwunden und langsam, aber stetig stoßen die Schlachtgruppen immer mehr nach Westen vor, ohne zu wissen, was sich dort befindet.

Starvarius und Pein Eppel ist jedoch bekannt, was im Herzen des westlichen Schattenbataillons liegt …

Gerade als Krudding sich aufrichtet, um eine weitere Wutattacke gegen den verhassten Verbündeten zu starten, erhebt die Erdnuss ihren Stab und zerbricht ihn mit aller Kraft auf dem Knie. Funken sprühen und ein gleißendes Licht erfüllt das Schlachtfeld.

Götz zieht seine Klinge aus einem Frosch-Molch und fährt erschrocken zusammen. Was hat dieser Prophet nur vor?

Nostradanuss hält die beiden Stücke seines zerbrochenen Stabes in die Luft und spannt einen grellen, blitzenden Lichtbogen zwischen den zersplitterten Enden. Dabei murmelt er unentwegt Worte in einer unbekannten Sprache. Langsam führt er die Stabenden über seinem Kopf zusammen und zeichnet einen magischen Kreis aus Blitzen bis zum Boden. Das Holz verwandelt sich mehr und mehr in reine magische Energie und ist wenige Augenblicke später vollständig aus den Händen des Verräters verschwunden. Die Erdnuss tritt beiseite, als sich der magische Blitzkreis wie von selbst vergrößert und bis auf einen Durchmesser von zehn salatonischen Metern anwächst. Noch kann man problemlos durch den magischen Ring auf die dahinterliegende Felswüste schauen, doch schon einen Lidschlag später zucken weitere geheimnisvolle Ladungen durch den Rahmen aus Magie und machen aus dem ursprünglichen Lichtkreis eine Art … magisches Fenster, durch das die erstaunten Truppen Süd Salatoniens in eine andere Welt blicken können.

›Nein, keine andere Welt‹, denkt sich Götz, zerteilt einen heranstürmenden Feind und starrt skeptisch durch das Portal. ›Keine andere Welt … unsere Welt … die Ödlande!‹ Einer seiner vielen Verstöße gegen die Obrigkeit ist von Berelings Feldzug in die Ödlande vor zwanzig Jahren, sodass kein Karotener diesen Ort besser wiedererkennt als er.

Schlurfend tritt die erste entstellte Gestalt durch das magische Tor auf die Ebenen des Sperrgebietes. Sabber läuft aus seinem offen stehenden Mund, tropft auf seine Haut, die zerlumpte Kleidung und sammelt sich in einer Furche am Boden. Seine Bewegungen wirken ziellos, sein ehemaliger Fruchtkörper, scheinbar der einer Banane, an unzähligen Stellen verfault oder angefressen. Die Augen des Untoten sind trüb und scheinen nirgendwo hinzuschauen.

Mit einem Mal ist es, als ob alle Geschichten über den Fluch der Ödlande wahr werden, als ein leibhaftiger Fruchtzombie durch die Reihen der Mutanten humpelt. Mit einem schaurigen Stöhnen hebt der lebende Tote seinen Kopf, richtet seinen trüben Blick auf einen jungen Karotener, der sich im Kampf mit zwei Schattensoldaten eine tiefe Wunde zugezogen hat, und blickt sabbernd auf den tropfenden Fruchtsaft.

»Fruuuchtfleeeiiiiisch!«, ächzt die Kreatur und schlurft so schnell sie kann über die Felsebenen auf ihr Ziel zu.

Natürlich weiß jeder Salatonier vom mächtigen Südwall vor Nabanees und kennt die Gruselgeschichten und furchteinflößenden Gerüchte über die Ödlande. Und trotzdem ist die Wahrheit meist dann am schrecklichsten, wenn man sie mit eigenen Augen sieht.

»Sofort formieren! Bildet eine Verteidigungslinie!«, schreit von Bereling voller Hass und Panik.

Torn prescht vor, packt den verletzten Karotener und zerteilt den Bananenzombie blutig mit seiner Streitaxt. Doch gerade als er den Verwundeten in Sicherheit gezogen hat und ein Cucurbit sich um seine Wunden kümmert, ergießt sich ein ganzer Schwall Fruchtzombies aus den Ödlanden durch das willkommene Tor des verräterischen Propheten.

Götz tritt hervor und nimmt seinen Platz an der Spitze der Verteidigungslinie gegen die Zombies ein, während der Rest der Armee weiterhin und auch während der Ereignisse unentwegt gegen die Mutantenhorden kämpft.

Als die Untoten auf die Abwehrformation Süd Salatoniens treffen, bemerken die Kämpfer vor allem eins: Diese Kreaturen sind zwar nicht besonders schnell und nicht sonderlich intelligent, aber sie sind stark und vor allem unglaublich schwer zu besiegen.

Schon nach der ersten Welle schultern die Nabanen ihre fast nutzlosen Gewehre und greifen zu den blitzenden Säbeln. Ein höllischer Kampf an allen erdenklichen Fronten beginnt und drängt die Südsalatonier aus ihrer überlegenen Position rasch zurück in die Defensive.

Für einen winzigen Moment jedoch versiegt der Zombiestrom aus dem magischen Portal und drei sonderbare, gänzlich andere Kreaturen treten aus dem blitzenden Lichttor …'

Schiel weitet verdutzt die kugelrunden Riesenaugen.

‚Gelassen stemmt der Kirschkrieger die Hände in die Seite und lässt seinen Blick über das Schlachtfeld wandern.

»Da kommen wir ja gerade rechtzeitig!«, erhebt die Weintraube hinter ihm sarkastisch die Stimme und schnürt sich das rote Stirnband fester, während sie zu dem grimmigen Radieschen, dem Dritten im Bunde, blickt.

Wer die Geschichte aufmerksam verfolgt hat, erkennt diese drei Figuren sofort wieder. Die Traube fährt wie in einer Bewegung herum und schickt in einer unvorstellbaren Geschwindigkeit drei Pfeile durch das Portal zurück. Hinter dem wabernden Licht gehen drei Zombies zu Boden. Funken sprühen, als das Radieschen die Klingen seiner zwei Äxte aneinanderschabt und voller Vorfreude durch seinen buschigen Bart grinst. »Worauf warten wir dann noch? Retten wir ihnen die Schale!«

Der Kirschstreiter zieht einen Mundwinkel nach oben und lässt den glänzenden Anderthalbhänder surrend von seinem Rücken gleiten. »Und nicht vergessen …«, murmelt er und hebt die majestätische Klinge zum Kampf bereit vor den Körper. »Wer als Erstes stirbt, hat verloren!«

Dann stürmen die drei in die Reihen aus Untoten und Mutanten und setzen ihren Kreuzzug gegen das Böse auf dem vielversprechendsten Schlachtfeld der bekannten Welt fort.

»Worauf warten wir denn noch? Eine bessere Gelegenheit kriegen wir nicht«, tuschelt Pein Eppel angespannt. Starvarius trommelt nervös mit den Fingern auf den Felsen herum und starrt nach Westen.

Inzwischen sind sie nahe genug an das Schlachtfeld herangekommen, um die schlichte, unscheinbare, aber weltbewegende Höhle des Schicksals zu erblicken, die sich in einem einzigen einsamen Berg zwischen den schwarzen Mutantenhorden erhebt.

Ungehalten dreht sich die Ananas zu ihrem Begleiter um und packt ihn am Kragen. »Sie werden diesen Kampf verlieren! Rennen wir! Einer von uns wird ankommen!«

Zu riskant – aber ihr einziger Ausweg. Pein Eppel hat Recht. Die Sternfrucht löst sich aus dem Griff ihres Gefährten und schreitet für einen Augenblick hinter ihrer Felsdeckung von einer Seite zur anderen. Dann erhebt sie den Finger und sagt nervös: »Gut. Du wartest hier auf mein Zeichen! Sobald ich es dir sage, rennst du los. Verstanden?«

Pein zuckt gleichgültig mit den Schultern. Nichts anderes hatte er gerade vorgeschlagen …

Starvarius nickt ein letztes Mal, verdrängt jeden Gedanken daran, dass er seinen Gefährten nun vielleicht letztmalig gesehen haben könnte, und schwingt sich auf den Felsvorsprung keine 400 sm vom Zombieportal entfernt.

»Fiiiiiiiiiiiiiiiiiiiiiiii…«, ertönt eine harmonische Bassstimme und singt einen lange gehaltenen und sehr melodischen Ton. »...garooooo! Figaro! Figaro!«

Schmunzelnd hält Starvarius den singenden Bogen in der Hand und richtet ihn mit einem schlafenden Pfeil auf das Schlachtfeld.

»Ich … was … nein! Nein, tu das nicht! Nein, ich …«, zetert der erwachte Pfeil und blickt der Sternfrucht flehend in die Augen. Dann löst der Recke seine Finger.

»AAAAAAAAAH!«, verschwindet der schreiende Pfeil mit Höhenangst in der Ferne und bringt präzise einen verblüfften Mutanten zu Fall.

Ein weiterer … noch einer … und noch einer. Starvarius zückt mit inzwischen schmerzenden Fingern einen Pfeil nach dem anderen und lässt den Hagel nicht versiegen, bevor auch das letzte Geschoss seinen Köcher verlassen hat. Jeder Schuss ein tödlicher Treffer. Die Sternfrucht greift auf ihren Rücken, umklammert entschlossen den beidhändigen Krummsäbel der Zankratte Tauris und springt von seinem Vorsprung. »Pein! Jetzt!«

Die Ananas huscht aus ihrer Deckung hervor, zieht das intelligente Schwert aus dem Gürtel und rennt Seite an Seite mit Starvarius auf die Höhle des Schicksals zu. Mehrere Hundert Mutanten und Zombies trennen die beiden noch von ihrem Ziel, doch selbst Pein Eppel hat einen unerwarteten Ausdruck von Entschlossenheit auf den Lippen und lacht gellend auf, als der erste Schlag eines Kranich-Hasen wie von selbst von seinem Schild pariert wird.

Die Weintraube zieht die Hand vom Köcher zurück und blickt skeptisch nach Norden. Interessiert tippt sie dem Kirschkrieger im hektischen Schlachtgetümmel auf die Schulter und deutet auf Pein und Starvarius. »Geht das nur mir so oder gehören die beiden hier irgendwie nicht hin?«

Der Söldner legt die Stirn in runzlige Falten und versucht, die Fremdlinge genauer zu mustern. »Hmm ... auf jeden Fall werden die zu zweit nicht weit kommen.«

Ohne weitere Winks mit dem Zaunpfahl versteht die Weintraube die Anspielung ihres Kameraden und schickt den beiden Recken eine Reihe von Pfeilen entgegen, um die Feinde in ihrem Weg zu Fall zu bringen, bevor diese überhaupt dazu kommen, die Gesandten anzugreifen. Indessen stürmt die Kirsche, ungefragt gefolgt von ihrem radiesischen Mitstreiter, vor und schlägt eine Schneise durch das inzwischen gut durchmischte Heer des Bösen.

»Bring mich hier raus! Ich will nicht kämpfen! Ich hab Angst!« Die Ananas ignoriert von Anfang an gekonnt die flehenden Kommentare des feigen Schildes, während dieser sich Hieb für Hieb in die Schlaglinie seiner Feinde wirft. Seine Bewegungen wirken unfreiwillig komisch und unnatürlich, denn während der Schild von einer Seite zur anderen springt, gleitet auch das Schwert von alleine durch die Reihen der Feinde und zieht den verwirrten Choleriker zwangsläufig hinter sich her.

»Deine Mutter hat dich nie geliebt!«, keift das Schwert und spaltet einen Mandarinenzombie. »Nimm den Helm ab, wenn ich mit dir kämpfe!«, faucht es einen Mutanten an. »Pfui, bist du hässlich! Setz ihn wieder auf!«, erwidert es beleidigend, als der Schattenkrieger der Provokation Folge leistet, und sticht zwei Mal durch seine Brust.

Starvarius hat die Fähigkeiten seiner intelligenten Waffen aufgebraucht und wirbelt so elegant wie an Deck der Naglfar mit seiner Zankrattenklinge durch die brüllenden Angreifer.

Klirrend und unerwartet trifft sein Stahl auf einen massiven Block und als die Sternfrucht dem Feind ins Angesicht blickt, entpuppt sich dieser als freundlich schmunzelnde Kirsche.

»Braucht Ihr eine helfende Hand?«, fragt der Recke fast spöttisch und schlägt knapp über Starvarius hinweg, um einen heranspringenden Zombie zu spalten. »Mein Name ist Hagen, Söldner vom Kirschenvolk, und dies …«

Irritiert blickt der hinter der Sternfrucht stehende Mutant auf seine Arme, die beide auf einmal neben ihm auf dem Boden liegen. Dann treffen ihn die Streitäxte des Radieschens ein weiteres Mal und in mundgerechten Häppchen zerfällt die Kreatur.

»… ist Garinn, Berserker aus den östlichen Zorbelbergen. Und die Traube dort drüben …«

Die Kirsche braucht nicht auf ihren letzten Gefährten aufmerksam zu machen, denn die zahlreichen Pfeile, die Gegner um Gegner zu Fall bringen, sind selbst für Pein Eppel nicht zu übersehen.

»… wäre Dankward von den Hochweintrauben.«

Die Sternfrucht versucht, sich aus einem Schwerthieb heraus zu verbeugen und erschöpft zu Atem zu kommen. »Mein … mein Name ist Starvarius von Zaft und …« Er blickt sich suchend nach seinem Gefährten um, der immer noch in unmittelbarer Nähe von seinem klugen Schwert übers Schlachtfeld gezogen wird. »… dies dort ist Pein Eppel.«

Hagen schaut interessiert zu der Ananas hinüber, weicht wie beiläufig dem Biss eines Zombies aus und wirft ihn mit einer schmerzhaften Kopfnuss zu Boden. Garinn übernimmt den Rest. »Ein gefährlicher Ort für zwei Abenteurer! Was treibt euch in diese Schlacht? Zum Heer dort scheint ihr ja nicht zu gehören …«

Außer Atem kann sich Starvarius nur wundern, wie der Kirschkrieger mit Leichtigkeit seine Feinde niederwerfen und zugleich unbeeinträchtigt sprechen kann.

»Wir müssen … dort hin …« Geschickt fegt der Idealist einem Mutanten die Beine unterm Leib weg und deutet schweigend auf die Höhle des Schicksals.

Die Kirsche murmelt skeptisch: »Und dort ist?«

»Die Rettung … der ganzen Welt …«, keucht Starvarius rasch.

Der kleine Garinn duckt sich unter drei Mutanten hinweg, deren Klingen sich im Eifer des Gefechts verkeilen. Er springt so hoch er kann in die Luft und lässt die Äxte herumwirbeln, bis auch diese drei Feinde der Geschichte angehören. »Dann bringen wir euch da hin!«, brummt der Radieschenberserker und prescht als Erster in Richtung Westen.

Erschöpft knickt von Bereling ein und wird von einem nicht weniger kraftlosen Karotenen gestützt. Mittlerweile zieht sich die Schlacht so sehr in die Länge, dass selbst dem kraftvollsten Krieger die Ausdauer versagt. Nicht einmal die Magie der Cucurbiten vermag es nun noch, die verzweifelten Kämpfer wieder aufzupäppeln.

Götz richtet sich mühevoll auf und hebt behäbig das Schwert in die Luft, um zum Wohle seiner Männer seine Schwäche zu verbergen. »Völker Süd Salatoniens! Der Sieg ist nah! Schickt sie in die Feuer der Hölle zu...«

PIIIIUUU!

Ein gleißender Strahl aus rotem Licht schießt vom Süden über das Schlachtfeld und verbrennt eine Reihe aus vier Mutanten und sechs Zombies innerhalb weniger Sekunde zu dampfender Asche.

»Haha! Volle Energie auf Aggregat Nummer 2!«, ertönt die fanatische Stimme Zynisto von Cholerias aus einem Megaphon.

»Energie umgeleitet! Ich bereite den Laser vor!«, antwortet Ironos von Sarkasmo.

PIIIUUUU!

Ein weiteres Mal brennt sich der Lichtstrahl durch die feindlichen Truppen. Ein Jubeln geht durch das südsalatonische Heer, als die Gurkaner gerade noch rechtzeitig als letztes Volk in diesem Krieg auf der Bildfläche erscheinen.

An der Spitze der winzigen, aber effektiven Unterstützungstruppe krabbelt eine voll verkabelte, haushohe Roboterspinne. In dem gläsernen Cockpit erkennt man den Präsidenten des Ministeriums für Interdimensionalen Literaturtransfer, der mit einem Dutzend verschiedener Hebel die komplizierten Bewegungen des Metallmonsters kontrolliert. Sein Bruder Ironos spielt neben ihm an einer ganzen Reihe von Knöpfen herum und kalibriert die hoch entwickelten Waffensysteme. Im Abstand von einigen Minuten schießen die versengenden Laserstrahlen mit einem erlösenden Pfeifen aus dem Mund der Spinne. Zwei weitere gurkanische Wissenschaftler sitzen in einer riesigen mechanischen Raupe, die träge, aber effektiv über die Ebene walzt und die Angreifer buchstäblich unter sich begräbt. Neben einer Reihe weiterer Maschinen, zum Beispiel einer Roboterhummel und einem Kettenfahrzeug mit einer riesigen Kreissäge an seinem Hebelarm, kommen noch etwa zwanzig Mitglieder des gurkanischen Wachpersonals hinzu, die mit ihren Lasergewehren fast die Kampfkraft von sechzig Nabanen aufwiegen. Dennoch sieht die Schlacht noch immer nicht rosig für die Süd Salatonier aus. Gerade in den vergangenen Stunden ist die Armee aus Karotten, Bananen, Radieschen, Mais und Walnüssen stark geschrumpft, während das melonidische Heer weiterhin durch das offene Ödlandportal mit Zombies verstärkt wird. Selbst nach dem Auftauchen der Gurkaner wird immer klarer, dass dieser Krieg nicht von den Armeen auf dem Schlachtfeld entschieden wird.

Ironos späht suchend über die Steppen. »Sieht du sie?«

Zynisto schweigt für einen Augenblick und schreit dann plötzlich freudig auf: »Dort!« Er schlägt ein weiteres Mal auf einen großen blauen Knopf und brüllt in das Mikrofon vor seinem Gesicht.

»Von Bereling!«, wendet sich die künstlich klingende Stimme aus dem Megaphon des Spinnenroboters an den karotonischen Heerführer.

Zum tausendsten Mal versenkt der Eisenfäustige seine Schneide in einem Zombiekürbis und blickt fragend zu Zynisto in die Glaskuppel.

»Die Höhle des Schicksals! Alles andere ist unwichtig! Zieht eure Truppen im Westen zusammen!«

Götz beginnt es langsam zu dämmern. Das ist also das wahre Geheimnis der kleinen Eule gewesen …

Verbissen versucht sich Starvarius nicht von der beeindruckenden Aura des Höhleneingangs ablenken zu lassen. Es kommt ihm so vor, als würde die Höhle des Schicksals selbst seinen Namen rufen. So lange hatten sie auf diesen Augenblick gewartet – und endlich stehen die Sternfrucht und die Ananas, Rücken an Rücken mit Hagen, Garinn und Dankward, am Fuß des Berges und kämpfen sich die letzten Meter zu den Stufen hinauf. Durch die Unterstützung der Gurkaner und auf Befehl Heerführer von Berelings sammelt sich das gesamte südsalatonische Heer mehr und mehr im Westen und drängt die schwarzen Truppen von der Höhle des Schicksals aufs Feld hinaus.

Erleichtert verschmilzt der fünfköpfige Stoßtrupp aus Helden und Möchtegernhelden mit der südsalatonischen Armee zu einer geschlossenen Streitmacht, die einen sicheren Verteidigungsring um den einsamen

Berg errichtet. Doch mit erhöhter Aggressivität drängen die Truppen Nord Salatoniens von allen Seiten auf das geschrumpfte Heer ein und ziehen den Gürtel um die Höhle des Schicksals immer enger.

Starvarius blickt über das Schlachtfeld und sinkt auf seinem Zweihänder zusammen. Die Schlacht ist mit Kampfkraft nicht zu gewinnen. Sie können jetzt nur noch Zeit herausschinden. »Pein!«, ruft er verzweifelt nach seinem Begleiter.

Der Ananas gelingt es knapp, die selbst kämpfenden Waffen zu bändigen, und sie dreht sich zu ihrem Beschützer um.

»Geh!«

Der Zyniker zieht irritiert die Augenbrauen zusammen. »Was?!«

»Geh und bitte das Schicksal um Hilfe! Leg die Waffen ab und geh!«

»Aber …«

»Bei den Göttern, geh!«

Pein löst den Lederriemen des feigen Schildes und lässt das Metalllebewesen achtlos in den Staub fallen. Das Schwert gleitet in seinen Gürtel und im inneren Kampf mit sich selbst wendet er sich von der Schlacht ab und sprintet die steinernen Stufen hinauf in die Finsternis der Höhle des Schicksals.

Starvarius nickt seinem langjährigen Begleiter hinterher und lässt seinen Blick erleichtert auf sein Schwert sinken. Ihr Heer ist klein, aber sie haben die höher gelegene Position und würden noch Stunden durchhalten können, bevor die Mutanten sie überwältigten. Genug Zeit für Pein Eppel, das Schicksal um Hilfe zu bitten und die Mutanten und Zombies zurück in die Unterwelt zu verbannen. Ein Lächeln fährt der Sternfrucht über die Lippen, als sie in ihre Tasche greift und das Horn des Triumphes hervorholt. Ein letztes As für die Truppen Süd Salatoniens!

Der Recke dreht sich den Horden des Bösen zu und pustet so stark er kann in die Geheimwaffe, die Melonidas ihm mitgegeben hat.

Nostradanuss grinst.

Eine Welle aus eisigem Nebel breitet sich wie eine Seuche über dem Berg aus. Die Sternfrucht fasst sich verstört an den Hals, als ihr die Luft wegbleibt und jegliche Kraft ihren Körper verlässt. Ihr Blick vernebelt sich, ihre Hände werden schwach und fangen an, vor ihren Augen zu verschwimmen.

Als Starvarius verwirrt den Blick hebt, durchfährt ihn ein heißes, stechendes Gefühl. Nostradanuss legt dem Recken besänftigend die Hand auf die Schulter und lächelt finster aus den verräterischen Augen, bevor er dem Idealisten Kruddings Schwert bis zum Heft in die Brust stößt.

Warum? Dies ist die letzte Frage in Starvarius' Blick, als ihm das ganze Ausmaß des Verrates bewusst wird. Der *Held* taumelt zurück und stürzt zwischen einer ganzen Reihe gefallener Südsalatonier zu Boden, während sich der falsche Prophet in seine eigenen Reihen zurückzieht.

»Ich hoffe …«, röchelt eine Stimme neben ihm und fasst sein Handgelenk mit einem starken Griff. Mit Tränen in den Augen blickt die Sternfrucht ins Antlitz des ebenfalls tödlich verletzten Götz von Bereling. »Ich … hoffe … dein Freund … tut das Richtige …« Dann sinkt sein Körper leblos in sich zusammen.

Schmerz verzerrt das Gesicht der Sternfrucht. Ein letztes Mal schweift ihr glasiger Blick über das Feld des Entsetzens. Von der stattlichen Armee des Südens sind nicht mehr als ein paar Hundert verzweifelte Soldaten übrig. Das Horn hatte den Großteil sofort getötet und den Rest geschwächt den bestialischen Horden überlassen.

»NEIN!«, entfährt es Hagen, als dieser sein Schwert fallen lässt und Dankwards zu Boden stürzenden Körper auffängt.

Die Geheimwaffe – ein Trick! Verrat! ›Nicht nur Nostradanuss, auch du, Melonidas‹, ist Starvarius' letzter Gedanke. Er versucht aufzustehen, doch es gelingt ihm nicht. Selbst sein letzter Atemzug erstickt in einem gequälten Röcheln und einen Lidschlag später sinkt der Körper des Idealisten leblos in den Staub. Hier …'

Schiel schluchzt.

‚Hier … endet die Reise der tapferen Sternfrucht …'

Als der Hauch des Lebens Starvarius' Körper verlässt, verliert Schiel völlig ihre Fassung. Sie bricht vor dem Spiegel zusammen und fängt an, bitterlich zu weinen. Verzweifelt streichen ihre Flügel ein letztes Mal über das Spiegelglas, bevor die tapfere Sternfrucht im Nebel dahinter verblasst.

Das Artefakt bringt kein einziges Wort hervor.

Hoffnungsvoll zeigt der Spiegel der aufgelösten Eule das Innere der Höhle des Schicksals. Schiel versucht, sich zu sammeln, und schildert schmerzlich und mit dem letzten Funken Hoffnung das Ende der Geschichte.

‚Pein Eppel … ist im unteren Teil der Höhle angekommen und steigt die letzte Treppenstufe hinab.'

Die Eule schnieft, wischt sich die Tränen mit dem Flügel beiseite und putzt sich die Nase.

‚Sein Blick schweift über diesen geheimnisvollen Ort, den noch nie ein sterbliches Wesen zuvor erblickt hat. Die Höhle selbst wird von einer Reihe ewig leuchtender magischer Fackeln erhellt und neben ein paar langweiligen Felsformationen fällt einem lediglich ein Becken im Herzen des unterirdischen Gewölbes auf. Das Wasser scheint angenehm temperiert und wohlige Dampfschwaden steigen empor. Auf der Oberfläche schwimmen ein paar Rosenblätter und es duftet nach Badezusatz. Als sich die Ananas dem göttlichen Pfuhl nähert, beginnt es darin geheimnisvoll zu blubbern und ein Schatten taucht durch die Oberfläche.

»Ah, Pein Eppel! Es ist mir eine große Freude, dich endlich kennenzulernen!«, erklingt eine sympathische Stimme durch den unterirdischen Saal und aus dem Wasserbecken schlängelt sich ein gigantischer Aal über den felsigen Höhlenboden auf ein mit reichlich Verzierungen geschmücktes Podest.

Das Erscheinungsbild der Kreatur ist mehr als skurril. Es trägt einen auffällig knalligen Lippenstift und eine Perücke mit goldenen Löckchen. Wenn ich mich nicht völlig irre, ziert das Meereswesen sogar ein dezentes Make-up.

Pein schreckt zurück. »Bist DU etwa das Schicksal?«

Der Aal schlängelt sich von seinem Altar herab zu Füßen des Besuchers und richtet sich mühevoll auf, um ihm in die Augen zu schauen. »Eigentlich bin ich ein schicker Aal, aber im Laufe der Jahrtausende habt ihr wohl angefangen, mich *Schicksal* zu nennen. Keine Sorge, ja, ich bin der, den du suchst.«

Das uralte Wesen gibt die anstrengende Pose wieder auf und kriecht auf sein Podest zurück.

»Du hast für viel Verwirrung in meinen Berechnungen gesorgt. Aber die Styrwish haben mir berichtet, dass du in den letzten Tagen und in der Schlacht dort oben großen Mut bewiesen und ein gutes Herz gezeigt hast. Also gehe ich davon aus, du möchtest nun von mir wissen, wie du deine Welt und deine Freunde retten kannst?«

Die Ananas verharrt stumm auf der Stelle. Ganz langsam ziehen sich ihre Mundwinkel zu einem Lächeln nach oben. Nicht zu einem ihrer schadenfrohen Lächeln – nein, zu einem wahrhaft boshaften Lächeln.

»Nein«, spricht Pein Eppel gelassen in einer völlig anderen Stimme als seiner eigenen. Die Augenfarbe der Ananas verändert sich ins Dunklere und sein ganzes Auftreten ist von einem Augenblick auf den anderen völlig verändert. Sein Gesichtsausdruck ist finster, seine Haltung aggressiv. So habe ich den Choleriker noch nie gesehen.

Moment mal! Doch! Ich habe ihn bereits so gesehen … ein einziges Mal … vor den Sisyphos-Hügeln! Starvarius hat sich geirrt – es war nicht der Einfluss des finsteren Nordens. In diesem winzigen Augenblick ihrer Reise hatte Pein Eppel nur für den Hauch eines Moments seine perfekte Fassade aufgegeben und sein wahres Gesicht gezeigt. Von allen Figuren in diesem Spiel aus Hinterhalt und Intrigen hatte die Ananas ihre Rolle am besten gespielt und steht nun kurz davor, ihren letzten Zug zu machen.

»Ich bin aus einem anderen Grund hier.« Der König unter den Verrätern zieht ein Stück Papier aus seiner Tasche und breitet es auf dem Steintisch vor dem Schicksaal aus. Verstört schaut dieses auf das Schriftstück und braucht nicht lange, um zu erkennen, dass es sich um die letzte Seite des Roten Buches handelt. *»Platz 2: bei dem Versuch, einen Gott zu töten, sterben. Anmerkung: Bonuspunkte bei Erfolg.«*

Der Schicksaal schluckt trocken und liest laut den nächsten Eintrag vor: *»Platz 1: bei dem Versuch, das Schicksal zu töten, sterben.«*

Pein entreißt dem Aal das Papier und ergänzt mit seinem finstersten Grinsen: *»Anmerkung: Bonuspunkte bei Erfolg.«*

Der Aal bringt keinen Ton hervor, als die unberechenbare Variable vor ihm sein ganzes mathematisches Gebäude zum Einsturz bringt. Und noch ehe der Allwissende unter den Allwissenden die Möglichkeit hat, Pein Eppel von der Dummheit seiner Idee zu überzeugen, greift die Ananas in ihre Umhängetasche und holt sein persönliches Horn des Triumphes hervor.

»Wenn ich mich nicht irre, hat dieser Melonidas mit uns ein falsches Spiel gespielt. Wenn man sich sein ganzes Leben lang verstellt, lernt man, das bei anderen zu erkennen. Also müsste diese Tröte hier …«

»Tu das nicht!«, schreit der Schicksaal, als der Antiheld einen tiefen Atemzug nimmt und mit aller Kraft in die verräterische Geheimwaffe pustet.

Anders als bei der Tröte seines Gefährten beginnen die Körper der beiden Anwesenden sofort zu verschwimmen und grinsend blickt Pein Eppel auf seine Hände, als sich seine Seele langsam vom Fruchtkörper löst und in der Ewigkeit verschwindet. Direkt neben ihm sackt der schicke Aal zu Boden und stirbt.‘

Hinter dem Spiegel verschwinden die Bilder der Schicksalshöhle im

Nebel und lange Zeit bleibt nichts als der Schleier der Unwissenheit zurück. Schiel stürzt hervor und rüttelt am Rahmen des Artefakts. ‚Das kann nicht alles sein! Ich will alles wissen!'

‚Bist du ganz sicher?', ertönt die Stimme des Spiegels ein allerletztes Mal. ‚Du überschreitest eine Grenze, von wo aus es keine Rückkehr gibt.'

Schiel nickt. Diese Grenze liegt seit Monaten hinter ihr.

Das Artefakt brummt und schweigt für immer, als sich hinter seinem Glas der Gipfel der Erkenntnis abzeichnet.

Triumphierend erhebt sich der König des Nordgebirges in seinem Thronsaal und reißt die Arme in die Luft. »ENDLICH!«, brüllt der Meister des Bösen und legt mit einem manisch-psychopathischen Lachen den roten Hebel an seinem Schicksalsgenerator um. Sofort beginnt sich das dämonische Konstrukt in Gang zu setzen und die Geschicke der ganzen Welt nach den Wünschen des kranken Geistes der Melone zu formen.

Der Spiegel zeigt das Schlachtfeld im Sperrgebiet. Nostradanuss verfolgt mit einem breiten Grinsen, wie die Höhle des Schicksals schon kurz nach der vollständigen Vernichtung des südsalatonischen Heeres in sich zusammenstürzt. Mit verschränkten Armen wartet er einen Moment, um dem Melonenkönig ausreichend Zeit zu geben, die Maschine in Gang zu bringen, dann schaut er noch breiter grinsend auf. Sein Tag ist gekommen!

»Nun, meine kleinen Freunde, damit habt ihr eure Unsterblichkeit verspielt!« Während er spricht, dreht sich der falsche Prophet ruckartig um die eigene Achse und starrt direkt ins Antlitz eines Styrwish. Der unvorstellbare Kobold wird auf der Stelle vorstellbar und schießt mit einem schrillen Pfeifen brennend in den Nachthimmel. In der ganzen Welt zerrt Melonidas' Schicksalsgenerator die Styrwish aus dem Schatten und von den Explosionen zahlreicher brennender Kobolde erschüttert, färbt sich der Himmel am Ende aller Tage blutrot.

Als Letztes zeigt der Spiegel die hässliche Fratze des Melonenherrschers.

»Das ist meine Welt! Meine Welt!«, brüllt der Wahnsinnige und legt seine Hand auf eine Kristallkugel, die Teil des Schicksalsgenerators ist. Blitze durchzucken seinen Körper, als die Frucht eins mit seiner Konstruktion wird und den Platz des Schicksaals einnimmt. Er schaut lachend durch die Halle und wirft die Brille der Weitsicht auf den steinernen Untergrund, dass diese in Tausend Teile zerspringt.

»Ich … weiß alles … ich sehe … ALLES! Ich sehe die Appellien, ich sehe die Planeten, die Zukunft, ich sehe die Vergangenheit!«

Schiel schreckt schreiend von dem Spiegel zurück, als Melonidas nicht nur direkt durch den Spiegel, sondern ihr mitten in die Augen starrt. »Ich sehe DICH! Ja, Schiel, ich sehe auch dich! Du kannst es nicht verhindern!«

Mit einem weiteren finsteren Lachen streckt die Melone ihre Hand aus und zeigt auf die Eule. Der Spiegel fängt an zu vibrieren, sein Rahmen bröckelt, die Scheibe bekommt kleine Risse und mit einem Mal schießen Tausende von winzigen Splittern durch den Saal, als die zukünftige Macht des Schicksalsmeisters das Artefakt der Wahrheit über Zeit und Raum hinweg zerschmettert.

Schiel wirft sich hinter das Tablett, das ein Potatoru stehen gelassen hatte, und entgeht so knapp den messerscharfen Geschossen.

Von den Ereignissen überwältigt, rappelt sich Schiel auf und blickt panisch um sich. ‚Ich … ich hab noch Zeit! Das ist alles noch nicht geschehen! Es ist noch nicht zu spät!', spricht die kleine Eule zu sich selbst. Doch die Macht der Melone weitet sich vom Spiegel über den Trübsaal aus und lässt die gesamte Kartoffelstadt erbeben. Trümmer fallen von der Decke und zerschmettern Säulen und Skulpturen, als das unterirdische Bauwerk nach und nach vollständig in sich zusammenstürzt. Die Kerze im Herzen der Halle erlischt. Der Erzählerkauz verliert keine Zeit und flattert hektisch zwischen den niederschmetternden Felsbrocken hin und her. Plötzlich jedoch trifft ihn ein kleinerer Stein am rechten Flügel und reißt ihn zu Boden. Schiel versucht, sich zu erheben, doch der Flügel scheint gebrochen. Wehrlos muss sie mitansehen, wie eine der mächtigen Säulen sich löst und direkt auf sie herabsaust. Schützend hält sie die Flügel vor ihr Gesicht. »Ich wünschte, ich wäre hier weg!«, entfährt es als Letztes der Kehle der Kampfnickeule, als Stein auf Stein trifft und der Pfeiler den Untergrund des Trübsaals zerschmettert.

»Wunsch gewährt!«

Eine Ziege meckert.

Epilog

Panisch weiteten sich Klammsings Augen, als er die letzten Seiten überflog und nur noch leeres Papier vorfand.

„WAS?!" Das sollte es gewesen sein? Damit sollte die Geschichte Süd Salatoniens zu Ende gehen? Das war doch kein Ende! „SCH***!"

Der sonst so gelassene Wissenschaftler sprang auf, riss fluchend die Arme in die Luft und brüllte so laut und zornig, dass Bartock am anderen Ende des Dorfes nervös nach seinem Schwert griff.

Der Intellektuelle holte weit aus und machte sich daran, den narratorischen Roman so weit er konnte in die Wüste zu schleudern. Sollte dieses Teufelswerk am besten bis in alle Ewigkeit vergessen und vergraben sein! Jahrzehnte der Vorbereitung für die größte vorstellbare Enttäuschung aller Zeiten!

Dann jedoch hielt er inne.

„Ruhig, Klammsing!", sprach er zu sich selbst. Die Narratori machten keine Fehler, schrieben keine schlechten Geschichten. Wenn er jetzt wütend, deprimiert, irritiert, verärgert und orientierungslos war – dann war das genau das, was dieses Buch beabsichtigte.

Weddige strich über den Buchdeckel und lachte beherzt auf. Dieses Volk forderte ihn heraus? Das konnten sie haben! Mehr denn je zeigte sich der Wissenschaftler entschlossen, auch den Rest seines Lebens der Suche nach den Überresten dieser vergessenen Kultur zu widmen. Denn jetzt hatte er ein konkretes Ziel. Noch heute würde er sich auf die Suche nach dem zweiten Band begeben.

Klammsing wartete einen Augenblick, strich sich über die rauen Bartstoppeln, die dicken Tränensäcke und roch an seinem Hemd. Nun ja … vielleicht würde er sich erst einmal duschen und rasieren. Doch dann konnte es losgehen!

Der Wissenschaftler packte seine Sachen zusammen und legte zuletzt das eingewickelte Fundstück oben auf seine Tasche. Der nächste Flug ging nach Taliandros und von dort aus zu seinem einzigen Anhaltspunkt. Wenn die Narratori gefunden werden wollten, dann musste er jeden Hinweis innerhalb des Schmökers ernst nehmen. Und seinen Hinweis fand er auf Seite 210: Kaslax.

Fest entschlossen schwang der schmächtige Literat seine Tragetasche über die Schulter und schlenderte hoch motiviert der Mittagssonne in

Richtung Raumhafen entgegen. Er wollte wissen, wie dieses Buch ausging – und wenn es ihn weitere zwanzig Jahre kostete!

Der Vorhang fällt ein letztes Mal.
Ein Hahn kräht.

Der Autor verlässt zufrieden die Bühne.

Der Autor

Jan Michalsky wurde am 19. April 1987 im schleswig-holsteinischen Husum geboren und lebt zurzeit in der Universitätsstadt Oldenburg.

Neben ersten kreativen Schreibversuchen in früher Kindheit ist vor allem die achtjährige schriftstellerische Tätigkeit in verschiedenen Rollenspielforen zu nennen, die seinen Stil maßgeblich geprägt hat.

Der Germanistikstudent zählt vor allem Autoren besonderer fantastischer Literatur wie Terry Pratchett, Douglas Adams und Walther Moers zu seinen Hauptinspirationen und hofft, mit seinem expressionistischen Debütroman „Süd Salatonien“ den Freund ausgefallener Geschichten amüsieren und faszinieren zu können.

Danke an ...

Ein großer Teil der Ideen in diesem Roman ist maßgeblich von meinem Bruder *Arne Michalsky* entwickelt, inspiriert oder beeinflusst worden, sodass dieses Buch ohne ihn nicht möglich gewesen wäre.

Großer Dank gilt außerdem *Malte Heckelen* für das Zeichnen des Buchcovers und meinem Bruder *Lars Michalsky* für die farbliche Gestaltung.